VICENTE VALLÉS lleva tres décadas dedicado al periodismo. Dirige y presenta el informativo de la noche de Antena 3; con anterioridad ha sido responsable de programas de noticias en Telemadrid, Televisión Española y Telecinco. También es analista político en prensa y radio. Ha recibido varios premios, entre ellos el Salvador de Madariaga, el del Club Internacional de Prensa, el Premio Cerecedo, el Premio de la Asociación de la Prensa de Madrid, el Premio Iris de la Academia de Televisión y el Premio Ondas.

Es autor de los libros *Trump y la caída del imperio Clinton*, en el que analiza el sorprendente resultado de las elecciones americanas de 2016, y *El rastro de los rusos muertos*, que aborda la ofensiva de Putin sobre Occidente a partir de una intrigante cadena de asesinatos y muertes inexplicadas de espías y diplomáticos rusos por todo el mundo. En 2022 recibió el Premio Primavera de Novela por *Operación Kazán*.

LA CAZA DEL EJECUTOR

VICENTE VALLÉS

LA CAZA DEL EJECUTOR

ESPASA

Obra editada en colaboración con Editorial Planeta – España

Créditos de portada: © Planeta Arte & Diseño
Adaptación de portada: Genoveva Saavedra / aciditadiseño
Fotografía del autor: © Sandra Alonso / *La Voz de Galicia*

Bajo el sello editorial ESPASA M.R.
Avenida Presidente Masarik núm. 111,
Piso 2, Polanco V Sección, Miguel Hidalgo
C.P. 11560, Ciudad de México
www.planetadelibros.us

Primera edición impresa en esta presentación: octubre de 2025
ISBN: 978-607-39-3517-3

Impreso en los talleres de Lightning Source, LLC.
1246 Heil Quaker Blvd., LaVergne, TN 37086, USA.
Impreso en EE.UU. - *Printed in the United States of America*

A mi padre, un hombre bueno.
A mi madre, una mujer buena.

Y a ti, always.

«Todo el arte de la guerra se basa en el engaño».

Sun Tzu

«Un buen espía debe tener imaginación. Imaginación que, a menudo, se confunde con paranoia».

George Smiley, mítico personaje
de John LeCarré

Islas Maldivas

El plan diseñado en la sede de la CIA en Langley, estado de Virginia, determinaba que, en un plazo de treinta horas a partir de ese momento, un pequeño hidroavión se posaría frente a la playa en la que ahora descansaban sus pies sobre la fina arena color perla, y desde la que presenciaba el crepúsculo de ese día, en la confianza de que no fuera el último de su vida.

Cuando el hidroavión amerizara, cualquier movimiento en la zona estaría protegido por la oscuridad de la madrugada. Cientos de aparatos como ese surcaban los cielos de Maldivas para conectar cada pequeña isla del país con el resto, por lo que uno más no llamaría la atención. La orden era trasladar al matrimonio y a su hijo de dieciocho años hasta el aeropuerto de la capital, Malé, que disponía de una zona reservada para este tipo de aeronaves.

Allí abordarían un jet privado que, en pocas horas, conduciría a la familia hasta la base naval y aérea conjunta británica y estadounidense de Diego García, un atolón en el archipiélago de Chagos, mil doscientos kilómetros al sur. Estarían en medio del océano Índico y a salvo. Antes de una semana, llegarían a Los Ángeles para disfrutar de su sueño californiano, su *California dreamin'* clandestino, protegidos por las autoridades de Estados Unidos, bajo medidas de seguridad extremas y con una identidad nueva. Pero, en efecto, para que se iniciara esa compleja, temeraria y esperanzadora aventura, aún faltaban treinta horas.

De momento, se esforzaba en distraer su ansiedad al contemplar el hipnótico mar color turquesa que, como un inmenso espejo, se desplegaba ante sus ojos, mientras una suave brisa mecía los ya escasos y rebeldes cabellos plateados que aún conservaba. El sol, en su cadencioso declive, se acercaba a la frontera del horizonte en un nuevo y hermoso atardecer. Desaparecía hasta el día siguiente, como sumergido en las aguas, para dar paso a otra noche apacible, calurosa y húmeda, igual que la anterior y como sería la siguiente: su última noche en ese lujoso resort, construido sobre uno de los muchos atolones que conforman las islas Maldivas. Estaba más cerca de la libertad y la seguridad que le habían prometido. Ese era el objetivo cuando dejó atrás Moscú con la excusa de pasar unas breves vacaciones. Ahora, Mijaíl Serkin, responsable del SVR, el Servicio de Inteligencia Exterior de la Federación Rusa, era un desertor.

Mientras repasaba en su cabeza todos los pasos para la fuga, la penumbra se impuso a los últimos y timoratos rayos solares, al tiempo que se encendían a lo lejos las luces del hotel. Serkin se puso en cuclillas, cogió un puñado de arena coralina en la palma de la mano y observó cómo se filtraba entre sus dedos: nunca volvería a la Madre Rusia. Sí, echaría de menos sus paisajes y a sus gentes, los fríos y lóbregos inviernos de la monumental San Petersburgo y los esplendorosos veranos de los bosques siberianos. Pero no se arrepentía: estaba convencido de que desertar era una obligación moral ante la deriva tiránica y la locura bélica del presidente Iván Karlov, su mejor amigo desde la adolescencia, cuando ambos iniciaron la formación como espías del KGB soviético. «Ahora, Iván me considerará un traidor», masculló Serkin en un susurro, solo al alcance de sus propios oídos. Sin embargo, tenía la conciencia tranquila.

A unas decenas de metros de distancia, un hombre y una mujer —ambos en la treintena, con aspecto atlético y vistiendo ropa de playa— parecían pasear distraídos, disfrutando de la inminente puesta de sol. Eran los discretos escoltas de Serkin, que siempre viajaban con él, y a los que la CIA confiaba en esquivar durante la exfiltración, porque desde Washington se había dado la orden expresa de no entrar en un choque con ellos, en ninguna circunstancia. La operación debía ser limpia.

Serkin se incorporó y caminó de vuelta a la habitación del hotel. Como muchas otras, era un suntuoso palafito construido metro y medio por encima del nivel de las aguas, de manera que el ligero oleaje que se generaba en el interior del atolón discurría por debajo del suelo. *Overwater* (sobre el agua) llaman a estas lujosas estancias turísticas en Maldivas que, además de un saloncito y del baño, disponen también de una pequeña piscina en un porche exterior, como si sobrevolara el mar. Durante el día, la pureza de esas aguas oceánicas permite avistar con extrema claridad a todas las especies imaginables de la fauna marina: mantarrayas, peces minúsculos o enormes de mil colores, tiburones de diferentes tamaños... Se puede nadar junto a ellos sin peligro, aunque no todos se atrevan a hacerlo porque nunca se sabe cómo va a reaccionar un animal salvaje ante la presencia de un ser humano.

Aquel día, el mar aparentaba calma, pero encerraba un riesgo insospechado, debido a las fuertes corrientes reinantes en esa zona del Índico; corrientes incontrolables, como un disimulado tsunami perenne, que podían arrastrar al mejor nadador si sufría un momento de debilidad.

Serkin caminó por la playa hasta la habitación. Su mujer y su hijo se preparaban para cenar en el restaurante del hotel, lo que harían unos minutos después. Los tres habían entrado en Maldivas con pasaportes falsos, elaborados con minuciosidad profesional en el departamento especializado de los servicios de inteligencia rusos. Seguían el procedimiento habitual: los responsables de las agencias de espionaje solo utilizaban documentos con su identidad real cuando se trataba de viajes oficiales y, por tanto, de conocimiento público. Cuando no era así, ya fuese por misiones encubiertas o para unas simples vacaciones —como en este caso—, disponían de una identidad alternativa para ellos y sus familiares, con el fin de pasar desapercibidos, en la medida de lo posible, a ojos de las autoridades de otros países.

Ese método de autoprotección se intensificó aún más desde que el Kremlin dio la orden de invadir Ucrania: los jerarcas rusos fueron sometidos a intensas sanciones por Occidente, que incluían la prohibición de viajar a una larga lista de países, donde corrían el riesgo de ser descubiertos y detenidos. Este era el motivo por el que la CIA había elegido Maldivas para realizar el operativo: esas islas del Índico no participaban de la prohibición y estaban cerca de la base militar de Diego García.

A media milla náutica de allí, algo menos de un kilómetro, en la habitación *overwater* de otro hotel en un islote vecino, un hombre de constitución fuerte, musculado, metro ochenta y cinco de estatura y pelo cortado casi al ras del cuero cabelludo, estiraba un traje de neopreno sobre el suelo con la ayuda de una mujer joven, igualmente musculada, metro setenta de estatura y pelo de un rubio resplandeciente, recogido en una coleta ejecutada con maestría femenina. Entre ambos efectuaron una concienzuda inspección para confirmar que no había desperfecto alguno en la prenda que él utilizaría para sumergirse y nadar hasta el lugar que acababa de observar en la distancia con sus prismáticos.

Junto al neopreno colocaron un par de aletas para los pies, un medidor de profundidad, bombonas de oxígeno y un foco con el que iluminar el trayecto bajo el agua, cuando fuera necesario. También prepararon un propulsor acuático de forma cilíndrica, con una hélice en un extremo, que le permitiría recorrer la distancia entre su habitación y la de Serkin en aproximadamente quince minutos, siempre que las condiciones del mar se mantuviesen favorables, como en ese momento. Disponía, además, de un casco con gafas de visión nocturna, perfeccionadas por los técnicos del servicio de espionaje ruso.

Situaron al lado otros pequeños utensilios y un fusil de pesca submarina. Era incómodo llevar ese artefacto, debido a su tamaño: demasiado largo. Pero resultaba imprescindible ante el riesgo de que algún animal nervioso pudiera enfurecerse. Una bolsa de plástico, herméticamente cerrada para evitar la humedad en su interior, resguardaba una pistola con silenciador. La llegada de la noche permitía ver un infinito universo de estrellas en el cielo y, lo más importante, facilitaba el objetivo de no ser visto.

El hombre se enfundó el neopreno, ajustó las aletas en cada pie y la mujer le ayudó a colocarse las bombonas en la espalda. Luego, entre ambos pusieron el resto de los artilugios en su lugar correspondiente. Pasaban dos horas desde que había observado a través de los prismáticos a Serkin y a su familia salir camino del restaurante donde cenarían. Ahora, las luces de la habitación estaban apagadas. Cuando volvieran para dormir habría llegado el momento. Y llegó.

La familia regresó, la luz de la habitación se encendió, y el hombre con el neopreno pudo confirmar en la lejanía la presencia de tres bultos dentro de la estancia. Eran ellos: objetivo a la vista.

Rodeado de una insondable oscuridad, saltó al agua desde la plataforma de su habitación sobre el mar, ante la atenta mirada de su compañera. No se dijeron nada. Solo asintieron con la cabeza. Ambos conocían el trabajo para el que se habían preparado.

La corriente marina era intensa, aunque parecía manejable. El propulsor le ayudaría a dominarla. Sí sentía más temor ante la probable presencia de tiburones. Como norma general, no solían ser peligrosos en esa zona, pero siempre había excepciones. También estaba prevenido ante las muchas formaciones de coral, grandes y pequeñas, con las que podría chocar en las zonas de aguas poco profundas. Se mantendría en alerta para esquivarlas, y las gafas de visión nocturna le ayudarían en ese desempeño. Era un riesgo que tenía que asumir para cumplir la misión encomendada.

Colocó las gafas ante sus ojos, puso en marcha el propulsor y se sumergió dos metros por debajo de la superficie. Se alejó de su habitación de hotel conforme avanzaba en un trazado poco sinuoso, directo, tratando de que la distancia entre el punto de salida y el de llegada fuese la menor posible. Un par de minutos después, descendió a una profundidad algo mayor.

El primer tramo del recorrido transcurría sin incidentes. El día anterior había realizado parte de esa travesía a nado para familiarizarse con la zona y conocer, si eso era factible, dónde encontraría algún peligro. Por el momento, conseguía mantener una velocidad constante, pero pronto sufrió un primer sobresalto: detrás de una formación de coral le sorprendió una mantarraya de gran tamaño que pareció echarse encima del buceador. En realidad, el animal estaba tan asustado como el hombre con el que tropezó, y huyó de inmediato.

Después, cuando estaba casi a mitad de camino, un tiburón de un metro de longitud empezó a nadar en círculos a su alrededor. Podía advertirlo nítidamente con las gafas de visión nocturna. Al cabo de unos segundos aparecieron más tiburones, que se sumaron a esa amenazadora danza acuática. Alguno se acercó tanto que rozó el neopreno. El buceador trató de no reaccionar con brusquedad y mantuvo su avance, porque de nada hubiera servido matar a uno de los tiburones habiendo media docena. Pero no debían de estar hambrientos, porque al poco tiempo se dispersaron.

A los trece minutos de iniciada la operación, ya estaba a unos cincuenta metros de la pequeña piscina de la habitación *overwater* de Serkin. Desde su posición podía ver con suficiente nitidez a los tres ocupantes: un hombre de mediana edad, una mujer y un chico joven. Avanzó con sigilo hasta la escalerilla de cuatro peldaños por la que se bajaba desde la plataforma de la habitación para bañarse en el mar. Con una cuerda amarró a la escalerilla el fusil de pesca submarina y el propulsor. Los necesitaría para huir, unos minutos después. Ascendió despacio y con precaución por los peldaños, tratando de no ser visto, y esperó junto a la pequeña piscina de la plataforma, en un recoveco que le permitía ocultarse. Sacó la pistola de la bolsa impermeable que la protegía y esperó.

Un minuto más tarde, Serkin salió al porche para respirar aire limpio, escuchar el rumor del mar y disfrutar del espectacular firmamento estrellado. La noche era especialmente oscura por la ausencia de luna. Tras él, aparecieron la mujer y el muchacho. El final estaba cerca.

El buceador abandonó su refugio con determinación y sin vacilaciones, y dio un paso al frente con audacia asesina, pistola en mano. Primero disparó al chico en el corazón. Al ser el más joven, era también el que podía presentar mayor resistencia. Debía ser eliminado de inmediato. El plan era disparar después a Serkin, pero la esposa lanzó un grito cuando vio caer a su hijo y el asesino tuvo que improvisar. Acalló la voz de la madre con un certero tiro en la frente. Se desplomó sobre el suelo de madera del porche como un saco relleno de plomo y con los ojos abiertos. Tenía la imagen del horror en la expresión de su cara.

Serkin, estremecido y espoleado por un acceso de furia, trató de abalanzarse sobre el pistolero. Dio dos pasos para tomar impulso, con la intención de arrojarse sobre él. Pero el intruso, con un veloz movimiento, esquivó la arremetida y agarró a Serkin con fuerza hasta inmovilizarlo.

—Sé quién eres. ¡Maldito Gorki! —gimió Serkin, en las que iban a ser sus últimas palabras; no podía ver el rostro de su agresor detrás de las gafas de visión nocturna, pero era innecesario.

Sabía que su final era inminente; de que su sueño de libertad terminaría en esa habitación en cuestión de segundos. Aun así, Serkin tuvo el impulso de pedir una inútil clemencia. Inútil, porque aquel hombre estaba entrenado para matar sin sufrir desconsuelo. Era un psicópata adiestrado en las catacumbas más despiadadas de otra de las agencias de espionaje de Rusia: el GRU, el servicio de inteligencia militar. Durante años, Serkin en persona se ocupó en el SVR de aleccionar a individuos como Gorki. Los conocía muy bien. Y, en efecto, el asesino actuó como se esperaba de él: dio la vuelta a su víctima con una fortaleza inapelable, aferró su cuerpo por la espalda, subió la pistola a la altura de la cabeza y le disparó en la sien. La masa encefálica se expandió por el lugar, dejando restos en el suelo y las paredes.

—Un traidor menos —murmuró para sí.

Se acercó pausadamente a los otros dos cuerpos para confirmar su muerte, marcando cada paso y con una solemnidad impropia del momento. Con los cadáveres sobre el suelo, se dispuso a fabricar la escena para que pareciera un crimen familiar, en el cual el marido fuese el sospechoso del asesinato de su esposa y de su hijo, antes de suicidarse. Cualquier investigador con una mínima experiencia apreciaría la farsa en un minuto. Pero eso era indiferente. A decir verdad, quien en

Moscú había dado la orden de asesinar a Serkin quería conceder a las autoridades locales una excusa que justificara el archivo del caso y, al tiempo, dejar el rastro suficiente para que se supiera la verdad: el objetivo era frenar las fugas de información, dar ejemplo y evitar mediante el terror la tentación de otros aspirantes a desertores.

En otra habitación del hotel, a solo quince metros de distancia, los escoltas de Serkin observaban la escena parapetados detrás de un ventanal y protegidos por la oscuridad. Acababa de ocurrir lo que ellos sabían que iba a ocurrir. Las órdenes recibidas en Moscú antes de viajar eran claras y terminantes: no moverían un dedo.

Desde su refugio, vieron al buceador colocar cada elemento en su lugar y, después, recuperar sus utensilios, sumergirse en el mar y activar el propulsor.

El trayecto de vuelta fue tranquilo durante más de la mitad del recorrido, hasta que un tiburón de metro y medio empezó a merodear. Al principio daba la sensación de ser inofensivo, como los que se le acercaron en el camino de ida. Pero, en un súbito movimiento, el animal lanzó una dentellada que rasgó el traje de neopreno y provocó una herida profunda en la parte posterior del muslo derecho. Empezó a sangrar, y solo era un primer aviso. Esta vez sí, el buceador vio peligrar su vida y disparó el fusil de pesca submarina. Lo hizo con la puntería necesaria para atravesar el cuerpo del tiburón de lado a lado. El animal, malherido, se revolvió con fiereza y saña contra su agresor, pero estaba muy debilitado y pronto se le agotaron las reservas de furia. Agonizaba. Ya no era un peligro. Sin embargo, la herida de la pierna seguía sangrando y eso podía atraer a más tiburones. Así fue.

Puso el propulsor a su velocidad máxima, en el intento de alejarse de la zona cuanto antes. Miró hacia atrás y, en un rápido vistazo, comprobó que le seguían al menos seis tiburones. La sangre manaba sin pausa de su pierna y aún faltaban, como mínimo, doscientos metros para llegar a su destino. Rodeado, el buceador no pudo aplicar por más tiempo las técnicas aprendidas durante su formación para mantener el sosiego: entró en pánico y perdió el control. Fuera ya del recorrido previsto, se adentró en una zona con más obstáculos. Mientras intentaba sortear a los animales, notó un fuerte golpe contra una formación de coral que se le clavó en el costado izquierdo, junto a las costillas. Sintió un dolor intensísimo y se mareó, pero no podía desfallecer porque sería su final. Los tiburones seguían al acecho. Se defendió de uno utilizando el fusil como lo haría con una espada; y de otro, golpeándolo con el propulsor, que se le escapó de las manos y se hundió hacia el fondo. Ahora solo podía avanzar con sus propias fuerzas, que ya eran escasas. Decidió entonces deshacerse también de las gafas de visión nocturna para reducir el peso y empezó a nadar todo lo rápido que podía, a pesar del dolor en la pierna y en el costado.

Levantó la vista y, aunque se creía extraviado, pudo confirmar que la habitación sobre el agua ya estaba a pocas brazadas de distancia. Su compañera observaba la escena desde la plataforma, espantada y con una pistola en la mano. El buceador notó en ese momento otra dentellada de un tiburón en la aleta de su pie izquierdo. Perdió esa aleta, pero el pie quedó a salvo, milagrosamente, justo cuando la mujer apretó el gatillo de su arma con silenciador. Lo hizo con una enorme precisión, para colocar la bala en la cabeza del tiburón y no en el cuerpo del hombre, que por fin pudo agarrase con su mano derecha a la escalerilla.

Subió y se desplomó agotado sobre el suelo del porche, mientras los tiburones mostraban sus dotadas dentaduras al aire, ya sin opción de satisfacer su instinto voraz.

—¡La pierna, la pierna! —La información era innecesaria, porque se podía ver un boquete en el neopreno por el que la sangre manaba a borbotones—. Nadia, tienes que salvarme la pierna —dijo Gorki en un tono ambiguo, que su compañera no supo identificar ni como una orden ni como una súplica, aunque podían ser las dos cosas al mismo tiempo.

—Muerde esto. —Nadia, con la serenidad y el aplomo propios de una profesional en momentos de estrés, puso un pequeño cilindro de goma entre los dientes de Gorki, en un intento de que soportara el dolor unos minutos más y no se destrozara la mandíbula ni la dentadura de tanto apretarlas.

Respiraba aceleradamente y miraba la herida de su pierna con una sensación cercana al horror. Era imprescindible frenar la hemorragia de inmediato o el problema sería mucho mayor.

Karinna Guseva, renombrada por el servicio de inteligencia militar de Rusia como agente Nadia, tenía a su lado el botiquín que necesitaba para actuar con premura. Con unas tijeras cortó el neopreno para retirarlo por completo y acceder a las heridas. También rasgó, hasta cortarlo, el bañador que llevaba debajo. Ya desnudo, Nadia pudo comprobar que Gorki tenía también una herida con un fuerte hematoma en un costado. Pero ese problema era menos grave. La urgencia estaba en la pierna derecha.

Practicó un torniquete a la altura de la ingle para frenar la hemorragia que amenazaba con terminar con la vida de su camarada de misión. Tenía que evitar que entrara en *shock*. La herida abarcaba casi toda la zona trasera del muslo. Esa era la mala noticia. La buena era que en esa parte de la pierna no se vería dañada ninguna arteria principal, lo que permitía tener la esperanza de frenar el sangrado. Aun así, la mordedura había provocado daños musculares muy aparatosos. En un vistazo rápido, Nadia pudo comprobar que el fémur no estaba afectado. Era otra buena noticia, porque eso le permitiría caminar, aunque fuese cojeando. Tenían que irse de ese hotel a la mañana siguiente y solo podrían hacerlo si Gorki era capaz de sostenerse en pie.

Con rapidez y destreza, limpió la herida con gasas empapadas en agua oxigenada, después las retiró, utilizó otras en las que puso yodo para dejarlas sobre la piel, y con una venda de crepé hizo un vendaje compresivo en toda la pierna. También utilizó una venda hemostática. Pero no había terminado: le dio la vuelta a Gorki para colocarlo boca arriba y atender el golpe y la magulladura en el costado. Repitió la operación, concluyendo con un vendaje similar al de la pierna.

—Tómate esto. —Nadia retiró el cilindro de goma de la boca de Gorki y le dio una pastilla: un antibiótico para evitar que se infectaran las heridas.

De inmediato, sacó una jeringuilla del botiquín: morfina precargada. La inyectó en el hombro y, a los pocos segundos, Gorki sintió un enorme alivio: el dolor desaparecía.

—Ahora vas a descansar un rato —susurró Nadia al oído de su compañero, que apenas podía oír algo debido al efecto de la droga.

Estaba exhausto. Cerró los ojos y se quedó dormido sobre el suelo, desnudo y con vendajes en el cuerpo y en la pierna derecha.

Cinco horas después, Gorki se despertó alterado. Por un momento no sabía dónde estaba. Nadia se levantó de la cama y se acercó a él. Aún era de noche.

—Tranquilo, todo está bien. Estabas dormido.

—¿Qué hago en el suelo?

—Te dormiste aquí. Si te hubiera llevado a la cama corríamos el riesgo de que se abrieran más las heridas.

Gorki levantó la cabeza para mirarse: tenía vendado el torso y la pierna derecha. Seguía desnudo, igual que cuando Nadia trataba sus heridas unas horas antes, lo que provocó en él una sensación de cierto pudor.

—Me duele todo.

—Es lógico. En cuanto desayunes te daré unos calmantes. Estarás molesto, pero menos que ahora. —Gorki miró tan fijamente a Nadia que se sintió sometida a un examen—. ¿Por qué me miras así?

—¿Por qué no me has tapado?

—Hace calor y hay mucha humedad. Si te hubiera tapado, habrías sudado y eso no es bueno para las heridas. Pero no te preocupes. Estuve un año en Ucrania curando a cientos de soldados que llegaban heridos del frente. Tuve que desnudarlos a todos. Tú solo eres uno más. Pero, si esto te preocupa y quieres empatar conmigo, voy a darme el último baño en Maldivas.

Nadia se quitó el top y el pantalón corto con los que había dormido y se lanzó al agua. Nadó durante unos minutos cuando apenas se apreciaban ligeramente las primeras claridades del amanecer. Volvió a la terraza de la habitación y culminó su envite a Gorki, mientras se secaba con una toalla.

—Vas a seguir desnudo delante de mí un rato más. Tengo que ayudarte en la ducha, porque no puedes mojar los vendajes. Tenemos que mantener secas las heridas. Lo siento, te ducharé yo.

Gorki puso una cara inexpresiva, para que no se evidenciara si estaba de acuerdo o en desacuerdo.

—No quería que vinieras.

—Lo sé.

—Pero si no hubieras venido, ahora estaría muerto.

—Lo sé.

A primera hora de la mañana y a media milla náutica de distancia, tres cuerpos sin vida fueron descubiertos por el personal de limpieza del hotel, entre litros de sangre derramada y restos de masa encefálica esparcidos por el suelo y en las paredes. La policía local se personó en el escenario del crimen para iniciar una investigación que fue declarada secreta. En realidad, resultaba indiferente, porque antes del mediodía los tres cadáveres estaban a bordo de un avión ruso que llegó sorprendentemente rápido desde el sur de India, como si estuviera allí a la espera de que algo así ocurriera. Por la noche, el aparato aterrizó en Moscú. Las autoridades de Rusia informaron del luctuoso suceso como el resultado de una profunda depresión de Serkin, provocada por un fracaso profesional no especificado. Según el comunicado oficial, disparó a su esposa y a su hijo, y después se suicidó. Una lamentable tragedia. El juez de las islas ya tenía la excusa para dar el caso por cerrado.

A esa hora, una joven pareja subía a un avión de la compañía Emirates en el aeropuerto internacional de Malé, con destino a Dubái. El hombre caminaba con una leve pero evidente cojera. Atrás dejaban el hipnótico mar color turquesa que bañaba las Maldivas.

Días después, un turista que paseaba por la playa encontró en la orilla unas extrañas gafas colgadas de un casco. Un poco más allá, la marea llevó hasta la arena el trozo de una aleta de bucear. «Es como si un tiburón le hubiera dado un mordisco», pensó mientras continuaba su despreocupado paseo vacacional bajo el sol.

Madrid, España

—¡¿Sabes lo de Serkin?!

Eran las siete de la mañana en Madrid. Teresa Fuentes, agente del Centro Nacional de Inteligencia de España, hablaba a través de sus auriculares inalámbricos, conectados por *bluetooth* al móvil con el que realizaba una videollamada al otro lado del Atlántico, mediante una línea de comunicación segura.

—Teresa, es la una de la madrugada —respondió una voz desarticulada por el sueño—. Estoy en Washington, ¿recuerdas? Es la capital de Estados Unidos, situada a seis husos horarios de Madrid.

Pablo Perkins aparecía en la pantalla del móvil de Teresa con un aspecto muy mejorable: en penumbra, despeinado, ojeroso... Era la viva estampa de alguien a quien acababan de despertar sin miramientos en medio de la noche. Pero Teresa no estaba para miramientos.

—¡¿Lo sabes?! —insistió la joven espía española, ignorando las quejas de Pablo.

—No. ¿Ha conseguido un ascenso? ¿Va a ser ministro o presidente? ¿Ha dimitido? ¿Ha desertado?

—¡Le han pegado un tiro en la cabeza! —interrumpió Teresa, sin más consideraciones, la burlona letanía del adormilado Pablo, con algo muy parecido a un puñetazo en el hígado.

—¡¿Cómo?! —Pablo dio un repentino salto en la cama y provocó un rebote del colchón que, a su vez, impulsó al teléfono por los aires hasta proyectar una hermosa parábola que lo llevó a caer sobre la alfombra de la habitación, con la cámara hacia el suelo.

—¿Pablo? ¿Estás ahí? No se ve nada.

Perkins buscó el móvil a tientas, en medio de la oscuridad. Lo recuperó de la moqueta y miró a la cámara con asombro.

—¡¿Han matado a Serkin?! —preguntó en voz tan alta que despertó a sus vecinos.

—Me acaba de llamar mi jefe. A él se lo han contado los británicos. Oficialmente, se ha suicidado después de asesinar a su mujer y a su hijo. Pero eso es lo que dice el Gobierno ruso siempre que elimina a uno de los suyos. Y lo han hecho de tal manera que resulta evidente que se lo han cargado. Es su forma tradicional de actuar.

—¿Cómo ha sido?

—Estaba en un resort de las islas Maldivas, supuestamente de vacaciones con su familia. Tenía un disparo en la sien. Su mujer y su hijo también fueron tiroteados. Y han aplicado el procedimiento habitual: un avión con la bandera de Rusia en el fuselaje se ha llevado los cadáveres a Moscú, como si estuviera en el aeropuerto esperando a que el jefe del SVR se pusiera una pistola en la sien para apretar el gatillo. Caso cerrado.

—Seguro que Beth sabe algo de esto.

—Y si no lo sabe, alguien debería contárselo. Habla con ella de inmediato.

Perkins era un axiomático fruto genético de la CIA. Su padre, un veterano del servicio de inteligencia americano, se había casado con una abogada española durante sus años de destino en la embajada de Estados Unidos en Madrid. Pablo nació en España y también en España realizó sus primeras misiones. La CIA y el CNI eligieron entonces a Teresa Fuentes como enlace de la agencia española con la americana. Fue en aquel momento cuando se inició el trabajo conjunto de Fuentes y Perkins, y cuando el contacto profesional derivó en una creciente cercanía personal.

Pablo cortó la comunicación con Teresa y buscó, agitado y tembloroso, otro teléfono móvil. Era el dispositivo de alta seguridad que le permitía comunicarse con determinados cargos relevantes de los servicios de inteligencia de Estados Unidos. Buscó el nombre de Elisabeth Kramer, máxima responsable del espionaje en el país.

La señal de llamada solo sonó una vez antes de que alguien respondiera, como si tuviera el teléfono en la mano a la espera de utilizarlo. Así era.

—¿Pablo? —preguntó una tenue voz descorazonada y carente de aliento, al ver el nombre en la pantalla del dispositivo.

—Hola, Beth. Siento llamarte a estas horas. ¿Puedes hablar? Ha ocurrido algo importante.

—Ya lo sé —dijo Kramer, rotunda y categórica, aunque más que pronunciar las palabras, las murmuraba.

Estaba recostada en un sofá del salón de su casa, con las luces apagadas. Sus ojos apuntaban al techo, aunque la oscuridad y unas lágrimas incipientes apenas le permitían ver nada. Media hora antes, se había despertado de forma abrupta cuando el móvil empezó a vibrar con vigor en la mesilla de la habitación, provocando el ruido que haría una taladradora en miniatura. Era una llamada desde Londres. Para atenderla, se incorporó y buscó en otra estancia de la casa un papel y un bolígrafo para tomar algunas notas. Al terminar la comunicación, temblorosa y sintiendo plomo en los pies, dio unos pasos de anciana hacia el sofá y se dejó caer. Aquel angustioso e insomne silencio acababa de ser interrumpido, cuando el teléfono volvió a vibrar en su mano derecha, donde lo agarraba como si fuese un salvavidas.

—¿Sabes lo de Serkin? —insistió Pablo.

—Sí.

La respuesta de su jefa sonó a los oídos de Perkins demasiado terminante, casi desagradable por excesivamente escueta, cuando su objetivo era encontrar solución a sus muchas dudas.

—Dicen que se ha suicidado, pero Teresa está segura de que lo han eliminado.

—Teresa sabe de lo que habla. —Kramer sostenía el teléfono en su oreja derecha con la desgana de quien mantiene una conversación, cuando desearía estar en otro planeta.

—¿Tienes más información? —Pablo empezaba a impacientarse y elevó el tono de sus palabras.

Beth Kramer necesitó sumergirse en un breve momento de silencio para ordenar sus ideas, antes de continuar.

—Me ha llamado mi colega británico. Él ha recibido la información de su gente en Diego García.

—¿En la isla de Diego García? —Perkins empezaba a darse cuenta de que estaba ante una historia aún más compleja de lo que suponía: Maldivas, Diego García, británicos, americanos, un espía ruso asesinado…

—Ya sabes cómo funcionan: no hay piedad cuando acusan a alguien de traición.

La línea telefónica enmudeció durante un instante. Beth no solo tenía los datos básicos de lo ocurrido, sino que también era consciente del motivo por el que había ocurrido. De hecho, conocía con todo detalle el lugar en el que se encontraban Serkin y su familia.

—¿Teresa está en Madrid? —preguntó finalmente Kramer, con firmeza, con el ánimo repentinamente activado y decidida a poner en marcha la respuesta que merecía lo sucedido.

—Sí.

—Dile que pida permiso de mi parte a su jefe del CNI y se suba al primer avión, para que esté aquí por la tarde. Si llega a tiempo, cenaremos juntos. Yo ocuparé el día en buscar más datos. Avisa a tu padre para que venga. Y que intente traer a Charlie, si es que consigue que abandone el campo de golf. Y no digas una palabra a nadie más.

—Descuida.

—Intento no descuidarme nunca, Pablo —espetó Beth, antes de cortar la llamada súbitamente, sin dar opción a la réplica.

Sede del MSS (Ministerio de la Seguridad del Estado), Xiyuan, Pekín, China

—¿Por dónde empezamos?

Xen Jiang, hombre escueto e impenetrable, parapetado detrás de unas gruesas gafas de pasta, ordenó el inicio de la reunión. Jiang era el responsable de la División de Inteligencia Internacional del MSS, el servicio de espionaje chino, y trataba de agilizar una cita matinal que se solía extender cada día más allá de sus deseos.

Había nacido en una familia de tradición comunista que, sin embargo, fue represaliada por los Guardias Rojos de Mao a mediados de los años sesenta, durante la conocida como Revolución Cultural. Cualquier sospechoso de elitismo, de vocación intelectual o de tener costumbres burguesas podía ser ejecutado. Otros, con mejor fortuna, solo podían aspirar a ser encerrados en campos de reeducación mediante trabajos forzados. Los padres de Jiang fueron internados en uno de esos centros, hasta que la muerte de Mao hizo caer en desgracia a la bautizada como Banda de los Cuatro, que rodeaba al tirano y ejecutaba sus designios con puño de hierro y sin piedad. Quienes en su día habían sido acusados de traicionar al líder y al partido recuperaron su libertad, y algunos fueron rehabilitados para ocupar posiciones de poder en la nueva China que iba a desmontar el maoísmo sin desmantelar el comunismo. El padre de Jiang alcanzó cargos ministeriales bajo el mandato del presidente Deng Xiaoping, y el propio Xen Jiang ascendió en el escalafón del espionaje hasta la jefatura del servicio exterior.

Jiang y cuatro de sus subordinados de mayor rango intercambiaban información todas las mañanas, a primera hora, para planificar la jornada. Trataban de hacerlo en unos treinta minutos, pero se solían acumular los asuntos sobre la mesa de la sala insonorizada —sin ventanas y con una molesta luz fluorescente— en la que se encerraban para hablar con la seguridad de no ser escuchados.

—Hay algo importante, señor. Tiene que ver con nuestros colegas rusos. No sé si es mi cometido referirme a esto. Quizá no me corresponda. O quizá usted ya lo sepa y prefiera que se trate en reuniones de más alto nivel.

—No dé tantos rodeos. Hable ya.

—Mijaíl Serkin ha muerto.

—¡¿Serkin?! ¡¿El jefe del SVR?!

—Nos ha llegado la información justo antes de entrar. La versión oficial de Moscú es que se ha suicidado después de matar a su mujer y a su hijo. Ha sido en un hotel de las islas Maldivas. Se supone que estaba de vacaciones.

Jiang, ofuscado, apenas atendía mientras le hablaban. Se levantó, salió un instante de la sala y buscó su móvil en un despacho aledaño. Allí estaba, encerrado en una taquilla preparada para impedir su conexión a la red mediante inhibidores de señal. El doble objetivo era evitar que un extraño pudiera escuchar las conversaciones hackeando el móvil, e imposibilitar que algún asistente grabara lo que se decía en ese lugar.

En efecto, al sacar el móvil de la taquilla, el dispositivo se conectó a la señal y de inmediato entró un mensaje urgente sobre Serkin. Jiang se sentía un estúpido: era él quien debería haber dado esa información a sus subordinados y no al revés.

—Eso es absurdo —dijo de vuelta a la sala, mientras buscaba su silla—. O ha sido un ajuste de cuentas de la mafia rusa o ha sido eliminado por traidor.

—Si me permite, señor, creo que la mafia rusa nunca se atrevería a eliminar por su cuenta a alguien como Serkin, tan cercano al presidente Karlov. Si ha sido la mafia, se tratará de un encargo de las altas instancias del Estado. Pero no necesitan hacerlo así: los servicios rusos disponen de personal especializado en este tipo de prácticas.

Jiang retiró las rotundas gafas que tenía apoyadas sobre el tabique nasal y se restregó los ojos, como si al frotarse los globos oculares pudiera extraer de su cerebro la idea adecuada para ese momento. Levantó la cabeza y miró con severidad a sus interlocutores.

—Pongámonos en marcha. Empecemos por Maldivas. Movilicen a nuestra gente allí.

La expresión «nuestra gente», en boca de un dirigente del espionaje en Pekín, significaba cualquier ciudadano chino nacido en China o cualquier hijo de familia china nacido fuera del país, que residiese en cualquier lugar del mundo. Eran decenas de millones; quizá centenares de millones. Jiang tenía en mente que el MSS disponía del servicio de colaboradores más numeroso del planeta, a mucha distancia del segundo: un chino en Maldivas, o en otro país, era una fuente informativa de primer orden, aunque esa persona no lo supiera. Las comunidades chinas estaban en contacto entre sí, en contacto con sus familias, en contacto con sus embajadas y consulados y, todos ellos, en contacto con alguien en China que, a su vez, estaría en contacto con el Partido Comunista o con el Gobierno o con los servicios de seguridad o con el propio MSS, aunque lo ignorase. La suma de millones de granos de arena hace una playa. La suma de millones de pequeños datos, reunidos y analizados convenientemente, hace inteligencia.

A lo largo de los siglos, China había exportado su bien más valioso por el mundo: su ingente población. En estos tiempos, es difícil encontrar una universidad en un país occidental en la que no haya estudiantes chinos formándose en todo tipo de materias. Suponen una fuente inestimable de información sobre asuntos comerciales, industriales, tecnológicos y también políticos. Muchos de ellos llegan a trabajar después en empresas de Estados Unidos, Canadá o Europa. Un tesoro.

—Nuestros agentes en la embajada de Maldivas tienen que saber si algún chino trabaja en el hotel donde ha muerto Serkin. Empecemos por ahí.

Washington, Estados Unidos

A última hora de la tarde, Teresa Fuentes, sin ningún documento que permitiera identificar su condición de agente del CNI, pero con un visado especial, sorteó con rapidez los controles de inmigración y la aduana en el aeropuerto Dulles de Washington. El pelo extraordinariamente oscuro de su media melena reflejaba las luces de la terminal. Recién llegada a la treintena y en plena forma física por un intenso entrenamiento diario, sus ojos vivarachos y avispados eran solo la expresión exterior de una sobresaliente inteligencia natural alimentada por una intuición felina. Su capacidad de trabajo y el éxito en misiones enmarañadas y espinosas hicieron que la jefatura de su agencia en Madrid confiara en su buen criterio.

Tiempo atrás, Fuentes había sido elegida por el servicio español de inteligencia como la oficial de enlace con la CIA, para aquellas operaciones que involucraban a ambos países. En cada ocasión que eso ocurría, la directora del CNI tenía que dar su aprobación previa. Así era siempre, pero especialmente desde que el departamento de contraespionaje con sede en Madrid descubrió que dos de sus agentes se habían vendido a la CIA, entregando documentación sensible a los americanos. No era el primer caso en el que Estados Unidos espiaba a un aliado. Por tanto, tampoco era la primera vez que la desconfianza crecía entre servicios de inteligencia que solían trabajar juntos. Pero los intereses comunes eran demasiado importantes como para romper los lazos de colaboración. Y este era uno de esos casos. A pesar de la suspicacia y la susceptibilidad provocadas por ese desagradable episodio, el trabajo debía continuar, y la agente Fuentes realizaría su labor.

Tenía encomendadas operaciones de gran alcance que compartía con Perkins, algo mayor que Teresa y con un historial muy respetado en las oficinas centrales de Langley. Su estatura nada despreciable, el cuerpo de deportista y la barba bien recortada conferían a Pablo una pose de actor de comedia romántica que odiaba reconocer.

Pablo y Teresa se encontraron a la salida del aeropuerto. Hacía dos meses que no se veían. Demasiado tiempo; suficiente como para que las dudas sobre el vigor real de su relación pudieran robustecerse y provocar un sentimiento de inseguridad paralizante, vacilaciones y titubeos. Estaban instalados en un dilema sobre lo que eran el uno para el otro. La luz del sol languidecía. Empezaba a anochecer en la capital de Estados Unidos.

—¿Cuál crees que sería la forma más correcta de saludarnos? —preguntó Pablo con timorata ironía, sin atreverse a tomar una iniciativa concreta.

—Si me lo preguntas es que tienes dudas, y eso no suena bien. Ayúdame con la maleta y vámonos, que nos esperan —resolvió Teresa.

A Pablo no le quedó claro si estaba enfadada, o si era uno más de sus frecuentes sarcasmos. Para resolver la duda, miró con candor y pureza a los ojos de Teresa e hizo con su cabeza un leve acercamiento hacia ella, al que ella se sumó sin esperar más. Se besaron. Y, en un mínimo intervalo, ambos percibieron que no se trataba de algo banal o insignificante. Sin decirse una palabra, sin necesidad de compartirlo con el otro, en ese instante Teresa y Pablo concluyeron que no había fractura. No todavía. Pero quizá sí una fisura. Eran conscientes de que su relación estaba atrapada en la distancia y, como consecuencia, corría el riesgo de derivar en el olvido, como en la vieja canción.

Dos meses de separación forzada por el trabajo suponían un desafío: ¿cómo se retoma una relación compleja y semiclandestina después de un tiempo de alejamiento? Tendrían que explorarlo. El último encuentro, en Madrid, no terminó bien. ¿Cómo podían estar juntos, cuando se pasaban media vida separados? ¿Sería posible hacer compatible su inevitable relación profesional con su deseo de mantener otra personal? ¿Aceptarían la CIA y el CNI esa posible interferencia? ¿Podría poner en riesgo sus vidas si se daba una situación de peligro?

Cuarenta y cinco minutos después, Pablo y Teresa entraban en una hermosa casa de estilo victoriano en el barrio de Georgetown, propiedad secreta de la CIA y utilizada por la jefatura del servicio cuando se querían evitar las miradas indiscretas de Langley, la sede de la agencia en las afueras de la ciudad. Varios coches estaban aparcados junto a la puerta, y algunos agentes de seguridad se desplegaban discretamente alrededor del perímetro.

Beth Kramer recibió a Teresa con un abrazo maternal. También llevaban meses sin verse.

—Tenemos que ponernos al día —dijo Beth al oído de Teresa, en un claro mensaje de complicidad femenina y cariño personal; en ese caso, no hablaba de negocios.

—Lo haremos. Tenía ganas de verte, pero esperaba que fuera en otras circunstancias.

Beth, Teresa y Pablo bajaron las escaleras que daban acceso al sótano, cerrando la puerta a sus espaldas. La estancia estaba sometida a todas las medidas posibles de insonorización y control exterior frente a cualquier artefacto tecnológico conocido hasta la fecha. Matthew Perkins, padre de Pablo y veterano agente de la CIA, había comprado provisiones para la reunión: sándwiches, bebidas refrescantes y café. Charlie McKenzie, también agente de la CIA y coetáneo de Matthew, ya ocupaba su asiento bajo la vaporosa luz fluorescente que iluminaba el lugar. Matthew y Charlie trabajaron durante años con Beth Kramer en Irak, Afganistán, Siria, Rusia y China. Cada uno de ellos sabía que no seguiría con vida de no ser por la ayuda recibida de los otros dos. Aunque ya no prestaban servicio en primera línea del frente de batalla, y no figuraban como agentes en activo, Matthew y Charlie eran de las pocas personas en las que confiaba ciegamente la responsable de la inteligencia de Estados Unidos, y periódicamente les pedía consejo y les encargaba trabajos especiales. Beth se sentó en la silla que estaba en la cabecera de la mesa, con Teresa a un lado y Pablo al otro.

—Ya sabéis lo que ha pasado —dijo Beth, para iniciar la reunión—. Pero solo conocéis una mínima parte. —Los demás asistentes dilataron sus pupilas y agudizaron sus oídos para no perder detalle—: Mijaíl Serkin trabajaba para nosotros.

La sentencia de la máxima responsable de la inteligencia americana, expresada con alarmante aridez y aspereza, provocó el asombro y la estupefacción en la sala. A todos se les acumulaban las preguntas en el cerebro, pero nadie abría la boca. Estaban persuadidos de que, a partir de ahora, Beth les daría más noticias sorprendentes.

—Conocí a Mijaíl hace diez años, durante una recepción en París. Desde entonces fue nuestro hombre en el Kremlin. Gracias a él, pude confirmar la injerencia rusa en nuestros procesos electorales. Y con la información que nos dio durante todo este tiempo fuimos capaces de frenar importantes operaciones del espionaje ruso en Occidente, ordenadas por el presidente Karlov. También accedimos a detalles muy relevantes de la invasión de Ucrania. Si todo hubiera ido bien, mañana habría llegado a Los Ángeles con su mujer y su hijo para iniciar una nueva vida con otra identidad. La estancia de vacaciones en Maldivas era solo una tapadera. Los íbamos a llevar a la base de Diego García. Su sueño era vivir en California. Pero hemos fracasado. Debimos organizar la exfiltración mucho antes y mucho mejor.

—Tenemos que hacer algo. Si ellos golpean, nosotros debemos devolver el golpe —intervino Matthew, con el ánimo alterado y enardecido por la noticia.

—Ya no hay nada que hacer —respondió Kramer, con tono casi melancólico—. Aunque era uno de los nuestros, en realidad, Serkin era uno de los suyos. Y ellos hacen lo que quieren con los suyos. Se acabó.

—Pero no podemos dejar que esto quede así —se sumó Charlie, con aparente entusiasmo por la idea del mayor de los Perkins.

—Que este sea un golpe contra nosotros —insistió Kramer— solo lo sabemos los que estamos en esta sala y alguien más en la Casa Blanca. A efectos prácticos, esto ha sido un crimen familiar que deriva en el suicidio de quien lo cometió. Y en términos políticos, es un problema de un espía ruso con las autoridades de su propio país.

Beth no parecía dispuesta a iniciar una guerra entre servicios de espionaje, con ataques por debajo de la mesa.

—Entiendo tu postura, Beth. —Teresa también quería participar en el debate—. Pero este no es un caso único. Desde hace tiempo he reunido informaciones aisladas que han aparecido en la prensa internacional, otras de las que he tenido conocimiento en el CNI, y alguna más que me ha aportado Pablo desde la CIA. Y la conclusión es que estamos ante una interminable sucesión de casos como el de Serkin. Pero no solo afecta a espías que han desertado o que intentan hacerlo. En la lista de personas eliminadas hay diplomáticos, periodistas, políticos, mafiosos y oligarcas. Todo aquel ruso que es considerado traidor tiene muchas posibilidades de morir, allá donde esté.

Teresa sacó de su mochila un *pendrive*, lo conectó a su ordenador portátil y abrió un archivo. En la pantalla se desplegaron, de repente, cientos de nombres y fotografías, localizaciones, fechas y datos sobre la forma en la que se realizaron esas ejecuciones.

—Hay un patrón de conducta —continuó Teresa—: hacen que parezca un suicidio o un accidente o un repentino ataque al corazón, aunque el muerto tuviera solo cuarenta años. En el caso de diplomáticos o de espías, siempre hay un avión ruso que, sorprendentemente, llega al aeropuerto más cercano al lugar del crimen a las pocas horas del suceso. Otras veces, por casualidad, ya estaba allí antes de que ocurriera. De inmediato, desaparece el cuerpo, las autoridades locales dan el caso por resuelto, apenas se publican unas pocas líneas en algún periódico local y no se vuelve a hablar del asunto.

—Puede ser la Unidad 29155 del GRU —sugirió Matthew.

—Tienen que ser ellos —se sumó Pablo—. Su trabajo consiste, precisamente, en la eliminación de personas fuera de Rusia.

—Sí, es lo más probable —apuntó Beth—. Trabajemos sobre esa hipótesis.

—El problema —intervino Teresa— es que no sabemos si estos crímenes son obra de uno o de varios ejecutores. La Unidad 29155 la forman decenas de agentes, y pueden haber enviado a varios de ellos fuera de Rusia para realizar esas operaciones. Esa es una opción, aunque quizá sea demasiado arriesgada, porque supondría poner en riesgo de captura a más de un agente a la vez. Por eso tampoco podemos descartar que haya un único responsable. Quizá Moscú haya instruido a un ejecutor concreto para ocuparse de este trabajo sucio.

El silencio se impuso en la sala, como si los participantes en aquel cónclave secreto conformaran un jurado que estuviese procesando la información antes de dar su veredicto. Pablo tomó la iniciativa.

—Beth, sé que no podemos devolver el golpe como lo hacen ellos. Nosotros no matamos a los traidores: los juzgamos y los encarcelamos. Pero sí debemos dar caza al ejecutor de Serkin. Si no lo hacemos, será más difícil captar a agentes rusos que nos ayuden, porque estarán aterrorizados ante la evidencia de que los eliminarán. Y, además, no podemos consentir que esos ejecutores se muevan con libertad para matar impunemente en Maldivas, en Londres, en Madrid o en Nueva York.

—Y algo muy importante, Beth —añadió Matthew con tono grave—: otros Serkins que pueda haber en Rusia, aquellos que estén dispuestos a trabajar para nosotros, deben saber que hacemos algo para protegerlos.

—Pablo tiene razón: si siguen siendo asesinados en Occidente sin defensa alguna —apuntaló Charlie—, será imposible que reclutemos a nadie que tenga buenas conexiones o que esté en el círculo de poder del Kremlin. Temerán, con razón, que ayudar a la CIA o al MI6 o al CNI será una condena a muerte irremediable, incluso para sus familias. Se nos cerrarán las puertas y dejaremos de tener informadores en lugares comprometidos. Sería un desastre para nosotros y un gran éxito para el enemigo.

—Parar a un ejecutor no los detendrá a todos, pero les dará una lección. —Pablo pretendía rematar el argumento—. Sabrán que no es gratis y les haremos sufrir una derrota. En nuestro negocio nunca hay victorias definitivas, pero debemos ganar de vez en cuando. Tenemos que intentarlo.

Beth se puso en pie. Deambuló por la sala durante unos segundos, sin destino conocido y mirando al suelo. Finalmente, se detuvo en una esquina y levantó la cabeza.

—Nos veremos pronto. Os avisaré si hay que hacer algo. Estad preparados.

La responsable de la inteligencia americana no dijo sí, pero tampoco dijo claramente no. Ni verbalizó el temor que rondaba dentro de su cabeza. Si Moscú descubrió que Serkin era un traidor, pudo ser de dos formas: o el espionaje ruso lo averiguó por sus propios medios, o en el espionaje americano había un topo.

Todos salieron de la reunión convencidos de que tenían una nueva misión en marcha.

—Teresa, quédate un momento, por favor —pidió, casi ordenó, Beth Kramer, mientras Pablo miraba hacia atrás, extrañado por la solicitud de su jefa.

Teresa cerró la puerta y se acercó a la mesa del despacho.

—¿Cómo estás? —preguntó Beth, utilizando el tono introspectivo propio de una amiga.

—Bien, aunque cansada por el vuelo. Pero estaré lista para la misión en cuanto duerma un poco.

—Ya sabes que no es eso lo que te estoy preguntando. —Teresa intuyó que su relación intermitente y zigzagueante con Pablo ya no era un secreto para Beth—. No podías pensar que no me enteraría. Soy una espía… —insistió Kramer con una sonrisa y tratando de empatizar con Teresa.

—Debí decírtelo yo misma mucho antes. Lo siento.

—No te preocupes, lo entiendo. Estas cosas no son fáciles. Sobre todo, cuando se mezclan con el trabajo.

—No sé qué hacer. En realidad, no sabemos qué hacer. Pablo está tan confuso como yo. Cuando sumamos las dos confusiones, la suya y la mía, la relación se complica. Y se ha complicado mucho.

—¿Tus jefes en Madrid saben algo?

—Creo que no, pero ellos también son espías. Si tú te has enterado, quizá en Madrid ya lo sepan. Aunque, si es así, han sido muy respetuosos, porque no me han dicho nada.

—¿Cómo está Pablo?

—De algunas cosas habla poco. Pero, por sus silencios y por sus gestos, es evidente que está preocupado por las consecuencias que puede tener una relación personal en medio de una relación profesional. ¿Has hablado de esto con él?

—No, solo contigo. Entre mujeres nos entendemos mejor.

Formalmente, Teresa era una colaboradora externa y ocasional de la inteligencia americana. Por tanto, la presencia en esa reunión de una agente extranjera, para discutir sobre una operación de la CIA frente a espías rusos, podía resultar extemporánea e improcedente, incluso teniendo el visto bueno tanto de la propia CIA como del CNI. Pero Beth Kramer sentía por la joven española un enorme respeto profesional y una creciente cercanía personal. Se fiaba de sus criterios y de su capacidad analítica, demostrados en la misión más importante de sus vidas: la de frenar la Operación Kazán, el plan más ambicioso del Kremlin para controlar el poder en Estados Unidos. Teresa participó en aquella investigación porque fueron ella y Pablo, en Madrid, quienes consiguieron los primeros datos de la conspiración y quienes captaron a un joven espía ruso, cuyas informaciones fueron determinantes para impedir que el presidente de Rusia consiguiera su objetivo. Desde entonces, Beth Kramer pidió al CNI que le permitiera incluir a Teresa Fuentes en su círculo de colaboradores más cercano, cuando el trabajo a realizar lo pudiera requerir. Y este era el caso.

Teresa y Beth se despidieron con un abrazo. Pablo esperaba en la sala aledaña al despacho.

—Ya veo que tenéis secretitos...

—Invítame a cenar —respondió Teresa, como si Pablo no hubiese dicho nada.

Una hora después, ya en su despacho, Beth Kramer decidió diseñar un plan para cazar al ejecutor de Serkin. El objetivo no sería eliminarlo, sino desactivarlo. Mientras trataba de ordenar sus pensamientos, el teléfono empezó a vibrar dentro de su bolso.

—Hola, Beth —saludó una voz con aparente tono de preocupación en el auricular del móvil—. Tenemos que vernos. Es urgente. ¿Puedes venir a Londres?

—Si es importante, volaré esta noche y estaré allí a primera hora de la mañana.

—¿Desayuno continental o un jugoso y potente desayuno completo inglés? —Esta vez, la voz preocupada se relajó.

—El continental es mejor para mi dieta.

—Un coche te estará esperando en la pista del aeropuerto y te traerá a Vauxhall.

—Gracias, Andy. Nos vemos mañana.

Vauxhall Cross, sede del MI6, Londres

Visto desde la distancia, el edificio parece una pirámide imperfecta, una versión moderna del monumento maya de Chichén Itzá, en el Yucatán mexicano. Tampoco se puede negar cierto aroma estético de industria *art déco* en sus dos torres más altas. Es posmoderno, raro, llamativo, elegante y extravagante, blanco y negro, secreto y conocido por todos. Se confunde con una fábrica o con un museo, con el mausoleo de un faraón o con la sede de una agencia de espionaje. También podría ser el hogar de Batman en Gotham City o un cementerio de altos vuelos.

—Siempre que entro aquí tengo la sensación de meterme en un monumento funerario.

Beth Kramer provocó las carcajadas de Andrew —Andy— Rice al salir del elegante último modelo de Jaguar, al servicio de las autoridades de su majestad británica, que accedió al recinto por un lateral de la calle Albert Embankment, en la orilla sur del río Támesis, escoltado por delante y por detrás por un par de enormes Range Rover, ocupados por personal de seguridad. Después, descendió hasta una de las plantas subterráneas de la sede del Secret Intelligence Service (SIS), conocido en el mundo como MI6.

—Este edificio tiene muchos apelativos, pero monumento funerario es nuevo —celebró Rice con una amplia y cómplice sonrisa—. También lo llaman Legoland, porque parece que está construido con piezas de lego. Otros dicen que son las torres del palacio de Ceauşescu, en Bucarest. O una especie de Babilonia sobre el Támesis.

—Los británicos estuvisteis décadas negando oficialmente la existencia del MI6 y ahora os metéis en el edificio más llamativo de Londres. Tenéis un sentido del humor un poco extraño.

—Lo definió de maravilla un periodista de *The Daily Telegraph,* hace muchos años. Escribió que la sede del servicio de inteligencia era el secreto peor guardado de Londres, porque los taxistas sabían dónde estaba, la dirección aparecía en todas las guías turísticas, y siempre había espías del KGB merodeando a su alrededor.

Otra de las costumbres extravagantes en torno al MI6 que a Kramer le parecía fascinante era la tradición de que el máximo responsable del servicio firmase sus informes al secretario de la Oficina de Asuntos Exteriores (Foreign Office) y al primer ministro británico en Downing Street solo con una C, escrita con un bolígrafo de tinta verde. Esa pintoresca práctica la inauguró a principios del siglo XX el primer jefe del SIS, el oficial de la Marina Real británica, sir Mansfield Smith-Cumming.

Ahora le tocaba hacerlo a Andrew Rice, hijo de un celebrado agente inglés de los tiempos de la Guerra Fría, heredero de una familia con extenso e ilustre árbol genealógico, colmado de *sirs* y *miladys*. Tenía cincuenta y cinco años y los aparentaba. Disfrutaba al saber que era conocido por la elegante y aristocrática uniformidad de su vestuario cotidiano: ni siquiera los fines de semana dejaba de vestir traje gris marengo con raya diplomática, chaqueta cruzada y chaleco, al estilo tradicional de las familias de la alta alcurnia londinense con propiedades en la campiña inglesa. Su metro noventa de estatura, su rostro afilado y su sempiterna delgadez le conferían una imagen tan particular e inalienable que costaba imaginar cómo se las apañaba para pasar desapercibido en sus misiones, cuando trabajaba como espía sobre el terreno. Pero debió de hacerlo muy bien, porque con los años se había convertido en el número uno del servicio de inteligencia de su país.

Mantenía una cercana relación profesional y de afecto personal con Kramer, lo que facilitaba la colaboración, ya muy estrecha habitualmente, entre el MI6 y la inteligencia americana. Esa mañana compartían desayuno en una mesa para dos, instalada junto a una ventana —opaca hacia el exterior y transparente desde el interior— del enorme y algo recargado despacho oficial de Rice, con vistas al río Támesis. Estaban solos y protegidos por los sistemas más modernos para evitar escuchas improcedentes.

—Entiendo que estas misiones son de alto secreto y no se comparten. —Andrew se mostró comprensivo, antes de deslizar un amistoso reproche—. Pero si me hubieras pedido ayuda, habríamos tratado de proteger a Serkin entre la CIA y el MI6.

—No podíamos enviar agentes a ese hotel de Maldivas —apuntó Kramer, poco dispuesta a dar explicaciones—. Suponía un riesgo para la propia operación, porque seguro que los rusos investigaron a cada turista hospedado allí. Si hubieran sospechado de algún cliente, aquel hotel se habría convertido en el escenario de una batalla entre sus espías y los nuestros. Era inviable asumir el riesgo. No teníamos otra alternativa: solo podíamos confiar en que Serkin llegara vivo al momento de la exfiltración, pero lo mataron unas horas antes.

—Ya no tiene remedio. No podemos martirizarnos más por eso.

—Lo sé, pero esto no quedará así.

Kramer se arrepintió de esas palabras nada más pronunciarlas. No tenía intención alguna de insinuar sus planes a Andrew y consiguió frenar el impulso, mientras miraba hacia el Támesis a través de los cristales blindados de la ventana, en esa mañana sin lluvia, pero con el cielo tapizado de unas nubes grises muy británicas.

—Si te podemos ayudar…

—Por supuesto, si necesito algo te avisaré —mintió Beth, antes de dar un giro a la conversación—. Pero creo que querías contarme algo.

Rice tomó un sorbo de su zumo de naranja; se limpió los labios ceremoniosamente con una servilleta, como dándose importancia; buscó entre los papeles que tenía en una mesita accesoria; extrajo uno y lo situó entre las tazas de café y los platos con bollería.

—El problema está aquí —dijo Andrew, señalando con su índice derecho una región concreta del mapa de Europa.

Kramer buscó sus gafas para soslayar la presbicia, se las colocó y afinó la vista hacia donde señalaba el dedo.

—¿Kaliningrado? ¿Se han puesto nerviosos?

Kramer intuyó de inmediato que se avecinaba una tormenta. Conocía a la perfección, como cualquier estudioso de la geopolítica internacional, la historia de ese territorio tan pequeño y tan convulso, que formó parte de la antigua Prusia, cuando se llamaba Königsberg. Alemania la incluyó en su unificación de 1871. El Ejército Rojo lo conquistó en la Segunda Guerra Mundial, y pasó a ser posesión soviética en la Conferencia de Potsdam. Stalin lo renombró como Kaliningrado, en homenaje a Mijaíl Kalinin, uno de los promotores de la Revolución rusa. Durante décadas, hasta 1991, fue frontera exterior de la Unión Soviética: lindaba al norte con otra república soviética, Lituania, y al sur, con Polonia, que era miembro del Pacto de Varsovia, formado por las potencias comunistas del este de Europa tuteladas por el Kremlin. Pero, al caer el comunismo, las repúblicas bálticas se independizaron y pasaron, igual que Polonia, al bando de la OTAN. Así, Kaliningrado se quedó aislada: Lituania, país enemigo de Rusia, en su frontera norte; y Polonia, otro enemigo, en su frontera sur. Sin embargo, estaba separada de Bielorrusia, estado títere de Moscú, por escasos setenta y cinco kilómetros: el conocido como corredor de Suwalki, una estrecha franja de tierra polaca.

—Sabemos que la tensión ha crecido mucho en Rusia con respecto a Kaliningrado. Sienten que se ha convertido en una ratonera. Y aún más desde la invasión de Ucrania, porque se han limitado las opciones de transporte. Solo hay un tren que enlaza Moscú con Kaliningrado, a través de Lituania. Pero va entre alambradas. Sus pasajeros no tienen autorización para bajar hasta que llegan a la última estación. Y los aviones no pueden ir en línea recta: tienen que dar un largo rodeo por el mar Báltico. A los rusos les da la sensación de estar sitiados

FINLANDIA
Helsinki
SUECIA
Estocolmo
Tallin
ESTONIA
RUSIA
Riga
LETONIA
MAR BÁLTICO
LITUANIA
Kaunas
Kulikovo
Veyennyy
Kaliningrado
RUSIA
Corredor de Suwalki
Vilna
Gdańsk
Suwalki
Lida
Minsk
Grodno
POLONIA
BIELORRUSIA
Varsovia
pasos fronterizos

por el enemigo. Y créeme, Beth, tenemos información muy fiable de que Karlov quiere acabar con eso: planea atacar el corredor de Suwalki. Quiere anexionárselo.

—Amenazan con hacerlo desde hace veinte años, Andy, pero nunca se han atrevido —respondió Beth, quitándose las gafas y con cierto desdén e incredulidad.

—Lo van a hacer, Beth. La información nos llega desde muy arriba. Y no es solo por conectar Kaliningrado con Bielorrusia por tierra. Hay una segunda parte del plan a medio plazo...

Rice dejó la frase en alto, y Kramer la terminó como monje que canta una letanía:

—... que consiste en controlar el corredor de Suwalki para aislar a Lituania, Letonia y Estonia del resto de la OTAN.

Andrew asintió, removió otra vez el montón de pliegos que había llevado a la reunión, extrajo una carpeta, la abrió y expuso tres folios a los ojos de Kramer. La espía americana los leyó.

—Es la traducción al inglés del documento original en ruso —dijo Rice, que, de inmediato, cerró la carpeta y la volvió a guardar (a esconder), mezclada con otros papeles.

El responsable del MI6 recorrió las líneas fronterizas con un lápiz sobre el mapa, mostrando cómo, si Karlov se hacía con el corredor de Suwalki, las repúblicas bálticas ya no tendrían frontera con Polonia y quedarían cercadas por Rusia y Bielorrusia.

—Y ahí llegaría el siguiente punto del plan, Beth. El más importante: una vez aisladas las tres repúblicas bálticas, para Rusia sería más fácil invadirlas. Karlov pretende controlar todo el flanco oriental del mar Báltico, desde San Petersburgo hasta Kaliningrado, incluida la costa de las tres repúblicas bálticas: plantaría cara a la OTAN.

—Esto no es nuevo.

—Lo nuevo es que van a hacerlo —sentenció Rice, levantando el tono al sentirse ninguneado por su colega americana—. No puedo decirte quién es la fuente, pero te aseguró que es muy importante. ¿Recuerdas a Oleg Gordievski?

—Cómo olvidarlo... No nos queríais decir quién era vuestra contacto ruso y lo tuvimos que descubrir nosotros. Pero de eso ha pasado mucho tiempo.

—Sí, más de cuarenta años, pero lo tengo muy presente. Gracias a Gordievski evitamos una guerra nuclear. Te aseguro que nuestra fuente actual es todavía más fiable. Está en el núcleo del poder en el Kremlin, en el círculo más cercano a Karlov.

—¿Qué propones? —Kramer aún no se fiaba de la veracidad de la filtración, pero quería saber si los británicos ya tenían un plan de respuesta.

—He preparado un informe para el secretario del Foreign Office y para el primer ministro. —Rice abrió otra carpeta, extrajo un folio y se lo entregó a Beth—. Este es el resumen de un documento más amplio y detallado. Entenderás que no puedo darte el dosier completo antes de que lo vean mis jefes. Pero esto es suficiente.

Kramer, suspicaz, solo necesitó un minuto para leerlo y ver, al pie de la página, la letra C mayúscula escrita con tinta verde.

—Andy, aquí propones una movilización de la OTAN que no tiene precedentes.

—El plan que voy a presentar a mi Gobierno supondría una gran movilización de fuerzas, pero solo para realizar unas maniobras. El objetivo es que Occidente envíe un mensaje claro a Moscú.

—Eso es precisamente lo que nos desaconsejó Gordievski en 1983, cuando se pusieron en marcha las maniobras Able Archer y se anunció un despliegue de más armas nucleares en Alemania —reaccionó Kramer con firmeza—. Moscú se lo tomó en serio, creyó que preparábamos un ataque y estuvo a punto de lanzarnos sus misiles.

—Ahora es al revés, Beth: sabemos que Rusia tiene un plan de ataque y que Karlov está dispuesto a usar su arsenal nuclear contra nosotros. Kaliningrado tiene una base de lanzamiento de esos misiles aquí. —Rice señaló en el mapa una zona boscosa, cerca de la localidad de Kulikovo—. Y aquí, un poco más al sur, está el aeródromo de Voyennyy, donde han desplegado sus cazas. Hay que hacer algo para asustar a Karlov y evitar ese riesgo.

Rice inició entonces una intensa enumeración de las circunstancias que, según su criterio, recomendaban que la

OTAN planteara una actuación contundente. Por ejemplo, los misiles balísticos Iskander, con carga tanto convencional como nuclear, y con un alcance de hasta quinientos kilómetros, que suponían una amenaza desde Kaliningrado a Polonia, y a las repúblicas bálticas. El jefe del MI6 mostró a su invitada cómo en Bielorrusia, muy cerca del corredor de Suwalki, había dos bases militares: una en Grodno, junto a la frontera polaca, con tropas rusas, carros de combate y lanzaderas de misiles antiaéreos. Era la base conocida como Comando Oeste, donde estaba desplegada la Sexta Brigada Mecanizada de las fuerzas bielorrusas, compartida con el ejército de Rusia. Explicó que, si eran activados estos efectivos, solo necesitarían unas pocas horas para entrar en Polonia.

—Apenas cien kilómetros al este —continuó Rice—, está la base aérea de Lida, que puede complementar la invasión de la infantería mecanizada. También allí hay fuerzas rusas. Te lo aseguro, Beth —Andrew esculpió en su rostro el gesto más grave de su repertorio—, Karlov está decidido a invadir el corredor de Suwalki. A partir de ese momento, las repúblicas bálticas quedarán aisladas y no podremos enviar ayuda por tierra. Y si respondemos después de que Rusia haya actuado, lanzarán sus bombas nucleares tácticas a Polonia y a los bálticos. Eso, para empezar, y quién sabe qué sería lo siguiente. Y en una batalla aérea, nuestras fuerzas estarían en medio de un fuego cruzado, a la vez desde Bielorrusia y desde Kaliningrado.

—Si montamos esas maniobras delirantes que propones, lo que haremos será, precisamente, provocar que ocurra todo eso.

—Sería el mejor escenario —dictó Rice, con voz de barítono, y mirando a Beth con ojos de rapaz a punto de salir de caza.

—¡¿Cómo?! ¡¿Que Rusia nos ataque sería el mejor escenario!?

—Por fin, tendríamos la excusa perfecta para ir a por todas y ocupar Kaliningrado. —Esta vez, Rice ni siquiera trató de ser pretendidamente agresivo; no miró a Kramer y habló mientras removía el azúcar en su té con una cucharilla, como si estuviera distraído—. Ya es hora de acabar con el desastre que supone tener una parte de Rusia en medio de la OTAN. Y ahora no disponen de la capacidad militar para vencernos. Ya tienen el frente de Ucrania, y los ucranianos les han abierto otro frente en Kursk, en territorio ruso. El ejército de Karlov no da para tanto.

—Si invadimos Kaliningrado, Rusia responderá con armas nucleares. De este edificio en el que estamos, no quedará piedra sobre piedra. Y del Kremlin tampoco. Sería la destrucción mutua asegurada: una locura...

Rice encajó el intento de desautorización de Kramer como si no se hubiera producido y decidió cerrar el debate.

—Ya he tomado la decisión, Beth. Enviaré mi propuesta al 10 de Downing Street esta misma mañana, para que la estudie el primer ministro. Tenemos muy pocos días. Hay que actuar con rapidez, para que la Casa Blanca dé su visto bueno antes de vuestras elecciones. Si lo dejamos para más adelante, una nueva Administración en Estados Unidos podría tener otros criterios y habremos perdido esta oportunidad. Mi propuesta es que las maniobras estén en marcha en los primeros días del nuevo año, antes de que el 20 de enero tome posesión el nuevo presidente americano. Solo quería que lo supieras antes que nadie.

Al pronunciar esas palabras, Rice emitió una leve sonrisa, una mueca casi imperceptible, con la comisura izquierda de los labios. Kramer conocía bien a su amigo: tenía testados sus gestos faciales, y los movimientos que hace con el cuerpo y las manos al hablar. Era por su ineludible deformación profesional: cuando ingresó en la CIA, recibió entrenamiento muy detallado sobre psicología y sobre la gestualidad con la que los seres humanos damos datos, sin desearlo, que nos negamos a verbalizar. Y amplió ese adiestramiento durante años de experiencia en duros interrogatorios a delincuentes y terroristas. En definitiva, Beth sabía si alguien ocultaba algo o si, directamente, mentía. Y estaba convencida de que, cada vez que Andrew hacía ese gesto, no decía toda la verdad.

—Te agradezco la deferencia, pero estás jugando con fuego. Si el primer ministro atiende tu recomendación, tratará de convencer a los míos, y esto se nos puede ir de las manos.

Kramer pronunció esas últimas palabras mientras se ponía en pie y recogía su bolso, evitando el contacto ocular con Rice, que también se incorporó para acompañar a su invitada.

—Oye, Andy, una duda que siempre he tenido. —Kramer se detuvo a las puertas de Vauxhall, antes de entrar en el coche—: ¿A quién se le ocurrió la estúpida idea de firmar los papeles con un bolígrafo verde? ¿Quién demonios escribe con tinta verde?

Rice encogió los hombros. Beth no esperaba una respuesta. Los dos Range Rover de escolta arrancaron sus motores al unísono. Kramer entró en el asiento trasero izquierdo del Jaguar y bajó la ventanilla.

—Piénsalo, Andy. Retoca ese documento y, luego, fírmalo con el bolígrafo verde. Solo si rebajas tu propuesta, estaré dispuesta a apoyarla.

Rice se limitó a decir adiós. «Eso no va ocurrir, Beth», pensó mientras volvía al interior de la sede que Kramer había descrito como un mausoleo.

Empezaba la cuenta atrás hacia unas maniobras militares que podían cambiar la historia del mundo. Solo faltaba que el primer ministro británico aceptara la propuesta de Rice, y que el presidente de Estados Unidos se sumara. Ambas cosas ocurrirían en breve. Siendo así, el resto de los países de la OTAN solo podía unirse al plan.

El Acuario, sede del servicio de espionaje militar ruso (GRU), Moscú

—General, empezamos en cinco minutos. Ya están en la sala.

—Voy de inmediato.

El general Lébedev, responsable del servicio de inteligencia del ejército ruso, agradeció el aviso a su diligente y afanoso secretario personal, terminó de revisar un informe, cerró la carpeta, retiró de sus ojos las gafas para leer, se levantó de la silla, rodeó la mesa y se acercó al ventanal de su amplio despacho. Misión cumplida, sí. Pero quien hubiera visto en ese momento el gesto del general podría sacar la conclusión de que algo no iba bien. En efecto, el objetivo era eliminar a Serkin. Sin embargo, se preguntaba si no habrían ido demasiado lejos en esta ocasión. Asesinar a un oligarca descarriado, a un mafioso ensoberbecido o a un espía desertor ya era una costumbre. Y cuando algo alcanzaba la categoría de costumbre se tendía a naturalizar. Por tanto, la reacción del enemigo solía ser más relajada: una protesta diplomática, alguna sanción económica menor... Parecían entender que se trataba de asuntos de familia. Pero Serkin no era un oligarca descarriado ni un mafioso ensoberbecido ni un espía de medio pelo. Era el jefe del Servicio de Inteligencia Exterior y amigo personal del presidente de Rusia. Ni su traición, al haberse convertido en un topo de la CIA, ni el hecho de que la orden de eliminarlo hubiera partido del propio presidente hacían que el crimen se pudiese digerir más fácilmente, ni fuera ni dentro del país.

A Lébedev le asaltaba la duda de si asesinar de esa forma cruel a Serkin, a su esposa y a su hijo sobrepasaba determinados límites que Estados Unidos y sus aliados occidentales no pudieran asumir, como sí habían asumido otras eliminaciones quirúrgicas anteriores. Haberlo hecho fuera de Rusia podía entenderse como una provocación. Y hacerlo justo antes de que la CIA lo exfiltrara era una burla a los servicios americanos.

¿Se trataba de una muestra de fortaleza o de debilidad? Y, en materia personal, si se hacía eso con Serkin, ¿un error o una opinión discrepante podrían provocar que él sufriera el mismo destino?

Sin dar respuesta a su propia pregunta, el general salió del despacho, se dirigió al ascensor y bajó siete plantas hasta el segundo sótano del edificio. Iba acompañado por su secretario, que portaba un maletín con documentos.

Se abrieron las puertas del ascensor. Un oficial del servicio de seguridad se cuadró a su paso. Recorrieron veinte metros de un estrecho pasillo sin ventanas al exterior, iluminado con fluorescentes. Finalmente, se detuvieron ante una puerta de aspecto macizo, vigilada por dos soldados de semblante pétreo y poco amistoso.

El general sacó de su bolsillo la tarjeta que le daría acceso a la sala de reuniones. La acercó a un dispositivo de identificación situado a la derecha y marcó una clave alfanumérica, mientras el aparato escaneaba su rostro. La puerta se abrió, el secretario entregó el maletín a su jefe y se quedó fuera de la estancia. Lébedev dio unos pasos hacia la mesa circular, saludó a los presentes con más displicencia que entusiasmo y buscó la silla central.

La sala, preparada para evitar cualquier control desde el exterior, permitía dar cabida a unas veinte personas, pero en esa reunión solo eran cuatro: el general, su número dos, el coronel al mando de los ejecutores y el responsable del Equipo. Ese era el nombre con el que se conocía a quienes dentro del GRU tenían la responsabilidad de encontrar a los desertores fuera del país, recabar datos sobre sus movimientos y organizar la logística necesaria para que los ejecutores pudieran actuar. Solo esas cuatro personas sabían que el Equipo lo componían diez agentes. El resto del personal conocía la existencia de ese grupo, pero se guardaba con celo el dato de quiénes lo conformaban y cuántos eran. Y, por supuesto, esos diez agentes mantenían el secreto con la profesionalidad debida.

—General, la operación ha sido un éxito.

El jefe del Equipo no ocultaba su entusiasmo por el trabajo realizado para eliminar a Serkin. Era la primera vez que recibía la orden de actuar contra un miembro de la cúpula más cercana al presidente del país. Se trataba, por tanto, de una responsabilidad enorme. Su puesto —e incluso su vida— dependía de que el encargo se resolviera con diligencia. Y la orden había sido ejecutada con prontitud y pulcritud. Consiguieron la información sobre el paradero de Serkin, abastecieron al ejecutor de todo lo necesario, y a las pocas horas de actuar ya estaba a salvo fuera de Maldivas.

—¿Está listo el operativo de Berlín? —preguntó el general, ansioso por ocuparse de nuevos objetivos y dejar atrás el asunto de Serkin, que tanto le incomodaba.

—Ya está preparado. Será en la embajada.

—Es arriesgado hacerlo en la embajada. ¿No hay disponible ningún otro lugar?

—Si lo hiciéramos en otro lugar, podría haber testigos. Pero si lo ve algún funcionario de la embajada, estaremos seguros de que guardará el secreto. O, en su caso, también procederemos a su eliminación.

—¿Y el embajador?

—Como es habitual, se ha puesto a nuestras órdenes y solo sabe que, en los próximos días, recibirá la visita de alguien bien recomendado.

—La operación debe ser limpia —sentenció el general, sin especificar en qué debía consistir un asesinato limpio.

Islas Maldivas

—Nunca me llevas a sitios como este, salvo que estemos trabajando.

Teresa lanzó su pícaro reclamo cuando salía de la ducha, enfundada en una toalla con el nombre del resort inscrito como si fuera en bajo relieve. Frente a sus ojos se extendía la infinitud del océano Índico, sin una sombra que ensuciara la impoluta y armoniosa imagen del mar.

—Ya lo echaba de menos —respondió Pablo con la misma carga sardónica de Teresa.

—¿Qué echabas de menos? —preguntó Teresa, intrigada.

—Ya son las siete y media, y todavía no me habías hecho el reproche de las siete.

—Pobre víctima... —ironizó Teresa, mientras buscaba su ropa en los cajones del armario.

—Se hace tarde. Aquí se cena en horario normal, no como en España, que empezáis a cenar después de las diez de la noche.

—¿Empezamos? Eres tan español como yo, y odias cenar a las siete tanto como yo. Cenar a las siete debería estar prohibido por ley.

—Pues hay muchos que ya han terminado de cenar.

—Es una costumbre de bárbaros.

—Date prisa, que nos cierran el restaurante. No es necesario que te arregles tanto. Ya eres suficientemente hermosa.

—Y ahora aparece el galán... Termino de pintarme y nos vamos.

Minutos después, Teresa y Pablo caminaban por una pasarela erigida sobre el mar, que daba acceso a las habitaciones *overwater* y, al final del camino, a la zona de restaurantes temáticos del resort. Esa era la primera noche de la pareja en ese hotel de las islas Maldivas donde, días atrás —y según la versión oficial de las autoridades—, un hombre de nacionalidad rusa había asesinado a su esposa y a su hijo antes de suicidarse. Un silencio hermético se cernía sobre aquel lugar. Los turistas que llegaron en los días posteriores a la tragedia no tenían noticia alguna del drama y, por supuesto, ningún empleado del hotel se lo iba a contar. Estaba instaurada la *omertà*.

—Hoy nos toca el restaurante italiano. Mañana podríamos cenar en el japonés, si te apetece. —Pablo estaba dispuesto a satisfacer los gustos de Teresa.

—¿A qué viene la pregunta? Sabes que podría desayunar, comer y cenar *sushi* todos los días.

—Por suerte, no lo haces y cuidas tu alimentación mejor de lo que dices. Aunque te noto más delgada que hace un mes.

—Pues tú has engordado un poco. —Teresa siempre era fiel a su costumbre de no dejar un golpe sin respuesta.

—¡Ni hablar! Estoy en mi peso. ¿No me ves? —se defendió Pablo, mirándose a sí mismo, como pretendiendo confirmar su afirmación.

—¿Te has dado cuenta de que aquí la vida sigue como si no hubiera pasado nada? —Teresa pasó, de pronto, de lo personal a los negocios.

—Absolutamente. No va a ser fácil enterarse de algo. Pero hay que intentarlo.

Pablo pidió pasta carbonara. Teresa prefirió regar los *fettuccini* con un aceite de oliva español de calidad respetable. Tomaron una copa de vino blanco, un helado de *stracciatella* y recorrieron la pasarela en dirección contraria, camino de un bar con terraza donde un barman alemán de nombre Helmut —según figuraba en la plaquita indicativa adosada a su camisa— servía unos cócteles de primera categoría.

Ambos tomaron piña colada, mientras una banda tocaba canciones pop de los viejos tiempos y los turistas las bailaban descalzos sobre la arena de la playa y a la luz de la luna.

—Este tal Helmut puede ser el alma cándida que necesitamos.

Teresa presumía de tener buen ojo psicológico cuando se trataba de encontrar a la persona que pudiera contar lo que no debía.

—Vamos a pedirle otro cóctel y le damos un poco de conversación, a ver qué pasa —propuso Pablo.

A los pocos minutos, Helmut les contaba su vida: los estudios en Hamburgo, el deseo de conocer mundo que le había llevado a Maldivas, su habilidad para mezclar sabores y la perspectiva de cambiar pronto de aires para irse con sus cócteles al Caribe o a Hawái. Un barman que no charlaba con sus clientes no era un buen barman.

—Y ustedes ¿de dónde son?

—Españoles —resolvió Teresa, sin dar tiempo a que Pablo abriera la boca para matizar esa rotunda afirmación.

—¡España! —Helmut pronunció ese nombre como si acabara de descubrir su existencia—. Estuve en Mallorca de vacaciones hace unos años. Y tengo ganas de volver.

—Pues serás bienvenido.

—Muchas gracias. Ja, ja, ja, ja.

Los tres rieron como si lo que se acababa de decir tuviera alguna gracia, mientras la charla derivaba por los inanes caminos lógicos, cuando se trataba simplemente de tomarse una copa. Pero era el momento de meter presión.

—Debéis de estar preocupados —disparó Teresa cuando creyó que la conversación tenía la temperatura adecuada.

—¿Preocupados? ¿Por qué? —preguntó Helmut, sorprendido.

—Por lo que pasó hace unos días. Ese hombre que mató a su familia y luego se suicidó.

Helmut cambió el gesto de su cara como si hubiera visto a un zombi avanzar amenazador a su encuentro. Se dio la vuelta bruscamente, como simulando que buscaba la botella de un determinado licor para hacer su cóctel, pero, en realidad, era una manera de huir de la conversación y apartar la vista de esos clientes indiscretos y entrometidos.

—Debe de ser muy duro. —Pablo rompió el silencio, en el intento de no perder a la presa.

Pero Helmut encontró su salvación en una joven que se acercó a la barra en ese momento.

—¿Qué desea? —El barman se agarró a la oportunidad que le ofrecía la turista, como quien busca un trozo de madera flotante en pleno naufragio.

—Un Baileys, por favor.

—Ahora mismo —respondió Helmut, antes de volver la cabeza hacia Pablo y Teresa—: Lo siento, tengo trabajo.

—Por supuesto —dijo Pablo, asintiendo ostensiblemente con la cabeza—. Gracias por la piña colada. Está riquísima.

Teresa y Pablo desocuparon las sillas de la barra con sus copas en la mano y se acercaron a la pista de baile, rodeada de unos sillones que parecían más cómodos de lo que realmente eran. Se sentaron a ver el espectáculo de turistas bebidos y dando vueltas sobre sí mismos como una peonza descontrolada.

—Se ha puesto pálido cuando le he hablado del crimen —observó Teresa—. Es evidente que hay orden de no comentar este tema con nadie.

—Ha entrado en pánico —remachó Pablo—. No va a ser fácil sacar información. Tendremos que calentar la máquina para que nos dé el premio, como se hace con las tragaperras.

—No sabía que te gastaras el dinero en las tragaperras.

—Lo he visto en las películas.

—Ves demasiadas películas.

—Todas son de espías.

—Así nos va.

Se levantaron y volvieron a la pasarela para dirigirse a su habitación, rodeados de mar y oscuridad por todas partes, salvo en el cielo, que estaba abarrotado de estrellas. El universo se sostenía sobre sus cabezas en aquella limpia noche de Maldivas.

—Aunque presumes de ser muy observador, creo que no te has enterado todavía de que estamos dando la nota —se lanzó Teresa de nuevo al ataque.

—¿Por?

—Si no me coges de la mano, seremos la pareja más extraña y sospechosa de Eurasia —apuntó Teresa con pecaminoso gracejo—. Este es un resort al que vienen, sobre todo, parejas de enamorados. Muchos están de luna de miel y, como es normal, siempre van cogidos de la mano. Si caminamos como si fuéramos un par de amiguetes, no vamos a resultar muy creíbles, ¿no te parece?

Pablo buscó con su mano derecha la izquierda de Teresa, que estaba a la espera.

—Ya era hora... —dijo Pablo en un cuchicheo; Teresa no respondió—. Por cierto, me gusta cuando te pones vestidos tan cortos.

Teresa hizo como si no hubiera oído el piropo.

A la mañana siguiente, después del desayuno, Teresa y Pablo volvieron a la habitación para recoger sus toallas de baño y dirigirse a la playa, confiando en que se presentara una nueva ocasión para hacer averiguaciones. Pero no tuvieron que esperar mucho, porque la ocasión se presentó de inmediato.

—Buenos días. Perdone. No sabíamos que estaba usted aquí.

Pablo saludó al empleado que se ocupaba de limpiar la habitación, cuando abrió la puerta y vio que estaba en plena tarea.

—Si lo prefieren, puedo volver más tarde —ofreció el empleado, servicial.

—No, no. Siga con su trabajo, porque nosotros solo tenemos que recoger unas cosas y nos marchamos de inmediato —apuntó Teresa, mientras buscaba sus gafas de sol en un cajón—. Ya estarán más tranquilos, ¿verdad? —disparó la espía española, que nunca descansaba en su obsesión por encontrar el tesoro.

—¿Perdón? —El empleado de limpieza se sintió confundido con la pregunta.

—Sí, que ya estarán más tranquilos, después del susto que se llevaron con las muertes de hace unos días.

—Nooo, nooo —tartamudeó el trabajador, palideciendo.

—No se preocupe, nos lo ha contado uno de los responsables de la cadena de hoteles, que es amigo nuestro.

Teresa lanzó este falso anzuelo confiando en que el pez lo mordiera. Y, en efecto, el pez lo mordió. Ni Teresa ni Pablo conocían a ningún responsable de la cadena de hoteles, pero la alusión a la jefatura pareció tranquilizar al empleado de la limpieza quien, de repente, se dispuso a cumplimentar a los turistas. Si eran amigos de sus jefes, convenía tenerlos contentos, aunque le hubieran ordenado mantener la boca cerrada sobre aquel desagradable incidente de los disparos.

—Fue en una habitación, aquí cerca, ¿verdad? —intervino Pablo, ante le evidencia de que podían cobrarse la pieza con un interrogatorio bien dirigido.

—No, no —respondió el empleado, con la guardia definitivamente baja—. Fue en la 534, en el otro lado de la pasarela.

El alma cándida que buscaban acababa de aparecer.

El Acuario, sede del servicio de espionaje militar ruso (GRU), Moscú

—El informe es incompleto —dijo con gesto hierático el voluminoso general Alexey Vladimirovich Lébedev, impecablemente vestido con un traje de corte británico por el que había pagado tres mil libras en una sastrería de Londres, un pañuelo rojo en el bolsillo exterior izquierdo a la altura del pecho, una corbata de Hermès adquirida en París, y una camisa de un blanco reluciente, comprada en una tienda milanesa. Y todo ello, almibarado con unos gemelos de plata de una joyería de Ginebra.

Lébedev no levantó la mirada de los folios que tenía ante sus ojos.

—¿Qué más necesita saber, señor? —respondió el uniformado capitán, situado al otro lado de la mesa del despacho, en posición de firmes, con el pelo casi rapado, la musculatura en expansión y un rostro rocoso.

—Esa es una pregunta inconveniente, capitán. Me hace suponer que, según su criterio, hay cosas que no necesito saber. Y me hace pensar que tiene usted un exceso de consideración hacia sí mismo.

—Señor… —El joven oficial ni siquiera pudo iniciar una tentativa de respuesta.

—¿Por qué no ha especificado en su informe las heridas que ha sufrido en esta misión? —preguntó Lébedev, esta vez sí, levantando la cabeza y fijando sus ojos en los de su subordinado.

—No suelo hacerlo, señor. Las heridas son parte de nuestro trabajo.

—He visto que cojea. —A Lébedev ni siquiera se le ocurrió la idea de que su agente necesitara sentarse para aliviar las molestias que provocaban esas heridas, y no le invitó a hacerlo.

—Me estoy recuperando, señor. —El diligente soldado pretendía cortar de inmediato esta conversación poco productiva.

—¿Se da cuenta de que, sin la ayuda de la agente Nadia, hoy estaría muerto?

El capitán necesitó dos segundos para asimilar una pregunta que le incomodaba.

—La agente Nadia ha hecho un gran trabajo, señor.

—Lo seguirá haciendo. También irán juntos en la próxima misión. ¿Cuándo estará disponible para el servicio?

—El médico me ha dicho que en pocos días, señor.

—El presidente tiene otra operación reservada para usted.

—Espero sus órdenes, señor.

Lébedev dio a su subordinado la autorización para retirarse. Tampoco entonces levantó la mirada de los papeles que tenía entre sus manos. La luz del mediodía moscovita entraba como un intenso burbujeo a través del ventanal blindado. Al otro lado del cristal, un discreto jardín, bien cuidado, aliviaba la vista. El despacho, de aspecto funcional y sin barroquismos, disponía de un amplio escritorio sobre el que se amontonaban cientos de papeles, junto a un ordenador portátil con la pantalla abierta, pero apagada. Un par de móviles hacían compañía a un teléfono fijo, al lado de una taza dibujada con motivos militares que acogía una docena de lápices y bolígrafos. Detrás, una máquina del tamaño de una impresora esperaba dispuesta a triturar cualquier papel que se pusiera a su disposición.

El capitán Serguéi Petrov dio media vuelta y abandonó el despacho, situado en la quinta planta del Acuario, un edificio construido junto al viejo aeródromo moscovita de Khodynka, cerca del estadio Dinamo. Sus paredes cobijaban los secretos del GRU, el servicio de inteligencia militar. Era, probablemente, el departamento con más alto nivel de clandestinidad en Rusia. Petrov nunca utilizaba su nombre de pila ni su apellido. De hecho, nadie en el GRU lo conocía, salvo el general Lébedev. Petrov era solo Gorki. Había elegido ese alias por el Parque Central de Cultura y Descanso de Moscú, inaugurado pocos años después de la Revolución rusa y conocido por todos como Parque Gorki, en honor al famoso escritor soviético. Petrov no había leído a Gorki, pero aquel era el lugar al que le llevaba su padre cuando era niño.

El Acuario, sede del GRU, Moscú, un año antes

Era el gran día. Por fin, después de muchos desvelos, se inauguraba la nueva sede del servicio de inteligencia militar de Rusia.

El presidente Iván Karlov se mostró orgulloso al asegurar que: «Ha sido difícil encontrar dinero para un proyecto de esta envergadura, pero creo que hicimos lo correcto, y hoy podemos decir que la agencia de inteligencia del ejército ruso dispone de las instalaciones más modernas y mejor equipadas del mundo».

El complejo se expandió con nuevos edificios en los primeros veinte años del siglo xxi, desde lo que en tiempos de la Unión Soviética fue el cuartel general del Primer Directorio del KGB, al cargo de las operaciones en el exterior realizadas por agentes encubiertos. Y había continuado con esa tarea después de la caída de la Unión Soviética, solo cambiando el nombre.

Petrov no asistió a aquella fiesta de inauguración. Una parte determinante de su trabajo consistía, precisamente, en mantener oculta su identidad, incluso hacia dentro del servicio. Pero el presidente sí sabía de su existencia y quería conocer en persona a aquel brillante servidor del Estado.

Al finalizar el acto masivo, se organizó un cóctel exclusivo al que solo estaban invitados aquellos que conformaban la cúpula de la agencia. Dispusieron de un excelente cáterin, preparado por un misterioso individuo al que todos conocían como «el chef de Karlov». Era el responsable de organizar los eventos culinarios en los que participaba el presidente. Pero, en paralelo, dirigía un ejército de *hackers* encargado de asaltar internet, las redes sociales y los servicios informáticos de los países enemigos. Y, de paso, era el jefe de un grupo de mercenarios conocido como Wagner, ocupado en realizar trabajos sucios para la patria. Tiempo después, durante la guerra de Ucrania, se alzaría contra el Kremlin en una bufonesca operación —un aparente golpe de Estado grotesco y extravagante—, que terminó con «el chef» caído en desgracia: el avión en el que viajaba se precipitó al suelo.

—¿Dónde está ese muchacho? —preguntó Karlov con voz tenue, acercando su boca al oído del general Lébedev, mientras se llevaba al responsable del GRU, agarrado del brazo, fuera del corrillo en el que ambos estaban, en busca de un lugar menos concurrido. El presidente, espía de formación, sabía cuándo y cómo se debía guardar la discreción con los nombres propios en los servicios de inteligencia. Pero quería conocer personalmente a ese joven agente del que tenía tan buenas referencias. Decían de él que sobresalía por una conjunción de características que lo convertían en una joya del espionaje ruso: patriotismo, sentido del deber, fuerza física, habilidades de todo tipo y una puntería fuera de lo común.

—¿Se refiere al agente Gorki, presidente? —Lébedev se hizo el interesante, aunque sabía perfectamente lo que quería Karlov.

—Mijaíl también me ha hablado de él. ¡Mijaíl!

El presidente gritó ese nombre mientras alzaba la mano derecha por encima de las cabezas que lo rodeaban. Mijaíl Serkin estaba en otro corrillo, a unos diez metros, y apenas oyó la voz que pronunciaba su nombre, en medio del alboroto. Pero, casi por instinto, volvió la cabeza y vio cómo Karlov hacía gestos espasmódicos para pedirle que se acercara. Amablemente, se excusó ante sus acompañantes y, copa en mano, atendió al presidente y al general Lébedev, que ya se habían alejado de otros altos responsables de los servicios de espionaje con los que compartían charla hasta ese momento.

—Oye, Mijaíl, ese chico del que me has hablado es Gorki, ¿verdad? —preguntó Karlov bajando el tono de su voz.

—Sí, presidente.

Mijaíl Serkin era un hombre capaz, diligente y eficiente. No destacaba por sus características físicas. No era alto ni fuerte ni un guerrero sobresaliente. Pero sí había demostrado una gran capacidad analítica y estratégica, lo que hizo que se convirtiera en alguien muy apreciado tanto en las batallas políticas internas como en el diseño de las relaciones exteriores.

Y contaba con otra particularidad significativa: en las altas esferas se temía a Serkin por su cercanía personal con Iván Karlov, desde que ambos se formaron como espías en el viejo KGB de la Guerra Fría, al servicio de la Unión Soviética. Ascendieron, casi de la mano, en el *establishment* político después del colapso del sistema comunista, allá por los años noventa. Y Karlov, al alcanzar la presidencia de Rusia en el año 2000, tuvo a su lado a Serkin en diversos puestos. Primero, como ministro de su Gobierno. Después, como jefe del SVR, cargo que ocupaba aquel día en el que se inauguraba el nuevo edificio de otra agencia de espionaje: el GRU. Serkin, igual que Karlov, era un *silovik*: un destacado miembro de los servicios militares, policiales o de inteligencia. Los *siloviki* controlaban Rusia desde la caída del régimen soviético.

—Pero ya sabes, presidente, que Gorki no trabaja conmigo en el SVR, sino en el GRU. Lo quería para mí, pero el malvado de Alexey me lo arrebató —bromeó Serkin, mientras lanzaba una sonora risotada y daba palmadas en la espalda de Lébedev, como muestra de una inexistente camaradería entre ambos.

El presidente ignoró las cuestiones procedimentales y la tradicional competencia entre los diferentes servicios de espionaje. Quería ver al muchacho y le daba igual quién le facilitara esa tarea.

—¿Dónde está? ¿No ha venido? —insistió Karlov, con impaciencia. Le gustaba recibir respuestas inmediatas a sus apelaciones.

—No, presidente —respondió Lébedev—. Gorki es un agente al que protegemos de una forma muy especial. Tratamos de mantener su identidad bajo secreto. Usted conoce su alias, pero no le ha visto nunca. Otros le han visto, pero desconocen no solo su nombre, sino incluso su alias. Es el protocolo.

—Por supuesto, general. Así debe ser. Pero quiero hablar con él —reclamó Karlov, ya en modo imperativo.

—Me ocupo de inmediato —dijo Lébedev, mientras buscaba su teléfono móvil en un bolsillo interior de la chaqueta.

Media hora después, el teniente Serguéi Petrov, del servicio de inteligencia del ejército ruso, llegó a la puerta de una sala situada en la segunda planta sótano del edificio del GRU, equipada con un sofisticado sistema de insonorización, sin ventanas al exterior, con una gran pantalla al fondo y una mesa ovalada rodeada de sillas. Fuera de esa sala estaban Lébedev y Serkin. Dentro, solo el presidente.

Gorki venía vestido de paisano, con pantalones vaqueros desgastados, camiseta y una chaqueta deportiva. La premura de la cita le había impedido presentarse de uniforme en la importante reunión a la que le acababa de convocar su general, sin decirle el motivo ni con quién. La orden de Lébedev era terminante: debía acudir sin demora. No importaba lo que llevara puesto en ese momento.

—General... —Petrov se puso en posición de firmes, a pesar del aspecto nada castrense con el que se mostraba ante su superior.

—Teniente, recordará a Mijaíl Serkin, ¿verdad? Es el jefe del SVR.

—Señor... —Serkin extendió su brazo derecho hacia Petrov y ambos estrecharon sus manos. Era la segunda vez que se veían. Unos meses atrás, Gorki había participado en una operación del GRU, con una limitada, pero importante, aportación del SVR.

—Le esperan dentro, teniente —indicó Lébedev, haciendo un gesto con su mirada hacia la puerta.

Petrov dio dos pasos y entró en la sala. Al fondo, de espaldas, sentado y mirando las imágenes que aparecían en la gran pantalla, un hombre le aguardaba. Al oír cómo se cerraba la puerta, Iván Karlov, sin darse la vuelta, invitó al joven a entrar. Le gustaba darse importancia y demostrar que el poder era todo suyo. Y, en efecto, lo era.

—Adelante, teniente. Siéntese aquí conmigo, por favor.

Karlov señaló una silla situada un metro a su derecha. Petrov, casi sobrecogido, creyó reconocer la voz que le hablaba como la del presidente de Rusia, pero no quiso precipitarse hasta estar frente a él, para no cometer un error que pudiera considerarse grave. Avanzó unos pasos y se plantó de pie junto a la silla que acababa de indicarle. Sí, era él.

—Señor presidente... —saludó Petrov en un tono neutro, bien entrenado para encubrir sus sentimientos, como si todos los días se reuniera un rato con el líder de Rusia. Simuló no estar sorprendido ni atemorizado por la presencia de aquel hombre de corta estatura y evidente capacidad de mando que tenía delante.

—No se quede ahí de pie. Póngase cómodo —insistió Karlov, que seguía sin mirar al rostro de su interlocutor y que no hizo ademán de levantarse para estrechar la mano de su invitado.

El joven teniente tomó asiento y esperó mientras el presidente seguía con sus ojos fijos en la gran pantalla que dominaba la sala.

—Mire esas caras.

El agente se volvió hacia el enorme monitor al que Karlov dirigía la vista y en el que aparecían las fotografías de una docena de hombres, seis en la parte superior y otros seis en la inferior. Siete de ellos vestían uniforme. Todos eran de mediana edad.

—¿Reconoce a alguna de estas personas? —preguntó el presidente, que seguía sin entrar en contacto visual con su invitado.

—Sí, señor presidente.

—¿Conoce el nombre de todos ellos?

Petrov, con un tono de voz monocorde, nombró por su orden a cada uno de los doce individuos de la pantalla, sin muestra alguna de titubeo, como si se los hubiera aprendido para un examen.

—¿Cómo los calificaría usted, teniente?

—Son traidores, señor presidente.

—... y todos ellos murieron por serlo. —Karlov pronunció estas palabras a modo de continuación de la frase del muchacho, como si Petrov, en lugar de un punto y aparte, hubiera dejado una coma en el aire de la sala.

Petrov guardó silencio para no equivocarse, y mantuvo la esperanza de averiguar cuanto antes de qué iba esa extraña reunión de la que era protagonista.

Por fin, el presidente desvió la mirada de la pantalla y fijó sus ojos en los del teniente. Así permanecieron durante tres segundos, en los que parecían someterse mutuamente a una prueba de rayos X para ver lo que había en el reverso de la piel del otro.

—¿Sabe cómo murieron? —Karlov rompió el silencio para continuar el test al que sometía a Petrov, pero el agente no parecía sentirse intimidado. O era capaz de ocultarlo.

—Fueron eliminados, señor.

—Eran escoria, y nosotros tenemos la obligación de purificar nuestra sociedad. Eso nos hace más fuertes frente a los enemigos.

—Sí, señor presidente.

—¿Ha oído hablar de la quinta columna?

—No, señor —respondió Petrov sin dudar; cuando no sabía algo, evitaba disimular su ignorancia.

—En la Guerra Civil española, en los años treinta, el ejército de Franco avanzaba con cuatro columnas, desde diferentes flancos, para tomar Madrid, que seguía bajo el control del Gobierno de la República. Pero existía una quinta columna tan importante como las otras cuatro. Esa quinta columna no estaba formada por soldados, sino por seguidores de los sublevados que permanecían en Madrid, y que trataban de boicotear al Gobierno republicano desde dentro. —Karlov hizo una pausa que permitiera al teniente asimilar la información histórica que acababa de recibir y de inmediato trazó el paralelismo que pretendía establecer—. Estos individuos —prosiguió el presidente, señalando a las fotografías de la pantalla— formaban parte de la quinta columna de la que disponen nuestros enemigos occidentales en Rusia. Y un quintacolumnista no merece vivir.

Petrov se mantuvo en silencio y no hizo gesto alguno. Por un momento, no sabía si el presidente estaba a punto de dirigir esa acusación contra él, aunque no creía haber hecho nada por lo que mereciera ser considerado un traidor. La simple duda provocaba terror, pero el teniente supo contener su estado de ánimo. Solo mantenía la mirada fija en el presidente, a la espera de asistir al desenlace de aquella reunión.

—¿Sabe qué motivos tenían estos hombres para traicionarnos?

—No lo sé, señor.

—Algunos lo hicieron por dinero. Se dejaron comprar. Otros renegaron de Rusia y se entregaron a la perversa ideología de Occidente. En algún caso, fueron chantajeados: hicieron algo inconfesable y quedaron comprometidos, por lo que eran presa fácil para nuestros enemigos. Y lo peor: otros nos traicionaron por no ser capaces de controlar su ego. Creyeron que trabajando para Occidente se convertirían en personajes míticos del espionaje internacional y se escribirían libros sobre ellos. Todos quisieron ser Kim Philby, pero al revés. ¿Ha oído hablar de Philby, teniente?

—Sí, señor. Era británico, pero ayudó a nuestro país.

—Exacto. Algunos de los traidores que están en esa pantalla pretendían ser glorificados por la CIA o por el MI6, igual que Philby fue glorificado por el KGB. Pero ahora están muertos. Eso es lo que merece un traidor.

Petrov se mantenía inmóvil y en silencio, incapaz de imaginar hacia dónde se dirigía aquella disertación del presidente. Seguía sin saber si le estaba contando una historia, sin más, o si él mismo se encontraba cerca de acabar como los hombres cuya fotografía aparecía en la gran pantalla de aquella sala. Quedó a la espera de novedades. Y llegaron de inmediato.

—Cuénteme, teniente. ¿Por qué ha querido trabajar para Rusia desde el servicio de inteligencia? —Karlov volvía a utilizar su mirada de rayos X.

—Siempre quise hacerlo, señor. Mi padre fue agente del KGB durante la Guerra Fría. Estuvo destinado en la República Democrática de Alemania. Viví allí varios años siendo niño. Y mi abuelo fue un héroe de la Unión Soviética. Luchó en Stalingrado contra el ejército de Hitler. Allí murió en combate, cuando mi padre era un niño. Yo serví en la operación militar especial en Ucrania. Estuve en la liberación de Mariúpol. Soy un *spetsnaz*.

—¡Ah! ¡Los *spetsnaz*! ¡Las fuerzas especiales! Son ustedes una raza distinta. Hicieron una gran labor en Chechenia y también ahora en Ucrania. Y supongo que usted destacó lo suficiente para ser reclutado por el GRU.

—Hice mi trabajo, señor, igual que mis compañeros.

—Le agradezco la modestia, teniente. Pero no son esas mis noticias. Me han contado sus hazañas. Y por eso está ahora aquí, hablando con el presidente de Rusia.

—Se lo agradezco, señor. —Por primera vez desde que tenía delante a Karlov, Petrov creyó estar a salvo.

Era el momento. Toda la charla anterior solo se justificaba por lo que iba a ocurrir ahora.

—Hábleme de su padre, Serguéi. —Hasta ese momento, Karlov siempre se había dirigido a Petrov por su rango militar; utilizar ahora su nombre de pila no era un gesto gratuito; se suponía que nadie debía conocerlo, pero el presidente podía saber cualquier cosa que deseara.

—¿Señor? —Petrov se sintió desconcertado por la pregunta al comprobar que Karlov conocía su identidad real.

—Sí. Cuénteme cosas de su padre —insistió Karlov, ahora con ánimo categórico.

Esta vez, Petrov vaciló antes de responder.

—No sé qué quiere saber, señor. Pero le puedo contar que mi padre llegó a ser oficial del Ejército Rojo. El KGB contactó con él y se formó para ser espía. Fue destinado a la República Democrática de Alemania. Yo tenía dos años cuando nos enviaron allí. Por desgracia, tiempo después mi padre murió.

—¿Murió?

—Sufrió un ataque al corazón.

—¿Un ataque al corazón?

—Sí, señor.

El joven teniente no sabía si el presidente esperaba que fuera más explícito. Pero miraba fijamente a sus ojos, recostado en el respaldo de la silla, y no daba la sensación de sentirse sorprendido ni interesado por nada de lo que le contaba.

El silencio se instaló en aquella sala durante unos segundos, hasta que Karlov volvió al ataque.

—No fue así, teniente —dijo el presidente, como quien da un inesperado y violento golpe sobre la mesa, para sorpresa de todos.

—¿Qué quiere decir, señor?

—Su padre no murió de un ataque al corazón.

Petrov enmudeció. Estaba confuso y asustado.

—Conocí a Yuri. —El teniente no le había dicho al presidente cómo se llamaba su padre, pero Karlov lo sabía—. El KGB también me destinó a mí a la Alemania Oriental. Parecía un gran hombre, un patriota. Trabajamos codo con codo. Teníamos que asumir riesgos. Mi vida dependía de la suya y su vida dependía de la mía. Pero ocurrió algo. —Karlov detuvo el relato. Su espalda abandonó el respaldo de la silla en la que estaba instalado y su rostro se acercó a menos de un palmo de distancia de la cara del teniente—. Yuri nos traicionó.

Para pronunciar esas palabras, el presidente bajó el tono de su voz hasta convertirla en un leve rumor, casi inaudible. Pero provocaron un impacto demoledor en Petrov, que se quedó paralizado y estremecido por lo que acababa de conocer. Esa era, exactamente, la reacción que Karlov pretendía inducir.

El presidente volvió a recostarse en la silla, pero lo hizo tan lentamente que parecía la grabación de una imagen ralentizada. Después de lanzar la bomba, reculaba para comprobar, satisfecho y presuntuoso, su efecto demoledor. Frente a él, Petrov se sentía sobrepasado por la noticia. Siempre había pensado que su padre fue un héroe. Eso le contó su madre. Pero ahora, el mundo colapsaba a su alrededor, y ese colapso lo provocaba nada menos que el presidente de su país, al que tenía delante.

—Yuri se dejó llevar por la avaricia. Los servicios occidentales le ofrecieron dinero y una vida cómoda. Y, además, el ego. ¡Siempre el ego! —Karlov saboreó su propia exclamación—. Creyó que se haría famoso, que los periodistas de todo el mundo le pedirían entrevistas y que los americanos harían películas para narrar su audaz aventura. Pero yo descubrí la traición.

Petrov permanecía inerte. Aquel hombre, presidente de Rusia, estaba descomponiendo la vida que el joven Serguéi creía haber vivido. De repente, su padre no era un héroe, sino un traidor. Y no murió por un ataque al corazón, sino que había sido eliminado.

—Advertí a mis superiores de lo que ocurría y enviaron a un ejecutor. —Sin dar tiempo a que el teniente reaccionara, el presidente aceleró—: No era conveniente generar ruido alrededor de este asunto. Hubiera provocado demasiadas habladurías y eso no es bueno para un servicio de inteligencia. Tener un topo es lo peor que puede ocurrir en el mundo del espionaje y era mejor que no trascendiera. Además, aquellos eran años difíciles. Nuestro sistema estaba en crisis y el comunismo corría el peligro de derrumbarse, como finalmente ocurrió. No queríamos dar facilidades a nuestros enemigos. Era mejor resolver ese desagradable problema de forma discreta.

Karlov hizo una breve pausa, a la espera de que Petrov planteara alguna pregunta, pero seguía en parálisis. Estaba demudado y pálido. Temía que los datos desagradables sobre su padre no hubieran terminado.

—El ejecutor mezcló una sustancia en el café de Yuri y eso provocó una parada cardiorrespiratoria fulminante. Por supuesto, no se hizo autopsia ni se abrió ninguna investigación. El cuerpo del difunto fue repatriado de inmediato, junto con su familia. Es el protocolo. Se restauró el orden, como correspondía.

Karlov se puso en pie por primera vez. Deambuló por la sala sin destino aparente. Sorteó algunas sillas para dar unos pasos, dejando a Petrov a su espalda, devastado todavía por el impacto emocional que sufría. El teniente, por respeto institucional, estaba obligado a levantarse al hacerlo el presidente, pero su cerebro se encontraba en estado de congelación temporal y no reaccionaba. Sus ojos se perdían en la pared insonorizada, mirando sin ver. Cuando el presidente llegó al otro extremo, dio media vuelta y lanzó una pregunta al aire.

—¿Sabe por qué está aquí, teniente?

—No, señor —respondió Petrov, moralmente hundido, pero sacando fuerzas para incorporarse y colocarse en posición de firmes, como si esperara, con disciplina, recibir la orden de pegarse un tiro en la sien; estaba dispuesto a hacerlo.

—Está aquí porque le voy a encomendar una misión.

—A sus órdenes, señor —dijo, aún temeroso de un incierto desenlace.

Karlov inició el recorrido de vuelta hacia el teniente. Le indicó que se sentara de nuevo y el propio presidente también lo hizo.

—En los años cuarenta, todavía en plena guerra contra Hitler, el camarada Stalin fue a un pueblo al sur de Moscú. ¿Conoce Beleutovo, teniente?

—Sí, señor.

—En Beleutovo, Stalin se reunió con un joven al que le hizo un encargo muy importante: sería enviado a Estados Unidos para infiltrarse en las instituciones americanas. Hizo un gran trabajo. No debo darle más detalles, como comprenderá. Pero sí le diré que Stalin confió a aquel muchacho una tarea muy específica, de la que solo rendiría cuentas ante él y, en su caso, ante quien Stalin dijera. Una o dos personas más, como mucho. —Karlov permitió que el teniente digiriera esa información, antes de entrar de lleno en el siguiente capítulo de la operación. Petrov se limitaba a escuchar y a procesar cada dato—. Teniente Serguéi Petrov, quiero que usted sea mi agente, igual que aquel joven fue agente de Stalin. Trabajará para mí, aunque será en una misión distinta.

—Estoy a sus órdenes, señor —atinó a decir el teniente, aún sumido en la confusión y el desconcierto, abrumado por la terrible noticia sobre su padre, pero aliviado al pensar que quizá pudiera salir con vida de aquella sala.

—Al otro lado de esa puerta —Karlov señaló hacia la salida—, ya lo ha visto al entrar, está el general Alexey Lébedev, su jefe en el GRU. El otro es Mijaíl Serkin, jefe del SVR. Con Lébedev ya tiene usted establecido el contacto. ¿Se entiende bien con él?

—Es el responsable de mi servicio, señor. Estoy a sus órdenes.

—No le he preguntado eso teniente. Ya sé que trabaja usted en el GRU.

—Señor, mi trabajo no consiste en entenderme bien con mis superiores, sino en cumplir sus órdenes.

Karlov se sintió complacido por la respuesta. Era lo que debía decir un soldado.

—De acuerdo, teniente. Siga haciendo así su trabajo. Eso se espera de usted. Pero debe saber que, a partir de ahora, las tareas que se le encomienden serán por decisión mía. —Gorki no tenía claro si era el momento de decir algo o de seguir en silencio. Pero el presidente se adelantó a intervenir, antes de que el agente resolviera sus dudas—: ¿Ha oído hablar de la Unidad 29155?

—Señor, entre los compañeros se comentan muchas cosas, pero yo no atiendo a habladurías.

—Quizá por esas habladurías sabrá que se trata de un equipo muy reducido de agentes, todos ellos de máxima confianza. Realizan operaciones especialmente peligrosas en territorio enemigo. Usted, teniente, estará encuadrado en esa Unidad 29155, que forma parte del Departamento de Tareas Especiales *, dedicado a eliminación de individuos, sabotajes, complots y todas aquellas operaciones delicadas que solo se encargan a los mejores. Y recuerde: atenderá las órdenes que le dé el general Lébedev, porque serán mis órdenes. A nadie más.

—Sí, señor.

—Sé que es un patriota. Me lo aseguran sus superiores. Sé también que es el mejor agente del servicio. Y sé que aprenderá en cabeza ajena. ¿Verdad, Serguéi?

—¿Señor? —Petrov no tenía respuesta ante esa pregunta tan ambigua y temía dar una contestación errónea, que pudiera resultar suicida.

—Lo que quiero decir, teniente, es que sabrá aprender de lo ocurrido con su padre. Estoy convencido de que no cometerá la misma deslealtad y servirá a su patria con honor.

Petrov intuyó la tarea que el presidente estaba a punto de encomendarle. Llegados a ese punto, lo que iba a escuchar era lo que menos le sorprendía de toda la charla.

---

* SSD, por su acrónimo en ruso.

—Va a ser ascendido a capitán. Y, a partir de ahora, su cometido es muy claro: eliminar a los traidores.

—Será un honor, señor presidente —respondió Petrov sin apenas dar tiempo a un suspiro: quería que quedara claro su compromiso.

—Y sepa que siempre estoy atento. Nos volveremos a ver pronto —sentenció el presidente, con una actitud que su interlocutor no supo interpretar si era amable, amenazante o una mezcla de ambas.

Islas Maldivas

Pablo abrió los ojos con la sensación de que esa mañana había amanecido con una luminosidad más intensa que las anteriores. Teresa, a su lado, aún dormía. Aunque era muy temprano, ya abrumaba el calor. Se puso el bañador, salió al porche, se colocó unas aletas en los pies y unas gafas de bucear. Bajó las escalerillas y sumergió su cuerpo en las aguas transparentes del océano Índico que discurrían bajo la hermosa habitación de aquel hotel de Maldivas, construido sobre el mar.

Otros huéspedes tenían esa misma costumbre de iniciar el día dándose un baño matinal. Los peces tropicales también. De inmediato, Pablo vio que le acompañaban pequeños ejemplares de la fauna marina, de todos los colores, tamaños y formas imaginables. Una belleza.

Pasó por debajo de varias habitaciones *overwater*, se enfrentó a la corriente, que le empujaba en dirección contraria y llegó al lugar que buscaba: la 534, el escenario del crimen.

Desde el agua y a una distancia de unos diez metros, no parecía que hubiera nada en el porche y las cortinas estaban corridas, lo que le impedía ver el interior. Quizá sus ocupantes aún dormían, pero Pablo concluyó que lo más probable era que la habitación estuviese vacía, porque todos los enseres que se encontraban a la vista estaban en perfecto orden, algo impropio de una estancia con turistas: ni un bañador tendido para secarse, ni unas zapatillas de playa por el suelo, ni una toalla colgada de una silla…

Sintió la tentación de subir por la escalerilla, pero descartó la idea: dejaría las huellas de sus pies mojados en el suelo impoluto y se sabría que alguien había entrado sin permiso en ese lugar tan delicado. Pablo no quería poner en alerta a los responsables de seguridad sobre la posibilidad de que hubiera intrusos tratando de saber lo que no debían.

Minutos después, Teresa se despertó al oír los ruidos que Pablo hacía al otro lado de la cristalera, que daba acceso a la pequeña piscina del porche.

—¿Qué tal el primer baño del día? —preguntó ella, mientras trataba de desperezarse, y Pablo se deshacía de las aletas y las gafas de buceo.

—Creo que no hay nadie. —Perkins evitó los preliminares y fue directo a la única respuesta que le interesaba en ese momento.

—¿Dónde?

—He ido a nado hasta la habitación 534. La mesa y las sillas del porche están perfectamente ordenadas en su sitio, como si las acabara de colocar el empleado de la limpieza. Las puertas están cerradas y las cortinas, corridas. No hay nadie.

—Y seguro que han eliminado cualquier rastro. Han debido de limpiarlo todo hasta dejarse las manos, para que no quede una sola pista. No creo que en la habitación encontremos nada.

—Es posible. Pero no deberíamos irnos de aquí sin entrar.

—¿Te dieron clase de cerrajería en la CIA?

—Los agentes de la CIA sabemos de todo —respondió Pablo, entre mordaz y presuntuoso.

Catorce horas después, solo unas cálidas bombillas led y el tintineo de las estrellas en el firmamento aliviaban la oscuridad que dominaba el resort de las islas Maldivas. Terminado el último turno de cena para los huéspedes, algunos descansaban ya en sus habitaciones. Otros, la mayoría, se distribuían entre un pub, un *sportsbar* que ofrecía varios acontecimientos deportivos en sus televisores y la barra de la playa, donde un grupo musical animaba la fiesta.

Una docena de parejas y varios niños caminaban por la pasarela construida justo por encima del nivel del mar, para ir de un lado al otro del resort. Teresa y Pablo se unieron a la improvisada y desordenada comitiva. Tenían localizadas las cámaras de seguridad. La más cercana a la habitación 534 estaba a unos sesenta metros. Confiaban en no ser identificados porque apenas había luz a esa hora de la noche. Además, la 534 no era la única habitación en esa zona del hotel. Las 533, 535 y 536 compartían la misma plataforma sobre el agua. Por tanto, no sería extraño que unos clientes estuvieran allí. Aun así, para reducir riesgos, Teresa y Pablo vestían ropa deportiva, como si volvieran del gimnasio, incluidas unas gorras que ocultaban su rostro parcialmente.

Cuando llegaron a la altura de la 534, se desviaron hacia la puerta y quedaron fuera del espacio que abarcaba la cámara. Ahora podían trabajar con mayor libertad. Pablo sacó de sus bolsillos varios utensilios metálicos de pequeño tamaño con los que pretendía forzar la cerradura. Teresa se quedó un paso por detrás, vigilando por si alguien se acercaba. Fue fácil: la puerta cedió en pocos segundos.

La habitación era más grande que la suya: disponía de un salón, dos dormitorios y dos baños. Uno de los cuartos tenía una cama de matrimonio, donde habrían dormido Serkin y su mujer, y la otra disponía de una cama para una sola persona, que sería la que utilizó el hijo de ambos. Con sus linternas, Teresa y Pablo revisaron cada palmo de las estancias. Pero, como sospechaban, todo estaba ordenado y aún olía a los productos de limpieza utilizados para dejar aquella habitación como nueva, después del triple asesinato.

Con extremo cuidado y con las manos cubiertas con guantes, abrieron la puerta del ventanal que daba acceso al porche, a la piscina y a la escalerilla que descendía hasta el mar. Había una mesa y cuatro sillas colocadas junto a una pared.

—Nos la hemos jugado para nada —masculló Pablo, mientras Teresa tenía la vista puesta en un horizonte aparentemente invisible, debido a la oscuridad de la noche.

—Creo que te equivocas. —Teresa no parpadeaba.

—¿Cómo?

—Fíjate allí —dijo, mientras apuntaba con el dedo al horizonte—. ¿Qué ves a lo lejos?

—Nada. Es de noche.

—¿No ves unas luces? Son muy leves, casi no se aprecian, pero están allí.

—Eso debe de ser un barco pesquero. Hay muchos por la zona.

—Hay más puntos de luz que los de un pequeño pesquero. Y están fijos. No se mueven. Tiene que ser un edificio en otra isla. De día no se distingue, porque está lejos y la bruma lo impide. Pero cuando la noche es limpia, como hoy, se puede ver la iluminación. El ejecutor pudo venir desde allí.

—¿En barco?

—O nadando.

—Es una distancia enorme para recorrerla a nado con estas corrientes.

—Alguien bien entrenado sí puede hacerlo, sobre todo si tiene la ayuda de un propulsor.

—Pudo ser mucho más fácil que eso: quizá el ejecutor estaba alojado aquí.

—Quizá. Pero hubiera sido muy arriesgado, porque lo primero que debió de hacer la policía fue investigar a los clientes y a los empleados de este hotel. Los servicios rusos no cometerían ese error. El ejecutor tuvo que llegar desde fuera.

—Aun así, voy a pedir a Langley que trate de acceder a la lista de clientes que estaban hospedados la noche del crimen.

Pablo no tuvo tiempo de pronunciar por completo la última palabra, cuando un ruido interrumpió la charla. Alguien intentaba entrar en la habitación. En medio de la oscuridad, y antes de que el intruso tuviera tiempo de encender la luz, Pablo cerró desde fuera la puerta de la cristalera y ambos trataron de ocultarse en el porche.

—Ahora vas a tener que demostrar si estás entrenada para nadar desde aquí hasta nuestra habitación. Rápido, vamos al agua —dijo Pablo con un tono de voz casi inaudible.

Pablo empujó a Teresa hacia la escalerilla para meterse lenta y silenciosamente en el mar. El intruso estaba a punto de llegar al porche. Cuando lo hizo, comprobó que allí no había nadie. Se acercó al borde de la plataforma, pero Pablo y Teresa ya se refugiaban en las aguas que discurrían bajo el suelo de la habitación, y la fuerza de la corriente los alejaba hacia otra zona del resort. El intruso, un empleado de seguridad, creyó ver algo raro a través de las cámaras y había decidido ir personalmente a la habitación 534. «Todo está en orden», pensó. Sacó un *walkie-talkie* de su funda sujeta al cinturón de su pantalón, comunicó a su jefe que se trataba de una falsa alarma y salió de la habitación.

En un primer momento, el oleaje facilitó la huida de Pablo y Teresa al alejarlos del lugar con rapidez. Pero, pasado ese apuro inicial, la situación empezó a resultar peligrosa, porque la marea amenazaba con empujarlos lejos del resort y llevárselos mar adentro. Nadaban con toda la fuerza de sus brazos y sus piernas, pero apenas conseguían avanzar hacia su habitación.

Quince minutos después, por fin alcanzaron la escalerilla. Exhaustos y con la respiración acelerada, se tumbaron en la plataforma junto a la piscina, tratando de llenar los pulmones con todo el oxígeno disponible.

—Hay que averiguar qué son esas luces —dijo Teresa, mientras gestionaba el resuello incontrolado.

—Pero no pienso nadar hasta allí —advirtió Pablo, extenuado.

Palacio del Kremlin, Moscú, unos días antes

—Señor presidente, acaban de llegar las personas que esperaba. —La voz del secretario personal de Iván Karlov sonaba metálica en el auricular del teléfono situado sobre el escritorio.

—Pueden pasar.

Transcurridos unos segundos, la puerta de doble hoja se abrió ante el empuje de un joven soldado, vestido de gala, encargado de guardar protocolariamente el acceso al despacho más importante de Rusia. Alexey Lébedev apuró el paso hacia el interior de la sala, mientras Serguéi Petrov lo seguía, cumpliendo la lógica de la cadena de mando: un metro por detrás.

Karlov se levantó del butacón en cuyo respaldo tenía colgada su chaqueta. En mangas de camisa, con corbata y una seriedad manifiesta, el presidente rodeó el escritorio y dio unos pasos para recibir a sus invitados en el centro del despacho.

—General... —El presidente dejó la palabra colgada del aire, y estiró el brazo para estrechar la mano del máximo responsable del GRU—. Capitán... —Karlov repitió el ceremonial con el agente.

El presidente señaló las sillas alrededor de una mesa de reuniones colocada a pocos centímetros de un hermoso ventanal con vistas a los jardines del Kremlin. Karlov se sentó, y solo entonces lo hicieron sus acompañantes, guardando el respeto debido a la superioridad.

—He pedido que vengan porque tengo un encargo importante y delicado. Capitán, ya le dije que pronto volveríamos a hablar.

Lébedev y Petrov asintieron. Ahora sabían que aquella no era una cita protocolaria, aunque ya lo suponían.

—Hemos detectado un topo.

—¿Señor? —Lébedev recibió la noticia con estupefacción: para detectar a un topo hay que ordenar a una persona fiable y leal la tarea de realizar una secreta, larga y difícil investigación interna. ¿Por qué Karlov no le había confiado ese encargo a él? ¿Debía de extraer alguna conclusión de ese hecho?

Petrov no se inmutó. Consideraba que no le correspondía hacerlo. El capitán se limitaba a atender a sus superiores y a cumplir órdenes.

—El topo es Mijaíl Serkin.

El presidente hablaba con tono monocorde y un evidente desafecto, como si Serkin, en lugar de ser su amigo íntimo, fuera un funcionario más al que no conociera de nada. La frialdad de esa actitud asombraba a sus interlocutores.

Lébedev escuchó, perplejo, las palabras de Karlov, pronunciadas como un martillazo rotundo y seco sobre una pieza metálica. Y el cuerpo del general reaccionó como si hubiera recibido un inesperado puñetazo en el estómago: el impacto emocional encogió su cuerpo ligeramente hacia delante, interrumpió su respiración, sufrió una leve pero agobiante sensación de mareo, notó un exceso de sudoración en las axilas, la espalda y la frente, y dejó de parpadear durante una larga sucesión de segundos.

Karlov se percató del efecto de sus palabras y decidió disfrutar del espectáculo: presenciar las secuelas prácticas del poder que era capaz de emanar. Miró a Lébedev como un verdugo psicópata degusta los instantes en los que un ahorcado se balancea, colgado por el cuello, antes de perder la respiración para siempre.

El jefe del GRU se sintió impactado al escuchar ese nombre. Serkin estaba lejos de ser su amigo, pero, como responsable del SVR, sí había tenido un contacto estrecho con él, y nunca imaginó que pudiera ser un traidor. Sabía que Serkin y Karlov se conocían desde la adolescencia, por lo que suponía que el presidente se sentiría muy afectado, aunque tratara de no aparentarlo.

—Señor, tomo nota de todo —dijo Lébedev, con un hilo de voz que apenas le salía del cuerpo debido a la tensión, mientras sacaba un bolígrafo y un papel en blanco del bolsillo interior de su chaqueta; Petrov se limitaba a mirar al presidente sin parpadear.

—Hace años que Serkin da información a los americanos. Hemos sabido que una de nuestras operaciones más importantes en Estados Unidos fue saboteada por él. Y también hemos descubierto que después se reunió en España con esa tal Elisabeth Kramer. Creemos que a partir de entonces empezaron a preparar el operativo para su deserción. Ahora tenemos que actuar.

—Estamos a sus órdenes, presidente. ¿Cuál es la misión? —A Lébedev cada vez le preocupaba más lo que escuchaba de boca de Karlov.

—Hace una semana, Serkin envió a su mujer y a su hijo a Estambul. Después se subieron en un avión a las islas Maldivas, con la excusa de tomarse unas vacaciones. Serkin se marchó de Moscú hace tres días para unirse a ellos. Están en este hotel. —Karlov sacó del bolsillo derecho de su pantalón un pequeño papel doblado por la mitad, en el que había escrito el nombre del resort—. Hemos comprobado que tienen reserva para seis días más. Suponemos que en ese tiempo serán sometidos a un proceso de extracción por los americanos. Hay que actuar antes de que eso ocurra. —Karlov dejó que Lébedev y Gorki digirieran toda la información, antes de engolar la voz y soltar su sentencia final—: Serkin debe ser eliminado cuanto antes. Dispone de datos que no pueden caer en manos del enemigo.

—Lo impediremos, señor —garantizó Lébedev con determinación—. Me encargaré de que sus escoltas no se inmiscuyan. El agente Gorki se ocupará de este asunto. Lo hará con la agente Nadia.

Petrov perdió repentinamente su comportamiento hierático al escuchar el nombre. No movió la cabeza, pero sus ojos se dirigieron al general que tenía a su lado. No sabía quién era esa tal Nadia, pero sí tenía claro cuál era su preferencia cuando se trataba de cumplir una misión.

—Señor, ¿no cree que sería mejor que lo hiciera yo solo? —apuntó con respeto, pero con firmeza.

—Tendrá que adaptarse, capitán —respondió el general—. Estas misiones son peligrosas. Necesitará apoyo. A determinados lugares, como Maldivas, nadie viaja solo. Es un destino de parejas o de familias. Además, Nadia está especializada en medicina de emergencias y tiene experiencia en zona de guerra. Irá con usted.

—Por supuesto, señor —respondió Gorki con resignación, después de un segundo de silencio que dedicó a planificar un tono de voz que no resultara hostil.

—Capitán, no tenga piedad. Serkin es un traidor —sentenció Karlov.

—No tendré piedad, señor presidente.

Karlov no quería oír otra cosa.

Cinco días después, Serkin, su mujer y su hijo yacían muertos sobre el suelo del porche de un hotel en las islas Maldivas, y Gorki salvaba la vida gracias a la pericia médica y militar que Karinna Guseva, la agente Nadia, había adquirido en la guerra de Ucrania.

Ucrania Oriental ocupada por Rusia, julio de 2023

—¡Comandante! ¡Se acaban las vendas y ya no hay antibióticos! ¡Se nos van a morir!

La joven teniente médico Karinna Guseva —fibrosa, cabello rubio recogido bajo su gorra militar y con una bata blanca manchada con una mezcolanza de barro, sudor y sangre ajena— llamaba a gritos la atención del responsable al cargo del hospital de campaña más cercano a la línea del frente. El ejército ucraniano había lanzado una contraofensiva semanas antes y sus fuerzas golpeaban con dureza a los efectivos rusos, parapetados en sus trincheras. El número de muertos se duplicó en pocos días. El de heridos se quintuplicó.

—¡No llegarán más suministros hasta mañana! ¡Y ni siquiera estoy seguro de tenerlos mañana! —respondió el comandante en un alarido, mientras los proyectiles de la artillería ucraniana caían ya a menos de doscientos metros, provocando un ruido atronador y aterrador.

Karinna dio media vuelta, interrumpiendo bruscamente la conversación. Estaba indignada con los generales que dirigían la guerra desde sus amplios y cómodos despachos de Moscú. Si no eran capaces de hacer funcionar la intendencia, si no disponían de suministros, si escaseaban la munición y los alimentos, y sin el material sanitario preciso, el esfuerzo que hacían los soldados en el frente sería inútil. Pero Karinna sabía que su indignación no salvaría la vida de los heridos. Tendría que buscar soluciones alternativas.

Fue en ese momento, mientras se esforzaba en ordenar sus pensamientos, cuando un obús impactó en la esquina norte del hospital de campaña. La explosión mató en el acto a quince de los soldados que estaban siendo atendidos, a tres médicos y a cinco enfermeros. Solo sobrevivieron dos soldados, el comandante y Karinna, que tardó un par de segundos en percatarse de una buena noticia: estaba casi ilesa y podía moverse a pesar del *shock*, del fuerte pitido que la detonación provocó en sus oídos, y de varias esquirlas de la bomba que se incrustaron en sus brazos y en la pierna izquierda, y que provocaban un dolor agudo. A su lado, otros dos hombres sufrían lesiones severas: fracturas y heridas abiertas de las que manaba mucha sangre. Y un tercero estaba conmocionado, pero se puso en pie, pasados unos segundos. La sangre manchaba la manga izquierda de su camisa militar y sentía el mareo provocado por un golpe en la cabeza. Pero en un primer vistazo comprobó que era un problema menor.

—¡Comandante! ¡¿Puede oírme?! —Karinna se echó encima del cuerpo de su jefe al ver que aún se movía ligeramente en el suelo, y mientras retiraba algunos escombros que tenía encima.

El comandante trataba de abrir los ojos, y sus oídos estaban atrapados en el intenso zumbido provocado por la explosión. Karinna vio de inmediato que sangraba por un costado y a la altura de la pantorrilla izquierda. Las heridas parecían graves, pero no definitivas.

—¡Atiende a los demás! —acertó a decir el comandante, sin ser capaz de oír su propia voz.

Karinna se puso en pie y vio que su bata estaba aún más ensangrentada que antes. Y no solo era la sangre del comandante. A cinco pasos, un soldado pedía ayuda a gritos y en medio de agudos dolores. A las heridas que había sufrido en las piernas durante un combate, se unía ahora otra en el brazo derecho, provocada por el obús. Y el segundo soldado superviviente, a dos metros del anterior, se incorporaba después de haber sido derribado por la onda expansiva, golpeándose la cabeza contra un poste. Aun así, era el que mejor se encontraba.

—¡Eh! ¡¿Cómo te llamas?! —gritó Karinna al único soldado en pie.

—¡Viktor!

—¡Viktor, ven aquí! ¡Ayúdame! ¡Tenemos que llevarnos a estos dos hombres y salir de aquí de inmediato, porque van a caer más bombas!

Entre Karinna y Viktor levantaron al comandante para tumbarlo en una camilla y después hicieron lo mismo con el soldado herido. Karinna corrió en busca de algún transporte. El obús había provocado una fuga desordenada de la unidad militar estacionada en esa zona, pero quedaban un jeep y un camión. Por suerte, el camión disponía de espacio para los tres heridos. Se puso al volante y acercó el vehículo hasta los restos del hospital de campaña. Karinna y Viktor, con mucho esfuerzo físico, subieron la camilla del soldado y después la del comandante. Viktor se situó en el asiento del copiloto y Karinna inició la marcha. Aceleró en el mismo momento en el que otro obús estallaba a cinco metros, lo que la obligó a girar bruscamente para alejarse de la explosión. El camión se tambaleó y amenazó con volcar, pero se enderezó a tiempo. Otro obús cayó delante, a diez metros, abriendo un enorme agujero en el camino, que la conductora tuvo que esquivar con un volantazo hacia la izquierda.

Viktor sacó la cabeza por la ventanilla para mirar hacia atrás: el campamento estaba destruido, no quedaba nada ni nadie en pie, y a unos trescientos metros se adivinaba la silueta de los carros de combate Leopard, de diseño alemán, entregados a Ucrania por varios países de la OTAN. Avanzaban sin resistencia alguna y el ruido de sus cadenas de oruga, tan ensordecedor, infundía espanto. Su avance era lento pero implacable.

—¡Hay que acelerar! —gritó Viktor a Karinna—. ¡Los Leopard están llegando!

—¡Tenemos que parar en el pueblo! ¡Si no hago una cura urgente de las heridas, se nos van a morir!

Karinna pisó el acelerador, pero las ruedas del camión quedaron atrapadas en un enorme bache embarrado. Giraban sobre sí mismas y resbalaban en el lodo. No podían moverse, los tanques ucranianos estaban más cerca y, junto a esas enormes máquinas de guerra, también venían decenas de soldados de infantería.

—¡Viktor! ¡Busca tablones y ponlos debajo de las ruedas! —gritó Karinna, mientras corría alocadamente en dirección a los carros de combate y a los soldados enemigos, en actitud suicida.

—¡Teniente, vuelva aquí! ¡La van a matar!

Karinna ignoró los gritos de Viktor. Pretendía llegar al cobertizo que hacía las veces de arsenal, y en el que se guardaban algunas de las armas abandonadas por las tropas rusas en su desquiciada huida. La puerta estaba cerrada con llave. Sacó su pistola de la funda y disparó contra la cerradura, que cedió ante la potencia de dos balas consecutivas. Dentro encontró fusiles de asalto Ak-12. Colgó dos de su hombro izquierdo para llevárselos, y reservó el hombro derecho para utilizar uno de los tres lanzagranadas antitanques RPG-7. Eran de la época soviética, pero esa antigüedad resultó ser una buena noticia para la teniente Guseva, porque en la academia militar no pudo entrenar con los últimos modelos, sino con los más viejos, y este lo conocía.

Desde el interior del cobertizo oía cómo se acercaban los carros de combate ucranianos. Al salir a la puerta comprobó que dos Leopard estaban a unos ciento cincuenta metros. Uno de ellos dejó de avanzar de frente y se desvió hacia el sur para cubrir ese flanco. Pero el otro iba hacia el camión donde estaban Viktor y los dos heridos.

Karinna puso la rodilla izquierda en tierra, situó el lanzagranadas sobre el hombro derecho, su ojo se ajustó a la mirilla, apuntó al tanque y activó el arma. La granada realizó un vuelo vertiginoso, a poco más de un metro del suelo, e impactó en un lateral del carro. No fue un gran disparo, pero sí permitió ganar algo de tiempo, porque se resquebrajó una parte del blindaje y varias llamaradas de fuego provocaron el pánico de los tanquistas que estaban dentro, y de los soldados que iban detrás y a los lados. Se dispersaron de inmediato y se arrojaron al suelo. El tanque detuvo su marcha. No estaba muy afectado, pero quienes lo manejaban prefirieron ralentizar el avance para evaluar los daños, temerosos de que otra granada pudiera ser letal. Sin embargo, no habría más granadas. Karinna tenía que huir, y se dio por satisfecha al ver que el carro se frenaba. Con uno de los fusiles lanzó varias ráfagas de disparos para atemorizar a la infantería enemiga, mientras corría despavorida en busca del camión.

Viktor ya había colocado unos tablones bajo las ruedas, y se quedó al pie del vehículo para ayudar en la maniobra de salida. La teniente se puso al volante y apretó suavemente el acelerador. Las ruedas seguían escurriéndose en el lodo. Lo intentó de nuevo, al tiempo que Viktor hacía palanca contra los neumáticos con otro tablón que tenía en las manos. Después de varios intentos, las ruedas demostraron que aún tenían agarre y el camión se movió.

Para entonces, el Leopard trataba de arrancar de nuevo, y apuntaba con su cañón al vehículo ruso que tenía delante, mientras los soldados ucranianos disparaban con sus fusiles de asalto a mansalva. Varias balas impactaron en la carrocería del camión, antes de que el tanque lanzara un obús. Pero Karinna realizó un milagroso viraje de noventa grados que le permitió esquivar el proyectil y enfiló hacia una calle con varias casas que sirvieron de refugio. Aceleró al máximo y puso distancia. Salió del casco urbano por el lado opuesto del pueblo y tomó una carretera en dirección a una localidad situada a dos kilómetros.

Por el camino encontró a tres soldados rusos que habían perdido el contacto con su unidad. Estaban aterrados ante el avance de los ucranianos. Karinna paró para que subieran al camión. Dos de ellos sufrían heridas leves. El tercero tenía el tobillo izquierdo roto y era llevado en volandas por sus compañeros, en medio de fuertes dolores.

—¡Viktor, ponte al volante y conduce tú! —bramó la teniente, mientras ayudaba a los tres soldados a subir al camión.

—¡Solo sé conducir coches!

—¡Pues tendrás que aprender ahora!

Viktor se cambió al asiento del conductor, trató de arrancar y caló el motor. Karinna volvió a la cabina, apartó a Viktor de un empujón y mostró al soldado cómo utilizar las marchas. Viktor lo intentó de nuevo y logró poner en movimiento el vehículo, aunque daba tirones permanentes. A pesar de las dificultades, la teniente pudo inmovilizar el tobillo del herido, en medio del llanto de dolor del muchacho.

Karinna recuperó el volante y puso rumbo a la aldea. Necesitaba vendas y antibióticos que frenaran la pérdida de sangre y evitaran que los heridos sufrieran las consecuencias de una infección. Después, tendrían que huir, porque los ucranianos se acercaban.

La primera casa estaba desierta. Forzaron la puerta, entraron y buscaron en el baño, en la cocina y en las habitaciones cualquier material sanitario que les pudiera servir. Solo encontraron un pequeño envase con agua oxigenada y algodón. No era suficiente, pero se lo llevaron. La segunda casa de la aldea también estaba vacía. Recogieron más algodón. Corrieron hacia la tercera casa. Golpearon la puerta. Esta vez abrió una anciana, con el pelo cubierto con un pañuelo negro. Karinna sintió piedad ante aquella mujer abandonada a su suerte en medio de la guerra.

—Señora, necesitamos vendas y antibióticos. Es urgente.

—Lo siento, hija. Lo poco que tenía se lo han llevado unos soldados que pasaron por aquí hace una hora. Y han hecho lo mismo en las demás casas. Ya no queda nadie más que yo, mi perro y las abejas del panal.

—¡¿Cómo dice?! ¡¿Hay un panal?! ¡¿Dónde está?!

—Por ese camino. Son cinco minutos a pie.

—¿Tiene un traje de apicultor?

—El de mi hijo.

—¿Dónde está su hijo?

—Murió en el frente hace cinco meses.

—Lo siento mucho, señora. Pero necesito ese traje.

La anciana buscó en un armario y entregó el traje a Karinna, que empezó a correr con un agobio creciente. En un claro del bosque circundante encontró el panal. Se colocó la prenda, el blusón y el buzo, y sacó toda la miel que pudo hacia un recipiente. Volvió al pueblo a la carrera y untó con la miel las heridas del soldado y del comandante.

—¿Miel? —preguntó el comandante con un hilo de voz.

—Si no tenemos antibióticos —respondió la teniente—, la miel es lo mejor para acelerar la curación de las heridas y evitar las infecciones. Con esto ganaremos tiempo hasta que lleguemos a un hospital.

Karinna volvió a la casa. Estaba decidida a llevarse a la anciana.

—Gracias, mi querida niña, pero no me iré —respondió la mujer, lánguida pero convencida de que su destino estaba en esa casa; nadie la movería de allí—. Nací aquí; aquí sufrí varias guerras; y aquí moriré cuando llegue mi hora.

Karinna abrazó a la mujer y salió de allí a la carrera. Una hora después, y con el depósito de combustible casi vacío, el camión —con una teniente médico, un comandante y cinco soldados doloridos y espantados— llegó hasta una zona bajo control ruso. Estaban a salvo.

El personal sanitario del hospital de campaña atendió precipitadamente a los heridos, que fueron intervenidos de inmediato. Con gran dolor, retiraron a Karinna las esquirlas que tenía incrustadas en varios lugares de su cuerpo y que provocaron un abundante sangrado. Pasadas unas horas, fue trasladada hacia el este, hasta la zona fronteriza, donde pudo dormir una noche completa por primera vez desde hacía semanas.

Por la mañana, recibió la orden de presentarse ante un alto mando militar, responsable del control de un pueblo ucraniano ocupado por las fuerzas rusas desde los primeros días de la invasión. Una casa amplia hacía las veces de cuartel general. En una habitación estaba instalado el despacho del mando, con aspecto desordenado, un mapa cubriendo la pared a la espalda de una mesa y un foco de luz destartalado, pero que cumplía su función de iluminar la estancia.

—Teniente, acérquese —ordenó el coronel al cargo de los efectivos rusos en la región—. Se llama usted Karinna Guseva, ¿verdad?

—Sí, mi coronel —respondió en posición de firmes, y mirando al mapa de la pared, en lugar de a su interlocutor, en una impecable pose marcial.

—Teniente Guseva, ha realizado una misión excelente. Ha salvado la vida de seis hombres.

—Solo he cumplido con mi deber, señor.

—El responsable médico me ha dicho que el comandante y los soldados han sobrevivido gracias a que usted puso miel en sus heridas, y fue capaz de frenar el ataque de un carro de combate y de una unidad de infantería.

—Tuvimos suerte, mi coronel. Había un camión y pudimos esquivar al enemigo. Por desgracia, no disponíamos de medicamentos, pero encontramos miel por el camino. La miel no es milagrosa, pero puede ayudar cuando no hay nada más. Nos permitió ganar unas horas, hasta llegar aquí.

—Teniente, es usted una digna hija de la Madre Rusia. —Sin embargo, por sorpresa, el coronel dio un giro completo a su actitud con Karinna—. Pero hay algo que me gusta menos. —Karinna tensó los músculos y apretó las mandíbulas en un evidente gesto de ansiedad. El coronel prosiguió—: Veo, teniente, que tiene buenos amigos en Moscú. —Hizo una pausa, sin que Karinna se atreviera a intervenir—. Desprecio a la gente que mueve sus hilos en los despachos de Moscú para librarse de combatir en el frente.

La insinuación indignó a la teniente Guseva, pero evitó dar una respuesta airada a un superior.

—No entiendo a qué se refiere, señor —dijo, a la espera de que ocurriera algo que le permitiera saber en qué consistía aquella acusación de la que se sentía inocente.

—Acabo de recibir una notificación del Ministerio de Defensa. Me ordenan que tramite su salida inmediata de aquí. Tiene que trasladarse a Moscú. Allí recibirá nuevas órdenes. Se ha movido usted bien en las altas esferas.

—Mi coronel, le aseguro que no sé nada de esto —respondió Karinna, casi en un gemido.

—Teniente Guseva, mi secretario le dará las instrucciones precisas. Puede retirarse. —El coronel cortó abruptamente una conversación que le exasperaba.

—A la orden, mi coronel.

Karinna salió del despacho entre enfurecida y asustada. No entendía las acusaciones del coronel, porque no conocía el motivo por el cual tenía que ir a Moscú para presentarse en el Ministerio de Defensa.

Pasadas cuarenta y ocho horas, era recibida en la sede del servicio de inteligencia militar (GRU). Necesitaban una persona con experiencia en el campo de batalla, que hubiera demostrado su heroísmo en zona de combate, y con altos conocimientos de medicina de emergencias. Se trataba de la teniente Karinna Guseva. Ingresaría en la Unidad 29155. En breve sería una espía: la agente Nadia. Pero necesitaba una fase de entrenamiento específico multidisciplinar: técnicas de inteligencia, vigilancia, contravigilancia, seguimientos, instrucción como francotiradora, conducción de vehículos en circunstancias extremas, pilotaje de aviones y helicópteros...

ISLAS MALDIVAS

—Es un hotel.

—¿Cómo?

—Es un hotel. Las luces que hemos visto desde la habitación 534 son de un hotel.

Teresa no perdía el tiempo. Ni siquiera se quitó la ropa mojada y su respiración seguía acelerada después de nadar contra la corriente del océano Índico. Pero encendió su ordenador, entró en Google Maps y encontró lo que buscaba.

—El ejecutor tuvo que venir desde esa isla —insistió Teresa, señalando con el dedo una estrecha franja de arena blanca en el mapa que aparecía en la pantalla del ordenador—. Si se hubiera alojado aquí, habría asumido demasiados riesgos.

—De todas formas, Langley debe investigar en ese hotel y en el nuestro. No nos quedemos con la duda.

—Que lo hagan, si quieren. Pero diles que nos reserven una habitación allí. Deberíamos ir mañana, sin perder tiempo. Tienen que averiguar también qué clientes de los dos hoteles se marcharon en los días siguientes al crimen.

—Hay que trabajar sobre algo obvio: que el ejecutor se habrá registrado con un nombre falso. Y no podemos descartar que estuviera acompañado por alguien más —apuntó Pablo, percatándose de que Teresa no le hacía caso.

—¿Nos despedimos tomando algo en el bar de la playa?

—¿Con Helmut?

Teresa ya iba hacia la ducha.

El bar de la playa estaba repleto esa noche. Muchos clientes bailaban descalzos sobre la arena, y otros poblaban la barra pidiendo bebidas a los camareros, que trabajaban sin pausa.

Pablo divisó de inmediato a Helmut: preparaba un cóctel.

—Hola, Helmut —saludó Teresa con su sonrisa más arrebatadora—. ¿Qué nos recomiendas hoy?

—Buenas noches. ¿Qué tal una *caipirinha* brasileña? —propuso Helmut, con amabilidad profesional.

—Me encanta la idea.

—¿Dos *caipirinhas*? —preguntó Helmut, esta vez mirando a Pablo.

—Sí, pero suavecita, por favor —repuso Pablo.

El barman se dedicó a la tarea, con delicadeza y precisión de relojero.

—Es nuestra última copa en el hotel. Nos vamos mañana. —Teresa lanzó el anzuelo.

—¿Ya terminan las vacaciones? —Helmut seguía la conversación, como si le interesara.

—Por desgracia, sí —intervino Pablo—. Se nos ha hecho muy corto. Nos gustaría quedarnos, aunque no sé si nos cansaríamos de estar aquí mucho tiempo. El problema es que no se puede salir de la isla, salvo cuando se acaban las vacaciones. ¿Tú vives aquí?

Pablo lanzaba el segundo anzuelo, después del que ya había lanzado Teresa un momento antes.

—Sí. Los empleados extranjeros vivimos en el edificio que está allí, al final de la isla —respondió Helmut, señalando hacia el oeste, aunque solo se veían algunas luces en la lejanía y en medio de la noche—. Los empleados nacionales pueden volver a casa después del trabajo, siempre que vivan en alguna isla cercana.

—¿Pasas muchos meses aquí? —interpeló Teresa.

—Tenemos un sistema de trabajo parecido al de los cruceros. Estamos cinco meses seguidos y después tenemos seis semanas de vacaciones. No está mal para un par de años, y luego puedes ir a trabajar a otro país. Hay empleados de medio mundo.

—¿Hay más alemanes?

—No, yo soy el único. Pero lo prefiero. Así hago amistad con gente de otros sitios. Mis mejores amigos son un filipino, un rumano y un chino.

—¿Hay rusos? —Teresa apretó el tornillo un poco más; un empleado ruso podría ser un agente de inteligencia encargado de acabar con Serkin.

—¿Rusos? No. Seguro que no.

—Pues hubieran sido de utilidad para hacer de traductores cuando murieron esos tres rusos en la habitación 534.

Helmut no movió la cabeza, que apuntaba hacia la copa, pero sí levantó la vista hacia Teresa en un gesto casi desafiante, que la agente española esquivó dirigiendo sus ojos hacia las botellas de licores que llenaban una vitrina. Se estableció un tenso silencio entre ambos, mientras la estruendosa música hacía vibrar los altavoces.

—Aquí tiene su *caipirinha*.

Helmut entregó la copa a Teresa con la desgana del revisor que devuelve el ticket del tren después de comprobar rutinariamente su validez. El camarero se sentía incómodo en compañía de esos dos clientes que insistían en hablar de lo que él no debía, ni quería, comentar. Solo deseaba que se fueran cuanto antes.

—Gracias, Helmut, ha sido un placer —dijo Pablo, mientras alargaba la mano para estrechar la del barman y despedirse.

—Para mí también —mintió el camarero—. Les esperamos por aquí de nuevo.

—Nunca se sabe —añadió Teresa, con su picardía natural, mientras encaminaba sus pies descalzos hacia la zona de baile; esta vez también se había puesto un vestido corto.

—Este vestido también me gusta —galanteó Pablo.

—Lo sé —respondió Teresa, simulando que no le importaba. Pero sí le importaba.

Un instante antes de que empezaran a moverse al ritmo de la música, el teléfono de Pablo vibró en el bolsillo de su pantalón. Acababa de recibir el mensaje que esperaba. Los analistas de la CIA habían accedido al ordenador de la recepción del hotel, en el que se registraban los pasaportes de los clientes. Y, después de una rápida revisión, concluyeron que un hombre y una mujer, que se hospedaban en una habitación cercana a la de Serkin, podrían ser sus escoltas. Utilizaron pasaportes polacos falsos, y abandonaron el hotel dos días después del asesinato múltiple. La CIA no descartaba que ellos fueran los responsables, pero lo consideraba altamente improbable: no creían que el espionaje ruso hubiera asumido el riesgo de que algún indicio en el escenario del crimen apuntara hacia ellos. En el hotel de la otra isla, la CIA encontró datos sospechosos de dos parejas, con pasaportes franceses y alemanes. Esa sospecha se justificaba por la mala calidad de las fotografías que figuraban en sus documentos: parecían retocadas a propósito, para que la identificación fuese más difícil. Pero, además, la fotocopia realizada en la recepción del hotel reducía, aún más, la nitidez de la imagen, hasta convertirla casi en una mancha. Una de las parejas, la supuestamente francesa, abandonó el hotel dos días atrás. La pareja con pasaporte alemán aún permanecía en el resort, según el registro de la recepción. Tenían reserva para dos días más.

RESIDENCIA DE EMPLEADOS, RESORT DE ISLAS MALDIVAS

—Estoy molido...

Un par de horas después, finalizada su jornada laboral y bien entrada la madrugada, Helmut se recostó en la cama sin siquiera quitarse los zapatos. Las luces de la habitación estaban apagadas, pero la leve claridad que emitían las farolas del exterior se filtraba a través de la ventana entreabierta.

—Yo también —se sumó Chang a los lamentos—. Me he pasado cinco horas seguidas de pie, sin moverme, en la puerta de la recepción. Hoy me tocaba guardia nocturna.

Chang Wang era compañero de habitación de Helmut en la residencia de empleados del resort. Después de varios meses de convivencia, se había establecido entre ellos una relación de cierta amistad y confianza. Chang era miembro del personal de seguridad del hotel. Formado en las fuerzas del orden chinas, trabajó como policía durante dos años en Shanghái. Pero siempre quiso conocer mundo, y parte de su familia estaba en el extranjero. Uno de sus primos era propietario de una tienda de productos chinos en Maldivas y le sirvió como enlace con el resort. Superó unas pruebas de capacitación profesional, y fue contratado siguiendo la política de la empresa de tener empleados de distintas nacionalidades que pudieran atender en su idioma a clientes de cualquier lugar. Y era normal que una parte de la clientela del hotel procediera de China.

—¿Ha llegado gente nueva? —preguntó Helmut sin especial interés, pero por mantener viva la charla.

—Sí. —informó Chang—. Y mañana llegarán más. Va a ser un día muy movido. Están previstas muchas entradas y muchas salidas.

—Por suerte, ya se van algunos…

—¿Te caen mal? —interpeló Chang, mientras sonreía.

—Solo dos. —Helmut mostró una inusitada seriedad, y Chang se percató de inmediato.

—¿Ha pasado algo?

—Nada grave. Pero una pareja de españoles me ha preguntado varios días sobre los rusos.

—¿Los muertos?

—Sí.

—¿Y cómo sabían lo que pasó?

—Yo no se lo conté.

—Algún empleado se habrá ido de la lengua.

—Por suerte, se van mañana.

—Pues olvídalo.

Chang clausuró la conversación mientras bajaba la persiana para dejar la habitación en penumbra. Era la hora de dormir.

Pekín, sede del MSS (espionaje chino)

—Dos españoles preguntaron varias veces por los rusos.

El eficiente responsable de seguridad exterior tenía la información sobre la mesa.

—¿Españoles? —El jefe del espionaje chino se mostró escéptico—. ¿No serían americanos que se hacían pasar por españoles?

—Lo investigaremos, señor.

—¿Qué más sabemos?

El subordinado llevaba dos folios mecanografiados, con las notas aportadas por un diplomático del consulado de China en Malé, la capital de Maldivas. Ese consulado tenía controlados a todos los ciudadanos chinos en ese país, incluido Chang Wang, el empleado del resort que compartía habitación con el camarero Helmut. Apenas necesitaron hacer un par de llamadas rutinarias, con la excusa de interesarse por si todo iba bien en el trabajo y si le hacía falta alguna ayuda del consulado. Después le preguntaron si tenía noticia de unos rusos que murieron en ese hotel y si alguien se había interesado por el suceso. El empleado chino respondió que un compañero le había comentado algo sobre unos turistas españoles demasiado entrometidos. A partir de ahí, uno de los *hackers* del MSS encontró más información.

—Estaban registrados con nombres españoles. Aunque, si son agentes de inteligencia, serán falsos. Eso no nos servirá de mucho. Lo que sí sabemos es que nadie con esos nombres ha salido del país, porque no aparecen en el listado de pasajeros de ninguna compañía en los últimos días. Si se han ido, lo habrán hecho con otra identidad.

—O quizá sigan investigando en Maldivas. ¿Qué más podrían hacer?

—Nuestros operativos están trabajando en este momento. Tratan de saber si han abandonado el país o si se encuentran en algún otro hotel.

—Avíseme en cuanto averigüen algo más. Por ahora, guardemos este asunto en secreto. Más adelante informaremos a nuestros colegas rusos, pero aún no ha llegado el momento. Nos faltan datos.

—Por supuesto, señor.

Moscú

—Presidente, son las seis.

El secretario personal de Iván Karlov llamó al teléfono de su jefe para despertarlo a la hora que le había solicitado. Nunca se levantaba tarde, pero ese día tenía especial interés en no dormir durante más tiempo. Eran las seis de la mañana del miércoles en Moscú, y en Washington eran las diez de la noche del martes después del primer lunes de noviembre: es el día en el que, según la tradición secular, se celebran las elecciones en Estados Unidos. Los medios de comunicación empezaban a dar resultados parciales.

Karlov se incorporó en la cama, buscó en la mesilla de noche el mando a distancia de la televisión y apretó el botón. En la pantalla aparecieron las primeras indicaciones de que se iba a producir un giro drástico en la Casa Blanca, lo que se confirmaría por completo unas horas después. «Esto lo cambia todo», se dijo a sí mismo.

El presidente saliente apenas tendría dos meses y medio por delante para terminar su mandato. Por tanto, Estados Unidos entraba en una fase de inestabilidad política, antes de que tomara posesión el nuevo mandatario. «Y el nuevo —pensó Karlov— es una gran oportunidad para Rusia; nunca hemos tenido otra como esta; el mundo ya no será igual; estamos más cerca de que sea nuestro».

Iván Karlov pidió un frugal desayuno. Para celebrarlo.

Washington

—Señora, tiene una llamada urgente del director de la CIA.

Beth Kramer llevaba apenas un minuto en su despacho de máxima responsable y coordinadora de todas las agencias de inteligencia americanas. Nunca se levantaba después de las cinco de la mañana y a las siete ya estaba en su oficina. Ese día lo hizo un poco antes, porque el seguimiento de la noche electoral la había mantenido en vela, y ya no quería quedarse en la cama: el resultado de las elecciones era el principio del fin de su carrera profesional.

El secretario pasó la llamada al móvil de Kramer.

—¿Qué ocurre?

—Hay noticias en Berlín. Es importante. Tengo en otra línea al jefe de la antena de la agencia en Alemania. Deberíamos hacer una videoconferencia segura con él de inmediato.

Se citaron cinco minutos después. Kramer se dirigió a una sala teóricamente inaccesible para intrusos, a salvo de posibles filtraciones o hackeos. Lo mismo hizo el director de la CIA en sus oficinas de Langley, cerca de Washington. Y, seis husos horarios al este, el agente en Alemania bajó al sótano de la embajada, para hablar desde un despacho habilitado. En Berlín era la una del mediodía.

—Señora, buenos días desde Berlín. He pedido hablar con ustedes porque un ciudadano ruso ha muerto esta mañana junto a la embajada de Rusia. Lo sabemos por un contacto que tenemos en la policía local berlinesa, porque nadie ha informado de lo ocurrido: ni los rusos ni los alemanes. De momento, la noticia no se ha publicado. Me dice nuestro contacto que tienen orden de mantenerlo en secreto mientras puedan.

—¿Sabemos cómo ha muerto?

—Aún no. Lo único que hemos podido averiguar es que el cuerpo estaba tirado en la acera cuando lo encontraron varias personas que caminaban por allí hacia el trabajo. Ha ocurrido junto a la fachada de la embajada.

—Busquen más datos y manténganme informada de cada novedad.

—Por supuesto.

—Creo que todos sabemos que nos queda poco tiempo, ¿verdad? —Kramer bajó la voz, para utilizar un tono más personal que profesional.

—¿Se refiere al resultado de las elecciones? —El silencio de Beth era un sí—. Lo sé, señora —se respondió a sí mismo el director de la CIA.

—Pronto estaremos fuera —dio por hecho Kramer—, y no podemos irnos con un fracaso. Trabajemos duro y resolvamos esto antes de que nuestro tiempo acabe.

—Lo haremos.

—Tenemos once semanas.

La charla se extendió durante apenas un par de minutos. Al terminar, Beth Kramer buscó su teléfono móvil y envió un mensaje a Pablo Perkins: «Hay novedades».

Minutos después, se establecía una comunicación segura entre Washington y un resort de las islas Maldivas.

Berlín, Alemania, unas horas antes

Sin levantarse de la mesa, Igor Belov miró a su alrededor, y no se trataba de un vistazo rápido. La operación de observar a quienes tuviera cerca era una parte sustancial de su metódico y sistemático trabajo como agente del GRU, destinado en Berlín bajo el paraguas ficticio de funcionario diplomático de su embajada. El Servicio Federal de Inteligencia alemán (Bundesnachrichtendienst, conocido por sus siglas BND) sabía que Belov era un espía ruso, y el espía ruso estaba perfectamente persuadido de que sus colegas de Alemania sabían que no era un diplomático, sino un espía. Era una partida de naipes en la que los dos jugadores conocían las cartas del rival. Por eso, con frecuencia, el espionaje alemán realizaba labores de seguimiento de los agentes rusos. Belov era consciente y, siempre que salía de la embajada, indagaba si ese día en concreto estaba sometido a vigilancia o podía moverse con cierta libertad. El gato y el ratón: la tradicional partida entre el cazador y su presa, entre el espía y el espiado.

A sus treinta y cinco años, tenía una carrera profesional bien dirigida. Llevaba pocos meses destinado en Berlín, donde esperaba permanecer algunos años, dado que era una capital de importancia muy principal para los intereses de Rusia. Solía madrugar para hacer ejercicio, trabajaba toda la mañana y parte de la tarde, y el tiempo libre lo dedicaba a conocer la apasionante capital alemana. Ya había establecido contactos que resultaban prometedores para obtener información con destino al servicio de inteligencia militar de su país. Pero esa parte de su actividad era, en realidad, la cobertura que utilizaba. Belov tenía otros planes.

En esta ocasión, el agente ruso no se alejó mucho de la sede diplomática. Tomaba un té en la cafetería Einstein, a cinco minutos de la embajada, que, a su vez, estaba a cinco minutos de la Puerta de Brandemburgo, testigo mudo y estático durante años del Muro de Berlín y sus calamitosas consecuencias. Al otro lado de la pequeña mesa redonda, que sostenía las tazas y un plato con galletas, estaba un alto directivo de una empresa de aparatos informáticos: unos cuarenta años, pelo prematuramente entrecano, traje sin corbata y discurso acelerado, como si siempre se sintiera observado, cosa que, en efecto, podía ocurrir.

No era la primera vez. Esa relación de creciente confianza empezaba a generar frutos relevantes. Cada vez más, Rusia accedía a información tecnológica occidental apreciable, que el Kremlin podía aplicar a lo que más le importaba en ese momento: la modernización de su arsenal militar y el conocimiento de las capacidades del enemigo.

Igor miró con disimulo hacia la parte izquierda. En las cuatro mesas de ese lado contó hasta diez personas. Cuatro eran mujeres de avanzada edad. Los seis restantes eran hombres: dos jóvenes de aspecto universitario; tres individuos de apariencia funcionarial, de entre treinta y cuarenta años, que vestían traje y corbata; y un anciano que tomaba café en soledad, mientras leía el periódico. Dejó pasar un par de minutos antes de girar la cabeza hacia la derecha. De las tres mesas de esa zona solo dos estaban ocupadas, en ambos casos por parejas jóvenes. Cualquiera de todas esas personas —salvo, quizá, las de más edad— podía ser un agente alemán. Pero Belov no reconoció en ellos el rostro de ninguno de los encargados de seguimientos anteriores, aunque sabía que los renovaban a menudo. Por tanto, no podía fiarse. Lo que sí hizo fue poner en modo operativo su bien entrenada memoria fotográfica, para después comprobar si alguna de esas personas le acompañaba a cierta distancia cuando saliera de la cafetería. Pero eso no ocurriría en esta ocasión. Ninguno de quienes tomaban café o té seguiría a Igor Belov.

Sin embargo, al otro lado de Friedrichstrasse —la calle berlinesa en la que estaba la cafetería—, junto a la entrada de un comercio muy bullicioso, un hombre de treinta y tantos años y de aspecto atlético se mantenía atento a los movimientos de Belov, que salió a la calle en ese momento y puso rumbo a la embajada. El objetivo de ese individuo no era el diplomático ruso —ya se ocuparía de él más tarde—, sino el ciudadano alemán con el que se acababa de reunir y que abandonó el local un par de minutos después, con una mochila al hombro. Caminó hacia su derecha hasta el cruce de la calle Franz, donde giró a la izquierda. El seguimiento se realizaba a una distancia prudencial y desde la acera de enfrente. Detrás, a unos veinte metros, una mujer joven, de cabello rubio, miraba alternativamente a uno y a otro, y también participaba en aquella pintoresca coreografía.

El hombre de la mochila parecía intranquilo, porque volvía su cabeza a menudo. A los pocos minutos entró en un *parking*. El perseguidor aceleró el paso para no perderle la pista, aunque le costaba caminar con rapidez por las heridas sufridas unos días atrás, durante un desagradable encuentro con varios tiburones en el mar de Maldivas. Por suerte para él, su objetivo seguía a la vista: bajó las escaleras hasta el segundo sótano, para dirigir sus pasos hacia un Audi blanco cuyas luces se encendieron a la orden del mando a distancia. La mujer rubia no entró en el *parking*. Se quedó vigilando en la entrada.

El hombre de la mochila abrió el coche y se sentó al volante. Pero sintió un sobresalto repentino cuando alguien entró por la otra puerta, ocupó precipitadamente el asiento del acompañante y apoyó el cañón de una pistola en sus genitales.

—Si disparo, te dolerá mucho —dijo el pistolero en voz baja y en un alemán sin acento extranjero—. Y lo peor es que será irreversible.

El hombre de la mochila se quedó paralizado, mientras miraba aterrado lo que ese individuo acababa de poner a la altura de su entrepierna. Después levantó la vista y esperó hasta saber si su vida fértil estaba a punto de expirar. Aquel individuo vestía ropa deportiva, una gorra, gafas oscuras y lucía una barba poblada que el hombre de la mochila no supo descifrar si sería real o postiza. La que sí parecía de verdad era la pistola que apuntaba hacia donde no debía.

—Hay dos opciones. La mejor para ti es que me digas lo que quiero saber. Si lo haces, levantaré la pistola, la guardaré, me iré y podrás volver a casa con todos tus órganos a salvo. La otra opción es que no me digas lo que quiero saber. En ese caso, puedes imaginar las consecuencias.

—¿Qué quiere saber? —acertó a preguntar el hombre de la mochila, con voz temblorosa.

—Lo que has hablado con Igor Belov en la cafetería.

—Solo le he contado que dentro de unos días tendré datos sobre un nuevo sistema que el Ministerio de Defensa alemán va a aplicar a sus carros de combate Leopard.

—¿Solo? ¿Te parece poco importante esa información?

El hombre de la pistola pretendía que su asustadiza víctima le tomara por un agente del servicio alemán. Aun así, daba por seguro que le había dicho una falsedad para salir vivo. La reacción fue empujar un poco más el cañón de su arma, apretando los genitales de su infortunado interlocutor contra el asiento, lo que provocó una inmediata petición de clemencia, además de un creciente dolor.

—¡No, por favor! —gimoteó, mientras encogía su cuerpo en un inútil espasmo autodefensivo.

—Entonces, haz un segundo intento. Y no habrá más oportunidades.

—Hemos hablado de Fiodor.

—¿Qué, exactamente?

—De cómo lo mataron.

—¿Para quién trabajas?

—Soy ingeniero en una empresa de tecnología que tiene contratos con el Gobierno alemán y con otros países.

—¿Y qué interés tienes tú en lo que pasó con Fiodor?

El hombre de la mochila se sintió atrapado por la pregunta. No sabía qué debía responder para que sus atributos se mantuvieran íntegros. Ante el silencio, el cañón de la pistola se hundió aún más en sus pantalones, lo que le hizo darse cuenta de que no tenía escapatoria. En un *flash* cerebral, recordó las enseñanzas bíblicas: la verdad os hará libres. «Comprobemos si es cierto», pensó en un paréntesis de claridad mental en medio del estrés que sufría en ese momento.

—Belov me ha contado lo que ocurrió para que yo se lo traslade a los servicios alemanes.

—¿Qué te ha contado?

—Que Fiodor fue asesinado por un agente ruso. —El hombre de la mochila ya se abandonaba a su suerte, mientras escrutaba con detenimiento el rostro de su agresor, por si la vida le daba la posibilidad de identificarlo algún día.

Fiodor Vasilev, un rebelde checheno, había recibido varios disparos en el parque Tiergarten de Berlín dos meses antes. Se trató de un trabajo realizado por la inteligencia rusa, con la planificación y bajo el mando del padre de Igor, Kirill Belov. Por tanto, Igor estaba traicionando a Rusia y a su propio padre, al filtrar esa información al hombre de la mochila. Pero ¿habría algo más?

—Bien, ahora cuéntamelo todo.

El ejecutor levantó la pistola y apoyó el cañón en la frente de su víctima, que cerró los ojos apretando los párpados, a la espera de que una bala atravesase su cráneo hasta la nuca. Pero, tembloroso, acertó a pronunciar una palabra.

—¡Suwalki!

—¿Cómo?

—¡Suwalki! —repitió en un suspiro y en medio de sollozos de terror—. ¡Belov solo me dijo que había algo de Suwalki, pero no sé nada más! ¡No sé lo que es Suwalki! ¡Sea lo que sea, estará en los papeles de la mochila!

El hombre de la pistola tampoco había oído hablar de Suwalki, pero eso no importaba ahora. Estaba en Berlín para confirmar que Belov era un traidor. En tal caso, debería eliminarlo.

Guardó su arma en el interior de la chaqueta y, en un movimiento súbito y cargado de fiereza, golpeó al joven alemán con el puño en la nariz, provocando la fractura del tabique nasal, un intenso dolor, un repentino mareo y una abundante hemorragia. Sin darle tiempo a recuperarse del aturdimiento ni a echarse las manos a la cara —en lo que hubiera sido un lógico movimiento reflejo—, Gorki agarró la cabeza de su víctima por detrás y la empujó con violencia hacia delante hasta estrellar su rostro contra el volante. Quedó inconsciente en el acto. Gorki tuvo la tentación de terminar la tarea ahogando a aquel infortunado. Era la única forma de asegurar su silencio, porque cuando despertara hablaría con la policía, y las fuerzas de seguridad iniciarían una cacería inmisericorde en busca del agresor. Pero tenía órdenes estrictas para esa misión, y esas órdenes incluían la prohibición de matar a ciudadanos alemanes, salvo que el objetivo fuese salvar la propia vida o evitar una detención inminente.

Por fin, cogió la mochila de su víctima y salió del *parking* con presteza, a pesar de su leve cojera. Miró de soslayo a la mujer rubia. Era la indicación de que todo iba bien. Pocos minutos después, ambos entraron en el hotel The Westin Grand Berlin, en Friedrichstrasse, a una manzana de distancia de la embajada rusa. Un día antes, el hombre de la pistola se había registrado en la recepción con un pasaporte falso, junto con Nadia. Gorki se deshizo de la barba postiza con la que trataba de encubrir su identidad. Se quitó la ropa y se tumbó en la cama, dejándose caer a plomo. Nadia ya tenía a su lado el botiquín para realizar las curas periódicas de las heridas, además de medicinas para evitar infecciones. Gorki seguía teniendo dolores en el costado y en la pierna y, en ocasiones, aún sangraba. Por suerte —pensó—, esta vez no.

Después de la cura, procedió a revisar la mochila. Había un ordenador portátil, un pequeño estuche con lápices, gomas de borrar, bolígrafos, rotuladores, marcadores y una voluminosa carpeta con unos doscientos folios. Conectó aquel portátil a su propio ordenador, donde disponía de un programa con inteligencia artificial capaz de desvelar contraseñas de acceso en pocos minutos. En esta ocasión la tarea se alargó, porque la clave de seguridad era más compleja de lo común. Gorki analizó como pudo el contenido de la computadora y encontró mucho material profesional, pero no le pareció que nada de todo eso pudiera considerarse información de inteligencia. En cualquier caso, los expertos del GRU en la embajada harían un análisis más detallado del aparato.

En paralelo, Nadia hojeó la carpeta. Fue ahí donde, entre muchos documentos aparentemente inútiles para su misión, encontró tres fotografías.

—Tienes que ver esto —Nadia llamó la atención de Gorki y le entregó las fotos. Creyó reconocer el rostro de su compañero en una de ellas.

En la primera, tomada desde bastante distancia, se veía a Fiodor Vasilev caminar en solitario por el parque Tiergarten. En la segunda, aparecía un hombre armado con una pistola con silenciador que apuntaba a Vasilev por la espalda, pero no se apreciaba su rostro porque el plano de la foto era demasiado amplio y llevaba una gorra. Sin embargo, la tercera foto era un plano corto de la cara del asesino. Se veía borrosa por el efecto del *zoom* y la escasez de definición de la imagen, pero podía ser suficiente para identificar al individuo.

«Con esta foto no sería fácil identificarme, pero tampoco sería imposible», masculló Gorki para sus adentros, mientras observaba la imagen captada por una cámara, en la que se veía a sí mismo disparar contra Vasilev semanas atrás. Aparte de disponer de esa fotografía, ¿conocería Igor la identidad real de Gorki, a pesar de ser uno de los secretos mejor guardados de la inteligencia rusa? Y si la conociera, ¿habría informado al hombre de la mochila? Por escrito, parecía que no, porque en su vistazo rápido al portátil y a la carpeta solo encontró documentos de trabajo. ¿Verbalmente? Era improbable, pero no podía descartarlo. En cualquier caso, esa parte del trabajo la harían otros. A Gorki le correspondía hacer la suya, la ejecutaría pronto y saldría del país, igual que cuando eliminó a Vasilev.

—¿Algo interesante? —preguntó Nadia para romper el silencio que imperaba en la habitación desde hacía rato.

—Ya sabes lo que dicen en las películas: si te lo cuento, después tendría que matarte.

Nadia fue prudente y juiciosa: no preguntó por la foto, pero ahora sabía que el ejecutor de Vasilev estaba sentado a su lado. Y sabía más. En los papeles de la mochila no solo estaba esa foto. También había un dosier sobre Kaliningrado y el corredor de Suwalki. Apenas pudo ver su contenido, pero incluía un mapa con lo que, según su experiencia en combate, parecían las líneas que trazaría un experto militar para lanzar una invasión. Además vio un documento en el que figuraba que un tal Andrew Rice colaboraba con Rusia. No sabía de quién se trataba y no pudo averiguarlo en ese momento, porque Gorki le quitó los papeles de las manos con malos modos y los metió de nuevo en la mochila, antes de encerrarse un par de minutos en el baño.

Nadia bajó la persiana y se acostó con una pistola entre las sábanas. Con el móvil, entró en internet y buscó apresuradamente información sobre Andrew Rice. Se quedó paralizada por el impacto cuando el dato apareció en la pantalla. De inmediato, apagó el teléfono.

Gorki salió del baño y se metió en la cama. Al reposar sobre el colchón, notó la frialdad del cañón de un arma.

—¿No te fías de mí? —preguntó Gorki, en un ejercicio de sarcasmo.

—No me fío de nadie.

Gorki se dio la vuelta, cerró los ojos y, antes de dormir, recordó a su padre. Fue un traidor, sí, pero también un patriota que sirvió con honor a su país. Y lo hizo allí. Gorki no era el primer Petrov en proceder a una ejecución en Berlín.

Berlín, 1979

—Este es el pasaporte de la República Federal de Alemania y aquí tienes el salvoconducto. Con esto podrás pasar el *checkpoint*.

Werner guardó los documentos falsos en el bolsillo interior de su abrigo y besó a Helga en los labios con la pasión asustadiza y aprensiva que provoca hacer una incursión en territorio prohibido. Helga era su amante. Su esposa y su hija esperaban en otro lugar de ese mismo sector oriental de Berlín. Pero aguardaban en vano.

—Nos veremos pronto en el oeste y allí seremos libres.

Helga sonrió con una mueca que mostraba tanta tristeza como miedo. Llevaba mucho tiempo instalada en esos dos sentimientos. Su hijo, de cinco años, merecía tener una vida mejor y, para podérsela ofrecer, aprovechaba su trabajo de camarera en un restaurante de Berlín Este. Los clientes habituales eran jerarcas del Partido Comunista de la República Democrática de Alemania y representantes de la Unión Soviética que, después de la tercera copa, tendían a hablar de más. El contenido de las conversaciones que escuchaba, y la información que conseguía por otros medios más íntimos, terminaban en las oficinas del BND, el servicio de espionaje de la República Federal de Alemania, al otro lado del Muro de Berlín. A cambio, Helga recibía una ayuda económica que hacía algo más fácil su vida y la de su pequeño. También era consciente del riesgo que asumía: cualquier día, a cualquier hora, los hombres de negro de la Stasi aparecerían ante su puerta, se la llevarían para siempre y nunca más vería a su hijo. Pero ahora creía llegado el momento de evitar que eso ocurriera, y la única forma era escapar al oeste: ella ayudaría a Werner y, después, el BND la sacaría de allí.

Desde principios de los años setenta, el teniente Werner Fischer servía a su país como miembro destacado de la Stasi, especializado en espionaje industrial. Trataba de conseguir aquellos datos que permitieran a la Alemania comunista conocer los avances tecnológicos de sus enemigos occidentales. Pero la inestabilidad que caracterizaba su carácter provocaba en él, desde hacía tiempo, dudas sobre las lealtades políticas que debía fomentar. Y, después de un lento proceso de introspección, se dejó seducir por la idea de buscar una nueva vida al otro lado del Muro, aunque eso supusiese abandonar a su familia para siempre. Un día se atrevió a dar una primera información relevante al BND occidental a través de Helga. Roto ya el precinto del miedo, decidió dar el paso definitivo y —como reza una expresión clásica— cruzar el umbral sin retorno.

—Queda muy poco.

Fischer pronunció esas palabras agarrando con cariño la cara de su amante con ambas manos. Se abrazaron con la intensidad de una despedida que no podían saber si era solo provisional. Werner se cubrió con un grueso abrigo negro, revisó de nuevo el pasaporte y el salvoconducto, y salió del pequeño apartamento en el que habían disfrutado de momentos apasionados, y de confidencias que se convertían después en información de inteligencia al otro lado de la ciudad. Con su mano izquierda agarraba la funda de un clarinete. Confiaba en que el subterfugio de hacerse pasar por músico funcionara.

Nevaba. El invierno se había desatado sobre la ciudad desde hacía unos minutos y en plena noche. El portal del edificio estaba tan oscuro como la calle. Las luces nocturnas eran consideradas un lujo burgués en los países del Este. Solo se utilizaban con generosidad criminal para evitar a tiros las fugas a través del Muro de Berlín, erigido dieciocho años antes.

La frontera se encontraba a poco menos de un kilómetro. Temblaba, y no estaba seguro de si era debido al frío helador o al miedo que sentía. Solo se cruzó con dos peatones en su recorrido, y apenas pasaron de largo media docena de coches.

Al doblar una esquina, los intensos focos del puesto fronterizo cegaron sus ojos. Estaba en Friedrichstrasse, ante uno de los lugares tristemente conocidos en el mundo en aquellos tiempos de la Guerra Fría: el Checkpoint Charlie. A la izquierda y a ras de suelo se encontraba la caseta de control. Y muy cerca, una cabina elevada, desde la que otros policías, conocidos popularmente como Vopos, observaban con sus prismáticos lo que ocurría unas decenas de metros más allá, en el control de seguridad del enemigo.

—¿De dónde viene? —preguntó con extrañeza y evidente suspicacia el sargento al mando, mientras inspeccionaba el salvoconducto y el falso pero creíble pasaporte de la Alemania Occidental que le mostraba Fischer. Lo hacía con los modales propios de quienes tienen como ocupación en su vida sospechar de todo el mundo.

—He dado un concierto en el Club de Jazz —respondió Werner, tratando de serenarse, aplicando las técnicas de control mental aprendidas en sus años de formación en la Stasi.

La coartada podía funcionar porque, a pesar del cierre casi impermeabilizado de la frontera entre las dos Alemanias, era relativamente habitual que músicos occidentales actuaran en el lado oriental, donde abundaban los aficionados al jazz. Y, por suerte, el régimen comunista no había prohibido la música.

El policía miró a los ojos de Fischer con escepticismo profesional. Ninguno de los dos parpadeó. Era un duelo de contacto visual en el que uno tendría que aceptar la victoria del otro. Pero aún no era el final de la partida.

—¿Qué lleva en esa funda? —preguntó el policía, con el ímpetu acusatorio de un fiscal en medio de un juicio.

—Mi clarinete —respondió Werner, tratando de aparentar convicción.

—¿Y ha dado un concierto usted solo, con un clarinete? —El tono de voz del guardia mezclaba un tinte de interrogatorio policial, con un barniz de incrédula ironía—. ¡Abra la funda! —ordenó con malos modos y sin conceder opción a una respuesta.

Werner entendió que el grado de riesgo de aquella operación de fuga se multiplicaba, pero trató de mantenerse sereno. Sin agacharse, para no perder la verticalidad hacia el policía, abrió la funda y mostró el clarinete.

—Toque alguna canción.

Al escuchar la exigencia del agente, Werner notó un intenso calor que fluía desde su interior, como si su cuerpo quisiera ignorar la gélida temperatura de aquella noche berlinesa de enero. A pesar de ser un espía avezado, se dio cuenta de un error que podía resultar trágico: entre los preparativos de su huida no imaginó que un estúpido policía le hiciera tocar el clarinete.

—Por supuesto —respondió, fingiendo seguridad y entusiasmo, después de un segundo de duda, mientras se aprestaba a cumplir la orden y especulaba con una solución a pesar del atropello mental que le afectaba, porque lo único que sabía sobre el clarinete era que pertenecía a los instrumentos de viento: era necesario soplar para que emitiera su sonido.

En un nuevo rapto de temeridad, Fischer tomó una decisión suicida, porque su cerebro no encontraba otra solución: trataría de escapar golpeando la cabeza del policía con el clarinete; después, correría a lo largo de unos cincuenta metros, que eran tierra de nadie, y que conducían hasta el lado occidental de la frontera. Las posibilidades de llegar hasta allí con vida eran casi nulas, porque los guardias de la cabina de control saldrían de inmediato y dispararían. Tenían orden de hacerlo con cualquiera que intentara desertar. Solo podía confiar en que tuvieran mala puntería. Estaba en una situación desesperada, y no disponía de más opciones que adoptar una medida igual de desesperada que su situación: libertad o muerte.

Se dispuso a extraer el clarinete de la funda agarrándolo por la boquilla, porque su pretensión era golpear al policía con el otro extremo del instrumento, la campana, que era más ancha. Suponía que así el golpe tendría efectos más dolorosos, provocaría una herida mayor y eso inhabilitaría al agente durante unos segundos. Quizá ese tiempo le permitiera huir, aunque sabía que era altamente improbable.

Sujetó el clarinete con la mano derecha, empezó a apartarlo de la funda, y tensó los músculos de su brazo derecho preparándose para golpear al policía… cuando la Divina Providencia hizo que ocurriera algo parecido a un milagro.

—Sargento —interrumpió un joven agente, saliendo de la garita—, le llama el capitán desde la central.

—¿Qué quiere? —respondió con desgana el vigilante que interrogaba a Fischer.

—No lo ha dicho, pero parece que es urgente.

—Ocúpese de este hombre —ordenó el sargento al subordinado, irritado por la inoportuna interrupción del superior, al tiempo que caminaba hacia el interior de la cabina.

Ahora, la nevada era más intensa y casi costaba ver las caras de los demás a un metro de distancia.

—¿Qué hace con eso en la mano? —preguntó candorosamente el soldado, viendo cómo sacaba el clarinete de la funda.

—Ya lo guardaba —mintió Fischer, convencido de que el dios de los comunistas llegaba en su rescate—. El sargento me ha autorizado a pasar —insistió en el embuste, abusando de la ingenuidad que mostraba el muchacho, un adolescente con cara de niño.

El soldado dudó un momento y Fischer, para excusar mejor su trampa, sacó de nuevo el pasaporte falso y se lo mostró al soldado.

—Bien, puede pasar.

El agente de fronteras terminó de pronunciar esas palabras después de poner el sello en el pasaporte. Sin dar pausa, Fischer inició la marcha hacia al puesto fronterizo occidental. Aceleró el paso, aunque sin precipitación para evitar sospechas. A pesar de la fuerte nevada y de la oscuridad de la noche, creía intuir, junto a la garita del Checkpoint Charlie, la figura de un hombre vestido de civil, en pie y al lado de los soldados del puesto occidental. Tenía que ser él, su contacto en el oeste. Pero aún estaba lejos y la llamada telefónica que entretenía al sargento de la Alemania Oriental podía terminar en cualquier momento. Así fue.

—¿Dónde está el hombre del clarinete? —preguntó el sargento, saliendo precipitadamente de la garita.

—Ya ha pasado, señor —respondió asustado el joven policía.

—¡¡¡No!!!

Fischer escuchó el grito a su espalda. Dedujo que era por él.

—¡¡¡Usted, el del clarinete, deténgase ahí!!! —El sargento estaba desencajado, mientras sacaba su pistola de la funda.

Werner ignoró la orden, como si no hubiera oído nada, y continuó con su paso, cada vez más apresurado, hacia el lado occidental de la frontera. Aún le faltaban unos treinta metros.

—¡¡¡Deténgase o disparo!!! —insistió el sargento, ahora apuntando con su arma. También su subordinado se colocó en posición de ataque con un fusil, al tiempo que otros dos salían de la garita y encendían los focos suplementarios que solo se utilizaban en situaciones críticas.

Al otro lado de la línea fronteriza, los soldados del ejército de Estados Unidos observaban la escena con creciente nerviosismo, y también desenfundaron sus armas en dirección al lado oriental. Fue entonces cuando un guardia occidental utilizó un altavoz para dirigirse en alemán a los guardias enemigos.

—¡Bajen las armas! ¡No disparen! ¡Si disparan, responderemos! ¡Bajen las armas! ¡No disparen! ¡Si disparan, responderemos!

El mensaje, repetido sin pausa, se mezclaba con los gritos de los agentes del lado oriental, exigiendo a Fischer que se detuviera. Pero Fischer tomó la única decisión que consideraba factible en ese momento: soltar el maletín del clarinete y correr por su vida hacia el lado occidental.

El sargento de la RDA bramaba, mientras con el cañón de su pistola apuntaba hacia Werner, con la duda de si debía utilizarla. Si lo hacía, se desataría un tiroteo entre los soldados de los dos lados de la frontera. Sería dramático, y quién sabía si supondría el inicio de un conflicto de mayor envergadura. Pero si no lo hacía, dejaría escapar a un desertor, y ese era un delito gravísimo si lo cometía el responsable de un puesto fronterizo. Frente a sus ojos, un hombre huía a la carrera, mientras los soldados americanos amenazaban con abrir fuego si los del lado oriental disparaban primero.

No disponía de más tiempo, de manera que el sargento decidió disparar: inició el movimiento de su índice para apretar el gatillo.

Sin embargo, en ese momento, antes de que la primera bala atravesara el cañón del arma, Fischer traspasó la frontera de un salto y varios soldados americanos se pusieron delante con sus armas para protegerlo. La guerra pudo haber empezado en cualquiera de los diez aterradores y eternos segundos en los que los fusiles y las pistolas de ambos lados del Muro se apuntaron mutuamente.

El sargento germanooriental, con las manos temblorosas por la tensión, redujo entonces la incipiente presión de su dedo en el gatillo y alzó el brazo hacia el cielo, como señal de capitulación hacia sus enemigos. La bala no llegó a salir del cargador.

Sus subordinados también depusieron las armas y apagaron los focos. Estaban en *shock*, conscientes de que sufrirían un duro castigo: un desertor había escapado durante su guardia. De inmediato, reportaron lo ocurrido a la central.

—¿Es usted Werner Fischer? —preguntó en alemán, con un tono neutro impropio de la situación, sin agacharse ni mostrar la menor preocupación por su estado, un hombre alto y de apariencia robusta, enfundado en un gabán oscuro y con un elegante sombrero negro, sobre los que resaltaban los copos de nieve que caían sin piedad sobre el Checkpoint Charlie.

Fisher seguía tirado en el suelo, sobrecogido, buscando la cara de ese interlocutor que debía sacarlo de allí y cuyo aspecto le recordaba al de Alec Leamas, el espía que surgió del frío en la novela de John Le Carré y que encarnó en el cine Richard Burton. Esa obra, prohibida en la Alemania comunista, circuló clandestinamente, de mano en mano, entre los agentes de la Stasi. En uno de sus capítulos, Leamas esperaba a un contacto procedente del este, en ese mismo lugar: el Checkpoint Charlie.

—Sí, soy yo —respondió, jadeante, mirando hacia arriba.

—Venga conmigo.

El displicente hombre del gabán, sin sacar las manos de los bolsillos y con talante hierático, ni siquiera hizo ademán de ayudar a Fischer a levantarse del suelo. Ambos se marcharon en un coche tan negro como aquella noche, y a más velocidad de la permitida en el centro de una ciudad, especialmente cuando la nieve cubre el asfalto.

Durante semanas, Werner daría a los americanos y a los alemanes occidentales la información más valiosa de la que jamás habían dispuesto sobre el funcionamiento del espionaje de la República Democrática Alemana en el interior de la República Federal Alemana.

Al otro lado del Muro, y una hora después del incidente en el Checkpoint Charlie, la esposa de Fischer abrió la puerta de su casa a dos agentes de la Stasi. La mujer cayó de rodillas, sollozando al escuchar que su marido era un traidor. Resultaba evidente que ella no conocía el plan. Aun así, los agentes se la llevaron y dejaron a su hija al cargo de una vecina. Durante un mes estuvo detenida, sufriendo interrogatorios que la dejaron derrotada, humillada y hundida.

La mañana siguiente a la fuga, dos hombres se reunieron en el cuartel general de la Stasi, en la Normannenstrasse de Berlín Este, un edificio de una evidente inspiración soviética y carente de cualquier veleidad estilística. Artísticamente gris, como todo en la RDA.

—Markus, esto es un desastre.

—Soy consciente, ministro.

Esta vez no era el jefe quien recibía en su despacho a un subordinado. Erich Mielke, ministro para la Seguridad del Estado de la Alemania Oriental, estaba tan enojado que decidió ir en persona a la sede de su servicio de inteligencia, para dejar constancia allí de que no sería tolerante con los responsables de aquel desatino. Lo habitual era que Mielke dirigiera las reuniones en la sede del ministerio, en cuya entrada, y para que sus intenciones quedaran claras, hizo colocar una estatua de su gran ídolo: Félix Dzerzhinsky, el jefe de la Checa, la temible policía secreta soviética, embrión del KGB.

Solía convocar aquellos encuentros en una sala con dos largas mesas colocadas en forma de T. La tradición era que esas salas y los despachos estuvieran presididos por una fotografía del líder, Erich Honecker. Pero eso no ocurría en el caso de Mielke: el lugar de la foto lo ocupaba una pintura en la que aparecía la Puerta de Brandemburgo rodeada por el Muro de Berlín, aunque él prefería llamarlo «muro de protección antifascista». Se sentía orgulloso de la que consideraba que era la gran obra del comunismo alemán.

El ministro —orondo, de estatura recortada y generosas ausencias de pelo en la parte frontal de su cabellera— iba impecablemente vestido con un traje de aspiraciones occidentales, pero elaborado con hechuras propias de la Europa Oriental, y de un color poco definible. La corbata mostraba algunas rayas oblicuas, sin pretensión alguna de gustar. Sus gafas de pasta gruesa ocupaban casi la mitad de su cara y cubrían unos ojos que tendían más a taladrar que a mirar. Nadie recordaba haber visto sonreír a Mielke.

Al otro lado de una deslucida y rancia mesa metálica beige con ribetes marrones, Markus Wolf mostraba una gran carpeta llena de papeles con datos preocupantes. Sus carencias capilares eran todavía llevaderas, comparadas con las de Mielke. Ser un hombre espigado le permitía lucir los trajes con cierto donaire. Tenía por costumbre evitar la tentación de caer en una modestia impostada y superflua: era consciente de su atractivo personal, y también de que despertaba el temor en los prójimos y en los ajenos. Una mirada suya decía más que sus palabras. Generaba en sus interlocutores la sensación de estar ante alguien con una inteligencia por encima de la media, lo que no se alejaba de la realidad. Disponía de una mente estratégica, mientras que la de Mielke era más táctica. A Mielke solo le preocupaba el siguiente cuarto de hora, mientras que los cálculos de Wolf eran, como poco, generacionales. Quizá por eso se detestaban mutuamente.

Wolf era el gran maestro del espionaje de la Alemania comunista y también el mayor misterio para los servicios occidentales. Porque, llegados a esas alturas de la Guerra Fría, había conseguido que ni la CIA americana ni el MI6 británico ni el BND alemán occidental tuvieran una foto suya. Por eso era conocido como «el hombre sin rostro». Pese a ello, esa ventajosa situación estaba a punto de expirar.

—Fischer dejó abierta la caja fuerte de su despacho —informó Mielke a Wolf, quien conocía de sobra ese hecho—. Se lo llevó todo: nuestra investigación sobre armas nucleares, nuestros avances tecnológicos... Y lo peor: la lista de nuestros agentes en el otro lado.

—Eso acaba con años de trabajo.

—¿Están avisados?

—Sí, ya hemos contactado con todos para que se protejan, pero me temo que caerán, antes o después. No es fácil huir cuando conocen tu identidad y los servicios de seguridad al completo van detrás de ti. Pero, además, varios de ellos están atrapados en la parte de Berlín rodeada por un muro que nosotros mismos hemos construido.

Wolf lanzó conscientemente este ataque sardónico a su jefe. Con la ironía soviética aprendida en sus tiempos de formación comunista en Moscú, sabía de lo que hablaba. De hecho, pocas semanas después, fueron detenidos en la RFA diecinueve agentes de la RDA. No eran todos, pero el operativo de espionaje de la Alemania Oriental en la Occidental quedó desmantelado. La lenta y minuciosa tarea de inteligencia desarrollada durante décadas estaba perdida.

—¡Es una situación catastrófica! —resumió Mielke, elevando notablemente el tono de voz y dando un manotazo encima de la mesa.

—Intentaremos averiguar si recibió ayuda. Su esposa dice que no sabe nada, y creo que no nos miente.

—Hay que devolver el golpe. Tenemos que localizar a Fischer y liquidarlo.

—Lo haremos, ministro. Pero no podrá ser con el protocolo habitual.

—¿Cómo, entonces?

—Esta vez tendremos que pedir ayuda a los soviéticos.

—¡Eso sería una humillación, Markus! —Mielke había llegado a la reunión alterado y ahora estaba al borde de la ira.

—Ya no tenemos efectivos al otro lado, señor, pero los soviéticos, sí. Y conozco a uno de los mejores. —Mielke ni siquiera tuvo que verbalizar su curiosidad. Le sirvió con poner sus ojos frente a los de Wolf para que le diera más detalles—: Yuri Petrov, del KGB. Lleva varios años destinado como funcionario soviético en Alemania Occidental. Antes estuvo en Dresde. Dispone de los contactos suficientes en el aparato de seguridad federal para enterarse del paradero de Fischer, y tiene la experiencia y el arrojo para organizar su eliminación.

—Ponlo en marcha. Yo hablaré con Moscú.

Tres meses después, en la Kurfürstendamm, la avenida más popular del lado oeste de Berlín, Werner Fischer celebraba su primera primavera en libertad, sentado en la terraza de una cafetería. Estaba acompañado por dos hombres jóvenes, de aspecto deportivo, que tenían como misión preservar la vida del desertor.

—¿Qué desean los señores? —preguntó un amable camarero, con un ligero acento extranjero, como muchos otros empleados en el sector de los servicios de la Alemania Federal, y cargado con su bandeja y una servilleta blanca colgada del antebrazo.

Pidieron tres cafés, que les fueron servidos al cabo de unos minutos. Esa noche, Fischer empezó a sentirse mal. Fue trasladado a un hospital, donde no conseguían encontrar el origen del problema que amenazaba con matar al paciente. De madrugada, su estado empeoró dramáticamente. Sufría convulsiones, no controlaba los esfínteres y tenía espuma en la boca. Antes del amanecer, los médicos certificaron su muerte por envenenamiento, aunque no sabían de qué veneno se trataba. Nunca antes se habían enfrentado a algo así.

Ese día, el camarero que hablaba con un ligero acento extranjero no volvió a su puesto de trabajo. Se despidió la noche anterior, alegando que tenía otros planes profesionales. Los dueños de la cafetería estaban sorprendidos, porque acababan de contratarlo. Nunca un empleado les había durado solo veinticuatro horas.

En la soleada y cálida mañana de un sábado del verano anterior, un hombre de unos cuarenta años, vestido con ropa deportiva, gafas de sol y un gorro, se había acercado al agente Neumann, del servicio de espionaje de la Alemania Occidental, que, sentado en un banco, vigilaba a su hijo pequeño, de cinco años, mientras jugaba en los columpios de un parque. El hombre de la ropa deportiva se sentó a su lado, extrajo del bolsillo derecho del pantalón un papel con un mensaje escrito a máquina y lo puso sobre el asiento.

—Lea eso —dijo secamente, mientras se levantaba y abandonaba el lugar con paso ligero.

Neumann pretendió incorporarse para seguir al individuo, aunque solo fuese con la mirada, pero el niño reclamó su atención. Antes de ocuparse del pequeño, el agente alemán agarró el papel, que amenazaba con volar si se levantaba una leve brisa. Después de atender a su hijo, Neumann miró alrededor, tratando de confirmar que nada ni nadie observaba sus movimientos, desplegó el papel que encubría su mano izquierda y leyó el mensaje: «Puedo colaborar. Volveré a este mismo lugar el lunes a las veintitrés horas. Si viene acompañado, no apareceré».

Neumann comunicó la novedad a su jefe directo. Un equipo de solo tres analistas, seleccionados cuidadosamente para una situación tan delicada, revisó el archivo fotográfico de los funcionarios soviéticos destinados en la República Federal de Alemania. Neumann creyó identificar a uno de ellos como el hombre del papel, aunque solo pudo ver su rostro fugazmente.

—Se llama Yuri Petrov —informó uno de los analistas—. Oficialmente, es el agregado de comercio, pero estamos seguros de que es agente del KGB.

El lunes a la hora convenida, Neumann acudió a la cita en solitario, aunque los tres agentes que conocían el operativo vigilaban desde las inmediaciones, tratando de no ser vistos. Petrov estaba en pie, junto al mismo banco de la semana anterior, protegido por unos arbustos y por varios árboles en semicírculo. No era fácil de ver en medio de la oscuridad de la noche. Tampoco sería fácil que pudiera huir, si lo necesitara, ante tanto obstáculo. Pero el espía ruso consideró que la pretendida invisibilidad que le ofrecía la vegetación era más segura que la libertad de movimientos que tendría en una zona más despejada del parque.

Neumann se acercó y divisó a su hombre, casi entre tinieblas. Detuvo sus pasos a tres metros de distancia, por precaución.

—¿Qué quiere? —preguntó el alemán, sin ofrecer un saludo de cortesía.

—Colaborar con ustedes.

—¿Por qué?

—¿Qué más da el porqué? Puedo conseguir algo que los servicios de Occidente desean desde hace mucho tiempo.

—¿De qué habla?

—¿Les interesa una foto de Markus Wolf? —preguntó con sorna indisimulable. Neumann sintió que sus nervios se alteraban y prefirió no hablar, a la espera de alguna explicación suplementaria. ¿Sería cierto?—. La tendrán si llegamos a un acuerdo —añadió Petrov, persuadido del impacto que la pregunta acababa de provocar en su colega alemán.

—¿Por qué debo creer lo que me dice?

—Porque lo necesita.

—No necesito nada.

—Mire, Neumann —Petrov sorprendió a su interlocutor, al utilizar el nombre por primera vez en esta conversación, demostrando que lo tenía controlado—, si sus jefes me dan lo que quiero, yo le conseguiré esa foto y usted se convertirá en un mito del espionaje occidental.

Petrov trataba de generar expectativas al ego de Neumann. Y no eran falsas porque, en efecto, el agente que consiguiera una imagen del hombre sin rostro habría coronado su carrera.

—¿Qué quiere?

—Lo que queremos casi todos en el este: desertar. Para mí es más fácil que para otros, porque ya trabajo en el oeste. Pero si deserto sin que ustedes me ayuden, los míos me perseguirán hasta matarme. Necesitaré la protección de los servicios occidentales, una nueva identidad y estabilidad económica.

—¿Cómo va a conseguir la fotografía de Markus Wolf?

—Eso déjelo de mi cuenta. Tengo los contactos suficientes en Berlín Este. Solo dígame si hay acuerdo.

—Mire, Petrov —Neumann devolvió el golpe, al utilizar el nombre del agente ruso, demostrando que también lo tenían bajo control—, este asunto no se puede arreglar en un par de minutos de charla en un parque, en medio de la noche.

—Estaré aquí dentro de una semana a esta misma hora —interrumpió Petrov, tratando de retomar la iniciativa, después de saber hasta qué punto los occidentales lo tenían radiografiado—. Espero su oferta. La mía ya la conocen.

Una semana después, el departamento alemán de inteligencia y el espía soviético Yuri Petrov alcanzaron un pacto en pocos minutos. Pero la deserción del agente soviético no sería inmediata: el BND, la CIA y el MI6 propusieron a Petrov un acuerdo en dos fases. En la primera, que debería durar al menos un par de años, mantendría su tarea como agente del KGB para pasar a Occidente toda la información posible sobre los planes de la Unión Soviética y su despliegue de espías en Europa. Y en la segunda, Petrov saldría de Berlín y sería trasladado al Reino Unido con una identidad nueva, bajo protección del Gobierno británico. Pero las condiciones de ese acuerdo solo se activarían si Petrov conseguía que el BND obtuviera una foto de Markus Wolf.

Yuri Petrov se puso de inmediato a la tarea. Conocía a Werner Fischer desde poco después de ser destinado por Moscú a la ciudad alemana oriental de Dresde. Conectaron bien, más allá, incluso, de su obligada colaboración profesional. Pronto, como fruto de sus largas charlas nocturnas empapadas en vodka, el agente soviético detectó en Fischer dudas sobre su lealtad hacia el régimen comunista. Eran las mismas dudas que habían brotado en el alma del propio Petrov.

Con el tiempo, el agente soviético fue destinado por el KGB a Berlín Occidental, y el alemán alcanzó un puesto relevante en las oficinas centrales de la Stasi en Berlín Oriental, bajo el mando directo de Markus Wolf. Fue entonces cuando Petrov urdió su plan: alimentó las dudas de Fischer sobre el comunismo, le convenció para que hiciera una fotografía a Wolf en un viaje clandestino que ambos realizaron a Suecia en 1978, y puso a Fischer en contacto con Helga, a quien controlaba desde hacía tiempo, para facilitar su huida al oeste. Con lo que no contaba Petrov era con el amor que surgiría entre Helga y Fischer, que complicó la operación.

Aun así, a principios de 1979, además del clarinete, Werner Fischer llegó al puesto fronterizo de Berlín Este con los falsos salvoconductos occidentales que Neumann facilitó a Petrov, y que Petrov hizo llegar a Helga. Pero, además, ocultaba en su zapato derecho el pequeño negativo de una fotografía con la imagen de Markus Wolf. Al otro lado, en el Checkpoint Charlie occidental y en plena nevada, le esperaba un hombre alto y con apariencia robusta, enfundado en un gabán oscuro y con un elegante sombrero negro. Era el agente Neumann, del BND.

Markus Wolf, ignorante de que Petrov era un traidor, encargó al KGB que el agente soviético dirigiera un operativo para eliminar a Fischer. El KGB accedió. Petrov, en un peligroso episodio de debilidad humana, sufrió un acceso de contrición y pesadumbre, impropias de un trabajo como el suyo: no quería organizar un complot para asesinar a quien, ya por entonces, consideraba su amigo, pero trasladó la información a Neumann, quien, a su vez, debatió la situación con sus superiores.

—Petrov no se puede negar —sentenció con firmeza el máximo responsable del BND—, porque provocaría la sospecha de sus jefes y perderíamos a nuestro topo en el KGB. En tre perder a Petrov y perder a Fischer, solo podemos optar por perder a Fischer.

Esa frase fue pronunciada con una pavorosa frialdad, como si la vida o la muerte se decidieran lanzando una moneada al aire.

Petrov, humanamente devastado por el dilema al que estaba siendo sometido, sintió la pulsión de huir y desaparecer. Pero era consciente de la inutilidad de su pretensión: vivía en un lugar rodeado por un muro; no podría salir de Berlín Oeste. Así, tratando de reponerse de la desolación, y procurando resultar convincente en la misión asesina que se le había encomendado, eliminaría a Fischer para mantener la confianza de la Stasi y del KGB, seguiría pasando información al BND y, en consecuencia, aumentarían sus ingresos antes de retirarse en algún lugar de Inglaterra, con unos ahorros respetables. Lo sentía por Fischer, pero era otra víctima colateral de la Guerra Fría.

Petrov trató de consolarse evitando ser el ejecutor directo de la eliminación. Seleccionó para esa tarea a otro de los agentes del KGB en Berlín Oeste. Le proporcionó los datos necesarios, el ejecutor consiguió un empleo como camarero en una cafetería de la calle Kurfürstendamm, sirvió el café envenenado a Werner Fisher y cumplió la misión encomendada.

Unos meses después, Petrov fue víctima de una inoportuna casualidad.

—Señor, sé que siempre hablamos bajo condición de absoluta confidencialidad —dijo el agente del KGB Yaroslav Adamov, todavía con el aliento desordenado por haber subido las escaleras de dos en dos; estaba destinado en Berlín Occidental bajo la supuesta condición de periodista de la agencia soviética de noticias Tass—. Pero le pido que esta conversación sea secreta, por completo.

—¿Qué ocurre? —preguntó con preocupación el responsable del KGB en el lado oeste de la ciudad alemana dividida.

—Como usted sabe, llevo algún tiempo realizando seguimientos a un agente del BND, al que queremos captar. Hace una media hora, cuando ya había anochecido, ese agente ha ido al parque Viktoria y allí se ha reunido con uno de los nuestros.

—¡¿Cómo?! ¡¿Con quién?!

—Yuri Petrov.

En los siguientes tres días, Petrov fue sometido a un duro interrogatorio del KGB, que incluyó tormentos físicos y psicológicos. Una semana después, la esposa del agente soviético recibió la noticia de que su marido había sufrido un repentino ataque al corazón. Ella y su hijo pequeño Serguéi quedaron sumidos en una profunda tristeza.

Un mes después, la revista de Alemania Occidental *Der Spiegel* publicó la primera foto de Markus Wolf. El temido jefe de la Stasi ya no era el hombre sin rostro.

Berlín, Alemania

Ahora, tantos años después, otro Petrov, Serguéi, conocido con el alias de Gorki, se levantaba a las cinco de la mañana para proceder a la eliminación de un traidor en Berlín.

Se duchó, colocó la barba postiza sobre su rostro con delicadeza y precisión, y se vistió con unos vaqueros, una camisa oscura, una cazadora ligera y zapatillas deportivas. Excepto colocarse una barba postiza, Nadia hizo lo mismo que Gorki.

Metieron en una bolsa de basura la ropa utilizada el día anterior y la guardaron en los *trolleys*, junto con la mochila del hombre al que Gorki reventó la nariz unas horas antes.

Abandonaron el hotel después de registrar su salida en la recepción y caminaron hacia el sur por Friedrichstrasse, la misma calle en la que un día estuvo la frontera que atravesó Werner Fischer. A los pocos pasos, doblaron la esquina en dirección oeste por Behrenstrasse. Apenas trescientos metros más allá, un agente de seguridad de la embajada rusa vio llegar a un hombre y a una mujer que arrastraban pequeñas maletas con ruedas, y avisó a alguien que estaba al otro lado de esa puerta trasera de entrada a la sede diplomática. Era el responsable de inteligencia en Berlín, la conocida como *rezidentura*: el equipo de espías que hay en cada embajada. Tenía el encargo de dar el visto bueno. Ni siquiera se saludaron, pero Gorki sí pronunció la palabra clave: Tiergarten.

Franqueado el paso, entregaron sus *trolleys* al responsable de la *rezidentura*, que después se encargaría de hacer un examen más exhaustivo del ordenador y de los papeles del hombre de la mochila, antes de destruirlos. La ropa sucia sería incinerada para no dejar rastro, igual que harían con las prendas y la barba postiza que Gorki llevaba en ese momento. El agente de seguridad de la puerta no conocía a los recién llegados. El jefe de la *rezidentura* tampoco. Cuando Vasilev fue eliminado, Gorki ni siquiera pasó por la embajada. Trabajó por su cuenta y, esa vez sí, en solitario, sin Nadia.

Las órdenes que la sede diplomática había recibido desde Moscú la noche anterior eran terminantes y no incluían la identidad del hombre ni de la mujer que acababan de entrar: se especificaba la hora de llegada, se daban detalles de su aspecto, que tendrían *trolleys* y que darían la clave Tiergarten. Lo que ocurriera después —sobre lo que no se ofrecía detalle alguno— sería gestionado por el embajador mediante los discretos trámites acostumbrados.

El responsable de la *rezidentura* —unos cincuenta años, no muy alto, comportamiento hierático, traje gris, corbata azul, gafas de pasta, bien afeitado— condujo a los recién llegados hasta un ascensor, después de recorrer varios pasillos solitarios de la planta baja. Evitaron mirarse de frente mientras alcanzaban el cuarto piso. Nadie habló. Las puertas se abrieron.

—A partir de aquí irá usted solo —dijo dirigiéndose a Gorki—. Es por la izquierda. Despacho cuarenta y cinco. Cuando termine lo que haya venido a hacer, vuelva por el mismo camino, pero no utilice el ascensor. Baje por las escaleras hasta la tercera planta. Busque el despacho treinta y dos. Allí le esperará su compañera.

Gorki escuchó las instrucciones en silencio y siguió en silencio después de haberlas recibido. Salió del ascensor mientras las puertas se cerraban automáticamente, con Nadia y el jefe de la *rezidentura* dentro. Avanzó por donde le acababan de indicar. Quince metros después encontró el despacho cuarenta y cinco. Buscó un par de guantes negros que guardaba en un bolsillo exterior de su cazadora. Los ajustó a sus manos. No quería sufrir heridas en los nudillos cuando utilizara los puños: podría provocar sospechas si se las veían en el control de seguridad de algún aeropuerto. Abrió la puerta con determinación y entró en una estancia de unos veinte metros cuadrados. En la pared de la izquierda, un escritorio acogía un foco, un ordenador de mesa y varios montones de papeles. Al otro lado vio un mueble con algunos libros y una mesa redonda, diseñada para reuniones de no más de seis personas. Frente a la puerta, una ventana alta y estrecha permitiría recibir luz natural cuando amaneciera. Aún era de noche y el despacho estaba tenuemente iluminado por una lámpara de pie situada en una esquina. Bajo la ventana, un tresillo tapizado en gris acomodaba en ese momento a Igor Belov, que leía una revista mientras esperaba la llegada de alguien que le entregaría unos documentos: esas eran las instrucciones que había recibido. Le perturbó que tuviera que ser a las seis de la mañana y que no le hubieran querido decir de quién se trataba. No entendía la necesidad de madrugar tanto ni la ausencia de datos sobre el visitante, pero nunca cuestionaba las órdenes. Algún motivo habría para tanta premura y tanto secreto.

—Hola, soy Igor —dijo con seca amabilidad, mientras se levantaba del sofá al ver que un hombre entraba en el despacho. La cita empezaría con puntualidad. Le extrañó que ese individuo no tuviera ningún papel. Y le extrañó aún más que llevara puestos unos guantes dentro de la embajada. La confusión y, con ella, la sospecha de que algo preocupante estaba a punto de ocurrir, creció al mirarle el rostro, que de pronto le resultó inquietantemente familiar. Sabía que se conocían—. Creo que hemos coincidido en alguna ocasión. —Igor, en un arrebato conmovedor, impropio de un espía, se dejó llevar por un exceso de confianza que resultó letal; pero ¿cómo podía pensar que estaba en peligro dentro de su propia embajada?

No hubo respuesta a su amable bienvenida ni a su insinuación posterior. Gorki dio unos pasos hacia Igor, como si pretendiera estrechar su mano. Pero al llegar a su altura lanzó el puño derecho con enorme violencia contra el plexo solar de Belov, en un golpe por sorpresa. El cuerpo de Belov se encogió de forma incontrolada y se detuvo el natural automatismo de la respiración. Sus piernas perdieron la resistencia para sostener el peso de su cuerpo y cayó de rodillas, mientras Gorki abría la ventana del despacho con parsimonia profesional. Con esa misma parsimonia se agachó, agarró con fuerza a Igor y apoyó su cuerpo encogido de dolor contra el alfeizar.

—Soy Serguéi. ¿Me recuerdas? —susurró al oído de Igor que, con los pulmones colapsados por el impacto recibido, seguía sin inhalar oxígeno y no podía pronunciar una palabra—. La planta de Azovstal, en Mariúpol. Y la escuela del GRU. ¿Me recuerdas ahora?

Ahora sí, Igor identificó a su agresor, aunque apenas le quedaban fuerzas para bucear en sus recuerdos. Lo que necesitaba era concentrar sus limitadas energías en reactivar el sistema respiratorio, pero no lo conseguía.

Mariúpol, Ucrania, marzo de 2022

—¿Lo has traído?

—Sí, teniente.

El soldado Makarov, un diligente muchacho lampiño de diecinueve años, nacido en una remota región de Siberia, desplegó un pequeño pedazo de papel blanco que sacó del bolsillo de su pantalón. Lo hizo sobre un librito de tapa blanda que solía llevar consigo para leer cuando los combates se calmaban durante unas horas. Teniente y soldado consiguieron aislarse, por un momento, de los varios miles de militares rusos que se repartían a pocos cientos de metros de la acerería de Azovstal, en la ciudad ucraniana de Mariúpol, tomada por el ejército invasor casi desde el inicio de las hostilidades, pocas semanas antes. La planta estaba sitiada y quienes se refugiaban allí sufrían una situación límite, sin apenas alimentos, agua o medicinas.

Makarov se había ganado la confianza del oficial al mando. Era obediente. Siempre mostraba buena predisposición a respetar las obligaciones propias de la disciplina militar, a pesar de que había sido reclutado por la fuerza, y eso le obligó a abandonar sus estudios de literatura y a su familia.

Una noche, después de un combate sangriento con muchas bajas en los dos bandos, su teniente le pidió un favor. Makarov nunca lo hubiera imaginado, porque un oficial da órdenes, no pide favores.

—Necesito esto —dijo el teniente, mostrando al soldado los restos de cocaína que tenía en la palma de su mano.

El muchacho reaccionó con un visible estupor, pero pronto apareció la oportunidad: su jefe le ofrecía, como recompensa por el favor, enviarlo de vuelta a territorio ruso con un permiso de una semana. Allí descansaría, disfrutaría de la vida y compraría la droga para el teniente, antes de volver. Así lo hizo.

Makarov no podría visitar a su familia en Siberia, porque el permiso solo le autorizaba a desplazarse unos doscientos cincuenta kilómetros al este, hasta la ciudad rusa de Rostov. Allí, siguiendo las instrucciones recibidas, buscaría a un individuo concreto, en un lugar concreto. Ese individuo le daría lo que buscaba, a cambio de una determinada cantidad de dinero que el teniente entregó a su soldado.

—¿Quieres probar? —preguntó el jefe a su subordinado, mientras enrollaba un billete de cien rublos que se iba a convertir en un tubito para esnifar y repartía la cocaína en varias rayitas sobre la tapa del libro.

—¿Puedo? —Makarov notó una súbita sacudida nerviosa. Nunca se había drogado. Esta sería la primera vez.

—Adelante.

La mano derecha del soldado temblaba cuando colocó la cánula de los cien rublos en el orificio derecho de su nariz. Pero lo hizo e inhaló la primera de las rayas blancas. Un espasmo repentino recorrió su cuerpo. Repitió la operación en el lado izquierdo, con el mismo resultado.

Ahora era el turno del teniente Serguéi Petrov, que buscaba con la droga alcanzar el grado de excitación que necesitaba para el combate: para que matar con saña le resultase más fácil. A no más de trescientos metros estaban los ucranianos. Las hostilidades se desatarían en cuestión de minutos y ambos lucharían con fiereza.

Pero aquella batalla no se desarrolló como tenía planeado el mando.

—¡¡¡Atrás, atrás!!! ¡¡¡Al almacén!!!

Solo media hora después, el grito del oficial ruso al mando, un capitán, hizo que se retiraran a la carrera una veintena de soldados que seguían en pie. Otros cuatro hombres trataban de ponerse a salvo detrás de un enorme contenedor metálico de forma cilíndrica, con una anchura de dos metros y una altura de cinco. En algún tiempo, fue un depósito de combustible, pero ya era solo chatarra oxidada y agujereada en medio de la devastación provocada por la guerra.

Esos pocos soldados habían acabado batallando juntos en el caos que reinaba en un combate sin reglas. Las diferentes unidades del ejército ruso, destinadas en ese lugar de apariencia espectral, se dispersaron y mezclaron en el desconcierto general, y ya nadie sabía quién mandaba a quién, ni quién cumplía las órdenes de quién.

Tres de los cuatro que se resguardaban del fuego enemigo detrás del contenedor estaban heridos. Uno de ellos, un teniente, tenía una bala incrustada en el muslo izquierdo, del que manaba sangre en abundancia. Estaba en el suelo, con la espalda apoyada contra la pared metálica del depósito. Su mano izquierda todavía aferraba con fuerza el fusil. Respiraba de forma acelerada. Veía su herida en la pierna y sentía un agobio creciente. Sabía que podía estar a pocos minutos de su final. Si nadie ponía remedio, se desangraría.

Otro, el soldado raso Popov, evitó los proyectiles del enemigo ucraniano, pero en la carrera pisó un agujero en el suelo y se rompió el tobillo derecho. Solo podía caminar con ayuda. Se resguardaba de los disparos sentado junto al teniente de la bala en el muslo y tampoco soltaba su fusil. Miró hacia su pie: estaba dislocado y se veía el hueso a través de una herida abierta. Lloraba por el dolor insoportable que sufría y por el miedo incontrolable que le provocaba el sonido de las balas que parecían llegar por todas partes. Esa apariencia era real.

El tercer herido, el soldado Makarov, tenía un disparo a la altura de la clavícula derecha, con orifico de entrada y salida. También sufría un dolor intenso, pero la bala no había afectado a ningún órgano vital y podía caminar.

El único militar ileso era el cuarto, el teniente Igor Belov. Y fue él quien salvó a los otros tres, arrastrándolos hasta el contenedor en medio de los disparos y de la lluvia de obuses del enemigo. Pero si no conseguían un refugio mejor, el ejército de Ucrania se les echaría encima en cuestión de minutos. La situación era desesperada.

—Trata de calmarte. —Belov serenaba a su compañero con la herida en el muslo, mientras se quitaba el cinturón del pantalón y le practicaba un torniquete para frenar la hemorragia—. Veo que eres el teniente Petrov —dijo Igor al ver el apellido grabado en una etiqueta de la casaca militar, mientras practicaba las maniobras de primeros auxilios—. Pero ¿cómo te llamas?

—Serguéi —respondió, en un quejido, el oficial con la bala incrustada en su muslo derecho.

—Yo me llamo Igor —añadió, tratando de entretener al herido mientras contraía su pierna con el cinturón—. No te recuerdo de la academia de oficiales. Supongo que habremos empezado en años distintos.

Igor hablaba solo. Serguéi sentía tanto dolor que no tenía ánimos ni fuerzas para participar en la charla. En ese momento solo quería salir de allí. Pero, en efecto, ambos habían estudiado en la misma academia, aunque, por su diferencia de edad, no coincidieron. Y ambos habían sido destinados a Ucrania en distintas unidades, pero acabaron juntos, tirados detrás de aquel contenedor, en el descontrol de la lucha.

De inmediato, el torniquete funcionó y el flujo de sangre se redujo. Eso les daría unos minutos suplementarios de margen. Cuando llegara el momento, pensó Belov, Serguéi quizá pudiera ponerse en pie con su ayuda y caminar hasta el almacén en el que se refugiaban los demás compañeros, con el capitán al mando.

A su lado, el soldado con el tobillo roto gemía de dolor, y Belov no sabía cómo corregir la posición del hueso fracturado sin atormentarlo aún más. No podría hacer otra cosa que levantarlo en vilo, cargar el cuerpo encima de su hombro y llevarlo así hasta el almacén. Serían un blanco fácil, porque era imposible avanzar rápido cuando se arrastraba el peso de otro hombre. Pero en una situación desesperada —pensó— todas las opciones eran malas y nunca dejaría a ese muchacho atrás.

Por suerte, el tercer soldado herido aguantaría el dolor en la clavícula. Se podía valer por sí mismo.

—Estamos a unos treinta metros del almacén —quiso explicar Belov, cuando una ráfaga de disparos se incrustó al otro lado del contenedor y un obús cayó a poca distancia, provocando un cráter en el suelo y un lanzamiento indiscriminado de piedras y metralla en todas las direcciones.

Aun así, continuó con el plan.

—¡Voy a pedir al capitán que lance fuego de cobertura! —gritó para hacerse oír—. ¡Espero que eso nos dé unos segundos sin disparos de los ucranianos, que se tendrán que proteger, y podamos correr hasta el almacén! ¡Empezaré contigo!

Belov señaló al soldado con el tobillo roto. Se puso en pie, agarró su brazo derecho y, en un movimiento veloz e intenso, lo levantó del suelo y cargó el cuerpo de Popov sobre su hombro izquierdo.

—¡¡¡Ahora!!!

Belov lanzó el aviso al capitán, y los veinte soldados que se refugiaban en el almacén empezaron a disparar sin freno hacia las posiciones ucranianas.

El teniente, cargando con el soldado herido, avanzó tratando de correr, aunque apenas podía caminar con tanto peso encima. Consiguió dar diez pasos, pero cayó de bruces, impulsado por un fuerte golpe: una bala ucraniana había impactado en el cuerpo del soldado herido, aunque sin atravesarlo. Igor tuvo suerte: la bala no llegó hasta él. Sin embargo, el soldado al que trataba de salvar estaba muerto. Sintió un enorme dolor emocional, pero no disponía de tiempo ni energías para otra cosa que no fuese salvar a los demás.

Tirado en el suelo, con la cara contra la arena y con el cuerpo sin vida de Popov todavía encima, miró hacia atrás y vio a los otros dos heridos esperando. Se desembarazó del cadáver con un movimiento rotundo hacia un lado y, reptando para evitar los proyectiles del enemigo, volvió hasta el contenedor metálico.

—Nos iremos los tres; no hay tiempo que perder —ordenó, sin apenas resuello, debido al agotamiento—. Ayúdame a levantarlo.

Entre Belov y el soldado Makarov pusieron en pie a Serguéi.

—Vamos a salir de esta, teniente —susurró Makarov al oído de Petrov, tratando de subir el ánimo de su jefe y benefactor.

Los tres sabían que había pocas posibilidades de llegar con vida al almacén, pero no tenían alternativa. Si se quedaban, los ucranianos acabarían con ellos.

A una nueva señal de Igor, el capitán ordenó otra ráfaga de fuego de cobertura.

—¡Vamos, Serguéi! ¡Tienes que aguantar!

Igor colocó el brazo del teniente rodeando su cabeza, mientras con su propio brazo derecho sujetaba la cintura de Petrov ayudando a que avanzara. Makarov se situó al otro lado y procuraba no quedarse atrás.

—¡Ya estamos a mitad de camino!

Cuando Igor intentaba dar ánimo a sus compañeros, miró hacia atrás y vio a Makarov tirado en el suelo, con una herida de bala. La sangre manaba a raudales.

—¡¡¡Makarov!!! ¡¿Me oyes?! ¡¡¡Makarov!!!

Los gritos desesperados del teniente Belov se dirigían al vacío.

—No nos paremos. Está muerto —sentenció Serguéi, sin saber si era cierto lo que decía, y sin dar un mínimo espacio a la clemencia ante la situación del soldado que le había sido tan fiel.

Estaban muy cerca, pero, en ese momento, un obús cayó a cinco metros y la onda expansiva derribó a los dos tenientes. Varias esquirlas que salieron despedidas de la bomba se incrustaron en los cuerpos de ambos. Aun así, cuando creían que era su final, los brazos salvadores de varios soldados los empujaron hasta el destino que buscaban.

La batalla de ese día la ganaron los ucranianos, pero la batalla final por la planta de Azovstal inclinaría la balanza a favor de los rusos, después de sitiar durante semanas aquella esquina del averno en la que se convirtió la acerería, y en la que buscaron refugio cientos de civiles y militares del ejército de Ucrania.

El teniente Igor Belov fue llamado a Moscú días después, cuando en el Ministerio de Defensa se conocieron los detalles de su hazaña, tratando de salvar a compañeros de armas poniendo en juego su propia vida. Belov fue captado para el GRU tutelado por su padre, también agente de inteligencia, y, después de un proceso de formación, entró en el servicio activo. Su destino sería Alemania, como falso funcionario en la embajada de Rusia en Berlín.

El teniente Petrov se recuperó de sus heridas en un hospital. Pasados dos meses, en mayo de 2022, volvió al frente para participar en los combates que terminarían con la toma de Mariúpol por el ejército ruso. Un año después, sus capacidades en el campo de batalla llamaron la atención del Ministerio de Defensa: Serguéi Petrov ingresó en la escuela del GRU.

Embajada rusa en Berlín, Alemania

En un leve impulso de su memoria, Igor Belov, empujado por Gorki hacia el alféizar de una ventana en la embajada rusa en Berlín, doblegado por el dolor y al límite de perder la consciencia, se recordó a sí mismo años atrás poniendo en riesgo su vida cuando llevó a Serguéi Petrov casi en volandas hacia el almacén de Azovstal, que sería su refugio salvador. Y en una esquina de su cerebro apareció la fugaz evocación de los rumores que corrían entre los aprendices de espía en la academia del GRU, sobre un joven teniente, veterano de Ucrania, que tenía fama de psicópata. Ese recuerdo le hizo perder cualquier esperanza de seguir con vida más allá de los próximos minutos. No se equivocaba.

—Yo te salvé la vida, Serguéi —acertó a decir Igor, con un hilo de voz, en el inicio de su agonía.

No hubo respuesta. Para entonces, Gorki ya ponía en marcha la maniobra final. Aun así, en un último recurso para evitar la muerte, Igor trató de darse la vuelta con el objetivo de encararse con su agresor. Y, al girarse, golpeó con su rodilla el muslo de Gorki —justo en la herida provocada por un tiburón en aguas de Maldivas—, al tiempo que con sus uñas arañó el rostro de su agresor. Gorki lanzó un grito de dolor, mientras la sangre que empezó a brotar de su pierna manchaba el pantalón. Pero todo fue en vano.

Gorki, dolorido y sangrando, pero decidido a terminar su tarea, lanzó otro puñetazo al estómago, dejando a Belov convertido en un ser inerte, sin control ni oxígeno. Serguéi se agachó hasta el suelo, agarró a Igor por los tobillos y lo levantó en vilo, en un movimiento brusco y resolutivo.

—No tienes que hacer esto —musitó Igor sin apenas aire ni fuerzas para defenderse, con la cabeza por fuera de la ventana, y viendo de reojo el suelo muchos metros más abajo.

—Gracias por ayudarme en Ucrania, pero no debiste traicionarnos.

Gorki soltó los pies y la ley de la gravedad hizo el resto: Belov cayó al vacío desde la cuarta planta de la embajada rusa en Berlín. Se estrelló contra la acera de la calle Behrenstrasse. La cabeza se fracturó en varios pedazos, de los que brotaron litros de sangre. Pocos huesos se mantuvieron íntegros. En la cuarta planta, una ventana se cerró abruptamente, mientras en el aire quedaba el sonido sordo que produce el golpe de un cuerpo que cae a plomo contra el suelo desde esa altura.

Gorki sentía un fuerte dolor en la pierna. El pantalón estaba empapado en sangre, pero tenía que salir de allí y siguió las instrucciones.

Ahora su cojera resultaba muy ostensible. Bajó a la tercera planta por las escaleras y entró en el despacho treinta y dos.

—Se me ha vuelto a abrir —dijo Gorki, con más dolor que voz.

—Quítate ese pantalón. Hay que limpiar y cerrar esa herida rápidamente o se infectará —replicó Nadia.

Gorki se quitó lo que llevaba puesto y lo metió en una bolsa de basura para que fuera destruido y eliminar cualquier prueba. Nadia procedió a curar la herida del muslo y frenar la hemorragia, como ya había hecho en Maldivas unos días antes. La suturó con varias grapas. La operación no fue fácil ni tan breve como necesitaban.

—Tenemos que irnos ya —dijo Gorki con tono categórico, mientras se vestía con ropa de repuesto—. Hay que salir de aquí cuanto antes, porque la policía tardará poco en llegar.

En un sobre tenían las llaves de un coche, otra llave de un apartamento y una nota en la que se daban algunas explicaciones: debían ir al *parking* del señorial hotel Adlon, a pocos metros de la embajada; en la plaza 231 encontrarían un automóvil azul de la marca BMW; y viajarían a Zúrich, donde dispondrían de un piso franco en el que refugiarse unos días.

Salieron del despacho. Usaron las escaleras hasta la planta baja, con gran dificultad por el dolor en la pierna, y abandonaron la embajada a través de la misma puerta por la que habían entrado minutos antes, situada en una calle perpendicular a la que recibió el impacto del cuerpo de Igor Belov. El cadáver yacía a la vista de varios transeúntes horrorizados, que llamaban a la policía y al servicio de emergencias con sus teléfonos móviles. De hecho, las sirenas ya se oían en los alrededores.

—Misión cumplida —dijo Nadia.

—Otra más —se felicitó Gorki.

Ni Rusia ni Alemania dieron datos de la muerte de Igor Belov. La noticia tardó días en filtrarse a los medios de comunicación occidentales. Ante las preguntas de los periodistas, la embajada rusa siguió el protocolo: se trataba de un trágico accidente, de cuyas circunstancias no darían más detalles por respeto a la familia del finado. Como era natural, los informadores entendieron de inmediato que estaban ante un nuevo caso en el que Rusia eliminaba a sus propios traidores, por lo que procedieron a investigar.

Pocas semanas después se publicó el nombre del muerto y el dato, muy revelador, de que era espía e hijo de espía. Y, con el objetivo de contextualizar, se aportó el hecho de que la muerte se había producido dos meses después del asesinato de Fiodor Vasilev, cuando el caso ya estaba en los tribunales.

Aquella mañana, en un *parking* de Berlín, una mujer y un hombre con una cojera indisimulable entraron en un BMW azul. Con Nadia al volante, abandonaron la capital alemana en sentido sur. Dos horas después, pararon en una estación de servicio de Leipzig para repostar, comer algo y hacer una nueva cura de las heridas: ya no manaba sangre en tanta cantidad. Aun así, el dolor seguía siendo intenso. Reanudaron la marcha y llegaron a Núremberg, desde donde se dirigieron a la frontera con Austria en Hörbranz; bordearon el lago

Constanza y entraron en Suiza por Sankt Margrethen. Ya en dirección este, dejaron atrás San Galo, pasaron por Winterthur y llegaron a Zúrich cuando había anochecido. En Oerlikon, cerca del aeropuerto, tenían un piso franco a su disposición. Abrieron con la llave que les entregaron en el sobre de la embajada en Berlín. Descansarían hasta el día siguiente y Nadia podría tratar de nuevo las heridas de Gorki con más detenimiento, antes de abordar un avión. Volarían a Estambul y, desde allí, a Moscú.

Washington

—Podían haber eliminado a Belov sin provocar el menor ruido internacional —explicó Beth Kramer a Matthew Perkins y Charles McKenzie en su despacho—. No sería la primera vez que matan a alguien y hacen desaparecer su cuerpo incinerándolo discretamente en el patio interior de la embajada, como hicieron los saudíes en Turquía, cuando mataron al periodista Jamal Khashoggi. Luego habrían esparcido sus cenizas en las aguas del río Spree, sin dejar rastro.

—Pero ya sabes cuál es la doctrina del espionaje ruso. —McKenzie dejó la respuesta en el aire, para que la rematara Matthew.

—El ejecutor debía de tener la orden de que Belov quedara expuesto en la calle, para que las autoridades alemanas entendieran fácilmente el mensaje: eliminan a su delator, y Rusia no aceptará negociación alguna para identificar y juzgar al asesino de Fiodor Vasilev.

—Y otro mensaje en clave interna a los agentes rusos —añadió Charlie—: la traición se paga con la vida.

—Pues no podremos investigar mucho más —informó Beth—, porque el cuerpo de Belov quedó de inmediato bajo el control del embajador ruso en Berlín, al tratarse de un funcionario diplomático con inmunidad.

—¿No le hicieron la autopsia los alemanes? —preguntó Matthew, tratando de buscar cualquier dato accesorio, aunque fuese debajo de las piedras.

—Rusia no lo autorizó. De hecho, cuando la gestión todavía estaba en marcha, el cuerpo ya había sido repatriado a Moscú.

Supongo que se lo entregarían a su padre, que ocupa un cargo importante en el espionaje ruso.

—No habrán tenido que decirle nada —agregó Matthew—, porque conocerá bien el procedimiento. Si su hijo cayó desde una ventana, eso significa que se le consideraba un traidor.

—Así son las cosas —certificó Charlie.

Islas Maldivas

—Si quien ha actuado en Berlín es el mismo que mató a Serkin, estamos ante un individuo que se mueve muy rápido y con absoluta impunidad.

Pablo Perkins resumía en pocas palabras y ante Teresa lo que acababa de decir, con algo más de extensión, en la videoconferencia con Beth Kramer, después de recibir desde Washington la información de que otro ciudadano ruso había muerto en circunstancias sospechosas. Para entonces, Pablo y Teresa ya estaban instalados en un nuevo resort, situado enfrente y a poca distancia del anterior en el que habían sido eliminados Mijaíl Serkin, su mujer y su hijo. Sospechaban que el ejecutor podría haber salido desde allí para dirigirse a nado a la habitación de Serkin, realizar la operación y volver.

—Tenemos que encontrar alguna pista lo antes posible y después marcharnos —apuntó Teresa—. El ejecutor va mucho más rápido que nosotros.

—Al menos, nos hemos enterado de algo que no sabíamos hasta hace un rato: que el ejecutor ya no está en este hotel —bromeó Pablo—. El problema es que tampoco tenemos claro si estuvo alguna vez. Y, en su caso, en qué habitación se alojó, ni si estaba solo o acompañado, ni conocemos cuál es su aspecto físico.

—Pues no nos queda mucho tiempo. Hay que decidir por dónde empezamos.

—Empecemos por llenar el estómago, que se nos va a pasar la hora de comer.

—¿Siempre eres tan básico?

—Siempre.

Optaron por la terraza del restaurante, que estaba junto a la piscina. El día era luminoso y caluroso. Un grupo de turistas australianos jugaba en el agua con una pelota de goma, mientras, a veinte metros, cientos de bañistas disfrutaban del mar en calma. El camarero sirvió pasta a Pablo y una ensalada a Teresa. Ambos permanecían en un extraño silencio, concentrados en establecer cuál sería el siguiente paso a dar.

—¡Lo tengo! —Teresa levantó la cabeza repentinamente y miró a Pablo con una sonrisa.

—¿Qué tienes?

—Ya sé lo que vamos a hacer.

—Espero que lo hagamos después de comer.

—Supongamos, solo como hipótesis, que el ejecutor que ha actuado esta mañana en Berlín es el mismo que mató a Serkin.

—No tenemos ninguna prueba de que sea así, pero hay que empezar la investigación por algún sitio. ¿Qué sugieres?

—Los turistas que vienen a Maldivas suelen estar aquí como mínimo una semana o diez días, porque estas islas están lejos de casi cualquier sitio, y se tarda mucho tiempo solo en el viaje de ida y en el de vuelta.

—¿Y cuál es la conclusión?

—Que muchos de los turistas llevan más de cinco días en el hotel y, por tanto, habrán coincidido con el ejecutor, si es que estuvo aquí.

—¿Y pretendes interrogarlos a todos?

—Pretendo hackear sus móviles para ver las fotos y los vídeos que se han hecho en los días anteriores. Si el ejecutor estuvo, es muy posible que se le vea en alguna de las imágenes.

—Te has vuelto loca. —Pablo no preguntó, afirmó.

—La ventaja que tenemos es que esta islita, en medio del océano Índico, está apartada de todo y no llega ninguna señal de internet. La única forma de conectarse es la wifi pública del hotel. Todos estamos conectados a esa red wifi.

—Y pretendes hacer un «*man in the middle*». —Pablo volvió a afirmar, no a preguntar, porque conocía la respuesta.

—No seas machista: esta vez será un «*woman in the middle*».

—Todo legal, supongo.

—Por supuesto que no.

Tanto Teresa, en su proceso de formación en el CNI, como Pablo, en el suyo en la CIA, habían recibido adiestramiento en el hackeo de dispositivos conectados a internet, y sabían aplicar la técnica conocida como «*man in the middle*» (hombre en el medio), consistente en entrar en un dispositivo ajeno, gracias a que ambos, *hacker* y *hackeado*, están en la misma red wifi: se sustituye esa red por otra diferente, controlada por el atacante, pero sin que la víctima note la diferencia, porque la red tiene el mismo nombre.

—Es pan comido —remató Teresa, con una sonrisa burlona.

—El ejecutor nunca se habría hecho fotografías con otros turistas. —Pablo pretendía rebajar tanto entusiasmo sobrevenido.

—No, pero es probable que en alguna foto o en algún vídeo se le vea de fondo. La gente hace fotos y graba vídeos todo el tiempo, y muchas veces se ve a personas que están en una esquina o diez metros por detrás y aparecen en las imágenes sin que ellos lo sepan.

—¿Y cómo pretendes averiguar quién de los que aparece en una imagen es el ejecutor si no lo has visto nunca?

—No tengo ni la menor idea. Pero ya se nos ocurrirá algo. Si se te ocurre un plan alternativo, estaré encantada de escucharte.

Pablo se mantuvo en silencio durante unos segundos, ignoró la cuestión porque no tenía respuesta, y continuó como si no la hubiera oído.

—Este hotel no es grande, pero aun así tiene ochenta habitaciones. En la mayoría se hospedan dos personas, hay algunas con tres y, en el resto, más de tres. Digamos que puede haber unos trescientos clientes. Saquemos de esa lista a los niños más pequeños, que no tienen móvil, y nos pueden quedar doscientos o doscientos cincuenta clientes, más o menos. ¿Vas a hackear doscientos cincuenta teléfonos, y vas a ver con detalle las decenas o centenares de fotos y vídeos de cada uno, buscando en el fondo de la imagen a alguien que no sabes qué aspecto tiene?

—Exacto.

—Se nos van a caer los ojos.

—El programa de inteligencia artificial que tengo en mi ordenador nos ayudará mucho en la tarea de identificación y nos ahorrará buena parte del trabajo. Termina de comer, que hay mucho que hacer.

Media hora después, Teresa y Pablo sacaron sus portátiles a la terraza de su habitación y los colocaron sobre una mesa. Trabajarían duramente, pero sentados frente al mar. Teresa extrajo de su mochila un pequeño aparato que cabía en la palma de la mano, desplegó sus antenas y lo conectó a la wifi del hotel. Pasados unos minutos, comprobó que ya podía controlar la señal a la que se enlazaban los dispositivos de todos los clientes. También conectó su ordenador al de Pablo, para que pudieran operar los dos en paralelo y trabajar a la vez. De inmediato, empezaron a hackear dispositivos ajenos. Tendrían acceso a varios miles de fotos y vídeos grabados por los turistas del hotel días atrás, cuando el ejecutor estaba allí, o eso esperaban que hubiera ocurrido.

—Deberíamos ver también las grabaciones de las cámaras de seguridad del hotel —dijo Pablo, poco esperanzado de que eso fuese sencillo de conseguir.

—Si hacemos eso al mismo tiempo que el hackeo de la red wifi, doblaremos el riesgo de que nos descubran. Sería temerario, porque supongo que el hotel tendrá un servicio de control para evitar intromisiones en sus equipos informáticos. Hagamos solo una cosa a la vez. Primero vamos a controlar los móviles, porque las fotos y los vídeos de los teléfonos tienen asignada por defecto su fecha y su hora. Si encontramos alguna imagen que nos pueda interesar, entonces podríamos buscar ese mismo día y hora en las grabaciones de seguridad del hotel. Sería ir sobre seguro y nos ahorraremos revisar cientos horas de vídeo.

—Es fácil que nos detecten.

—Sí, es posible. Pero tenemos que correr ese riesgo.

—Debemos prepararnos.

—¿Qué sugieres?

—Pensaré algo, porque escapar de una isla pequeña como esta no es fácil. Y es posible que nos veamos obligados a hacerlo.

—Mira esta foto. —Teresa llamó la atención de Pablo, que se acercó a la pantalla del ordenador.

—A la gente le gusta protagonizar escenas subidas de tono y disfruta inmortalizándolas en sus teléfonos, sin darse cuenta de lo sencillo que es hackearlos.

—Tienen suerte de que seamos *hackers* buenos, porque si mandáramos esta foto a todos los contactos que tiene en su teléfono, le arruinaríamos la vida.

—Sigue buscando al ejecutor. Yo buscaré un modo de escapar de esta ratonera. Estamos en medio de ningún sitio, rodeados de océano por todas partes.

Moscú

—Salgan un momento.

El general Lébedev no necesitó mostrarse imperativo al entrar en la habitación del hospital militar Glavnyy Voyennyy Klinichesk. Las dos enfermeras que trataban la pierna de Gorki abandonaron el lugar de inmediato al ver que llegaba un hombre con aspecto de mandar mucho, acompañado de dos guardaespaldas que no parecían dispuestos a negociar. El herido pretendía incorporarse en su cama, pero el general desincentivó el intento con una simple mirada.

—¿Cómo está, capitán? —pregunto Lébedev, al tiempo que con un gesto indicó a sus dos protectores que quería intimidad. Ambos salieron por la misma puerta por la que acababan de entrar.

—Estaré bien muy pronto, general. Solo necesito que la herida termine de cerrarse. Curará rápido.

—Tómese su tiempo. Recupérese bien. El presidente tiene planes para usted, pero solo podrá realizarlos cuando esté en plena forma.

—Estoy a sus órdenes, señor.

—Capitán, le adelanto ya que el próximo objetivo está en Washington.

—Espero sus instrucciones —respondió Gorki sin aparente vacilación.

Sin embargo, escuchó el nombre de esas ciudades con el sobresalto que provocaría el impacto de una piedra contra un cristal. Intentó no mostrar la preocupación que le generaba la noticia: las misiones en Maldivas o en Alemania tenían su dificultad, pero actuar en Reino Unido y Estados Unidos suponía dar un salto demasiado grande en el nivel de riesgo que solían asumir. Sortear a la CIA, a la NSA o al FBI requería de una preparación aún más exhaustiva de la habitual, y nunca sería suficiente. Cualquier mínimo detalle podía terminar en desastre. En especial, afectado, como estaba, por las heridas sufridas, y cuando la adicción a la cocaína empezaba a hacerse notar.

El general se despidió y las dos enfermeras volvieron a la habitación. La pierna perjudicada por la dentellada de un tiburón necesitaba ser reparada cuanto antes.

Washington

—Beth, hemos recibido una comunicación desde Berlín. La he reenviado a tu correo.

Beth Kramer activó su ordenador, mientras escuchaba al director de la CIA en el teléfono.

—Como verás en el documento, no se le ha practicado la autopsia al muerto de Berlín porque la embajada rusa lo ha impedido, al tratarse de un funcionario suyo. Es lo que hacen siempre. Pero, antes de que el juez de guardia permitiera levantar el cadáver y entregarlo al embajador, los médicos de emergencias que acudieron al lugar tomaron algunas muestras de sangre. Y ese es el dato interesante.

—Ya veo: han encontrado sangre de dos tipos distintos en el cuerpo de ese hombre.

—Eso significa varias cosas. La primera es que el asesino resultó herido. Debieron de forcejear.

—Pero no sabemos qué grado de gravedad tienen sus heridas.

—No, no lo sabemos. Pero casi podemos dar por seguro que fueron heridas leves.

—¿Por qué lo suponemos?

—Nuestro contacto en la policía de Berlín ha tenido acceso al informe que sus superiores enviaron a la agencia de inteligencia alemana. En una de las calles que rodean el edificio de la embajada rusa hay una tienda que dispone de una cámara de seguridad en su interior, desde la que se ve una parte del exterior. Y esa cámara captó la imagen de un hombre y una mujer que salieron del edificio de la embajada. El hombre cojeaba. Eso ocurrió unos minutos después de que encontraran al muerto en una calle perpendicular. Y, al poco rato, las cámaras de un *parking* cercano grabaron a esos dos individuos entrando en un coche azul. Es un BMW y tienen la matrícula. Lo están buscando.

—¿Nuestros colegas de la inteligencia alemana no nos dan más datos?

—Nos dan poco, de momento. Dicen que nos tendrán al tanto de todo, pero que todavía están investigando. El resto de la información es de nuestro contacto en la policía. También lo de la sangre. Ahí tenemos otro hilo del que tirar.

—¿Qué pasa con la sangre?

—La sangre del muerto es del tipo 0 positivo. Mucha gente la tiene. Pero los restos de sangre del asesino que se han encontrado en el pantalón del muerto son del grupo AB negativo, que es muy poco común. Según los datos que manejan nuestros especialistas, en Rusia apenas tiene ese tipo de sangre el uno o dos por ciento de la población.

—El grupo sanguíneo se hereda, ¿verdad?

—Sí, es por transmisión genética del padre y de la madre.

—Tengamos eso en cuenta.

—Por supuesto. Conocer el grupo sanguíneo del ejecutor no resuelve este problema, pero nos podría ayudar en su identificación, si es que aparece.

—Aparecerá. Y no creo que tarde mucho.

Pekín, sede del MSS (espionaje chino)

—Señor, tiene un aviso urgente de la oficina sobre Rusia.

El secretario pasó la llamada a Xen Jiang, responsable de la División de Inteligencia Internacional del espionaje chino.

—Ha muerto un diplomático ruso en Berlín.

La conversación no se extendió demasiado, pero Xen Jiang fue informado sobre los pocos detalles que se conocían del cadáver aparecido junto a la embajada rusa.

—Nuestra gente en Berlín ya trabaja para disponer de más datos.

La conversación terminó de inmediato. Xen alzó la voz a su secretario, que entró un segundo después.

—Póngame con el general Lébedev, en Moscú.

Lébedev acababa de regresar a su despacho tras visitar a Gorki en el hospital militar. El jefe del espionaje militar ruso y el jefe del espionaje chino establecieron una comunicación telefónica segura. Evitaban la intermediación de los intérpretes hablando en inglés. Se sentían más seguros y menos controlados, por mucha confianza que pudieran tener en sus traductores.

—Querido amigo, ¿cómo van las cosas por Pekín?

—Muy bien, mi querido general. Todo controlado. ¿Y en Moscú?

—También aquí lo tenemos todo controlado.

—Esas son buenas noticias.

—Por cierto, deberíamos vernos pronto. ¿Qué te parece si nuestros secretarios ajustan las agendas y te hago una visita? Hace tiempo que no voy a China, y me debes una invitación a comer. Ja, ja, ja.

—Estaré encantado de invitarte.

—Estupendo. ¿En qué puedo ayudarte?

—Hemos sabido que han muerto en los últimos días dos destacados ciudadanos rusos. Uno en Maldivas y otro en Berlín. Siento mucho vuestra pérdida.

El jefe de MSS chino no era un hombre especialmente dotado para el humor, y menos aún para el humor negro. Tanto él como su interlocutor en Moscú sabían de lo que hablaban.

—Te lo agradezco mucho, amigo.

—También quería decirte que una pareja de españoles en Maldivas ha hecho algunas preguntas.

No era necesario dar más datos sobre el contenido de las preguntas, para que algo así resultara, como poco, sospechoso y saltaran las alarmas. Lébedev apretó una mandíbula contra la otra, en una reacción de evidente ansiedad. Entendía a la perfección lo que su colega chino le quería sugerir: ¿iba alguien a la caza del ejecutor? Un espía no cree en las casualidades.

—Querido Xen, agradezco mucho tu llamada —respondió Lébedev, después de dos segundos de silencio en la línea telefónica—. Quizá debería adelantar esa visita a Pekín.

—Me parece muy conveniente.

—Viajaré esta misma noche para que nos veamos mañana.

—De inmediato pondré en marcha las gestiones.

Islas Maldivas

—Estoy agotada de hackear móviles.

Teresa no apartaba sus ojos de la pantalla del ordenador. Habían pasado toda la madrugada en vela y empezaba a perder la esperanza de encontrar una imagen que le diera pistas sobre el ejecutor al que buscaban y cuya apariencia desconocían.

—Pues yo estoy como una rosa —bromeó Pablo, igual de cansado que Teresa—, aunque podemos darnos un descanso.

—No tenemos tiempo, pero con un baño rápido en la playa recuperaremos fuerzas para seguir con la tarea.

Teresa y Pablo se pusieron el bañador, desayunaron y se dirigieron a una de las playas del resort, en la que un grupo de animadores del hotel estaba al cuidado de las motos acuáticas que podían utilizar los clientes. Teresa se metió en el agua sin perder un momento. Nadó hasta alejarse a cincuenta metros de la orilla, donde era fácil encontrarse con todo tipo de ejemplares de la asombrosa fauna marina de Maldivas.

Pero a Pablo le seguía rondando en la cabeza la preocupación sobre cómo escapar de la isla si los servicios informáticos del hotel detectaran que alguien había hackeado el sistema. Y las motos acuáticas eran una buena opción para salir de allí. Quizá la única.

—¿Cuánto cuesta alquilar una moto? —preguntó en inglés a uno de los empleados, de origen asiático.

—Es gratis, señor. Cualquier cliente del hotel puede utilizarlas, pero conviene reservarlas con tiempo.

—¿Y qué horario tienen?

—Están disponibles desde que amanece hasta que anochece.

Pablo agradeció la información y, mientras Teresa seguía disfrutando del mar, dio una vuelta alrededor del pequeño edificio en el que se reservaban las motos acuáticas. Buscaba el lugar en el que las guardaban de noche. Si tenían que escapar de día, las motos estarían en la playa o, si no quedaba otro remedio, podrían arrebatárselas por la fuerza a otros clientes que las estuvieran utilizando. Pero si las necesitaban de noche, debían saber dónde encontrarlas y cómo abrir las puertas. En pocos minutos, descubrió el lugar y comprobó que la cerradura sería un juguete en sus manos.

—No he visto en mi vida un mar con este color —dijo Pablo con admiración, volviendo a la orilla y mojándose los pies.

—Sí, es maravilloso —respondió el empleado del hotel—. Pero en Filipinas también tenemos playas maravillosas.

—Seguro que sí. —Pablo quiso ser amable para ganarse su confianza—. Pero esta transparencia es difícil de encontrar. Además, está muy limpia. Cuando te bañas en otros lugares, a veces encuentras basura. Pero aquí solo hay animales marinos y corales.

—No crea. Mire esto.

El empleado llevó a Pablo a un pequeño cobertizo, en el interior del edificio.

—Aquí acumulamos las cosas que aparecen en la playa. Luego, cada semana o cada diez días las recogemos en un contenedor y se las llevan fuera de la isla, a un basurero. Hay de todo: ropa, botellas, juguetes que la gente pierde en el agua... Y fíjese en esto: hace unos días, uno de los clientes del hotel encontró en la orilla esta aleta y este casco tan extraño. No sabemos de quién serán, pero los he guardado por si aparece el dueño.

Pablo vio que la aleta no estaba completa: parecía que un trozo, en forma de semicírculo, lo hubiera partido un tiburón de una dentellada. Y el casco tenía unas gafas de visión nocturna, lo que le resultó extraño en un hotel de vacaciones.

En ese momento, Teresa salía del agua después de nadar entre pequeños tiburones, muy comunes en la zona.

—Ya estoy mucho mejor —dijo, acercándose a Pablo y al empleado filipino.

—Me dice nuestro amigo que podemos usar las motos cuando queramos —apuntó Pablo.

—Siempre que quieran —insistió el empleado, antes de mostrar una amabilidad adicional requiriendo más información—. ¿De dónde son ustedes?

—Somos españoles —dijo Pablo, tratando de esquivar su identificación como ciudadano americano.

—¡Ah, España! ¡Los filipinos fuimos españoles durante mucho tiempo! Ja, ja, ja —rieron los tres sin entusiasmo—. Bueno, tengo que trabajar. Disfruten de su estancia. Y ya saben que estamos a su disposición.

Minutos después, Teresa y Pablo estaban de nuevo frente a las pantallas de sus ordenadores buscando en cientos de fotos y vídeos a alguien cuyo aspecto desconocían. No disponían de mucho más tiempo. El programa de inteligencia artificial trabajaba a destajo, revisando caras y cruzando datos.

Horas más tarde, examinada una gran cantidad de imágenes, seguía sin aparecer lo que buscaban.

—No vamos a conseguir nada.

Teresa se levantó de la silla en la que llevaba sentada todo el día. Ya no tenía esperanzas.

—No sabemos lo que buscamos, y así es imposible. Vamos a cenar y mañana nos marchamos del hotel. Si nos quedamos más días, correremos mucho riesgo.

Cenaron *sushi*. Apenas hablaron. Tomaron de postre un helado de limón y volvieron a la habitación a preparar las maletas para irse al día siguiente, a primera hora de la mañana. Pablo no tenía demasiadas cosas que guardar y se metió en la cama. Pero diez minutos después dio un salto que hizo temblar el colchón.

—¡Tengo una pista!

—¿Cómo?

—¡La aleta, el casco!

—¿Qué dices? —Teresa creía que Pablo hablaba dormido.

—¡Sí! ¡El hombre que cojea!

—¡¿Te has vuelto loco?!

Pablo se levantó precipitadamente y casi se arrojó sobre el maletín donde guardaba su ordenador. Lo abrió bruscamente, lo encendió y esperó con impaciencia a que se activara.

—El empleado de las motos acuáticas me ha enseñado una aleta y un casco que encontró un cliente hace unos días en la playa. La aleta está rota. Las aletas son de goma y no se parten. ¿Qué puede pasar para que una aleta esté partida? ¿Que haya sido mordida por un tiburón? Y el casco tiene gafas de visión nocturna. ¿Quién usa gafas de visión nocturna para bañarse en las Maldivas? ¿Quién lleva algo así cuando está de vacaciones en la playa?

Teresa no tenía respuesta para esa pregunta. Pablo tampoco, aunque la intuía, pero quiso confirmar su sospecha. Hizo una rápida búsqueda en internet, y comprobó que los turistas tenían prohibida la pesca submarina en Maldivas para preservar el ecosistema.

—Y dice que si se trata de bucear de noche, se utilizan linternas subacuáticas, no gafas de visión nocturna. Además, ese tipo de gafas son, sobre todo, de uso militar.

—¿Qué insinúas?

—Que el ejecutor pudo ir a nado desde aquí hasta el otro resort para matar a Serkin, que pudo llevar ese casco para ver por la noche, y que quizá se encontró con tiburones en el camino. Tú te has bañado con tiburones esta tarde.

—Sí, pero son pequeños y pacíficos.

—Pero si te metes a más profundidad, los tiburones son más grandes y no tan pacíficos. El ejecutor pudo encontrarse con un tiburón peligroso y quizá sufrió un ataque. Mira, acércate.

Pablo buscó uno de los vídeos que había descargado en su ordenador, después de hackear el móvil de un cliente.

—Estas imágenes son de hace seis días. Fíjate en esa pareja joven que se ve al fondo. Él cojea. ¿Lo ves?

—Sí. Parece que quiere disimularlo, pero cojea.

—La imagen es un poco lejana, pero creo que en Langley pueden tratarla y conseguir una fotografía más nítida de la cara de ese individuo. Y también de ella.

—Envíala ya. Que trabajen en esa imagen. Yo voy a intentar hackear las cámaras de seguridad del hotel y a buscar ese día a esa hora.

A las dos de la madrugada, finalmente, Teresa consiguió la imagen que buscaba entre las grabaciones de las cámaras de seguridad. No era mucho mejor que la otra, pero la suma de ambas podría dar algún resultado.

—Envíala a Langley. Nosotros nos vamos de aquí mañana.

—¿Te das cuenta? Quizá tengamos dos ejecutores, en lugar de uno —especuló Pablo.

—Es posible, pero el que cojea es él. Tuvo que ser el hombre quien entró en acción, quien se encontró con los tiburones. Ella puede haber participado como agente de apoyo. Pero el ejecutor es él.

Apenas durmieron. Sabían que el primer ferri salía del resort a las nueve de la mañana, con los turistas que finalizaban su estancia. Aunque tenían reservada la habitación para cuatro días más, abandonarían el hotel de inmediato.

A las ocho, cargados con las maletas, anunciaron su marcha en la recepción del hotel. Alegaron un problema familiar grave para explicar el precipitado final de sus vacaciones. A las nueve abordaron un barco con cabida para unas cincuenta personas y sus equipajes.

—Estoy nerviosa —susurró Teresa, acercando su boca al oído de Pablo, mientras el motor de la embarcación provocaba un fuerte estruendo.

—Yo también —respondió Pablo, juntando su mejilla con la de Teresa y entrelazando sus dedos con los de ella, en un gesto de amorosa solidaridad.

—No creo que tarden mucho en descubrir que les hemos hackeado.

—Hay que mantener la calma —dijo Pablo con poca convicción—. De momento, ya estamos fuera del hotel. Es un primer paso. Pronto estaremos fuera del país.

Media hora después llegaron a una isla algo mayor, que disponía de un pequeño aeropuerto. A las diez y media subieron a un avión con capacidad para sesenta pasajeros, con destino a la capital, Malé. Allí tomarían el primer vuelo disponible hacia cualquier ciudad europea que dispusiera de dos plazas libres. Mientras esperaban, Teresa se conectó a la wifi pública del aeródromo y reservó desde su móvil asientos para volar a París.

A esa hora, en el resort, un empleado del servicio informático del hotel realizaba su tarea rutinaria de revisar que todo funcionara correctamente. Pero esa mañana no todo era correcto.

—¡Alguien nos ha hackeado el sistema! —gritó para sus adentros sin levantar la voz, para mantener la alarmante noticia en secreto.

El empleado salió precipitadamente de la sala y se dirigió al despacho del director del hotel, a quien dio los pocos detalles de los que disponía en ese momento.

—¿Podemos saber quién ha sido?

—Necesitaré un poco de tiempo, pero lo averiguaré.

—No hables de esto con nadie —ordenó el director.

El empleado se encerró bajo llave en la sala que almacenaba el equipo informático, incluido el control de las cámaras de seguridad. Media hora después consiguió centrar la búsqueda en el ala sur del resort. Eran poco más de veinte habitaciones. Desde una de ellas se había hackeado el sistema. Seguiría indagando, pero necesitaba más tiempo.

El pequeño avión con Teresa, Pablo y otros cincuenta y ocho pasajeros aterrizó en el aeropuerto de Malé. El vuelo a París estaba programado para una hora y media después. Tenían que darse prisa para facturar sus maletas, pasar el control de seguridad y el de pasaportes.

Pablo agarró la mano izquierda de Teresa y lanzó una profunda mirada directa hacia sus ojos.

—Ahora, serenidad. Pasaremos los controles sin novedad, nos subiremos al avión y, cuando despegue, pediremos unas copas para celebrarlo. Te quiero.

Se besaron y fueron hacia el escáner de equipajes. Allí, un empleado miró a Pablo con lo que pareció un preocupante detenimiento especial.

—¿Es suya esta mochila? —preguntó el agente con la sequedad propia de quien quiere dar miedo.

—Sí, es mía —respondió con gesto inexpresivo.

El cerebro de Pablo empezó a dar vueltas a toda velocidad, tratando de recordar si había dejado algo en su equipaje que pudiera resultar equívoco.

—Ábrala —ordenó el agente sin amabilidad alguna.

Pablo abrió la cremallera, mientras con un vistazo fugaz indicó a Teresa que se alejara de allí. Si era detenido, Teresa debería volar a París igualmente.

—Esto no puede pasarlo. —El empleado de seguridad sacó una pequeña botella de agua que Pablo, presionado por la tensión, había olvidado retirar antes de llegar al escáner.

—Perdón, no me di cuenta.

—No hay problema. Le pasa a mucha gente. Pero recuérdelo la próxima vez. Buen viaje.

—Gracias.

La camisa de Pablo se empapó de sudor en los pocos segundos que duró su conversación con el agente. Teresa, consumida por el temor a una detención inminente, observó todo desde una zona apartada.

—¿Qué ha pasado? —preguntó alterada.

—Tenía una botella de agua en la mochila.

—¿Qué pasa? ¿Es tu primer viaje en avión? Un día de estos me vas a matar de un susto.

Pablo, aún tembloroso y sin dejar de transpirar, abrazó a Teresa como si hiciera años que no la veía.

—Vámonos de aquí.

Treinta minutos antes del despegue, una pareja con pasaportes españoles subía a bordo del avión de Air France con destino a París. Mientras se acomodaban en sus asientos, en el resort, el técnico informático encontraba por fin el lugar donde se había producido la brecha de seguridad.

—¡Director, ya lo tengo! —exclamó mientras entraba a la carrera en el despacho.

Era la habitación 703. El director buscó en su ordenador el nombre de sus ocupantes: María López y Ernesto Campos, dos españoles. Eran las identidades falsas que aparecían en los pasaportes emitidos para ellos por el CNI y la CIA. Pero ya no estaban en el hotel. El ordenador reflejaba que habían realizado el *check-out* esa misma mañana, a pesar de que tenían reserva para varios días más.

El director hizo llamar al responsable de la recepción. Quería saber en qué barco habían abandonado el resort y si disponían del dato de hacia dónde se dirigían.

—Se han ido en el barco de las nueve. Iban a subir en el avión de las diez y media a Malé.

El director se precipitó al teléfono y marcó un número del departamento de policía de la capital. Pidió hablar con el responsable de la seguridad turística y le explicó lo ocurrido.

—No sabemos para qué han hackeado la red wifi del hotel ni las cámaras de seguridad, pero puede ser algo importante y grave.

El jefe de policía pidió la lista de pasajeros en los vuelos que iban a despegar del aeropuerto internacional de Malé en las siguientes veinticuatro horas. Cuando colgó el teléfono, el avión de Air France cerraba sus puertas y empezaba a circular hacia la pista. Diez minutos después despegaba. El jefe de policía encontró en la lista de viajeros los nombres que buscaba. Volarían a París, pero era a esa misma hora.

—¡Ponme con la oficina de policía del aeropuerto! ¡Rápido!

El grito se oyó en toda la comisaría y alteró a quienes allí estaban. En pocos segundos, el responsable policial del aeropuerto disponía de los nombres. Descolgó un teléfono y llamó a la torre de control.

—¡Paren el vuelo de Air France! ¡Ahora!

—Señor, el vuelo de Air France ya ha despegado.

—¡Pues hágalo volver! ¡Es una orden!

—Puedo hablar con el comandante, pero el avión acaba de salir de nuestro espacio aéreo.

Hubo silencio al otro lado de la línea. Y, de repente, se cortó la comunicación. El policía colgó el teléfono de un golpe. No podía ordenar que un avión volviera a aterrizar sin tener un motivo que lo justificara ante la compañía, y ante las autoridades aéreas internacionales. Y, en ese momento, no disponía de un motivo razonable, solo de dos nombres sospechosos.

El avión de Air France se alejaba de Maldivas y enfilaba ya hacia las costas de la península arábiga. Teresa y Pablo, con sus dedos entrelazados, volaban hacia París, asustados pero aliviados, sin saber que habían estado a punto de ser detenidos. Minutos después, pidieron un Baileys con hielo, en copa de balón. Solo una: les gustaba beber a los dos de la misma copa.

Pekín

—Hacen un pato muy rico. Es la especialidad de este restaurante.

Xen Jiang, responsable del espionaje chino, se esforzaba por ser un buen anfitrión para su invitado. El otro comensal, el general Lébedev del GRU ruso, se dejaba aconsejar, aunque su preocupación en ese momento no eran los platos que estaban a punto de degustar, sino la información que iba a ofrecerle su colega.

—Gracias a nuestra gente en Maldivas, hemos sabido que dos españoles estuvieron en el hotel donde murió Mijaíl Serkin. Son un hombre y una mujer. Jóvenes.

—¿Cuándo?

—Pocos días después. Hicieron demasiadas preguntas.

—¿Qué preguntaban?

—Sobre la muerte de Serkin. Y algo debieron de averiguar, porque el mismo día que salieron de ese hotel entraron en otro, situado en una isla cercana.

Mientras hablaba Xen Jiang, Lébedev, en silencio, organizaba en su cabeza la cronología de los hechos. Y no necesitó mucho más para llegar a una conclusión: esos supuestos españoles, fuesen quienes fuesen, habían descubierto el lugar del que salió Gorki para ejecutar su misión.

—Te agradezco mucho la información. —Lébedev creía disponer de datos suficientes, y su intención era dar buena cuenta de la comida y volar de vuelta a Moscú. Pero la charla no había terminado.

—Tengo más. Ayer, esos españoles se marcharon del segundo hotel en el que se alojaron en Maldivas. Nuestra gente en la zona nos cuenta que hackearon el sistema informático. Todavía no sabemos qué buscaban, pero salieron de allí, a pesar de que tenían reserva para más días. Los empleados del hotel se dieron cuenta del hackeo demasiado tarde, cuando los españoles ya estaban en un vuelo a París. La policía de Maldivas no llegó a tiempo de impedir el despegue del avión.

—¿Sabes si ya han aterrizado en París?

—Sí. Mis agentes en la embajada china están realizando un seguimiento.

—¿Tienes alguna fotografía?

Xen Jiang buscó en la cartera que reposaba al pie de su silla, sacó un sobre tamaño folio y se lo entregó al general ruso. Lébedev lo abrió y miró las fotos. La imagen no era nítida, pero sí lo suficiente para que quien conociera a la pareja pudiera identificar a ambos.

—En sus pasaportes figuran los nombres de María López y Ernesto Campos —añadió el jefe del espionaje chino, mientras sacaba de su maletín un papel con ese dato, que entregó a su colega ruso—. Pero, por supuesto, serán falsos. Quizá esta noche o mañana me llegue alguna información más. Hemos contactado con nuestros colegas marroquíes. Ellos tienen controlados a muchos efectivos de los servicios españoles. Son enemigos íntimos. Me deben un par de favores. Espero que me los devuelvan. En cuanto haya novedades te las haré saber.

—Muchas gracias por la ayuda —dijo Lébedev, con ánimo de poner fin a la charla. Debía dar órdenes urgentes en Moscú, pero no tuvo éxito porque Jiang nunca se estresaba.

—Ya sabes que tenemos ojos y oídos en todas partes. Incluso los descendientes que han nacido fuera del país saben que son chinos, y su misión es engrandecer a China allá donde estén.

El general ruso asintió de mala gana. Conocía ese discurso nacionalista de memoria, porque su colega chino lo repetía cada vez que se veían o hablaban por teléfono. Era como si no recordara la última charla, aunque Lébedev tenía el convencimiento de que Xen Jiang era reiterativo a propósito: se trataba del precio a pagar por la información. La letanía empezaba a resultar agotadora, pero la productividad de su relación era suficientemente alta como para soportar el castigo de escuchar la retahíla con inevitable paciencia. «Los espías rusos no tenemos prisa casi nunca; pero los espías chinos nos ganan porque no tienen prisa nunca», pensó Lébedev después de asistir, otra vez, a la interpretación de aquella letárgica sinfonía.

—¿Y Berlín? —Xen Jiang no quiso terminar el encuentro sin, al menos, hacer un intento de conocer algo más sobre el funcionario ruso que se despeñó desde lo alto de su embajada en la capital de Alemania.

—Mi querido amigo, ya conoces el precio de la traición —resolvió Lébedev, sin provocar sorpresa alguna en su colega chino.

Los postres desaparecieron de los platos con prontitud, los comensales se despidieron con un apretón de manos, y Lébedev volvió al aeropuerto para volar a Moscú. Ahora quien debía un favor a Xen Jiang, además de los marroquíes, era el general ruso.

AEROPUERTO CHARLES DE GAULLE, PARÍS

—Sabemos que el avión ha aterrizado hace una hora, pero las dos personas de la foto no han salido del aeropuerto —informó, sin dilación, uno de los doce agentes chinos enviados con urgencia por su embajada al aeropuerto Charles de Gaulle. Estaba apostado en un lateral de la terminal, desde donde tenía a la vista a los viajeros recién llegados a la capital francesa. Su interlocutor al teléfono, era el máximo responsable del equipo, y confiaba en encontrar lo que sus jefes en Pekín le habían ordenado buscar.

—Tienen que estar en la zona de tránsito para coger otro vuelo —añadió el agente de campo.

—Hemos interceptado la lista de pasajeros, y no aparece nadie con los nombres que nos ha enviado Pekín —respondió el responsable de la célula del MSS en la embajada de China, en París—. Pero pueden ir en otro vuelo con pasaportes y nombres distintos. ¿Has hablado con los que están dentro de la terminal?

El MSS no disponía de agentes dentro de la zona de embarque, pero varios ciudadanos de origen chino trabajaban en las tiendas y restaurantes del área de tránsito. Dos de ellos eran colaboradores habituales de su embajada.

—He enviado las fotos a nuestros contactos, pero de momento no los han visto. El problema es que hay muchos vuelos, y no pueden controlar a los miles de personas que hay en la terminal a punto de subir a los aviones.

Antes de terminar la frase, el móvil del agente emitió un leve pitido, indicativo de que estaba recibiendo un mensaje.

El empleado de la embajada china hizo una pausa en sus reflexiones, miró a la pantalla y vio que le acababan de mandar una fotografía acompañada de un breve texto: «¿Son estos?». En la foto aparecían un hombre y una mujer, ambos jóvenes, cuando compraban un par de periódicos y una revista en una de las tiendas de la zona de tránsito.

—¡Jefe! ¡Los hemos localizado! ¡Están dentro!

—¡Di a los colaboradores que no los pierdan de vista y nos digan si cogen otro vuelo!

Media hora después, el responsable de los espías chinos en Francia recibió la información que buscaba: «Vuelan a Madrid en un avión de Iberia; despegan dentro de diez minutos». El mensaje incluía el número de vuelo. El *hacker* de la embajada no tardó en disponer de la lista de pasajeros, en la que no figuraba ninguna María López ni ningún Ernesto Campos. Tenían reserva ciento setenta y tres pasajeros, de los que noventa y cinco eran hombres y el resto, mujeres. El *hacker* buscó hombres y mujeres que estuvieran sentados en asientos contiguos. Eran cincuenta y ocho personas, en total. Guardó sus nombres, por si en los días o semanas siguientes pudieran ser de utilidad. Resultaba evidente que María y Ernesto eran identidades falsas, y suponían que cualquier otro nombre que hubieran utilizado para volar a Madrid también lo sería. Pero no podían descartar que utilizaran esos mismos pasaportes más adelante en otros viajes.

El jefe ordenó que sus agentes en Madrid se desplazaran al aeropuerto de Barajas para mantener activo el seguimiento. Se dispersaron por las cuatro terminales, aunque sabían que el vuelo de Pablo y Teresa se estacionaría en la T4, la que utilizaba la compañía Iberia. Fue en vano, porque antes de llegar a la zona de desembarque de pasajeros, el avión se desvió al conocido como Pabellón de Estado, reservado a las autoridades que aterrizan en Madrid en vuelos oficiales. Allí se detuvo, una escalerilla se acercó a la puerta delantera, y dos pasajeros, un hombre y una mujer, bajaron a la pista ante la expresión incrédula de sus compañeros de pasaje, que no recordaban haber visto nada igual. Suponían que se trataba de personas importantes, pero ninguno reconocía sus rostros.

Abajo, en la pista, esperaba un coche del CNI con los cristales tintados. Subieron al vehículo y abandonaron el aeropuerto. Una azafata volvió a cerrar la puerta delantera, y el piloto dirigió el aparato hacia el *finger* por el que desembarcarían los demás pasajeros.

Los agentes chinos estuvieron cinco horas persiguiendo en el aeropuerto las sombras de Teresa y Pablo. Sin éxito.

Hospital militar Glavnyy Voyennyy Klinichesk, Moscú

—La herida está mucho mejor. Mañana me darán el alta, señor.

Gorki estaba impaciente por salir del hospital. Llevaba días tumbado en una cama y necesitaba recuperar la actividad física. Pronto estaría listo para la acción, si así se lo ordenaban.

—Es estupendo ver lo animado que está —El general Lébedev, recién llegado de Pekín, necesitaba a Gorki—. Tenemos misiones pendientes.

—Desde mañana podemos empezar a prepararlas.

—Pero hay algo que debe saber, capitán: alguien le ha seguido los pasos en Maldivas.

—¿Señor?

—Dos individuos, un hombre y una mujer, estuvieron en el hotel donde realizó el operativo y también en el que se alojó con Nadia. Hicieron demasiadas preguntas. De Maldivas volaron a París y de allí a Madrid.

—¿Sabemos quiénes son?

—La mujer se llama Teresa Fuentes. Es una agente del CNI español.

El general Lébedev transmitió a Gorki el dato que acababa de enviarle su colega chino Xen Jiang desde Pekín gracias, a su vez, a la aportación de la DGST (por sus siglas en francés), la Dirección General de Vigilancia Territorial, el departamento de espionaje y contraespionaje de Marruecos. En sus archivos de Rabat disponían de fotografías y de la identidad de decenas de agentes del CNI, incluida Teresa Fuentes. Su nombre fue revelado por un contacto de la agencia de inteligencia española, que colaboraba secretamente con los marroquíes a cambio de suculentas dádivas económicas. Un topo de los espías marroquíes en el CNI. La DGST también tenía controlado al acompañante de Teresa, pero decidió no compartir esa información con sus colegas chinos. Marruecos quería mantener intacta su estrecha relación diplomática, militar y de inteligencia con Estados Unidos, y no iba a desvelar a nadie la identidad de un agente de la CIA. Tampoco a China.

—¿Y el hombre? —Gorki estaba deseoso de disponer de esa información y de encontrarse con esos dos individuos.

—Aún no lo sabemos. Pero creo que no tardaremos mucho. Tenga. —El general le entregó un sobre a Gorki, que el agente abrió de inmediato—. Esas son las fotos que tenemos de ellos.

Mientras Gorki observaba las imágenes con detenimiento, el teléfono de Lébedev empezó a vibrar en el bolsillo interior de su chaqueta.

—Señor —dijo una voz de hombre en el auricular del móvil—. Ya sabemos quién es. Le envío la información ahora mismo.

La llamada finalizó de inmediato, al tiempo que en el móvil se recibían varias fotografías y un mensaje de texto.

—Ya lo tenemos —dijo el general con semblante autosuficiente, pero sin apenas modular la voz—. Se llama Pablo Perkins. Es de la CIA. Tanto él como Teresa Fuentes figuran en nuestros archivos como agentes a vigilar. Y deben de ser importantes, porque sí podemos acceder a sus nombres y fotografías, pero el resto de la información solo está a disposición del presidente Karlov.

—¿Cómo?

—Hay archivos que están disponibles para los responsables de los servicios de inteligencia, pero otros son solo accesibles para el presidente. Son secretos de Estado del máximo nivel. No sé qué habrán hecho estos dos para que el presidente Karlov haya limitado el acceso a sus datos. Pero tendrá la ocasión de preguntárselo cuando dé con ellos. Y habrá que extremar aún más cada detalle de las misiones. Ahora sabemos que los tenemos detrás.

—Yo me ocuparé, señor.

Madrid

—Son implacables. —Teresa pensaba en alto mientras revisaba en su ordenador los datos disponibles sobre ciudadanos rusos muertos en circunstancias extrañas, y confirmar que algunos habían caído al vacío desde una ventana.

—¡¿Qué dices?! —Pablo gritó mientras se duchaba; creía haber oído que Teresa le hablaba.

—¡Digo que son implacables! —Esta vez, levantó tanto la voz que Pablo sí pudo entender sus palabras, a pesar del ruido provocado por el agua en sus oídos.

Teresa desconectó su portátil del cable y se lo llevó al baño, donde Pablo disfrutaba de una ducha reconfortante después de tantas horas de vuelo.

—¿Y este grado de intimidad? —ironizó Pablo, al ver a través del cristal transparente que Teresa se tomaba la libertad de entrar en el baño mientras él se aseaba.

—Son implacables —insistió Teresa, sin levantar la vista de la pantalla e ignorando el sarcasmo de Pablo—. Escucha: durante la pandemia de COVID, al menos cuatro médicos murieron al caer desde una ventana, después de criticar al Gobierno por no gestionar bien la ayuda a los enfermos; un oligarca cayó desde una ventana en una ciudad india después de criticar que el ejército ruso lanzara un misil contra un edificio de viviendas de Kiev, en la guerra en Ucrania; una funcionaria del Ministerio de Defensa ruso murió en San Petersburgo al caer desde una ventana; otro empresario, crítico con la guerra, murió al caer por una ventana en Moscú; un alto ejecutivo de una compañía de gas apareció ahorcado, y su mujer y su hija, apuñaladas; otro directivo de empresa energética apareció ahorcado… Y estos son solo algunos casos. Hay cientos en los últimos años. Es impresionante.

—En esa lista no has incluido a los dos anteriores jefes del GRU —intervino Pablo, casi en un bramido, mientras dejaba que un relajante chorro de agua caliente recorriera su cuerpo, de la cabeza a los pies—. ¿Te acuerdas de Skripal?

—Claro que sí: el agente del GRU que trabajaba para los británicos.

—Los rusos envenenaron a Skripal y a su hija en Salisbury. —Pablo elevó el tono de voz y miró a Teresa a través del cristal de la ducha, empapado por miles de gotas de agua, para comprobar que le prestaba atención—. Por suerte, pudieron salvar la vida. El MI6 tardó solo unas pocas semanas en identificar a los agentes rusos que ejecutaron la operación. Incluso había imágenes. ¿Y sabes qué pasó?

—¿Se cargaron a alguien?

—Para empezar, el presidente Karlov abroncó al jefe del GRU por el fracaso de la misión. Unos días después, ese jefe del GRU empezó a sentirse mal y murió. Y su sucesor en ese puesto murió un par de años más tarde, supuestamente por una enfermedad. Esa gente tiene muy mala salud.

—Son demasiados crímenes para que los haya cometido un solo ejecutor —apuntó Teresa.

—Eso es seguro. Pero los datos que ya tenemos nos llevan a sospechar que el asesino de Maldivas y el de Berlín son la misma persona.

—Y, sobre todo, es el asesino de Serkin. Beth tiene buenos motivos para que demos con él. Ya no es solo un asunto de seguridad. También es personal.

Teresa cerró el ordenador, se desvistió y entró en la ducha donde Pablo se seguía enjabonando. Pasada una hora debían unirse a una importante videoconferencia entre Washington y Madrid. A pesar del remojón conjunto, se conectaron a tiempo.

—Tenemos más datos sobre lo ocurrido en Berlín.

Beth Kramer empezó la reunión virtual desde la oficina de los servicios de inteligencia americanos.

—El hombre que cayó por la ventana de la embajada rusa se llamaba Igor Belov. Suponemos que era un espía del GRU, porque su padre también lo es: Kirill Belov. Tiene un cargo importante. Entre sus responsabilidades está, precisamente, la de eliminar a quienes el régimen considera unos descarriados. Y no es casual que uno de los eliminados fuera un tal Fiodor Vasilev, al que pegaron varios tiros en un parque de Berlín hace un par de meses. Ahora el muerto es Igor Belov, el hijo de quien ordenó esa operación.

Kramer pasaba páginas en un archivador casi con frenesí, buscando más datos sobre ciudadanos rusos eliminados, y los espías que podían tener alguna responsabilidad. La lista era interminable.

—Pero hay más. El departamento del GRU en el que trabaja Kirill intentó eliminar a un par de disidentes más, pero las operaciones fallaron y ahora los responsables están pagando las consecuencias. Sí acabaron con varios rebeldes chechenos, como el de Berlín de hace unas semanas. Y ahora, su hijo se cae por una ventana.

—¿Habéis podido mejorar la imagen que os enviamos desde Maldivas? —Pablo estaba impaciente.

—Solo un poco —respondió Beth—. Era muy lejana. Pero tenemos algún dato más. El grupo sanguíneo del ejecutor es poco habitual: AB negativo.

—¿Y con eso qué hacemos? —Teresa no parecía convencida de que tal información sirviera para algo.

—De momento, no mucho —apuntó Kramer—. Pero si llegáis a tener un encontronazo con él, sería bueno provocarle alguna herida, y que podáis recoger una muestra de sangre. Eso nos confirmaría que es la persona a la que buscamos.

—¿Algo más? —Pablo tenía prisa; una reunión que durara más de cinco minutos le parecía eterna.

—Hemos encontrado rastros de cocaína en la sangre del ejecutor.

—¡¿Se droga?! —El cerebro de Teresa empezó de inmediato a maquinar una estrategia para convertir en útil la noticia que acababa de recibir.

—Eso parece —dijo Beth—. Es verdad que la muestra de sangre era pequeña, pero los expertos nos dicen que ha resultado suficiente para confirmar que el ejecutor había consumido cocaína no mucho antes de tirar por la ventana a Belov.

—¿El contacto alemán de Belov ha contado algo a la policía? —preguntó Pablo.

—Apenas nada —respondió Kramer—. Nuestros colaboradores en Alemania nos dicen que está en *shock*. Belov le dio unos mapas del centro y del norte de Europa y algunos documentos más, pero se los llevó el ejecutor.

Beth les contó la verdad, pero no toda la verdad.

WASHINGTON

—Está entrando.

La agente Nadia ocupaba el lado de la mesa desde el que se podía ver la puerta del restaurante Old Ebbitt Grill de Washington, muy cerca de la Casa Blanca. Enfrente, el agente Gorki simulaba revisar los platos que aparecían en la carta. A los ojos de cualquiera, se trataba de una pareja que disfrutaba de una cena romántica.

Quien acababa de entrar era un hombre de cincuenta y tantos años, metro ochenta de estatura, pelo negro de tinte, un evidente sobrepeso, gafas de miope y traje y corbata de sastrería. Le acompañaba una atractiva joven, que no llegaba a los treinta. Lucía un vestido corto y vaporoso que quedó al descubierto al quitarse el abrigo. El *maître* ubicó a los recién llegados en una mesa situada a unos cuatro metros de la que ocupaban Nadia y Gorki.

—Está con una chica —susurró Nadia.

El primer punto del plan consistía en establecer un contacto, aparentemente casual, con el objetivo. Pero sería a su debido tiempo. Esperarían la ocasión o, como alternativa, la provocarían si no se producía de forma espontánea.

Hicieron su pedido al camarero, recibieron los platos y las bebidas que solicitaron, y cenaron sin ninguna prisa. Llegaron los postres y el café. Y fue entonces, cuando la joven acompañante del objetivo se levantó para ir al baño. Era la oportunidad que esperaban.

Nadia siguió los pasos de la chica, que se metió en uno de los retretes. En ese momento, otras dos mujeres se arreglaban el peinado delante del espejo. La agente rusa se unió a ellas mientras esperaba. Las dos mujeres se marcharon y, pocos segundos después, la chica salió del retrete y se acercó al lavabo para lavarse las manos.

—Me encanta tu vestido —dijo Nadia, con una sonrisa generosa y estableciendo contacto visual indirecto a través del espejo, sin mirarla de frente. Pronunció esas palabras en inglés, tratando de acentuar su acento ruso, para que resultase inequívoco.

—¿Te gusta? —respondió con inocencia y candor, como si creyese lo que le decían.

—¿Dónde lo has comprado? Bueno, casi mejor no me lo digas, porque eres preciosa y a mí no me quedaría tan bien como a ti, con esa figura tan maravillosa que tienes.

—Muchas gracias, pero estoy segura de que a ti también te sentaría de maravilla. —La chica, ebria de tanto halago, había caído en las garras de Nadia—. ¿De dónde eres? Tienes un acento como el de mi amigo.

—Soy rusa. ¿Tu amigo es ruso? —preguntó Nadia, simulando una sorpresa que en absoluto sentía.

—¡Sííííí, ja, ja, ja, ja! —La muchacha lanzó un gritito de alegría, como si fuese el momento más feliz del día.

—¡Qué casualidad! —Nadia le siguió el ritmo—. ¡Esto hay que celebrarlo! ¿Qué tal si os invitamos a una copa?

—¡Estupendo!

—Me llamo Olga —mintió Nadia.

—Yo soy Mary.

Segundos después, ambas se acercaban a las mesas de sus respectivas parejas en medio de risotadas y confidencias.

—¡Mira, Pavel, son de tu país! —La actitud adolescente de Mary resultaba conmovedora.

Por el contrario, su amigo ruso sintió una enorme incomodidad por la situación: no tenía planes de compartir la velada con nadie que no fuera Mary. Además, no se fiaba de conocidos ni de desconocidos, y menos aún de sus compatriotas. Pero estaba en un aprieto, ante el regocijo juvenil de su acompañante. No quería mostrarse inamistoso, y Mary ya se había sentado junto a su nueva amiga Olga y su pareja, que se presentó como Roman. No tenía otra alternativa que acompañarlos. Lo contrario habría resultado violento.

El tal Roman, en un movimiento ágil, se puso en pie para estrechar la mano de Pavel y presentarse. Pavel lo hizo de igual manera. El plan funcionaba.

—¿De dónde son? —preguntó Gorki, en su intento de compadrear.

—Yo soy de Moscú. Mary es americana. ¿Y ustedes?

—De San Petersburgo. ¿Vive aquí?

El objetivo no se sintió cómodo con la pregunta. No había ido a ese restaurante a que le preguntaran por su peculiar peripecia vital, y trató de salir del paso de cualquier manera.

—No. Estoy en viaje de negocios.

—Nosotros estamos de vacaciones, pero ya se acaban. Nos marcharemos mañana.

—Pues espero que hayan disfrutado —dijo el objetivo, que prefería dar por concluida la conversación.

—Hemos disfrutado mucho. ¿Desde cuándo está en Washington? —preguntó Gorki, tratando de alargar la charla para no dejar escapar a su presa.

—Desde hace un par de semanas —respondió Pavel, mientras amagaba con volver a su mesa.

—Vamos a pedir una copa para celebrar esta agradable coincidencia —propuso Gorki aceleradamente, al tiempo que llamaba la atención del camarero más próximo, quien, de inmediato, les llevó una botella de vodka.

Pasados quince minutos, solo quedaba la mitad de la famosa bebida rusa. A la media hora, la botella estaba vacía. La velada se convirtió en un aparente duelo entre bebedores, para medir el aguante de cada uno, aunque Nadia y Gorki consumían menos de lo que simulaban hacer, para mantener la necesaria serenidad.

Mary fue la primera en abandonarse en brazos de la embriaguez. Se reía sin motivo y sin pausa. Eso pretendían Nadia y Gorki, para que la muchacha no fuese un estorbo, y utilizar su ingenuidad etílica para arrastrar a Pavel.

—¿Qué os parece si buscamos otro lugar para tomar algo? —propuso Nadia sin inocencia alguna, mirando solo a la más joven del grupo, porque suponía que sería la más inclinada a continuar la fiesta hasta la madrugada.

—¡Síííí! —celebró la muchacha con otro gritito gutural, que dejó sin efecto cualquier intento que hubiera podido hacer Pavel para dar por finalizada aquella reunión inesperada e indeseada. Aunque la realidad era que su acompañante, animado por la ingesta de vodka, empezaba a pasarlo bien.

La celebración de esta amistad sobrevenida llevó a las dos parejas a pasar por unos antros cercanos, pero que cerraban pronto sus puertas. Antes de que eso ocurriera, Nadia aplicó su habilidad femenina para invitar a Mary a ir, de nuevo, juntas al baño.

—Es una pena que cierren. ¿Dónde os hospedáis? —preguntó Nadia, cuando Mary ya había consumido el triple de alcohol de lo que solía.

—Muy cerca de aquí, en el hotel Washington —respondió la muchacha, con innegables dificultades para articular las palabras.

—¿Y por qué no seguimos la fiesta en vuestra habitación?

—¡Sííí! —Mary lanzó otro gritito gutural, alargando la afirmación y entusiasmada con la idea.

—Díselo a Pavel.

Nadia incitó a Mary, y Mary, en un estado muy alejado de la sobriedad, incitó a Pavel, que se sorprendió, pero que no se negó. Nadia, para evitar el riesgo y con instinto resolutivo, se adelantó a cualquier negativa.

—¡Por supuesto! ¡Qué gran idea!

Gorki tomó la iniciativa de ponerse en pie sin dar tiempo a reacción alguna en contra, pidió la cuenta, pagó al barman y reanudó la charla con Pavel, hablando de naderías, mientras Nadia agarraba por el brazo a la azorada Mary, que les acababa de ofrecer la oportunidad que buscaban.

Salieron del bar en la calle H hacia el oeste. Doblaron al sur por la calle 15. De frente tenían la impresionante fachada de la Reserva Federal de Estados Unidos, en un lateral de la Casa Blanca, que quedaba oculta tras el edificio. Caminaron calle abajo durante apenas un minuto y entraron en el hotel Washington. Subieron a la tercera planta. La suite era amplia y acogedora. El minibar estaba repleto de todo tipo de pequeñas botellas con una variedad de bebidas alcohólicas. La más joven del grupo fue animada a seguir consumiendo, y se dejó llevar. Media hora después, su estado era de completo descontrol. Reía sin pausa, se sentaba en las rodillas de Pavel, se levantaba, se sentaba en las rodillas de Gorki, se levantaba y susurraba palabras incomprensibles al oído de Nadia… hasta que entró en el baño y, sin siquiera cerrar la puerta, se quedó semidesnuda antes de aposentarse en el retrete. Allí cerró los ojos y entró en un sueño alimentado por los efluvios del vodka, el vino y la ginebra consumidos en gran cantidad. Era el momento.

Gorki se acercó a Pavel con una copa en la mano izquierda, como si estuviese a punto de brindar con él. Pero con el puño derecho le golpeó con fuerza en el hígado. Pavel se dobló sobre sí mismo sin poder respirar, inmerso en una nebulosa alcohólica que le impedía aclarar sus ideas en medio de la confusión. Gorki desequilibró al desdichado para que terminara tumbado en el suelo boca arriba y aún sin aliento. Se sentó a horcajadas, encima de su cuerpo, para que quedara inmovilizado. Nadia se colocó junto a la cabeza, le abrió la boca y metió en ella, hasta la garganta, una pequeña botella de ginebra, que Pavel tragó entre una sucesión de fallidas bocanadas de aire y espasmos para deshacerse de sus agresores. Pero no tuvo éxito.

Agotada la primera botellita de ginebra, Nadia le hizo tragar otras dos y cuatro más de whisky. A esas alturas, todo lo injerido por la fuerza, unido a lo que había bebido en el restaurante y en los antros posteriores, sumaba más de dos litros de líquidos alcohólicos diversos. Pavel era un pelele.

Gorki desordenó la cama de matrimonio, como si hubiera sido utilizada con una intensidad distinta de la que se necesita para dormir. Con gran dificultad debido a su peso, entre Nadia y Gorki levantaron a ese hombre casi inconsciente, hasta que quedó recostado sobre las sábanas arrugadas. Retiraron toda su ropa y lo dejaron desnudo. Fue entonces cuando

Gorki agarró un cojín y lo aplastó con fuerza contra la cara de Pavel, taponando la nariz y la boca. Dejó de respirar poco después, en medio de frenéticas convulsiones. Apenas pudo defenderse con un manotazo incontrolado, que arañó levemente la mejilla izquierda de su asesino.

Los dos agentes rusos se dirigieron entonces al baño, donde la joven borracha dormía sentada en la taza del váter. La desvistieron por completo y la levantaron en volandas, hasta depositarla junto al cadáver de su amigo. Nadia le abrió la boca para forzar que tragara el contenido de otras tres botellitas de ginebra. Estaba al borde del coma etílico. Tal vez viviera. Tal vez. Eran las dos de la madrugada.

Washington

—Señora, me dice el responsable de turno que debe usted prestar atención al primer papel. Es de esta misma madrugada.

El secretario de Beth Kramer puso una carpeta sobre la mesa de la jefa del servicio de inteligencia americano. Era el informe policial que llegaba cada mañana a primera hora, con las últimas novedades. Ese primer papel estaba encabezado por un titular alarmante: «Ciudadano ruso muerto en el hotel Washington». Kramer leyó a la carrera el resto del documento, de apenas medio folio. Buscó su teléfono móvil y marcó un número.

—Pablo, el ejecutor puede estar en Washington.

—¿Lo sabes o lo supones?

Kramer le dio los pocos datos que aparecían en el texto que acababa de recibir. Nada era definitivo, pero la sospecha resultaba inevitable.

Una hora después, en la sala de seguridad, Beth recibió a Pablo, Teresa, Charlie y Matthew.

—Estaba tumbado en la cama con una chica joven —inició Kramer su relato—. Los dos, desnudos. La chica se despertó sobre las once de la mañana y comprobó que el hombre parecía muerto, porque no respondía. Llamó a la recepción y se puso en marcha el protocolo habitual. Acudió primero el encargado de seguridad del hotel con un médico. Confirmaron que el hombre estaba muerto. La chica no dejaba de gritar y tuvieron que administrarle tranquilizantes. Vomitó varias veces, porque había bebido mucho. Luego llegó la policía y, después, el juez de guardia. El cadáver está en el instituto anatómico forense. Le están haciendo la autopsia. Pero ya sabemos que se llama Pavel Egorov. Fue el director de Russia Now, el canal de televisión que creó el presidente Karlov para poner en marcha el proceso de desinformación en Occidente. Pero, por lo que parece, Egorov cayó en desgracia. El canal emitió un par de noticias que no gustaron en el Kremlin. Fue cesado y prefirió tomar distancia. Debió de suponer que Karlov no se conforma con una simple destitución. Pero lo más importante no es eso. Lo más importante es que, antes de dirigir Russia Now, Egorov trabajaba con Serkin. En cierta ocasión, Serkin me habló de él. Me dijo que era la única persona en Moscú en quien podía confiar. Egorov debía de saber lo mismo que Serkin. Y ahora podemos suponer que Karlov sospechaba de él.

—Karlov ha dado un paso muy grave —dijo Charlie McKenzie—. Nunca se había atrevido a liquidar a alguien en suelo de Estados Unidos.

—En realidad, no estamos seguros —apuntó Beth—. El día de las elecciones de 2016 apareció muerto un funcionario del consulado ruso en Nueva York. Luego supimos que estaba al cargo de las claves de encriptación de los mensajes que se intercambiaban con el Ministerio de Asuntos Exteriores ruso. Creo que lo mataron, pero nunca lo pudimos confirmar, porque la embajada rusa se llevó el cadáver de inmediato, alegando su inmunidad diplomática. No pudimos hacer autopsia.

—Y hubo, al menos, otro intento más, aunque fallido —intervino Matthew Perkins—. En 2018 quisieron asesinar a Yuri Volkov, un alto cargo de la inteligencia rusa que trabajó para nosotros. Gracias a él pudimos desmontar un operativo de once espías que estaban repartidos por todo el país desde hacía años y que actuaban por libre, sin ser funcionarios de la embajada ni de sus consulados.

Todos sabían de qué hablaba Matthew. Se trataba de lo que en el ámbito del espionaje se conoce como «espías ilegales», porque no tienen el paraguas protector de sus embajadas. Se mimetizan con el terreno, están casados, tienen hijos, trabajan, viven como una familia normal, pero se dedican al espionaje, y son muy difíciles de detectar. Encontrar a esos once espías fue un golpe muy duro para el Kremlin, y Matthew lideró esa operación al ser él quien captó a Volkov para la CIA.

—Pudimos salvar su vida —añadió Matthew— cuando el SVR envió a un ejecutor al que llamaron Mercader, en homenaje a Ramón Mercader, el hombre que utilizó un piolet para asesinar a Trotski en México por orden de Stalin. En Rusia nunca renuncian a su pasado.

—Pues esta vez nos han ganado la partida —se lamentó Teresa, ante el asentimiento general.

—¿Qué ha contado la chica? —preguntó Charlie a Beth.

—Dice que no recuerda mucho porque estaba borracha. Pero habla de una pareja de rusos con la que cenaron y tomaron unas copas. Los pocos rasgos físicos que ha contado sobre ellos son parecidos a los del ejecutor y la mujer rubia de Maldivas.

—¿Y las cámaras de seguridad? —insistió Teresa.

—Ahora están visionando las grabaciones. Lo primero que han comprobado es que los cuatro entraron en el hotel a la una de la madrugada. Por lo que se aprecia en las imágenes, los dos hombres iban juntos hablando, y la mujer rubia llevaba a la chica sujeta por un brazo. Se ve que perdía el equilibrio. Es evidente que a esa hora ya iba muy bebida.

—¿Y se ve después salir al ejecutor y a la mujer? —Teresa se sentía impaciente por tener todos los datos posibles.

—La pareja de rusos salió pasadas las dos de la madrugada —añadió Kramer—. La imagen no es demasiado nítida, pero parece claro que son ellos. Y da la sensación de que el hombre no camina con soltura. A veces parece que cojea un poco, muy ligeramente. Eso podría confirmar que es el mismo de Berlín y de Maldivas. Y no han tenido ningún problema para dejarse ver. No se tapan. Van a cara descubierta. Siempre hablamos del ejecutor. Pero, en realidad, son dos ejecutores.

—Y quieren que los veamos —sentenció Matthew—. Es su firma. Se vanaglorian de lo que hacen. Se burlan de nosotros, porque seguro que Moscú ha montado un buen operativo para sacarlos del país y creen que no los cazaremos.

—Falta que veamos las imágenes de las cámaras de seguridad de la calle, pero no sé si podremos seguir todos sus pasos —se lamentó Beth, y con razón.

En efecto, no podrían. Después de asesinar a Pavel Egorov, Nadia y Gorki se dirigieron a un *parking* cercano, donde también fueron captados por las cámaras. Subieron a un coche con el que salieron de la ciudad en dirección sur, donde las cámaras de tráfico de la carretera monitorizaron el trayecto. Media hora después llegaron a la pequeña localidad de Accokeek, en el estado de Maryland. Se desviaron por una estrecha carretera local, y allí quedaron fuera del alcance de las cámaras. En un camino de tierra abandonaron el coche y subieron a otro que estaba preparado para su llegada. Ahí se perdió el rastro. Aun así, para extremar la seguridad, hicieron esa misma operación de cambio de vehículos cinco kilómetros al norte. Y con ese tercer coche, Nadia y Gorki volvieron a Washington, donde se refugiaron en un piso franco del barrio de Adams Morgan, después de dejar la pista falsa de que habían huido lejos de la capital.

—Ya hemos avisado a los servicios de seguridad de los aeropuertos, de los puertos y de las fronteras terrestres —informó Kramer—, pero me temo que por esa vía no los vamos a detectar. De hecho, podrían haber salido ya del país.

—Es posible —intervino Pablo—. Pero también cabe la posibilidad de que hayan decidido esconderse y esperar a que pasen unas semanas. Supondrán que después se relajará la persecución y les será más fácil escapar.

—Creo que debemos trabajar sobre esta hipótesis de Pablo —apuntó Teresa—. Supongamos que no se han ido, y que se mantienen ocultos durante un tiempo. Sabemos que hasta ahora nunca han actuado dos veces seguidas en el mismo país. De manera que no es previsible que lo hagan aquí.

—Salvo que les provoquemos. —Matthew interrumpió la reflexión de Teresa y consiguió que todos centrasen sus ojos en él.

—¿En qué estás pensando? —preguntó Beth.

—En un Hail Mary.

Antes de que Matthew se pudiera explicar, sonó el teléfono de la sala.

—Señora, nos acaba de llegar un informe previo del forense —dijo su secretario.

Segundos después, el informe estaba sobre la mesa de la reunión. Beth Kramer lo examinó de un vistazo rápido.

—Es él —sentenció—. Es el ejecutor.

—¿Por qué lo sabes? —preguntó Charlie.

—El ruso muerto tenía un pequeño resto de sangre en una uña. No es su sangre, porque él es del grupo 0 positivo. La que tiene en la uña es del grupo AB negativo. Muy poca gente tiene ese grupo sanguíneo. Uno de ellos es el ejecutor.

—Entonces, pongamos en marcha el Hail Mary —dispuso Matthew; solo Teresa ignoraba a qué se refería.

Georgetown, Washington

—¿Qué diablos es un Hail Mary?

Hacía una hora que Teresa quería recibir una respuesta a esa pregunta, y había llegado el momento. Pablo ya estaba recostado sobre la cama de la única habitación de su pequeño apartamento del barrio de Georgetown.

—Empecemos por el principio —ironizó Pablo—. ¿Sabes qué es el fútbol americano?

—¿Qué es un Hail Mary? —insistió Teresa, que no tenía humor para bromas; pero no consiguió su objetivo.

—El fútbol americano es ese juego en el que participan unos tíos grandes y fuertes, que llevan cascos y hombreras, que se agarran y empujan unos a otros, y que se lanzan un balón ovalado. ¿Te suena?

—¿Qué es un Hail Mary? —se impacientó Teresa.

—A eso voy. En español se podría traducir como «avemaría», aunque figuradamente es algo parecido a un milagro. —Teresa escuchaba a Pablo con una mezcla de interés y desesperado nerviosismo por conocer qué tenía que ver el fútbol americano con la búsqueda del ejecutor—. Por definición, un milagro es algo que ocurre pocas veces, y eso es lo que pasa con el Hail Mary. Hace casi un siglo se empezó a llamar así, en la jerga del fútbol americano, a una jugada a la desesperada. Por si no lo sabes —Pablo insistía en mostrarse sardónico—, el objetivo del juego es llevar el balón ovalado más allá de la última línea del equipo rival. Es como meter un gol. Ahora imagina que un equipo va perdiendo por una pequeña diferencia, cuando solo faltan unos pocos segundos para terminar el partido, y no hay tiempo para que un jugador, por muy rápido que sea, recorra decenas de metros con el balón, hasta esa línea final del equipo contrario. ¿Cuál es la solución? Pues la única posible es un Hail Mary: que varios jugadores se sitúen justo detrás de esa última línea y que otro compañero, al que llaman *quarterback*, lance la pelota con su poderoso brazo desde cuarenta o cincuenta metros, en la esperanza de que alguno de los atacantes la pueda coger al vuelo antes de que lo haga un rival o de que caiga al suelo.

Teresa miraba a Pablo como si estuviera a punto de pedir que se lo llevaran a un manicomio, pero creía entender la sustancia de aquel discurso, entre tanta palabrería.

—Lo que quieres decir es que vamos a poner en marcha una operación sin apenas posibilidades de éxito —resumió ella, demostrando su capacidad de síntesis.

—Exacto: el lanzamiento Hail Mary muy pocas veces acaba dando la victoria a quien lo hace. Pero todos los equipos que están en esa situación lo intentan, porque no hay alternativa. Mira esto.

Pablo abrió su ordenador portátil y buscó un vídeo en YouTube. Eran apenas un par de minutos de imagen de un antiguo partido de fútbol americano.

—Año 1984. El equipo del Boston College va perdiendo contra Miami, y faltan solo seis segundos para el final del partido.

Teresa, intrigada, observaba la pantalla sin pestañear, en la confianza de entender mejor aquella extemporánea explicación. De los altavoces de la computadora salía la narración del comentarista televisivo de la época sobre el *quarterback* Doug Flutie, que recibió el balón ovalado y retrocedió varios pasos ante la presión de los defensas contrarios, hasta que se encontró en una posición de ventaja. Para entonces, solo quedaban dos segundos de partido. Flutie plantó su pie izquierdo en el césped y el derecho más de un metro por detrás, para así cargar mejor su brazo derecho con las pocas fuerzas que todavía le quedaran en el cuerpo, después de un largo y tenso partido. Cuando solo faltaba un segundo para el final, Flutie agarró el balón con la mano derecha, echó el brazo hacia atrás y, de inmediato, lo lanzó hacia adelante, como si fuese una catapulta, o como quien utiliza un látigo. El balón ganó altura, sobrevoló el campo de juego más de cuarenta metros, descendió sobre un mar de jugadores de uno y otro equipo, y lo capturó un compañero de Flutie, anotando y consiguiendo la victoria. La épica del deporte.

—Esto es lo que casi nunca pasa, ¿verdad? —planteó Teresa con el escaso entusiasmo lógico en alguien desconfiado.

—Exacto: el Hail Mary casi nunca funciona. Pero cuando funciona es maravilloso. Tenemos que intentarlo, como Doug Flutie.

Despacho de Elisabeth Kramer, Washington

—Necesito hacer llegar a Moscú una información falsa. Por supuesto, por un camino indirecto, porque en caso contrario sospecharán.

Por la sala de seguridad de la responsable de la inteligencia americana desfilaron, sucesivamente y en turnos de media hora, los jefes de todas las agencias con funciones en ese ámbito, desde el FBI a la CIA, pasando por la NSA y los departamentos de información de los ejércitos. Hizo la misma petición a todos, pero por separado. Elisabeth Kramer no quería que ninguno conociera qué ideas tenían los demás. Así, llegado el momento, todos, salvo uno, sabrían que su agencia no era la elegida, pero no se enterarían de cuál se encargaría del trabajo ni en qué consistiría. Alto secreto.

—Beth, nosotros podríamos ayudar, pero no es seguro que la información termine llegando a Moscú —planteó el jefe del FBI—. Es como jugar a la lotería.

—Me temo que no tenemos mejores opciones que jugar a la lotería —reconoció Kramer—. ¿Qué propones?

—Hace unos años detectamos la actividad sospechosa de una joven que llegó al país con pasaporte de Taiwán. Luego supimos que era falso y pudimos averiguar que realizaba labores de inteligencia para los servicios chinos. Encargué a uno de mis agentes que se ocupara de ella. Creo que es innecesario entrar en detalles, pero te puedo decir que, periódicamente, nuestro hombre pasa información falsa a esta ciudadana china y ella la traslada a sus jefes en Pekín pensando que son datos ciertos. Si le damos información que pueda interesar a Rusia, es posible que los jefes de esta mujer se la comuniquen a sus amigos de Moscú. Como sabes perfectamente, chinos y rusos se deben favores y suelen colaborar contra los servicios occidentales.

—Gracias por tu ayuda. Estaremos en contacto.

Fue la despedida de Kramer a cada uno de los responsables de las agencias, escuchadas sus ofertas. Unas eran más complejas que otras, pero ninguna satisfacía a la máxima responsable. No especificó a nadie si la suya era la propuesta que iba a elegir, dejando a sus subordinados con la duda y con un notable grado de preocupación. Todos temían haber fallado.

Beth convocó de inmediato a Matthew Perkins, Charles McKenzie, Pablo Perkins y Teresa Fuentes. Después de dos horas de deliberaciones, en las que se analizaron todas las posibilidades, Kramer decidió llamar al jefe del FBI. El Hail Mary consistiría en dar a la agente china el dato del falso paradero en un apartamento de Manhattan de un desertor ruso llamado Stepan Novikov. Era un agente del FSB captado por la CIA, que durante años entregó a los americanos información sobre agentes rusos en Occidente, y que había tenido que huir de Rusia cuando sospechó, con razón, que lo habían descubierto. Desde hacía cinco años estaba oculto en Estados Unidos.

Kramer confiaba en que Pekín cayera en la trampa de informar a Moscú. Si eso ocurría, esperaban que Moscú no se resistiera a poner en la diana a Novikov, porque Rusia no perdona a los traidores. Pero nadie podía saber si eso sería así y, en su caso, si la persona elegida por Moscú para eliminar a Novikov sería el ejecutor al que buscaban. En cualquier caso, lo intentarían.

Un día después, un agente especial del FBI trasladó la información falsa a una joven agente china con la que compartía cigarrillos y las sábanas de su cama, y ella la transmitió de inmediato a Pekín, convencida de haber conseguido material de inteligencia de primera calidad.

Sede del MSS, Pekín

—Necesito hablar con el general Lébedev en Moscú.

El secretario del jefe de la inteligencia china utilizó el canal seguro habitual. Pocos minutos después, la comunicación estaba establecida.

—Querido Jiang, ¿a qué debo tu llamada? —Era la voz del general ruso del GRU desde Moscú.

—Querido Alexey, dispongo de alguna información que podría interesarte. Ya sabes que los chinos tenemos ojos y oídos en todas partes, porque también los descendientes que han nacido fuera del país son chinos, y su misión es engrandecer a China allá donde estén.

Lébedev, perfecto conocedor de este argumentario tantas veces reiterado, se limitó a esperar la información, repitiendo en su cabeza lo que decía Xen Jiang, pero un segundo antes de que lo dijera. Ya lo tenía memorizado, como quien tararea un rezo o la letra de un himno.

—Uno de nuestros activos en Estados Unidos nos ha hecho llegar un dato interesante: los servicios americanos están dando protección a un traidor ruso. Y cree saber dónde está.

Los Ángeles, California, años atrás

—Todo es extraño en esa mujer —aseguró el agente especial Dale Thomas, en el despacho de su jefe en el cuartel general del FBI en Los Ángeles.

Sus ojos pequeños parecían protegerse detrás de unas voluminosas gafas de pasta negra. Thomas era enjuto, pero no endeble. Mostraba una inteligencia por encima de lo normal, aunque algunos compañeros consideraban que su carácter estaba condicionado por una ingenuidad mayor de lo deseable en un agente del servicio.

—¿Qué es tan extraño? —preguntó el jefe, atrincherado detrás de la mesa de un despacho de mediano tamaño, y delante de una ventana con acceso al patio interior. Aún no había conseguido una de esas ansiadas oficinas con vistas.

Haciendo pinza con los dedos gordo e índice de la mano derecha, Thomas recolocó sus gafas. Las apuntalaba en la nariz haciéndose el interesante, para afinar la mirada sobre las notas escritas en un pequeño cuaderno de anillas.

—Llegó a Estados Unidos hace dos años con un pasaporte de Taiwán. Pero en ese pasaporte pone que nació en Guangzhou, que está en la China comunista. Y vino en compañía de otra mujer que decía ser su madre, pero la he investigado y creo que es su tía. —El agente especial Thomas explicó al responsable de su servicio que la mujer a la que se refería se hacía llamar Katrina Chen: unos veinte años, metro sesenta de estatura, cara redonda y gafas tan redondas como su cara. En un primer vistazo, nada en ella resultaba sospechoso. Pero eso fue, precisamente, lo que hizo que el sabueso Dale Thomas sospechara de ella—. Es casi seguro que ese no es su nombre real —añadió Thomas—. Desde que llegó a Estados Unidos se ha involucrado activamente en la comunidad china de Los Ángeles.

Katrina disponía de una beca universitaria y, recientemente, se detectaba su relación con otros estudiantes chinos, ya monitorizados con antelación por defender en Estados Unidos algunas reclamaciones territoriales del Gobierno de Pekín. Al menos uno de esos estudiantes estaba bajo el control del FBI. Se sospechaba que podía ser un agente del servicio de inteligencia chino o del Partido Comunista de China o de ambos.

Pero Thomas situó su foco de forma más intensa sobre Katrina Chen cuando la joven empezó a frecuentar una organización bautizada como Asociación Nacional de Chinos-Americanos. Sospechaban que ese grupo tenía vínculos con el Gobierno de Pekín. Entre sus miembros había varios científicos que habían venido de China para estudiar en Estados Unidos. Sus conocimientos y los contactos que mantenían eran extraordinariamente útiles para su Gobierno.

Fue entonces, cuando Thomas interceptó alguna comunicación de Katrina Chen con un individuo de origen chino, de quien se tenía la seguridad de que era un agente de inteligencia de su país o, al menos, un colaborador.

—Acércate a ella —ordenó el jefe.

No era necesario extenderse en los detalles. Thomas sabía lo que eso significaba: establecer contacto personal y, desde esa cercanía —consistiera en lo que consistiera—, conseguir información.

ADAMS MORGAN, WASHINGTON

—Deberíamos levantarnos ya, ¿no crees? Hay cosas que preparar.

Nadia despertó con la cabeza apoyada en el pecho de Gorki. Las piernas de ambos estaban entrelazadas bajo las sábanas, sin que ninguna prenda frenara el roce de pieles. Nadia ya dejaba la pistola encima de la mesilla, en lugar de esconderla en la cama, como solía. No habían dormido mucho. Era una imprudencia: en su profesión, estar en alerta permanente era la primera de las obligaciones. Y las relaciones personales intensas estaban contraindicadas, porque podían afectar al rendimiento cuando se presentaban dificultades y había que tomar decisiones de vida o de muerte. Pero ningún ser humano está libre de una debilidad, especialmente cuando el estrés se acumula misión tras misión y abruma el ánimo.

—En una hora nos debe llegar la señal para salir —recordó Gorki.

A las nueve en punto de la mañana estaba acordado que sus jefes en Moscú confirmarían la orden para que Gorki y Nadia abandonaran su escondite del barrio de Adams Morgan, en Washington. Lo harían al anochecer. Se irían solo con una mochila cada uno. Según las instrucciones recibidas días antes, cuando llegara el momento irían al Colonial Parking, en la calle 18, a pocos metros del edificio en el que se ocultaban. Allí buscarían un Chevrolet de color azul, cuyas llaves estarían escondidas detrás de la rueda delantera derecha. Conducirían durante poco más de una hora en dirección noreste, hasta un pequeño puerto deportivo, el Old Bay Marina, en Baltimore. Alguien esperaría allí para, juntos, subir a una embarcación de recreo. Navegarían hacia el sur por la bahía de Chesapeake, hasta salir a mar abierto en la localidad de Virginia Beach. Un barco de mayor tamaño se encargaría de alejarlos de las costas de Estados Unidos. Y varios cientos de millas mar adentro, abordarían un carguero de bandera panameña, con el que llegarían a algún lugar del oeste de Europa, probablemente Portugal, mientras alguien en Moscú prepararía su nueva misión.

Minutos antes de las nueve, Gorki marcó la contraseña de su teléfono móvil y abrió la aplicación de Instagram. Buscó la última foto colgada en la cuenta de una *influencer* de la moda. Había más de mil comentarios. Tenía que encontrar el de otra cuenta bajo el nombre de @andredit. La orden para que salieran del apartamento sería una sucesión concreta de emoticonos seguidos de la palabra «*wonderful*». Si, por el contrario, la orden era abortar la salida y quedar a la espera de nuevas instrucciones, el mensaje estaría compuesto solo por emoticonos: tres corazones.

—Nos quedamos —sentenció Gorki con un golpe seco de voz, tratando de ocultar su frustración al ver los tres corazones.

No le gustaba la idea de permanecer por más tiempo en Estados Unidos. En cualquier momento, el FBI podía aparecer en el apartamento. Pero la orden era irrevocable y las órdenes no se discutían. De hecho, no tenían con quién discutirlas. Tres corazones. Punto.

—Ya sabes lo que eso significa: o han tenido problemas para montar el operativo de extracción para sacarnos de aquí, o nos van a encargar otra misión —añadió Nadia.

Según los datos que recibieron antes de ir a Estados Unidos, si se ordenaba abortar la salida, deberían acudir tres horas después, a las doce del mediodía, al Kalorama Recreation Center, un parque para niños situado a cinco minutos del apartamento. Allí, junto a la pequeña valla que daba acceso al parque, había un banco en el que los jubilados solían sentarse para sentir en la cara el timorato calor del sol en los fríos días de invierno. Gorki observó desde la distancia hasta que una mujer joven, con un niño de unos tres años, se acercó a ese banco. La mujer llevaba una mochila de color rojo colgada a la espalda. La dejó en el suelo, junto al banco, y entró en el parque para que jugara el niño. Gorki cogió la mochila y abandonó el lugar.

Nadia estaba atenta a esos movimientos desde el lado contrario del parque, realizando labores de contravigilancia: intentaba averiguar si alguien en los alrededores podía ser un agente del FBI, a la espera de capturarlos. No ocurrió, y minutos después habían vuelto a su refugio.

La mochila roja contenía dos pasaportes suizos, dos teléfonos móviles y un documento redactado en clave, cuyo mensaje permitiría a Gorki y Nadia saber qué tenían que hacer ahora: se irían del apartamento al día siguiente, a las seis de la mañana; irían a un *parking* cercano, distinto del utilizado días antes; subirían a un coche marca Toyota de color rojo y conducirían hasta Nueva York. Antes de emprender el viaje, buscarían en Washington un buen lugar, discreto, para destruir sus viejos móviles. Solo se quedarían con los nuevos. Se hospedarían en el hotel Roxy, en la Sexta Avenida, cerca del barrio de Tribeca, al sur de Manhattan. Ya tenían una reserva con el nombre que aparecía en sus falsos pasaportes suizos. Allí recibirían los datos necesarios. Alguien se presentaría ante ellos diciendo: «La temperatura subirá mañana».

Manhattan, Nueva York

A media mañana, el Toyota rojo fue estacionado en un *parking* cercano al hotel Roxy. Antes de que pasara una hora, un operativo del servicio de inteligencia ruso se lo llevaría de allí. Gorki y Nadia se instalaron en la habitación 320. Minutos después, alguien llamó a la puerta. Gorki se metió en el baño, junto a la entrada, sin encerrarse por completo. Estaría listo para actuar si fuese necesario. No disponían de armas por decisión de Moscú. Si eran descubiertos y las portaban, el problema sería mayúsculo. De modo que solo podrían recurrir a su propia fuerza física si se veían obligados a responder en un enfrentamiento. Nadia se preparó para abrir.

—Buenos días, señora. Ha llegado este sobre para ustedes. —El joven empleado del hotel se lo entregó a Nadia—. ¿Les gusta la habitación? —añadió con estudiada amabilidad.

—Sí, mucho. Es muy confortable —respondió Nadia, deseosa de acabar con la conversación y cerrar la puerta.

—Aprovechen su estancia. Hace buen tiempo y la temperatura subirá mañana.

El empleado del hotel dio media vuelta sin esperar respuesta y se alejó. Había dicho lo que tenía que decir. Era la señal. Nadia no mostró sorpresa, aunque le asombraba la rapidez con la que se producía el contacto. Gorki salió del baño y ambos se sentaron al borde de la cama para abrir el sobre: allí estaban las instrucciones que esperaban. El nuevo objetivo era Stepan Novikov. Los dos sabían de quién se trataba. El nombre de ese desertor que traicionó a la Madre Rusia circulaba de boca en boca por las oficinas de las agencias de espionaje en Moscú.

Lo que Gorki y Nadia desconocían era que no fueron los servicios rusos los que descubrieron el paradero de Novikov, sino los chinos. Desde hacía algunos años, una de sus agentes en Estados Unidos mantenía contacto con un miembro del FBI. Ese contacto se había convertido en una aparente relación personal intensa. Él estaba convencido de que la información que recibía de ella resultaba valiosa para los servicios de inteligencia americanos. Pero la realidad era la contraria: ella actuaba como agente doble y sonsacaba datos al agente especial del FBI. Y lo que no sabía ninguno de los dos era que el FBI estaba al tanto de esa circunstancia desde hacía tiempo, y se aprovechaba de ambos para hacer llegar datos falsos a China. El último, mientras compartían su libido y un cigarrillo en la cama de matrimonio del apartamento de la joven china en Los Ángeles. El nuevo dato falso era el supuesto paradero de un desertor ruso llamado Stepan Novikov, en la calle Greenwich de Manhattan.

En esa cama de matrimonio estaban el agente del FBI Dale Thomas y la agente doble Katrina Chen.

Manhattan, Nueva York

El Hail Mary tendría como escenario el 275 de la calle Greenwich de Manhattan: un edificio de apartamentos con una hermosa puerta acristalada, coronada por una enorme marquesina que servía de refugio cuando llovía, y proyectaba una generosa sombra en los calurosos días del verano neoyorkino. Era una zona con mucho tránsito durante todo el día, tanto de coches como de peatones. A la izquierda de la entrada había una pequeña tienda de juguetes y una utilísima tintorería, adonde los vecinos de la zona llevaban su ropa para no tener que ocuparse en casa. En el lado derecho, una cafetería servía desayunos y aperitivos a sus clientes en alguna de las cuatro mesas que tenía instaladas en la acera. Había un centro de atención a clientes de telefonía móvil y, en la esquina, un restaurante mexicano.

Al otro lado de la calle, la zona para los transeúntes era más amplia, lo que permitía que se colocasen a diario tenderetes ambulantes de comida rápida, muy populares en Manhattan. Enfrente, se ubicaban una sucursal del Bank of America y una tienda de vinos y licores, junto a un concurrido aparcamiento de bicicletas.

Ese tramo de calle era de apenas ochenta metros de largo, entre la esquina de Greenwich con Murray y la esquina de Greenwich con Warren. La teoría era que se trataba de un espacio fácil de vigilar por un equipo de seguimiento de entre ocho y diez agentes bien entrenados en ese tipo de tareas: el número habitual para estos operativos del FBI, cuando estaban implicados posibles agentes extranjeros. Pero no era así en esta ocasión.

Las órdenes de Elisabeth Kramer fueron inflexibles. Serían cinco agentes y solo dos de ellos del FBI, ambos de la máxima confianza: alto secreto. Nadie más podía conocer lo que iba a ocurrir. El objetivo no era eliminar al ejecutor y a su ayudante de apoyo, sino desactivarlos, proceder a su captura en una emboscada y llevarlos a una casa franca de la CIA en las afueras de Nueva York. Aunque, si no fuese factible capturar a los dos, la prioridad era el ejecutor.

Se realizaría un intenso interrogatorio, antes de adoptar una decisión sobre qué hacer con él y cómo utilizarlo en la relación con Moscú. Una opción sería mantenerlo oculto en alguna prisión, sin comunicar su existencia a nadie, tampoco al Kremlin. También podría ser empleado para negociar con las autoridades rusas. Y una tercera alternativa, la más probable, consistiría en mezclar las dos anteriores: primero encarcelarlo y después, negociar.

Matthew y Charlie tenían el encargo de coordinar la operación, y con ellos estarían Pablo y dos cazadores de espías del FBI, Frank y Daniel, seleccionados con criterios muy estrictos para evitar filtraciones. Teresa quedó fuera del plan: Kramer no podía asumir el riesgo de que la agente de un servicio extranjero, aunque fuese aliado, sufriera algún daño físico o muriera en el intento de capturar a un espía. Teresa protestó airadamente ante Beth y le retiró la palabra a Pablo, convencida de que la prohibición había sido sugerida por él, en un ataque de condescendencia machista hacia ella, para que no corriera ningún riesgo.

—¡¿Crees que soy imbécil?! —gritó Teresa, levantándose abruptamente de la cama después de compartir un rato de amor con Pablo, que no se había atrevido a contárselo antes. Mientras se cubría con una toalla y abría la puerta del baño de una sonora patada, siguió arremetiendo contra Pablo, que trataba de utilizar técnicas de apaciguamiento, sin éxito alguno—. ¡¿Y me lo dices ahora, después de todo esto?! —reprochó Teresa a Pablo, haciendo un gesto ilustrativo hacia la cama deshecha, con las sábanas por un lado y el edredón por el otro—. ¡¿Por qué me tratas como si fuera una niña?! ¡No es decisión de Beth, sino tuya!

—Créeme, lo ha decidido Beth —acertó a decir Pablo, en medio de los gritos que lanzaba Teresa desde el baño—. Los servicios de inteligencia de Estados Unidos no pueden implicar a agentes extranjeros en operaciones como estas. Además, tu especialidad es el análisis y la investigación, no la acción.

—¡¿Cómo?! —bramó de nuevo Teresa, de vuelta a la habitación, para buscar su ropa—. ¡¿Crees que solo en la CIA o el MI6 os preparan para la acción?! ¡¿Qué idiotez es esa?! ¡¿Eres James Bond?! ¡Yo puedo ayudar, y mucho, en una operación como esa!

—Lo sé, pero de verdad… —Pablo insistía en rebajar el tono de su voz, lo que irritaba aún más a Teresa, que ya se había puesto la ropa interior, los pantalones vaqueros y ahora terminaba de abrocharse la blusa, mientras Pablo todavía estaba pertrechado bajo las sábanas—. Es lo normal. No le des más importancia.

Cuando Pablo terminaba de pronunciar la palabra «importancia», Teresa salía del apartamento dando un portazo del que se percataron todos los vecinos. Pero ese enfado no cambió la decisión terminante de quien podía tomarla: Elisabeth Kramer.

El equipo sería mínimo para evitar fugas de información y limitar los riesgos. Pero, a cambio, se aceptaba como inevitable un peligro mayor, porque no dispondrían de todos los efectivos que se consideran imprescindibles para una misión de ese nivel, y no sabían con qué amenazas podían encontrarse. La idea no gustó en absoluto al responsable del FBI —todas las agencias son muy celosas de sus propias funciones—, pero la decisión venía impuesta desde las alturas. Otra orden concluyente era que no se advertiría al Departamento de Policía de Nueva York. Era un delicado asunto con implicaciones internacionales, y nadie más podía conocerlo.

La operación llevaba en marcha dos días, aunque estaba planificada para esa jornada concreta. El engaño consistió en hacer creer a los rusos que Novikov solo estaría en esa localización durante unas horas, en ese día preciso. Todo estaba listo.

—Uno y Dos, ocupen sus posiciones. —El mando lo asumía Matthew desde el interior de una furgoneta aparcada en la calle Warren, con ventanas oscuras, y el rótulo de una empresa de transportes pintado en su carrocería; estaba repleta de pantallas y ordenadores; todos se comunicaban mediante micrófonos y auriculares casi invisibles.

—Uno, en posición —confirmó con voz apenas audible el agente Frank, sentado en una mesa de la cafetería, junto a la puerta de entrada del edificio de apartamentos; simulaba leer el *Daily Mail*, mientras daba sorbos a un té con limón.

—Dos, en posición —respondió el otro agente, Daniel, que se encontraba resguardado en un coche a veinte metros de la cafetería, con unos prismáticos en las manos.

Charlie, que era el agente Tres, estaba fuera de la escena, en el interior de otro coche, en la calle Warren. Y Pablo, agente Cuatro, caminaba por Murray en labores de vigilancia. Actuarían si aparecía el objetivo, y ya llevaban veinticuatro horas de espera infructuosa. Pero esa situación estaba a punto de cambiar.

—¡Alerta! ¡Puede ser él! —advirtió el agente Dos, desde dentro del coche, como si se pudiera gritar sin levantar la voz—. Se parece al de las fotos. Va con traje oscuro y corbata roja. Lo veo por el retrovisor. Viene por Warren.

—Yo también lo veo —intervino Matthew desde la furgoneta—. Pero no ha doblado hacia Greenwich. Pasa de largo. Sigue hacia el norte. No lo perdamos de vista. Podría estar haciendo una primera pasada para reconocer el terreno y comprobar si alguien vigila la zona. Y no veo a la mujer. Va solo. Estemos atentos, porque la mujer no puede andar muy lejos.

Matthew estaba en lo cierto.

De inmediato se dio cuenta de que el joven con traje oscuro y corbata roja actuaba con el manual del espía que quiere evitar un seguimiento: caminaba por una calle de un único sentido y lo hacía en contra de la dirección del tráfico, para evitar que le pudiesen perseguir con un coche en caso de huida. Cruzó la calle ignorando el paso de peatones y lo hizo en diagonal, para tener la posibilidad de echar un vistazo de soslayo por si venía alguien sospechoso detrás.

Pocos metros más allá, el objetivo entró en la librería Barnes & Noble de la calle Warren. Tenía varias plantas con decenas de estanterías repletas de libros, lo que le daba la opción de protegerse detrás de cualquiera de los muchos recovecos de la tienda. Subió al segundo piso, simuló interesarse por una obra voluminosa en un enorme mueble dedicado a noveles históricas. Vio la puerta de los baños. Era lo que buscaba. Entró en el de caballeros, cumpliendo el horario previsto para la cita. Había dos retretes. Estaban ocupados. A los pocos segundos, un joven con el pelo ensortijado y tatuajes en los brazos dejó libre el de la izquierda, se lavó las manos y se marchó. El hombre de la corbata roja entró y cerró la puerta.

Igual que en muchos otros aseos, las mamparas de separación no llegaban al suelo ni al techo. Pasados unos segundos, el ocupante del otro retrete arrastró una mochila por el piso hasta el lado contrario. Gorki la recogió y la abrió. Sacó una sudadera azul, unos pantalones cortos de deporte de color negro, un par de zapatillas blancas de *running*, unas gafas de sol, una gorra de béisbol de un color oscuro difícilmente definible y un brazalete con cierre de velcro para llevar el teléfono móvil mientras se hace deporte. También había una llave para el portal del edificio de la calle Greenwich y otra para acceder al tejado, que sería una de las vías para huir si fuera necesario. Tendría que abrir por sus propios medios la puerta del apartamento de Novikov: los agentes del consulado ruso no habían conseguido una copia a tiempo.

Se quitó los zapatos, la corbata, la camisa, los pantalones y la chaqueta. Metió todo en la mochila, la devolvió por el suelo al otro retrete, se vistió con la ropa deportiva y se puso un auricular inalámbrico en el oído derecho; el izquierdo lo dejó libre para escuchar lo que ocurriera a su alrededor. Gorki estaba listo. Había intentado despistar a sus posibles perseguidores con el traje y la corbata. Ahora que creían tenerlo identificado, aparecería con un aspecto muy distinto.

—Lleva demasiado tiempo dentro. Tres, entra en la librería. —A Matthew se le agotaron sus reservas de paciencia; algo sospechoso ocurría y envió a Charlie a buscar respuestas.

Charlie apareció, como por ensalmo, en la calle Warren desde la calle West y caminó en dirección este a lo largo de unos pocos metros, hasta entrar en Barnes & Noble. Al empujar la puerta de entrada se cruzó con un joven vestido con un pantalón corto de color negro, una sudadera azul, zapatillas deportivas, una gorra de béisbol, un brazalete con el móvil y un auricular en el oído derecho. Salía del establecimiento mientras se ponía unas gafas de sol. Charlie pasó de largo, porque buscaba a alguien con traje oscuro y corbata roja. Recorrió todas las plantas del edificio de arriba abajo y viceversa. Sí, había hombres con traje y corbata, pero ninguno se parecía al objetivo.

En ese momento, Gorki corría al trote por Warren, como si hubiera salido de casa a hacer deporte y ya volviera a su apartamento.

—Alguien entra al edificio —avisó Matthew al equipo desde la furgoneta de control—. Viene de hacer *running*. Pero ¿no es este el mismo hombre que ha salido hace un momento del Barnes & Noble?

—¡Sí, es él! ¡Estoy seguro! —gritó Pablo en los auriculares de los demás, a los que dañó el tímpano; el individuo estaba lejos, pero creía reconocer su rostro. Acababa de aparecer en Greenwich, apenas a cuarenta metros de la entrada del edificio de apartamentos.

—¡Ten cuidado! Puede ir armado y es peligroso —advirtió Matthew.

Ya tenían localizado al espía ruso, pero ellos también habían sido identificados.

—¡Te siguen! —escuchó Gorki en su auricular, segundos después de entrar en el portal del edificio—. ¡Nos han tendido una trampa; creo que es él!

La voz alterada era de Nadia, que hablaba desde la quinta planta del edificio situado al otro lado de la calle, observando la escena y en contacto telefónico con su compañero. Acababa de ver a Pablo. Estaba lejos, pero a través de los prismáticos parecía reconocer la cara del agente Perkins: la misma cara que vio en la foto que les habían enviado desde Moscú y a quien tenían controlado como colaborador de Teresa Fuentes.

Pablo abrió la puerta con una llave proporcionada por la CIA. El portero no estaba en su habitáculo. Era extraño, porque los porteros solían estar siempre a esas horas. Pero al acercarse, vio al empleado del edificio tirado en el suelo, detrás del mostrador e inconsciente, aunque vivo: tenía pulso. Parecía haber sufrido alguna maniobra de ahogamiento hasta el desmayo.

El ascensor estaba parado, lo que hacía suponer que el objetivo habría subido por las escaleras hacia la planta tercera, en la que se encontraba el apartamento. Y eso hizo también Pablo: iniciar un lento y cuidadoso trayecto hacia la escalera, después de sacar una pistola que tenía en la parte trasera de su pantalón, sujeta con el cinturón. Agudizó el oído y pudo escuchar un ligero rumor de pasos una o dos plantas más arriba. Pero de repente se hizo el silencio absoluto. Pablo empezó a subir los peldaños con extrema cautela. Alcanzó la primera planta: vacía. Hizo una breve parada, mientras Uno y Dos llegaban al portal y se sumaban a la persecución de Gorki.

—Hay dos más —susurró Nadia al oído de su compañero—. Tienes que salir de ahí.

Pablo no esperó a sus compañeros y reanudó el camino escaleras arriba, pero la decisión resultó catastrófica. Una vez en el rellano, Gorki apareció por sorpresa desde un recoveco de la escalera, y lanzó una patada con su pie derecho a la mano derecha de Pablo, en la que tenía la pistola. Mientras el arma volaba en dirección opuesta, Gorki no dio a Pablo tiempo para rehacerse. Le propinó un golpe brutal en la cara con su puño izquierdo, que le provocó la fractura de la nariz y una marea instantánea de sangre. Otro fuerte puñetazo en el estómago hizo que se quedara sin aliento: no tenía oxígeno para respirar, ni mucho menos para gritar. Cuando cayó al suelo, apenas le quedaban fuerzas para lanzar su pie derecho contra la rodilla izquierda de su agresor, lo que hizo flaquear a Gorki, provocando un intenso dolor. Pero no fue suficiente. El agente ruso le propinó a Perkins varias patadas en la cabeza y el torso con su pie derecho, que permanecía sano. Después se agachó, agarró a Pablo por el pelo y golpeó repetidas veces su cabeza contra el suelo. Fue en ese momento cuando arrancó el auricular y el micrófono que el agente de la CIA utilizaba para comunicarse con el resto del equipo.

—¡¿Cuatro, qué ha pasado?! ¡¿Cuatro?! ¡¿Pablo?! —Matthew consideró inútil seguir utilizando la numeración para llamar a su hijo; daba por hecho que habría sufrido un ataque y temía lo peor, porque no obtenía respuesta.

En medio de aquella tortura sobrevenida, el joven Perkins alargó la mano derecha hacia un bolsillo lateral de su pantalón, del que sacó una navaja. Cuando Gorki le golpeó la cabeza violentamente por tercera vez contra el suelo, Pablo, aturdido y desfallecido, acertó a clavar el filo del cuchillo en el costado izquierdo de su enemigo. La hoja alcanzó a clavarse cerca del hígado, pero la herida solo fue superficial, porque el filo atravesó antes el cinturón de Gorki, limitando su fuerza y reduciendo la profundidad del daño.

Aun así, el agente ruso soltó un grito sordo al sentir el pinchazo y un dolor agudo, y notó que brotaba sangre. Pero sujetó de nuevo la cabeza de Pablo, la levantó en vilo y volvió a golpearla con brutalidad contra el suelo, provocando una fuerte conmoción craneal. Tuvo la tentación de rematarlo retorciéndole el cuello, pero se frenó y con el puño en alto miró fijamente a un Pablo agonizante.

—O sea que Perkins eres tú. ¿Sabes que os tenemos controlados a ti y tu chica? Se llama Teresa, ¿verdad? Escucha bien lo que voy a decirte: no acabo contigo porque tengo orden de no hacerlo, por ahora. Pero nadie me ha prohibido que te destroce el cuerpo. Y cuando encuentre a Teresa imagina lo que haré con ella.

De nuevo, Gorki descargó su furia sobre el rostro ensangrentado de Pablo. Uno de esos golpes le hizo perder el conocimiento. El agente ruso se preparaba para ampliar un poco más el maltrato, aunque ya no encontraba resistencia, cuando oyó que alguien subía las escaleras. Tenían que ser los dos agentes a los que se había referido Nadia en su última comunicación.

—¡Sal de ahí ya! —Nadia elevó el tono de su voz, que ahora era imperativa.

Gorki dejó a Pablo inerme, ensangrentado e inconsciente, con apenas un hilo de vida, y corrió escaleras arriba. Tenía muy dolorida la rodilla y veía la mancha de sangre, provocada por la navaja en su costado. Pero pudo llegar a la última planta, buscó la puerta de acceso al tejado del edificio, la abrió con la llave proporcionada por su agencia y salió al exterior.

Las imágenes de satélite permitieron a Nadia y Gorki comprobar que la única ruta viable para escapar era por el lado norte del edificio, orientado hacia la calle Warren, ya que los inmuebles colindantes tenían una altura similar. En cambio, hacia la calle Murray, los edificios eran más pequeños y no podría pasar de uno a otro.

Así, el agente ruso saltó al techo de una escuela de francés; de ahí —dejando gotas de sangre por el camino y con una leve cojera— fue a dar a otro edificio de apartamentos, y a tres más que iban adosados a continuación. Uno y Dos, los agentes del FBI Frank y Daniel, decidieron separarse. El primero se quedó atendiendo a Pablo y pidió ayuda urgente para él y para el portero. Matthew tardó medio minuto en dejar la furgoneta a las puertas del edificio, y en subir las escaleras de tres en tres peldaños hasta el segundo piso para atender a su hijo. Varios vecinos salieron de sus casas alertados por el ruido.

—¡No se preocupen! ¡Vuelvan adentro! ¡Somos del FBI! —ordenó Frank, mientras mostraba su placa para calmar a la gente.

Dos de esos vecinos identificarían después a Gorki. Salieron al oír unos golpes y lo vieron huir escaleras arriba.

—¡Pablo, Pablo! —Matthew no conseguía que su hijo reaccionara.

Seguía inconsciente. Tenía pulso, pero era débil y resultaba difícil notar su respiración.

Recogió a Pablo del suelo con ayuda de Frank y entre los dos lo llevaron hasta la furgoneta para trasladarlo al hospital Presbyterian Downtown, a cinco minutos de allí, como si el mundo se acabara. Así lo sentía Matthew, a quien su hijo se le moría entre los brazos.

Beth Kramer, advertida de lo ocurrido, llamó de inmediato al director del centro sanitario para dar las instrucciones pertinentes sobre el alto grado de secreto con el que debía gestionar aquella situación. Pablo ingresó al momento en un quirófano, más cerca de encontrar la muerte que de sostenerse con vida. Una docena de médicos de diferentes especialidades esperaban, concentrados en su tarea.

—Doctor, Pablo no puede morir —le dijo Kramer al director del hospital, sin elevar el tono, aunque pareció una orden.

—Nuestro trabajo consiste en salvar todas las vidas que se ponen en nuestras manos, pero me ocuparé personalmente de este caso. Descuide.

—Lo sé, pero Pablo no puede morir. Sálvelo, se lo ruego. —Beth no hablaba como responsable del espionaje americano; se guiaba por su amistad con Matthew y por su cariño, casi maternal, hacia Pablo.

A varias manzanas de allí, el agente Daniel del FBI accedió al tejado y tenía a Gorki a la vista. Le separaban de él unos cuarenta metros, pero por el medio tenía que saltar tres edificios. El primero de los tres lo superó sin incidentes. Pero al lanzarse al segundo, el tobillo izquierdo se dobló demasiado. Notó un dolor intenso, aunque mantuvo su determinación de alcanzar a su enemigo. Sin embargo, Gorki acababa de desaparecer.

Un individuo vestido con ropa deportiva, con una ligera cojera y con sangre en un costado, entró en la escalera de un edificio de la calle Murray desde el tejado. Se sentía agotado por el esfuerzo. Sus heridas le provocaban una creciente debilidad, hasta desembocar en un mareo que empezaba a preocuparle: temía que derivara en un desmayo que lo inutilizara.

—Voy al punto de encuentro —dijo a través de sus auriculares.

—Recibido —respondió Nadia, que, de hecho, se había adelantado y ya le esperaba en ese lugar.

Se trataba de la segunda planta sótano del garaje. Nadia tenía en marcha el motor de un coche blanco, aguardando a que apareciera su compañero. En la guantera encontró las llaves de una casa, la dirección y un teléfono móvil nuevo.

Gorki no creía tener fuerzas para bajar siete plantas por las escaleras. Sabía que era más seguro no utilizar el ascensor, y sin embargo se subió en él. En el tercer piso se detuvo, la puerta se abrió y una mujer mostró su intención de entrar. Gorki la miró como si estuviera a punto de matarla y la mujer entendió el mensaje: se quedó inmóvil porque estaba aterrada, la puerta se cerró y Gorki pudo llegar al sótano.

Nadia vio aparecer a su compañero, que tan rápido como pudo entró en el asiento trasero y se tumbó para ocultarse. Varias gotas de sangre dejaron el rastro en su recorrido. La conductora pisó suavemente el acelerador. Temía que sus perseguidores estuvieran esperando en la calle, pero nadie les interrumpió el paso.

Daniel encontró a las puertas del ascensor a una vecina que sufría un ataque de nervios. La tranquilizó y ella le contó lo que había ocurrido. Cuando dio las instrucciones a sus compañeros y pudieron llegar a la salida del garaje, ya era tarde.

—Ha escapado —informó Daniel a sus compañeros, con pesadumbre.

—Y la mujer tampoco ha aparecido —añadió Charlie.

En ese momento, Nadia y Gorki estaban a punto de entrar en el túnel Holland, para atravesar el río Hudson y llegar a Jersey City. Cumpliendo el plan previsto, cambiaron de coche en un lugar escondido de las afueras de la ciudad. Allí Nadia comprobó que la herida de su compañero no era grave, aunque tardaría días en curar. Aplicó un vendaje. También revisó la rodilla dañada. Era una lesión leve.

En una maniobra de distracción, manejó el nuevo coche en dirección norte para volver a Manhattan dando un rodeo, atravesando el puente George Washington, recorriendo de oeste a este el barrio del Bronx hasta alcanzar Queens y, por la carretera 495, llegar hasta la localidad de Smithtown, en medio de Long Island, a unos noventa kilómetros de Manhattan. Allí encontrarían refugio en la calle Atterbury Drive, en una agradable casa de dos plantas, con jardín y piscina: una casa franca del espionaje ruso.

A esa hora, Pablo Perkins estaba en el quirófano, luchando por su vida.

Hospital Presbyterian Downtown, Manhattan

—Ese tío es el puto Jason Bourne.

La tenue voz que Pablo era capaz de proyectar apenas alcanzaba a los oídos de Teresa, a pesar de que se situaba todo lo cerca que podía estar de él. Sentada al borde de la cama hospitalaria, veía a Pablo boca arriba, con la cabeza vendada y la cara hinchada y amoratada, una vía que suministraba calmantes, y varios sensores que vigilaban su actividad coronaria y la de otros órganos de su cuerpo, todos dañados por la agresión sufrida.

—Es una máquina de matar —susurró.

—Pero no ha podido contigo —apuntó Teresa, tratando de aportar un optimismo que no sentía.

—Me dijo que le habían prohibido matarme.

—¿Cómo?

—Tenía orden de no matar. Solo me destrozó. —Pablo pretendió sonreír, pero no pudo.

—Este Hail Mary ha sido una mierda. ¿Te das cuenta? Solo ha servido para que estés aquí. Y hemos vuelto a perder la pista de ese tío.

—Teníamos que intentarlo.

—Señorita, por favor, el paciente debe descansar —dijo con amable determinación una enfermera, que entró en la habitación interrumpiendo la difícil charla entre bisbiseos.

—Sí, me voy en un momento. Solo déjeme un minuto más.

La enfermera asintió, comprensiva, y se marchó. Teresa se inclinó sobre Pablo y le besó en la comisura de los labios, que era el único lugar accesible de su boca.

—Eres más cabezota que yo.

—Por eso te caigo bien —masculló Pablo, mientras Teresa se secaba una lágrima que amenazaba con escapar de sus ojos.

—Mañana no vendré. Tengo que volar a Madrid. Pero volveré pronto.

—Prometo no morirme hasta que vuelvas. —A Pablo le dolía todo el cuerpo y aún temía por su vida, pero no prescindía de su tendencia al humor negro.

Teresa agarró con cariño la mano derecha de Pablo y se despidieron con una mirada. Pero antes no pudo evitar que, ahora sí, las lágrimas fuesen claramente visibles en sus ojos. Apoyó la cabeza sobre el regazo dolorido de Pablo y lloró con un desconsuelo que él jamás había visto en ella.

—Tardará un tiempo en recuperarse, pero es fuerte y saldrá de esta.

El médico que atendía a Pablo quiso tranquilizar a Teresa, cuando abandonó la habitación. Volvería, pero ahora tenía que hacer algo para encontrar a ese «puto Jason Bourne» que había maltratado a Pablo, casi hasta la muerte. La estrategia del Hail Mary tuvo un resultado desastroso. Era imprescindible buscar otra fórmula.

Madrid, España

—Pase, no se quede ahí pasmada.

El hombre del que brotaban esas palabras ásperas y con voz ronca, como si tuviera cristales rotos incrustados en las cuerdas vocales, aparecía apenas visible al fondo de una amplia estancia oscura, casi tétrica. Flotaba en el aire una nube de humo espeso, procedente de un cenicero en el que no cabían más colillas, muchas de ellas aún humeantes. Un foco, con su débil haz de luz concentrado en las páginas de un libro, permitía apreciar de rebote los agrietados rasgos de su rostro perfilado en la penumbra, que se empoderaba en aquel salón sombrío y nebuloso. En medio de ese ambiente lúgubre, se intuían —porque era difícil verlas— cuatro paredes cubiertas por miles de libros, y una ventana que resultaba ser más opaca que traslúcida.

Teresa cumplió la orden y caminó entre tinieblas hacia la mesa de escritorio, donde encontró al hombre vestido con una bata tan oscura como la habitación, y con un cigarrillo en el lado izquierdo de sus labios.

No había nadie en el mundo a quien admirara más. Hacía tiempo que no se veían. Demasiado, pensó. Y ahora que estaban frente a frente, el ambiente apagado y mortecino de ese lugar provocaba que se sintiera como metida en una pintura negra de Goya. O algo aún más imponente, por aterrador: Teresa tuvo la impresión de ser el capitán Willard de *Apocalypse Now*, cuando encuentra al delirante y místico coronel Kurtz en algo que parecía una cueva lóbrega, en la que solo una recelosa luz de origen quimérico iluminaba mínimamente la cabeza rapada del genial y superlativo Marlon Brando. Sí, el coronel Blázquez era su coronel Kurtz. Pero, al contrario que el capitán Willard, Teresa no estaba allí para eliminarlo, sino para pedirle consejo y ayuda.

El joven capitán Blázquez fue captado para el servicio de inteligencia español en los años ochenta, cuando el objetivo de la agencia estaba más centrado en evitar golpes de Estado militares en España que en ocuparse de las amenazas exteriores. Aquel viejo Centro Superior de Información de la Defensa, conocido por las siglas de CESID, se transformó en 2002 en el más moderno y tecnificado CNI, Centro Nacional de Inteligencia. Para entonces, el ya coronel Blázquez había asumido altas responsabilidades en labores de contraespionaje: tenía que proteger a su país de los servicios de inteligencia extranjeros. Y ahora, jubilado, ocupaba las horas de su vida en revisar papeles en la soledad de su hogar de viudo, solo acompañado por una empleada doméstica que se encargaba de cuidarlo.

Blázquez era un mito para los espías españoles. Todos en el CNI sabían quién era. Sus hazañas se celebraban en las charlas de café y se utilizaban como ejemplo en los despachos cuando no se sabía cómo afrontar un caso. Era habitual que alguien propusiera una solución, asegurando que esa sería la forma en la que lo resolvería Blázquez. Era un sabio.

—Tiene usted mala cara.

Blázquez nunca tuteaba a nadie. Marcaba distancias incluso con los más próximos, y Teresa lo era. Fue el coronel quien detectó sus altas capacidades en la universidad; fue el coronel quien convenció a esa brillante joven para ingresar en la agencia; fue el coronel quien hizo que Teresa pasara una temporada en la División de Adquisición Técnica del CNI, para especializarse en labores informáticas de alto nivel, como el hackeo de dispositivos y redes; y fue el coronel quien se convirtió en su maestro y mentor. Antes de abandonar el servicio, descubrió a Teresa: su último hallazgo.

El coronel ni siquiera había levantado la cabeza del libro que reposaba sobre la mesa, pero su intuición era suficiente. Y nunca desperdiciaba el tiempo con saludos protocolarios.

—Buenas noches, coronel. —Teresa hablaba con voz queda, entre el respeto y el intento de no molestar.

—¿Cómo está el mundo ahí fuera?

—Siempre hay peligros. Usted lo sabe bien.

—Siéntese.

Teresa colocó la silla en una posición accesible, al otro lado del escritorio.

—De vez en cuando me cuentan cosas del Centro, y todos hablan muy bien de usted. A mí no me sorprende.

—Le agradezco que me lo diga, coronel.

—Y, dígame, ¿ha venido solo para saber si sigo por aquí? —Blázquez no evitaba el sesgo sarcástico sobre sí mismo—. Aunque me vea fumar, lo estoy dejando —dijo, algo avergonzado—. Antes necesitaba tres paquetes diarios. Ahora me apaño con un paquete y medio.

—Las cosas van mal y quizá pueda ayudarnos. —Teresa ignoró el delicado asunto del tabaco; sabía que a Blázquez no le gustaba que le sermonearan por su mal hábito.

—Habla usted en primera persona del plural. Ayudarnos... ¿a quiénes y en qué?

Esta vez, el coronel sí levantó la mirada por encima de sus lentes graduadas hacia los ojos de Teresa. Era el primer contacto visual entre ambos en mucho tiempo.

—Estamos atascados, coronel. —Teresa siempre trataba a Blázquez por su rango, en un gesto de respeto, a pesar de que ella era civil y de que el estatus militar no regía en el CNI. Se conocieron cuando él ya era coronel, la primera vez que hablaron se presentó como tal, y Teresa asumió con naturalidad esa forma de dirigirse a su superior.

Blázquez, al contrario que el coronel Kurtz de *Apocalypse Now*, aún conservaba todo su pelo entrecano y bien ordenado. Sus arrugas, matizadas, eran las propias para alguien de su edad. Y su nariz afilada mantenía el don de olfatear hasta las intenciones no verbalizadas de sus interlocutores.

—Hace tiempo que me jubilé y no estoy al corriente. Ya no soy útil.

—Yo creo que sí. Fue usted quien me enseñó que un espía nunca deja de serlo.

—Eso solía decir el presidente de Rusia, que fue agente del KGB antes de asaltar el poder y ponerse a eliminar a todo aquel que no le cae bien.

—De eso quiero hablarle, precisamente.

—¿Tienen algún problema con nuestros queridos colegas rusos? —Blázquez era incapaz de embridar su tendencia a la ironía. —Teresa estaba dispuesta a iniciar una larga explicación, pero Blázquez la interrumpió con brusquedad—: ¿Está segura de que puede contarme eso tan grave que les ocurre sin incumplir las leyes?

—No, no estoy segura. —Teresa se mostró pensativa durante un par de segundos, al cabo de los cuales admitió—: En realidad, creo que sí incumpliremos alguna ley. Quizá, incluso, varias.

—Ya... Antes de que me cuente todos esos detalles que yo no debería conocer, dígame una cosa: ¿sus jefes del Centro saben que está usted aquí?

—No.

—Intuyo que no se lo ha contado porque supone que le hubieran dicho que no viniera a verme. O, peor aún, le habrían dicho que sí, sabiendo que le querían decir que no.

—Ambas cosas, señor.

—Esto significa que, si seguimos adelante con esta interesante conversación, estará desafiando a sus superiores al ocultarles información relevante, y ambos incumpliremos la ley: usted al revelarme secretos y yo al acceder a conocerlos, a sabiendas de que no debo.

—Posiblemente sí, señor.

—Bien —sentenció el coronel sin hacer una simple mueca que pudiera sugerir una sonrisa; acometió una profunda aspiración del humo de su cigarrillo y se dispuso a escuchar—. Ahora que lo tenemos claro, empiece. Decía usted que están atascados.

Blázquez buscó sobre su mesa el lápiz con el que solía tomar notas desordenadamente en un cuaderno de páginas sin rayas. Trataba de disimular, pero estaba entusiasmado ante la posibilidad de volver a ser lo que nunca había dejado de ser, aunque ya no estuviera en el servicio activo.

Teresa puso su bolso en otra silla a su derecha, recolocó un mechón de pelo que había escapado de la goma con la que sujetaba su coleta, adelantó el cuerpo para acercarse un poco más al borde de la mesa, e inició el relato con un gesto de pretendida complicidad.

Habló durante un largo rato, sin que Blázquez interrumpiera sus palabras ni una sola vez: no iba a perturbar el discurso de quien había sido su más hábil e inteligente subordinada. El coronel apuntaba todo lo que parecía destacable de aquella historia que le resultaba inverosímil y de una torpeza memorable: la búsqueda por medio mundo de activos de los servicios rusos, mientras iban eliminando a compatriotas traidores; y el fallido intento de emboscada en Nueva York, que terminó con un agente de la CIA, Pablo Perkins, en el hospital.

—¿Quiere agua?

—Por favor.

Blázquez agarró el asa de una jarra y llenó uno de los vasos que reposaban sobre una bandeja metálica. Teresa bebió todo el contenido de un trago. Ahora sentía desahogo. Necesitaba contar todo eso a alguien, pero únicamente lo haría con aquella persona en la que confiara, y solo concedía ese crédito al coronel.

—Mire, Teresa —por primera vez, Blázquez se dirigió hacia ella por su nombre, para reforzar aún más la atención sobre sus palabras—, ha sido una operación desastrosa, aunque eso ya lo sabe. Lo que no entiendo es por qué se han obsesionado con ese ejecutor.

El coronel se levantó de su silla de escritorio, sacó otro cigarrillo del paquete, lo encendió ceremoniosamente con un mechero, aspiró como si fuese su último aliento en vida y, sin esperar respuesta, se acercó, pensativo, a la ventana. Teresa conocía bien a Blázquez y sabía que no esperaba un contraargumento a su afirmación crítica. De hecho, había lanzado la frase al aire con la única intención de ayudarse a reflexionar sobre ello, antes de darse una respuesta a sí mismo y a su interlocutora.

—¿Sabe que la eliminación física de los traidores es una tradición en Rusia? Lo hicieron los zares, lo hicieron los bolcheviques, y también lo hacen los actuales jefes del Kremlin. Quiero decir que cazar a este ejecutor concreto no va a acabar con esa costumbre. Seleccionarán a otro. Es más, mientras usted y yo hablamos aquí, ya habrán puesto a trabajar a varios, porque saben que han estado a punto de dar con ese al que buscan.

—Pero ahora no podemos parar nuestra operación. Tenemos que impedir que siga actuando.

—Pues deberían parar, porque ha sido una estupidez —espetó Blázquez, y luego hizo una pausa y buscó refugio otra vez en sus pensamientos, mientras daba caladas a su cigarrillo y alimentaba la nube de humo que inundaba el salón; Teresa no quiso romper el silencio, porque sabía que el coronel estaba a punto de ofrecer algo que pudiera parecerse a una solución, o a un parche—. Pero entiendo que un servicio de inteligencia que sienta aprecio por sí mismo —continuó Blázquez— no suele reconocer fallos tan groseros como este. Y eso quiere decir que hay que buscar una salida al embrollo para salvar la cara. —Teresa estaba impaciente por escuchar la propuesta, pero no quiso acelerar artificialmente el ritmo natural de Blázquez. El coronel elegiría el cómo, el cuándo y el qué—. ¿Y dice usted que consiguieron atraer al ejecutor a ese edificio de apartamentos de Manhattan porque dieron información falsa a un agente del FBI que tenía tratos con una agente china?

—Sí, señor. A él y a una mujer, que creemos que actúa como apoyo.

—¿Saben cómo llaman los americanos a una operación de ese tipo? —preguntó Blázquez, respondiéndose él solo, de inmediato—. Un Hail Mary.

La joven espía se quedó en estado de *shock*. ¿Era ella la única que no había oído hablar del Hail Mary? ¿Blázquez era una enciclopedia que sabía hasta de fútbol americano? La respuesta a esas dos preguntas era afirmativa, concluyó Teresa.

—Eso me dijeron, coronel.

—Un Hail Mary no suele funcionar. Debieron ahorrárselo: seguirían sin haber cazado al ejecutor, como ahora, pero al menos no habrían sido humillados, y ese amigo suyo no estaría en el hospital.

Teresa empezaba a impacientarse. Buscaba soluciones alternativas, en lugar de reproches e ironías. Pero sabía que ese era el precio a pagar para tener el asesoramiento del mejor consejero posible.

—La CIA es una agencia con unos recursos impresionantes —reanudó Blázquez la explicación—. Allá donde van, sus agentes llevan dólares frescos en el bolsillo para comprar voluntades, y esa es una gran ventaja. Pero también tiene inconvenientes, porque algunas cosas no se compran con dinero. Yo trabajé mucho con la CIA en aquellos años en Afganistán. Ellos iban con sus dólares por delante. Pero cuando no tienes dinero, como nos pasaba a los agentes del CNI, hay que usar la imaginación. Zarrabeitia estuvo allí. ¿Conoce usted a Zarrabeitia?

—Me han hablado de él —respondió Teresa con impaciencia.

—Me odia, pero eso no tiene importancia. Yo tampoco siento mucho aprecio por él, pero lo respeto porque es un buen agente. Por supuesto, no se llama así. Este Zarrabeitia trataba con los jefes de las tribus afganas, que eran todos hombres de avanzada edad. En el interior de Afganistán no hay nada que puedas comprar con los dólares americanos, y Amazon no llega a las montañas pedregosas de ese país. Por eso, los ancianos esperaban a Zarrabeitia para darle información muy valiosa. ¿Sabe a cambio de qué?

Blázquez hizo una breve pausa, aunque estaba persuadido de que Teresa no sabría la respuesta. Se equivocaba.

—Sí, coronel: a cambio de Viagra —dijo Teresa, con cierto desdén.

—¡Vaya! Veo que las historias interesantes van de boca en boca. En efecto, en Afganistán no hay dónde comprar esas mágicas pastillas azules. Gracias a la Viagra, Zarrabeitia conseguía más y mejor información que la CIA con sus dólares.

Blázquez trató de disimular la sorpresa que le había provocado la respuesta de Teresa. Se dio cuenta de que sus historias de viejo espía eran exactamente eso: historias de un viejo espía, que empezaba a perder el contacto con lo que fue y con el lugar en el que trabajó. Porque lo que él fue, ahora lo eran otros. Y en el lugar en el que trabajó él, ahora trabajaban otros. La vida nunca se detiene.

—Esta historia que le acabo de contar y que, por lo que veo, ya es de conocimiento general en el Centro, es solo un ejemplo de los caminos alternativos que, a veces, hay que emplear para llegar al destino deseado. La línea recta no siempre es la más adecuada, aunque parezca la más rápida. Ustedes han querido ir en línea recta, directamente a por el ejecutor, y no se han planteado que sean otros los que se encarguen de parar a ese desagradable individuo.

—¿Otros? ¿Quiénes?

—¿Tiene prisa? Porque necesito tiempo para darle algunas explicaciones que son imprescindibles. Pediré que nos traigan algo de cenar. ¿Le parece bien? Quizá amanezcamos aquí.

Teresa dudaba de que las explicaciones fuesen tan imprescindibles como aseguraba Blázquez, pero iba preparada para eso y esperaría, porque quizá después llegaría el consejo.

—No tengo prisa, coronel —replicó ella con un deje lastimero, que quiso enmascarar sin mucho éxito y que el coronel decidió obviar, a pesar de haberse percatado perfectamente.

Blázquez pidió a su empleada de hogar que preparase una cena ligera para dos y les llevara una botella de vino.

—Sé que lo ocurrido ha sido muy doloroso para ustedes —añadió el coronel—. Su amigo Pablo está sufriendo en un hospital, y no han conseguido su objetivo de atrapar a ese agente ruso. Supongo que habrán aprendido que estas operaciones hay que prepararlas a conciencia y con un número más amplio de efectivos. Esa gente es peligrosa. —Teresa guardaba silencio. Sabía que Blázquez tenía razón, pero no quería dársela. Bastaba con que se la diera él mismo—. Hay otra cosa que siempre dice Zarrabeitia —continuó el coronel—: que las siete fuerzas que mueven el mundo son poder, dinero, amor, sexo, odio, ego y fe. Y que esas son las debilidades que pueden poner al descubierto a un espía. Pero yo creo que falta, al menos, una más en esa lista: la venganza. Es un efecto derivado del odio, pero creo que conviene diferenciar esos dos conceptos.

—Y teme que ahora cometamos otro error por venganza...

—De momento, han actuado ustedes por obligación profesional. Lo han hecho mal, pero, al menos, han tomado decisiones con un criterio, digamos, técnico. Si ahora actúan solo para vengar lo que ese hombre ha hecho con su amigo Pablo, cometerán un error mucho más grave y el resultado será catastrófico.

—Entiendo. —Teresa no quiso ir más allá de indicar que tomaba nota.

—Antes de nada, hábleme de su relación con Pablo. —Blázquez pronunció esas palabras como el soldado que lanza una granada y se guarece detrás de un muro a la espera de la explosión.

—¡¿Cómo dice?! —preguntó Teresa en un arrebato, con un tono más exclamativo que interrogativo, al tiempo que fruncía el ceño sin pretenderlo, pero de forma muy ostensible.

Aunque ella no le había dicho nada sobre su relación con Pablo, el coronel apenas tardó unos minutos en intuirla.

—Entiendo que le incomode. —Blázquez midió el enojo y la contrariedad de su antigua alumna—. Pero debe saber que las relaciones personales son un asunto comprometido en nuestro trabajo.

—Lo sé, coronel. Pero Pablo y yo separamos el trabajo de nuestra relación personal.

—Eso es imposible, señorita. —El coronel utilizó ese tratamiento de forma tajante, evitando llamar a Teresa por su nombre, con el objetivo de establecer una mayor distancia emocional en esa fase de la conversación, que debía ser únicamente profesional—. Le acabo de decir que el amor es una de las debilidades que hacen caer a los espías.

—Pablo no está en el hospital por culpa de nuestra relación. —Teresa estaba decidida a no emplear la palabra amor en esa conversación, que empezaba a resultarle irritante—. El problema fue que no planeamos bien el operativo.

—No me refiero a lo que ha ocurrido, sino a lo que pueda ocurrir a partir de ahora. Si actúa llevada por un arrebato vengativo, el error puede ser garrafal y definitivo. Y es muy posible que ellos ya sepan que ustedes dos son pareja.

—¿Quiénes?

—Los servicios rusos. Y es peligroso, porque pueden aprovechar esa información. Pero le voy a decir una cosa. —Blázquez se echó encima del escritorio para acercarse más a Teresa y bajó la voz, tratando de serenar la charla—: Creo que se puede hacer mejor y, de paso, podrá usted vengarse de ese individuo.

—Sí, tengo una relación con Pablo —se rindió Teresa, al tiempo que intensificó su tono de voz, en actitud reivindicativa—. Y no es fácil. Pasamos largas temporadas separados, porque él vive en Estados Unidos y yo en España. Y sí —confesó, al fin—, algunas veces esa relación se ha cruzado en el camino de nuestro trabajo.

—No se atormente. —Blázquez quiso rebajar la tirantez de esa materia tan espinosa—. Somos seres humanos. Los sentimientos no son fáciles de controlar. ¿Ahora están en un buen momento?

A Teresa no le gustó la pregunta. Se sentía como una feligresa contándole su vida a un sacerdote en el confesionario. Miró al suelo, huidiza, pero respondió:

—No. Me dejaron fuera de la operación de Manhattan y por esa razón se me llevaron los demonios. Me fui del apartamento de Pablo después de una fuerte discusión, y la siguiente vez que nos vimos fue en el hospital.

—Este es un ejemplo perfecto de cómo la relación personal se interpone en la profesional.

Teresa evitó confirmar la realidad expuesta por Blázquez y respondió a la pregunta que quedaba pendiente:

—En realidad, ahora no sé si tenemos una relación o hemos roto.

—Cuando se tiene esa duda, la respuesta es sencilla, mi querida joven: ustedes dos no han roto. Y esa es una buena noticia.

—No le entiendo, coronel —dijo Teresa con un rictus de desagrado, cansada de que su búsqueda de un consejo profesional hubiera derivado en un escrutinio de su vida privada—. Hace un minuto me ha dicho que tener una relación es peligroso para nuestro trabajo, y ahora me dice que no haber roto es una buena noticia…

—Mire, Teresa —Blázquez volvía a pronunciar el nombre para mostrar calidez en sus palabras—, lo peor que pueden hacer, después de que les haya unido el trabajo, es romper debido al trabajo. Porque, en ese caso, su relación rota se volverá a interponer en su tarea.

—No sé si lo entiendo bien, señor.

—El mejor escenario posible es el de no tener ninguna relación con los compañeros, ni siquiera de simple amistad —explicó Blázquez, mientras se levantaba de la silla para dar un paseo sin rumbo por la sala, con las manos agarradas en la espalda, sin soltar su cigarrillo humeante, y como si se sintiera importante—. Eso te da plena libertad para actuar de forma práctica, sin estar condicionado por los sentimientos humanos. Tener una relación sentimental es una situación peor que la anterior, porque puede afectar al trabajo. Pero la situación menos deseable de todas es la de haber tenido una relación sentimental, romperla por culpa del trabajo y seguir trabajando juntos. Esa ruptura influye en nosotros de forma mucho más intensa y peligrosa que mantener viva la relación.

—Pero no es fácil controlar los sentimientos.

—Trate de controlados. Debe controlarnos. Actúe con frialdad. —El coronel se estiró de nuevo para evitar la sensación de caminar encogido, que a menudo ofrecen quienes se internan en las cercanías de la ancianidad. Después dio media vuelta, rodeó el escritorio y se sentó, antes de abandonar abruptamente el contenido de la charla para recuperar el origen de la cuestión—: Y, entonces, dice usted que le dieron una información falsa a un agente del FBI, que, a su vez, se la dio a una agente doble del servicio chino. Y suponemos que los chinos se la hicieron llegar a los rusos. Y suponemos también que el jefe de alguno de los servicios rusos se la dio al ejecutor para que procediera a eliminar a un desertor que estaría alojado en un apartamento de Manhattan, dato que era falso.

—Así es, coronel.

—Esa operación ha sido un disparate completo —sentenció Blázquez, sin anestesia verbal alguna.

Teresa asumió el rapapolvo en silencio, pero tuvo que frenar el impulso de levantarse y salir de aquel lugar sin despedirse. En su fuero interno, reconocía que el coronel tenía razón, pero se sentía ofendida por el tono condescendiente que utilizaba para decirlo, como si todos los que habían participado en la búsqueda del ejecutor fuesen torpes e inexpertos aprendices de espías. Eso y, además, las preguntas sobre su vida amorosa...

—¿Ha oído hablar de Walid Saadi?

—El jefe de Hamás —respondió Teresa con actitud cortante, en su deseo de mostrar que tenía los conocimientos propios de una buena profesional.

—¿Sabe qué le ocurrió a Saadi en 1997? —Teresa conocía la respuesta a esa pregunta, pero, aparte de su furia contenida por el desdén del coronel, ya no estaba dispuesta a dejarse examinar por más tiempo. Blázquez se percató de su propio exceso y optó por continuar sin esperar la réplica, para no insistir con ese inapropiado interrogatorio—: Saadi estaba refugiado en Jordania. Habían pasado unas pocas semanas desde que Hamás asesinara a dieciséis personas en Jerusalén, en un atentado suicida. Israel clamó venganza. ¿Recuerda lo que hemos hablado de la venganza? —El coronel tampoco esperaba que Teresa dijera nada. Y, en efecto, se limitó a sostener su mirada inquisitorial en los ojos de Blázquez—. El Mossad israelí se vio urgido a devolver el golpe de inmediato, y las prisas de la política no suelen ser buenas consejeras para las operaciones de inteligencia. Pusieron a trabajar a Caesarea, la rama del Mossad que se dedica a las operaciones más secretas en algunos países árabes, teniendo en cuenta que todas las operaciones del Mossad son secretas. Y dentro de Caesarea hay una pequeña unidad formada por especialistas en eliminación de personas. La llaman Kidon, que significa bayoneta, para que quede claro a qué se dedican. Son muy buenos en su trabajo. Pero, esta vez, las prisas provocadas por el afán de venganza provocaron un desastre.

Teresa conocía con detalle todo lo que escuchaba, pero dejó que Blázquez disfrutara contándolo. El coronel se levantó otra vez de su silla y vagó por la sala como nave sin brújula, mientras continuaba fumando y hablando.

—Cometieron el mismo error que ustedes: enviar a Amán a pocos efectivos, solo cinco agentes. Dos de ellos debían rociar a Saadi con un espray que contenía un veneno. El plan era hacerlo cuando saliera de su coche. Los otros tres tenían la misión de facilitar una escapatoria. Pero cuando Saadi salió del coche y notó el espray, se dio cuenta de lo que ocurría, organizó un escándalo en plena calle, y atrajo la atención de sus escoltas y de la policía. Los dos agentes israelíes del espray fueron detenidos, y los otros tres huyeron para refugiarse en la embajada de Israel.

—Y aquello provocó —intervino Teresa, para demostrar que ya no era una becaria— una crisis diplomática que a punto estuvo de llevar a Jordania a romper relaciones con Israel.

Blázquez interrumpió su relato por un instante al percatarse de que cometía otra vez el mismo error: subestimar a Teresa, presumir que sabía menos de lo que realmente sabía, como si no fuera consciente de su inteligencia y su capacidad para aprender, demostradas desde que la conoció, cuando era poco más que una adolescente.

—El Gobierno israelí se vio forzado a entregar un antídoto para salvar la vida de Saadi. El rey de Jordania montó en cólera porque entendió que Israel le había tratado irrespetuosamente, como si fuera el mandatario de un país menor. —Blázquez continuó el razonamiento de Teresa, como si ambos participaran en una carrera de relevos argumentales—. Pero esa es la parte, digámoslo así, de la diplomacia pública, la de escenificar enfados o amistades. Lo más interesante de esta historia es que los servicios de inteligencia de Jordania se sintieron ninguneados, porque querían que el Mossad hubiera organizado con ellos la eliminación de Saadi. ¿Se da cuenta? Si Israel, en lugar de actuar por su deseo de venganza lo hubiera hecho con calma e inteligencia, Saadi habría sido eliminado en una operación conjunta de los servicios jordanos e israelíes, y ambos países habrían reforzado su alianza contra el terrorismo islamista. Pero ocurrió lo contrario: Saadi, en lugar de ser eliminado, siguió al frente de Hamás y veintiséis años después, en octubre 2023, se produjo la matanza de los kibutz, que provocó una guerra sangrienta y una enorme inestabilidad mundial. ¿Y sabe qué? El primer ministro israelí de 1997 era el mismo que en 2023. Y Saadi era el líder espiritual de Hamás en 1997, y seguía siendo su líder espiritual en 2023. Si, en 1997, Israel hubiera actuado con astucia y no solo por venganza, habrían acabado con Saadi y, quién sabe, quizá no se hubiera desatado una guerra en 2023.

—Está bien —intervino Teresa, con la esperanza de dar por terminadas las explicaciones y entrar en el fondo de la cuestión—. Entiendo que no debemos actuar por venganza. Pero ¿qué sugiere que hagamos?

—Algo parecido a lo que debieron hacer y no hicieron los israelíes en 1997: trabajar con las autoridades jordanas; ir por arriba, por la política, y no solo por abajo. No sirve con la eliminación física de determinados individuos, sobre todo si se actúa con tanta torpeza que ni siquiera se consigue su eliminación, como les ocurrió a los israelíes y también a ustedes.

Por primera vez en su larga conversación, Teresa y Blázquez convinieron, sin necesidad de decírselo el uno al otro, en que necesitaban una pausa y el silencio se instaló en aquella estancia oscura durante medio minuto, que a ambos les pareció una eternidad. Y, por fin, el coronel reanudó la tarea.

—Seguro que ha oído hablar de Xen Jiang. —Blázquez ya planteó la cuestión dando por seguro que Teresa conocería la respuesta, a la vista de lo ocurrido con preguntas anteriores.

—El jefe de la División de Inteligencia Internacional del MSS chino. —Nuevo gol de Teresa.

—Lo que quizá no conozca es su historia.

CHINA, 1967

—¡Salid de la casa! ¡Ahora!

Doscientos jóvenes estudiantes, vestidos con su uniforme maoísta y armados con palos, entraron en la aldea china de Nanjiang, en una remota zona del centro de China, obligando a los residentes a abandonar sus hogares con lo puesto.

Unos meses antes, el 16 de mayo de 1966, Mao promulgó una directiva en la que se hacía un llamamiento a la purga de aquellos a los que acusaba de dejarse llevar por el pensamiento capitalista y las actitudes burguesas.

—Han pasado muchos años desde 1938 —clamaba Mao ante la XI Sesión Plenaria del VIII Comité Central del Partido Comunista de China reunido en Pekín—, y ha llegado el momento de señalar a nuestros amigos y reprimir a nuestros enemigos. —Vestía traje gris de inconfundible diseño de la época en la China comunista. Estaba en pie, con una parte de su partido a la espalda y la mayoría, delante—. En aquel año de 1938 ya os dije algo que hoy tiene más sentido que entonces: es necesario reafirmar la disciplina del partido, que consiste en la subordinación del militante a la organización, la subordinación de la minoría a la mayoría, la subordinación del nivel inferior al nivel superior, y la subordinación de todo el partido al Comité Central. Quien viola estas reglas de disciplina socava la unidad del partido.

En las paredes del recinto reverberaron los aplausos de aquellos orgullosos y aterrorizados miembros del Comité Central, puestos en pie. Orgullosos, porque ocupaban una posición de privilegio en un país que aún sufría las consecuencias de la pésima política económica: millones de chinos murieron de inanición en la conocida como Gran Hambruna de finales de los años cincuenta y primeros sesenta. Y sentían terror, porque cualquiera de ellos podía estar en el foco de la caza de brujas para eliminar a los elementos contrarrevolucionarios, ahora que Mao ponía en marcha la Revolución Cultural con la que iniciaba una sangrienta purga, a través de un documento que se dio en llamar «los dieciséis puntos». En ellos se establecían los objetivos, se describía a los amigos y a los enemigos, y se explicaba la metodología a aplicar en cada caso.

Los estudiantes miembros de los ardorosos Guardias Rojos asumieron la tarea encargada por Mao de limpiar el país de elementos que pusieran en duda la línea del partido. El culto a la personalidad del líder se extendía como nunca antes, mientras se hacían con el poder absoluto los componentes de la bautizada como Banda de los Cuatro, una especie de liderazgo compartido por cuatro fanáticos, controlados por la esposa del presidente.

Los Guardias Rojos sacaron de su casa a la familia de Xen Jiang, apalearon al padre, que era el alcalde del pueblo, humillaron a la madre y se los llevaron a todos, incluidos los pequeños.

—¡Los niños trabajarán en el campo! ¡Han de ser reeducados! —ordenó el jefe de los guardias, un muchacho de no más de dieciocho años, envalentonado y ensoberbecido por el poder que le otorgaba el arma de fuego que tenía en sus manos.

—¡Han traicionado al pueblo! —gritaba otro guardia, no mayor que el anterior.

—¡Limpiemos este lugar de contrarrevolucionarios! ¡Viva Mao! —alentó el jefe, consiguiendo el eco de su grito entre decenas compañeros.

Jiang fue internado en un *laogai*, campo de reeducación mediante trabajos forzados. Durante diez años, fue golpeado periódicamente, sometido a castigos públicos para dar ejemplo a otros y castigado a confinamiento en solitario durante largas temporadas, además de padecer hambre, como muchos otros represaliados.

Pero en 1976 murió Mao y la Banda de los Cuatro perdió toda su autoridad. Dos años después, Deng Xiaoping, otro de los reformistas apartados por el maoísmo, alcanzó el poder. El padre de Jiang fue rehabilitado y el propio Jiang empezó a prosperar dentro del Partido Comunista con puestos de cierta relevancia, hasta alcanzar la jefatura de la División de Inteligencia Internacional del MSS.

Madrid

—Jiang ha sido muy poderoso durante unos años, pero ahora tengo dudas: no sé si lo sigue siendo o si ha caído en desgracia. Pero en cualquiera de los dos casos, Xen Jiang es el hombre a seguir —explicó Blázquez a una atónita Teresa.

—¿Y por qué llega a esa conclusión?

—No tengo ningún dato específico sobre él, porque estoy fuera del mercado —ironizó sobre sí mismo el coronel, mientras apuraba su copa de vino—. Pero en mis décadas en el CNI he tenido que realizar análisis sobre la situación de otros países y, muchas veces, no disponíamos de datos suficientes. Eso nos obligaba a desarrollar nuestra intuición.

—¿Y qué intuye?

—Seguro que recuerda lo que ocurrió en el Congreso del Partido Comunista de China, en octubre de 2022.

—¿Hu Jintao? —Teresa volvía a conocer la respuesta a una pregunta inquisitiva del coronel.

—Exacto. Fue una humillación pública.

No necesitaron darse muchas explicaciones mutuas. Ambos tenían en la memoria el momento, cargado de dramatismo político, en el que el reelegido secretario general del Partido Comunista y presidente de China, Xi Jinxi, ordenó a un subordinado que sacara del Congreso y por la fuerza a su antecesor en el cargo, el anciano Hu Jintao, hombre reformista y, por tanto, crítico con la deriva retrógrada de Xi. Y ocurrió con la sala de plenos del Palacio del Pueblo de Pekín repleta de altos cargos del partido.

La escena del viejo líder, agarrado por el brazo y empujado hacia la salida, se vio en los medios de comunicación de todo el mundo, salvo en los de China.

—¿Recuerda lo que hizo Hu Jintao cuando se lo llevaban? Tocar el hombro de otro personaje importante en esta historia: el primer ministro Li Keqiang. ¿Y sabe qué pasó después con él?

—Que fue destituido a los pocos meses y un año más tarde murió. Dicen que sufrió un ataque al corazón. —Esta vez, Teresa tampoco esperó a que Blázquez se respondiera a sí mismo.

—Exacto. Como ve, no solo los rusos que tienen ideas propias mueren de forma sospechosa. Li también era reformista y aspiró a ocupar el cargo de Xi, pero no vivió lo suficiente. Y los opositores al régimen aprovecharon su funeral para lanzar críticas veladas al presidente. La simple presencia masiva en su despedida ya se entendió como una forma de disidencia. Era discípulo de Hu Jintao. Y Xen Jiang también lo es.

—¿Cree, entonces, que le queda poco tiempo?

—Esto es como el fuego: se expande más o menos en función de que haya o no elementos combustibles acelerantes. Si le añades gasolina... —Blázquez dejó la frase abierta—. Ustedes pueden echar gasolina a ese proceso.

—Entiendo.

—El presidente de China tiene un pasado muy similar al de Xen Jiang —continuó Blázquez—. Su familia también sufrió la represión durante la Revolución Cultural. Pero cuando Mao murió, fueron rehabilitados y su ascenso en el partido se produjo de forma espectacular, hasta alcanzar la presidencia. Ahora, el hombre que fue reprimido por reformista es el presidente y se dedica a reprimir a los reformistas.

—Y Xen puede estar en la lista. —Teresa dejó la frase inconclusa, para que el coronel la cerrara.

—Sí o no.

Después de esa contradictoria e indeterminada respuesta, Blázquez miró fijamente a Teresa. Sabía que en ese momento el cerebro de su protegida bullía a la búsqueda de una conclusión. Y llegó.

—Hay otra posibilidad, señorita Fuentes: que Xi haya encargado a Xen Jiang hacerse pasar por crítico para acercarse a la oposición interna y controlarla. Y también para engañar a Occidente, haciendo creer que él puede ser la alternativa a Xi y que, por tanto, es alguien a quien conviene monitorizar.

—Esto solo añade confusión —se quejó Teresa.

—Todo lo contrario: nos abre las puertas.

—No le entiendo, coronel.

—Xen Jiang es la persona a la que buscar. Si es un disidente interno, estará dispuesto a hablar. Y si, por el contrario, es el hombre que Xi quiere utilizar ante Occidente, también estará dispuesto a hablar. —Blázquez dio un respiro a Teresa y continuó—: Creo que puede ser quien ha dado la información a Moscú sobre el desertor ruso en Manhattan. Quizá lo haya hecho a espaldas de su presidente, o quizá lo haya hecho por orden de su presidente. Pero el motivo a ustedes les debe dar igual. Lo importante es confirmar que él es la fuente de los rusos.

Blázquez hizo una pausa en su alocución, bebió un sorbo de agua —no quedaba vino— y encendió otro cigarrillo con la brasa de la colilla del anterior.

—Aquí se mueven muchos hilos y son muy finos: China quiere colaborar con Rusia, pero no hasta el punto de poner en riesgo sus relaciones con Occidente, porque Occidente es el mayor comprador de productos chinos, y Rusia no puede sustituir a ese enorme mercado que forman Estados Unidos, Canadá, Reino Unido, Australia, Nueva Zelanda y la Unión Europea. Y luego está el elefante en la habitación, que es Taiwán. Nadie sabe si China invadirá Taiwán, como Rusia ha hecho con Ucrania. Y nadie sabe qué consecuencias tendría si lo hiciera, pero ninguna sería buena. El equilibrio es complejo y muy frágil, y no se sostiene con decisiones egocéntricas, infantiles y de trazo grueso, como la de filtrar a los servicios rusos el supuesto paradero de uno de sus traidores.

—Especialmente, si después se comprueba que la información era falsa y que había caído en una trampa.

—Por eso creo que a Xen Jiang solo le hace falta un pequeño empujón, si de verdad es un disidente y ha caído en desgracia, porque, quienes conocen a Xi dicen que no le gusta enterarse de las decisiones después de que se hayan ejecutado: en China, nadie puede pensar por su cuenta. Y si, por el contrario, Xen Jiang ha actuado por orden de Xi, entonces también podría ser el contacto que ustedes necesitan. —Mientras Teresa trataba de ordenar sus ideas, Blázquez interrumpió las cavilaciones al añadir más elementos al puzle—: ¿Y dice usted que había restos de cocaína en la sangre de ese ejecutor ruso?

—Sí. Encontraron trazas de la droga cuando asesinó a un funcionario de la embajada rusa en Berlín y también en Manhattan, cuando atacó a Pablo.

—Es interesante —dijo Blázquez, dando la espalda a Teresa, ignorando el amago de reproche que se intuía en sus palabras, y antes de darse la vuelta y centrar su mirada en ella—. No creo que sus jefes en Moscú se quedaran de brazos cruzados si se enteraran de eso. Es un dato muy aprovechable: un drogadicto en el GRU…

—¿Qué sugiere?

—No, querida. Creo que esta charla nos ha permitido reflexionar sobre algunos asuntos interesantes que quizá permitan que usted y sus amigos saquen conclusiones útiles. Pero las decisiones no me corresponden a mí. Ni siquiera las sugerencias. Este ya no es mi tiempo. Pero… —Por supuesto, Blázquez opinaba lo contrario de lo que acababa de decir. Se tomó un par de segundos para simular que reflexionaba y continuó—: Quizá sí deba analizar algo más con sus amigos americanos: Kaliningrado.

—¿Qué ocurre con Kaliningrado?

—Me ha hablado de un mapa.

—Se lo dio el funcionario ruso de la embajada en Berlín a su contacto alemán.

—¿No sería un mapa del este de Europa?

—Nos dijeron que era del este y el norte de Europa.

—Ese es un territorio muy extenso. Pero hay dos puntos calientes, muy por encima de los demás. Uno es evidente: Ucrania. Pero hay otro donde todavía no hay disparos. Todavía.

—¿Kaliningrado?

—Una región rusa en medio del territorio de la OTAN es un dolor de muelas tanto para Rusia como para la OTAN. Quizá deberían preguntarse si las horas extra que está haciendo ese ejecutor pudieran tener relación con algo que esté ocurriendo o pueda ocurrir por allí.

—¿En Kaliningrado?

—En el corredor de Suwalki.

—¿En Polonia? —Teresa recordaba haber oído hablar de ese lugar en alguna de las clases recibidas durante su formación como agente de inteligencia en la academia del CNI.

—Es posible que los tres rusos eliminados no solo fuesen traidores, sino que supieran demasiado.

—¿Un plan ruso para ocupar el corredor?

—Es solo una hipótesis.

El silencio se impuso en la sala. Teresa reflexionaba. Blázquez fumaba.

—Le agradezco la ayuda, coronel. —Teresa rompió la tensión implícita en el ambiente, mientras se levantaba para marcharse precipitadamente; pero aún quedaba algo más.

—Por cierto, ¿ha visto la película *Todos los hombres del presidente* sobre el caso Watergate?

—Sí, hace tiempo —respondió Teresa, ya en pie y mirando de reojo a la puerta.

—Quizá recuerde que hay un personaje conocido como Garganta Profunda. Era el hombre que daba información al periodista Bob Woodward. En una de sus charlas secretas en un *parking* oscuro, Woodward le dijo lo mismo que usted me ha dicho a mí al empezar nuestra conversación: que llevaba tiempo investigando, pero estaba atascado y no avanzaba. —Blázquez se acercó a Teresa, que ya había colocado la correa de su bolso sobre el hombro derecho en disposición de encaminarse hacia la salida—. ¿Sabe qué le ocurría al periodista? —preguntó el coronel retóricamente y, de nuevo, aplicando su costumbre de no esperar respuesta antes de continuar—: Estaba obsesionado con la habilidad que se les supone a quienes alcanzan cargos de mucho poder político. Pero Garganta Profunda le dio un buen consejo: le dijo que olvidara los mitos que envuelven a la Casa Blanca, porque quienes están en el poder no siempre son tan brillantes como la gente cree y, muy a menudo, las cosas escapan a su control.

El coronel dejó que Teresa asimilara el mensaje durante dos segundos, y remató su relato, mientras paseaba dando vueltas alrededor de su mesa, con el cigarrillo entre los dedos y mirando hacia un inexistente horizonte infinito.

—Y Garganta Profunda le dijo algo más a Woodward: si quiere llegar a la solución, siga el rastro del dinero. —En esta ocasión, Blázquez apenas se dejó respirar a sí mismo—. En su caso, Teresa, no es solo cuestión de dinero. Ustedes buscan a un ejecutor de traidores, pero está en juego mucho más. Mientras los líderes occidentales tratan de resolver las crisis de Ucrania o de Oriente Medio, China se ha transformado ante nuestros ojos en una superpotencia militar y nuclear al nivel de Estados Unidos. Y es una superpotencia tecnológica capaz de controlar a cualquier ser humano que pise su suelo, con millones de cámaras de reconocimiento facial repartidas por calles y edificios, que expande su control en los dispositivos electrónicos de cientos de millones de personas en todo el mundo, y que tiene enganchados a los jóvenes del planeta con aplicaciones de redes sociales en sus móviles. Y ahora, además, desarrolla su propia inteligencia artificial. También es una superpotencia territorial, que ocupa buena parte de Asia y ha extendido su influencia política y económica por África y América Latina, sin que nadie haga nada para evitarlo. Es la fábrica del mundo, sin la que nos quedaríamos sin muchísimos productos que Occidente ha dejado en sus manos. ¿Se acuerda de la pandemia? ¿Por qué no teníamos mascarillas, ni equipos de protección para los sanitarios, ni respiradores para los enfermos? Porque todo eso se fabrica en China. Y encima tiene a decenas de millones de sus ciudadanos repartidos por todos los rincones del mundo. ¿Quién puede competir contra todo eso?

Blázquez detuvo su paseo y, ahora sí, entró en contacto visual con Teresa.

—Seguro que sabe lo que pasa con el fentanilo —añadió el coronel, mientras Teresa asentía de mala gana—. Sus amigos de la CIA saben que los componentes de esa droga terrible llegan desde China a los cárteles mexicanos, para que después lo lleven a Estados Unidos y destroce la vida de miles de americanos cada año: los mata o los convierte en zombis. Y pregunte también por el líder ultranacionalista de China, que tiene entre sus obsesiones la de anexionarse Taiwán. Dígame, ¿qué podría hacer Occidente si China intenta invadir Taiwán? ¿Se pondrían de acuerdo los países de la Unión Europea para emitir un comunicado conjunto de condena? ¿Enviaría Estados Unidos a sus marines? ¿Invadirían toda China para sacar del poder al Partido Comunista? ¿Van a bombardear Pekín, como hicieron en Bagdad? ¿Serviría de algo? ¿Estaríamos ante una guerra nuclear global? —El coronel tomó oxígeno durante un instante que a Teresa le pareció interminable. Y después se dispuso a finalizar su argumentación—: Y, sin embargo, tienen debilidades. Ya no nacen tantos niños y la economía da muestras de parálisis. Y eso, que podría parecer una ventaja, paradójicamente convierte a China en más peligrosa aún.

Teresa escuchaba atónita las palabras de Blázquez y observaba a su admirado exjefe sin pestañear. El coronel detuvo de nuevo su narración, mientras observaba a los paseantes en la calle a través de la ventana, con sus manos entrelazadas en la espalda. Finalmente, se dio la vuelta, y miró directamente a los ojos de Teresa.

—Mi querida señorita —prosiguió—, ¿sabe que hace algún tiempo China exigió a Estados Unidos que le devolviera los osos panda que tenía en sus zoológicos? ¿Ha oído hablar de la diplomacia del panda?

Teresa, asombrada por el brusco giro en el discurso, miraba a Blázquez como quien espera, impaciente, que aparezca el personal del hospital psiquiátrico para poner la camisa de fuerza a un paciente. ¡¿Osos panda?! No obstante, sabía que detrás de esas palabras, aparentemente inocuas, se escondía algo importante.

—Esa notica pasó inadvertida —reanudó su discurso el coronel, ante una Teresa expectante—. Parecía un asunto menor, sobre unos ositos. Pero no se engañe: cuando China retira a los osos panda de otro país, es que algo grave ocurre entre ambos. Busque la noticia y encontrará respuestas a algunas preguntas. El mundo tal y como lo conocemos puede derrumbarse a nuestro alrededor en cualquier momento, mientras ustedes se entretienen buscando a un asesino cocainómano... Piensen a lo grande, miren más arriba y sigan ese rastro: el rastro que une Pekín con Kaliningrado y el corredor de Suwalki, pasando por Moscú. Como en aquellos viejos pasatiempos de los periódicos de mi juventud, deben unir los puntos con una línea para ver el dibujo completo. Espero que tengan suerte, por el bien de todos.

Teresa trataba de archivar en su cabeza el montante de información, análisis y prospectiva que acababa de aportar el coronel en su *masterclass*, y ni siquiera la ejercitada memoria y la enorme capacidad de síntesis de la joven agente evitaban que se marchara con la duda de si tenía más confusión al empezar la charla o al concluirla. Necesitaba procesar la información, pero a Blázquez aún le quedaba un último remate:

—Por cierto, señorita Fuentes: no pierdan de vista a esa mujer que acompaña al ejecutor. Quizá no se trate de una simple acompañante.

Sede del GRU, Moscú

No era la primera vez que el general Lébedev se encolerizaba. Pero, en esta ocasión, los golpes en el interior de su despacho se escuchaban con nitidez al otro lado de la pared. El jefe del GRU buscaba su teléfono móvil sobre la mesa, dando manotazos a diestra y siniestra, y tirando libros y carpetas al suelo porque el aparato estaba enterrado entre decenas de papeles, algunos de ellos con el sello de alto secreto. Cuando apareció, la agenda de contactos le dirigió hacia el número de su colega chino. Le envió un mensaje corto, pero imperativo: «Es urgente que hablemos». En Pekín eran las dos de la madrugada. Aun así, Xen Jiang atendió el requerimiento de inmediato y estableció la llamada mediante un sistema seguro, para evitar intrusos.

—Hola, general, ¿qué hora es en Moscú? —preguntó Xen, tratando de desperezarse en medio de la madrugada.

—Son las nueve.

—¿De la mañana o de la noche? —El jefe del espionaje chino no conseguía poner a trabajar sus neuronas, pero se respondió a sí mismo de inmediato—: ¡Ah, sí! De la noche, claro... Trabaja usted hasta muy tarde.

—Tenemos un problema. —Lébedev no podía esperar a que su interlocutor se quitara las legañas.

—¿Qué ha pasado, general? —preguntó Xen, todavía tumbado en la cama.

—La información sobre el paradero del traidor en Nueva York era falsa. Nos tendieron una trampa y mi gente consiguió escapar de milagro.

Xen se incorporó con un movimiento fulgurante.

—¿Cómo? ¡No es posible!

—Cuando mis agentes fueron al edificio de Manhattan se encontraron con agentes enemigos. Estaban esperando. Sabían que íbamos a ir.

—General, voy a investigar lo ocurrido.

Doce horas después, Lébedev recibía una llamada desde Pekín: Xen Jiang se ocuparía personalmente de su informadora en Estados Unidos y confiaba en que ese desagradable incidente no enturbiara su buena relación con los servicios rusos.

—Mi querido general, creo que nuestra colaboración ha sido fructífera, y espero que lo siga siendo en el futuro.

—Hablaremos con más calma —respondió Lébedev, antes de dar por terminada la comunicación.

Xen entendió que estaban por llegar días difíciles.

Smithtown, Long Island, estado de Nueva York

—La orden es que no nos movamos de aquí, de momento.

Gorki, desconsolado y agobiado, acababa de ver el mensaje de Moscú, emitido en clave a través de la respuesta de una cuenta falsa en la red social TikTok.

—Es lo lógico —asintió Nadia—. Lo que esperan los americanos es que nos movamos, y ese es el peor error que podemos cometer.

—Será así en el caso de que los americanos no nos hayan localizado ya —protestó Gorki—. Si sabían que íbamos a ir a ese edificio de Manhattan, ¿por qué no van a saber que estamos aquí? ¿No te das cuenta de lo que ha pasado? Alguien nos ha vendido y podría ser uno de los nuestros.

—Hay que mantener la calma. En esta casa tenemos lo necesario para estar varias semanas. Después, Moscú nos sacará de aquí.

Un armario guardaba pequeños mecanismos de alarma para que los agentes que tuvieran que esconderse allí pudieran instalarlos en puertas y ventanas, ante la eventualidad de un intento de asalto. Les daría un tiempo mínimo, pero quizá suficiente, para reaccionar. Eran dispositivos más caseros que tecnológicos, pero resultarían útiles en una circunstancia como esa. Después de colocarlos, Nadia y Gorki se sentaron en la cama del sótano. En el subsuelo, se alejarían de las miradas indiscretas de los vecinos.

Era una estancia amplia, que disponía de baño. Pero, si fuera necesario huir, la única escapatoria posible sería un ventanuco que daba acceso al jardín trasero, porque por la puerta que conectaba con el resto de la casa sería imposible. Por ahí llegarían los enemigos.

—Estaremos juntos —musitó Nadia, acercándose al oído de Gorki.

Nadia hizo ademán de abrazar a su compañero, pero Gorki se levantó de la cama con insospechada rudeza, entró en el baño y cerró la puerta. Se sentía dominado por la ansiedad. Y, cuando eso ocurría, resolvía el problema de una única manera: sacó del bolsillo izquierdo de su pantalón un pequeño papel doblado, lo desplegó hasta que un polvo blanco apareció ante sus ojos, buscó un billete de cinco dólares que tenía en su chaqueta, lo enrolló y esnifó varias rayas de cocaína. Eran sus últimas provisiones. Sabía que iba a tener problemas para aguantar más de una semana sin drogarse otra vez, pero ahora no tenía forma de abastecerse. Si no salía pronto de ese escondrijo, llegaría el síndrome de abstinencia y no estaba seguro de controlarlo.

Una vez calmada su ansiedad de adicto, salió del baño y volvió a la cama. Ahora era Gorki quien quería abrazar a Nadia. Se envolvieron el uno en el otro, mientras en su ánimo se cruzaban, a un tiempo, sentimientos antitéticos y discordantes de deseo carnal y angustia de seres atrapados en una persecución perpetua.

Nadia ansiaba un paréntesis de paz apasionada y placentera, que se desarrollara durante un lapso espaciado de caricias y entrega, y que pudiera suponer, al menos, el ejercicio simulado de un amor que no existía, pero que añoraba. Sin embargo, debido al efecto del psicotrópico, solo encontró en Gorki irritabilidad y actitud agresiva, que alcanzó su colofón en pocos minutos, cuando la necesidad del compañero había quedado satisfecha de una manera mecánica e insensible; por instantes, casi feroz y despiadada y, por tanto, desprovisto de ternura.

Gorki trató de desacelerar el ritmo agitado de su respiración y las agudas palpitaciones de su corazón, mientras se daba la vuelta hacia el lado contrario de la cama, ignorando a Nadia, atónita y confusa, con la vista atrapada en el techo y preguntándose cuál debía de ser su actitud en ese momento y en los días siguientes. Era una evidencia que no tenía otra alternativa que compartir techo con ese hombre hacia el que había desarrollado una incipiente cercanía emocional, pero cuyo trato se acababa de demostrar desalmado y cruel.

Sin intercambiar una sola palabra, Nadia se levantó de la cama y dirigió sus pasos hacia al baño. Cerró la puerta, se sentó sobre la tapa del inodoro y se cubrió la cara con las manos. Sentía la pulsión de llorar, pero reprimió las lágrimas. No se permitiría a sí misma esa muestra de debilidad.

Cuando, por fin, calmó su ánimo, se acercó al lavabo para refrescarse, pero antes de abrir el grifo vio algo que parecía una mancha en el mueble sobre el que tenían algunos productos de higiene. Posó su dedo índice en unas pequeñas motas de polvo blanco, dispersas sobre una superficie de madera. «¡No puede ser!», pensó aterrada. Colocó ese resto de polvo sobre la lengua, descifró su sabor y confirmó que se jugaba la vida con un drogadicto. Ahora lo entendía todo.

Pocas horas antes, la anciana Agnes, sentada en su sillón favorito, estratégicamente colocado junto a la ventana, había visto que un coche entraba en el garaje de la casa de enfrente. Allí no vivía nadie desde hacía bastante tiempo. Agnes llevaba toda su larga vida residiendo en ese barrio y conocía con precisión hasta el número de ramas que tenía cada árbol de la zona. No perdía detalle de ningún acontecimiento que se produjera a su alrededor. Recordaba con disgusto que los anteriores ocupantes, seis o siete meses atrás, se quedaron solo unas pocas semanas y ni siquiera pasaron a saludar, como suele hacer la gente de bien cuando llega a un nuevo vecindario, o a despedirse cuando se muda para vivir en otro lugar. Un día aparecieron, no se presentaron, apenas se vio que salieran de la casa, y pocos días después se marcharon. Agnes confiaba en que, esta vez sí, los nuevos vecinos llamarían a su puerta. Si no venían hoy, vendrían mañana, o dentro de unos días. Pero vendrían. Estaba segura.

Hospital Presbyterian Downtown, Nueva York

—¿Has detenido ya a Jason Bourne?

Pablo bromeó con Teresa al verla entrar en la habitación del hospital, recién llegada desde Madrid. Ella se acercó, sonriente y feliz, al encontrar a Pablo incorporado sobre el respaldo de la cama. Se besaron, entrelazaron sus dedos con fuerza mirándose a los ojos, y así permanecieron durante un largo rato.

—Estás guapa —galanteó Pablo, a pesar de que Teresa tenía el aspecto propio de quien acababa de llegar directamente desde el aeropuerto Kennedy después de nueve horas en un avión, y dos más de espera previa al vuelo en la terminal de Madrid para pasar los controles de seguridad y de pasaportes.

—Tú todavía no estás guapo, pero te veo mucho mejor —respondió Teresa, mientras observaba los moratones que tenía en la cara y las heridas pendientes de curar; la recuperación de Pablo era visible, pero aún se le humedecían los ojos al recordar que había estado al borde de la muerte.

—Sí, ya solo me duele la mitad del cuerpo. La otra mitad o no la siento o ha dejado de dolerme —dijo Pablo con sardónico humor negro.

—Tonto. ¿Has hablado hoy con los médicos?

—Dicen que la evolución es buena. ¿Qué tal en Madrid?

—He tenido una conversación larga y muy interesante. También muy preocupante. Creo que tenemos que hablar todos y replantearnos nuestras acciones a partir de ahora. Es posible que hayamos equivocado la estrategia.

—Yo no puedo moverme de esta habitación.

—Pues deberíamos reunirnos aquí. Seguro que a los rusos no se les ha ocurrido llenar este hospital de micrófonos.

Horas después, Beth, Matthew, Charlie y Teresa acompañaban a Pablo en la habitación del hospital.

—¿Qué tienes, Teresa? —Beth Kramer quiso entrar de inmediato en materia, después de que todos celebraran la mejoría de Pablo.

—Datos no hay ninguno —contestó, ante la expresión de sorpresa de los demás—. Pero creo que lo que os voy a contar es más importante.

Teresa compartió durante un largo rato las dudas y las certezas acumuladas en su larga conversación con el coronel Blázquez, sin desvelar la identidad de su interlocutor. Todos guardaban silencio y atendían con detenimiento.

Cuando terminó, Beth resumió lo escuchado en una frase que sonó extraña, pero terminante.

—La diplomacia del panda.

Teresa se sintió sobrecogida al comprobar cómo Beth compartía la línea de pensamiento de Blázquez. Compiló la idea estratégica que el coronel le explicó durante horas con las mismas cuatro palabras: la diplomacia del panda.

—¿Os acordáis de la visita que el presidente Nixon hizo a China en 1972? —preguntó Kramer, sometiendo a sus amigos a un pequeño examen de historia. Todos asintieron, a la espera de saber adónde quería llegar—. La Casa Blanca no tenía relaciones con la China de Mao. Para ellos, Estados Unidos era su enemigo. Pero Kissinger consideró que eso tenía que terminar, que dos potencias de ese calibre debían hablar y, en un ejercicio de *Realpolitik,* organizó la visita de Nixon. Como muestra de buena voluntad, Mao regaló dos pandas a la esposa de Nixon, que en una charla informal le había dicho al presidente chino que le gustaban mucho esos animales. Durante décadas, China ha utilizado los pandas como una herramienta de diplomacia suave. Cuando estrecha relaciones con un país, le presta un par de osos. Si las relaciones empeoran, se los quita. Hace unos meses, China exigió la devolución de los osos pandas del zoo de Washington. Es la primera vez que ocurre algo así desde la visita de Nixon.

—¿Interpretas que China ha decidido dar un portazo? —intervino Matthew Perkins.

—No solo eso: que haya exigido que le devuelvan los pandas significa que los chinos dan por seguro que las relaciones con Estados Unidos no van a mejorar a medio plazo, sino que van a empeorar. Porque si tuvieran voluntad de mejorarlas, no hubieran hecho ese gesto tan poco amistoso de llevarse los osos.

—Si dejamos la diplomacia del panda y volvemos a pisar el suelo —interrumpió Pablo desde su cama hospitalaria y en un ejercicio de pragmatismo—, podemos suponer que esa mala relación de China con Estados Unidos ha provocado que, quizá, los servicios chinos tengan vía libre para colaborar con los rusos. Por ejemplo, para compartir información sobre alguno de sus desertores.

Beth se levantó de la silla y dio unos pasos alrededor de la cama de Pablo, en actitud pensativa.

—Es muy probable. Debemos trabajar sobre esa hipótesis, teniendo en cuenta que China sabe que Rusia quiere ser tratada como una superpotencia, en igualdad de condiciones. Y Rusia sabe que China quiere tener el control y la gestión de sus tensiones con Occidente. No le gusta que se las organicen desde Moscú. Los chinos no se sentirán cómodos mezclados en un asunto embarazoso, como este, pero tampoco abandonarán a los rusos. Intentarán pastorearlos, para mantenerlos bajo control y que las cosas no se les vayan de las manos.

La reunión estaba llegando a su fin, con más dudas que certezas, pero, justo ahí, en el último instante, Teresa recordó algo más de su conversación con Blázquez, que no había comentado ante sus compañeros.

—Hay algo más —anunció—. Me habló de Kaliningrado y del corredor de Suwalki.

—¡¿Cómo?! —Kramer dio un respingo al escuchar otra vez esos nombres, después de su tensa conversación con Andy Rice en Londres.

—En realidad, no me dijo gran cosa. Solo lo citó. Parecía preocupado, pero no entró en detalles.

—Es interesante. —Beth frenó la conversación en ese punto—. Tengo que irme —dijo, mientras se despedía precipitadamente de Pablo, Matthew y Charlie—. Teresa, ¿puedes acompañarme hasta el coche?

Beth y Teresa abandonaron la habitación, bajaron en el ascensor y salieron del hospital. En la puerta esperaba el coche oficial, con los cristales tan oscuros que resultaban opacos: era imposible ver a quien pudiera estar dentro. Kramer pidió a Teresa que entrara con ella en el asiento de atrás.

—No se me ocurría un lugar más discreto que este —se justificó Beth—. Necesito que me digas algo. Sé que nunca un espía pregunta a otro cuáles son sus fuentes. Pero espero que hagas una excepción conmigo. Soy la responsable del servicio de inteligencia de Estados Unidos, tengo que tomar decisiones difíciles y esta lo es, porque pone en riesgo la seguridad de mi país, del tuyo y de todo Occidente. Y no puedo saber cuál es la mejor opción si no conozco la fiabilidad de la fuente de la que procede la información. ¿Quién es?

Teresa se sintió atrapada entre dos lealtades: la que unía su trayectoria profesional al coronel Blázquez, y la que derivaba de su estrecha relación de confianza con Beth. Si hablaba, traicionaría a Blázquez. Si se negaba a hablar, traicionaría a Beth.

—Es el coronel Blázquez, un espía jubilado del…

—Sé quién es —Kramer interrumpió a Teresa con cierta brusquedad, pero estaba más cerca del estupor que de una descortesía entre dos amigas.

—¿Os conocéis?

—Irak, 2003. Blázquez era uno de los responsables del equipo del CNI en Bagdad, y allí nos destinó la CIA a Charlie, a Matthew y a mí. La colaboración entre la CIA y el CNI era muy intensa, igual que con otros servicios de países aliados. Estábamos en una guerra y tratábamos de tomar el control del país, en medio de una violencia atroz. Era un caos y caían compañeros todos los días en emboscadas y atentados. Cuando estás en peligro, se establece una fuerte relación de camaradería entre quienes se ayudan mutuamente. Y allí estaba Blázquez.

—El coronel no me dijo nada. Me habló como si nunca os hubieseis visto.

—Hay un buen motivo para que no te hablara de mí.

—¿Qué pasó?

—Hubo un ataque a la Zona Verde de Bagdad, donde estaban las fuerzas americanas. El CNI consiguió previamente información de inteligencia de que ese ataque contra nosotros se iba a producir, pero el dato nunca llegó a quienes lo debían saber para haberlo evitado. Acusamos del error a Blázquez, porque no utilizó el conducto habitual. Pero él siempre nos culpó a nosotros. Reconoció que no siguió el protocolo, pero dijo que fue una decisión deliberada, porque no se fiaba del agente de contacto asignado por la CIA.

—¿Y quién tenía razón?

—Todos la teníamos. Blázquez dio la información a un agente del Gobierno iraquí, que estaba bajo nuestro control. Pero nos avisó con muy poco margen de tiempo y no pudimos protegernos. Si hubiese seguido el protocolo, quizá habríamos evitado el ataque. Pero es cierto que meses después descubrimos que el agente de contacto de la CIA era un traidor. Estaba dando a Rusia datos sobre nuestro despliegue en Irak, y supimos que algunos de los ataques en las calles de Bagdad y en otras ciudades se debieron a la información que ese agente entregaba a Moscú y que, a su vez, Moscú pasaba a los grupos insurgentes iraquíes.

—Es muy propio de Blázquez —resumió Teresa.

—¿Cómo?

—Blázquez es un genio, y no se puede pretender que un genio siga los protocolos. Hay pocos agentes en la historia del CNI que se hayan convertido en una leyenda, y él lo es. Yo no conocía esos detalles de lo que ocurrió en Irak, pero sí sabía que lo mandaron de vuelta a Madrid y estuvo un tiempo apartado del servicio. Cayó en desgracia. Unos años después, lo recuperaron, aunque nunca le dieron responsabilidades importantes. Pero, gracias a eso, yo pude aprender con él. Cuando entré en el CNI, Blázquez era uno de los maestros de los jóvenes espías. Todo lo que sé de este oficio me lo enseñó el coronel.

—Conozco a ese tipo de personajes especiales en el espionaje. También tenemos alguno en la CIA y es difícil confiarles determinado tipo de misiones, porque son incontrolables.

—Lo sé. Pero creo que fueron muy injustos con Blázquez. Era el mejor preparado para las operaciones importantes.

—¿Estás convencida?

—Por completo.

Beth permaneció pensativa durante un instante, como si tuviera una idea que diera vueltas en su cerebro, pero sin atreverse a darle el visto bueno todavía. Por eso, siguió su costumbre: cuando tenía dudas, esperaba a que se disiparan, en un sentido u otro.

—Tengo que marcharme, pero quiero que me digas cómo estás. Ya sabes a qué me refiero.

—No estoy segura.

—No habrás roto con Pablo, ¿verdad?

—En realidad, no lo sé.

—Si tienes esa duda, es que no habéis roto.

—¡¿Cómo?! —Teresa notó el impacto emocional de comprobar que de nuevo Beth le decía exactamente lo mismo que le había dicho Blázquez en Madrid.

—En esta profesión, no es bueno tener una relación personal intensa con tus compañeros, porque nuestras misiones pueden ser peligrosas, y no debemos tomar decisiones influidos por los sentimientos. Pero si esa relación ya existe, es aún peor romperla artificiosamente, porque no será fácil que podáis trabajar juntos después, y correréis el mismo riesgo.

—Es increíble... —Teresa pensaba en alto.

—¿Qué ocurre?

—Me has dicho lo mismo que Blázquez.

—Eso demuestra que tu coronel sabe de lo que habla. Y confirmarlo me ayuda mucho a tomar una decisión. Te llamaré muy pronto.

Se abrazaron y Teresa abrió la puerta para salir del coche.

—No dejes que el trabajo te condicione —dijo Kramer, a través de la ventanilla—. Si quisieras romper con Pablo, lo sabrías. No tendrías dudas.

Oficina de Beth Kramer, Washington

—Señora, ya tenemos un informe previo de lo ocurrido con Mijaíl Serkin. —El diligente secretario de la responsable de la inteligencia americana entró en el despacho de forma precipitada, con un patente desasosiego. Y con esa misma precipitación, lanzó una advertencia—: No lo he visto, señora, pero quien lo ha elaborado me avisa de que no le va a gustar —dijo, apesadumbrado, y provocando en su jefa un gesto de alarma contenida.

El secretario puso sobre la mesa una carpeta con solo dos folios, en los que se señalaban los datos básicos de la investigación. El informe completo, más extenso y detallado, estaría listo en pocos días. De inmediato, abandonó el despacho.

Semanas atrás, Kramer había conformado un pequeño equipo con agentes de su plena confianza. Tenían el encargo de averiguar cómo los servicios de inteligencia rusos supieron que Serkin daba información a la CIA. Pocos responsables de la agencia estaban al corriente de que Serkin trabajaba para ellos. Por tanto, no existían muchas opciones. O tenían un topo, o se había producido una filtración por algún agujero desconocido que habría que tapar. Ahora, llegaba a sus manos un resumen con las conclusiones fundamentales.

Beth abrió la carpeta con aprensión por lo que pudiera descubrir en su interior. Inició la lectura del texto en la primera de las dos páginas, atemorizada por la advertencia de su secretario y, en la cuarta línea, vio el nombre que nunca hubiese querido ver, junto con un somero relato de lo ocurrido poco tiempo atrás en Las Vegas. De repente, sintió algo nuevo y desolador: no tenía fuerzas. El cerebro parecía paralizar todas las funciones de su cuerpo por un instante. Le costaba respirar, como si los pulmones se hubieran contraído.

Casi sin aliento, dejó la carpeta abierta sobre la mesa, mientras las lágrimas empezaban a inundar sus ojos. Y, en silencio, Beth Kramer lloró con un desconsuelo infinito.

Las Vegas, Estados Unidos, semanas atrás

Al bajar del avión notó, otra vez, una presión en el pecho que no recordaba haber sufrido ni siquiera en sus misiones más arriesgadas en Afganistán o Irak. Solo le atenazaba esa sensación cuando viajaba a Las Vegas y se acercaba la hora de repartir las cartas: ese momento en el que la posibilidad de ganar la partida se presentaba ante él en forma de naipes, conjuntados de tal forma que compusiesen una hermosa sinfonía de doble pareja, trío, escalera, póker o escalera de color, o cuando su olfato le decía que pronto tendría una buena mano.

Aquella tarde luminosa y cálida en el desierto de Nevada, se trasladó en un taxi desde el aeropuerto hasta The Venetian, un complejo hotelero y de juego sin pausa, que atraía cada día a miles de personas deseosas de poner su suerte a prueba. La recepción estaba saturada de clientes ansiosos por hacer el *check-in* y lanzarse a la ruleta rusa, a la mesa de *black-jack* o las máquinas tragaperras.

—Su habitación es la 1034. Puede subir por ese ascensor.

La amable recepcionista le entregó la tarjeta, al tiempo que instruía a su cliente sobre la ubicación de los restaurantes, la clave del wifi y, por supuesto, dónde podía jugar, aunque resultaba innecesario porque las máquinas y las mesas de juego estaban por todas partes, y su cliente conocía el lugar.

En la habitación, deshizo una pequeña maleta, se dio una ducha rápida y pidió una hamburguesa al servicio de habitaciones: comería algo antes de acudir a la cita y responder a la invitación recibida la semana anterior. Aquella tenía que ser la partida de su vida. Como todo ludópata, él también se había dicho a sí mismo que sería la última: cuando hubiera ganado el dinero que necesitaba, se levantaría de la mesa y daría por cerrada para siempre esa zona endeble y quebradiza de su personalidad, dominada por el juego. Volvería a casa con su mujer y, con las ganancias obtenidas, darían la vuelta al mundo en un crucero, como se habían prometido hacer.

Dio buena cuenta de la hamburguesa y decidió dedicar unos minutos a concentrarse y serenar su ánimo: respiró hondo. Una hora después tendría que estar en plenas facultades para entrar en una *suite* de ese mismo hotel, donde estaba convocada una timba sin límites ni reglas en las apuestas, reservada para unos invitados muy concretos.

Llegado el momento, se enfundó en un traje, anudó al cuello una corbata azul marino con estrechas rayas oblicuas amarillas, y se puso un pañuelo blanco en el bolsillo exterior de la americana, que se mostraba a la vista en forma de tres picos. Consideraba que era imprescindible dar una buena primera impresión. La mano izquierda agarraba el asa de un pequeño maletín, en el que llevaba el dinero de los ahorros que aún sobrevivían en su poder, porque la mayor parte del dinero que había conseguido ahorrar para su jubilación lo había perdido en partidas anteriores, como la que estaba a punto de empezar. Pero se sentía confiado en que, esta vez sí, la fortuna, que en otras ocasiones le fue esquiva, se pondría de su lado: le permitiría recuperar lo perdido y multiplicarlo con esas cartas bien combinadas que aparecerían en algún momento. Sí, esa iba a ser su noche.

En cinco minutos llegó desde su habitación a la *suite* en la que estaba citado. En la puerta vio a un joven alto y fornido, cuyo trabajo consistía en dar miedo y facilitar el acceso únicamente a los invitados que llevaran el documento que solo los jugadores de esa noche debían tener en su poder. La normativa de aquel evento restringido era que ningún jugador conocería la identidad de los demás: nadie sabía quién era nadie. No era discreción, sino secreto absoluto.

—Correcto —dijo el forzudo, después de revisar la documentación y sin ánimo alguno de iniciar una charla amistosa; se limitó a abrir la puerta para dejar expedito el camino hacia la sala.

La *suite* era amplia y disponía de varias estancias. Desde la entrada se veía al fondo, unos quince metros hacia delante, un enorme ventanal desde el que se podía disfrutar de una hermosa imagen de la ciudad, con sus luces de neón en plenitud a esa hora de la noche. Y en el medio, una mesa redonda de notables dimensiones, con un tapete rojo, dispuesta para sostener las barajas y el dinero que, a lo largo de la noche, pasaría de las manos de los perdedores a las de los ganadores. Solo se aceptaba dinero en efectivo y las apuestas no tenían límite alguno.

Una esbelta camarera servía bebidas y canapés, vestida con un uniforme más escotado que elegante. Los seis participantes se repartían por el salón, tratando de evitarse mutuamente. Uno de ellos, de unos cuarenta años, parecía recién llegado de Texas, con botas y sombrero de *cowboy*, pantalones vaqueros raídos, y una camisa a cuadros desabotonada casi hasta el ombligo, lo que permitía observar una pelambrera en el pecho de la que debía de sentirse muy orgulloso, dada su voluntad de exhibirla en público. Otros dos jugadores, cincuentones, acudieron al acto más formales, con chaqueta y corbata. Si vas a jugarte el dinero, has de hacerlo con garbo, pensarían. Y los dos que completaban la partida, en la treintena, lucían un estilo desarrapado y descuidado, con pantalones de aspecto rapero —dos o tres tallas de más— y gorra de béisbol ajustada al volumen de sus cabezas.

Pasados unos minutos que resultaron eternos, el maestro de ceremonias apareció en la sala. Se hacía llamar Oliver, aunque todos sabían que ese nombre era falso. Vestía un elegante traje hecho a medida, de un corte británico que saltaba a la vista. La corbata debía de ser italiana. La camisa, rematada con puños de vuelta, mostraba unos gemelos que, si no eran de oro, lo disimulaban muy bien. Junto con unos zapatos de hebilla relucientes, conformaba un conjunto indumentario de primera categoría: carísimo.

—Caballeros —llamó la atención de los presentes—, bienvenidos a esta *suite* en la que pasaremos las próximas horas, disfrutando de las emociones propias de una gran partida de póker, con unos expertos como ustedes. Cuando quieran.

Con esas dos palabras finales y un gesto con la mano derecha dirigido hacia la mesa, el organizador invitó a los jugadores a ocupar sus sillas. Todos colocaron a su derecha los maletines con el dinero, y todos los abrieron en una coreografía casi simultánea, para extraer del interior el primer fajo de billetes. Solo sería el aperitivo de lo que estaba por llegar.

La primera mano, de calentamiento, la ganó uno de los raperos, que apenas emitió señales de satisfacción mediante una mueca casi imperceptible. No hubo manera de saber qué podía insinuar el brillo que imaginaban en sus ojos, porque estaban blindados detrás de unas gafas de sol tan oscuras que parecían opacas.

Cuando se repartieron cartas por segunda vez, el *cowboy* hizo un leve gesto reflejo con la ceja izquierda, que fue interpretado por los demás jugadores como la pista de que las cosas le podían ir bien. De hecho, apostó una cantidad significativa de dólares. El resto de la mesa evitó entrar al reto y la competición se diluyó.

Durante las siguientes dos horas, todos los participantes en la timba ganaron y perdieron, como si hubiese un pacto de caballeros para no hacerse demasiado daño entre ellos. Pero, entrada ya la madrugada, el hombre del pañuelo blanco con tres picos en el bolsillo exterior de la americana, disfrutó de un primer golpe de suerte: el reparto de naipes le concedió la conformación de una escalera, y supo gestionar las apuestas de tal forma que sus rivales también pusieron mucho dinero sobre la mesa. Ganó la mano, y se llevó una cantidad que le hizo plantearse una primera duda: se recordaba a sí mismo, horas antes, dispuesto a abandonar la partida en cuanto hubiera conseguido una ganancia sustantiva. Dudó. La duda se alargó durante un par de minutos, mientras recogía sus ganancias y se realizaban los preparativos para la siguiente partida. Pero el impulso irracional venció a la razón y cedió: decidió seguir en la timba quebrantando su propia promesa.

De pronto, volvió a dudar y cambió de criterio: decidió irse. Incluso amagó con levantarse de la silla. Pero, antes de hacerlo, se replanteó por tercera vez su decisión y, finalmente, se convenció de que esa noche la suerte estaba de su lado, como ya suponía desde el principio, y que era la oportunidad de resolver su futuro económico para siempre: décadas de trabajo, sacrificio y riesgo se habían saldado con unos míseros ahorros y una pensión mediocre. Merecía más, y su mujer ansiaba ese crucero alrededor del mundo, después de muchos desvelos y ausencias.

Con el pañuelo de tres puntas inamovible en el bolsillo del traje, sus ingresos aumentaron en las dos horas siguientes. Y entonces se repitió la duda: ¿era el momento de abandonar? Evaluó de nuevo sus beneficios, que eran relevantes y, sí, podía dejarlo ya. ¿Era suficiente? Quizá no era perfecto, pero era más que bueno. Sin embargo, imaginó una victoria que le permitiera doblar lo ya ganado y marcharse de allí siendo lo que nunca había sido ni, en circunstancias normales, llegaría a ser: casi rico. Sí, jugaría una última mano y se marcharía.

El crupier —camisa blanca reluciente, chaleco rojo chillón, pajarita tan negra como el pantalón y una perilla que definía su cara filosa, aguileña e ininteligible— repartió las cartas. El rapero de las gafas opacas repitió la leve mueca de antes. El hombre del pañuelo de tres picos se percató, incluso antes de ver sus propias cartas. Las tenía todas juntas, controladas entre las dos manos, una detrás de otra, por lo que solo podía ver la primera: el 10 de picas, bonito naipe. Fue ahí cuando inició la lenta y protocolaria liturgia de los jugadores expertos, de separar ligeramente, una a una, las cinco cartas, para ver qué le deparaba la fortuna. La segunda era el 8 de corazones. La tercera, el 10 de corazones. Ya tenía una pareja. No era mucho, pero aún disponía de dos más. La cuarta, el as de trébol. No resultaba muy útil en ese momento. ¿Cuál sería la quinta? Se tomó un par de segundos antes de descubrir que se trataba del 10 de diamantes. Un trío. Era una buena mano, pero, pensó, quizá no fuese suficiente para ganar al rapero.

—Quiero dos.

Se desembarazó del 8 de corazones y del as de trébol, y solicitó dos cartas al crupier, que respondió a la petición con un gesto tan inexpresivo como el de una estatua de cera.

—Yo quiero una. —El rapero parecía ir a por todas.

El hombre del pañuelo de tres picos cogió sus dos nuevos naipes de la mesa y los juntó con los otros tres. Antes de ver hasta dónde llegaba su suerte, observó de nuevo al rapero. Esta vez, le pareció que la mueca era algo más apreciable. O quizá no. Es posible que fuera su propia imaginación, que le hacía ver cosas que no ocurrían. Debía olvidarse del rapero, pensó, y centrar el foco en sí mismo, para no desviar su atención de lo importante: su propio juego.

Era la hora de apostar. De primeras, tres de los jugadores decidieron no ir, porque no se sentían acompañados por la suerte en esta ocasión. El resto puso algunas cantidades sobre la mesa, pero el rapero subió la apuesta y todos se retiraron, salvo el hombre del pañuelo de tres picos, que mantuvo el desafío y elevó el envite. Aquella partida se convertía, de repente, en un mano a mano a matar o morir. Ambos estaban convencidos de ganar, porque sus cartas eran difícilmente mejorables, pero solo uno tenía razón. En cuestión de segundos, la cantidad que había sobre la mesa convertiría en millonario a uno de los dos. El otro estaría arruinado.

El crupier, a pesar de haber visto de todo en su vida profesional, notó cómo se le aceleraba el corazón. El sudor empezó a empapar su frente. No estaba en juego su propio dinero, pero no recordaba algo parecido. Debía mantener el sosiego al que estaba obligado como árbitro de aquel lance, pero percibía la tensión y la impaciencia como el resto de los presentes, ante la expectativa de saber quién se llevaba el premio y quién lo perdía.

Los espectadores de la escena —incluida la esbelta camarera con su uniforme más escotado que elegante, que miraba desde la lejanía— vieron que los dos contendientes apretaban sus mandíbulas y se mantenían inmóviles. El silencio se espesó en la sala. Lo gaseoso se licuó y lo líquido se solidificó.

El primero en mostrar sus cartas sería el hombre del pañuelo de tres picos. Con parsimonia, posó los naipes sobre la mesa y los expuso a la vista de la concurrencia. Un sonoro murmullo de admiración resonó entre las paredes de la sala. Era una mano magnífica: póker de dieces. Superar eso no parecía viable. Esta vez, el rapero no emitió señal alguna, y la tensión arterial que pudiera tener quedaba fuera del radar de quienes observaban la escena, fascinados y expectantes. La mueca de ocasiones anteriores no apareció en la comisura de sus labios y sus ojos seguían guarecidos detrás de las gafas opacas. ¿Se levantaría para dar la mano a su rival y retirarse, sin siquiera mostrar su juego?

El rapero se tomó su tiempo. Con esmero y simulando un movimiento ralentizado, como saboreando el momento, situó sus cartas encima el tapete rojo de la mesa. Ante los presentes aparecieron cuatro hermosas reinas.

Un alarido, entre el asombro y el estupor, rompió el silencio con el que todos en la sala aguardaban el momento de ver cómo terminaba aquella batalla.

El rapero, impertérrito como si acabara de cenar y se dispusiera a pedir una tarta de queso como postre, se levantó, recogió todos los billetes que había sobre la mesa, los metió en su maletín sin orden alguno, dio una generosa propina al crupier, y se marchó sin despedirse, ante el pasmo general.

El hombre del pañuelo con tres picos tardó algo más que un instante en recomponer el ánimo y encontrar fuerzas para ponerse en pie. Agarró el asa de su cartera, ya vacía, estrechó con cierto grado de dignidad la mano de los presentes, como si aquello fuese simplemente el final de una ordinaria reunión de trabajo, y abandonó la *suite* tratando de gestionar el resto de su vida, que prometía ser calamitosa. No solo no había ganado el dinero que debía asegurar el bienestar de su matrimonio, sino que acababa de perder los ahorros de toda una vida. ¿Cómo les contaría lo ocurrido a su mujer y a sus hijos? ¿Merecía la pena seguir? El hotel era un edificio con una altura muy notable, pensó. Y se imaginó minutos después en lo más alto, mirando hacia los peatones y los coches que circularían allí abajo. ¿Existía una solución más adecuada?

Ya metido muy dentro de la madrugada y consumido por la angustia y por sus pensamientos agónicos, recorrió el pasillo en busca del ascensor con la mente extraviada, cuando oyó una voz a su espalda.

—Yo le puedo ayudar —dijo un hombre de edad avanzada, pelo cano, traje azul marino de un corte impecable, corbata a juego, horribles zapatos marrones y un fuerte acento extranjero.

—¿Cómo dice? —respondió, dándose la vuelta.

—Ha sido una mala noche, ¿verdad?

—¿Quién es usted? ¿Qué quiere?

—Le puedo ayudar. Soy el único golpe de suerte que tendrá hoy y, quizá, el único que tenga en el futuro —insistió.

—No necesito ayuda —dijo con malos modos el perdedor, tratando de desembarazarse cuanto antes de ese individuo que se inmiscuía en el peor momento de su vida.

Aceleró el paso y llegó a la puerta del ascensor. Se abrió y entró, pero el hombre del fuerte acento extranjero lo acompañó. Estaban solos.

—Si usted me da una información que necesito, yo resolveré sus problemas.

—¿De qué me habla?

—De su ruina. ¿Quiere volver a casa y contar a su mujer y a sus hijos que lo ha perdido todo jugando al póker?

Hasta ahora, no había conseguido identificar el acento de quien le hacía esas preguntas. Pero, al alargarse la misteriosa conversación, le parecía que era de algún país del Este. Quizá Polonia. Quizá Rusia.

—Consígame un dato y yo le devolveré su vida. Mejor aún: dispondrá de más dinero del que ha perdido en esa timba.

El hombre del pañuelo de tres picos dudaba entre parar el ascensor y huir, o estrangular allí mismo a ese acosador. Pero, en paralelo se preguntó si no sería prudente escuchar esa oferta. Y optó por escuchar.

—¿Qué quiere?

—Concédame unos minutos en su habitación y le daré los detalles. Si no le interesa mi propuesta, me iré y no volverá a saber de mí.

Al salir del ascensor, los dos hombres se encaminaron, silenciosos, a la habitación 1034.

—Tiene cinco minutos.

—Terminaré antes.

Ambos permanecían en pie, frente a frente, como si estuvieran a punto de dar los pasos previos al disparo de los pistolones en un duelo decimonónico.

—Quizá sepa que, no hace mucho, los servicios de inteligencia de Estados Unidos desbarataron un plan ruso de largo recorrido.

La primera duda estaba resuelta: el acento era ruso.

—¿Por qué debería yo saber algo de eso?

—No pierda el tiempo conmigo: Operación Kazán. ¿Mejor ahora? Usted está al corriente, igual que yo, de que con esa operación Rusia iba a controlar desde el Kremlin el poder político en Estados Unidos, al más alto nivel.

La tensión aumentó un grado más, sobre los muchos grados en los que ya estaba instalada.

—Pues bien, mis amigos de Moscú creen que ese plan fracasó porque hay un topo en alguna agencia de inteligencia rusa, y que ese topo dio la información a sus enemigos americanos.

—Ese es un problema de los servicios rusos.

—Pero puede ser una solución para usted si nos da el nombre de ese topo.

—No lo conozco —respondió de inmediato y sin mostrar apariencia de duda, pretendiendo dar por concluida esa comprometedora conversación.

—Quizá sea cierto que no lo conoce, pero puede averiguarlo. Y si lo hace, resolverá su vida y la de su familia. Esta es mi oferta: si en dos semanas me da ese nombre, a cambio recibirá el doble del dinero que tenía en su maletín antes de la partida.

El hombre del pañuelo de tres picos se mantuvo en silencio durante unos segundos. Su cerebro giraba sin pausa buscando la respuesta correcta. Si quería sostener el resto de su vida, tendría que traicionar su vida anterior y a sus compañeros. No era la primera vez que estaba ante un dilema de gran envergadura, pero aquel superaba cualquier disyuntiva previa: afectaba a su familia, a los amigos con los que se había jugado la vida y a su país.

Solo tenía dos opciones: aceptar la oferta o rechazarla. Si la rechazaba, su obligación inmediata sería llamar a los servicios de seguridad, para que procedieran a la detención de ese hombre.

—¿Cómo contactaré con usted? —preguntó después de unos segundos de silencio, sin estar seguro de haber concluido del todo sus cavilaciones; era más un impulso inconsciente que una decisión meditada.

—El día 20, dentro de dos semanas, a las diez de la noche, debe ir al club Electra, en este mismo hotel. Estaremos observando. No traiga al FBI ni a sus amigos de la CIA. Sería inútil. Le conviene venir sin compañía, porque, en caso contrario, no apareceré. Si hace las cosas como es debido, usted me dará la información y yo le entregaré el dinero. El día 20, a las diez de la noche, en el club Electra. Espero que nos veamos allí. Su vida estará resuelta.

El misterioso individuo con acento ruso dio media vuelta y abandonó la habitación, subido en sus horribles zapatos marrones. El hombre del pañuelo con tres picos se quedó inmóvil y con la vista perdida en la nada. Salvo arrojarse al vacío desde lo alto del Venetian, no se le ocurría mejor alternativa que dar a ese individuo la información que quería, concluyó.

Transcurridas dos semanas, ya sin el atuendo que utilizó para jugarse su dinero y perderlo, ocupó una mesa para dos en la esquina izquierda del club Electra, una zona que parecía a resguardo de ojos indiscretos. Después de un repaso visual por aquel lugar, tuvo la sensación de que tampoco allí alcanzaba el objetivo de ninguna de las cámaras de seguridad, aunque suponía que estaba equivocado, porque el bar, al completo, estaría controlado, aunque no se notara.

Pasaban quince minutos de la hora de la cita y llegó a sospechar que era víctima de un engaño. Pero, al momento apareció, como llegado de ningún sitio, el hombre al que esperaba. Se sentó en la única silla disponible y sin saludar. Estaban cara a cara.

—No hacen buen café en este bar. Aquí son especialistas en cócteles —dijo el hombre del acento ruso, con talante falsamente descuidado.

—¿Cuál le gusta?

—No hay tiempo. Solo he venido a cumplir con mi parte del acuerdo, siempre que usted cumpla con la suya.

—Mi parte del acuerdo no necesita ni siquiera de un pedazo de papel. Usted quiere un nombre y yo lo tengo. Pero lo que usted debe darme a cambio sí necesita de una cartera o una mochila o una bolsa donde meterlo, y no veo que traiga nada.

—El acuerdo se cumplirá cuando yo pueda confirmar que la información que me va a dar es correcta.

—Eso no será inmediato y no me fío de que vaya a cumplir su compromiso.

—¿Se le ocurre una alternativa mejor?

La respuesta a esa pregunta fue el silencio. Y ese silencio era, en realidad, una forma implícita de responder. Temía que le hubieran tendido una trampa. Pero, en efecto, no había otra alternativa.

—Dígame el nombre ahora y mañana le entregaré su dinero. En veinticuatro horas tendré la confirmación de Moscú.

El hombre del acento ruso vio cómo su interlocutor se acercaba con intención de susurrar ese nombre.

—Mijaíl Serkin.

Pasadas las veinticuatro horas pactadas, en un aparcamiento en superficie cerca del impresionante centro de espectáculos Sphere (La Esfera) de Las Vegas, y entre dos coches, una estimable cantidad de dinero en billetes usados de cien dólares y de numeración no consecutiva fue entregada en el interior de una mochila, a cambio de la información solicitada.

Oficina de Beth Kramer, Washington

Nunca le habían gustado los despachos grandes y recargados. Lejos de llenarlo de recuerdos y de objetos inútiles, Beth Kramer presumía de haber decorado su lugar de trabajo con voluntad minimalista y comedida. Conocía a altos cargos de la Administración o de empresas privadas que convertían sus oficinas en un presuntuoso museo de logros pasados, como si eso asegurara logros futuros, y como si su estancia en ese lugar y en ese cargo fuese eterna. Eran hombres —todos eran hombres— que trataban de emitir sensación de poder en función de los metros cuadrados que ocupaba su despacho, y de cuán recargada era su decoración.

Kramer prefería que fuera pequeño y, eso sí, luminoso, con ventanas amplias que permitieran inundar cada rincón de luz natural. Solo tenía una mesa, un mueble con puertas de cristal, la foto del presidente de Estados Unidos y, detrás de su silla y dentro de un marco, una bandera de las barras y las estrellas, raída por los efectos de una bomba en un campo de batalla de Irak: homenaje a los agentes caídos.

Por seguridad, en un cajón guardaba una vieja máquina de escribir portátil de los años setenta, que utilizaba cuando tenía que poner en un papel algún dato extremadamente secreto. Evitaba hacerlo en el ordenador, para evitar fugas por vericuetos informáticos incontrolados.

En el lado izquierdo, una mesa redonda servía para mantener reuniones de cuatro o cinco personas. Y en el lado derecho, un tresillo y un sofá esperaban para acoger charlas más distendidas. Eso era todo. No quería acumular enseres innecesarios. Así, el día en que llegara la hora de abandonar el cargo, sería suficiente con utilizar una única caja de cartón, sin perder más tiempo en el triste ceremonial de vaciar el despacho. Se iría como entró: solo con su bagaje profesional.

—Señora, ha llegado su visita.

El secretario se apartó para dejar paso al invitado y después cerró la puerta.

—Hola, Beth, ¿cómo estás?

—Pasa, Charlie —dijo Kramer, sin responder a la pregunta, ni hacer amago de abrazar o besar a su amigo en la mejilla—. Siéntate, por favor.

Charles McKenzie se acomodó en una de las sillas junto a la mesa redonda, sorprendido por la extrema frialdad del recibimiento. No recordaba tal muestra de distancia entre ambos.

—¿Cuánto hace que nos conocemos, Charlie?

—¿Treinta años? Más, quizá.

—Sí, es posible —apuntó Kramer, aún de pie junto a su escritorio—. Creo que trabajamos juntos por primera vez en la guerra del Golfo. Eso fue en los primeros noventa. Luego investigamos el 11-S, estuvimos en Afganistán, en Irak, en Siria… Y también hemos espiado mucho a nuestros colegas rusos, ¿verdad?

—Yo empecé en la agencia, precisamente, un par de años antes de la caída del Muro de Berlín.

—Y lo más importante fue el trabajo conjunto que hicimos para frenar los planes del Kremlin de controlar las instituciones americanas: la Operación Kazán.

Beth terminó la frase, mientras se sentaba en otra de las sillas junto a la mesa redonda, frente a Charles. Su traje beige, de chaqueta y pantalón, y sus zapatos a juego ofrecían una imagen de elegancia y distinción que contrastaba con el aspecto más desaliñado de su invitado, que se presentó a la cita en vaqueros, confiado en que sería una charla entre amigos, como tantas otras.

—Eso es lo más importante que hemos hecho juntos, sí. Y ahora, la misión es atrapar a ese ejecutor ruso.

McKenzie empezaba a sentir una mezcla de impaciencia por acabar esa conversación intrascendente y temor por lo que pudiera venir a continuación. Y tenía buenos motivos.

—Es muy importante, desde luego. Pero no te he llamado por eso.

—¿Qué necesitas?

—¿Por qué no me pediste ayuda, Charlie? —Kramer despachó la pregunta como el tanquista que abre fuego por primera vez para dar inicio al combate. Pero lo hizo con una mezcla de severa reprobación y de cándida ternura por los viejos tiempos. Sin embargo, McKenzie solo atendió a la parte reprobatoria de la cuestión—. Somos amigos, Charlie. Necesitabas una mano y yo te la hubiera dado. Igual que te la hubieran dado Matthew y Pablo, y también Teresa. Todos te hubiéramos ayudado.

El tono entre mustio y acusatorio removió las entrañas de McKenzie, que empezaba a darse cuenta de que llegaba el final de su escapada.

—No sé de qué...

Charlie dejó la frase a medias, sojuzgado por una pulsión inicial de huir de sí mismo, diciéndole a su amiga que no sabía de qué le hablaba. Pero era evidente que Beth estaba al corriente de todo y no servirían los subterfugios. En apenas un segundo, tuvo la sensación de que su vida, al completo, pasaba por delante de sus ojos, como cuentan aquellas personas que, después de que su corazón se detenga, son reanimadas por los médicos mediante maniobras de resucitación. Ahora solo pensaba en su mujer y en sus hijos, en la vergüenza pública que podrían sufrir. Se sintió vencido. Pero no quiso dar el paso. Sabía que lo daría Beth. Optó por aparentar serenidad, acomodado en la silla que ocupaba, como si aún tuviera alguna opción de salir victorioso.

—No deberías obligarme a decírtelo. Ha llegado la hora de que hables tú. —Kramer no le iba a ahorrar a Charlie ese calvario: era el menor de los castigos que merecía.

McKenzie no apartó la mirada de Beth, en lo que aparentaba ser un gesto desafiante, impropio del momento y de dos personas que sentían un profundo afecto mutuo desde hacía décadas. Charlie ya no estaba en condiciones de retar a

Kramer, aunque necesitara algunos segundos para que su amor propio lo aceptara. Durante años había sido un ejemplo de excelencia en su tarea como agente de inteligencia. Ahora, en cambio, se encontraba al borde de un abismo profesional y personal. Todo lo que había conseguido en décadas de duro y arriesgado trabajo, se perdía por las deudas y por una mala noche de cartas. Sintió un odio repentino por sí mismo, aunque su mirada provocadora se alargó un poco más. De todos modos, estaba a punto de rendirse a la evidencia.

—Asumo mi responsabilidad —dijo, por fin, con un tono de voz mecánico y artificial, pero firme—. Solo te pido que mantengamos la mayor reserva posible. Quiero proteger a mi familia. Ellos no tienen culpa de nada.

—Eso no será fácil. Lo sabes igual que yo. Por desgracia, todo se acaba sabiendo antes o después.

La respuesta de Kramer sonó descarnada, metálica, carente de cualquier debilidad emocional. Una máquina parlante habría resultado más humana, pensó Charlie, aunque reconociendo que Beth hacía lo que debía. Ese era su papel. Lloró con amargura cuando recibió el informe sobre la traición de McKenzie, pero con el paso de las horas, su aflicción había mutado en una actitud exclusivamente profesional. El Charlie de hoy no era el Charlie al que ella creía conocer. Ya no se trataba de un asunto personal, solo eran negocios.

—Te lo suplico, Beth. —McKenzie parecía despeñarse hacia un acelerado proceso de humillación.

—No puedes pretender que yo resuelva el desastre que tú has generado.

Kramer se levantó y deambuló por el despacho, hasta detenerse ante la ventana. Las nubes cubrían el sol, confiriendo una luz melancólica a los jardines situados al pie del edificio.

Resultaba insólito que una conversación con ese grado de severidad y trascendencia se estuviera desarrollando sin que ninguno de los dos se hubiera referido de forma expresa a los hechos que causaban tanta desazón, y unas consecuencias que se preveían graves. Pero Charlie se avergonzaba solo con recordarlos, y Beth se reservaba utilizar esa carta para el caso de que Charlie tuviera la equivocada esperanza de salir sin mácula del terrible error cometido.

—No te puedo asegurar una discreción absoluta —dijo Beth—, porque los tribunales son autónomos y toman sus propias decisiones. Sí me comprometo a hacer lo posible para que la investigación que se ponga en marcha sea tratada con cierta reserva, al afectar a los servicios de inteligencia.

Charlie, poco entusiasmado con la respuesta, optó por el silencio después de mostrar evidentes síntomas de abatimiento. Sin embargo, de repente ocurrió algo que le permitió vislumbrar una vía de escape a su situación desesperada.

—Necesito algo a cambio —continuó Beth. Charlie creyó encontrarse ante la expectativa de que una puerta se abría a su paso para conducir su catastrófico estado hacia una solución—. ¿Cómo supiste que Serkin trabajaba para nosotros? Muy pocas personas tenían acceso a ese dato. Si es alguien de la agencia, deberá pagar por ello.

Charlie, dispuesto a todo para limitar las consecuencias de sus actos, acababa de encontrar una pista en la que aterrizar. Y lo hizo.

—Hace más de veinte años, conocí en Afganistán a un agente del MI6 —inició su relato McKenzie—. Participamos en una misión conjunta de los servicios americanos y británicos. Conectamos bien y empezamos a ayudarnos. Mantuvimos el contacto y la colaboración. Yo le daba informaciones que a él le podían resultar útiles y él hacía lo mismo conmigo. Todo esto, de forma extraoficial. Un día me llamó. Me dijo que tenía algo importante para mí. Volé a Londres y nos reunimos en la casa de un amigo suyo. Me contó que durante unos meses investigó en Gibraltar una operación de blanqueo de capitales en la que estaban involucrados varios magnates rusos relacionados con el Kremlin. Detectaron a un alto cargo de los servicios de inteligencia de Rusia que pasó por Gibraltar con un pasaporte falso. Estaba mezclado en esa operación. Establecieron un seguimiento estricto de sus movimientos y comprobaron que fue del Peñón a territorio español en un yate, para evitar el control en la frontera. Ese hombre se reunió contigo en un lugar de España llamado Sotogrande. Mi colega británico me dijo que era Serkin.

Kramer —demudada, aunque tratara de ocultar el *shock* anímico que sufría— tardó unos instantes en asimilar esa información que le resultaba tan turbadora. Ahora se daba cuenta del error que cometió al reunirse con Serkin en la mansión de un mafioso ruso en Sotogrande. Que Serkin se fiara de un mafioso ruso no era motivo suficiente para que la responsable de los servicios de inteligencia de Estados Unidos mostrara esa misma confianza, sabiendo que la mafia rusa es, en buena medida, una de las herramientas de los servicios de inteligencia de Moscú, y sus conexiones no necesariamente acaban en alguien del nivel de Serkin. Podían llegar mucho más arriba.

Había sido una imprudencia impropia de una agente de su nivel. Pero era aún peor: ahora Charlie podía chantajearla por aquella actitud irreflexiva. Y eso fue lo que ocurrió.

—Hagamos un trato, Beth.

—No estás en condiciones de pactar nada —respondió Kramer, tratando todavía de establecer un plan para controlar los daños.

Pero, de repente, su posición de dominio en esa conversación daba un vuelco completo.

—Claro que lo estoy, Beth. Esto es lo que vamos a hacer —dijo McKenzie, asumiendo el mando de las operaciones y convencido de que recuperaba la iniciativa, al notar que Kramer se quedaba sin recursos—. Tengo la posibilidad de conseguir información a través del ruso que me abordó en Las Vegas. —Por primera vez aparecía en la conversación lo ocurrido en aquella partida de póker, aunque solo fuera de modo tangencial—. Sé cómo contactar con él. Creo que por esa vía encontraremos lo que buscamos, que no es solo detener al ejecutor. Lo hablamos en la última reunión en el hospital de Pablo: esto va mucho más allá del ejecutor. El hombre de Las Vegas me conducirá hasta la respuesta que aún no tenemos. A cambio, si accedo a esa información, olvidarás lo que ha ocurrido. Porque, si me denuncias y me llevas a juicio, en mi declaración contaré tu fiasco con Serkin. Y si lo cuento, eso provocará una crisis en nuestro servicio de inteligencia y una crisis internacional con Rusia. Y también será tu final, no solo el mío. —McKenzie hizo una pausa deliberada, antes de golpear de nuevo—: Si intentas destruirme, te destruirás a ti misma.

Esas últimas palabras de Charlie sonaron como el mazo de un juez que exige silencio a los presentes.

Kramer sintió una intensa tentación de llamar al servicio de seguridad para que detuviera a McKenzie. Pero en sus muchos años de trabajo había aprendido a controlar las emociones. Estaba furiosa. Odiaba las componendas. Un traidor debía ser tratado como tal. Y, pese a ello, era consciente de que no siempre ganaba el bueno y perdía el malo. Y, en ese caso concreto, para que el bueno no perdiera, el malo tampoco podía perder.

Beth se levantó precipitadamente de la silla, sin mirar a Charlie.

—Espero tus noticias —espetó, evitando el contacto visual.

—Pronto las tendrás.

McKenzie se dirigió a la puerta. Pero, antes de abandonar el despacho, se volvió hacia Beth, que estaba junto a la ventana con los ojos extraviados en ninguna parte.

—Siento que las cosas sean así —dijo Charlie, rebajando la agresividad de su voz—. Pero en esto nadie es lo que parece. Lo sabes igual que yo.

Charlie abrió la puerta y se marchó, convencido de que acababa de ganar una batalla que, *a priori*, solo podía perder. Pero un instante después se produjo un abrupto hundimiento en su ánimo: sintió un profundo odio por sí mismo, y solo recuperó la autoindulgencia dirigiendo el pensamiento hacia su familia. De momento, su mujer y sus hijos estaban a salvo. Disponía de más tiempo y de una última oportunidad.

Al otro lado de la pared, en el despacho, Beth seguía embriagada por una rabia infinita. Cuando empezó la reunión tenía el convencimiento de hacer lo correcto. Ahora era rehén de un chantaje y no creía tener escapatoria. Sufrió un acceso de odio: ahora, Charlie era otra persona. Pero, quizá, pensó, «Yo tampoco sea la Beth de otros tiempos».

Smithtown, Long Island, estado de Nueva York

Ocurría lo que Nadia sabía que ocurriría: llegaba el síndrome de abstinencia. Lo aprendió años atrás en la Facultad de Medicina. Gorki mostraba episodios de ansiedad, drásticos cambios de humor y la última madrugada se había despertado con palpitaciones. Eran síntomas evidentes de que la crisis iba a más. Si no se drogaba de inmediato, empezaría a sentir agobio, angustia y tendencia a la depresión. Y todo ello podría derivar en una obsesión enfermiza por buscar cocaína en cualquier sitio, sin reparar en el riesgo que eso supusiera. Nadia temía que Gorki tuviera raptos de paranoia violenta, que inevitablemente dirigiría contra la única persona que tenía a su alrededor y que no podía salir de allí: ella.

Durante días, había esperado a que Gorki se sincerara y le contara lo que Nadia ya sabía. Sin embargo, su compañero mantenía la adicción bajo un secreto que resultaba inútil entre dos personas que no tenían otra opción que convivir sin pausa, lo desearan o no, encerradas en una habitación. Pero aquella noche, el deseo —la necesidad— de consumir cocaína se apoderó de Gorki. Se levantó de la cama gritando, caminó aceleradamente hacia el baño y dio un puñetazo a la puerta, antes de encerrarse. Después de un instante de silencio, Nadia escuchó un llanto desconsolado. No sabía lo que hacer, pero decidió entrar, asumiendo el riesgo de situarse cara a cara frente a alguien con el ánimo fuera de control. Gorki, un asesino profesional carente de piedad, estaba desnudo, sentado en el suelo y encogido sobre sí mismo. Se tapaba la cara con las manos, mientras sollozaba como un niño.

—Creo que deberíamos hablar. —Nadia susurró esas palabras al oído de Gorki, después de acercarse a él y sentarse a su lado en el suelo del baño, en un intento de mostrarse comprensiva. No hubo respuesta, salvo más lágrimas—. Sé lo que te ocurre, aunque no me lo hayas querido contar. Necesitas ayuda, y yo te quiero ayudar. Pero te tienes que dejarme hacerlo.

Tampoco esta vez encontró respuesta, pero ahora Gorki hacía intentos por controlar el ritmo desacompasado de su respiración, como si empezase a ceder la zozobra que se había instalado en su cuerpo durante unos minutos.

—Necesito cocaína. No lo soporto más.

Gorki rompió su silencio, aunque en un tono apenas audible, sin apartar las manos del rostro y manteniendo la cabeza hundida entre las rodillas.

—Sé por lo que estás pasando —intervino Nadia—, pero no podemos salir de aquí. Sería muy peligroso. Y tampoco sabríamos dónde conseguir cocaína en este lugar.

Durante unos segundos, ambos se sometieron a una especie de pausa reflexiva sobrevenida, como si buscaran en lo más profundo de su interior una solución milagrosa.

—Solo se me ocurre una idea —propuso Nadia—. Me pondré en contacto con Moscú para que nuestra gente en Nueva York nos traiga cuando antes benzodiacepina. Es un medicamento que calma los efectos del síndrome de abstinencia.

Gorki levantó la cabeza y dirigió una mirada de odio a Nadia.

—¡Como hagas eso te mato!

Un calambre de terror recorrió la columna vertebral de Nadia, porque era consciente de que Gorki nunca amenazaba en vano, y menos aún bajo los efectos del incontrolable síndrome de abstinencia. Tan asustada como encolerizada, se levantó, salió del baño y se refugió en la cama, como si la manta pudiese hacer las funciones de armadura de un guerrero medieval.

Gorki, en un instante de lucidez, se asustó de su propia actitud violenta. Súbitamente arrepentido, hizo un enorme esfuerzo por controlar su arrebato. Un minuto después, se puso en pie y volvió a la habitación.

—Recuerda que siempre tengo mi pistola cerca. —Esta vez la amenaza era de Nadia, al notar que Gorki se acercaba.

—Lo siento, no he querido asustarte —respondió Gorki, mientras se sumergía entre las sábanas, hasta rozar su cuerpo con el de Nadia—. Perdóname —dijo casi en un suspiro.

—Nunca vuelvas a hablarme así.

—No lo haré. Pero esto no lo pueden saber en Moscú. Sería mi final. Tenemos que resolver el problema nosotros.

—El problema es tuyo.

—Pero estás conmigo. Si yo tengo un problema, tú también lo tienes.

Nadia prefirió no responder a esa obviedad. Aunque no quisiera admitirlo, Gorki estaba en lo cierto.

—Fue en Ucrania —susurró Gorki al oído de Nadia—. La cocaína circulaba entre los soldados y entre los oficiales. La tomábamos antes de entrar en combate. Nos desinhibía, nos sentíamos más fuertes y capaces de luchar. Pero ahora estoy enganchado y no puedo realizar ninguna misión si no consumo cocaína.

Gorki se sinceró, tembloroso. Era la primera vez que hablaba de su adicción. Se sentía desesperado, porque no encontraba el camino. Nadia escuchó la confesión en silencio, mientras su cerebro daba vueltas buscando un remedio inmediato, y quizá otro a medio plazo. Pero era necesario empezar por el principio.

—No tenemos cocaína, no tenemos medicamentos alternativos y no quieres que avisemos a Moscú. ¿Qué propones, entonces?

Nadia seguía dando la espalda a Gorki, aunque él se mantenía apiñado junto al cuerpo de su compañera.

—Una discoteca —dijo Gorki.

—¡¿Cómo?!

—Aquí no sé dónde encontrar a un vendedor de droga. Pero la cocaína suele circular en las discotecas.

—Sabes que tenemos prohibido salir de esta casa hasta que vengan a buscarnos, y menos aún a una discoteca.

—No puedo esperar más.

La situación era endiablada, pero Nadia entendió que no tenían otra opción, aunque habría que esperar unas horas. Estaban en medio de la madrugada y no podrían salir a buscar una discoteca hasta la noche siguiente. Mientras tanto, tenía que ayudar a Gorki a limitar los efectos del síndrome de abstinencia, porque, de nuevo, en ese momento, empezaba a sentir una angustia que se escapaba a su control.

—¡Está volviendo! —dijo Gorki, asustado—. Me duele el pecho otra vez.

La respiración se aceleró, como si estuviera próximo a la agonía.

—¡Ven conmigo! ¡Rápido! —ordenó Nadia.

Agarró a su compañero por un brazo, lo sacó de la cama precipitadamente y lo condujo a empellones hasta la bañera. La llenó y metió a Gorki en agua caliente, tratando de relajar su cuerpo y su mente. Sumergió su cabeza varias veces para que realizara respiraciones hondas antes de hundirse en el agua. Y después, masajeó su cuerpo en el intento de provocar cierta normalización de su estado durante unas horas. Al menos, consiguió que durmiera hasta la mañana siguiente. Y esas mismas operaciones las repitió por la tarde, antes de salir de la casa a buscar cocaína.

A las once de la noche, tratando de domesticar su cuerpo y su mente, en lucha contra el deseo irrefrenable de drogarse, Gorki ocupó el asiento del acompañante y Nadia se sentó al volante del coche. Aún estaban dentro del garaje de la casa. Durante el día, habían buscado en internet alguna discoteca en las proximidades. Encontraron una a menos de diez kilómetros. No era bueno que estuviera cerca, pero era aún peor alejarse demasiado. Deberían volver cuanto antes, porque cada minuto incrementaría el riesgo que iban a asumir. Solo podían elegir entre lo malo y lo peor.

Nadia activó el mando a distancia y la puerta del garaje empezó a abrirse con la lenta cadencia habitual. Las luces del coche iluminaron el pequeño camino asfaltado hasta la calle.

En la casa de enfrente, la anciana Agnes miraba la televisión cómodamente sentada en su sillón junto a la ventana. El ruido del motor llamó su atención, en medio del silencio nocturno de un barrio tranquilo. Sí, eran los nuevos vecinos, pero se iban. ¿Volverían? Seguían sin pasar a saludar. Quizá lo hicieran mañana. O quizá se fuesen para siempre, como los anteriores, que nunca se acercaron a verla. Agnes siguió mirando la televisión.

Pocos minutos después, Nadia aparcó el coche en un estacionamiento en superficie, cercano a la discoteca. Varias decenas de personas estaban en la puerta a la espera de entrar. Se pusieron en la fila. Un forzudo vigilante, con cara de no conocer la amistad, abrió paso al público. Al entrar, comprobaron que el local estaba abarrotado. Gorki decidió que lo mejor sería ocupar dos taburetes en la barra. Desde ahí observarían bien a la gente de la sala y podrían confirmar si, como suponían, había trapicheo de droga. Él pidió una cerveza y ella, un refresco. Nadia no podía correr el riesgo de que la policía detuviera el coche y la sometieran a un control de alcoholemia.

Pasados unos minutos, Gorki —más habituado que Nadia a traducir el lenguaje corporal de quienes se mueven en el mundo de la droga— se percató de que un joven se acercaba a una mesa situada en la esquina izquierda de la discoteca, casi al fondo. Se agachó para decirle algo al oído a otro, que se levantó de inmediato y ambos se dirigieron hacia una zona de reservados. Allí desaparecieron de la vista.

Gorki hizo un gesto a Nadia para que se quedara en la barra, mientras él se abría camino a través de quienes bailaban alocadamente en la pista, hacia el lugar donde suponía que en ese momento se producía la transacción. En medio de una oscuridad solo matizada por pequeñas luces de neón, llegó hasta un lugar de apariencia sórdida. El volumen de la música era estruendoso y no permitía mantener una conversación comprensible. Hombres y mujeres jóvenes se cruzaban en el pasillo sin un rumbo claro, mientras, a un lado y a otro, grupos de dos o tres personas aparentaban negociar algo. La droga pasaba de unos bolsillos a otros y el dinero circulaba en dirección inversa. Sí, era el sitio que buscaba.

Gorki se aproximó a uno de los jóvenes que acababa de entregar una papelina blanca y de recibir unos dólares a cambio.

—Hola. Quiero comprar —dijo, tratando de suavizar su acento, sin éxito.

—No te conozco. Tengo cosas que hacer —respondió el camello, esquivando a Gorki.

—Espera. Solo quiero comprar. ¿Hay algún problema?

El joven miró a Gorki con desconfianza y dudando de ese hombre que le hablaba en un inglés extraño.

—¿De dónde eres? No te he visto antes por aquí.

—Soy alemán —respondió Gorki, ocultando su origen real—. Estoy de vacaciones con mi novia y solo queremos divertirnos un poco.

—Me queda una —dijo, finalmente, aún con muchas dudas sobre su interlocutor.

Una sola papelina era poco, pensó Gorki. Eso apenas serviría para calmar su síndrome de abstinencia durante unos días.

—¿Alguien tendrá más?

—¿No dices que solo queréis divertiros un poco? No necesitas más para divertirte.

—¿Alguien puede venderme algo más? —Gorki ignoró la ironía de ese individuo que empezaba a resultarle irritante.

—Habéis venido demasiado tarde. Está vendido casi todo.

—¿Cuánto es?

El vendedor puso precio, Gorki sacó el dinero de su bolsillo, pagó y se llevó la cocaína. Miró a un lado y a otro, pero ya no estaban los dos grupos de personas que antes realizaban labores de compraventa. Angustiado por la escasez, pero urgido por la imperiosa y apremiante necesidad de marcharse lo antes posible, atravesó de nuevo la pista de baile, llegó hasta Nadia y ambos salieron de la discoteca.

Unos minutos después, de vuelta a la casa, el mando activó la puerta del garaje. Al otro lado de la calle, Agnes observó que volvía el coche de los vecinos.

Gorki se apresuró a ir al baño, donde consumió con precipitación la droga que acababa de comprar. Sintió un súbito alivio, pero ya pensaba en lo que vendría cuando pasara el tiempo y no dispusiera de más cocaína.

—Si no nos sacan pronto de aquí, tendremos que volver a esa discoteca.

—Espero que nos saquen, porque no podemos correr más riesgos —sentenció Nadia—. Lo que hemos hecho esta noche es una locura.

La siguiente mañana amaneció luminosa. Temprano, como cada día, Agnes sacó a pasear a su pequeño caniche de pelo blanco, al que llamaba Peter. Su caminar pausado, propio de la avanzada edad que atesoraba, llevó a la anciana hacia las cercanías de la casa de esos vecinos poco sociables, que aún no habían pasado a saludar. Con timidez, Agnes se aproximó a pocos metros de la puerta, presa de una curiosidad que no hizo intento alguno por controlar. Pero se dio cuenta de la inconveniencia de ese comportamiento y se alejó hacia otra zona de la calle, cuando pasó por allí un coche de la policía local que se detuvo a su lado.

—¡Hola, Agnes! —saludó con afecto Jack, uno de los policías que patrullaba habitualmente ese barrio—. ¿Cómo se encuentra hoy?

—Muy bien, Jack. ¿Cómo está tu mujer? —Agnes conocía a todos los policías del pueblo y a sus familias, y sabía que la esposa de Jack había estado enferma.

—Ya está mucho mejor, gracias por preguntar.

—Por cierto, Jack —Agnes bajó la voz, en tono de confidencia, para que solo la escuchara el policía, aunque no hubiera nadie alrededor—, ¿sabes que han venido unos vecinos nuevos?

La anciana dirigió su mirada hacia la casa en la que se refugiaban Nadia y Gorki.

—No. ¿Ha hablado usted con ellos?

—No. Son dos. Creo que un hombre y una mujer, aunque estaban dentro de un coche y no los vi bien. Llegaron hace unos días, pero solo han salido una vez.

—¿Han estado encerrados en la casa?

—Te lo aseguro. Ya sabes que yo no pierdo detalle de lo que ocurre en mi barrio. ¿No te parece muy raro?

—Bueno, es lo mismo que hacían los anteriores inquilinos de la casa. Aquellos tampoco salían mucho.

—Es exactamente lo mismo. Los anteriores llegaron un día, no saludaron a nadie y unas semanas después se marcharon. Los nuevos salieron anoche, más o menos a las once, y volvieron un rato después.

—No hay de qué preocuparse, Agnes. Cuídese mucho. Ya nos veremos. —Jack intentó dar por terminada la charla y tranquilizar a la anciana, pero con dudas y sospechas en su cabeza.

—Adiós, Jack. Que tengas un buen día.

El coche de la policía se alejó calle abajo. Agnes terminó de pasear al perro y volvió a casa.

Horas después, ya de noche, el policía Jack, fuera de servicio y vestido de paisano, volvió al lugar. Le podía la curiosidad por la información de Agnes. Aparcó su coche en una calle paralela y caminó hasta la casa en la que estaban esas personas que apenas habían salido. Su instinto policial le hacía sospechar. Apenas circulaban automóviles a esa hora. Con sigilo profesional, Jack se parapetó detrás de unos arbustos. Su objetivo era llegar hasta el garaje y tratar de ver, por una pequeña rendija entre la puerta y su marco, la matrícula del coche. Eso ya suponía bordear la legalidad, porque no tenía dato alguno para desconfiar del carácter delictivo de los ocupantes de esa casa. Por supuesto, no podía interrogarlos sin motivo. Pero si conseguía la matrícula, quizá pudiera averiguar algo.

Así lo hizo: se acercó con sigilo a un lateral de la puerta del garaje. En efecto, como Jack suponía, una rendija permitía ver una parte del coche y su matrícula. La apuntó en el bloc de notas de su teléfono móvil y se alejó de allí.

Por la mañana, el agente Jack llegó a la oficina de la policía local antes de su hora de entrada. Se sentó delante del ordenador y tecleó el número de la matrícula en un banco de datos en el que figuraban los coches domiciliados en Smithtown. Allí no aparecía. El problema para Jack era que no podía buscar en los registros de otras ciudades. Para eso necesitaría utilizar el sistema del FBI, en el que sí estarían los coches de todo el país. Tendría que pedir un favor.

—Mick, soy Jack —dijo, cuando su viejo amigo descolgó el teléfono.

—¡Hola, Jack! ¡Qué alegría oírte! ¿Cómo estás?

Mick y Jack se habían conocido sirviendo en el ejército diez años atrás en Afganistán. Al volver, Jack buscó trabajo en su localidad natal, cerca de su familia. Mick, más ambicioso, consiguió un puesto en el FBI, y ahora estaba destinado en el cuartel general de Washington.

—Todo va bien. Te llamo porque necesito una información.

—¿En qué puedo ayudarte?

—Datos de un coche. Tengo la matrícula, pero no está domiciliado en Smithtown, y desde el ordenador de la policía local no puedo acceder a otro banco de datos general.

—¿Cuál es la matrícula?

Jack le dio el dato a Mick, que abrió un parte oficial con el nombre y el número policial del agente local que solicitaba la información. De inmediato, inició la búsqueda. En el registro del FBI quedaría reflejado que un policía local de Smithtown solicitaba información sobre un coche.

—Aquí está —dijo Mick al instante—. Es propiedad de una empresa con sede en Brooklyn, llamada Trend. ¿Esto te dice algo? ¿Te sirve de ayuda?

—De momento, no. ¿Puedes mirar a qué nombre figura una casa?

Mick abrió otro parte oficial, de nuevo con los datos de Jack, pidió la dirección de esa vivienda, introdujo la información en el sistema y apareció un nombre.

—Es lo mismo: la casa es propiedad de Trend.

—Sigo sin sacar conclusiones de esto, pero algo se me ocurrirá. Gracias, Mick.

—Ha sido un placer.

Washington

—¡No aguanto más aquí metido!

Pablo Perkins ya tenía el alta hospitalaria, pero los médicos le obligaban a mantener el reposo en su apartamento de Washington.

—Pues todavía te quedan unos días. —Teresa trataba de consolar a Pablo, sin éxito—. Debes tener paciencia.

—Después de operarme de varios huesos, también voy a tener que operarme de la vista, porque lo único que puedo ver en todo el día es la pantalla del ordenador. ¡Se me ponen los ojos cuadrados!

—Pero es necesario que sigas. En algún momento podría aparecer alguna pista. Tenemos que dar con ellos. No pueden haberse evaporado.

Pablo, necesitado de actividad después de su paso por el hospital, había recibido un encargo de Beth Kramer: «Esta es la clave de acceso al sistema del FBI —le dijo, entregándole un papel con una larguísima contraseña de números y letras—, donde se reciben las alertas de todas las oficinas de Estados Unidos, y también de las investigaciones de policías estatales y locales que piden ayuda al FBI». Kramer no quería hacer ese encargo a nadie dentro del propio FBI, porque eso haría que más personas conocieran datos de una investigación que debía mantenerse como alto secreto.

El encargo de Pablo consistía en monitorizar desde su casa las alertas que hubiera emitido cualquier cuerpo policial o de seguridad de Estados Unidos, que pudieran suponer un indicio sobre los movimientos del ejecutor, Gorki, y su colaboradora, Nadia: avisos sobre vecinos con comportamientos poco comunes, alquileres repentinos de pocos días, clientes sospechosos en hoteles...

—No descartes que estén en Moscú a esta hora —remató Pablo, con una mezcla de desazón y hastío, pero se equivocaba.

Revisó más de trescientas opciones. Eran demasiadas. Tenía que hacer una criba. Se centró en las de Nueva York y los estados de alrededor. Después de horas delante de la pantalla, cuando la desesperación empezaba a apoderarse de su ánimo, y en la soledad de la habitación, algo llamó su atención: en el sistema de avisos del FBI figuraba la petición de un policía local de un pueblo de Long Island llamado Smithtown, en el estado de Nueva York. A Pablo le resultaba familiar ese lugar porque estaba cerca de Port Jefferson, una localidad con un bonito puerto deportivo, al que a veces acudía con su padre para salir a navegar en una embarcación de recreo.

El agente Jack Brown solicitaba al FBI información sobre un coche y sobre la propiedad de una vivienda en Smithtown. Según el breve texto que acompañaba a la petición, en la casa residían dos personas sospechosas, aunque no explicaba el motivo de esas sospechas. Solo citaba que la vecina de la casa de enfrente —una tal Agnes, según el dato que figuraba en la solicitud— advirtió al agente de algunos movimientos extraños, aunque tampoco se especificaban. Aparecía que la propietaria del coche y de la casa era una sociedad llamada Trend, con domicilio en el barrio neoyorkino de Brooklyn. Los datos situaban su sede en un polígono conocido como Sunset Industrial Park.

—Creo que tengo algo. —Pablo llamó a Teresa, que acudió de inmediato. Le dio los datos que acababa de encontrar en su búsqueda y añadió algo más—: He puesto la dirección de Trend en Google Maps y lo que se ve en la imagen de satélite es su solar vacío. Allí no hay nada.

—Me voy a Nueva York ahora mismo —dijo Teresa.

—Nos vamos a Nueva York ahora mismo.

—Por supuesto que no.

—No me pienso quedar aquí encerrado.

—Si quieres, llamo a Beth y que te ponga cuatro policías en la puerta, para que no puedas salir.

—Ve con mi padre —se rindió Pablo—. Conoce bien esa zona.

—Eso, por supuesto.

Pablo dio a Teresa un papel con los datos fundamentales del informe del FBI: el nombre del policía, el de la vecina de enfrente, el de la empresa y la dirección de todos los lugares a vigilar.

Estado de Nueva York

Tres horas después, el avión de Teresa y Matthew Perkins aterrizó en el aeropuerto de La Guardia, en Nueva York, a unos veinte minutos en coche del Sunset Industrial Park. Tomaron un taxi y fueron a la dirección de la compañía Trend. En efecto, tal y como les dijo Pablo, lo que había en ese número de la calle era un solar. Sí se veían cascotes, como si hubieran derribado un edificio.

Teresa y Matthew entraron en una empresa cercana. Quizá alguien supiera qué había pasado con Trend.

—Hace unos meses echaron abajo la nave —les dijo el encargado de una compañía de transportes, situada a cincuenta metros—. Tenía dos plantas, con tres o cuatro oficinas. Pero se veía poco movimiento de personas. A veces pasaban semanas enteras sin que apareciera nadie. Y no solían relacionarse con los que trabajamos por aquí. Yo no recuerdo haber hablado con nadie de esa empresa.

Teresa y Matthew agradecieron la información y se marcharon precipitadamente.

—Esto suena a tapadera —dijo Matthew.

—Eso creo yo. Hay que ir a Smithtown.

Estaban a casi cien kilómetros. Ya no les serviría un taxi, porque necesitarían un coche para moverse con libertad.

En ese mismo polígono industrial encontraron una empresa de alquiler de automóviles. Por el camino, Matthew llamó a Pablo para que estuviera al tanto de todas las novedades, y siguiera buscando información desde la soledad de su apartamento en Washington.

Pasada una hora llegaron a la calle Atterbury Drive, en las afueras de Smithtown. Era una zona de viviendas individuales con jardín. La casa por la que preguntó el policía local al FBI estaba justo en la entrada de esa calle, a mano derecha.

—Si lo que busca quien viva en esa casa es tener la mejor escapatoria posible, ha acertado —dijo Matthew, constatando que desde ese lugar se tenía un acceso inmediato a la avenida rápida por la que se podía huir en dirección norte o sur, y daba salida fácil a otras calles de formas laberínticas, que permitían esconderse en muchos recovecos: otras casas, jardines, árboles frondosos…

Teresa, al volante, pasó de largo para inspeccionar la zona. Después giró ciento ochenta grados y volvió hacia la casa sospechosa. Hecha una comprobación del lugar, decidieron ir a una cafetería cercana. Tenían que pensar.

—Hay que avisar a Beth para que dé orden a la policía local de desentenderse de este asunto. Si el ejecutor está ahí, cualquier agente de uniforme que merodee por los alrededores será un problema. Y lo último que necesitamos es que un policía local bienintencionado detenga a unos espías rusos o los haga huir.

Kramer se encargó de ese asunto de inmediato, después de ser informada del nuevo operativo en marcha. La policía local de Smithtown no volvería a patrullar esa calle ni las aledañas hasta nueva orden.

Teresa abrió su ordenador en la cafetería, buscó Atterbury Drive en Google Maps y mostró la fotografía de satélite a Matthew.

—Tendríamos que instalarnos en la casa de enfrente —propuso Teresa—. Ahí debe de ser donde vive la tal Agnes, a la que se hace referencia en el informe del FBI. Desde allí, la vista es diáfana, no hay árboles. Se podrá observar cualquier movimiento de nuestros amigos rusos, si es que están ahí.

Media hora después, Teresa y Matthew llamaban a la puerta de Agnes. Una amable anciana y un ruidoso perrito blanco salieron al encuentro de los visitantes.

—Buenas tardes, señora —saludó Teresa, con voz angelical.

—Buenas tardes. ¿En qué puedo ayudarles?

—Es usted Agnes, ¿verdad?

—Sí, querida. ¿Nos conocemos? —Agnes pensó, por un momento, que se trataba, quizá, de la hija de alguna amiga, cuyo rostro habría olvidado por su despiste habitual.

—No, no —dijo Teresa, antes de bajar el tono de su voz para ir al grano y lanzar la primera mentira de la conversación—. Nos envía Jack, el policía, para que nos hable usted de los vecinos de aquella casa. —Teresa dirigió su mirada hacia el otro lado de la calle—. ¿Le parece bien si pasamos y hablamos dentro?

—¡Síííí! —respondió Agnes, alargando la palabra monosilábica de forma casi interminable y mostrando un entusiasmo desmedido por la aventura que parecía avecinarse, gracias a las personas que le enviaba Jack; por fin, un poco de acción en su monótona vida de jubilada—. Pasen, por favor. ¿Quieren un café o un té?

—Un té, por favor. Se lo agradezco mucho —intervino Matthew, sabedor de que una consumición permitiría prolongar de forma natural la duración de su charla.

Agnes dirigió a sus visitantes hacia el salón de la planta baja. Desde sus ventanas se veía bien la casa sospechosa, aunque Matthew estaba convencido de que la visión más clara la tendrían desde la planta de arriba, donde Agnes solía sentarse a ver la televisión, en el sillón situado junto a la ventana.

Agnes contó a esos visitantes amigos de Jack todos los detalles sobre los inamistosos vecinos: llevaban unos días allí, y solo habían salido una noche, durante un rato, cuya duración no supo precisar.

—¿Y qué hicieron? —Teresa quería más información.

—Yo estaba mirando la televisión y, de repente, oí el ruido del motor. Eran más o menos las once de la noche. Luego me quedé dormida en el sofá.

—¿En qué sofá?

Matthew no quiso desperdiciar la oportunidad que le daba Agnes. Desde que entró en la casa, quería subir a la planta de arriba, porque desde allí tendría una mejor panorámica de la calle.

—Está arriba —respondió Agnes.

—¿Podríamos verlo? —insistió Matthew.

—¡Por supuesto! —El entusiasmo de Agnes se incrementaba por momentos—. Vengan conmigo.

Agnes se adelantó para ir hacia las escaleras y las subió con la calma y la precaución propias de una persona mayor. Una vez en la sala de la televisión, Teresa y Matthew confirmaron que, en efecto, la vista de la zona era perfecta. Se miraron y no necesitaron decirse nada más: se instalarían allí; solo tenían que convencer a Agnes.

—Agnes, siéntese, por favor —pidió Teresa, utilizando las formas propias de una nieta con su abuela, agachándose para ponerse a su altura y cogiendo con cariño las manos de la anciana—. Necesitamos quedarnos aquí unos días, porque hay que vigilar esa casa.

—¿Estamos en peligro? —preguntó Agnes, alarmada.

—No se preocupe por nada. Nosotros cuidaremos de usted.

—Hija, pueden quedarse el tiempo que necesiten.

Teresa permaneció con la anciana y Matthew salió a comprar instrumentos que iban a necesitar para la vigilancia, porque habían llegado a Smithtown casi con lo puesto, aunque Teresa siempre se movía con su ordenador, que era una extensión de su cuerpo.

Dos horas después, volvió con prismáticos, un trípode, una cámara de fotos con teleobjetivo y con el tanque de gasolina lleno, por si fuera necesario hacer un seguimiento de larga distancia.

Esa noche, a la una de la madrugada, según establecían las órdenes de Moscú, Gorki activó su teléfono móvil y revisó las redes sociales en las que esperaban que les dieran las nuevas instrucciones.

—¡Nos sacan de aquí!

—¡Por fin! —celebró Nadia—. ¿Cuándo será?

—Pasado mañana. Pero no puedo esperar tanto.

—Claro que puedes. Hemos conseguido que aguantes hasta hoy con los baños y los masajes.

—No puedo más.

—Vamos al baño.

De nuevo, Nadia trató de relajar el síndrome de abstinencia de Gorki. Durante casi una semana había logrado mantener bajo un cierto control la necesidad de su compañero de salir otra vez a buscar la droga. Pero no sabía si iba a ser posible contenerlo dos días más.

—El problema no son solo estos dos días —dijo Gorki, todavía sumergido en el agua caliente de la bañera—. El problema es qué ocurrirá cuando nos saquen de aquí. ¿Cómo voy a conseguir cocaína después? Necesito conseguirla antes.

—Eso es imposible.

—No me digas lo que es posible o no. Ya lo hicimos una vez y no pasó nada. Podemos intentarlo de nuevo.

—No pienso ir contigo a ningún sitio, salvo para que nos rescaten.

—Está bien. Lo haremos ese día.

—¡¿Cómo?!

Gorki, desnudo, encogido sobre sí mismo, con la cabeza hundida entre las rodillas y dentro de la bañera, dio los detalles del plan.

—La orden de Moscú es que pasado mañana a medianoche salgamos de aquí y vayamos a un barrio que se llama Whitestone, en el distrito de Queens, en Nueva York. Está a una hora de camino. En la calle 10 nos recogerán. Lo que vamos a hacer es salir de aquí antes de esa hora, ir a la discoteca, comprar lo que necesito y, desde allí, dirigirnos al lugar del encuentro.

—Es una locura. Nos van a cazar justo cuando estamos a punto de ser rescatados.

—Lo necesito ahora, y lo voy a necesitar después.

Nadia salió del baño angustiada por lo que estaba por llegar. Gorki, hundido en el agua y con los ojos cerrados, trató de dejar su mente en blanco, pero no pudo. De nuevo, un pensamiento obsesivo volvía a apoderarse de su ánimo. Recordó su infancia en Alemania. Apenas era un niño cuando murió su padre, y la memoria idealizada que tenía de él la había construido su madre durante años. Pero nada era igual desde que el presidente de Rusia le desveló la traición que cometió. Quería pensar que su padre actuó así por un buen motivo, aunque no era capaz de imaginar cuál pudo ser. Al tiempo, no soportaba la sensación de saber que era hijo de un traidor. No podía dejar de quererlo y, a la vez, odiaba lo que había hecho y vivía desquiciado por recuperar el buen nombre de su familia, cumpliendo con éxito las misiones que se le encomendaban. Sin embargo, ahora se veía a sí mismo en aquella bañera, tratando de calmar su incontrolable adicción, y temeroso de que sus superiores en Moscú llegaran a conocer la verdad. La deuda que su padre dejó pendiente de pago quizá no podría devolverla nunca.

Tenía que ser fuerte, como siempre creyó ser, pero se sentía débil. El soldado imbatible y desconocedor del miedo, el asesino despiadado que no entendía de arrepentimientos, se había transformado en un hombre frágil, incapaz de vengar la memoria de su padre, y de rehabilitar su figura a través del heroísmo que debía mostrar su hijo. Lejos de ser un héroe, era un individuo despreciable, que no tenía la fortaleza suficiente para controlar una adicción.

Durante la madrugada, Matthew y Teresa se turnaron cada tres horas para que uno vigilara y el otro durmiera. La primera noche no se movieron ni las hojas de los árboles. El segundo día transcurrió de la misma manera. Llegó la segunda noche y se repitió el patrón. La espera resultaba desesperante. Litros de café y kilos de sándwiches aparecían sobre una mesa de aquel salón y desaparecían al cabo de un rato. Y en el ánimo empezaban a surgir las dudas sobre si, en realidad, habría alguien en esa casa, o estaban observando un lugar vacío en el que nunca pasaría nada.

Durante la mañana del tercer día, Matthew evidenció que ya escaseaban sus reservas de paciencia.

—Voy a acercarme a la casa. No podemos estar así mucho más tiempo. Esto es inútil.

—Puede ser arriesgado, Matthew —rebatió Teresa—. Creo que debemos esperar.

—¿Cuánto más, Teresa? Es una pérdida de tiempo…

—Puede ser, pero aguantemos un poco más. Veinticuatro horas. Si esta noche no ocurre nada, mañana hablaremos con Beth y Pablo, y tomaremos una decisión.

La intuición de Teresa era infalible.

A las nueve de la noche, en el sótano de la casa de enfrente, Nadia y Gorki preparaban dos mochilas con lo básico. Tres horas después debían estar en el barrio de Whitestone, pero antes volverían a la discoteca de Smithtown para que Gorki se abasteciera de la cocaína que necesitaba, en el intento de calmar su síndrome de abstinencia y aprovisionarse, si podía, para dos o tres semanas más.

El día había resultado agotador para Gorki, porque la angustia provocada por la ausencia de droga se sumaba a la impaciencia por conseguirla. También para Nadia, porque su capacidad para aguantar la tensión generada por su compañero se había consumido días atrás, y temía perder los nervios en cualquier momento. Sentía que estaba al borde de superar su límite.

Minutos antes de las diez, con sigilo, en silencio y extremando las precauciones, Nadia entró a oscuras en el garaje, para depositar las mochilas en el maletero del coche. De inmediato llegó Gorki, demacrado por la ansiedad, y ocupó el asiento del copiloto. Nadia se puso al volante y puso el motor en marcha. El ruido del motor resultaba casi inaudible al otro lado de la puerta del garaje, que aún estaba cerrada. Pero la luz de los faros se coló por la rendija inferior del portón.

—¡¡Matthew!! ¡¡Hay movimiento!!

El grito de Teresa hizo a Matthew saltar del tresillo en el que estaba adormecido, en su turno de descanso. Agnes, recluida en la planta baja de la casa, preguntó si pasaba algo.

—Nada, Agnes. No se preocupe —contestó Teresa, para sosegar a la anciana.

Matthew utilizó los prismáticos para observar con mayor detalle, mientras Teresa se parapetaba detrás del trípode y de la cámara con teleobjetivo, a la espera de que se levantara la puerta del garaje.

—Es mejor que dejemos esto y nos preparemos para seguir a ese coche, porque podrían no volver —dijo Matthew, metiendo los prismáticos en una mochila, mientras Teresa abandonaba la cámara y el trípode, y se lanzaba hacia la planta baja, poniendo sus tobillos y sus rodillas en situación de máximo riesgo: saltaba los escalones de tres en tres.

—¿Ya se van? —preguntó Agnes con conmovedora ingenuidad, al ver a sus invitados correr como si hubiera llegado el fin del mundo.

—Vamos a dar un paseo. Luego volveremos.

Teresa, con pose candorosa, dio a Agnes un beso en la mejilla y se apostó en la ventana de la cocina, a la espera de ver si salía el coche de la casa de enfrente. Y así fue.

Unos segundos después, el portón del garaje empezó a abrirse con una lentitud exasperante para las prisas y la incertidumbre que compartían tanto los perseguidores como quienes iban a ser perseguidos. El coche conducido por Nadia salió al exterior con ritmo cuidadoso para recorrer el corto camino asfaltado a través del jardín delantero, que daba acceso a la calzada de la calle. Giró a la izquierda y, unos cincuenta metros después, dobló a la derecha para incorporarse a la avenida Landing en dirección sur. En ese momento, Matthew arrancó el coche alquilado, con Teresa sentada a su derecha, e inició la tarea de seguimiento a una distancia prudencial y dejando que hubiera dos o tres vehículos entre el de los sospechosos y el suyo.

—¡Acelera! ¡No vayas tan despacio!

Gorki se mostraba más inquieto a cada segundo que pasaba. El desasosiego se apoderaba de su mente, condicionada por la necesidad que tenía su cuerpo de drogarse, después de días de abstinencia forzada.

—¡No me presiones más! —gritó Nadia, volviendo su mirada inquisitiva hacia Gorki—. ¡Me estoy jugando la vida por ti y por tu maldita adicción! ¡No me digas lo que tengo que hacer!

Gorki, a pesar de un estado de agitación que le llevaba a tener un comportamiento incontrolado, fue capaz de guardar silencio, y evitó cruzar su mirada con la de Nadia: siguió con los ojos en la carretera.

—¡Pablo! —gritó Teresa al teléfono conectado al sistema *bluetooth* del coche—. ¡Los estamos siguiendo! Van un hombre y una mujer, pero no hemos podido ver bien sus caras. No sabemos si son ellos. Acaban de salir de la casa. Ya he conectado la baliza. ¿Recibes la señal?

Teresa llevaba, adosado a la cintura del pantalón, un pequeño dispositivo de localización por GPS.

—¿Por la avenida Landing, hacia el sur? —Pablo quería confirmar si lo que veía en la pantalla de su ordenador se correspondía con la información que aportaba la baliza.

—¡Exacto! —certificó Matthew, sin apartar la vista del coche al que seguían.

—Teresa —pidió Pablo, bajando el tono de voz y sus pulsaciones, en el intento de no añadir más nerviosismo al que ya tenían—, dame también ubicación en tiempo real desde tu móvil, así os tendré monitorizados por dos vías y os podré dirigir con más seguridad.

Pablo, experto en todo tipo de aparatos electrónicos, nunca se fiaba de la información aportada por un único dispositivo.

Teresa siguió las instrucciones. En ese momento, Pablo ya podía supervisar la persecución desde un mapa de la zona, tanto en el ordenador como en el móvil.

—Creo que pueden ir hacia un centro comercial que está unos tres kilómetros más adelante —informó Pablo, con los ojos fijos en sus dispositivos—. Las tiendas ya habrán cerrado porque es tarde, pero también hay un supermercado que abre las veinticuatro horas, un restaurante y una discoteca. Supongo que irán a comprar al súper, porque no creo que vayan a cenar, ni mucho menos a bailar.

Cuatro minutos después, el coche al que perseguían se desvió hacia el aparcamiento de la zona comercial de la que les habló Pablo.

—Sí, van al centro comercial —dijo Matthew, mientras dirigía el coche para estacionarlo a unos treinta metros de donde Nadia había aparcado el suyo.

Gorki, inquieto y nervioso, fue el primero en abrir la puerta y salir del automóvil. Nadia lo hizo un instante después. Ambos miraron a un lado y a otro, queriendo suponer que nadie habría seguido sus pasos.

—¡Es él! —gritó Teresa—. ¡Creo que es el ejecutor! ¡Y ella se parece a la mujer que siempre lo acompaña!

—¡Sí! ¡A mí también me parece que son ellos! —confirmó Matthew, de un bramido.

—¡Pero caminan hacia la discoteca! —Teresa dio otro grito, sorprendida por lo que veía.

—¡¿A la discoteca?! —Pablo no entendía lo que pasaba, desde la soledad de su apartamento y con la cabeza casi metida en la pantalla del ordenador.

—Sí, seguro —intervino Matthew—. Van a la discoteca, porque el restaurante y la tienda están al otro lado.

—¡Voy a entrar! —exclamó Teresa, con una seguridad que parecía impedir cualquier enmienda que se pudiera plantear.

—Iré contigo —dijo Matthew, consciente de que su edad le convertiría en sospechoso, al no cuadrar con la de los clientes del local; y tampoco estaría en condiciones de huir a la carrera si fuera necesario.

—No, es mejor que vaya yo sola y que tú te quedes aquí, por si salieran y hubiera que continuar la persecución. Aunque no sé si me van a dejar entrar con esta pinta que llevo…

Teresa se miró a sí misma. No vestía sus mejores galas: pantalones de faena con bolsillos en los laterales de las piernas, cazadora impermeable y zapatillas deportivas. Pero no tenía alternativa.

—No corras ningún riesgo —dijo Matthew, con actitud más paternal que profesional y mirando intensamente a los ojos de Teresa—. Nuestra orden no es detenerlos, sino saber dónde están y qué hacen.

—Cariño, no se te ocurra acercarte a ellos —dijo Pablo, utilizando una terminología más emotiva de lo que solía—. Limítate a vigilarlos y observa si contactan con alguien. Pero mantente alejada. Ya nos equivocamos en Manhattan por correr demasiados riesgos y acabé en el hospital. No cometamos un segundo error. Ten mucho cuidado.

Teresa solo atendió a la palabra «cariño». Ignoró todo lo demás, porque era la primera vez que Pablo empleaba ese lenguaje con ella en una misión profesional. En ese momento, se sentía muy querida, pero con la duda de si sería positiva o negativa esa mezcla entre el trabajo y el amor. Aun así, entendió el mensaje: no solo debía ser prudente como obligación profesional, sino porque había una persona a la que le importaba mucho y la estaba esperando.

—Tranquilo, tendré cuidado —dijo, con ternura, después de metabolizar sus sentimientos en un segundo; no buscó en el diccionario ninguna palabra que pudiera competir con «cariño», pero las inflexiones de su voz eran explícitas.

Teresa guardó su móvil en la chaqueta, salió del coche y se dirigió con paso aparentemente firme, pero con un temor creciente, hacia la discoteca. En la distancia, vio entrar a los dos sospechosos. Medio minuto después, al llegar a la puerta, el forzudo vigilante con cara de no conocer la amistad contempló a esa chica morena de arriba abajo. Ella temió que le impidiera el paso por no ir vestida adecuadamente. Pero, después de una detallada observación, el fornido custodio de aquel lugar fijó sus ojos en los de esa joven de aspecto tan curioso.

—¿Vienes sola?

—Mis amigas están dentro —mintió Teresa.

—¿De dónde eres? —El vigía notó un acento extraño.

—Soy española.

—¡Ah! De México.

—No. Española de España —respondió Teresa, ante un individuo que no parecía tener suficientes nociones de geografía.

—Me gusta tu estilo —coqueteó en vano el vigilante, que prefirió cambiar de tema mientras le hacía otra completa inspección visual—. Es atrevido, distinto.

Teresa mostró una sonrisa encantadora y el musculoso guardián, recorriendo cada centímetro de esa chica tan particular con una mirada penetrante y descarada, le abrió paso a un tugurio oscuro, y con una música que atronaba los oídos.

La discoteca tenía una pequeña y tenebrosa sala al entrar, por la que se avanzaba a ciegas. Una cortina de terciopelo negro daba acceso al espacio principal. A la izquierda, una larga barra era atendida por cuatro camareros. En el centro estaba la pista de baile, llena de gente, y rodeada por pequeñas mesas y taburetes ocupados por quienes no bailaban, pero trataban de mantener conversaciones imposibles debido al ruido extremo. Y al fondo se intuía un pasillo lóbrego, que conducía a un lugar que no se veía.

Teresa echó un vistazo panorámico, tratando de localizar a los sospechosos. No los vio en la zona de mesas y taburetes. En la pista era difícil identificar a nadie, porque estaba abarrotada de mujeres y hombres jóvenes que descoyuntaban sus cuerpos con movimientos espasmódicos al ritmo de lo que salía por los altavoces. La barra también se encontraba saturada de clientes. Pero allí, en un recodo, sentados en sillas altas, un hombre y una mujer bebían de sus copas mientras miraban hacia la pista de baile. Sí, eran ellos. Teresa ya no tenía dudas.

Aunque no quedaban sillas vacías, decidió acercarse a la barra y pidió un refresco. Estaba a unos diez metros de sus dos objetivos, que seguían allí, mirando a los demás y sin hablar entre ellos. Trató de parapetarse detrás de otros jóvenes, para evitar que la reconocieran. Parecían ausentes el uno del otro. No se comportaban con la complicidad con que lo haría una pareja, o dos desconocidos que tuvieran ganas de conocerse.

Pasados unos minutos, en medio de una gran incertidumbre sobre qué hacer, el hombre se puso en pie, miró a la mujer sin decir nada y empezó a caminar hacia la pista, pero no para bailar. Se abrió paso a través del gentío, hasta llegar al pasillo que llevaba hacia aquel lugar que Teresa no pudo identificar cuando llegó a la discoteca. ¿Era mejor ir o sería más seguro esperar?

No hubo indecisión ni vacilaciones: dejó el vaso sobre la barra y siguió los pasos del sospechoso. También tuvo que atravesar la pista, chocando con quienes disfrutaban del baile.

Cuando llegó al pasillo lóbrego, se encontró sola. Avanzó unos metros, engullida por una oscuridad casi absoluta, aunque pudo apreciar entre tinieblas, tanto a derecha como a izquierda, unas pequeñas salas, semiocultas con cortinas y ocupadas por pocas personas. Debían de ser, pensó, los reservados que había en muchos locales como ese.

Avanzó aún más despacio, atemorizada y mirando a ambos lados, hasta que, de repente, sintió un dolor infinito, como si su cráneo se hubiera troceado en miles de huesecillos pequeños: recibió un fuerte impacto en la cabeza y cayó de rodillas, mareada y aturdida. Sin tiempo ni fuerzas para reaccionar, una mano poderosa agarró su brazo izquierdo y la arrastró hacia una de esas salas sombrías, empujándola violentamente contra la pared.

—Hola, Teresa —susurró la voz de Gorki, que cerró la cortina a su espalda, mientras situaba sus vigorosas manos rodeando y apretando el cuello de la chica, dificultando su respiración y paralizando su cuerpo—. Habría sido mejor que no vinieras.

Teresa tenía la cara de Gorki casi rozando su nariz. La sensación de ahogo era mayor a cada segundo que pasaba, y se mezclaba con el intenso dolor provocado por el golpe en la cabeza.

El reservado tenía unos doce metros cuadrados y solo una leve luz azul de neón quebraba, con dificultades y muy levemente, la oscuridad del lugar.

—Tenías que haber aprendido de lo que le ocurrió a tu amigo Pablo —insistió Gorki, apretando un poco más sus manos contra el cuello de Teresa, que ahora apenas podía respirar—. No lo maté porque tenía orden de no hacerlo. Pero hemos llegado muy lejos. Ya no me sirven aquellas órdenes. Has tenido mala suerte. Te ha tocado a ti.

—Si me matas, no podrás huir —dijo Teresa, con un hilo de voz, sin apenas oxígeno y con la tráquea aprisionada por las manos de Gorki; difícilmente podía hablar, ni mucho menos gritar.

Gorki no quería alargar la conversación. Primero, mataría a Teresa y dejaría su cuerpo en ese reservado con la cortina cerrada. Después, buscaría al vendedor de cocaína y se marcharía de allí de inmediato para ser exfiltrado por los colegas rusos que le esperarían en el barrio de Queens una hora más tarde. Ese era su plan y empezó a ejecutarlo.

Ahora sí, Gorki apretó el cuello de Teresa con toda su fuerza, que era mucha. Súbitamente, los pulmones de la chica dejaron de recibir aire y la piel de su cara empezó a oscurecerse. Sus ojos, que al principio se abrieron en toda la magnitud que eran capaces de alcanzar, como si quisieran ver el mundo por última vez, empezaron lentamente a cerrarse y los globos oculares parecían a punto de darse la vuelta.

—¡Espera! —Nadia apareció abruptamente desde el otro lado de la cortina, cuando Teresa estaba a punto del desmayo, y un instante antes de morir asfixiada—. Quiero matarla yo.

Se llevó una mano a la espalda con actitud teatral, como degustando el momento. Cuando la devolvió de nuevo al frente, sus dedos agarraban con determinación asesina una pistola con silenciador.

—Tiene cosas que contarnos antes de que acabemos con ella —dispuso la agente rusa.

Gorki miró a Nadia sorprendido, pero complacido. Apartó sus manos de Teresa, que cayó al suelo como lo haría un saco de piedras, mientras trataba de meter en sus pulmones todo el oxígeno del planeta en una sola inhalación, en medio de violentos jadeos y sacudidas de su cuerpo, que estaba solo medio vivo.

Nadia apuntó el cañón de su arma hacia Teresa, tirada sobre la moqueta del reservado. Un solo disparo y todo acabaría. Teresa, sin apenas resuello, levantó la mirada hacia su inminente asesina en busca de clemencia, mientras Gorki observaba la escena desde una esquina, satisfecho, a la espera de asistir a la muerte de esa entrometida espía española.

—Aquí se acaba todo —dijo Nadia, mirando fijamente a Teresa y con el dedo en el gatillo.

Pero, en ese momento, con un movimiento fulminante y expeditivo, Nadia dejó de apuntar a Teresa —que se había encogido sobre sí misma, con las manos en la cabeza, esperando la muerte—, dirigió la pistola hacia Gorki y disparó, sin conceder a su víctima una décima de segundo que le hubiera permitido apartarse de la línea de fuego. La bala se incrustó en la frente, justo entre los ojos.

El agente ruso se derrumbó sin control, como si un titiritero hubiera dejado sueltas las cuerdas de su marioneta. Parte de la masa encefálica quedó adosada a la pared y algunos restos alcanzaron la ropa y la cara de Teresa, mientras la sangre que manaba de la cabeza empapaba la moqueta.

Al producirse el disparo, Teresa sintió un brusco y violento sobresalto, como si hubiese sufrido una descarga eléctrica. Quiso lanzar un grito, pero quedó acallado por el infernal volumen de la música discotequera que atronaba en aquel local. Atrapada por el terror, le sobrevino una arcada y vomitó todos los sándwiches que había comido en la casa de Agnes.

—Debí hacer esto mucho antes —musitó Nadia, en un reproche hacia sí misma, mientras observaba el cuerpo inerte de Gorki.

Después, bajó la pistola y la volvió a guardar a su espalda, en un parsimonioso y protocolario ceremonial homicida. La bala apenas dejó en el aire un leve rumor, un tímido silbido enmudecido por el silenciador de la pistola y por los altavoces del local.

—¡Levanta!

Nadia registró a Teresa, todavía espantada y estremecida, por si llevaba algún arma. No era así, pero tenía su móvil en un bolsillo. Le quitó el teléfono y vio que estaba conectada la ubicación. Lo tiró al suelo y lo pisó varias veces, hasta destrozarlo.

—¿Dónde está la baliza? —Nadia estaba segura de que la agente española llevaría una.

Teresa, aturdida, no respondió de inmediato. Nadia la arrojó de nuevo al suelo con violencia.

—En la espalda —dijo por fin, en lo que pareció un lamento—. En el pantalón, arriba.

La agente rusa apoyó la rodilla sobre el cuerpo de Teresa para buscar el dispositivo. Palpó la cintura del pantalón, encontró lo que buscaba y lo tiró debajo de un sofá.

—Nos vamos de aquí —ordenó Nadia, sin amabilidad alguna, mientras agarraba a Teresa por un brazo para que se levantara—. Si te portas bien, vivirás. Si te portas mal, morirás. Es fácil, ¿verdad?

Teresa guardó silencio, pero entendió el mensaje. Ambas salieron del reservado. Nadia cerró la cortina a su espalda. Gorki, muerto, quedó en el suelo, con los restos de su cerebro adornando las paredes. Minutos después, alguna pareja deseosa de intimidad entraría allí y sufriría un ataque de pánico al encontrarse con el cadáver.

—¡Papá! —Pablo entró en pánico—. ¡Ya no me llega la señal del móvil de Teresa! ¡La baliza sigue activa, dentro de la discoteca! ¡Algo ha pasado!

—¡Voy a entrar! —gritó Matthew al teléfono, mientras abría la puerta del conductor.

Pero, al levantar la cabeza, vio cómo una mujer joven llevaba a Teresa sujeta de un brazo, en dirección al coche de los espías rusos. Un minuto antes, Nadia había buscado una salida de emergencia en la parte trasera, para no tener que atravesar de nuevo la pista de baile y evitar, así, que las vieran los clientes y el vigilante forzudo.

Las dos mujeres aparecieron en el aparcamiento por un lateral del edificio, alejadas de la puerta delantera por la que accedía la gente a la discoteca.

—¡Espera! ¡Teresa sale con la rusa! —gritó Matthew al teléfono.

—¡¿Cómo?! —Pablo escuchaba alarmado desde su apartamento en Washington.

—¡La rusa lleva a Teresa agarrada por un brazo! ¡Van hacia su coche!

—¿Y el ejecutor?

—¡No ha salido! ¡Solo Teresa y la rusa!

—¡¡Olvida al ejecutor!! ¡¡Ve detrás de ellas!! ¡¡Papá, tienes que salvar a Teresa!!

Matthew no necesitaba que Pablo le diera esa orden, porque ya había arrancado su coche para iniciar la persecución. Desde un minuto antes, Nadia tenía a Teresa inmovilizada en el asiento del acompañante, al haberla rodeado de cinta americana. De inmediato, enfiló el morro de su coche hacia el sur por las calles de Smithtown, hasta alcanzar la autovía Northern State, en dirección oeste, hacia la ciudad de Nueva York. Tardarían menos de una hora en llegar al lugar de la cita con sus colegas rusos, en el barrio de Whitestone. Matthew iba unos trescientos metros más atrás.

—¡Los tengo a la vista, tranquilo! —le dijo a Pablo, que sonaba histérico en el auricular del teléfono móvil.

—¡Papá, tienes que rescatar a Teresa!

—¡Te juro que lo haré, Pablo! —respondió Matthew, mientras mantenía su vista en el coche que tenía delante.

—¿Qué hace una española metida en este lío? —preguntó Nadia mientras conducía, pretendiendo mantener una charla convencional, en una situación nada convencional como esa. Teresa mantuvo la boca cerrada, con la mirada perdida en la carretera—. Tenemos tu nombre y el de tu amigo Pablo desde hace semanas —insistió Nadia, mientras ponía sus ojos en el retrovisor cada pocos segundos, tratando de comprobar si alguien las seguía; y le pareció que así era—. Creo que alguien viene a por ti. Quiere ser un héroe. No debería.

Nadia aceleró, aunque tratando de no superar demasiado el límite de velocidad, por si hubiera en la zona patrullas de control del tráfico. Vio que eso mismo hacía otro coche que iba detrás desde hacía varios kilómetros.

—Parece que tendremos compañía hasta nuestro destino. Si quien nos sigue hace algo inconveniente, os mataré a los dos. ¿Es Pablo?

—Deberías replantearte lo que estás haciendo. —Por fin, recuperado en parte el control sobre su cuerpo y sobre la tensión que la mantenía atenazada, Teresa decidió dar un paso, sin atender a la pregunta.

—Creí que el miedo te había hecho perder el habla —ironizó Nadia.

—No vuelvas. —Teresa quería reconducir la conversación—. Si has matado a tu compañero, es que no quieres seguir. Ayúdanos a terminar con esta locura de asesinatos.

—Solo nos ocupamos de los traidores. Ese es un asunto nuestro, no vuestro. No merecen vivir.

—¿Tu compañero también era un traidor?

—Era un drogadicto.

—Cocainómano —remató Teresa, para demostrar que no era la única mujer con información relevante en ese coche.

—Ahora resulta que eres una buena espía... —Nadia sonrió con sarcasmo.

—Lo sabemos desde que tu amigo tiró a un hombre por la ventana de la embajada rusa en Berlín —añadió Teresa, para dejar claro que tenía más datos de los que Nadia podía imaginar.

—Con un drogadicto no se puede trabajar. —Nadia ya hablaba de Gorki con una enorme distancia emocional, como si nunca se hubiera sentido atraída por él—. He tenido demasiada paciencia. Nos jugamos la vida dos veces para ir a esa discoteca a comprar droga. Tenía que morir.

—Nuestra misión era impedir que tu compañero siguiera matando a personas en Occidente. Pero ya ha sido eliminado. A ti te podemos ayudar y proteger.

—Si os ayudo, un día llegará alguien que me encontrará, y acabaré como acaban todos los traidores.

—Déjalo ya.

—¡Cállate! —gritó Nadia, tratando de acabar con esa incómoda conversación—. Ya estamos llegando.

Teresa entendió que no convencería a Nadia y se preguntó si tendría escapatoria cuando llegaran al lugar al que se dirigían.

—¿Por qué no has dejado que me matara? —Ahora Teresa probó a entrar en el terreno de las emociones; pero no había emoción, sino pragmatismo.

—Un espía debe cumplir las órdenes de sus superiores, no las órdenes que le da su cuerpo por sufrir el síndrome de abstinencia. Y si ahora tengo que matarte, será por culpa de quien te quiere salvar.

En ese momento, Nadia abandonó la carretera por la que avanzaba hacia el este, para girar hacia el norte por la Cross Island, en dirección al barrio de Whitestone.

—Han salido hacia el norte —indicó Matthew a Pablo por teléfono.

—Si siguen en esa dirección, y atraviesan el puente de Whitestone, llegarán al Bronx.

—Pero también podrían quedarse antes del puente, en Whitestone.

Así fue. Pocos minutos después, Nadia giró a la derecha y se introdujo en el barrio, hasta alcanzar la calle 10. Era una zona de urbanismo abigarrado, con calzadas de un solo carril en cada sentido, casas de una o dos alturas, pequeños jardines y poco alumbrado público.

Llegó hasta la esquina de la calle 10 con la 152 y allí paró. Miró por el retrovisor. En la distancia, vio las luces de un coche. Supuso que era el mismo que iba detrás en la carretera.

—Ese amigo tuyo que nos persigue está poniendo en riesgo tu vida.

—Déjalo. Te protegeremos. —Teresa hizo un último intento.

Nadia ignoró esas palabras.

—Te he perdonado la vida en esa discoteca, pero solo perdono una vez. Ahora me voy. Cuando llegue tu amigo, dile que se quede contigo. No me busquéis. Si quieres vivir, no pretendas ser Matahari. —Teresa quiso contestar, pero Nadia le tapó la boca con la mano, en actitud agresiva, antes de lanzar una amenaza velada, a no más de cinco centímetros de su cara—: Cuando tenía trece años, antes de que todo el mundo se volviera loco y empezaran otra vez las guerras, mis padres me trajeron de vacaciones a Estados Unidos. Fuimos a ver la NASA, en Cabo Cañaveral. Y allí aprendí un lema que siempre he seguido: «*Be greater than average*» (Ser mejor que la media). No lo olvides: soy mucho mejor que la media. Por eso sigo viva. Y por eso puedo acabar contigo y con tu amigo si os cruzáis en mi camino. ¿Lo entiendes?

Teresa solo pudo asentir ligeramente con la cabeza.

Nadia abrió la puerta del coche y se marchó precipitadamente. En la oscuridad de la noche, se metió entre dos casas, salió por la parte de atrás y alcanzó la primera nave de un polígono industrial. Un coche encendió sus faros en ese momento y emitió dos ráfagas de luz. Nadia corrió hacia el automóvil y entró por el lado del acompañante.

—¿Dónde está Gorki? —preguntó el conductor, agente de inteligencia empleado como funcionario en el consulado ruso en Nueva York.

—Le he pegado un tiro en la cabeza —respondió Nadia, sin pretensión de edulcorar la realidad; como quien da a alguien un puñetazo en la boca del estómago, sin motivo alguno.

El agente notó un espasmo en su columna vertebral, pero hizo lo posible por evitar una simple muestra de sorpresa.

—Ese no era el plan —respondió como lo haría un robot.

—Ya lo has oído: le he pegado un tiro en la cabeza. He cumplido una orden de Moscú.

—No son mis órdenes.

—Son las mías. Gorki era un drogadicto. Si la misión corría peligro, Moscú me ordenó resolverlo. Y lo he resuelto. Ahora, vámonos de aquí.

En un segundo, desaparecieron.

En efecto, una semana antes, en medio de uno de los momentos angustiosos de Gorki con su síndrome de abstinencia, Nadia contactó con Moscú mediante una comunicación encriptada y sus jefes le dieron la autorizaron para actuar en el caso de que el estado de Gorki pusiera en riesgo el cumplimiento de la misión.

En ese momento, Matthew detenía su coche a cien metros del que había conducido Nadia. No sabía si la espía rusa seguía dentro. Caminó con sigilo, protegiéndose de árbol en árbol y empuñando un arma, hasta que estuvo a una distancia suficiente para comprobar que en el interior solo parecía estar

Teresa. Entonces corrió en su ayuda y abrió la puerta del acompañante a la carrera.

—¡¿Estás bien?!

—Sí, tranquilo —respondió Teresa—, salvo por la cinta americana.

Matthew, atosigado por la angustia, le dio un rápido beso fraternal en la frente y la liberó de sus ataduras para que pudiera salir del coche.

—¿Por dónde se ha ido? —preguntó Matthew.

—Hacia esas casas.

—¡Vamos a buscarla!

—Es inútil, olvídalo. Me ha dicho que la estaban esperando los suyos. Va armada y es muy peligrosa.

—¿Y el ejecutor?

—Esa mujer le ha pegado un tiro en la cabeza en un reservado de la discoteca.

—¡¿Cómo?!

—El ejecutor me estaba ahogando y me iba a matar, pero ha aparecido ella y le ha disparado en la frente. Primero me ha salvado la vida en la discoteca y ahora me ha dejado vivir aquí.

—¡Dios mío!

—Vámonos, Matthew. Ella ya ha hecho el trabajo que queríamos hacer nosotros: ha eliminado al ejecutor.

Las palabras de Teresa dejaron a Matthew pensativo durante un instante. El estrés lo agobiaba. Sin embargo, era cierto: ya estaba cumplida la misión oficial de desactivar al ejecutor, aunque ese no era el plan previsto. Y, además, ahora tenían a la fuga a una ejecutora.

—En el coche nos lo cuentas todo a Pablo y a mí —dijo, por fin, despertando de su mínimo letargo—. Y tenemos que llamar a Beth de inmediato.

Un minuto después, en la soledad de su apartamento en Washington, Pablo lloró de felicidad al escuchar la voz de Teresa. Las lágrimas le ayudaron a desahogarse, después de una eterna tarde de sufrimiento, encerrado en una habitación: estaba viva y a salvo. Intercambiaron apasionados te quieros y se prometieron disfrutar de un día juntos, después de tantas emociones. Matthew, incómodo por no poder ausentarse de aquel momento íntimo entre otras dos personas, escuchaba la conversación como si fuese menos humano que el banco de un parque, para no interferir. Al terminar la charla, Teresa acercó sus labios a la mejilla de su conductor y lo besó como se besa a un padre.

—Gracias, Matthew.

—Eres muy valiente —respondió Matthew, agarrando con fuerza la mano izquierda de Teresa.

A pocos kilómetros, un automóvil conducido por un funcionario del consulado ruso en Nueva York avanzaba hacia el sur, por la carretera 678, en dirección al cruce con la 278.

Nadia miraba al frente sin mover un músculo de la cara ni parpadear. ¿Respiraba? Si lo hacía, era imperceptible. Una muñeca de porcelana hubiera dado más señales de vida. Pero su cerebro trabajaba como un motor de explosión. Era consciente de que asesinar a Gorki, incluso cuando tenía autorización para hacerlo, no resultaría gratuito. Tendría que dar muchas explicaciones, y quizá no todas fueran comprensibles. Ni siquiera estaba segura de las órdenes que pudiera tener el agente que conducía el coche. ¿Adónde la llevaba? ¿A otro piso franco? ¿La tiraría al río? ¿Dispararía contra ella en una nave industrial abandonada? ¿Irían al consulado para interrogarla? ¿La torturarían? ¿La harían desaparecer? Nadia decidió abandonarse a su suerte. Si Moscú había decidido eliminarla, nada podría evitarlo.

Unos kilómetros después, el automóvil se desvió para acceder a la avenida 37, junto al parque infantil General Hart. Los agentes rusos del consulado conocían las esquinas de la ciudad a las que no accede el objetivo de ninguna cámara de seguridad, y esa es una de ellas. Allí estacionaron el coche para cambiarlo por otro. En medio de la noche, el espía entró en un automóvil con matrícula diplomática después de ordenar a Nadia, sin ninguna explicación y con un tono pretendidamente desabrido, que se metiera en el maletero, lo que no hizo más que amplificar las sospechas de la agente rusa de que su final podía estar cerca.

Luego, continuaron por la carretera 278, en dirección sur, hasta llegar al puente de Brooklyn, cruzaron a Manhattan y se dirigieron hacia el norte, hasta la calle 91, donde estaba el edificio del consulado ruso. A la orden de un mando a distancia, se abrió premiosamente un grueso y macizo portón de entrada a un patio lateral y al garaje. Después de muchas semanas, Nadia se encontraba en territorio oficial ruso, aunque fuese en Nueva York, y aunque no estuviera segura de si se trataba de una estupenda o una pésima noticia.

Los agentes de contrainteligencia del FBI, que vigilan esa sede las veinticuatro horas del día, todos los días del año, vieron entrar un coche de madrugada. No era lo habitual, pero solo pudieron identificar al conductor, al que conocían bien: uno más de los espías del FSB, acreditado como funcionario del consulado. No llevaba compañía.

El consulado tenía dos habitaciones con ventanas al patio interior, preparadas para acoger a Gorki y a Nadia. Una de esas dos habitaciones fue innecesaria, porque finalmente solo habría una invitada. Esa noche, Nadia pudo descansar. Por la mañana, se iniciaría el interrogatorio. No iba a ser fácil.

Consulado de Rusia en Nueva York

—Siéntate ahí.

Un agente del FSB, acreditado oficialmente ante las autoridades de Estados Unidos como funcionario del consulado ruso, señaló a Nadia una silla con reposabrazos. Estaban en el sótano del edificio, un lugar frío y húmedo, con paredes desnudas y grises, y con tuberías negras que recorrían el techo de lado a lado. Dos tristes bombillas iluminaban el lugar, como si no tuvieran especial pasión por su tarea, de tan tenue que era la luz que emitían. Aparte de la silla, una mesa de madera de forma rectangular ocupaba el centro de la estancia.

Nadia apenas durmió durante la noche. No podía apartar de su cabeza el momento en el que apretó el gatillo para matar a Gorki: la bala en su frente, la masa encefálica en la pared, el terror de Teresa... Pero hizo lo que debía, pensó. Se repetía a sí misma que cumplía órdenes. Sin embargo, nunca antes había matado a nadie de esa manera. La guerra era otra cosa. En el campo de batalla, matas o te matan. Y los traidores son traidores; nada hay que añadir sobre ellos. Pero el reservado de aquella discoteca de Smithtown no era Ucrania. Y se trataba de Gorki, un compañero. No llegó a sentir por él nada que se aproximara al amor, pero la cercanía y los riesgos compartidos convirtieron su relación en algo más íntimo que lo puramente profesional. Ahora se encontraba abatida y temerosa, delante de un agente del FSB que la sometería a un severo escrutinio, sin saber cómo podía acabar algo así. Además, suponía que era observada por más agentes, al otro lado del espejo instalado en una pared de ese sótano.

Su interrogador tomó asiento para situarse cara a cara con Nadia, se inclinó hacia delante apoyando los codos sobre la mesa, y lanzó la primera pregunta.

—¿Por qué estabais en esa discoteca? La orden era que salierais de la casa esa noche para ir al punto de encuentro, y solo para eso.

—Gorki tenía síndrome de abstinencia. —Nadia respondió como lo haría un robot humanoide—. Necesitaba comprar cocaína. Intenté convencerlo para no ir, pero fue imposible. Era un adicto. Esto ya se lo comuniqué a Moscú. Me dieron la orden de eliminar a Gorki si esa adicción nos ponía en riesgo.

El interrogador ya conocía esos datos, pero buscaba en las explicaciones de Nadia puntos débiles o contradicciones que pudieran cuestionar su versión.

—Si Gorki iba a comprar cocaína en esa discoteca, ¿por qué era necesario eliminarlo?

—Porque iba a matar a la agente española. La estaba ahogando.

—¿Y ese era motivo suficiente para proceder a su eliminación?

—Teníamos órdenes estrictas de matar exclusivamente a los traidores señalados por Moscú. Solo mataríamos a otras personas si nuestra vida estuviera en peligro, pero eso no ocurría. Gorki estaba ahogando a esa agente porque se encontraba bajo los efectos del síndrome de abstinencia, no porque ella supusiera un peligro para nuestras vidas. Cumplí la orden de Moscú.

—¿Qué ocurrió después?

—Amenacé a esa mujer y me la llevé de la discoteca por una puerta trasera. La utilicé como escudo para protegerme hasta llegar al punto de encuentro. Mientras estuviera en el coche conmigo no se atreverían a hacer nada, porque podrían matarla a ella también.

—¿Qué información te dio?

—Me dijo que su misión era impedir que Gorki siguiera matando a gente en Occidente. Pero que, una vez eliminado, me podían ayudar a mí. Intentó captarme.

—¿Y qué respondiste?

—Me negué.

El agente del FSB miró fijamente a los ojos de Nadia, en medio de un silencio tan impenetrable que, después de varios segundos, se convirtió en aterrador. Nadia intuyó que nada bueno se avecinaba. El interrogador no parecía creer la versión que le acababa de dar sobre su charla con Teresa. De hecho, después de una larga y enigmática mirada, desvió su atención hacia el espejo, como haciendo una señal. De inmediato, un individuo de estatura imponente y una palmaria fortaleza física entró en el sótano y se dirigió hacia la mesa, sin decir una palabra.

—Te presento a Boris —dijo el interrogador, con una sorna improcedente para lo que estaba por llegar.

Boris ordenó a Nadia que se pusiese en pie y, cuando lo hizo, le dio una inesperada y poderosa bofetada, que provocó en la mujer una fuerte conmoción, y la dejó inerme e indefensa. Aprovechando esa situación de desamparo, en un movimiento veloz y violento, Boris arrancó la ropa de Nadia, que apenas pudo oponer resistencia para impedirlo.

Aturdida por el golpe en su cara y humillada por la desnudez, su agresor la obligó a sentarse y sacó cuatro bridas de un bolsillo. Con dos de ellas, inmovilizó las muñecas de Nadia contra los brazos de la silla. Con las otras dos, las piernas.

Nadia era consciente de lo que iba a ocurrir. Sentía pánico y deseaba gritar pidiendo clemencia. Pero, al mismo tiempo, estaba lista para el reto. Había sido entrenada para soportar situaciones como esa, aunque en sus tiempos en la escuela rusa de espionaje suponía que sería delante de agentes enemigos, no frente a los propios. Aun así, se dijo a sí misma que aguantaría. No se dejaría sojuzgar, aunque la torturaran.

Antes de que esos pensamientos terminaran de ocupar su mente, el recién llegado desató toda la fuerza de su brazo derecho sobre el lado izquierdo del rostro de Nadia. Lo hizo, otra vez, con la mano abierta, que a Nadia le pareció del tamaño de una raqueta de tenis. Un sartenazo habría resultado menos traumático. Y era solo un ensayo, porque estaba segura de que los puños llegarían después.

El efecto del golpe hizo que la cabeza de la agente girara bruscamente y sin control hacia la derecha, provocando un intenso dolor en la cara y que notara el movimiento descontrolado de su cerebro contra las paredes internas del cráneo. Se encontraba al borde del desmayo, pero pudo evitarlo. Perdió la respiración por un instante, aunque enderezó la cabeza, elevó la mirada y fijó los ojos en su agresor en una demostración de desafío, como diciéndole que no había podido con ella, y que allí seguía dispuesta a aguantar lo que viniera. Y lo que vino no fue mejor.

Sin darle tiempo a recuperar el aliento, Boris golpeó el lado derecho del rostro de Nadia, causando el mismo efecto, pero en dirección opuesta. La acumulación de un segundo golpe sobre las consecuencias del primero hizo que la agente quedara conmocionada. Por un instante perdió la noción de dónde estaba y por qué. Sus conexiones mentales se extraviaron, provocando una confusión mental de la que tuvo dificultades para recuperarse. De haber estado de pie, habría caído al suelo sin control.

—¿Estás ahora más preparada para contarme la verdad?

El interrogador volvía a tomar la iniciativa, mientras Boris se apartaba a un lado. Pero Nadia apenas podía respirar, y mucho menos articular palabras. Sentía un dolor inmenso en su rostro, y el cerebro parecía estar cerca de descomponerse, como un mecano averiado.

—Es mejor que respondas ya, porque Boris se impacienta —insistió en amenazar con tono condescendiente.

—Ella quiso captarme —dijo Nadia, con su respiración agitada y entrecortada—, pero me negué.

—No te creo. Es posible que te haya captado y estés con nosotros solo para conseguir información y dársela a los americanos. Eres una espía doble.

—Me negué, ya se lo he dicho.

Nadia parecía haber recuperado mínimamente sus fuerzas y respondió con más contundencia. Pero resultó inútil.

El interrogador miró de nuevo a Boris. De inmediato, un golpe despiadado, esta vez con el puño, impactó a la altura de la sien izquierda de Nadia, provocando un giro brutal de la cabeza y un daño serio en las vértebras cervicales. El impacto hizo que el cerebro se batiera como un caballo salvaje cuando un jinete intenta montarlo por primera vez, dejando a Nadia en una situación próxima al limbo. Por un momento, no veía, no oía y no sentía. Era casi un cuerpo inerte. Y un segundo golpe, igual de violento que el primero y en el lado contrario, dejó a la agente sin control sobre su cuerpo. El puño se dirigió al ojo derecho, que se hinchó de tal manera que los párpados cubrieron todo el globo ocular. Era la imagen de un boxeador noqueado. Nadia se había convertido en un pelele. Pero no se rendía.

El interrogador se puso en pie y se acercó a un grifo en la pared del sótano. Lo abrió para llenar un cubo y después arrojó el agua sobre Nadia, tratando de que mostrara algún signo de vida. La agente despertó con la sacudida provocada por el agua fría en su cuerpo desnudo, levantó la cabeza con una lentitud casi teatral y miró con un desprecio infinito a sus agresores, con su único ojo abierto.

—Si confiesas ahora, podrás ir a descansar y después arreglaremos este asunto como personas civilizadas.

—Me quiso captar, pero me negué —dijo Nadia, separando involuntariamente cada sílaba, incapaz de comunicarse con fluidez. Optó por morir antes que mentir y acusarse de ser una traidora que no era.

Boris se acercó de nuevo y, con su puño derecho, lanzó un golpe que sacudió la mandíbula desde abajo hacia arriba, forzó las vértebras del cuello, removió otra vez el cerebro con una agitación frenética, y convirtió a la agente en un vegetal.

El agresor y el interrogador abandonaron el sótano y Nadia se quedó sola, atrapada por las bridas, con la cabeza descolgada hacia abajo, un ojo hinchado y cerrado, los pómulos ensangrentados, la respiración contenida y sumida en un desmayo que, por suerte para ella, le permitía ignorar el dolor inmenso que sentiría en cuanto despertara.

Unos minutos después, el interrogador volvió a la sala, llenó el cubo y lanzó de nuevo el agua sobre Nadia, que recuperó la consciencia en medio de agudas convulsiones.

—Es fácil. Confiesa y terminaremos con esto.

Nadia, orgullosa y temeraria, miró intensamente a los ojos de aquel hombre despiadado y respondió con el hilo de voz que le quedaba:

—No he traicionado a la Madre Rusia. Y si es necesario, moriré aquí.

Boris entró de inmediato y Nadia pensó que, en efecto, el final había llegado. Recordó a sus padres, que la estarían esperando en el remoto pueblo siberiano en el que nació; los juegos en la nieve con sus amigos de la infancia; su novio, que fue reclutado para combatir en la guerra de Chechenia y murió en combate...

Pero no tuvo tiempo para más pensamientos. Boris utilizó sus dos vigorosos puños para golpear, alternativamente y sin una mínima pausa, un lado y otro de la cabeza de Nadia, hasta dejarla colgando de un estrecho alambre que separa este mundo del otro.

Boris y el interrogador se marcharon, dejaron las luces encendidas y activaron una música atronadora en los altavoces situados en dos esquinas del sótano. Nadia no despertó de inmediato, aún bajo los efectos letales de los puñetazos. Pero, cuando la mente pudo reanudar ligeramente sus funciones, se vio sometida durante un largo rato a un ruido y a una luz insoportables.

Ni los altavoces callaban ni las bombillas —que ahora no le parecían tenues, como antes, sino muy intensas— le daban tregua. No tenía noción del tiempo. Horas después —no sabía cuántas—, el interrogador y Boris regresaron al sótano. Nadia seguía dispuesta a mantener una dignidad impropia de alguien que sufría de esa manera.

—¿Tienes algo nuevo que decirnos?

—No he traicionado a la Madre Rusia —respondió Nadia, con una voz más potente de lo que se podía esperar de alguien que ya parecía un despojo humano.

Boris se acercó a la agente y cortó las bridas. Nadia quiso pensar que por fin la creían y la pesadilla terminaba. No fue así. El forzudo la agarró con ímpetu y la llevó hasta una especie de fregadero que estaba lleno de agua. Ahora sabía lo que estaba a punto de ocurrir, y se cumplieron sus temores. Boris aferró su cabeza por detrás y la empujó hacia abajo, hasta sumergirla. El ahogamiento se alargaba mucho más de lo que se podía soportar sin llenar de aire los pulmones. Antes de que la situación no tuviera vuelta atrás, Boris sacó la cabeza del agua y Nadia inhaló oxígeno en bocanadas espasmódicas, tratando de agarrase desesperadamente a la vida.

—No he traicionado a Rusia —dijo, sin que nadie le preguntara, y gastando el poco aire del que disponía su cuerpo.

Ignorando esas palabras, Boris volvió a sumergir la cabeza de Nadia. A la agente le dio la sensación de que el tiempo se había detenido. Se agitaba con sus escasas fuerzas, en el intento infructuoso de desembarazarse de su agresor. Con sus pulmones ya vacíos, abrió la boca buscando el oxígeno que necesitaba, pero solo encontró agua. Se ahogaba. Un instante antes del fin, Boris la levantó en vilo y la arrojó contra el suelo, en medio de temblores desbocados.

Pasados unos minutos de respiraciones agónicas y sin levantarse, Nadia se encogió hasta quedar en posición fetal. Las lágrimas recorrían sus mejillas, pero no emitía ni siquiera un mínimo sonido similar a un llanto. No quería que la vieran derrotada.

Al cabo de un tiempo, que no pudo discernir si era mucho o poco, la puerta del sótano se abrió y entró un hombre de mediana edad, con el pelo canoso, vestido con un elegante traje oscuro, corbata roja y zapatos brillantes. Se acercó a Nadia, que no se movió.

—Esto ha terminado, de momento —dijo el recién llegado, con tono pretendidamente cariñoso y agachándose en cuclillas para acercar su cara a la de Nadia—. Levántate.

El hombre agarró a la agente por el brazo, la ayudó a incorporarse y acercó la silla para que se sentara. Boris volvió a amarrar los brazos y las piernas de la mujer y se apartó a un lado. El hombre trajeado se sentó enfrente, a pocos centímetros.

—Eres valiente y fuerte. No todo el mundo aguanta lo que tú has aguantado —dijo con una condescendencia que a Nadia le resultó deplorable; porque, a la vez, empezó a tocarla con el dorso de su mano derecha por todo su cuerpo desnudo, como si tratara de mostrarse cariñoso y seducirla, en medio de su sufrimiento.

El abuso se alargó de un modo degradante y cada vez más invasivo, provocando en Nadia un profundo resentimiento y repugnancia, y una íntima necesidad de venganza: después de ordenar que la torturaran, ahora el jefe de los torturadores la manoseaba, violentando su cuerpo y su voluntad, sin que ella pudiera evitarlo, amarrada por las bridas.

No estaba segura de si ese individuo que la forzaba pretendía actuar como su benefactor o si hacía el papel de falso policía bueno, en connivencia con quienes la habían maltratado casi hasta la muerte.

—Soy el jefe de la *rezidentura* del FSB en Estados Unidos. Puedes llamarme Álex. Moscú me ha informado de que eres una agente de primera. —Nadia mantenía su mirada en el suelo. Se negaba, de momento, a hacer concesión alguna a ese abusador. El hombre prosiguió—: Tenían razón en Moscú. Lo has demostrado aquí. Pero aún no estoy seguro de que nos hayas dicho la verdad. —Esta vez, el hombre que se hacía llamar Álex alargó su mano derecha hasta la barbilla de Nadia y, con delicadeza, hizo que levantara la cabeza para mirarlo—. Voy a darte una oportunidad —dijo, fijando sus ojos en los de esa mujer casi destruida—. Te quedarás un tiempo aquí, en el consulado. Ahora debes recuperarte, porque ese ojo y los pómulos tienen mal aspecto. Quiero que recobres tu belleza habitual.

Nadia, con su único ojo abierto, observaba a ese individuo con una mezcla de odio y esperanza, pero sin hablar.

—Cuando estés bien, volveremos a vernos. Siempre hay alguna misión pendiente. Quizá así puedas demostrarnos de qué lado estás.

Humillada por el dolor que sufría, por la desnudez forzada y por el abuso al que había sido sometida, Nadia sintió la esperanza de que quizá el sufrimiento terminaba.

Washington-Nueva York

Teresa, Matthew y Pablo daban a Beth los datos de la operación mediante una videoconferencia. Kramer, anticipándose a cualquier pregunta incómoda, informó de que Charlie estaba en una misión. Nadie pidió aclaraciones: si Beth no las daba por iniciativa propia, algún motivo habría. En los servicios de inteligencia se aceptaba con lealtad profesional que no todos los agentes tenían que saberlo todo, salvo el máximo responsable.

—Es posible que la compañera del ejecutor ya esté fuera del país —señaló Matthew como remate a la explicación—, y el ejecutor ha sido eliminado. Con esto, Beth, creo que podemos dar la operación por terminada.

—Me temo que no —respondió Kramer, expeditiva, desde su despacho en Washington, provocando la sorpresa de todos—. Teresa, ¿recuerdas lo que te dijo tu amigo en Madrid? —El coronel Blázquez le había comentado tantas cosas que era incapaz de adivinar a cuál de ellas se refería, de manera que esperó a que Beth se respondiera a sí misma—: Te habló de la diplomacia china del panda; de que China reclamó unos osos panda que había cedido a Estados Unidos muchos años antes, y que eso era un aviso de que las relaciones diplomáticas iban a empeorar.

Todos asintieron. Pero Teresa tomó la iniciativa. Ahora sí creía saber a qué se refería Kramer.

—Me dijo que el mundo que conocemos se podía derrumbar, mientras nosotros nos limitábamos a buscar a un asesino cocainómano.

—Y recomendó que pensáramos a lo grande, que buscáramos más arriba —apuntó Beth.

—... Que dibujáramos una línea uniendo los puntos —añadió Teresa.

—Taiwán, la diplomacia del panda, Rusia, Ucrania, Kaliningrado, Suwalki, la baja natalidad y el lento crecimiento de la economía china, los problemas de un jefe de los espías en Pekín, el fentanilo... —Beth enumeró la lista de datos aportados por el misterioso hombre que habló con Teresa. Ahora tenían que unir esos puntos con una línea, para ver qué dibujo escondía. Y no sería sencillo—. Esto no ha terminado —sentenció Beth—. El ejecutor era solo eso: un ejecutor. Todavía tenemos que descubrir lo que hay detrás. Y detrás de él hay algo mucho más grande y peligroso.

—¿Cuál es el plan? —preguntó Pablo, dispuesto a ponerse a la tarea de inmediato.

—Charlie ya ha empezado —dijo Beth, sin contar a sus colaboradores la verdadera y terrible historia del McKenzie traidor—. Vosotros id a descansar, pero tened el teléfono cerca. Os llamaré en cuanto haya novedades.

Cuando Kramer puso fin a la videoconferencia, su secretario llamó a la puerta del despacho.

—Señora, la Casa Blanca acaba de enviar un informe restringido a varios departamentos del Gobierno.

Beth recogió la carpeta que guardaba un único folio, con el sello de alto secreto.

Estados Unidos organizará, junto con varios aliados de la OTAN (Reino Unido, Francia, Alemania, España, Finlandia, Grecia, Portugal, Estonia, Lituania, Letonia, Suecia, Noruega y Polonia) maniobras militares con una amplitud sin precedentes. Se realizarán en el este de Europa a partir del 10 de enero. En las semanas previas, los efectivos militares tomarán posiciones de forma progresiva. La localización exacta se comunicará próximamente. Los responsables de los departamentos que reciban esta información deberán estar preparados para facilitar los recursos humanos y técnicos que se puedan solicitar. Entretanto, esta información es de alto secreto.

«¡Dios mío! ¡Andy los ha convencido! ¿Por qué hacemos esto? Nos hemos vuelto locos», pensó Kramer, mientras cerraba la carpeta con dubitativa parsimonia. La responsable del servicio de inteligencia estaba convencida de que unas maniobras militares masivas de la OTAN en el este de Europa serían entendidas por el Gobierno ruso como una agresión. Y cuando el Kremlin se sentía amenazado, un paroxismo paranoico se apoderaba de la cúpula del poder en Moscú, y cualquier cosa podía pasar. «Ya ha ocurrido otras veces; volvemos a los ochenta», se dijo a sí misma, recordando episodios de la Guerra Fría, y mientras su mirada se instalaba en algún lugar perdido del escaso horizonte que ofrecía el otro lado de su ventana.

Las Vegas

—Dígale a su matón que se calme.

Charlie McKenzie se acababa de sentar junto al conseguidor ruso que lo había abordado después de perder todos sus ahorros en una infausta y aciaga partida de póker. Aquel individuo se tomaba un café con leche a primera hora de la tarde, antes de reiniciar sus actividades poco acordes con la ley, mientras el enérgico protector que se ocupaba de su seguridad estaba a punto de abalanzarse sobre Charlie. El conseguidor ruso hizo un gesto a su guardaespaldas para que se sosegara y evitara desatar su furia sobre el recién llegado.

—La última vez que nos vimos aquí me dijo que no le gustaba el café de este local, que prefería los cócteles. Pero ya veo que ha cambiado de opinión. —McKenzie trataba de mostrarse distendido, como si estuviera cómodo en aquella situación. No lo estaba, en absoluto.

—Es usted un imprudente —dijo el conseguidor, ignorando la referencia al café.

—¿Por qué lo dice?

—Porque nunca se debe volver al lugar del crimen.

—Tiene razón, pero debería aplicarse ese criterio a sí mismo.

—Yo no cometo crímenes, mi querido amigo. Solo me dedico a resolver problemas. Por ejemplo, el que tenía usted, y estoy convencido de que quedó muy satisfecho. —McKenzie tuvo la tentación de responder con alguna maledicencia, pero optó por esperar—. Seguro que ha visto la película *Pulp Fiction*. —El ruso se comportaba como si hablara solo; no miraba a Charlie y daba vueltas al café con una cucharilla, provocando en la taza un fastidioso tintineo. Charlie tenía los ojos en su interlocutor, pero sin decir una palabra hasta tener más claro hacia dónde se dirigía aquella conversación—. Me encantan las películas de Tarantino —insistió el conseguidor, impostando una pose pensativa—. Ustedes, los americanos, hacen cosas muy raras. Piénselo bien: en esa película muere todo el mundo, hay torturas, disparos en la cabeza sin venir a cuento… Y, sin embargo, aquellos que la ven se parten de la risa. Ja, ja, ja… —El conseguidor lanzó una estrafalaria carcajada, como si se hubiera contado el chiste a sí mismo. Y, sin dar pie a una respuesta, continuó—: Pues yo soy como el Señor Lobo. ¿Lo recuerda? ¡Sí! ¡El personaje de Harvey Keitel! ¡Qué gran actor! El Señor Lobo resuelve problemas —declamó, como si estuviese sobre las tablas de un teatro—. Pues a eso me dedico. Si hay que limpiar el interior de un coche, porque tiene restos de masa encefálica, allí aparece el Señor Lobo para dejarlo como nuevo. Y si un espía americano se arruina en una partida de póker, allí estoy yo para arreglarle la vida y que su mujer no lo eche de casa.

—Esa historia tan edulcorada también se puede contar de otra forma —intervino Charlie, tratando de recuperar una iniciativa que el aprendiz de Señor Lobo le había arrebatado, nada más empezar la conversación—. En realidad, usted es un mafioso que hace trabajos para los servicios de inteligencia rusos.

—Creo que es una forma poco considerada de definir mis actividades, ¿no le parece? —El ruso agarró la taza de café por el asa y dio un sorbo profundo y sonoro, como si necesitara unos segundos para decidir qué más decir.

—No estoy aquí para ser considerado con usted.

—Llevo muchos años en Estados Unidos, y mi tarea ha resultado ser muy útil para los suyos y para los míos. Por eso sus colegas de la CIA y del FBI nunca me han tocado un pelo. Siempre es necesario tener abierto un canal de comunicación entre enemigos, y yo soy un estupendo canal de comunicación, aunque haga otras cosas, como ayudar a personas que pierden todo su dinero en una timba.

—No debería darse tanta importancia —dijo Charlie, mientras buscaba con la mirada al camarero para pagar la consumición.

—Si usted ha podido encontrarme aquí y sentarse conmigo, ¿por qué cree que es? Pues porque no necesito esconderme. Su Gobierno consiente que yo esté aquí. Y eso es así porque soy una herramienta de su Gobierno y del mío. Soy el puente que queda en pie cuando los demás puentes han sido destruidos en medio de una guerra. Y, a cambio, me dejan hacer mis negocios personales. Seguro que lo entiende.

Charlie no pretendió responder a esa perorata, cuyo contenido ya intuía, y se limitó a pagar el café.

—¿Me va a invitar? ¡Qué amable!

—Sí. Es mejor que salgamos de aquí y demos un paseo.

Ambos se levantaron y caminaron pausadamente hacia la salida de la cafetería, seguidos de cerca por el matón que protegía al Señor Lobo ruso. El cielo de Las Vegas era de un azul luminoso, y la temperatura empezaba a resultar incómoda para llevar puesta la chaqueta.

—¿Por qué ha venido?

El conseguidor pretendía terminar con la cháchara y entrar en materia.

—Quiero devolverle el favor —respondió Charlie—. Usted me resolvió un problema económico a cambio de información. Ahora, yo dejaré que mantenga su forma de ganarse la vida si me cuenta lo que necesito saber.

—¿Me dejará? Ja, ja, ja. —La carcajada volvía a ser estridente—. No creo que sea tan poderoso como para tomar una decisión sobre mi forma de ganarme la vida.

—No debería despreciar mi oferta. —Charlie evitaba el contacto visual y hablaba mientras paseaban, dirigiendo sus ojos a los enormes edificios circundantes, como queriendo mostrar una falsa superioridad—. Si la acepta, yo tendré lo que necesito y usted seguirá siendo el Señor Lobo. Si no la acepta, mi Gobierno perderá el interés por eso que usted dice que es el último puente que queda en pie, en medio de la guerra. —McKenzie hizo una pausa deliberada para que el ruso pudiera digerir su mensaje poco a poco, antes de continuar—: En definitiva, la policía vendrá a buscar al Señor Lobo para que dé explicaciones ante la justicia por sus oscuros negocios. Conocemos sus timbas ilegales, la trata de mujeres, el contrabando de armas, y me han contado también algo sobre drogas. Y todo esto sin pagar impuestos. ¿Sabe que Al Capone acabó en prisión por no pagar impuestos? —Charlie no esperaba respuesta a su pregunta retórica, y siguió con su amenaza—: La tranquila y rentable vida que ha llevado todo este tiempo habrá terminado. Pasará unos cuantos años en una prisión de Estados Unidos y le aseguro que no son cómodas. El acuerdo que le propongo es simple y creo que muy ventajoso para las dos partes.

Por un instante, el conseguidor ruso sintió la tentación de ordenar a su matón que descargara su fuerza sobre McKenzie, pero habría sido absurdo hacer eso. ¿Qué pasaría después? Se dio cuenta de que no tenía escapatoria posible. Si McKenzie había sido capaz de conseguir una información tan secreta sobre Serkin, era altamente probable que también pudiera amargarle la plácida existencia que le permitía vivir con tanta holgura, haciendo negocios al margen de la ley en Estados Unidos.

—¿Qué quiere saber?

—Sentémonos aquí. —Charlie señaló un banco dentro de un parque; a esa hora, pocos transeúntes pasaban por ese lugar, lo que aseguraba la privacidad de la conversación—. Un agente ruso ha estado a punto de matar a dos de los míos en Nueva York, y eso es ir demasiado lejos. Ese agente ruso conocía la identidad de mis compañeros.

—Nuestros servicios de inteligencia funcionan muy bien —soltó, presumido, el conseguidor, con una sonrisa a medias en su boca.

—Pues fue poco inteligente lo que hizo ese agente suyo. Como comprenderá, no podemos consentir que algo así ocurra en suelo de Estados Unidos. Ustedes tampoco permitirían que un agente americano atacara a uno ruso en Moscú, ¿verdad? —El Señor Lobo evitó responder y miró hacia otro lado, como si pudiera huir de allí con la vista. Charlie prosiguió—: Como sabrá, no hay nada más reservado para un espía que su identidad real. Si se llega a filtrar, ese agente se convierte en un peligro para su país, porque puede ser fácilmente chantajeado, y su vida corre un serio peligro. —El ruso no tenía tantos conocimientos, pero entendía la trascendencia lógica del asunto—. Pues bien, este es el encargo que le hago —continuó McKenzie—: me tiene que decir por qué ese agente ruso conocía el nombre de mis compañeros, quién de Moscú se lo facilitó, y a través de qué vía esa persona de Moscú recibió la información. Por supuesto, no le permitiremos viajar a Rusia, porque no volvería. En este momento, hay un equipo del FBI que nos vigila en los alrededores. Van a estar cerca de usted las veinticuatro horas del día, durante el tiempo que sea necesario.

Charlie mentía. Ningún agente del FBI tenía el encargo de vigilar al conseguidor. Se había limitado a contratar a tres perdonavidas del hampa de Las Vegas para que no le quitaran el ojo al ruso.

El conseguidor, esta vez sí, dirigió su mirada hacia Charlie. La extrema seriedad de su rostro reflejaba el temor interno que lo atormentaba. Necesitó unos segundos para reaccionar y lo hizo. Concluyó que no tenía alternativa.

—Haré lo posible por darle esa información cuanto antes —respondió con una evidente pesadumbre.

Si no lo hacía, podría acabar en una cárcel americana. Si lo hacía, se convertiría en el objetivo de los servicios de inteligencia rusos y sabía perfectamente cómo actuaban.

—Cuando esté preparado para hablar conmigo, llame a este número. —Charlie sacó un papel del bolsillo derecho de su chaqueta y se lo dio—. Ese teléfono es solo para recibir sus llamadas; para usted, en exclusiva. Espero que lo utilice pronto.

McKenzie se levantó del banco, caminó a través del parque y se perdió entre el gentío que iba y venía por las calles de Las Vegas. Tuvo la tentación de entrar en el primer casino que encontró en su paseo. Se paró ante la puerta. Sentía el impulso irracional de dar un paso hacia delante, pero la imagen de su familia y la de Beth Kramer transitaron fugazmente por su cerebro, y detuvo el impulso que sentía. Dio media vuelta y se alejó acelerando el paso. Batalla ganada, aunque esa guerra no terminaba nunca.

MOSCÚ, SEDE DEL GRU

—Señor, tiene una llamada del consulado en Nueva York, por la línea segura.

El general Lébedev alargó la mano, sobrevolando su escritorio lleno de papeles y carpetas, hasta agarrar el teléfono negro que reposaba en una esquina de la mesa.

—¿Qué ocurre? —El general evitaba los saludos. Sabía que al habla solo podía estar el jefe de la *rezidentura*, el número uno de los espías rusos en Estados Unidos, su único interlocutor válido.

—¿Conoce ya los datos, general?

—Sí.

El jefe de la *rezidentura*, temeroso de que una comunicación verbal o un informe escrito fueran detectados por el contraespionaje americano, a pesar de hacerlo con medidas de la máxima seguridad, decidió enviar a Moscú a uno de sus subordinados para que diera a Lébedev noticia directa y personal de lo que había ocurrido: el episodio de Gorki y Nadia en la discoteca, la huida de Nadia con la espía española y el resultado del interrogatorio a Nadia en el consulado. El agente llegado desde Nueva York tuvo dificultades para contener la ira del general.

—¡Es un desastre! —gritó Lébedev, pensando en las consecuencias que podría tener que Nadia hubiese eliminado a Gorki, y que el cuerpo sin vida del agente quedase tirado en una discoteca de Nueva York.

—Lo sé, señor.

—¡Manténganse en alerta! No hagan nada hasta nueva orden. Que no salga del consulado.

No era necesario pronunciar nombre alguno. La orden era clara: Nadia permanecería retenida en el consulado hasta que se tomara una decisión. Fue el general quien le dio la orden de eliminar a Gorki si era necesario, pero nunca creyó que llegara a hacerlo, y menos aún en un lugar público. Si acaso, en la casa franca donde estaban escondidos. Si Nadia hubiese matado allí a Gorki, días después los agentes del consulado se habrían llevado el cuerpo y lo habrían hecho desaparecer discretamente. Ahora todo era más complejo. Y lo peor: el general tenía serias dudas sobre los motivos reales que habían llevado a Nadia a matar a Gorki. ¿Era imprescindible? ¿No tenía otra alternativa?

Las Vegas

Charles McKenzie había llegado a Las Vegas solo con una mochila. No necesitaba mucho equipaje para la tarea que le esperaba, y tenía previsto volver a Washington antes de que terminara el día. Era una misión rápida, de ida y vuelta. Si salía bien, quizá podría redimirse y expiar sus pecados, y la inteligencia americana habría conseguido información muy valiosa.

Apenas llevaba dinero en efectivo. Esperaba, así, esquivar la tentación patológica de jugárselo en alguno de los casinos de la ciudad. Su dependencia del juego parecía atemperada, pero el riesgo nunca desaparecía por completo. Pagó al taxista, entró en el hotel The Venetian, buscó las escaleras y bajó al primer sótano. Las luces de las tragaperras iluminaban una estancia enorme, mientras que la musiquilla de las máquinas de juego taladraba los oídos de quienes aspiraban a llevarse el premio.

Unas horas antes había recibido un mensaje en el teléfono móvil destinado en exclusiva a esa misión. El conseguidor ruso —el hombre al que gustaba compararse con el Señor Lobo de Tarantino— aseguraba tener la información solicitada por McKenzie, a cambio de que la justicia americana le permitiera seguir con sus negocios. Se reunirían a primera hora de la tarde en la cafetería de ocasiones anteriores. Y allí estaba, tomando un café. En otra mesa, fracasadamente discreta, se sentaban los matones del hampa contratados por Charlie para que vigilaran al conseguidor. Su guardaespaldas personal se mantenía expectante a unos metros de distancia.

—¿Quiere tomar algo? —El Señor Lobo trataba de comportarse como un buen anfitrión.

—Acabemos con esto rápido —respondió McKenzie, sin asomo de cortesía—. ¿Tiene lo que quiero?

—Demos un paseo.

El Señor Lobo metió la mano derecha en el interior de su chaqueta, lo que removió los instintos básicos de los matones, por si el siguiente movimiento fuese sacar un arma. Pero solo extrajo del bolsillo unos pocos dólares, que depositó sobre la mesa para pagar el café y dejar una propina.

Los dos hombres, acompañados en la distancia por los vigilantes de ambos bandos mirándose de soslayo, subieron las escaleras desde el primer sótano hasta la planta baja, salieron al exterior y caminaron hacia el mismo parque en el que mantuvieron su última conversación. Pero no hizo falta llegar hasta allí.

—Esto es lo que busca.

Sin hacer una pausa en el camino, el Señor Lobo entregó a McKenzie un pequeño papel, doblado por la mitad, en el que aparecían dos nombres y una breve explicación. Ahora sí, Charlie se detuvo y lo leyó. El responsable ruso que dio a Gorki los nombres de Pablo Perkins y Teresa Fuentes era el general Lébedev, máximo responsable del GRU, el servicio de inteligencia militar de Rusia.

Ese dato no aportaba nada sustancial. Era lo previsible, pensó Charlie. La CIA lo podía intuir sin necesidad de meterse en las tripas de las agencias rusas de espionaje. Pero el papel ofrecía una noticia mucho más importante: la identidad de al menos uno de los dos le llegó a Lébedev a través de Xen Jiang, jefe de la División de Inteligencia Internacional del MSS, el servicio de espionaje chino.

¡¿China?! McKenzie entendió de inmediato la importancia de ese dato.

—Esto es todo lo que sé, pero creo que será suficiente para la CIA. Ahora, ¿cumplirá usted su palabra?

—Yo siempre cumplo mi palabra.

—Entonces, separémonos aquí y déjeme vivir lo que me quede de vida, que no creo que sea mucho.

McKenzie miró a los ojos de aquel hombre desesperanzado, con una mezcla de desprecio y conmiseración. Lo despreciaba por lo que era y por lo que hacía. Pero se apiadaba de él porque era consciente del destino que le esperaba en un futuro no demasiado lejano.

—Más pronto o más tarde —dijo el conseguidor, en un lamento quejumbroso y casi sollozante—, el servicio de inteligencia ruso se enterará de que le he dado esa información al enemigo, y uno de sus ejecutores vendrá a buscarme. Seré otro más en la lista de esos rusos que, según dicen los periódicos occidentales, mueren en extrañas circunstancias.

McKenzie no llegó a escuchar las últimas palabras de aquel hombre malogrado. Antes de que terminara de pronunciarlas, se alejó sin despedirse. Tenía trabajo urgente por delante. Para empezar, debería deshacerse del papel que le había entregado el conseguidor. Ya se sentía mayor para tragarse un papel, como había hecho alguna vez en su juventud. No podía quemarlo en la calle, porque llamaría la atención. Y tampoco lo haría en la habitación del hotel, porque saltarían de inmediato las alarmas contra incendios y los *sprinkers*, los rociadores automáticos del techo. En una esquina, vio un contenedor de basura de gran tamaño, rompió el papel en infinidad de pequeños pedazos, los esparció entre restos de comida y todo tipo de desperdicios, y se alejó. Los matones recibirían su dinero una hora después. Para entonces, su labor habría terminado.

—Lo tengo.

Charlie llamó de inmediato a Beth Kramer, mediante una conexión segura, y le contó lo que acababa de saber. Beth no dijo una palabra, salvo para cortar la comunicación con frialdad en cuanto apuntó los nombres en un cuaderno, y mientras notaba un estremecimiento al saber que China también estaba involucrada en la trama. Era lo que el amigo español de Teresa le había sugerido en Madrid: este asunto iba mucho más allá del ejecutor encargado de eliminar traidores rusos por el mundo.

—Tomo nota —dijo Kramer secamente y sin ninguna solemnidad, porque no tenía intención de olvidar la felonía de

McKenzie, aunque esta, su última misión, hubiese resultado exitosa.

Charlie sintió un conato de orgullo profesional por haber cumplido el objetivo. Era, además, su compromiso personal con Beth, frente a una situación muy difícil. Pero el extremo desapego que notó en Kramer a través del teléfono le hizo pensar que el problema no estaba resuelto. Charlie trataba de reparar los destrozos provocados en su familia y en el servicio de inteligencia al que había entregado décadas de trabajo, incluso poniendo su vida en riesgo. Pero era consciente de que ni siquiera así su jefa y vieja amiga lo perdonaría.

Torturado por estos pensamientos, McKenzie deambulaba por las calles de Las Vegas sin un destino aparente. Iba en una dirección y, al rato, daba la vuelta y cambiaba de ruta, aunque ni él mismo supiera cuál era. Ni siquiera prestaba atención a la hora en la que esa misma tarde tenía previsto tomar un vuelo para salir de Las Vegas.

—¡Hola!

De repente, una voz a su espalda interrumpió esas divagaciones. Charlie se dio la vuelta. Sí, conocía a ese hombre. Era Oliver, el maestro de ceremonias de la timba en la que había perdido todos sus ahorros. Vestía con extrema elegancia, como aquella noche funesta. Parecía como si siempre acabara de asistir a una boda.

—¿Otra vez por aquí?

—Sí. He venido a resolver un par de asuntos que tenía pendientes. Ya me marcho.

—Pues va a empezar una partida que será muy interesante —dijo Oliver, con media sonrisa en su boca—. Los jugadores son menos expertos que los de la otra noche. Los conozco bien, y usted es mejor que ellos. Creo que hoy podría recuperar el dinero que perdió. Es una gran oportunidad, créame.

—Se lo agradezco, pero tengo que irme —respondió Charlie, con escasa fe en sus propias palabras y en la fortaleza de su voluntad—. Además, no he traído dinero.

—Eso tiene arreglo. Yo mismo puedo hacerle un préstamo. Estoy convencido de sus posibilidades de ganar hoy. Vi cómo jugó y le aseguro que es usted de los mejores. Solo le faltó un golpe de suerte. Hoy recuperará su dinero y le sobrará para devolverme lo que le voy a prestar.

McKenzie amagó con marcharse. Se aproximaba un taxi libre y levantó la mano para que lo llevara de vuelta al aeropuerto. Pero Oliver lo agarró por el brazo, como quien trata de salvar a alguien que está a punto de despeñarse desde lo alto de un barranco.

—Piénselo bien. No se equivocará si viene conmigo, se lo prometo.

Charlie, mirando hacia ningún sitio, aturdido, desorientado y con la mente extraviada de un sonámbulo, se dejó llevar. La adicción estaba activándose en lo más profundo de su ser, allí donde la responsabilidad personal cae derrotada frente a un impulso inconsciente e irreprimible; allí donde el autocontrol desaparece, vencido por una tentación ante la que no se ejerce resistencia. Sí, podía ganar. Sería su última partida y volvería a casa con la cabeza alta. Y también con la cabeza alta, se presentaría ante Beth Kramer: con su misión profesional cumplida y con una enorme cantidad de dinero. Se sentiría digno otra vez.

El taxista preguntó a McKenzie si iba a subir. Charlie, con la vista descarriada, negó con la cabeza, incapaz de gestionar sus propios actos. Y, sin decir una palabra, siguió los pasos del elegante maestro de ceremonias hacia la timba. Parecía ausente.

La noche no fue bien. Tampoco esta vez. El dinero prestado por Oliver iba desapareciendo de las manos de McKenzie y apareciendo en las manos de otros jugadores de la mesa. Su toma de decisiones se tornó apresurada e irresponsable, conforme la desesperación se apoderaba de su ánimo.

Charlie lo perdió todo, una vez más, y asumió una deuda que no podría devolver.

A las seis de la mañana, con los primeros rayos de sol, Peter, un hombre de unos cuarenta y cinco años, salió de su habitación del Venetian con ropa y zapatillas deportivas, dispuesto a correr por las calles de Las Vegas, que a esa hora estaban poco concurridas. Su costumbre era no usar el ascensor y bajar por las escaleras, para calentar sus músculos antes de la carrera al aire libre. Al poco tiempo, se topó con una imagen sobrecogedora: en el rellano entre dos plantas, encontró el cuerpo sin vida de un hombre colgado por el cuello, aprisionado por un cinturón sujeto alrededor de una tubería junto al techo.

El servicio de seguridad del hotel dio aviso a la policía, que acudió al instante, y un juez se hizo cargo del caso. En un bolsillo de la chaqueta, el suicida dejó dos sobres con un papel dentro. Uno, dirigido a su esposa y a sus hijos; otro, para una tal Elisabeth Kramer, a la que ninguno de los presentes creía conocer. El mensaje para su familia era breve: «Lo siento. Os quiero». El mensaje para Kramer era aún más breve: simplemente, «Lo siento».

Horas después, las autoridades identificaron el cadáver, bajo la identidad del ciudadano estadounidense Charles McKenzie, aunque el nombre no se hizo público porque la CIA intervino en los trámites legales. Se trataba de un suicidio. No era la primera vez que en Las Vegas alguien ponía fin a su propia vida después de haberse arruinado en un mal día de apuestas alocadas. Este era solo uno más. Caso cerrado.

Cuando la esposa de Charlie recibió la noticia, se desplomó desmayada y necesitó asistencia médica.

Cuando Beth Kramer fue informada, trató de guardar la entereza y, con gesto funcionarial e impávido, pidió que la dejaran sola en su despacho y no la molestaran, salvo que se tratara de algo urgente. Poseída por la aflicción, el desconsuelo y el sentimiento de culpa, se tumbó en el tresillo en posición fetal, cerró los ojos y gritó con desesperación contra un cojín con el que se tapó la boca, tratando de que sus lamentos no se escuchasen fuera del despacho. Después, lloró igual que el día en el que leyó el informe que incriminaba a McKenzie por una traición. Beth no podía evitar condenarse por lo ocurrido. ¿Debió gestionar el problema de otra forma? ¿Habría tenido que ayudar a Charlie, conociendo su adicción al juego? ¿De haber avisado a su familia, las cosas habrían terminado de manera diferente? ¿Si hubiese advertido a Matthew, Pablo y Teresa, Charlie seguiría vivo?

Dos horas después, su secretario quiso saber si ocurría algo, porque la jefa no salía del despacho ni atendía llamadas ni pedía nada. Llamó a la puerta, no hubo respuesta, entró y encontró a Kramer sumida en un sollozo sin consuelo, con una angustia irrefrenable, incapaz de reaccionar e incorporarse. La congoja impedía que articulara una palabra. Esa mujer fuerte, inteligente y audaz, era ahora una persona vencida.

Washington

La sala más segura de la sede de la inteligencia estadounidense se habilitó con el fin de celebrar una reunión de la que debía surgir el plan definitivo. Todos los presentes habían llorado la desaparición de Charlie. Ya conocían la verdad y, aunque su comportamiento había sido reprochable, sentían una enorme conmiseración por su compañero y amigo. Ahora tenían que seguir adelante.

El ejecutor ya estaba muerto, pero la ejecutora seguía en libertad, y la misión era mucho más compleja de lo que se había previsto: alcanzaba ámbitos que no imaginaron al principio. De hecho, aún no eran capaces de calibrar su auténtica magnitud. Pero ahora sí sabían que el ejecutor era solo una página más de un grueso cuaderno que escondía datos demasiado importantes como para dar por concluida la tarea.

—Antes de morir, Charlie me dio una información muy valiosa —dijo Beth, tratando de recuperar, a pesar de su inmensa tristeza, la solvencia y la capacidad de mando que siempre había demostrado—. El ejecutor conocía la identidad de Pablo porque se la dio el jefe del GRU, el general Lébedev. Pero eso era lo previsible. Lo importante es que Lébedev lo supo gracias al jefe del espionaje chino, Xen Jiang.

—Xen Jiang... Dios mío, Blázquez tenía razón... —dijo Teresa, como si las palabras hubieran brotado de la boca sin consultar antes con su cerebro.

Tardó un segundo en darse cuenta de que acababa de pronunciar delante de Pablo y Matthew un nombre que, hasta ese momento, había guardado bajo un estricto secreto, salvo en el caso de Beth, a quien se lo había desvelado días atrás. Tenía el compromiso de salvaguardar la identidad de quien fue su jefe en el CNI.

A Matthew le resultaba familiar ese nombre. De inmediato, su mente lo devolvió a Irak en 2003. Sí, era el espía español del ataque a la Zona Verde.

—¿Quién es Blázquez? —Pablo no escapaba de su sorpresa.

—Quiero que nos reunamos con Blázquez —se apresuró a intervenir Beth, de tal forma que quedó claro que ella conocía el nombre con antelación, y eso convirtió la sorpresa de Pablo en resentimiento, al darse cuenta de que Teresa no había confiado en él.

—¡No, no puede ser! ¡Se lo prometí!

Teresa entró en fase de trastorno emocional repentino. Se sentía una pésima profesional. Si no era capaz de preservar algo tan sencillo como un nombre, ¿cómo iba a ser una buena espía?

Beth, ante la mirada inquisitiva de Teresa, pero dispuesta a no dejar pasar más tiempo, explicó a Pablo en pocas palabras quién era ese tal Blázquez.

—Es necesario —dijo Matthew—. El coronel lo entenderá. Le vamos a pedir que nos ayude. Esto es mucho más importante que seguir con su tranquila vida de espía jubilado.

—Blázquez nos ayudará, estoy segura —añadió Beth—. Y también estoy segura de que no te lo reprochará.

—Ese hombre es inteligente —insistió Matthew—. Tiene mucha experiencia. Lo conocemos bien.

—¡Esto es un desastre! —gimió Teresa, acusándose a sí misma.

—Te equivocas —sentenció Kramer—. Has hecho lo correcto. Nos vamos a Madrid de inmediato. No hay tiempo que perder.

Pablo no apartaba una mirada ofendida de los ojos de Teresa, mientras todos se iban retirando para preparar el inminente viaje a España. Su razonamiento, intoxicado por las emociones que alteraban su corazón y su mente, era que si Teresa se había sincerado con Beth, eso significaba que Teresa no se fiaba de él. «Y —se preguntó a sí mismo— ¿puedo tener una relación con alguien que no se fía de mí?».

—Lo siento —dijo Teresa al oído de Pablo, después de agarrarlo por un brazo y llevárselo a una esquina apartada.

—¿Lo sientes? Dudo que tengas sentimientos.

Pablo se mostró voluntariamente despreciativo e hiriente. Ante esa actitud, Teresa renunció a dar una respuesta y se marchó.

Madrid

—Señor, hay cuatro personas en la puerta. Una de ellas es la joven que estuvo aquí hace unos días.

La empleada de hogar de Blázquez no recordaba que su jefe hubiera recibido nunca a tantas personas a la vez.

Blázquez trató de disimular su asombro. Guardó silencio durante unos segundos, en los que puso a funcionar su cerebro como si fuese una centrifugadora. Y tomó una primera decisión.

—Que pase solo la señorita. Diga a los otros que esperen en la puerta.

La empleada cumplió la orden ante el pasmo de los visitantes, que no entendían en qué consistía ese extraño juego. Los cuatro se miraron, y Beth, con un leve asentimiento de cabeza, indicó a Teresa que hiciera lo que decía la empleada de Blázquez.

—¿Otra vez por aquí? —dijo Blázquez desde el otro lado de su mesa de escritorio, sin levantar la cabeza de los papeles, al advertir que Teresa entraba en la sala.

—Siento molestarle, coronel —murmuró Teresa, de forma casi inaudible.

—¿Va todo bien?

—Señor, tengo que pedirle perdón.

—¿Qué ocurre? —Blázquez, inquieto, alzó la vista por encima de sus gafas, como solía hacer, mientras inhalaba el humo del vigésimo primer cigarrillo del día; de inmediato, lo apagó por respeto a su interlocutora, estrujándolo contra el fondo del cenicero.

—He desvelado su identidad. Sé que no debí hacerlo, y le prometo que lo intenté. Pero lo hice. Cuando me di cuenta, ya era tarde.

—¿Y quién lo sabe?

El coronel quería mostrar un tono de voz neutro, ni enfadado ni satisfecho.

—Las personas que están esperando en la puerta. Los conoce bien. Son de fiar.

—¿Como usted? —El golpe bajo de Blázquez provocó un fuerte dolor moral a Teresa, que no supo qué responder. Y el coronel optó por continuar con la siguiente pregunta, como si no hubiese dicho nada humillante—: ¿Me vienen a felicitar porque las cosas han salido bien o a culpar de que hayan salido mal?

—Hemos venido a pedirle ayuda.

—¿Quiénes son?

—En la puerta están Pablo y su padre Matthew. Y también está Elisabeth Kramer.

Como si el planeta Tierra ralentizase su rotación y se produjese una regresión en el tiempo, Blázquez se vio a sí mismo con Kramer y el mayor de los Perkins en Irak, allá por el año 2003. «¡Qué vueltas da la vida!», pensó. Ellos frenaron la progresión profesional del espía español, cuando lo acusaron ante los jefes del CNI de ser el responsable de que Estados Unidos no hubiese podido evitar un ataque a sus tropas en la Zona Verde de Bagdad.

—Lo que ha de suceder, sucederá.

—¿Cómo dice, coronel?

Blázquez levantó la mirada con una lentitud casi irritante, hasta establecer contacto visual con los ojos de Teresa.

—En tiempos de la antigua Roma, el poeta Virgilio ya nos enseñó que aquello que ha de suceder, sucederá. Y ahora, los que hundieron mi carrera aparecen en mi casa para pedirme ayuda, cuando ya estoy retirado. Esto tenía que suceder, y ha sucedido.

—Lo siento muchísimo, señor. Es mejor que nos vayamos.

Pero Blázquez, ensoberbecido y presuntuoso, no tenía intención de escuchar otra voz que no fuese la que emitían sus propias cuerdas vocales.

—¿La señora Kramer, jefa del todopoderoso servicio de espionaje americano, viene a visitar a este viejo y aburrido jubilado del Centro Nacional de Inteligencia de España? ¿Qué han hecho?

Teresa, confundida, no sabía si continuar con las disculpas o entrar en materia. Optó por lo segundo.

—Creemos que tenía usted razón, coronel: el problema no era el ejecutor. De hecho, eran dos ejecutores. Esto va mucho más lejos. Y no son solo los servicios rusos, también son los chinos.

—Mi querida señorita, antes de profundizar más, comportémonos como amables anfitriones para personas tan principales. Hagamos pasar a sus amigos.

Blázquez llamó a su empleada para que invitara a entrar a quienes seguían esperando en la puerta.

—Sean bienvenidos a mi humilde morada —dijo Blázquez, exagerada y artificiosamente ceremonioso, ya en pie, en el inglés que dominaba con virtuosismo desde sus tiempos juveniles de formación en el CNI—, y disculpen mi aspecto. No esperaba visitas.

El estilismo de su indumentaria no había mejorado desde que abandonó las labores profesionales. Muy al contrario, vestía unos pantalones vaqueros pasados de moda y desgastados por el uso continuado durante una década, y una sudadera del ejército español de principios de siglo. Como añadido a su aspecto desarreglado, ese día no había perdido el tiempo en afeitarse.

—Muchas gracias, coronel —saludó Kramer, tratando de no dar sensación de estar ni a la ofensiva ni a la defensiva—. Ha pasado mucho tiempo.

—Mucho, señora Kramer. Me alegro de sus éxitos en este tiempo… —dijo Blázquez, obsequioso, estrechando la mano de Beth—. Confío en que se hayan adoptado las medidas necesarias para asegurar su presencia en mi casa.

—No se preocupe. Estamos seguros.

—Señor Perkins —Blázquez se dirigió entonces a Matthew—, se conserva usted muy bien, como si no hubiese pasado el tiempo desde que nos vimos por última vez en Bagdad.

—Coronel, es un placer que nos encontremos de nuevo.

Blázquez se giró hacia Pablo para terminar con los saludos protocolarios.

—Y usted debe de ser el joven del que me ha hablado muy bien la señorita. ¿Ya se ha recuperado?

—Sí. Apenas tengo molestias. Me encuentro muy bien, por suerte. Gracias por su interés.

—Me alegra mucho que ya esté en plena forma. Tiene usted un hijo muy valiente, por lo que me han contado. —Blázquez miró a Matthew.

—Es herencia de su padre —bromeó Matthew, ante las risas de todos, tratando de reblandecer las tiranteces en el ambiente; parcialmente, lo consiguió.

Por un acuerdo implícito, sin que fuese necesario negociarlo, cualquier referencia a lo ocurrido en Irak en 2003 quedó aparcada, aunque solo por unos minutos. Acabaría apareciendo.

—Por favor, pónganse cómodos.

Kramer y Matthew se sentaron en los lados opuestos de un tresillo, Teresa y Pablo hicieron lo mismo en otro tresillo situado en un costado y Blázquez ocupó un sillón unipersonal. El coronel, que empezaba a sentirse intrigado ante lo que estuviera por llegar, pidió a su empleada que preparara cafés y refrescos para sus invitados.

—Es evidente que mi identidad ha dejado de ser un secreto para ustedes. Pero esto no es un reproche.

Teresa se sintió acusada de forma indirecta por Blázquez, pero estaba preparada para que eso ocurriera.

—Creemos que conocer su identidad es lo mejor que podía ocurrirnos, coronel —dijo Beth, siendo gentil con Blázquez, y tratando de tomar la iniciativa de la conversación para aliviar la incomodidad que pudiera sentir Teresa.

—Se lo agradezco, pero creo que si están aquí, es porque algo no va bien. Si la misión hubiera tenido éxito, lo estarían celebrando en Washington.

—Así es —confirmó Kramer.

—Sin embargo, hay algo que quisiera aclarar, antes de que entremos en detalles. Porque quizá, perdonen la redundancia, no deberíamos entrar en detalles. —Todos miraron al coronel con extrañeza, a la espera de los inconvenientes que pudiera plantear. —Es cierto —continuó Blázquez— que ya no estoy en el servicio activo. Pero, como saben igual que yo, el espionaje es un sacerdocio que nunca se abandona del todo. Y me debo al CNI. La charla que hace un tiempo mantuvimos la señorita Fuentes y yo se puede considerar un intercambio informal de criterios entre dos antiguos colegas. Pero esta reunión con ustedes es algo más, y mi obligación, antes de empezar, es hablar con la directora del CNI o con el secretario general, su número dos. No creo que debamos continuar sin su permiso. No me siento legitimado para discutir sobre ningún asunto importante con la responsable de la inteligencia americana sin una autorización previa.

—Ya la tenemos, señor —interrumpió Teresa al coronel, con gesto de extrañeza—. ¿No le han avisado? La señora Kramer habló con la directora del CNI antes de venir a Madrid y yo mantuve una reunión con el secretario general del Centro. Tenemos su autorización.

El cerebro de Blázquez se puso a dar vueltas a mil revoluciones por segundo, como siempre que le costaba entender algo: ¿por qué no tenía ningún aviso del CNI antes de que llegara esa importante visita? La respuesta no tardó en aparecer en su mente: el conducto habitual consistía en que la directora daría al agente Zarrabeitia la orden de alertar a Blázquez, pero Zarrabeitia no lo había hecho para incordiar y soliviantar al coronel, como era tradición entre ambos; cuando no era uno, era el otro, o incluso ambos a la vez. «El cabrón de Zarrabeitia lo ha hecho por joderme…», pensó el coronel, tratando de imaginar cómo devolvería el golpe. Pero eso sería después. Ahora tenía algo importante que hacer.

—Así es, coronel —apuntaló Beth—. Antes de venir, estuve en la sede del CNI. La directora me recibió en ese edificio que ustedes llaman la Estrella, ¿no es así? —Blázquez asintió—. He pedido permiso para hablar con usted y me he comprometido a compartir con ella toda la información de este operativo. España es un país amigo y aliado de Estados Unidos. En cualquier caso, el CNI participa en esta misión desde el principio, a través de Teresa. Y ahora también participa usted, aunque no sea de forma oficial.

—Bien, resuelto este asunto, ¿en qué puedo servirles de ayuda? —espetó Blázquez, deseoso de ir al grano, mientras su cerebro, en un segundo plano, profería una miríada de insultos no verbales hacia Zarrabeitia.

—Le voy a pedir que haga algo por nosotros —dijo Kramer.

—Puedo hacer algún análisis, si consideran que les resultará de utilidad.

—No se trata solo de eso.

A lo largo de los siguientes minutos, los cuatro inesperados invitados de Blázquez relataron con detalle lo ocurrido en las semanas previas. El coronel no tomó una sola nota. Todo lo archivó en su cerebro. No necesitaba más.

—Escúcheme, coronel —dijo Kramer, impostando la voz e incorporándose en el sillón—. Quiero que se reúna con el jefe del espionaje chino, que lo intimide y que lo extorsione.

Kramer estaba perfectamente persuadida de que el viejo agente jubilado de la inteligencia española no era un espía bajo su mando, y todo lo que pudiera hacer por ella sería por vocación de servicio, por heroísmo, por vanidad o por una mezcla de todos esos motivos. Contaba con el beneplácito de la directora del CNI, con quien tenía pactados los detalles. Pero dependía de la voluntad de Blázquez, porque ya no era agente en activo, y la directora del CNI solo podía autorizar la misión de forma extraoficial: no estaba en condiciones de obligar a un espía jubilado. Si el coronel aceptaba, tendría el consentimiento tácito y el apoyo moral del CNI, pero nunca habría una orden verbal, ni mucho menos escrita.

Beth pronunció sus palabras como un sargento de infantería que da órdenes a un soldado para que salga de la trinchera y se enfrente, a pecho descubierto, a los disparos del enemigo. No se lo consultaba, se lo comunicaba.

Necesitaba a alguien con el perfil personal y profesional de Blázquez: experiencia, amplios conocimientos en la materia, virtudes evidentes para el análisis y capacidad dialéctica para convencer —con las debidas amenazas— a sus interlocutores. Sabía que el coronel era indisciplinado y caótico, pero asumiría el riesgo. Necesitaba un agente que no fuese de la CIA ni del FBI. Ni siquiera podía ser americano, porque se trataba de una misión extraoficial, en la que los servicios de inteligencia de Estados Unidos tenían que quedar en la penumbra. Si no era así, se podía producir un peligroso choque diplomático con China, cuyas consecuencias serían muy graves. Quizá definitivamente graves.

Blázquez se quedó impresionado —y eso no era fácil de conseguir— por el tono y por el encargo. Había visto tantas cosas a lo largo de su carrera que hacía mucho tiempo que nadie conseguía alterar su estado de ánimo. Esta vez, sin embargo, no sabía si se sentía más deslumbrado por la aspereza de Kramer o por la magnitud del cometido.

El coronel, como cada vez que necesitaba unos segundos para reflexionar, se levantó de la silla y deambuló por el salón, como un coche que da repetidas vueltas a una rotonda y no es capaz de encontrar la salida correcta. Sus invitados lo miraban a la espera de una respuesta, igual que un estudiante aguarda con impaciencia y temor la nota de un examen decisivo. Blázquez se sentía atraído por el frenesí de volver a la acción, pero también temía salir del tranquilo mundo de estudios y lecturas en el que estaba cómodamente instalado desde que había aparcado su actividad profesional.

Al mismo tiempo, le cautivaba la morbosa tentación de correr el riesgo, pero también una íntima desconfianza en sus posibles implicaciones. Si salía bien, sería un héroe y el CNI ganaría ante sus aliados la fama de ser un servicio eficiente. Pero ¿qué ocurriría si salía mal? ¿Qué pasaría con él? ¿Afectaría un fracaso al buen nombre del CNI ante la comunidad de inteligencia de Estados Unidos y del resto de Occidente? Si naufragaba, sería la segunda vez que los americanos verían en él a un incapaz, después de lo ocurrido años atrás en Irak.

En una de sus vueltas a la rotonda, Blázquez pareció encontrar el camino que buscaba, se acercó a su escritorio, se sentó, ajustó las gafas de leer sobre el tabique nasal y tecleó algo en el ordenador. Un segundo después, levantó la mirada hacia sus inquietos acompañantes y emitió su sentencia, sin necesidad de verbalizarla mediante un sí o un no.

—Creo que Xen Jiang va a viajar a Singapur —dijo como si no hubiese tenido duda alguna sobre si aceptar o no la orden de Beth; como si estuviese de acuerdo desde el primer momento y llevara días preparando la misión, aunque nadie se la hubiera propuesto hasta un minuto antes—. He monitorizado sus movimientos y los del general Lébedev desde hace meses, simplemente a través de fuentes abiertas. Resulta sorprendente la cantidad de datos a los que se puede acceder solo con paciencia y sabiendo dónde buscar. El espionaje ha cambiado mucho desde que era joven.

—Sí —confirmó Beth, disimulando la satisfacción que sentía por la actitud colaborativa, casi entusiasta, de Blázquez—. Nuestro contacto en Singapur nos ha confirmado que Xen tiene una reserva para tres días en el hotel Marina Bay Sands. Por supuesto, con un nombre falso. Periódicamente, se reúne allí con uno de sus agentes, que actúa en Estados Unidos. Ese agente trabaja bajo la tapadera de ser un ejecutivo de empresa, con negocios en Singapur. Lo descubrimos hace un año. En aquel momento, tomamos la decisión de no detenerlo y dejar que se moviera sometido a una estrecha vigilancia. En ese tiempo, se ha reunido siete veces con Xen en Singapur.

—¿Eso es todo lo que saben? —preguntó el coronel, con una insana intención sardónica.

—¿Tiene usted algún dato más? —preguntó Beth, temerosa de quedar como una principiante.

Blázquez no podía evitarlo: desde niño sentía la irrefrenable necesidad de saber más que los demás y disfrutaba cuando eso provocaba en sus interlocutores una embarazosa, y a veces insoportable, sensación de inferioridad. Lo hacía instintivamente, sin malicia, pero con el mismo desagradable efecto de generar la irritación de aquellos con quienes se relacionaba, aunque trataran de ocultarla. A pesar de todo, ese indómito deseo de saber y su desempeño magistral del oficio habían convertido al coronel en un espía idolatrado por sus compañeros.

—Xen Jiang tiene una amante en Singapur. —Blázquez dejó caer la bomba—. Las citas con su contacto americano se hacen allí por ese motivo. Así justifica sus viajes.

—No lo sabíamos —reconoció Matthew, asumiendo la incómoda situación y para evitar que Beth quedara en evidencia.

—Acérquense.

Los cuatro se pusieron en pie para reunirse en torno a la mesa de Blázquez y lo rodearon, situados frente a la pantalla del ordenador.

—Estas son fotografías captadas por las cámaras de seguridad del hotel. Hay que hacer algunas maniobras, pero no es tan difícil de hackear. Ustedes lo saben bien —dijo Blázquez, mirando a Pablo y a Teresa, los más jóvenes de la reunión, ambos expertos en espionaje informático—. Es la cámara de un pasillo de la última planta. Ahí se ve cómo entra en una habitación, y pasados seis minutos llega la mujer. Esta otra fotografía es de una hora y media después, como pueden ver aquí. —Señaló con su índice derecho un reloj en la parte alta de la imagen—. Y fíjense en la fecha de estas otras fotografías: es de dos meses después. De nuevo, Xen Jiang entra en esa misma habitación de la última planta, y unos minutos más tarde aparece la mujer. En esta ocasión, tardó dos horas en salir. —Los cuatro visitantes miraron a Blázquez con gesto de asombro y el coronel tuvo un breve, repentino e indisimulado ataque de engreimiento y falta de modestia. Eso no era inhabitual en él—. Estoy jubilado. Tengo tiempo libre —se justificó con ironía; ninguno de los presentes pronunció palabra alguna.

Todos volvieron a ocupar sus asientos. Lo hicieron en un insondable y abstraído mutismo, buscando en sus cerebros la mejor utilidad que pudieran vislumbrar para lo que ahora conocían.

—¿Lo hará? —preguntó, finalmente, Beth.

—Sí, siempre que me permitan hacerlo a mi manera —respondió, misterioso, Blázquez.

—¿Qué quiere?

—En primer lugar, es imprescindible que tengamos claro el objetivo.

—¿A qué se refiere?

—Es lo mismo que pedimos los militares a los políticos cuando nos envían a la guerra: necesitamos saber cuál es el objetivo que se pretende alcanzar. —Blázquez sacó a relucir su alma de coronel de infantería, y el resentimiento que un militar sentía por un político, cuando enviaba a miles de jóvenes soldados a la muerte, sin tener claro qué quería conseguir—. Seguro que recordarán lo que la cúpula militar americana planteó al presidente Bush antes de iniciar la invasión de Irak —dijo el coronel, elevando el tono de su voz y lanzando un sermón a modo de reprimenda, más que un relato pedagógico, porque volvía a 2003—: Querían saber si el objetivo era destruir al ejército de Saddam Husein; si también había que invadir el país; si, además, tendrían que tomar el poder y gobernar sobre los iraquíes; si habría que capturar a Saddam con vida; y si el objetivo final era proceder a un cambio de régimen para convertir Irak en una democracia al estilo occidental. El problema, y el error, fue pretender hacer todo eso a la vez, y ya saben cómo acabó la historia. De hecho, esa historia nunca ha acabado del todo.

Beth, Teresa, Pablo y Matthew escuchaban el rapapolvo con paciencia y estoicismo, confiando en que después de la diatriba llegara la propuesta. Sin embargo, Blázquez, dejando fluir sin freno su carácter enfático y campanudo —difícil de soportar por los demás—, aún tenía cosas que decir.

—Pero después llegó la pregunta más importante de los generales al presidente: ¿qué tiene que pasar para que podamos decir que hemos ganado y que termina la guerra?

—El presidente Bush declaró la victoria a bordo del portaaviones USS Abraham —recordó Beth.

—Y mentía, como saben perfectamente —sentenció Blázquez—. Solo seis semanas después del inicio de la invasión, Bush se vistió de piloto para decir que la misión se había cumplido. ¡Cuánta insolencia!

—Es cierto que han pasado muchos años y que Irak sigue siendo un problema —reconoció Matthew, tratando de reorientar la conversación y harto de tanta reprimenda—. Pero volvamos a lo nuestro.

—¿Cuál es el objetivo? —resumió Blázquez, con afectación y cierta arrogancia, lo que empezaba a resultar humillante para quienes lo escuchaban—. Dicho de otro modo: ¿qué tiene que pasar para que podamos considerar que hemos cumplido la misión?

—No lo sabemos —reconoció Kramer sin hacer una mínima pausa, para impedir la réplica inmediata de Blázquez—. Estamos ante una investigación prospectiva. Suponemos que ocurre algo, pero no sabemos qué es, ni qué importancia tiene. Corremos el riesgo de no encontrar nada. Pero creo que sí hay algo transcendental que no sabemos y que queremos averiguar. Ese es el objetivo, coronel.

Kramer pronunció esa última palabra marcando cada sílaba, como si las tres vocales que la conformaban llevaran tilde. Era una manera de mostrar su creciente incomodidad y hastío con la impertinente monserga de Blázquez. Necesitaba al coronel, pero cada minuto estaba más enfadada con él, y ya empezaba a no descartar la posibilidad de marcharse de allí. Sentía la creciente tentación de «mandar al coronel a paseo». Esa era una de las pocas expresiones que conocía en español, gracias a las esporádicas enseñanzas de Matthew, experto en antigüedades lingüísticas castellanas caídas en desuso.

—Lo suponía. —Blázquez no rebajaba su nivel de jactancia—. Es como ir al combate sin saber si en el campo de batalla hay cinco enemigos o cinco mil. —Blázquez expuso un semblante pensativo y se tomó unos segundos antes de continuar—: Supongo que usted intenta que la CIA quede aparentemente al margen de esta operación —dijo el coronel, ante el tácito asentimiento de Kramer—. Si no fuese así, no habría recurrido a alguien como yo, que no es americano y que ya está fuera del circuito. Entiendo que quieren evitar un choque directo con los chinos o con los rusos. —Blázquez hizo una mínima pausa en su explicación, con la intención de concederse, y conceder a los demás, un instante para reflexionar—. No podré hacerlo solo —siguió el coronel, aceptando el encargo *de facto*, pero sin confirmarlo expresamente—. Necesitaré ayuda. Y no voy a contratar a una agencia de detectives. No estarían preparados y, además, serían una evidente fuente de filtraciones, porque trabajan para el mejor postor. Solo espías profesionales pueden hacer algo como esto, aunque suponga un riesgo para el objetivo que pretendemos conseguir.

—¿Cuál es su petición?

Beth Kramer empezaba a impacientarse ante tanta verborrea. Entendía la reflexión de Blázquez, aunque mezclar a la CIA, como imaginaba que pretendía el coronel, era un riesgo demasiado alto.

—Quiero que ustedes vengan conmigo.

Blázquez señaló con la mirada a Matthew, Pablo y Teresa.

—Eso sería muy peligroso —intervino Kramer, inquieta y turbada—. Si algo saliera mal, el conflicto estaría fuera de nuestro control. Y, entonces, el control lo tendrían nuestros enemigos.

—El riesgo es inevitable en una misión de este tipo. Usted lo sabe bien.

—¿Para qué los quiere? —preguntó Beth, aceptando la exigencia sin verbalizarlo.

—El señor Perkins tiene la experiencia, está acostumbrado a gestionar situaciones de peligro y a superarlas, y sabrá aprovechar las oportunidades si aparecen. La señorita Fuentes y el joven Perkins son expertos en nuevas tecnologías. Los necesito. Por otra parte, son deportistas y fuertes, y no podemos descartar que, en algún caso, tengamos que defendernos y correr. Y, sobre todo, quiero que estén lo tres conmigo porque ocho ojos ven más que dos, y cuatro cerebros piensan más que uno.

—Si le he pedido que se encargue de esta misión, es para no involucrar a la CIA y, sin embargo, me pide que participen agentes de la CIA. Esto no tiene sentido.

—En efecto, no tiene sentido —respondió Blázquez con su descaro habitual y con sus ojos, desafiantes, clavados en los de Beth.

—Y, entonces, ¿por qué lo hace? —Kramer no encontraba la manera de sortear a alguien tan desenvuelto y atrevido como el coronel.

—De los cinco que estamos aquí, tres somos ya veteranos. Usted, el señor Perkins y yo mismo hemos participado en muchas misiones. ¿Recuerdan que alguna de esas misiones tuviera sentido?

La pregunta de Blázquez iba cargada de nitroglicerina. Todos los presentes, especialmente los de más edad, sabían que las labores de inteligencia, por su propia naturaleza, suponen siempre un salto en el vacío sin saber si al otro lado habrá algo a lo que agarrarse.

No, lo que pedía el coronel no tenía sentido. Pero Blázquez estaba en lo cierto, otra vez.

—Está bien —aceptó la jefa de la inteligencia de Estados Unidos—. Esta es la peor decisión que he tomado en mi carrera profesional. No me obligue a arrepentirme.

Blázquez escuchó, pero no atendió al ruego de Kramer. Él ya estaba instalado en el siguiente movimiento.

—Antes de empezar, tengo algo que hacer.

—Esto es urgente, coronel. —Kramer ya no controlaba sus nervios.

—Esto es lo más urgente para la CIA y para su país. Pero no es lo más urgente para el CNI ni para mi país. Y tengo que decirle que esto que yo considero aún más urgente, usted misma va a entender que también es urgente para nuestra misión.

Los jueguecitos de Blázquez con las palabras empezaban a ser cargantes.

—¿Qué necesita?

—Creo que en pocos días lo resolveré, y entonces nos podremos poner a la tarea.

—¿Cuál es el problema?

Kramer no conseguía la aclaración que necesitaba. Se sentía intrigada. Asumía que un asunto urgente para el CNI no era de su competencia, pero era incapaz de reprimir la curiosidad profesional. Y, además, el coronel decía que también era urgente para la misión.

Blázquez dudó. No quería ofrecer una información de ese tipo a la responsable de un servicio extranjero, aunque se tratara de un país socio. Pero de inmediato pensó que era inevitable hacer una excepción en este caso, porque el país del que sospechaba el clarividente y resabiado agente español también era socio de Estados Unidos. Y sin que todos los presentes conocieran ese dato, no podían seguir adelante con la operación.

—Según me acaba de contar —dijo el coronel, disfrutando de escucharse a sí mismo—, su compañero McKenzie descubrió que el ejecutor accedió a las identidades del joven Perkins y de la señorita Fuentes porque se las dio el general Lébedev, desde Moscú. Y que esa información no la consiguieron los servicios rusos mediante sus propias fuentes, sino que fueron los servicios chinos, bajo el mando de Xen Jiang. Lo que no sabemos es cómo accedieron los servicios chinos a esos datos. —Hubo un silencioso asentimiento general, a la espera de que Blázquez rematara su apresurado análisis sobrevenido—. Con esto quiero decir —continuó, centrando la atención de todos— que al servicio chino le llegaron los nombres a través de alguien cuya identidad desconocemos y, si no detectamos el origen de esa fuga de información, podemos ser víctimas de una emboscada. Porque, igual que alguien conoció los nombres y se los hizo saber a Xen Jiang, alguien podría enterarse de nuestros movimientos y hacérselos saber al servicio chino. Si Xen averigua adónde vamos, perderemos el factor sorpresa y nos estará esperando. Y no solo él. También nos esperarán los suyos. Y creo que no es necesario que me extienda más en los riesgos que eso supone. —Se repitió el silencio aprobatorio—. Y tengo una sospecha, pero necesito confirmarla o refutarla.

Blázquez dejó el señuelo en el aire. Le encantaba hacerlo. Todos miraron fijamente a sus ojos, y nada alimentaba más el amor que sentía por su propia persona que concitar la atención de sus interlocutores. Era su forma de provocar impaciencia y ansiedad en los demás, al no ofrecer la información de inmediato.

—Marruecos —respondió sin que nadie le hubiera llegado a preguntar, aunque todos deseaban hacerlo.

Moscú, Rusia

—Presidente, la sala está lista.

Iván Karlov repitió el ceremonial diario cuando abandonaba su despacho de presidente de la Federación Rusa: recogió la chaqueta que tenía colgada en el respaldo del butacón junto a la mesa —su costumbre era trabajar en mangas de camisa y nunca dejaba la americana en un perchero: siempre, en el respaldo de la silla—, cogió un recorte con anotaciones hechas a mano, salió en medio de la rotunda reverberación provocada por los tacones del soldado que custodiaba la puerta en posición de firmes, y recorrió más de cien metros de pasillo iluminados por el sol que se abría paso a través de los hermosos ventanales del impresionante Gran Palacio del Kremlin. Bajó varias plantas en su ascensor particular y llegó a la sala de reuniones habilitada para guardar los secretos más inconfesables de la nación.

—Novedades —ordenó Karlov al entrar, sin siquiera saludar a los presentes: los responsables de cada uno de los servicios de inteligencia del país, el ministro de Defensa, el ministro del Interior, el jefe del Consejo de Seguridad, el ministro de Asuntos Exteriores y dos asesores personales del presidente.

Era una reunión restringida debido al contenido altamente sensible que se iba a tratar. Por supuesto, nadie llevaba encima su teléfono móvil. La sala, de gran tamaño, estaba protegida frente a cualquier intento de escucha indebida. Los focos se concentraban sobre una mesa oval y alargada, para no llenar el resto del espacio de una luz excesiva que limitaría la correcta visualización de las imágenes que pudieran mostrarse en la pantalla situada al fondo. La iluminación se condensaba en los papeles colocados sobre la mesa, y las zonas de umbría que eso provocaba en el resto de la estancia hacían que ese lugar ofreciera un aspecto que se podría confundir con el de una biblioteca, de no ser por la evidente ausencia de libros.

—Señor —tomó la palabra el jefe del SVR, la agencia de espionaje exterior, con tono de palpable preocupación—, nuestros informadores en la sede de la OTAN en Bruselas han detectado movimientos inhabituales entre los altos responsables de la alianza.

—¿Qué movimientos son esos?

—Sabemos que se han multiplicado las reuniones, las conversaciones telefónicas y el intercambio de documentos entre los embajadores de cada país miembro, entre sus ministros de Defensa y Exteriores, y también entre sus presidentes y primeros ministros. Y creemos saber el motivo, señor.

—¿Qué ocurre?

—Señor, se van a anunciar en breve unos ejercicios militares de amplio alcance, con la participación de Estados Unidos, Reino Unido, Francia, Alemania, España, Finlandia, Grecia, Portugal, las tres repúblicas bálticas, Suecia, Noruega y Polonia. No descartamos que también se sumen otros países, pero aún no lo hemos podido confirmar.

—Muchas veces han hecho ejercicios conjuntos —apuntó Karlov, tratando de que le contaran todos los detalles disponibles, porque esos no le parecían suficientes.

Y, sin embargo, pese a la duda que planteaba ante sus subordinados, el presidente sentía una enorme satisfacción interior. Por fin llegaba el momento, tan esperado, de poner en marcha su plan. Si se confirmaba, como parecía, que la OTAN iba a activarse, significaría que Occidente había caído en la trampa de Karlov: la trampa de provocar que ellos amenazaran primero, lo que sería utilizado por Rusia como excusa para adelantarse y actuar de forma preventiva. Pero antes quería tener todos los datos para corroborarlo.

—Señor, creemos que esta vez no va a ser un simulacro.

—¿Qué significa eso? Hablemos claro —ordenó Karlov, ansioso.

—Esas supuestas maniobras cuentan con todos los elementos necesarios para realizar cuatro operaciones simultáneas.

El jefe del SVR desplegó entonces un extenso y detallado informe. El primer movimiento de los enemigos occidentales sería la entrada masiva de tropas de infantería aliadas en Ucrania, precedida de un intenso ataque aéreo sobre el territorio controlado por Rusia. En el segundo, la OTAN planeaba lanzar toda su potencia de fuego y miles de hombres sobre Crimea para arrebatar la península a los rusos. Con el tercero, intentarían ocupar Kaliningrado. Según el SVR, esa ocupación sería relativamente sencilla para las fuerzas enemigas, por tratarse de un territorio aislado del resto de Rusia. Podrían atacarlo desde varios frentes simultáneamente: desde Lituania por el norte, desde Polonia por el sur y desde el mar Báltico por el oeste.

—Kaliningrado es nuestro punto débil más evidente —intervino el presidente—. Y si consiguen controlarlo, también controlarán las fuerzas militares que tenemos allí, incluida la base de nuestra flota en el Báltico, que se convertirá en un mar bajo control exclusivo de la OTAN. Y tan importante como eso: perderemos los misiles nucleares Iskander y Kinzhal, que pueden alcanzar en cuestión de minutos ciudades como Berlín, Londres, Roma, París, Lisboa o Madrid.

Eso ya lo sabían sus interlocutores, pero a Karlov le gustaba decirlo, porque disfrutaba escuchándolo. Se sentía aún más poderoso.

—Y hay una cuarta operación, presidente, que sería la definitiva: Estados Unidos ha preparado su dispositivo nuclear en Europa, que amenaza a varias ciudades de Rusia, incluidas San Petersburgo y Moscú, y tratarán de destruir nuestra capacidad de respuesta antes de que nos dé tiempo a devolver el golpe. En resumen, señor, el enemigo pretende acabar con Rusia lanzando un ataque por sorpresa.

Karlov mantuvo el mismo gesto inconmovible con el que entró en la reunión unos minutos antes; como si esas noticias fuesen tan anodinas como las de casi todos los días; como si imaginara, desde mucho antes, que eso iba a ocurrir. Y, en realidad, lo imaginaba.

Se levantó y, pensativo, caminó por la sala con las manos agarradas en la espalda. Sí, por fin Occidente estaba en el lugar al que él había querido llevarlo. Y aun así, en ese momento de éxito, le ocurría algo poco común para su carácter expeditivo: se sentía inseguro. No podía dar ante sus subordinados imagen de debilidad. Pero en su interior notaba el decaimiento propio de quien cree encontrarse ante la malévola situación de elegir entre un desastre y una catástrofe: ataquen ellos primero o lo hagamos nosotros, provocaremos un cataclismo, reflexionó en silencio.

Cuando puso en marcha el plan para engañar a la OTAN, estaba convencido de que lo acertado sería actuar primero, antes de que lo hiciera el enemigo. Y para eso necesitaba el pretexto que ahora tenía. Pero, llegado el momento, la decisión que le correspondía adoptar estaba condicionada por las dudas: ¿seguro que debían atacar primero? Y, si fuera así, ¿lo harían por orgullo, por honor, por patriotismo o porque eso era lo correcto?

Antes de dictar sentencia, quería disponer de más datos y saber de dónde habían salido.

—¿Qué documentación manejamos?

A partir de esa pregunta, y durante más de una hora, el jefe del SVR y el ministro de Defensa pusieron sobre la mesa varias carpetas repletas de números, mapas y fotografías que ofrecían detalles sobre movimientos de las tropas occidentales, armamento ligero y pesado del que disponían en países fronterizos con Rusia, despliegue de hombres, aviones, barcos de guerra y submarinos.

—Y algo especialmente preocupante, señor: hemos detectado drones de la OTAN sobrevolando algunos de los silos en los que tenemos misiles nucleares en nuestro territorio nacional. Por ejemplo, cerca de Alekséyevka y en el aeródromo de Voyennyy, en Kaliningrado. Y estamos seguros de que ha habido más de los que hemos descubierto. Creemos que la Alianza dispone de suficiente información para frenar un contraataque por nuestra parte.

Karlov trató de procesarlo todo en su cerebro, en el intento de dictaminar lo que considerase más inteligente para los intereses de su país. Su silencio se alargó durante apenas un par de minutos, pero quienes asistían a la reunión tuvieron la sensación de que el mundo se acababa. Y quizá no les faltaba razón.

—¿Alguien tiene dudas después de lo que acabamos de saber? —preguntó Karlov, una vez que creyó haber llegado a su propia conclusión.

La pregunta provocó desconcierto entre sus colaboradores, porque el presidente no era dado a compartir su responsabilidad cuando se trataba de dar una orden. Pero en esta ocasión, antes de encaminar al mundo hacia una posible hecatombe, quería estar seguro de que nadie titubeaba. Y nadie parecía titubear ante el presidente. Quizá, porque tuvieran las ideas claras; quizá, porque ningún alto cargo de la jerarquía de poder en Rusia se atrevería a contradecir a Karlov. Pero esta vez hubo una excepción.

—Yo tengo dudas, presidente.

En medio de un viscoso silencio, se alzó la voz serena pero resuelta del general Alexey Vladimirovich Lébedev, jefe del GRU, el servicio de espionaje militar, que se puso en pie como muestra, a un tiempo, de respeto y de firmeza.

Karlov volvió la cabeza para establecer contacto visual con el hombre al que pertenecía esa afirmación rotunda, y que ponía en cuestión los datos aportados en esa reunión y los pensamientos del propio presidente. Por un instante, los ojos de Karlov y Lébedev se cruzaron en lo que llegó a parecer un amenazante desafío de miradas. Los presentes no recordaban haber asistido a un reto similar, con el presidente como protagonista. Porque a Karlov se le daban todos los datos, pero nadie cuestionaba su criterio, ni siquiera cuando aún no lo hubiera expresado; ni siquiera cuando, excepcionalmente, como en ese momento, pedía la opinión de otros.

Lébedev conocía de antemano, y había estudiado con detenimiento, los informes expuestos por su colega del SVR. Tenía en su poder algunos desde veinticuatro horas antes y otros desde hacía semanas, porque, en alguna medida, también eran fruto del trabajo de su propio servicio, el GRU.

—Habla —dijo Karlov, con actitud inquisitiva y provocadora, y confiado en dar después una réplica que destruyera cualquier argumento que pudiera oír de boca de Lébedev.

—Presidente, creo que volvemos a los ochenta.

—¿A los ochenta?

—Señor, esto parece una réplica de la Operación RYAN. Seguro que usted la recuerda y mis colegas en esta sala, también.

Sí, todos lo recordaban. A principios de los años ochenta, la Unión Soviética puso en marcha la Operación RYAN, que pretendía confirmar la creciente sospecha instalada en el Kremlin de que Estados Unidos preparaba un ataque nuclear. Los excesos verbales amenazantes del presidente de Estados Unidos, Ronald Reagan, contra una Unión Soviética ya debilitada por sus muchas carencias, se unieron a un estado general de desequilibrio en el régimen de Moscú, al frente del cual estaba Yuri Andrópov, antiguo responsable del KGB. Una absurda e infundada zozobra se apoderó de las altas jerarquías del Kremlin, en el convencimiento de que los americanos tenían decidido lanzar sus bombas atómicas para acabar con el comunismo.

En agosto de 1983, Vladimir Kriuchkov, jefe del Primer Alto Directorio del KGB, dio órdenes explícitas a su personal en las embajadas de Occidente: debían confirmar que se realizaban preparativos para ese ataque que daban por seguro. El 1 de septiembre, un avión de Korean Air fue abatido sobre suelo soviético. Nadie sobrevivió. Moscú justificó el incidente asegurando que se trataba de un avión espía y que era una provocación más de Reagan, lo que hizo aumentar la tensión exponencialmente. Y dos meses después, la OTAN organizó unas maniobras militares, bautizadas como Able Archer: un simulacro que tenía, como momento culminante, un ensayo de ataque nuclear. Los jerarcas del régimen comunista, presos de una enajenación colectiva, llegaron al convencimiento de que aquello era, en realidad, el preparativo para lanzar bombas atómicas sobre la Unión Soviética como respuesta por el avión derribado, y no un simple ejercicio de adiestramiento.

La inestabilidad emocional se extendió de tal manera a través de las estructuras internas del KGB, que sus espías repartidos por el mundo empezaron a interpretar que cualquier telegrama que interceptaban entre cancillerías occidentales ocultaba un mensaje en clave que confirmaba el objetivo del enemigo de lanzar un ataque nuclear. Y así, en noviembre de 1983, Andrópov ordenó poner en alerta todo el dispositivo atómico soviético, incluidos los submarinos y los aviones desplegados en varios países comunistas del Pacto de Varsovia. El mundo estaba a punto de estallar.

—¿Insinúas que nos hemos vuelto locos, Alexey Vladimirovich? —Karlov evidenciaba que la asimilación de su presidencia con la decadente cúpula comunista de los ochenta le resultaba especialmente ofensiva y denigrante.

—Solo creo que estamos equivocados, señor.

—Me preocupa que digas eso y que lo compares con 1983. Porque, ¿sabes qué dicen nuestros rivales de Occidente? —Karlov empezó a elevar el tono de su voz con cada palabra que pronunciaba, hasta terminar convirtiendo sus frases en gritos, mientras daba ruidosos golpes con la palma de su mano sobre la mesa—: ¡Presumen de que finalmente no hubo guerra nuclear gracias a un ruso traidor, llamado Oleg Gordievski, que dio a los británicos la información de que aquí, en Moscú, estaban todos locos! ¡Y dicen que Estados Unidos hizo entonces gestos de distensión para calmar a los enajenados soviéticos! ¡¿Lo sabías, Alexey Vladimirovich?! ¡Eso decían de nosotros! ¡Nos despreciaban entonces y nos desprecian ahora!

Karlov se irguió sobre sí mismo después de bramar ante quienes formaban el núcleo duro de su poder. Nadie habló durante unos segundos. Lébedev se sentó en un movimiento que pareció ralentizado, mientras sus colegas evitaban mirarlo para no incidir en la humillación que sufría.

—Estamos a punto de dar una orden que podría ser, a la vez, un asesinato y un suicidio —dijo Karlov, asumiendo la carga intrínseca de su puesto—. Podemos matar a millones de seres humanos de los países enemigos, y los países enemigos pueden matar a millones de los nuestros, incluidos quienes estamos en esta sala y nuestras familias. Pero la Madre Rusia no aceptará su destrucción sin dar una respuesta equivalente. Si tenemos que desaparecer, desapareceremos todos. —Apenas levantó la voz, pero se expresó en un tono tan contundente como terminante. El presidente hizo una breve pausa ante el desasosiego general, antes de continuar—: Quiero que nuestros operativos militares se pongan en alerta —ordenó Karlov, al comprobar que ya no existía disidencia interna, o para opacar la que pudiera haber—. Lo haremos de forma progresiva y escalonada, para evitar que la OTAN detecte demasiados movimientos simultáneos. Dentro de cuarenta y ocho horas nos reuniremos de nuevo aquí. Cada uno de ustedes traerá un informe con el despliegue que realizarán sus efectivos. Por supuesto, el informe lo elaborarán ustedes individualmente. Nadie más debe saberlo. Después, estableceremos un plan: como ellos quieren destruirnos, nosotros los destruiremos primero.

El asentimiento general fue más tácito que manifiesto, en medio de un ambiente de terror difícilmente camuflado. Todos pensaban en sus seres queridos, que podrían ser víctimas del contraataque occidental. Algunos se planteaban enviar de inmediato a sus familias a alguna zona remota del este de Rusia, menos expuesta, donde quizá pudieran sobrevivir.

Recogieron sus papeles y se encaminaron hacia la puerta, mientras Karlov se sentaba en su silla, pensativo.

—Alexey. —El presidente llamó al jefe del GRU, cuando todos se marchaban.

—¿Señor?

—Cierra la puerta y siéntate.

Lébedev atendió a la indicación. Lo hizo sin temor. Estaba dispuesto a asumir cualquier consecuencia.

—Quiero pensar que has actuado de buena fe.

—Así ha sido, señor.

—Pero estás muy equivocado —musitó Karlov, en un intento de recuperar la compostura—. Aquí nadie se ha vuelto loco. Occidente nos forzó a invadir Ucrania porque durante años cercó nuestras fronteras, y los países que eran amigos se convirtieron en enemigos. Han ordenado sanciones económicas contra nosotros, porque nos quieren empobrecer. Ahora se rearman para vencernos de forma definitiva y no podemos permitirlo.

—Lo entiendo, señor.

—Alexey, necesito estar seguro de que cuento contigo.

—Señor, estoy a sus órdenes, como siempre y hasta el final.

—No quiero a ningún Gordievski en mi mandato. No soporto la traición. —Pronunció la frase separando cada sílaba con un instante de silencio, para resultar más inequívoco, si eso era posible—. Ponte a trabajar.

Lébedev se levantó con marcialidad y, en posición de firmes, saludó al presidente y abandonó el lugar.

«Ya nada será igual con Karlov», se dijo a sí mismo mientras avanzaba hacia la puerta de salida. Puedes pegar las piezas de un jarrón que se ha roto en pedazos, pero nunca será el jarrón que fue. Habían pasado cuarenta y cinco años desde el día en el que, orgulloso, entró al servicio del ejército soviético. Sus ascensos se produjeron a un ritmo inaudito: siempre era el más joven teniente, el más joven capitán, el más joven comandante…, y así hasta alcanzar el grado de general, convirtiéndose en uno de los hombres de confianza de Karlov y en jefe del poderosísimo espionaje militar ruso. Admiraba a su presidente y sentía devoción por él. Pero ¿le obligaba eso a aceptar ciegamente cualquier decisión que pudiera adoptar? ¿Estaba dispuesto a participar en la destrucción nuclear sin hacer nada para evitarlo?

A lo largo de los años, con extremada lealtad, Lébedev se había encargado de espiar a Occidente, de sabotearlo y de tenderle trampas, mientras trataba de obstaculizar las actividades de los espías rivales, sus sabotajes y sus trampas. Y daba órdenes para eliminar a los traidores que dispusieran de esa información y pretendieran compartirla con el enemigo. Pero ahora se sentía ante el dilema de optar entre seguir siendo leal a su presidente o ser leal a la humanidad. Y en ese choque de lealtades, no tenía dudas.

Cuarenta y ocho horas después, de nuevo en la sala de alta seguridad del Kremlin, cada uno de los convocados presentó su plan de despliegue progresivo para lanzar un ataque con armamento atómico contra Occidente, antes de que Occidente lo hiciera contra Rusia. Lébedev comprobó que sus peores temores se confirmaban. Durante los dos días previos quiso mantener una mínima esperanza de que lo ocurrido en la primera reunión se desmontara por sí solo, pero nada de eso sucedió. La duda ya no era si habría guerra, sino cuándo empezaría. Eso dependía del presidente. Pero sí sabía que no quedaba mucho tiempo.

El documento final apenas tenía tres folios, sobre la base de un plan elaborado tiempo atrás. Se trataba de un esquema básico, pero meridiano, del operativo que se pondría en marcha en cuanto se diese la orden, lo que podría ocurrir en cuestión de semanas. Todos los presentes dejaron señal de su participación en ese plan, mediante crípticos acrónimos secretos que identificaban a cada uno de ellos, sin necesidad de estampar su firma ni de poner su nombre o su cargo.

—¿Adónde vamos, general? —preguntó el chófer.

—A casa, Nikolay.

Ya en su coche oficial, Lébedev extravió la mirada en las luces nocturnas de Moscú. La reunión había terminado pasadas las diez de la noche y el tráfico no era tan intenso como horas antes. Sentía una fuerte presión en el pecho, que no le permitía respirar con facilidad. Un sentimiento de angustia condicionaba su reflexión: era un servidor del Estado, amaba a su país, odiaba a los enemigos de Rusia, los combatía y lo hacía a las órdenes de su idolatrado presidente Karlov. Pero ¿justificaba eso una guerra nuclear? ¿De verdad iban a provocar la desaparición de millones —quizá miles de millones— de seres humanos en el mundo? «¿Por qué tienen que morir sus niños y los nuestros?», se preguntó.

En breves vistazos por el retrovisor, Nikolay creyó notar que el jefe del GRU, sentado en la parte de atrás, estaba desorientado y aturdido. No recordaba haberlo visto así en los dos años que llevaba a su servicio. Lo reportaría a la superioridad en cuanto terminará su jornada: Nikolay ejercía como chófer, pero también era agente del FSB y estaba encargado de la vigilancia de Lébedev: era el espía que espiaba al jefe de los espías. Tenía orden de informar a sus superiores de cualquier circunstancia que pudiese poner bajo sospecha al general y esta era una de ellas. Pero el general era consciente de esa vigilancia: sabía que en Rusia todo el mundo vigila a todo el mundo y que el presidente Karlov no se fiaba ni siquiera de los más próximos. De ellos, precisamente, era de los que menos se fiaba.

Finalizado el trayecto, Lébedev se despidió de su conductor hasta el día siguiente. Un minuto después, Nikolay marcó un número en su móvil.

—Señor, algo le ocurre —dijo el chófer al teléfono—. Parecía preocupado.

—¿Qué te ha dicho? —preguntó la voz de un oficial del FSB, con quien el conductor tenía orden de contactar directamente.

—Nada, señor. Siempre habla mucho, pero hoy no ha dicho nada.

—Mantenme informado.

Nikolay cortó la comunicación y se alejó. En una ventana de la quinta planta, Lébedev comprobó que su coche tardaba más tiempo del habitual en marcharse. Era evidente que habría dado novedades a sus superiores. Escondido tras las cortinas y dejando solo un pequeño espacio para su ojo derecho, el general recorrió la calle con la mirada. Vio un par de automóviles sospechosos, aparcados en las cercanías, aunque estaba oscuro. Pero suponía que habría más agentes vigilando.

Después, en una somera revisión profesional detectó un dispositivo de escucha en el salón, otro en la cocina y uno más en cada una de las tres habitaciones de la casa. No encontró micrófonos ni en el baño ni en el *hall* de entrada.

Esa semana era presa fácil: los agentes del FSB habían podido entrar sin problema en su domicilio porque no había nadie. Su mujer y sus hijos, acompañados por la empleada de hogar, disfrutaban de una casa de campo en el sur del país. Volverían al día siguiente.

Ahora sabía a qué atenerse. La decisión estaba tomada.

Encendió la radio, buscó un canal de música clásica y lo puso a un volumen que impidiera a los micrófonos recoger con nitidez ningún otro sonido de menor intensidad. Aun así, se refugió en el *hall* de entrada, fuera del alcance de los micros. Allí, cerró sus tres puertas: la de salida de la casa, la que daba acceso a la cocina y la del salón. Sacó de un armario una vieja máquina de escribir portátil y una minicámara de fotos, tan vieja como la máquina de escribir. Eran las reliquias que guardaba desde sus tiempos de espía en la Guerra Fría, cuando el mundo era analógico. Así, a la vieja usanza, evitando cualquier aparato que pudiera conectarse a internet y, por tanto, imposibilitando un hackeo, el general redactó un informe de tres páginas, igual de extenso que el original que salió de la reunión con el presidente. Pero retocó su contenido a la baja. Era menos amenazante que el plan real, e insinuaba un pacto tácito de no agresión, tan inexistente como el resto del documento. Su esperanza era hacer llegar a Occidente ese informe, en la confianza de que alguien, con la suficiente inteligencia, entendiera el mensaje, frenara la escalada y pusiera fin a las exageradas maniobras que preparaba la OTAN. Sin esas maniobras en marcha, Karlov no tendría la excusa que buscaba para atacar.

Terminada la redacción del nuevo dosier falso, Lébedev lo fotografió, quedando registrado en un viejo carrete analógico, de pequeño tamaño. Minutos después, quemó los papeles en el baño. Ahora, tenía que esperar el momento, aunque esa espera no podía ser demasiado larga.

Sede del CNI, Madrid

—Estás más viejo.

—Y usted, más gordo.

El coronel no hacía excepciones a su costumbre de tratar a todos de usted, por mucho que a él lo tutearan. Resultaba artificioso por extravagante: una charla en la que cada cual da y recibe un tratamiento distinto. Pero Blázquez disfrutaba con esas rarezas y quienes lo conocían ya no se extrañaban.

Evitaron los abrazos. Ni siquiera estrecharon sus manos. Hacía años que no se veían, desde que Blázquez se retiró del servicio activo. Guardaban una prudente distancia. Ambos se admiraban mutuamente, pero nunca lo explicitaron, como si ninguno de los dos quisiera que el otro conociera la admiración que le profesaba.

—La jefa me ha dicho que atienda tus peticiones, siempre que eso sea posible. Pero ya sabes que aquí casi nada es posible —advirtió Zarrabeitia, empeñado en marcar una imaginaria línea de separación.

—Es usted un cabrón.

—No es para ponerse así. Si no te ayudo, será porque no puedo.

Zarrabeitia sabía que el motivo del improperio proferido por Blázquez era no haberle avisado de la visita de Beth Kramer a Madrid. Pero no tenía intención de facilitarle la tarea.

—No pretenda torearme. Sabe a qué me refiero.

—Me asombra que no te gusten las sorpresas, con el buen humor que te caracteriza… —ironizó Zarrabeitia, con evidente voluntad hiriente.

—¿Sorpresas? Seguro que conoce la canción de Pedro Navaja. —Blázquez puso el gesto más serio del que era capaz—: «Sorpresas te da la vida; quien a hierro mata, a hierro termina».

—Tomo nota.

—Es muy prudente que lo haga.

El agente del CNI Zarrabeitia y su viejo compañero Blázquez se habían citado en la sede del Centro. Disponían de una buena excusa para enmascarar su encuentro y que pareciese otra cosa: ese día se celebraba la reunión anual con los antiguos miembros de la agencia. Se trataba de una muestra de camaradería de los espías de ahora hacia quienes lo fueron tiempo atrás, en la que se constataba una contradictoria realidad: que todos los jubilados añoraban el servicio activo, aunque cuando estaban en el servicio activo deseaban jubilarse. Cuando se retiraban sentían el vacío, porque sus relaciones sociales se vinculaban al propio Centro, debido a las circunstancias propias de su tarea: el secreto que envuelve a los espías. No pueden contar su verdad a nadie; ni siquiera están autorizados a sincerarse demasiado con sus familias. Fuera del Centro, sin contacto con sus compañeros, se sienten emocionalmente desubicados.

Allí estaban el espía activo y el espía jubilado, en un bien cuidado jardín junto al edificio principal y al pie del Rocaedro, una inquietante escultura compuesta por barras metálicas, que formaban cubos enlazados y superpuestos, con un péndulo inmóvil en el medio y con una cápsula del tiempo que fue enterrada en 1987. El significado del Rocaedro resultaba indefinible, como casi cualquier obra de arte contemporáneo.

—Nunca entendí qué nos querían decir los jefes cuando pusieron esta cosa aquí, en medio del césped —protestó Blázquez, con carácter retroactivo.

—Nadie lo explicó, pero a mí me gusta, y tengo mi propia interpretación: creo que simboliza el anhelo de perfección de un servicio de inteligencia.

—Esto se lo ha inventado usted, que es muy imaginativo.

—Significa equilibrio.

—¡Y una mierda! Vámonos de aquí. —El coronel no estaba dispuesto a continuar esa conversación que versaba sobre nada.

—¿Adónde quieres ir?

—Al Tanatorio.

—A mí me gusta más llamarlo Estrella de la Muerte. Resulta más misterioso y cinematográfico. ¿No crees?

—Eso no lo mejora.

Tanatorio y Estrella de la Muerte eran los dos apodos que el personal del CNI había puesto a un edificio de forma cilíndrica, con un helipuerto en la cubierta. Se construyó para disponer de un espacio a prueba de intrusos, porque es lo que se conoce como una jaula de Faraday: su interior estaba protegido frente a ataques electrónicos. Era allí donde se situaba la enorme sala de gestión de crisis. También trabajaban en ese lugar los expertos en ciberseguridad y el equipo que vigilaba el mundo y controlaba a sus agentes en el extranjero veinticuatro horas al día, los trescientos sesenta y cinco días del año.

—¿Qué es tan importante para que tengamos que tratarlo aquí?

Zarrabeitia consideró ultimado el turno de intercambiar sarcasmos e ironías. Debían entrar en materia. Y si Blázquez quería hablar en el Tanatorio, algún motivo habría.

Ambos podían sentir en su interior la distancia formativa que separaba a sus dos generaciones de espías españoles. Por un lado, la de los veteranos que aprendieron en los tiempos del viejo CESID, creado después de la dictadura de Franco. Sus agentes eran militares, con más experiencia cuartelera que de inteligencia, escaso conocimiento de idiomas —salvo gloriosas excepciones como la de Blázquez— y muy centrados en los asuntos nacionales: terrorismo y amenazas golpistas, especialmente. Por el contrario, el CNI se había creado para superar las deficiencias del CESID, con un alma más civil que militar, con la aspiración de ser un servicio tecnológicamente avanzado y con el foco situado en las crisis internacionales que pudieran afectar a España: más atención a los enemigos externos, porque ya no parecía haber tantos enemigos internos. Blázquez era generación CESID; Zarrabeitia, generación CNI.

Se sentaron uno frente a otro, en la gran sala ovalada en la que se reunían todos aquellos que tenían algo que decir cuando el problema era de gran magnitud: atentados, guerras, amenazas cibernéticas destacables, espías en riesgo... Una mesa alargada ocupaba el lugar central, con varias sillas a cada lado y una más en su cabecera, donde se sentaría quien estuviese al mando en ese momento. A ambos lados, varias mesas más estaban destinadas a los agentes del Centro que fuesen llamados a participar en las deliberaciones o en el seguimiento de una misión concreta. El mobiliario estaba colocado de tal forma que la vista de todos los presentes se dirigiese con facilidad hacia una gran pantalla situada en la pared principal.

Blázquez fue obsequiado por Zarrabeitia con el butacón principal, porque solo ellos dos estaban en aquel espacio destinado, en la práctica, a facilitar la asistencia simultánea de decenas de personas.

—Tú dirás.

El coronel fue escueto. Solo contaría a Zarrabeitia los datos imprescindibles, ni uno más, y apenas necesitó un par de minutos para plantear la cuestión que le interesaba. Pero lo que no podía evitar era dar el nombre de los agentes afectados: Teresa Fuentes y Pablo Perkins. Zarrabeitia no se inmutó. Conocía a Teresa por razones obvias, al ser compañera del Centro. De Perkins tenía referencias, al tratarse de un agente de la CIA con conexiones en España. Sabía que colaboraba con el CNI en determinadas misiones.

—Tengo la sospecha de que los rusos se han enterado gracias a los marroquíes —pretendió zanjar Blázquez, sin decirle a Zarrabeitia que, en realidad, su sospecha era que los marroquíes habían informado a los chinos; no quería condicionar la investigación, por si su tesis fuese errónea; eso debería descubrirlo Zarrabeitia.

—Rusos y marroquíes no tienen tanta confianza mutua, al menos que nosotros sepamos —respondió Zarrabeitia, entre descreído y preocupado. Marruecos es un aliado fiel de Estados Unidos, y esa fidelidad le sale muy rentable. No creo que se la jueguen haciendo manitas con los rusos.

Blázquez oyó, pero no escuchó, la apreciación de Zarrabeitia y remató su tesis.

—Creo que tenemos una fuga en el Centro —zanjó el coronel—. Alguien de aquí ha dado esa información a los marroquíes, y los marroquíes a los rusos.

—No sospechamos de nadie —respondió tajante Zarrabeitia, pero sin disimular su alarma ante el riesgo de que esa advertencia tuviese una base cierta—. Sabes que muchas veces hemos abierto investigaciones internas porque recelábamos de algún agente concreto, pero ahora no hay nada de eso en curso.

—Esa es la demostración más evidente de que tienen un problema. Cuando parece que no pasa nada es, precisamente, cuando más hay que sospechar y vigilar. —Zarrabeitia sabía que Blázquez tenía razón, pero no le iba a dar el gusto de reconocérselo—. Usted tiene contactos en Rabat —presionó el coronel—. Muévalos y entérese. Me hará un favor a mí y hará un favor al Centro.

—Te avisaré —se despidió Zarrabeitia, manteniendo el tuteo y poniéndose en pie.

—Hágalo pronto. Es urgente.

Blázquez cerró la conversación, se levantó y caminó hacia la puerta de salida. Pero, antes, se volvió hacia Zarrabeitia con un rostro inexpresivo y soltó su apotegma del día:

—Estamos todos chiflados.

Zarrabeitia asintió, melancólico.

Moscú, Rusia

—Dígame, general, ¿dónde vamos? —preguntó Nikolay cuando Lébedev entró en el coche al finalizar la jornada.

—Hola, Nikolay. Vamos a casa para recoger a mi mujer y luego iremos a un restaurante para celebrar su cumpleaños. Se llama..., déjame que lo mire... —El general simuló desconocer el nombre mientras lo buscaba en su móvil—... Kitayskaya Gramota.

—Estupendo, señor. Ahora busco la dirección.

Veinte minutos después, la esposa del general entraba en el coche oficial.

—Buenas tardes, Nikolay.

—Buenas tardes, señora. Y felicidades por su cumpleaños.

—Muchas gracias, querido.

Después de un corto recorrido por las calles de Moscú, el chófer dejó a su jefe y a su esposa a las puertas de un elegante restaurante chino, conocido por el exotismo de sus ensaladas, por un exquisito plato de pato pekinés y por el recargado barroquismo asiático de la decoración.

Nikolay tardó apenas unos segundos en informar a sus superiores. De inmediato, dos agentes del FSB, un hombre y una mujer, se personaron en el restaurante a cenar. Fueron ubicados en una mesa situada a cinco metros de la ocupada por Lébedev y su mujer. El general se percató de inmediato de quiénes eran, pero creía tener la situación bajo control.

Hora y media más tarde, terminados los postres, Lébedev pidió la cuenta; un joven camarero chino acudió con el ticket de pago dentro de una refinada cajita de madera lacada, con dragones pintados de colores chillones; el general extrajo el papelito, observó la cantidad a pagar y metió la mano en el bolsillo interior de su chaqueta para buscar los billetes en su cartera. Pero, en ese mismo movimiento, mezclado con el dinero, también sacó con extremo disimulo un carrete de fotos de muy pequeño tamaño. Depositó el dinero y el carrete en la cajita, y el camarero hizo una leve y asiática reverencia de agradecimiento cuando se la llevó.

Unos minutos después, Lébedev y su esposa abandonaron el restaurante, y Nikolay los llevó de vuelta a casa. Los dos agentes del FSB reportaron a sus superiores que no parecía haber ocurrido nada fuera de lo normal, pero que mantendrían la vigilancia si así se les ordenaba.

Para entonces, el camarero que había recogido la cajita con el dinero y el carrete se encontraba ya en un piso a cuatro manzanas de allí. Una de las dos habitaciones del apartamento tenía la persiana bajada. Sobre una mesa de escritorio estaban colocadas varias bandejas con sustancias químicas: esa habitación era un cuarto oscuro para el revelado de fotos, al estilo predigital.

Pasados unos minutos, el documento de tres hojas fotografiado por Lébedev apareció ante sus ojos. Como el papel de fotografía era grueso y duro, el camarero chino lo fotocopió. La copia resultante estaba en tres folios corrientes, mucho más finos, a los que adosó otros folios igual de finos, con apuntes escritos a mano, que camuflaban el contenido del documento fotocopiado. Las hojas subsiguientes fueron mezcladas dentro de una carpeta con otras doscientas páginas de apuntes universitarios. El carrete y la fotografía del documento fueron quemados sobre un cenicero metálico, hasta consumirlos.

Al día siguiente, el joven camarero metió en una mochila esa carpeta repleta de apuntes, dos carpetas más con otros apuntes, un par de libros de texto y un ordenador portátil. Llenó un *trolley* con algo de ropa, productos de aseo y efectos personales, y se presentó en el aeropuerto con su pasaporte chino y un visado de estudiante en la Universidad de Moscú.

El *trolley* y la mochila pasaron sin novedad el escáner del control de seguridad. Hora y media después, el avión con el joven estudiante chino despegaba con destino a Pekín.

Una vez allí, recibió la visita de un agente del servicio de espionaje al que entregó el documento, y de ahí fue directamente a la mesa de Xen Jiang.

Marina de Kabila, Marruecos

El Mediterráneo occidental estaba en calma. Se navegaba sin especial dificultad. No era Zarrabeitia un lobo de mar, pero sí disponía de los permisos necesarios para manejar pequeños barcos de recreo, y lo hacía con asiduidad en la costa española. Esta vez, sin embargo, era distinto.

Zarpó desde el puerto deportivo de Sotogrande, en la provincia de Cádiz. Puso rumbo al sur, dejó Gibraltar a estribor, atravesó el Estrecho en dirección a Ceuta, y pasó de largo bordeando la costa oriental de Marruecos hacia la región de Tetuán. Su destino estaba al norte de esa ciudad. La primera idea fue amarrar el barco en la Marina Samir, donde atracaban muchos yates lujosos junto a un *spa*. Pero lo descartó, porque ese puerto disponía de un servicio de aduana y había más control que en otro, navegando hacia al sur: la pequeña Marina de Kabila. Allí la vigilancia era escasa y superficial. Podían pasar semanas enteras sin que apareciese un policía. Era el lugar adecuado para la cita.

—¿Has podido venir desde Rabat sin problemas?

—Sí. Creo que no me han seguido, pero nunca se sabe.

—Pues hagamos esto rápido. ¿Tienes la información?

Amir Idrissi la tenía.

A sus cuarenta y cinco años, Idrissi acumulaba ya una larga experiencia en la DGST, el espionaje marroquí. Era alto, atractivo, atlético, presumía de un porte elegante y se dejaba crecer una coqueta barba de cuatro días, perfectamente recortada en sus contornos, como si hubiese utilizado un tiralíneas.

Su costumbre era vestir trajes que compraba cada poco tiempo en una sastrería de París. Pero, en esta ocasión, para no llamar la atención más de lo conveniente, llevaba ropa cómoda de aficionado al mar, aunque igualmente cara, de marcas europeas de primera fila.

Una década atrás estuvo destinado en Madrid. Y allí, en la capital española, Zarrabeitia lo captó para el CNI como agente doble. Cuando volvió a Rabat, fue nombrado adjunto al director del servicio, lo que le daba acceso a información relevante. Parte de esa información terminaba sobre la mesa de Zarrabeitia en la sede del CNI, a cambio de jugosas cantidades económicas que le permitían comprarse sus caros trajes franceses, y llevar un ritmo de vida por encima de las posibilidades que le aportaba su sueldo de espía marroquí. Lo que Idrissi no sabía hasta ese momento era que la DGST tenía su propio agente doble en el CNI. Ese dato era tan sensible que solo estaba en conocimiento del director de la DGST y del oficial que había establecido ese contacto en Madrid. Pero cuando Zarrabeitia le pidió que hiciese averiguaciones, Idrissi supo dónde buscar la información, y la encontró.

—Tenéis un topo en Madrid —dijo Amir, con un dominio exquisito del español, sin apenas acento que lo delatara.

Idrissi pronunció esas palabras bajando el tono de su voz, para situarla en un volumen de confidencia. Pero su impacto fue como el que hubiera tenido un bocinazo en el oído, en medio del espeso silencio propio de una madrugada.

Zarrabeitia enmudeció. El villano Blázquez volvía a tener razón, como casi siempre. El instinto de ese hombre seguía siendo insuperable. Por eso lo admiraba tanto, aunque fuese un tipo insoportable.

—¿Quién es?

—No lo sé. No he podido conseguir el nombre, pero tengo información que te puede ayudar a descubrirlo por tus propios medios.

Amir enumeró algunos datos parciales, pero importantes, sobre dónde se produjo la captación del agente y el año en el que pudo ocurrir, en función de algunas coincidencias temporales.

Zarrabeitia, en silencio, mezcló esas pistas en su cabeza a la velocidad de la luz, mientras daba un paseo imposible por la limitada cubierta del barco. Y, pasados unos segundos, creyó haber descubierto el nombre del traidor. Ahora habría que someterlo a vigilancia en Madrid para confirmar la sospecha. Si pudiera, lo asesinaría con sus propias manos. Consideraba que la felonía no se podía perdonar.

—¿Tienes algo más?

Días antes de la cita, Zarrabeitia hizo llegar a Amir la duda de si existía un topo en el CNI que hubiera dado el nombre de Teresa Fuentes a la DGST para que, a su vez, la DGST se lo entregara a los servicios rusos. Esa era la sospecha que se confirmaría o se desmentiría con la información que pudiera conseguir Idrissi. Pero el agente doble marroquí tenía otro dato mucho más sorprendente.

—Nuestra gente no dio la información a los rusos, sino a los chinos.

Zarrabeitia sufrió un *shock* momentáneo: no era lo que esperaba. Conocer esa novedad abría caminos inexplorados, y no solo para este caso concreto, que ya resolvería Blázquez si podía, sino para el CNI a corto, medio y largo plazo. Porque ahora podía confirmar que España estaba en la lista de prioridades de China, que el servicio chino mantenía algún tipo de contacto con el servicio marroquí y que, probablemente, China y Rusia tenían en marcha un nivel de colaboración en materia de inteligencia mayor del que pensaban. Conocer esa conexión suponía que la agencia de espionaje española se vería obligada a renovar su doctrina y su sistema de funcionamiento frente a esas potencias. Era la enseñanza que extraía para su trabajo futuro, gracias a las novedades aportadas por Amir.

Pero estaba convencido de que, además, Blázquez tendría los datos que necesitaba para su propia misión, cuyo contenido ignoraba. Porque ahora, Zarrabeitia podía colegir que el traidor del CNI había proporcionado la información sobre la identidad de Teresa Fuentes a los marroquíes, que los marroquíes se la remitieron a los chinos, y que los chinos se la hicieron llegar a los rusos. Era urgente volver a Madrid para darle a Blázquez lo que necesitaba, y para identificar al topo.

Amir abandonó el barco, Zarrabeitia lo desamarró, enfiló la bocana del puerto, salió a mar abierto y apuntó la proa del barco hacia el norte.

El Acuario, sede del servicio de espionaje militar ruso (GRU), Moscú

—Señor, tenemos algo importante.

El oficial al mando —hombre en la cincuentena, escueto de estatura, enjuto de carnes, asimétrico en sus rasgos faciales y dueño de una mirada perspicaz— se dirigía así al general Lébedev en la sala de reuniones, protegida ante cualquier posible intrusión externa. El máximo responsable ocupaba, como le correspondía por su rango, la cabecera de la mesa frente a la pantalla de la sala.

—¿Qué ocurre? —preguntó con aparente atonía, como el camarero que atiende a un cliente después de diez horas detrás de la barra del bar, y ve impaciente el final de su jornada laboral.

—Hemos detectado la fuga de algunos datos que podrían ser sensibles, aunque no tenemos la seguridad, porque, de momento, solo disponemos de un informe parcial.

En ese instante, Lébedev pareció mostrar cierto interés, aunque se limitó a preguntar con la mirada, sin necesidad de abrir la boca.

—Sabe que un ciudadano ruso con negocios en Las Vegas nos hace servicios periódicamente. —El general asintió, pero mantuvo su determinación de no gastar palabras sin necesidad, entregado a la desgana—. Es el que consiguió la información de que Serkin era un traidor.

Ahora, el general estaba expectante. El ruso de Las Vegas no era un contacto del GRU. De hecho, Lébedev solo se había enterado de la existencia de ese hombre después de que

Karlov le comunicara la traición de Serkin. Fue entonces cuando el general decidió investigar por su cuenta de dónde había salido esa información y, tirando de la madeja, consiguió identificarlo. Según sospechaba, debía de tener hilo directo con algún colaborador estrecho de Karlov en el Kremlin.

—Debido a las características de sus negocios —añadió el oficial, insinuando la ilegalidad de tales actividades—, desde que usted nos dio la orden hemos mantenido a ese individuo sometido a una vigilancia intermitente. Y en uno de esos seguimientos aleatorios, hemos descubierto que mantuvo al menos una reunión con un antiguo agente de la CIA.

—¿Antiguo agente? —Esta vez, Lébedev sí utilizó las cuerdas vocales, en lugar de sus pupilas.

—Sí. Oficialmente, lleva un tiempo retirado. Por eso hemos necesitado varios días para identificarlo, porque no aparecía en nuestros archivos recientes de los agentes americanos que tenemos fichados. Se trata de un tal Charles McKenzie. Y hemos descubierto que no se retiró del todo.

—¿Qué sabemos de él?

—Estuvo en Irak y Afganistán. Pero lo más importante es que también sirvió en el departamento de Rusia en la CIA. Nos conoce bien. Y, según los datos de nuestra gente en Washington, aunque oficialmente no está en activo, sí ha realizado determinados trabajos para Elisabeth Kramer, porque son amigos. En realidad, eran amigos.

—¿Ya no lo son?

—Ha aparecido colgado del cuello en un hotel de Las Vegas. Hemos sabido que eso ocurrió pocas horas después de reunirse con el ciudadano ruso. La noticia apareció en los periódicos de la ciudad, aunque no se citaba el nombre del muerto. Suponemos que la CIA impidió su publicación, como es habitual con sus agentes.

—¿El ruso es el responsable de esa muerte? —preguntó el general, abandonando, por fin, su galbana.

—No, señor. Al menos, que nosotros sepamos. Creemos que el americano se suicidó por deudas de juego. Lo importante es que el ruso le dio a ese agente de la CIA un papel con determinados datos, y suponemos que el americano se los hizo llegar a sus jefes antes de morir.

—¿Qué datos?

—Solo los conocemos parcialmente. —El oficial extendió el brazo derecho y entregó a su jefe un folio con apuntes—. El papel estaba hecho trizas y en esos pedazos tan pequeños solo hemos podido identificar esas letras sueltas que puede usted leer ahí: Chi, Xen, ev y Ter.

El general miró detenidamente el folio y puso a funcionar su adiestrado cerebro de espía veterano. Apenas necesitó unos segundos para suponer lo que pasaba. Chi podía ser China y Xen debía de ser el nombre de Xen Jiang. Parecía evidente. Quizá Ter fuera Teresa Fuentes, quizá. ¿Y ev? ¿Podrían ser las dos últimas letras de su propio nombre: Lébedev? Estaba convencido de que alguien en Moscú había dado al ruso de Las Vegas el dato sobre las conversaciones y favores mutuos entre Lébedev y Xen Jiang, y que el ruso se lo había trasladado al americano de la CIA.

—El agente que hizo el seguimiento —continuó el oficial— vio a ese tal McKenzie reunirse con el ruso. En esa reunión le entregó el papel. Después se separaron, y el americano lo rompió y tiró los pedazos en un contenedor lleno de basura. Nuestro hombre los buscó, pero eran muchos y muy pequeños, y no consiguió encontrarlos todos. Y lo peor es que llegó la policía y le preguntó qué hacía allí hurgando en el contenedor. Tuvo suerte de que no lo detuvieran. Se tuvo que marchar.

El general ya no atendía a las palabras de su subordinado. Se esforzaba por aplacar el impulso que sentía de dar un golpe encima de la mesa y proferir una antología de insultos y palabras malsonantes. Pero supo reprimirse.

—¿Sabemos cómo consiguió esa información el ruso de Las Vegas? —preguntó más sosegado.

—No, señor. Tenemos que investigarlo.

—Averígüelo. Pero, en cualquier caso, hay que aplicar el protocolo —dijo el general, levantándose de la silla, como impulsado por un muelle.

No era necesario decir nada más. Ambos sabían de qué estaban hablando. El Señor Lobo de Las Vegas ya era hombre muerto. Solo faltaba elegir la modalidad de ejecución y al ejecutor.

—¿Alguien más sabe lo que ha ocurrido con la fuga de información? —preguntó Lébedev.

—Solo el agente que hizo el seguimiento en Las Vegas. Es un hombre de mi absoluta confianza y solo reporta ante mí, señor. ¿Quiere que le encargue a él la aplicación del protocolo?

—No. Eso lo organizaré yo. Ordene a su agente en Las Vegas que se vaya de allí de inmediato.

—Sí, señor.

—Y usted no comente este asunto con nadie. Haga la investigación personalmente, y el informe con su resultado solo me lo entregará a mí.

—Así lo haré, señor.

—Retírese.

Cuando el oficial se marchó, Lébedev descolgó el teléfono de alta seguridad de la sala y llamó al consulado ruso en Nueva York.

—Dígame, señor.

El agente que recibió la llamada sabía perfectamente quién estaba al otro lado, porque ese teléfono solo sonaba cuando llamaba el general.

—¿Está preparada?

—Sí, señor. Ya se ha recuperado del interrogatorio.

CONSULADO DE RUSIA EN NUEVA YORK

—Señor, la señorita está aquí —advirtió con diligencia la secretaria del máximo responsable del espionaje ruso en Estados Unidos, el jefe de la *rezidentura*, que se presentó ante Nadia como Álex.

—Hágala pasar.

Nadia traspasó el umbral de la puerta con digna determinación. Ya se sentía físicamente recuperada del tormento al que fue sometida por sus propios compañeros de servicio. Pretendían que reconociera una traición, pero no era una traidora: había hecho su trabajo y se mostraba dispuesta a morir en esas eternas y aterradoras sesiones de martirio, sin asumir una culpa que no le correspondía.

Ahora, serena y firme, estaba ante al hombre que ordenó su sufrimiento y que, incluso, participó con un suplicio especialmente íntimo y traumático que se prometió no olvidar nunca, porque no se podía defender. La mantuvo desnuda para que se sintiera humillada y abusó de ella profanando su cuerpo desamparado.

—Adelante, siéntate.

Nadia atendió a la orden en silencio. Ocupó una silla, con la mesa situada entre ambos. Sentía la pulsión de lanzarse a su cuello y estrangularlo. No podía evitar que por su cabeza pasase una y otra vez cada escena del maltrato. Pero mantuvo el sosiego, porque suponía que él estaría armado y listo para responder a cualquier actitud violenta.

—Estás guapa —dijo con sonrisa de fingida superioridad y observando el cuerpo de Nadia en toda la longitud que le permitía el mobiliario que se interponía entre ellos—. Eres fuerte, aguantas el dolor. Has sido bien entrenada, eso es evidente. No hemos conseguido que confieses. Pero quiero que sepas que yo no te creo. Estoy convencido de que eres una traidora y, si dependiera de mí, ya no estarías viva. Eres una mujer afortunada: Moscú tiene planes para ti. —Nadia, cargada de decoro y pundonor, miraba a los ojos de su agresor con pose inexpresiva, a la espera de lo que pudiera venir, pero sin darle el gusto de responder a sus afirmaciones—. Se te va a encargar una misión.

Nadia recibió los datos que necesitaba conocer: su nuevo objetivo era un hombre de edad avanzada, ruso y con negocios no siempre confesables en Las Vegas. Era un traidor y debía morir. Siempre iba acompañado de uno o varios guardaespaldas. Esa sería una dificultad a tener en cuenta. Solía moverse en timbas, a menudo ilegales, por los casinos de la ciudad. Pero tenía otro tipo de actividades económicas muy rentables, como el tráfico de drogas, la trata de seres humanos o la compraventa de armas.

Álex no encontró eco en sus palabras. Delante tenía a una mujer con amplias reservas de orgullo y dispuesta a no conceder ni una mínima muestra de debilidad, asentimiento o consentimiento. Nadia se mostraba tan imperturbable e inconmovible como una columna de granito.

—La eliminación del objetivo debe ser limpia.

Era una obviedad y, por tanto, resultaba superfluo recordarlo. Pero por él no quedaría la duda. No se trataba de evitar que se llegara a conocer el motivo de la muerte o quiénes eran sus responsables. Esa no solía ser una preocupación para los servicios rusos, satisfechos de que se desvelase su autoría. Lo importante era que Nadia no fuese descubierta o detenida bajo ninguna circunstancia. Acometería el encargo y saldría de Estados Unidos sin ser detectada, porque Moscú, en contra del criterio de Álex, pretendía encargar en el futuro nuevas misiones a esa mujer aparentemente invencible.

—La orden es que no te acerques al objetivo —puntualizó—. Deberás eliminarlo a distancia. El arma te estará esperando allí. Nuestra gente se ocupará de entregártela. —El jefe del espionaje ruso en Estados Unidos se puso en pie y se dirigió hacia la ventana. Al otro lado del cristal y al fondo de la calle 91 de Manhattan en la que estaban, se veían los primeros árboles de Central Park—. Es una lástima. Si hubieras hecho lo correcto, en lugar de sufrir lo que has sufrido, habríamos podido dar agradables paseos por el parque. Hay un lago hermoso. Todos los días, antes de comer, camino unos minutos por allí. Pero no has hecho lo correcto. —Álex volvió a su silla, sacó un papel del bolsillo interior de la chaqueta y lo arrastró sobre la mesa para acercárselo a Nadia, que no mostró intención alguna de mirarlo—. Ahí tienes las indicaciones de la misión: los datos del objetivo, cómo encontrarlo, dónde será eliminado y de qué forma lo harás. Las explicaciones sobre cómo volverás a Nueva York te las darán en Las Vegas. Ahora, ve a tu habitación, memoriza todo lo que hay en ese papel y después me lo devuelves.

Así lo hizo.

Hotel Marina Sands, Singapur

Teresa Fuentes entró con un *trolley* en su habitación de la décima planta y lo colocó junto a la mesa en la que reposaban una máquina de café y un libro con los datos de todos los servicios que el hotel dedicaba a sus huéspedes. El ventanal ofrecía una vista imponente del estrecho de Singapur, a las espaldas del hermoso *skyline* de la ciudad. Ese estrecho tiene una peculiaridad de la que Teresa disfrutaba en ese momento: allí, en ese limitado espacio marino, fondean cada día centenares de buques mercantes, llegados de todo el mundo, a la espera de tener la autorización para cargar o descargar en el puerto. El avión, procedente de Zúrich, había aterrizado dos horas antes en el aeropuerto Changi, reconocido como el mejor del mundo durante años.

Dos plantas más abajo, Pablo Perkins terminaba de revisar la documentación sobre el plan que contenía su ordenador. Su vuelo llegó a Singapur la noche anterior desde Londres. También Matthew Perkins había aterrizado en Singapur veinticuatro horas antes, procedente de Berlín. Y el coronel Blázquez llevaba dos días en la ciudad, llegado desde París.

Cada miembro del equipo ocupaba su propia habitación en el hotel Marina Sands. Disponían de una identidad falsa, con pasaportes en regla españoles o estadounidenses. Aparentaban no tener relación entre sí y acudían a un congreso de empresas informáticas, que se desarrollaría en ese hotel a lo largo de la semana.

El teléfono de Pablo empezó a vibrar sobre la mesa de la habitación.

—¿Has llegado? —dijo, adelantándose a que Teresa tuviera tiempo de iniciar la conversación con un saludo.

La comunicación se establecía mediante un sistema telefónico protegido, que conectaba a los cuatro componentes del equipo y a Beth Kramer, en Washington.

—Estoy en la décima planta. ¿Y tú?

—En la octava.

—¿Y los demás?

—En la séptima.

—¿Se mantiene la cita de mañana?

—Sin cambios. Mismo lugar y misma hora.

Ahí terminó la conversación. Aunque era segura, no podían correr riesgos innecesarios. La cita estaba fijada en la sala en la que se celebraba el congreso internacional de informáticos. Asistirían a la sesión de la mañana, a la espera de que Xen Jiang llegara al hotel.

Hays, Kansas, Estados Unidos

—Habitación para una noche, por favor.

—Ahora mismo.

El encargado le entregó la llave, y Nadia llevó el coche a la parte contraria del edificio. Para no dar pistas a posibles perseguidores, evitó dejarlo junto a la puerta de su habitación, como es costumbre en los moteles de carretera.

Estaba en las afueras de Hays, una pequeña ciudad en la ruta que une Kansas City con Denver. América profunda. El consulado ruso en Nueva York había puesto a su disposición un Chevrolet a nombre de otra persona, con el que debía viajar desde Manhattan a Las Vegas para ejecutar la misión encomendada. Lo haría en coche para evitar los controles de los aeropuertos y la vigilancia aleatoria que la policía solía hacer en estaciones de tren y autobús. Conduciría con precaución y controlando la velocidad, para no provocar la reacción de los agentes que patrullaban las carreteras.

Solo llevaba una pequeña maleta de mano, con las prendas esenciales para unos pocos días. Si era necesario, las lavaría y volvería a utilizarlas, o compraría otras nuevas con dinero en efectivo. No utilizaría tarjetas de crédito, para no dejar rastro. La habitación del motel estaba a ras de suelo, porque solo tenía una planta. Carecía de lujos superfluos, pero era espaciosa, con una cama enorme, *king size*, como las llaman en Estados Unidos. Las sábanas y las toallas estaban limpias. Era suficiente.

No portaba armas de fuego, para evitar la tentación de utilizarlas. Se le entregaría un fusil en destino. Si las cosas se complicaban, tendría que defenderse por sus propios medios o buscar la manera de quitarse la vida, porque tenía la orden expresa de no ser capturada. Por supuesto, Rusia no se haría cargo de ella, porque ninguna autoridad la reconocería.

Sin embargo, saltándose las órdenes recibidas, Nadia compró una navaja suiza en una estación de servicio. Ahora tenía a mano, en una pequeña herramienta multiusos, un destornillador, un abrelatas, un abrebotellas, unas pequeñas tijeras y, por supuesto, un cuchillo corto pero muy bien afilado.

Como método de protección añadido, apuntaló una silla contra la cerradura de la puerta para dificultar la entrada de intrusos, aunque solo fuera durante un minuto. Eso le daría un mínimo tiempo precioso para tener alguna opción de fuga. En ese caso, solo podía ser por la pequeña ventana situada en la parte superior de una de las paredes del baño. Saltando por allí, caería en la zona trasera del motel, donde estaba aparcado su coche. Difícil, casi imposible. Pero si ocurría, intentaría huir.

Aquella era la segunda parada de su largo viaje de más de cuatro mil kilómetros a través de Estados Unidos. Estaba agotada, después de haber conducido el día anterior doce horas desde Nueva York hasta Cincinnati, y acababa de emplear otras doce horas para llegar a Hays. Al día siguiente, trataría de entrar en el estado de Utah, dormiría allí, y antes de que pasaran cuarenta y ocho horas estaría en Las Vegas, si todo iba bien. Después, necesitaría comprobar si aún mantenía la puntería que demostró durante la formación a la que había sido sometida en la academia del GRU.

Academia del GRU, unos años antes

—¡Un francotirador no puede fallar!

Nadia acababa de disparar desde quinientos metros de distancia con un fusil de precisión. La bala impactó a unos milímetros del blanco, que apenas tenía cinco centímetros de diámetro. No era suficiente. Debía seguir practicando y preparándose o no culminaría su formación, y quedaría fuera del servicio.

—¡Dispara usted peor que Oswald! —bramó el instructor con áspera sorna.

¿Oswald?, se preguntó Nadia a sí misma, sin pronunciar palabra ni mirar a otro lugar que no fuera el objetivo. La siguiente bala impactó en mitad de blanco. Inmejorable.

—Cada disparo descubre la posición del tirador, y eso supone que estará en riesgo de ser capturado o de recibir una bala en su cabeza. Si son capturados o eliminados después de acertar en el blanco, habrán cumplido su misión y serán recordados con honor. Pero si son capturados después de fallar, no quedará nada honorable en el recuerdo que la patria tenga de ustedes.

Un día después, a primera hora de la mañana, los veinte aspirantes se sentaban detrás de las mesas del aula en la que recibían la instrucción teórica, antes de ir al campo de tiro.

—Ayer pronuncié un nombre que provocó la sorpresa de algunos de ustedes —dijo el instructor, convencido de que llamaría la atención del grupo—. ¿Han oído hablar de Oswald?

—Señor, es el hombre que mató a Kennedy —respondió uno de los reclutas, aunque todos sus compañeros conocían la respuesta.

—Eso hubiera querido él —dijo, insinuando una astuta sonrisa de superioridad. Los alumnos no entendían a qué se refería su maestro. Era un mito en la agencia rusa de inteligencia militar. Había dejado huella de su destreza desde los años ochenta, en su primer destino durante la fracasada invasión de la Unión Soviética en Afganistán—. Oswald no pudo ser el tirador que mató a Kennedy. Al menos, no el único. ¿Saben por qué? —preguntó, con intención retórica, suponiendo que nadie replicaría y sin dar tiempo a que lo hicieran—. Yo se lo explicaré. Les servirá para aprender a poner en marcha operaciones en las que hay un objetivo concreto al que abatir en una zona urbana.

El instructor se dirigió a la pizarra y trazó unas líneas para dibujar un esquema básico de la plaza Dealey de Dallas, donde se produjo el magnicidio del presidente de Estados Unidos el 22 de noviembre de 1963.

—Este es el edificio en el que estaba Oswald, en una ventana de la sexta planta. —El instructor señaló a la izquierda de la pizarra unos trazos irregulares, pintados a la carrera, que pretendían asemejarse a una construcción con forma de cubo—. El coche del presidente avanzaba por esta calle, en línea recta hacia ese edificio y, por tanto, de cara a la posición que ocupaba el tirador en esa sexta planta: Kennedy iba directo hacia Oswald. La distancia entre ambos podía ser de unos cien metros, no mucho más, y se acercaba, porque insisto en que el coche avanzaba hacia el edificio en el que estaba Oswald. Por tanto, habría sido un blanco fácil para un experto. Un solo disparo hubiese sido suficiente. Pero Oswald no disparó a Kennedy cuando lo tenía de frente. Esperó a que doblara esta esquina —el instructor tocó con su dedo índice derecho un punto concreto de su dibujo en la pizarra—, y entonces el conductor del coche aceleró un poco más. Fue ahí, con Kennedy de espaldas y con el coche alejándose del lugar a más velocidad, cuando Oswald hizo su primer disparo. Y falló.

Los alumnos parecían hipnotizados por el relato de su instructor. Atendían a la explicación como un bebé que se mira las manos y, de repente, por primera vez, se da cuenta de que son suyas. Un descubrimiento.

—La teoría oficial de los americanos —continuó el maestro— es que, después de fallar, Oswald volvió a cargar su arma, apuntó de nuevo y disparó una segunda vez para acertar en la parte alta de la espalda del presidente, cerca de la nuca. Y cargó una tercera vez, volvió a apuntar a la cabeza de Kennedy, apretó el gatillo y le destrozó el cráneo. Este sí fue un disparo perfecto. —El instructor ilustraba sus palabras con movimientos espasmódicos de sus manos, trazando en la pizarra las líneas que siguieron las tres balas: una, fallida; y otras dos, más precisas—. Según el informe oficial de la Comisión Warren que investigó el crimen, Oswald disparó tres veces a Kennedy en solo 8,6 segundos. La primera vez, con tiempo de sobra para preparar el disparo, erró el tiro. Sin embargo, la segunda y la tercera, sin apenas tiempo para recargar el arma y apuntar de nuevo, dio en el blanco.

Los alumnos tenían sus miradas concentradas en la pizarra, a la espera de que su maestro diera el veredicto. Y lo hizo.

—Esto no pudo ocurrir así —sentenció, ante la sorpresa de sus discípulos, con Nadia sentada en la primera fila—. Oswald no contaba con los instrumentos necesarios para apoyar el arma y darle estabilidad. Pero ni siquiera en ese caso hubiera podido. Tomen nota. —Los jóvenes aspirantes a francotirador se dispusieron a apuntar cada detalle en sus cuadernos—. Oswald disparó con el arma sujeta por sus manos y apoyada en el hombro derecho. Era un fusil de cerrojo Carcano que se utilizó en la Segunda Guerra Mundial, y que obliga a cargar cada proyectil de forma manual. Eso provoca tres problemas importantes. El primero es que hay que retirar el fusil del hombro después de cada disparo, con lo que perdemos de vista al blanco. Segundo: hay que hacer un movimiento brusco con la mano derecha para cargar la bala utilizando la palanca del fusil, y eso lleva tiempo. Y tercero: tenemos que volver a empuñar el arma correctamente con las manos y apoyarla en el hombro; hay que encararse otra vez con la mira telescópica y apuntar de nuevo antes de disparar. Un tirador experimentado necesitaría, como poco, entre tres y cuatro segundos para completar la operación de cargar el arma y luego algunos segundos más para apuntar al objetivo.

El instructor decidió hacer una pausa para dar tiempo a que sus alumnos asumieran toda la información. Y acompañó el silencio con un ejemplo directo de lo que explicaba: tomó en sus manos un fusil de precisión, acercó su ojo derecho a la mira telescópica, apuntó a un objetivo imaginario, apretó el gatillo simulando un disparo, retiró la cabeza hacia atrás, sacó la mano derecha de la zona del gatillo, cargó de nuevo el arma con un movimiento convulsivo, colocó otra vez su dedo en el gatillo y el ojo en la mira telescópica, apuntó durante un segundo y disparó.

—¿Se han dado cuenta? Es imposible de realizar de forma tan rápida y efectiva como los americanos dicen que lo hizo Oswald. No da tiempo. Y menos aún, con la tensión propia de unas circunstancias como esas, porque Oswald no estaba en el campo apuntando a unos pajarillos; ni siquiera estaba en un lugar perdido de las montañas de Afganistán, disparando contra un objetivo desconocido situado a un kilómetro de distancia, y sin nadie más alrededor. Oswald estaba en el centro de una ciudad, con decenas de miles de civiles en las calles y miles de policías en guardia. Y trataba de matar al presidente de Estados Unidos. En una situación como esa, por muy experto que se sea, los nervios no suelen estar bajo control. —El instructor dejó el arma sobre la mesa con delicadeza extrema, como el violinista que termina de interpretar el «Adagio» de Albinoni con un Stradivarius—. Ni siquiera con los cuatro aumentos de la mira Ordnance Optics que tenía el arma de Oswald se hubiera podido mantener la puntería como era necesario, debido al retroceso provocado por cada disparo. Siempre se pierde el objetivo, y hay que apuntar de nuevo para recuperarlo y volver a disparar. Y a ese tiempo que se tarda en apuntar, hay que sumarle una dificultad añadida: que el coche del presidente estaba en movimiento. Por tanto, no era un blanco estático. ¿Y qué supone todo esto?

La pregunta quedó en el aire durante un instante, hasta que Nadia dio su respuesta:

—Que un buen tirador habría necesitado como mínimo seis segundos entre un disparo y otro.

—Incluso más de seis —confirmó el instructor—. Es cierto que el proyectil utilizado para matar a Kennedy puede alcanzar los setecientos metros por segundo en la boca del fusil. Era un calibre 6,5 x 52, suficiente para esa misión. Pero el coeficiente aerodinámico de la bala no indica las capacidades necesarias para que se cumpla lo que dice la versión oficial, porque un proyectil no mantiene su estabilidad después de impactar en el objetivo. Rotará y se desviará. No seguirá la misma trayectoria. ¿Han oído hablar de la «bala mágica»? —De nuevo, se hizo el silencio en el aula, hasta que el instructor continuó—: Según la tesis oficial —el profesor daba las explicaciones, mientras dibujaba apresuradamente el croquis de dos hombres sentados en el coche de Kennedy—, la segunda de las tres balas que supuestamente disparó Oswald no solo impactó en Kennedy, sino que, después de entrar por la parte alta de la espalda del presidente, salió por el cuello, atravesó el pecho del hombre que iba en el asiento delantero, después le perforó la muñeca derecha y terminó alojada en un muslo.

El profesor concedió a sus alumnos una mínima pausa para procesar tantos datos. Pero había más.

—La bala atravesó todos esos tejidos humanos, pero también quince capas de ropa: camisetas, camisas, la corbata de uno de ellos... —El instructor siguió con su exposición—. Pues bien, el orificio de entrada causado por el proyectil tiene un tamaño mucho menor que el producido por un proyectil no estable en vuelo, incluso volteado. Y esto desmiente la teoría de que fue una única bala la que pudo hacer todo ese recorrido, ya que los orificios de entrada demuestran que mantenía su vuelo estable cuando impactaron en el segundo cuerpo, el del gobernador de Texas, John Connally, que iba en el asiento delantero derecho. Kennedy estaba justo detrás. Y a ese volteo de la bala hay que añadir la deformación y la disgregación de los elementos que la conforman, lo que debería haber producido más destrozos de los que ya provocó. Connally tenía impactos de bala en diferentes zonas óseas. Con toda seguridad se debieron a disparos diferentes. Pero la bala que impacta en la espalda de Kennedy sí pudo salir del arma de Oswald, porque entra por detrás y empuja el cuerpo hacia delante.

El instructor iba señalando en la pizarra cada punto al que se refería. Pero aún no había terminado de desmontar la teoría oficial sobre el asesinato de Kennedy, con el que pretendía que sus alumnos aprendieran cómo realizar mejor su trabajo de disparar y matar, sin necesidad de balas mágicas.

—¿Recuerdan haber visto la imagen de los disparos contra Kennedy?

Hubo un asentimiento general, aunque tímido, porque ninguno de los aspirantes a francotirador estaba seguro de si se trataba de una pregunta inocente o de una trampa para estudiantes incautos.

—Si la han visto, recordarán que la tercera bala, la que resultó mortal, no empuja la cabeza del presidente hacia delante, como sí hace la segunda bala, sino hacia atrás y hacia la izquierda. Pero la tesis oficial dice que esa tercera bala que mató a Kennedy también la disparó Oswald desde la parte trasera derecha y desde arriba, a la altura del sexto piso. ¿Qué opinan ustedes? —Nadie se atrevió a intervenir—. Ya veo que no opinan nada. Yo les diré lo que pasó: la bala que mató a Kennedy no pudo salir del fusil de Oswald; fue disparada desde la parte delantera derecha. Ahí tenía que haber otro tirador, sin ninguna duda. La proyección de la masa encefálica y de la sangre hacia delante se puede deber a que los orificios naturales del cráneo, donde están los ojos y la nariz, favorecieran que el efecto hidráulico encontrara una salida más sencilla hacia delante. También pudo ocurrir que la cabeza de Kennedy recibiera dos disparos casi simultáneos, uno desde atrás, más tangencial, quizá realizado por Oswald, y otro por delante, más directo. Pero tuvo que haber, con seguridad, un disparo desde la zona delantera derecha.

—Señor —Nadia, esta vez sí, asumió el riesgo de preguntar—, una operación de este tipo, con un objetivo concreto, ¿se debe hacer con más de un tirador?

—Si lo que se pretende es neutralizar a un objetivo, lo profesional es situar a varios tiradores en puntos diferentes, para atacar a un mismo blanco. Más aún si, como en este caso, se trata de un objetivo en movimiento, y hay que realizar la operación en una zona de tamaño limitado, en muy poco tiempo. Se lo explico. —El instructor borró la pizarra precipitadamente para dibujar otro croquis: un blanco y tres tiradores situados en lugares estratégicos—. Basándonos en los tiempos que se necesitan para cargar el arma y volver a apuntar al blanco después de cada disparo, el operativo debe ser de, al menos, tres tiradores con un alto nivel de instrucción, situados en posiciones que conforman un semicírculo en torno al objetivo, y coordinados en función del recorrido que vaya a tener. De esta forma, igual que en el caso de Kennedy, se pueden realizar disparos simultáneos para asegurar el éxito de la misión, incluso si se producen incidencias inesperadas. Esto es lo que los tiradores conocemos como una emboscada en entorno urbano.

Emboscada en entorno urbano. Nadia nunca olvidó una sola palabra de aquella clase.

Hotel Marina Sands, Singapur

Los dedos de Teresa sufrieron un repentino ataque de ansiedad, cuando trataban de escribir aceleradamente un mensaje en el teléfono: «Te espero en la recepción».

En realidad, no esperaba que nadie acudiera a su encuentro después de enviar ese mensaje, pero sí estaba en la recepción del hotel, casi fortificada en el sofá más alejado de la puerta. Eso le permitía ver a quienes entraban, desde una posición discreta. Los cuatro miembros del operativo se turnaron en la vigilancia, a la espera de que apareciera su objetivo. Y acababa de aparecer en el turno de Teresa.

El mensaje fue recibido al instante por el móvil de Pablo, en la enorme sala del hotel en la que se celebraba la segunda sesión del congreso internacional de informáticos, abarrotada de expertos en la materia llegados desde varias decenas de países. A unos quince metros, en otra fila de mesas, estaba Matthew, y más atrás, Blázquez. Pablo, en la distancia, hizo un gesto casi inapreciable a su padre. Era suficiente. Y él, un par de minutos después, se lo hizo al coronel. Ahora todos sabían que Xen Jiang ya estaba en el Marina Sands. «Te espero en la recepción» era la clave acordada para confirmar que, como suponían, el jefe del espionaje chino llegaría a lo largo de ese día. Ya había llegado.

Las siguientes horas las ocuparían en comprobar si Xen Jiang mantenía su costumbre, demostrada por el visionado de las cámaras de seguridad en visitas anteriores, de nadar en la piscina para terminar cada jornada, cuando apenas hubiera bañistas. De ser así, el plan se pondría en marcha. Primero, comprobaron que el espía chino ocupaba la misma habitación que otras veces, en una planta destinada a *suites* para personalidades VIP. Y, después, pasadas las diez de la noche, Blázquez fue a darse un baño.

El Marina Sands es un maravilloso espectáculo para la vista. Está situado frente al centro financiero de la ciudad, al pie de un estanque cercano a la desembocadura del Marina Bay. Desde sus habitaciones se ve, por un lado, el impresionante *skyline* de la ciudad, mientras que las ventanas del lado contrario se abren al estrecho de Singapur. El hotel lo conforman tres enormes rascacielos colocados en semicírculo y coronados por un techo en forma de barco alargado. En esa extraña y llamativa cubierta hay tres piscinas *infinity*, situadas en línea.

Pocos minutos después de las diez de la noche, Blázquez abandonó su habitación, enfundado en un albornoz blanco cortesía del establecimiento. Subió a la última planta y buscó las indicaciones hacia la piscina. Salió al exterior y comprobó que el calor húmedo, propio de esa ciudad-estado, reinaba en el ambiente. Los rascacielos, con las luces interiores encendidas, ofrecían un extraordinario panorama ante los ojos de quienes tenían la suerte de estar allí arriba: Singapur, en toda la belleza de su paisaje urbano cosmopolita.

Con su caminar pausado, Blázquez dejó de lado la primera de las piscinas. Allí se bañaban dos jóvenes ruidosos. En la segunda no había nadie. Pero, en la distancia, sí le pareció ver en la tercera a un esforzado nadador. Estaba a unos cincuenta metros de distancia, haciendo largos. No quiso importunarlo, pero sí quería confirmar si se trataba de Xen Jiang. Optó por no acercarse más, se quitó el albornoz, lo dejó en una hamaca y se sumergió en las aguas de la segunda piscina, en solitario.

Pasados quince minutos, el hombre de la tercera piscina dejó de bracear y se apoyó en una pared a descansar, sin salir del agua. Así permaneció, solo y mirando desde las alturas hacia los edificios de la ciudad, durante un rato que a Blázquez le pareció interminable. De pie, cerca de la piscina, pero guardando una cierta distancia de privacidad hacia su jefe, tres guardaespaldas se repartían por los alrededores en labores de discreta —pero evidente— vigilancia y protección. La amante de su jefe esperaba en la habitación.

Blázquez registró todo mentalmente: la hora del baño, el tiempo aproximado que dedicaba a nadar, la piscina en que lo hacía, el número y la posición de los guardaespaldas y, muy importante, el descanso que se tomaba al final del ejercicio. Quizá ese podría ser el momento para abordar a su objetivo.

En efecto, el coronel confirmó que el hombre que nadaba era Xen Jiang. En ese preciso momento, pasaba junto a la segunda piscina a pocos metros de Blázquez, de vuelta a su habitación, enfundado en un albornoz y seguido por tres hombres. La operación se pondría en marcha muy pronto.

Las Vegas

—¿Sería tan amable? Necesito un documento de identidad.

Una recepcionista de no más de veinticinco años de edad, chaqueta azul a juego con su falda, con el pelo moreno recogido en una lustrosa y trabajada coleta, y con su bien aprendida amabilidad, solicitó a Nadia —pantalón vaquero con varios usos, sudadera roja con capucha y zapatillas de deporte— los trámites habituales para hacer el registro de entrada en este tipo de establecimientos. El hotel The Cromwell está estratégicamente situado en el lado este del cruce entre Flamingo Road y el Boulevard de Las Vegas, dos avenidas que sirven como arterias que pretenden dar fluidez al intenso tráfico de la ciudad. En el lado oeste del Boulevard está el mundialmente famoso Caesar's Palace. Y en el lado sur de Flamingo Road se encuentra el Bellagio, con sus celebradas fuentes de agua.

Realizados los trámites, la recepcionista entregó a Nadia la tarjeta para abrir la puerta de su habitación, aparte de algunos boletos de regalo para animarla a dejarse el dinero en los casinos de la zona. Eso no ocurriría.

La reserva era para una habitación de la sexta planta. «Igual que Oswald, en el edificio desde el que disparó a Kennedy en Dallas», se dijo Nadia a sí misma, recordando lo aprendido tiempo atrás en la academia del GRU. Lo único que sabía sobre su misión era que la realizaría disparando con un arma a cierta distancia. No conocía la identidad de su objetivo ni los motivos para eliminarlo ni cómo ni cuándo lo haría.

Nada más abrir, comprobó que era una estancia amplia, cómoda en apariencia y con dos puertas de cristal que daban acceso a pequeños balcones, protegidos con unas rejas metálicas redondeadas. Era un buen lugar para disparar, teniendo en cuenta las difíciles y peligrosas circunstancias en las que tendría que hacerlo, pensó.

Sin perder más tiempo, hizo la misma operación que en cada uno de los moteles de carretera por los que había pasado en los días anteriores: encajó una silla contra el picaporte de la puerta. Eso no evitaría la entrada de intrusos mediante el uso de la fuerza bruta, pero sí le concedería unos pocos segundos para reaccionar. Además, buscó en la habitación cualquier cosa que pudiera utilizar para defenderse, y algo encontró: una pequeña repisa de cristal situada bajo el espejo del baño, donde se colocan el vaso con el cepillo de dientes, el dentífrico y los frascos de colonia. Era de unos cincuenta centímetros de longitud y quince de anchura, con las esquinas puntiagudas y, por tanto, perfectas para hacer daño. Se podía utilizar para golpear con la parte plana, o para clavar las aristas y herir a quien apareciera en la habitación con malas intenciones. Como poco, resultaría disuasoria, aunque era consciente de que no serviría de nada frente a los disparos de un arma de fuego. Nadia solo tuvo que empujar ligeramente la repisa hacia arriba para desencajarla de sus soportes. Siempre la tenía cerca, fuese en el baño o en la habitación.

Después, depositó su mochila sobre la cama para abrirla, sacar alguna prenda y los productos de aseo. Repartió cada cosa en su cajón correspondiente del armario empotrado en una pared lateral, se desvistió y disfrutó de una reconfortante ducha después de un viaje de varios días por carretera desde Nueva York, atravesando Estados Unidos de este a oeste y con etapas de doce horas diarias al volante, aunque terminó con un tramo más corto y soportable de menos de cuatro horas desde la pequeña ciudad de Beaver, en el estado de Utah, donde pasó la noche en un modesto motel.

Enfundada en una toalla, salió del baño con el estado de ánimo más relajado, se sentó sobre la cama y desbloqueó su teléfono móvil. Abrió la aplicación de Instagram, buscó la cuenta oficial del equipo de fútbol americano Las Vegas Raiders, entró en su última publicación y buscó, entre las más de trescientas respuestas, la de un usuario concreto: oscarbm. El mensaje consistía en dos palabras, «sois grandes», seguidas de tres emoticonos de aplauso. Era la confirmación de la cita, tal como le habían indicado en el consulado ruso de Nueva York antes de emprender el viaje: sería al día siguiente, a las dos en punto de la tarde; Nadia caminaría hacia el norte por el Boulevard, hasta la altura del hotel Harrah's Las Vegas; allí esperaría en la acera a que un coche se detuviera a su lado; el conductor debería preguntar: «¿Quieres cenar en un asiático?». Ese hombre le daría los datos necesarios para realizar el encargo.

Por la noche, Nadia se despertó sobresaltada hasta en dos ocasiones. La primera fue a las tres de la madrugada, cuando creyó oír un ruido al otro lado de la puerta. Agarró la repisa de cristal con sus manos y esperó en silencio y a oscuras, pero no ocurrió nada. Hizo lo mismo dos horas después. Algo pasaba en el baño. De nuevo, repisa en mano, dio varios pasos silenciosos, hasta comprobar que todo estaba en orden: era el rumor que provocaba la ducha de la habitación contigua, pared con pared. Durmió poco y descansó menos, pero se sentía bien.

Por la mañana, dedicó una hora a realizar ejercicios al pie de la cama: flexiones, abdominales, saltos... Después de las torturas sufridas a manos de sus compañeros del servicio de inteligencia en Nueva York, necesitó un tiempo para recuperar su buena forma habitual. Pero de nuevo se notaba fuerte, incluso más que antes, porque era una superviviente: había sido capaz de resistirlo todo, tanto física como psicológicamente, sin que pudieran con ella, y eso le daba confianza.

A las doce del mediodía, salió de la habitación con las debidas precauciones. Disponía de dos horas para hacer un recorrido que apenas precisaba de unos pocos minutos, pero prefería dar varios rodeos antes de llegar al lugar de la cita. No quería ofrecer demasiadas facilidades a los supuestos amigos ni a los posibles enemigos. Durante su largo paseo, realizó las maniobras de despiste habituales, para evitar seguimientos: cruzaba las calles en oblicuo evitando los pasos de cebra, miraba el efecto de espejo de cada escaparate para comprobar si alguien iba detrás, entraba por una puerta de los edificios y salía por otra...

Ahora no tenía a mano la repisa de cristal, pero en espacios abiertos creía estar más segura, porque podía huir a la carrera si fuera necesario, y en Las Vegas había muchos lugares donde esconderse. Caminó sin rumbo entre los edificios, se metió en hoteles, casinos y restaurantes, y tomó nota mental de cada detalle que le parecía útil: una esquina bien protegida, un recoveco en el que poder ocultarse, un lugar repleto de coches por si hubiese que robar uno, o el baño de un bar con salida al callejón posterior. Nada de eso escaparía de su bien entrenada memoria.

Llegadas las dos de la tarde, Nadia estaba en el lugar convenido. Apenas unos segundos después, un Toyota de color azul se detuvo junto a la acera, el conductor accionó el botón para bajar la ventanilla del acompañante, miró a Nadia y pronunció la frase esperada: «¿Quieres cenar en un asiático?».

Sin decir una palabra, Nadia abrió la puerta y se sentó en el asiento del copiloto. El conductor pisó suavemente el acelerador y el coche enfiló el Boulevard en dirección norte.

—Tenían razón —dijo el hombre al volante, mirando de reojo a Nadia, que no contestó y mantuvo sus ojos en la ruta—, una chica muy hermosa.

Después de unos segundos de silencio, Nadia quiso entrar en materia.

—¿Cuáles son las instrucciones?

El conductor, sin responder, dobló a la derecha en la avenida Sands, hasta Koval Lane, donde volvió a girar a la derecha. Pasaron junto al recinto de eventos Sphere, por detrás de The Venetian, hasta llegar a un amplio aparcamiento en superficie en Westchester Drive. Allí buscó un hueco para estacionar entre dos coches, lo que les daría cierta intimidad, alejados de ojos ajenos.

Una vez detenido el vehículo, el agente alargó su mano derecha hacia la zona del salpicadero, situada frente al asiento del acompañante. Nadia, en un acto reflejo y temiendo que volvieran a ponerle la mano encima, agarró con fuerza la muñeca del hombre, con un golpe seco y vertiginoso. No permitiría que la tocaran otra vez, como hicieron sus colegas del consulado de Nueva York.

—Solo voy a abrir la guantera —dijo el agente, sorprendido por la reacción de Nadia, que no liberó el brazo, sino que abrió el compartimento por sí misma, temerosa de encontrarse con algo desagradable; pero solo había un sobre; lo extrajo y se lo entregó al hombre, ahora sí, soltándole la muñeca.

El agente abrió el sobre y sacó una fotografía.

—Este es el objetivo —le explicó, mostrando la foto a Nadia.

En la imagen aparecía la cara de un hombre mayor y con el pelo blanco. Hasta donde se veía, que no era mucho más, se apreciaba el nudo de una corbata sobre una camisa blanca, cubierta por un traje gris marengo.

—¿Quién es? —preguntó Nadia, suponiendo que no recibiría respuesta.

—No tienes que saberlo.

Y no, no lo sabría. Pero se trataba del Señor Lobo de Las Vegas, el ciudadano ruso conocido en la ciudad por ser un conseguidor.

—¿Cómo lo encontraré y cómo debo eliminarlo?

El agente sacó del bolsillo interior de su chaqueta un pequeño plano del centro de Las Vegas, lo desdobló y señaló un punto concreto con su dedo índice derecho.

—Este es tu hotel, en el cruce del Boulevard y Flamingo. Si ya has mirado por la ventana, habrás visto que hay un paso peatonal por encima de Flamingo y otro, muy cerca, para cruzar el Boulevard.

Nadia levantó la cabeza y asintió, mirando a los ojos de su interlocutor, que continuó con las indicaciones:

—El objetivo atraviesa ese paso elevado del Boulevard entre las dos y las tres de la tarde. Viene de almorzar en el Bellagio y después le gusta dar un paseo hasta el Venetian, donde tiene sus contactos en el casino. Suele hacerlo así algunos días.

—¡¿Suele?! ¡¿Algunos días?!

—A menudo.

—¡¿A menudo?! —Nadia estaba indignada—. ¡¿Entonces, no sabemos qué días pasa y cuáles no?!

—No lo sabemos. Ese individuo no se fía ni siquiera de sus propios guardaespaldas. Muchas veces les dice que va a ir a un sitio a una hora y cambia de plan en el último momento. Es imprevisible.

La falta de precisión suponía dejar al azar detalles demasiado importantes y Nadia odiaba el azar.

—¿Qué más? —le apremió, con un evidente enfado, ante los cabos sueltos de la misión.

—Tenemos controlados a los guardaespaldas, y el día que vaya a pasar por ese puente lo sabremos. Seguramente, nos enteraremos una o dos horas antes, más o menos.

—¡¿Una hora?! ¡¿Tendré que preparar todo el operativo solo en una hora?!

—Aunque solo fuese una hora, será suficiente. Estarás lista para actuar todos los días. Y, cuando sepamos que el objetivo va a pasar por ese lugar, te avisaremos con una llamada al teléfono de la habitación. Alguien te preguntará si necesitas que te arreglen la cama y responderás que vuelvan una hora después. Cuando eso ocurra, a las doce y media de la tarde exactamente, llamarás al servicio de habitaciones y pedirás una hamburguesa. Les dirás que la quieres sin queso ni ensalada. Y para beber, un zumo de naranja. Unos minutos después, un empleado del hotel subirá a tu habitación y, además de la hamburguesa y el zumo, te hará llegar el arma. Desde tu ventana tienes una visión perfecta del paso elevado del Boulevard.

—¿Qué haré cuando cumpla la misión? Porque no sabemos qué día ocurrirá.

—Como es normal, cuando dispares y el objetivo sea abatido, habrá mucha gente histérica a su alrededor. Y, probablemente, en pocos minutos la policía cortará el tráfico en la zona. Tendrás que moverte con rapidez. Lo haremos así.

El agente continuó con su relato sobre cómo actuarían al concluir su cometido. Nadia se desesperaba a cada nuevo dato que recibía, porque consideraba que era de una evidente falta de profesionalidad. La operación parecía estar organizada por aficionados, y eso ponía en riesgo su vida. Pero tenía que cumplir las órdenes y lo haría, aunque con muchas dudas.

—¿Por qué han decidido que eliminemos al objetivo disparando desde lejos? ¿Por qué no os habéis ocupado vosotros? Podéis acabar con ese tipo dándole una paliza, o poniendo algún veneno en su casa.

—Esa decisión no te incumbe.

—¡Claro que me incumbe! ¡Me voy a jugar la vida! ¡Acierte en el blanco o falle el disparo, me buscarán hasta en el infierno!

El agente escuchó en silencio, sin apartar sus ojos de los de Nadia. No podía responder, pero tampoco quería dejar las dudas sin respuesta, aunque tenía orden de no darle un solo dato más.

—Moscú no quiere que haya un enfrentamiento cuerpo a cuerpo, porque el riesgo de ser detenidos es muy alto. Algo podría salir mal. Cuando hay guardaespaldas, nunca se sabe cómo acabará un incidente de ese tipo en un lugar repleto de gente.

—¿Y un veneno? ¿Novichok, polonio? Ya lo hemos hecho otras veces.

—Pero no aquí. No en Estados Unidos. Los americanos lo entenderían como un acto de guerra, y no sabemos lo que ocurriría después. Ya lo dijeron los británicos, cuando intentamos eliminar al traidor Skripal y a su hija, colocando veneno en la puerta de entrada a su casa. ¿Recuerdas?

Nadia no asintió, pero recordaba el episodio con detalle, porque los servicios rusos se lo hicieron conocer a todos sus agentes como muestra de escarmiento: si, como Skripal, te vendes al enemigo, te perseguirán hasta el infierno. En aquel caso de 2018, Serguéi Skripal fue perseguido hasta su casa, en la ciudad inglesa de Salisbury, que la agencia británica había puesto a su disposición para que se mantuviera escondido con una identidad falsa.

—La única opción es disparar desde lejos —añadió el agente, con más conmiseración que determinación—, y han decidido que lo hagas tú, porque no hay francotiradores entre el personal de inteligencia que tenemos en Estados Unidos.

Nadia se concedió a sí misma un segundo de reflexión y, de inmediato, abrió la puerta y se bajó del coche.

—No me dejéis tirada —espetó a través de la ventanilla, y se marchó a pie.

No recibió respuesta.

El Acuario, sede del GRU, Moscú

—Está preocupada y tensa. Cree que la vamos a abandonar a su suerte, o quizá tema que la eliminemos después de cumplir la misión.

La voz en el teléfono era del jefe de la *rezidentura* del espionaje ruso en Estados Unidos, que hablaba desde el consulado en Nueva York: el mismo que dirigió el interrogatorio y las torturas a Nadia; el mismo que abusó de ella.

—En cierto sentido, tiene razón —respondió el general Lébedev, con visible actitud cínica, desde la sala de máxima seguridad para las comunicaciones, en la sede del GRU, en Moscú—. Pero cumplirá las órdenes, estoy seguro. La conozco bien.

—Nosotros tenemos el operativo preparado, señor —apuntó la voz desde Nueva York, ofreciendo algunos datos suplementarios sobre la situación en Las Vegas.

—Lo que más me preocupa es la fuga. Debe ser limpia, sin dejar rastros que la CIA o el FBI puedan seguir. Nadia tiene que huir de Las Vegas y volver.

—La fuga también está organizada, señor.

La inquietud de Lébedev era máxima. Daba por seguro que las agencias de inteligencia americanas y los servicios policiales tardarían poco minutos en tomar al asalto todos los edificios cercanos al lugar del crimen en busca del asesino. Eso incluía el hotel en el que se hospedaba Nadia. Y era consciente de que la perseguirían sin piedad.

Para esquivar a los efectivos americanos, el plan consistía en los siguientes pasos: después de disparar contra el objetivo, Nadia abandonaría la habitación y saldría precipitadamente del hotel aprovechando la confusión del momento; el mismo camarero que le había llevado el arma acudiría de inmediato a recoger el fusil y hacerlo desaparecer para no dejar pruebas; un coche, con su agente de contacto al volante, estaría a la espera en un aparcamiento, en la parte trasera del hotel; desde allí, evitarían el Boulevard, porque esa zona junto al The Cromwell ya estaría cortada por la policía; por tanto, darían un pequeño rodeo por Flamingo, hasta tomar Koval Lane en dirección sur, después por la avenida de Reno y la calle Giles, hasta derivar en el Boulevard, pero mucho más abajo, para llegar al helipuerto Claude I. Howard, del aeropuerto internacional Harry Reid; si el tráfico era el normal para esa hora, estarían allí en apenas doce minutos; dejaría a Nadia junto a las oficinas de la compañía de helicópteros Maverick, que realizaba vuelos para turistas al Gran Cañón del Colorado. El agente esperaría hasta confirmar que no se suspendían los vuelos por una orden policial, porque no se podía descartar que el asesinato provocara un bloqueo general de la ciudad, incluido el aeropuerto; si eso ocurría y los helicópteros se quedaban en tierra, el agente recogería de nuevo a Nadia y se pondría en marcha el plan B, consistente en refugiarse en un piso franco durante días. El plan B era muy peligroso, porque no habría refugio en Las Vegas que las fuerzas policiales y de inteligencia no fueran a registrar en las horas posteriores al crimen. Pero el plan A no era más fiable que el B. ¿Huir en un helicóptero con turistas?

Washington

—Señora, tengo al teléfono al jefe del MI6. Es urgente.

Beth Kramer pidió a su secretario que le pasará de inmediato la llamada de Andrew —Andy— Rice, a través de una línea segura.

—Andy, ¿qué ocurre?

—Beth, mi gente ha detectado el accidente de un submarino de guerra chino cerca de Taiwán. Tenemos una fuente muy bien situada en la cúpula militar de Pekín. Según sus datos, no ha sobrevivido nadie.

—¿Sabéis cuántos marineros iban a bordo? —susurró Kramer con angustia, al imaginar la terrible muerte de los tripulantes, antes de preocuparse por las consecuencias militares y políticas de lo ocurrido.

—Creemos que cincuenta y cinco, entre ellos más de veinte oficiales. Por los datos que tenemos, es un submarino de la clase Shang, tipo 093. Es un desastre para la Marina china. El submarino estaba con dos barcos de guerra junto a la isla de Penghu, que se encuentra a solo cincuenta kilómetros de la isla principal de Taiwán.

—Es una prueba de que China puede estar planeando algo…

—Es posible. Porque, además, el accidente se ha producido cuando instalaban trampas contra los barcos y submarinos taiwaneses y occidentales que patrullan la zona.

—¿Trampas?

—Hace tiempo, recibimos información sobre la posibilidad de que China hubiese colocado redes submarinas en aguas de Taiwán. No le dimos credibilidad a nuestra fuente, porque las redes ya se probaron en las dos guerras mundiales para atrapar barcos y submarinos, y no fueron muy efectivas. Pero no podemos descartar que hayan modernizado el sistema, aunque también es posible que chocaran con una de sus propias minas marinas.

—¿Eso sería suficiente para que el submarino se hundiera sin remedio?

—Creemos que hubo una explosión a bordo, provocada por un arma nueva con la que China está realizando ensayos. Eso pudo abrir una vía de agua en el casco del submarino. Nuestros expertos de la Armada británica nos dicen que algunos marineros habrán muerto por efecto de la explosión, y otros se habrán ahogado al inundarse el interior de la nave. Quizá unos pocos pudieran sobrevivir en un compartimento estanco. Pero, una vez que se hundieron hasta el fondo, era casi imposible realizar una operación inmediata de rescate…

—… Como los del Kursk… —dijo Beth, pensativa, rememorando a los héroes del submarino ruso que también sufrió una explosión a bordo.

—La muerte de esos tripulantes que sobrevivieron a la explosión ha debido de ser terrible. No tenían opción de salir a la superficie.

Cerca de Penghu (isla Pescadores), estrecho de Taiwán, tres semanas antes

A primera hora de la mañana, el capitán Fang Chang terminaba de desayunar en su camarote del submarino 093-417 de la Armada del Ejército Popular de Liberación de la República Popular China. Apenas había dormido esa noche. Sentía una preocupación creciente por la misión que tenía encomendada. No creía que las órdenes recibidas fuesen las más adecuadas, y temía un encontronazo con naves enemigas que pudieran patrullar la zona, tanto las taiwanesas como las americanas. Era una mala idea, pensaba, pero era su obligación.

Ninguna autoridad lo había confirmado de forma oficial, pero entre los oficiales de la Armada china circulaba la sospecha de que se preparaba el asalto definitivo para anexionarse Taiwán. Y, si no era eso, resultaba evidente que se estaban haciendo ensayos necesarios para realizar ese asalto más adelante, quizá en dos o tres años, pero no mucho más.

En medio de estos pensamientos, y a punto de dar otro bocado a su desayuno, un golpe brusco provocó que la nave frenara casi en seco, y los cincuenta y cinco tripulantes fueron impulsados violentamente y sin control contra las paredes interiores del navío. El propio capitán voló hasta el lado contrario de su cama y se golpeó en la cabeza. La sangre empezó a manar en abundancia por su cuero cabelludo y por la frente hasta los ojos. Quedó conmocionado durante unos segundos. Cuando quiso incorporarse, una explosión hizo temblar el submarino, como un edificio a punto de colapsar. Trascurridos unos minutos, el oficial de servicio irrumpió en el camarote.

—¡¿Comandante, está bien?!

—¡¿Qué ha pasado?! —preguntó el comandante sin responder a su oficial.

—¡Hemos chocado contra algo, y de inmediato ha habido una explosión en la sala de torpedos! ¡Se ha roto el casco y la sala se está inundando!

—¡¿Estaban manipulando las armas?!

—¡No lo sé, señor! ¡He enviado a varios marineros!

—¡¿Cómo está la tripulación?!

—¡Hay muchos heridos en la sala de control! ¡Alguno parece grave, pero no sé qué habrá pasado en otras zonas del submarino!

—La trampa...

El comandante dejó las palabras en el aire, temeroso de que su sospecha fuese cierta.

—¿Cómo, señor?

—¡Ayude a los heridos! ¡Rápido!

—¡Ahora mismo, señor!

El oficial salió del camarote a la carrera, pero con dificultades serias, porque el submarino seguía sufriendo movimientos incontrolados que convertían en imposible el intento de mantener la verticalidad.

La inundación en la sala de torpedos iba a más. Los marineros que estaban de servicio en esa parte del submarino murieron por la explosión. El agua entraba en la nave sin freno alguno.

Un médico llegó precipitadamente al camarote del comandante, pero fue expulsado a gritos.

—¡Vaya a atender a los marineros, rápido! ¡Yo estoy bien!

No era cierto. El comandante sentía un fuerte dolor en la cabeza y el mareo le impedía levantarse. Pero, buscando apoyo en las paredes y henchido de orgullo militar, trató de avanzar hacia la sala de control, donde el panorama era infernal: marineros tirados en el suelo y ensangrentados por las heridas sufridas. Algunos gritaban de dolor y los que estaban sanos atendían a los más graves.

Uno de los oficiales, aparentemente ileso, informó al comandante de lo poco que sabía.

—No hemos visto nada en los instrumentos, señor.

—Puede ser una trampa.

—¿De las nuestras?

—Eso me temo.

En ese momento, otro oficial apareció en la sala con cara de estar aterrorizado.

—¡Comandante, el mecanismo del oxígeno no funciona y no creo que lo podamos reparar en varias horas!

—¡Salgamos a la superficie! —ordenó el comandante a gritos.

—¡Comandante, no podemos! ¡Estamos atrapados en algo!

Todos los tripulantes que podían moverse ocuparon posiciones en el control. Tenían que arreglar los desperfectos de inmediato o morirían por hipoxia.

El comandante no lo dijo. Era innecesario. Sabían que nadie acudiría a su rescate por varias razones: no llegarían a tiempo; hacerlo supondría que China tendría que reconocer la desastrosa gestión de ese accidente; estaban en aguas cercanas a Taiwán, lo que desvelaría las intenciones expansionistas de China; y no podían permitir que se llegara a conocer la existencia de las redes colocadas en la zona para frenar a las naves enemigas.

En conclusión, morirían en cuestión de horas. Y lo peor: sería una muerte lenta.

Sin decir una palabra, cada superviviente se acomodó en un lugar a esperar el final. Algunos recordaron a los tripulantes del Kursk, de la Marina rusa, que perecieron en el mar Báltico debido a la inepcia de sus mandos. Aquellos que tuvieron la desgracia de no morir en el acto, sufrieron esperando que llegara su inevitable final escribiendo cartas a sus padres o a sus novias, cuando ya ni siquiera había luz en la única cámara del submarino a la que le quedaba algo de oxígeno.

—¡Marineros! —El comandante Fang Chang llamó la atención de sus hombres, hablando por un micrófono—. Ustedes saben igual que yo lo que va a ocurrir. Lo asumimos como soldados. Nadie nos podrá quitar el orgullo de haber servido a nuestra patria. Sé que ahora están asustados, pero dejen el miedo a un lado y dediquen este tiempo a recordar a sus seres queridos. Ellos sabrán que antes de que diéramos el último aliento, estaban en nuestra mente y en nuestro corazón. Ha sido un honor ser su comandante y servir a su lado. Son un ejemplo para la gloriosa Armada china. Gracias por su valentía.

El comandante apartó el micrófono de sus labios y, tratando de frenar las lágrimas que ya humedecían sus ojos, se puso en posición de firmes, apoyó las yemas de los dedos en su frente y saludó con marcialidad a sus marineros, que respondieron de igual forma. Gritaron vivas a China y se dispusieron a esperar el final. Algunos lloraban en silencio. Otros cerraban los ojos para centrar su mente en los recuerdos hermosos de su corta vida: la mayor parte de la tripulación no había cumplido los veinticinco años; algunos no llegarían a cumplir los veinte.

Pasadas unas horas, la energía de a bordo se agotó y las luces se volvieron tenues hasta apagarse por completo. Cuando estaban a ciegas, el oxígeno empezó a escasear. Los marineros que salieron peor parados del choque inicial con la red submarina fueron los primeros en perder la consciencia y murieron poco después. Los más fuertes aguantaron algunos minutos, envidiando la suerte de los que habían perecido antes que ellos.

Cuando ya era de noche en la superficie, el submarino 093-417 de la Armada del Ejército Popular de Liberación de la República Popular China, con el comandante Fang Chang al mando, reposaba sobre el fondo del estrecho de Taiwán, convertido en el féretro de cincuenta y cinco marineros chinos.

Washington

—Ha tenido que ser una muerte terrible —apuntó Beth Kramer, desde su despacho en la capital de Estados Unidos.

—Nuestros expertos creen que murieron por hipoxia —respondió el jefe del MI6 desde Londres—. Al quedar atrapados, si no tenían suficiente energía en las baterías, los purificadores y los sistemas de tratamiento del aire debieron de fallar. Vuestros submarinos y los nuestros disponen de un aparato para situaciones como esta, que absorbe el CO_2 y genera oxígeno. Pero no parece que ese submarino estuviera equipado con algo así. Me temo que los tripulantes sabían que iban a morir desde el mismo momento del accidente.

—Es un horror imaginar lo que han pasado ahí abajo.

—Es mejor no imaginarlo. Pero ahora tenemos que centrarnos en los planes de China. Algo se mueve, Beth. Taiwán está en peligro. Y si cae, la invasión de los rusos en Ucrania va a parecernos un juego de niños. No podemos consentir que China se anexione Taiwán, pero no sé cómo vamos a evitarlo sin provocar una guerra mundial. En este momento, las maniobras de China cerca de Taiwán son tan habituales y tan intensas que no hay manera de distinguir entre un simple ejercicio militar y los preparativos para un ataque. Si esto se nos va de las manos, no hay que descartar que acabemos en un enfrentamiento directo con China, Rusia, Corea del Norte, Irán y quién sabe cuántas dictaduras más. Y entre todos esos países suman miles de misiles nucleares.

—Lo sé, Andy. Nos estamos ocupando de ello y esta información que me das puede resultarnos muy útil. Estaremos en contacto. Pero ten en cuenta que mi nuevo presidente tomará posesión en un mes, y muchas cosas cambiarán a partir de ese momento.

Beth Kramer colgó el teléfono con la idea de descolgarlo otra vez de inmediato para llamar al equipo desplazado en Singapur. Pero cuando estaba marcando el número, tuvo un momento de duda. ¿Realmente sería bueno que lo supieran, o resultaría más útil que actuaran con la mente abierta, sin centrar sus pesquisas en ese asunto concreto, condicionados por la información que les podía dar?

Si dirigía la investigación de su equipo en un sentido concreto dándoles este dato —reflexionó Kramer para sus adentros—, Xen Jiang podría engañarlos derivando la discusión hacia ese caso específico, y perderían la oportunidad de acceder a los verdaderos planes del Gobierno chino, que podrían ser otros y aún más graves. Caerían en su maniobra de distracción. Por el contrario, si su equipo trabajaba sin condicionantes previos y, finalmente, llegaba a la misma conclusión a la que habían llegado ella y su colega británico del MI6 —que Taiwán estaba en peligro inminente y, por extensión, la paz mundial—, entonces confirmarían sus sospechas, sin haber pasado por sesgo alguno. Solo así podrían estar seguros de conocer la verdad, o todo lo seguro que sobre la verdad se puede estar en el mundo de los servicios de inteligencia.

No, se dijo a sí misma. Tienen que saberlo. Lo gestionarán bien. Conocer un dato siempre es mejor que ignorarlo.

Restaurante Boomarang, Singapur

—Lo haremos esta noche. No debemos esperar más. Podría marcharse.

Matthew Perkins anunciaba su decisión, emitiendo un sonido sordo para no ser escuchado por oídos ajenos. Un momento antes, Pablo había desenfundado su ordenador personal y, mediante una aplicación de la CIA para encriptar videoconferencias, estableció conexión con Beth Kramer en Washington, donde eran las cuatro de la madrugada.

Matthew, Pablo, Teresa y Blázquez estaban en un reservado del restaurante Boomarang, a la orilla del río Singapur que atraviesa la ciudad con la que comparte nombre. Se encuentra en una zona cosmopolita, con una gran oferta para la diversión. Pero, al mismo tiempo, es una esquina apartada de las áreas más transitadas, en un meandro del río.

Cada uno llegó por su cuenta. Solo estarían allí, juntos, durante el tiempo mínimo indispensable para concretar las instrucciones necesarias. Eran las cuatro de la tarde en Singapur, buena hora para mantener reuniones discretas, aunque se tratara de un local público, porque aún no había terminado la jornada laboral de los empleados de las oficinas circundantes, ya era tarde para almorzar y todavía era pronto para cenar.

—El plan se mantiene —insistió Matthew.

No necesitaba decir nada más. Todos conocían al detalle el papel que correspondería jugar a cada uno cuando llegara el momento. Pero para Pablo no era suficiente, escarmentado por lo sucedido con el ejecutor ruso, semanas antes en Nueva York.

—La salida de la piscina puede ser peligrosa.

—¿Qué ocurre? —preguntó su padre.

—El dato que teníamos era que Xen Jiang solía venir a Singapur con dos vigilantes, pero pudimos comprobar que eran tres. Y cerca de la puerta de acceso a la piscina se parapetaban otros tres. Y esos son los que estaban a la vista. Es posible que hubiera más. Hicimos la planificación pensando en dos guardaespaldas y son, como poco, seis. Ese plan ya no sirve.

—Tienes razón —intervino Teresa—, pero ya no hay tiempo para cambiar nada. Si no actuamos hoy, podríamos perder la oportunidad y quizá no tengamos otra.

—Creo que no hay otra opción que asumir el riesgo —decretó Matthew—. ¿Qué opinas, Beth?

—Sé que os estoy pidiendo un enorme sacrificio y que vais a correr un gran peligro —dijo Kramer, con voz casi maternal, desde Washington—, pero hay que hacerlo.

—Entonces lo haremos. Yo me ocuparé de los guardaespaldas si es necesario —se ofreció Pablo, en un gesto de valentía temeraria, porque ya tenía la experiencia de acabar en el hospital por plantar cara a quien no debía, sin la suficiente prudencia—. Espero que se controlen al estar en un hotel lleno de gente. Supongo que no querrán provocar un estrépito que llame la atención. La noticia aparecería en todas las televisiones del mundo.

Teresa y Matthew dedicaron a Pablo miradas que mezclaban el agradecimiento con la conmiseración. Pero, a Blázquez, ese arrojo le pareció una insensata necedad, propia de un disparatado impulso juvenil. Sin embargo, le dio la razón.

—Yo diría, como el joven Perkins, que Xen Jiang ha traído tantos vigilantes a Singapur con la única intención de que sean un elemento disuasorio: solo para asustar, y no para comportarse con violencia. Pero hay algo más.

De nuevo, con una pausa valorativa en su relato, Blázquez conseguía que los ojos indagadores y expectantes que tenía delante se focalizaran en él y eso era lo que más le gustaba de sí mismo, en la inmensa admiración que se profesaba. Todos estaban pendientes de la nueva sorpresa que, con seguridad, llegaría. Y llegó.

—Nos están esperando. —Blázquez pronunció esas palabras como quien lanza un súbito latigazo, y habló en términos condicionales, aunque no le gustaba especular—. Seguro que Xen Jiang sabe que estamos en Singapur.

—Eso no puede ser —protestó Matthew.

—Lo más probable es que nos hayan visto en la recepción del hotel. Con seis guardaespaldas a su disposición, Xen Jiang ha podido disponer de personal suficiente para establecer un equipo de contravigilancia en los días previos a su llegada, para verificar si alguien estaba en alerta, observando a quienes entraban y salían del hotel. Por ejemplo, ustedes dos.

Blázquez miró alternativamente a Pablo y a Teresa.

—¿Por qué nosotros? —Pablo se mostró incrédulo ante lo que consideraba una teoría sin datos que la sustentasen, pero se equivocaba.

—Como saben —continuó Blázquez, sin prestar atención a nadie—, teníamos pendiente conocer el resultado de la investigación del CNI en Marruecos y ya me han dado el dato importante: como yo sospechaba, el espionaje marroquí disponía de la identidad de la señorita Fuentes y quizá también del joven Perkins; lo peor es que consiguieron esos datos gracias a un topo del CNI al que ahora están buscando en Madrid; Marruecos dio esa información a China, y China se la dio a Rusia. El problema es que ese topo del CNI podría conocer el paradero de la señorita Fuentes aquí, en Singapur, porque la señorita Fuentes también es agente del CNI. No debemos descartar que se lo haya hecho saber a los marroquíes, y los marroquíes a los chinos. Y, por tanto, es posible de Xen Jiang nos esté esperando. Ya sabíamos que esto podía pasar, pero tenemos que asumir ese riesgo. No podíamos traer a esta misión a nadie ajeno a este equipo. No nos podríamos fiar.

—Gracias por la información, coronel —dijo Beth Kramer desde Washington, mientras trataba de procesar en su cerebro las implicaciones de ese dato—. Nos será de gran utilidad.

—Tendremos que ser aún más precavidos —apuntó Teresa, turbada por la creíble sospecha que Blázquez acababa de revelar—, pero creo que debemos seguir adelante con la misión, tal y como la teníamos prevista.

—Sí —dijo Pablo con decisión—. Aunque sea verdad lo que dice el coronel…

—Por supuesto que es cierto, hijo —interrumpió Blázquez, sin refrenar la tentación de demostrar su pretendida superioridad profesional—. De hecho, no hay que descartar que estemos aquí porque nos haya atraído él, sin darnos cuenta. —El coronel no iba a dejar ninguna opción sin comentar.

—Es posible —trató de concluir Kramer—, y debemos extremar las precauciones. Pero ahora da igual el motivo por el que estemos en esta situación. Lo importante es que los chinos pueden saber que estáis en Singapur.

—Es probable que ellos sepan quiénes somos y que estamos aquí —Pablo reanudó su frase sin atender a la descortesía del coronel—, pero nosotros también sabemos que ellos lo saben.

Y entonces, Teresa lanzó una frase jeroglífica, pero que definía bien la situación, y establecía las ventajas y desventajas de cada una de las dos partes.

—Ellos saben que estamos aquí. Nosotros sabemos que ellos saben que estamos aquí. Pero ellos no saben que nosotros sabemos que ellos saben que estamos aquí. Y esa es nuestra ventaja.

La estupefacción fue general, salvo para el inconmovible coronel, que se sentía ufano y hasta envanecido por los progresos de esa joven, a la que consideraba el mejor legado de su larga carrera como maestro de espías.

—Queridos colegas de la CIA —ironizó Blázquez—, a ustedes les harían falta unas cuantas agentes del CNI para establecer sus estrategias con mayor claridad. La señorita Fuentes acaba de describir la situación. Aprovechemos esa ventaja.

—No se preocupe, coronel —dijo Kramer a quince mil kilómetros de Singapur—. Lo venimos haciendo desde hace tiempo. Por eso Teresa está con nosotros. Pero hay algo importante que deben saber.

Los otros cuatro interlocutores concentraron sus sentidos en la pantalla del ordenador. En los siguientes minutos, Beth informó del desastre sufrido por el submarino chino y las enseñanzas que se podían extraer de ese terrible suceso.

—En definitiva, China ha incrementado su amenaza militar hacia Taiwán. Y, como demuestra lo que acaba de contarnos el coronel, el flujo de datos de inteligencia entre chinos y rusos es cada día mayor. Hay que tenerlo en cuenta.

Hotel Marina Sands, Singapur

Minutos después de las diez de la noche, Blázquez abandonó su habitación, cubierto con el mismo albornoz y las mismas zapatillas, cortesía del hotel, que llevaba cuando subió a la piscina para confirmar lo que ya suponía: que a Xen Jiang le gustaba acabar el día nadando.

Salió del ascensor en la última planta. Sus ojos y su intuición de espía experimentado le permitieron advertir que tres guardaespaldas ocupaban los mismos lugares discretos que en la ocasión anterior. Suponía que los otros tres estarían alrededor de la piscina, y así lo constató cuando atravesó la puerta y salió al exterior. Ante sus ojos volvieron a aparecer las tres piscinas *infinity*, en medio del calor y la humedad que eran de rigor en Singapur.

De nuevo, vio que Xen Jiang nadaba en la última de las tres piscinas y se dirigió hacia allí. En la primera no había nadie. En la segunda se bañaba Teresa, con su pelo recogido en una coleta. Salió del agua en cuanto apareció el coronel y se secó con una toalla. Un poco más allá, a unos diez metros de la tercera piscina, dos hombres —Matthew y Pablo—, con ropa deportiva, charlaban sentados a una mesa.

Al llegar, Blázquez se quitó el albornoz y las zapatillas, se sentó en el borde del agua y sumergió sus pies, como un niño que se dispone a chapotear.

Xen Jiang daba brazadas y mostraba un notable dominio de la natación. Iba y venía haciendo largos hasta que, en una de sus pasadas cerca del recién llegado, dejó de nadar y empezó a caminar como se hace en una piscina o en el mar:

con los pasos lentos y saltarines de un astronauta sobre la superficie de la Luna, donde el efecto de la gravedad disminuye. Así, se dirigió pausadamente hacia el límite de la piscina, frente a los rascacielos de la ciudad. Se acodó y disfrutó del panorama.

—Lo esperaba ayer, coronel —dijo el espía chino en inglés, con un bien trabajado acento de Cambridge y mirando al horizonte, como si verdaderamente hablara ante el universo mundo, en lugar de hacerlo al hombre que tenía a su espalda.

Con este movimiento por sorpresa, Xen creía haber marcado el primer gol de este partido, que imaginaba largo y complejo, dada la calidad del rival. Pero lo primero que sintió Blázquez fue, en realidad, un engrandecimiento de su ego, porque acababa de confirmar que, en efecto, tenía razón, otra vez: el jefe del espionaje chino sabía que estaban allí. Lo segundo que sintió fue preocupación, porque ratificó que el topo del CNI no solo había entregado a los marroquíes —y ellos a los chinos— la identidad y el paradero de Teresa, sino también la identidad y el paradero del propio Blázquez.

—Lamento no haber podido venir anoche —respondió el coronel, tratando de dar continuidad a la charla, como si el saludo de Xen Jiang hubiese sido una muestra de normalidad; ahora, dos viejos lobos de los servicios de inteligencia estaban cara a cara.

En cuanto Blázquez abrió la boca para responder a Xen, los tres guardaespaldas se pusieron en guardia, lo que provocó que Pablo y Matthew amagaran con incorporarse de su silla, tratando de disuadir a los matones; Teresa, de hecho, se levantó como impulsada por un muelle, temerariamente dispuesta a sumarse a la fiesta, si se llegaba a producir. Los tres de un lado y los tres del otro cruzaron sus miradas con una mueca poco amistosa. Pero Xen, sin siquiera girarse hacia los suyos, hizo un gesto con la mano derecha para que se sosegaran. Lo hicieron. Pablo y Matthew se sentaron, pero en una lenta cadencia, manteniéndose en guardia. Teresa, más alejada de la escena, permaneció en pie un minuto más, desafiante, antes de relajarse.

—Bonito lugar, ¿verdad? —dijo Xen, como si le interesara lo que pudiera opinar Blázquez—. El *skyline* de Singapur me recuerda mucho al de Shanghái.

—Pero siempre es bueno moverse un poco, viajar, conocer otros países, a otras personas…

—No se preocupe por mi gente. —Xen desdeñó esas palabras—. No moverán un dedo si yo no se lo pido. Y no se lo voy a pedir. Sé que es usted un hombre inteligente y que, como yo, prefiere las palabras a los malos modos.

—Por mis amigos tampoco tiene que preocuparse.

—Lo sé, coronel, aunque creo que ese joven…, Pablo Perkins, ¿verdad? Es impulsivo. Me han contado cosas sobre alguna misión en Nueva York, en la que quedó un poco dañado por su mala cabeza. ¿Puede ser, o me equivoco?

—Solo se enfada si se produce una provocación, pero eso no va a ocurrir.

—Como no vino anoche, llegué a creer que no se atrevería a pasar por aquí. —De nuevo, Xen hacía como si las palabras de Blázquez hubieran volado con la brisa reinante en las alturas del hotel.

—No debería dudar de mí. De todas formas, sus amigos marroquíes le mantienen bien informado sobre nuestras actividades.

Xen Jiang sabía de antemano que esa sería una charla compleja. Pero en ese momento se percató de que lo sería aún más: no esperaba que Blázquez conociera su conexión con el espionaje marroquí, gracias al cual Xen se había enterado de la existencia del propio coronel Blázquez. Jaque.

—Tiene razón —respondió Xen, después de recuperarse del golpe encajado y justo antes de devolverlo—. Pero cuando he sabido que se reunían en ese restaurante… Boomarang. ¿Se llama así? Pues he llegado a pensar que estaban asustados y se iban a marchar.

Xen volvía a demostrar que lo tenía todo bajo control. No solo sus hombres se habían enterado de que unos agentes extranjeros lo vigilaban, sino que se reunían, lo que confirmaba que constituían un equipo. Los fotografiaron, mostraron esas fotos a su jefe y Xen los identificó de inmediato. En efecto, se trataba de la joven española y del coronel jubilado de los que tenía información gracias a los marroquíes. El otro joven debía de ser el protagonista del incidente en Nueva York con el agente ruso de su amigo Lébedev. Y el aspecto del mayor de los tres coincidía con la descripción que le habían dado días atrás desde Moscú: Matthew Perkins, hombre de confianza de Elisabeth Kramer. Y sí: los dos más jóvenes eran los que estuvieron en Maldivas haciendo preguntas sobre Serkin.

—Le recomiendo una visita a ese restaurante. —Blázquez tampoco carecía de retranca—. La comida es exquisita y hacen unos cócteles estupendos. Además, puede usted pasar inadvertido, como acabamos de confirmar —ironizó.

—¿Qué tal el congreso de informáticos? —preguntó Xen, como si no hubiese oído nada—. Me cuentan que es interesante.

—No es mi especialidad.

—Sí, ya sé que sus expertos son ese joven Perkins y la señorita Fuentes. Pero imagino que usted habrá mejorado su manejo de los ordenadores, ahora que está retirado del servicio activo.

—Estoy ampliando mis conocimientos, y este congreso me será muy útil.

A estas alturas, Xen Jiang empezaba a cambiar de postura. Ahora estaba sumergido en el agua hasta la altura del pecho y su espalda reposaba en una pared de la piscina. Blázquez, sentado en el borde, seguía mojando sus pantorrillas y a ratos chapoteaba simulando cierto descuido.

—¿Sabe quién organiza el congreso? —preguntó Xen, con ánimo de epatar.

—He oído que es una asociación internacional de informáticos con sede en Londres.

El jefe del servicio de inteligencia chino sonrió con suficiencia y superioridad.

—Seguro que, por su experiencia, habrá aprendido, como yo, a no creer todo lo que le cuentan. Este congreso, igual que otros de diversas especialidades que se celebran por el mundo, lo controla el servicio de inteligencia chino. Invitamos a los mejores cerebros internacionales en nuevas tecnologías, los agasajamos, los engatusamos, nos hablan de sus últimas investigaciones y, cuando alguien parece interesante, nos ocupamos de que trabaje para nosotros. Y lo mejor es que muchas veces lo hacen sin saberlo.

—Sí, algo de eso me han dicho. Son ustedes muchos y muy hábiles. En Occidente hemos cometido el error de preocuparnos demasiado de Rusia y demasiado poco de China.

—¿Por qué no ha venido la señora Kramer?

Xen Jiang hacía intentos por desmontar la trama defensiva de Blázquez cambiando de forma provocativa el tema de discusión, sin haber terminado el anterior. Pero el coronel ya era veterano en estas lides.

—Me resultaría más interesante que habláramos del motivo por el que ha venido usted.

Xen miró a Blázquez. Lo hizo con el gesto de *La Gioconda*: ni sí ni no.

—Me recuerda usted a Jruschev, coronel. —En esta ocasión, Xen sorprendió a Blázquez con la guardia baja. El viejo espía español puso a funcionar su cerebro aceleradamente, pero no conseguía adivinar en qué consistía la trampa que le acababa de tender su contrincante chino—. Creo que no sabe a qué me refiero, ¿verdad? —preguntó Xen, sin obtener respuesta—. Pero seguro que entre sus lecturas está la historia de la cumbre que mantuvieron Mao y Jruschev en 1958. ¿No es así?

Pekín, China, julio de 1958

—¿Por qué nos han traído aquí?

Nikita Jruschev no entendía el motivo por el cual el líder chino Mao Tse Tung pretendía alojarlo en una casa lejos del centro de Pekín. Pero fue consciente de la situación cuando llegó la noche: el calor del verano pekinés resultaba insufrible, no disponía de aire acondicionado y las estancias de la casa estaban infestadas de mosquitos. Era evidente que Mao pretendía devolver al líder soviético lo que su antecesor, Stalin, había hecho con el líder chino unos años antes en Moscú: humillarlo.

En los meses previos, China y la Unión Soviética se vieron incapaces de resolver un contencioso sobre el intento de conformar una flota submarina conjunta y las tensiones alcanzaron niveles impropios de dos países comunistas que parecían condenados a entenderse y colaborar. Pero no se entendían y, como consecuencia, su cooperación topaba siempre con un muro de inconveniencias.

Mao consideraba que Jruschev era un jefe débil, comparado con Stalin, y la nueva doctrina soviética de evitar una Tercera Guerra Mundial era, según el dictador chino, directamente absurda. Si no se producía esa confrontación contra el imperialismo, estarían traicionando a la revolución, y Mao era partidario de la revolución permanente. No creía en la coexistencia pacífica con el Occidente capitalista y, sobre todo, despreciaba la decisión de Jruschev de ignorar las bondades del culto a la personalidad del líder. Mao necesitaba ser venerado de continuo: su poder dependía, en buena medida, de esa veneración.

Aquella noche, Jruschev, recién llegado de Moscú, no pudo conciliar el sueño, pero se mostraba tranquilo y confiado, porque tendría horas suficientes para descansar: la cita con Mao estaba prevista para la tarde. Sin embargo, no fue así.

—El camarada Mao recibirá al camarada Jruschev a las once menos cuarto.

Eran las nueve de la mañana y un oficial chino se personó a la puerta de la casa para comunicar a su homólogo soviético el cambio de planes. Jruschev, aún condicionado por las cinco horas de diferencia horaria con respecto a Moscú, tenía el sueño propio de las cuatro de la madrugada, sin haber podido dormir en absoluto. Agotado, insomne, agobiado por el calor extremo y atacado por los mosquitos, el secretario general del Partido Comunista de la Unión Soviética se enfundó en un traje, se anudó la corbata y subió al automóvil que lo trasladaría hasta un lugar que nunca hubiera imaginado.

Al bajar del coche oficial, Jruschev fue conducido a través de un pabellón, suponiendo que el destino final sería una amplia sala en la que habría una mesa de gran tamaño en la que se sentarían, a un lado y a otro, los delegados de los dos países. Así eran las cumbres internacionales. Pero, cuando se abrió una puerta al otro lado de esa enorme estancia apenas amueblada, el líder soviético se encontró, atónito y estupefacto, frente a una piscina.

Pasados unos minutos, se hizo presente Mao, enfundado su orondo contorno en un albornoz y calzado con unas chanclas de agua. Por el contrario, otros doce dirigentes chinos, los cinco soviéticos, así como los intérpretes y el personal de seguridad iban impecablemente vestidos para la ocasión.

Mao se sentó en un sillón de mimbre e invitó al ruso a que hiciera lo mismo. Jruschev estaba extenuado por la falta de sueño, pero, contra todo pronóstico, ese desfallecimiento provocó en él un deseo irrefrenable de comportarse con pícara socarronería, a la vista del pintoresco lugar en el que tendría que discutir sobre asuntos de gran relevancia.

—¿Ha dormido usted bien, camarada? —preguntó el jefe soviético, como el borracho que quiere saber por qué su amigo no se toma otra copa.

Pero la picardía era un arte que Mao manejaba con virtuosismo.

—No he podido dormir, camarada, porque algo pesa en mi corazón.

—Pues debe saber, camarada, que los mosquitos están de su lado en esta negociación —apuntó el ruso, con el cuerpo salpicado de picaduras, mientras se rascaba una mano con las uñas de la otra.

Sin haber terminado de escuchar las palabras de su invitado, Mao se puso en pie ante la expectación general, se quitó la bata, expuso su prominente barriga, dejó las zapatillas a un lado y se acercó a la piscina.

—Acompáñeme, camarada. Hablaremos mientras nos damos un baño.

A estas alturas de su visita a China, nada de lo que pudiese ocurrir sorprendería a Jruschev. Un asistente acudió a la llamada de Mao, recibió instrucciones al oído y abandonó el lugar a la carrera. Al momento volvió con un bañador de raso en la mano.

—Póngase eso y venga conmigo. El agua está a una temperatura muy agradable.

Jruschev fue conducido a una habitación, en la que se quitó la ropa y se puso el traje de baño. De inmediato, los líderes de las dos grandes potencias comunistas del mundo zambullían juntos su notorio sobrepeso en una piscina.

El chino era un experto nadador, en contraste con el ruso, que se hundía como una piedra y necesitó que un ayudante le lanzara un flotador. La escena resultaba extravagante y grotesca: Mao braceaba con estilo casi profesional, mientras explicaba sus opiniones políticas a Jruschev, y el dirigente soviético golpeaba el agua con las manos como si estuvieran fuera de su control. Los intérpretes de ambos caminaban y, a veces, hasta corrían al borde de la piscina siguiendo a los dos negociadores que estaban en remojo, sin apenas entender lo que decían.

—Creo que voy a bombardear las islas Kinmen —comunicó Mao a su contraparte.

En efecto, pocas semanas después, el ejército chino lanzó una oleada de obuses sobre Gran Kinmen y Pequeña Kinmen, ambas dependientes del Gobierno de Taiwán, donde se refugiaron los nacionalistas chinos cuando los maoístas se hicieron con el poder en la China continental.

Mao se esmeró en plantear preguntas complejas a Jruschev, que cuando trataba de responderlas lo único que conseguía era tragar agua. Los demás asistentes a la cita tenían serias dificultades para creer lo que veían sus ojos: los dos grandes líderes del comunismo mundial mantenían una cumbre inverosímil.

Finalmente, agotado, agobiado y casi ahogado, Jruschev consiguió acercarse al borde del agua y, ayudado por sus colaboradores, salió de la piscina. Se sentó en la orilla y solo dejó los pies en inmersión, chapoteando.

Hotel Marina Sands, Singapur

—Y allí estaba Jruschev, sentado al borde la piscina, chapoteando con los pies, igual que usted ahora. —Xen Jiang hablaba sin mirar a Blázquez. Mantenía sus ojos en algún punto indeterminado del más allá—. ¿Sabe lo que Mao le dijo a un ayudante cuando se marchó Jruschev? —Xen planteó la pregunta sin intención alguna de que fuese respondida, porque estaba convencido de que su interlocutor ignoraba la anécdota, pero no era así.

Cuando Xen tomaba aire para darse respuesta a sí mismo, Blázquez adquirió ventaja, como bólido de carreras que sobrepasa a un vehículo más lento en la recta de tribuna.

—Dijo que le había metido a Jruschev una aguja por el culo. Mao estaba convencido de haber mortificado a su colega soviético.

Pocas veces Blázquez se sentía más enamorado de su persona que cuando tenía el convencimiento de que su interlocutor pretendía humillarlo con una pregunta cuya respuesta debería desconocer y, sin embargo, el humillado resultaba ser su interlocutor, al demostrar un conocimiento histórico de volumen enciclopédico.

—Sé que es usted un hombre cultivado —reconoció Xen, con deportividad, cuando logró superar una sorpresa que lo mantuvo en silencio durante dos significativos segundos—, pero no esperaba que conociera nuestra historia con tanto detalle. —Esta vez, el jefe del espionaje chino sí accedió a girar su cabeza para entrar en contacto visual con Blázquez, aunque no para continuar con su competición sobre historia del maoísmo. Daba por concluidos los preliminares. Era la hora de entrar en materia—. ¿Qué quiere? —preguntó con sus ojos atravesando los de Blázquez.

Pero el coronel no se dejó. Se zambulló en el agua dando un saltito y braceó para acercarse a Xen, provocando, de nuevo, la reacción de los agentes de seguridad chinos. Su jefe volvió a calmarlos.

—Quiero que me cuente lo que está pasando —dijo a media voz, cuando sacó la cabeza de debajo del agua, y con su boca casi tocando el oído del espía chino—, porque creemos que alguien pretende seguir jugando peligrosamente con las agujas.

—¿A quién no le han metido alguna vez una aguja en un lugar doloroso, amigo mío? Pero me parece bien que no nos hagamos daño. De todas maneras, debería acotar un poco la cuestión, ¿no le parece?

Sin necesidad de ponerse de acuerdo, ambos se acomodaron apoyando los codos al borde de la piscina, con la vista puesta en los edificios iluminados de la ciudad. No se miraban, pero se veían.

—La cuestión es clara. —Blázquez se lanzó a la ofensiva; aspiraba a tomar el dominio de la conversación—. Sabemos que algo está a punto de pasar, y que eso que va a pasar puede provocar males muy serios. Estoy convencido de que usted es una persona responsable y desea que los peligros estén bajo control. Nosotros también.

Blázquez se guardó, de momento, la carta de mencionar la trágica historia del submarino hundido. Quería comprobar hasta dónde llegaba Xen en su voluntad de hablar.

—Y para algo tan importante, ¿los americanos envían a un coronel retirado de un servicio extranjero? —preguntó Xen, con ánimo burlón y maléfico, tratando de ningunear a Blázquez—. ¿No le parece extraño? Supongo que la señora Kramer no se quiere mojar, como lo estamos haciendo nosotros en esta piscina. No se compromete.

—¿Qué está pasando, Jiang? —Blázquez optó por utilizar el nombre del espía chino, en un gesto de firmeza, no de cercanía; era la hora de acabar con las disquisiciones, en especial las que le afectaban a él personalmente; o redirigía el debate, o las cosas acabarían pronto y mal.

—Es muy atrevido por su parte. Creen que me han cazado. Y, sin embargo, son ustedes quienes han caído en la trampa que les he tendido. —Blázquez intentó ocultar su asombro por las palabras de Xen, sin conseguirlo—. ¿Impresionado, coronel? Creo que sí. Voy a explicarle por qué estamos esta noche dándonos un baño en la piscina de este hotel. Ustedes creen que me han atrapado en un escándalo sexual con una joven a quien visito en Singapur y con quien tengo encuentros periódicos en mi habitación. Lamento tener que decirle que están muy equivocados. Esa no es la realidad. Soy yo quien los ha atraído hasta este lugar. —Blázquez estaba a punto de confirmar que la intuición que tenía, y que había comentado con el resto del equipo, era cierta—. Esa joven tan guapa que me visita ha sido un señuelo. Es mi hija. Estudia en Singapur.

Xen acababa de conseguir algo inaudito: dejar a Blázquez sin palabras ni capacidad de reacción. Pero el coronel logró rehacerse.

—En ese caso, si nos buscaba, es porque tiene algo que contarnos o algo que ofrecernos. Quizá nos podamos entender.

—Dependerá de las condiciones. Comprenderá que estoy asumiendo un riesgo muy alto.

—¿Está pidiendo que pongamos un precio?

—Ustedes, los occidentales, solo piensan en el dinero.

—¿Y qué me dice del capitalismo del Partido Comunista Chino? —Blázquez no deseaba que ninguna agresión quedara sin respuesta.

—Como dijo nuestro viejo líder Deng Xiaoping: «Gato blanco o gato negro, si caza ratones, es un buen gato».

—¿Y si el cazado es un submarino chino que cae en su propia trampa?

Hasta que Blázquez lanzó esa pregunta venenosa, Xen creía llevar la iniciativa en el combate dialéctico. Pero esto no lo esperaba. Su rostro de estupor lo delató, y él lo sabía. Por eso decidió dejar que pasaran unos segundos para recomponer su figura, remendar el cerebro y retomar la que, ya era evidente, sería una compleja negociación.

—Se mueven bien —reconoció, generoso por primera vez, el jefe del espionaje chino.

—¿Qué hacía ese submarino chino cerca de Taiwán? —Blázquez era consciente de que su rival estaba aturdido, pero también sabía que ese azoramiento sería solo temporal y volvería con más fuerza. Por eso tenía que aprovechar la ocasión. Igual que en el boxeo, cuando el rival da muestras de flaqueza es cuando más duro hay que golpear.

—Mire, coronel, sé que en este momento piensa que soy presa fácil —en efecto, Xen adivinaba el pensamiento de Blázquez—, pero le recomiendo que no se exceda. Quizá no estemos en mi terreno, porque esto no es China. Pero tampoco estamos en el suyo. Jugamos en campo neutral. No lo olvide.

—¿Qué hacía el submarino cerca de Taiwán? —El coronel, con muchas horas de vuelo en el espionaje, no se dejaba intimidar ni iba a permitir que la conversación se desviara de lo principal, ahora que parecían entrar en materia.

—Hagámoslo al revés —contraatacó Xen—, usted me dice lo que cree saber, y yo se lo confirmaré o se lo desmentiré.

Los siguientes minutos fueron un toma y daca, en el que Xen certificó a Blázquez los datos que Beth Kramer le había dado sobre el submarino enganchado en las trampas colocadas por los propios chinos en el mar junto a Taiwán. La información conseguida por los servicios británicos era buena, en su mayoría. La fuente que el MI6 tenía en Pekín demostró ser fiable. Pero las cosas no eran lo que parecían.

—No estamos preparando la invasión de Taiwán.

Xen Jiang trató de responder a la pregunta que Blázquez todavía no había planteado, porque la reservaba para el final.

—Reconocerá que eso es difícil de creer. La actividad naval de China en la zona es cada vez más intensa. En Occidente hay servicios de inteligencia que apuestan por una intervención inmediata. La CIA cree que puede ocurrir en cualquier momento, o que quizá la preparan para 2027.

—¿2027? Quién sabe… Quizá. Puede ser un buen momento, pero hay otras opciones. Por supuesto, China nunca renunciará a recuperar Taiwán, porque es parte de nuestro país, pero las cosas se hacen cuando es conveniente hacerlas y ahora no conviene.

—¿Cuándo ocurrirá?

—Eso no está decidido. No descarte 2027, pero apunte otra fecha en su calendario: 2049.

—Cuando se cumpla el primer centenario de la República Popular China... —Blázquez dejó la frase colgada en el aire, para que la completara Xen.

—Quizá para entonces. Antes es necesario concienciar a Occidente de las bondades que tendrá la anexión de Taiwán para la paz mundial. Pero no deberían preocuparse tanto, porque quizá no sea necesaria una guerra: China puede recuperar su isla sometiéndola a un bloqueo naval y aéreo, hasta que sus autoridades se rindan. Sin un disparo.

—Y harán lo que ya hicieron con Hong Kong: prometer un país con dos sistemas, para después reprimir a quienes quieren mantener la democracia.

—Mi querido amigo —Xen pretendía mostrarse conciliador, aunque en realidad pareció un intento de simulada componenda—, los occidentales sobrevaloran determinados conceptos: democracia, libertades, derechos humanos... No nos den lecciones.

—¿Por qué ha querido que viniéramos aquí?

Blázquez cortó en seco, porque las intervenciones de Xen empezaban a discurrir por vericuetos incómodos y no estaban allí para filosofar sobre los regímenes políticos. Quería información y la quería ahora. La cita ya duraba demasiado, y eso podía ser peligroso para todos.

—No pretenda interrogarme. Usted se marchará de aquí cuando corresponda y con la información que yo quiera darle. Y no será gratuita.

—¿Qué quiere?

—Quiero que traslade un mensaje a la señora Kramer.

Xen tuvo especial interés en vocalizar mejor su excelente inglés. Lo hizo pausadamente, con la intención de que Blázquez entendiera que lo importante estaba por llegar, aunque lo comprendía sin esfuerzo suplementario alguno.

—China —continuó Xen— está dispuesta a dar a Estados Unidos una información muy importante. A cambio, Estados Unidos y sus socios occidentales retirarán las sanciones económicas contra nuestras exportaciones y no se entrometеrán en nuestros asuntos. Por ejemplo, en Taiwán. Ese es nuestro problema, no el suyo.

—¿Por qué no llama su presidente a la Casa Blanca y arregla esto directamente?

—Por el mismo motivo por el que usted está aquí en lugar de la señora Kramer: porque algunas cosas hay que hacerlas por vías indirectas. Un proverbio chino dice que distintas cerraduras se deben abrir con diferentes llaves.

—Un refrán español aconseja no beber agua que no veas, ni firmar carta que no leas. —Blázquez hizo una pausa para que Xen entendiera el contenido del refrán. Capaz, como era, de no perder detalle incluso cuando hablaba en un idioma y pensaba en otro, se dio cuenta de que, por fortuna, ese refrán castellano dicho en inglés rimaba igual de bien que en español, lo que no suele ocurrir: *Don't drink water you don't see, or sign a letter you don't read*. Veas y leas cuadraban casi igual de bien en un ripio, que *see* y *read*. Después de una mínima pausa para vanagloriarse, Blázquez cerró su argumento : Creo que Estados Unidos no firmará el pacto que usted propone hasta que vea en qué consiste esa información que ofrece, y que dice que es tan importante.

—Hágame caso, les interesará. Hable con quien debe hacerlo. Si son tan inteligentes como creo, mañana vendrán a verme. Detrás de este hotel están los Jardines de la Bahía. No sé si han tenido tiempo de dar un paseo por esa zona, pero se lo recomiendo. Es un lugar hermoso. En esos jardines hay un aparcamiento para los autobuses de turistas. Está rodeado de vegetación. Es un lugar discreto. Estaré allí a esta misma hora. Pero no me reuniré con usted, sino con el señor Matthew Perkins. —Blázquez fue incapaz de evitar una mueca de contrariedad—. Espero que no entienda esto como un desprecio —añadió Xen Jiang—. Siento un gran respeto por su tarea y por su trayectoria. Pero comprenda que un oficial del servicio de espionaje de China, que pretende llegar a un pacto con Estados Unidos, aspire a hablar no con un intermediario, sino directamente con un oficial del servicio de espionaje de Estados Unidos, y ese es el señor Perkins. Esta labor de intermediación que ha realizado, coronel, ha sido excelente. Pero ahora estamos en otra fase. —Blázquez se limitó a escuchar. No respondió ni afirmativa ni negativamente. Esa decisión debían adoptarla entre Perkins y Kramer—. Daré un paseo con el señor Perkins mientras intercambiamos información. Y, eso sí: seré yo quien exija ver esa carta imaginaria de confianza mutua antes de firmarla.

Xen había entendido a la perfección el significado del refrán español pronunciado en inglés. Blázquez no se despidió. Después de dar unas pocas brazadas como lo haría una sirena de natación sincronizada, salió del agua como si lo hubieran ralentizado, se puso el albornoz con la actitud exhibicionista de una *starlet*, dirigió sus pasos hacia la puerta de acceso al hotel como si pisara la alfombra roja de los Óscar y se dispuso a salir escoltado por Pablo, Teresa y Matthew, como si se tratara de un jefe de Estado.

Ahora tenían algunos detalles de los que ocuparse.

—¡Ah, coronel! —Blázquez volvió la cabeza, ante la llamada de su interlocutor chino—. No intenten hacer conmigo lo que Mao hizo con Jruschev. Nada de agujas.

—Las agujas que se clavan entre compañeros del Partido Comunista de China son peores, cuando se corre el riesgo de caer en desgracia, ¿verdad?

Blázquez dejó a Xen Jiang en la piscina, reflexionando sobre su propia situación personal y política. Sí, temía caer en desgracia. Temía, incluso, haber caído ya en desgracia.

Las Vegas

Apenas pasaban un par de minutos de las doce del mediodía cuando sonó el teléfono de la habitación. Nadia dormitaba sobre la cama, con la televisión encendida, pero sin prestar atención.

—Dígame —respondió, persuadida de lo que vendría después.

—¿Necesita que le arreglemos la cama? —preguntó una voz en el auricular.

—No. Vuelvan dentro de una hora.

La operación se ponía en marcha. Si las cosas eran como debían ser, el objetivo atravesaría el paso peatonal del Boulevard en algún momento entre las dos y las tres de la tarde. Pero antes, Nadia llamaría al servicio de habitaciones a las doce y media.

—Servicio de habitaciones. ¿Qué desea? —contestó una juvenil voz femenina.

—Hola. Quisiera pedir una hamburguesa.

—¿Con queso, lechuga y bacon?

—No. Solo la carne, por favor.

—¿Para beber?

—Un zumo de naranja.

—¿Desea algo más?

—No. Eso es todo.

—Perfecto. Se lo subimos en unos minutos.

Realizadas las amables despedidas de rigor, la empleada del servicio de habitaciones encargó el pedido. Lo anunció a gritos, para que lo oyesen en la cocina. En cuanto dijo que era una hamburguesa solo con la carne y un zumo de naranja, uno de los camareros del hotel se adelantó para ofrecerse.

—Yo me ocupo —dijo con una predisposición al trabajo que sorprendió favorablemente a su compañera; el muchacho, que hablaba inglés con el fuerte acento de algún lejano país del este de Europa, llevaba apenas una semana en el establecimiento y trataba de mostrar su valía como empleado ejemplar.

Minutos después, el pedido estaba listo para ser entregado. El solícito y afanoso camarero colocó el plato sobre el mantel, cuyas faldas cubrían el carrito desde arriba hasta las ruedas. Utilizó una elegante campana metálica para cubrir los alimentos y salió de la cocina. Veinte pasos después, se detuvo ante una puerta lateral. La abrió. Daba acceso a uno de los cuartos, de unos doce metros cuadrados, en los que se guardaban los enseres necesarios para los diferentes servicios del hotel y disponía de estanterías en sus cuatro paredes. En una de ellas, detrás de varios paquetes voluminosos, había una funda de algo más de un metro de longitud y unos treinta centímetros de anchura. La metió bajo los faldones del mantel, oculta a los ojos de cualquier curioso, llamó al ascensor y subió a la sexta planta.

—¡Servicio de habitaciones! —advirtió el diligente empleado, mientras hacía sonar sus nudillos en la puerta, pidiendo que le abrieran.

Nadia le dio paso y el camarero condujo el carrito hasta el fondo de la habitación.

—Estaré aquí de nuevo en cuanto termine su hamburguesa —dijo, antes de dar media vuelta y desaparecer.

Ya sola, Nadia apoyó el estuche con suavidad sobre la cama y procedió a abrirlo. Ante sus ojos apareció un ejemplar del legendario Accuracy International Arctic Warfare, un arma británica que empezó a fabricarse en los años ochenta y que, con sus mejoras posteriores, era muy apreciada por los francotiradores. Los suecos la retocaron para que pudiera soportar las bajas temperaturas propias del polo norte, de ahí que se añadiera el nombre de Arctic (Ártico), y ahora fuese una herramienta de guerra y de servicios policiales en una veintena de países, incluido Estados Unidos.

La agente rusa conocía bien el Accuracy International. Durante su formación, practicó con uno de estos fusiles, igual que con otros modelos. Sabía, por tanto, que sus características eran las adecuadas para la misión encomendada: poco más de un metro de largo, con 66 cm de cañón, cartuchos calibre 7,62 × 51 mm OTAN, un bípode de apoyo, carga de entre cinco y diez balas y un peso de poco más de siete kilos con la mira incluida. Su alcance, de unos ochocientos metros, era más que suficiente para cubrir la distancia a la que se encontraría el blanco a abatir, que sería de no más de doscientos metros. Junto al fusil, sus colegas de la embajada rusa colocaron un silenciador y tres balas. Con una debería ser suficiente.

Nadia sentía la presión en su interior, pero no le temblaba el pulso. Era la diferencia entre los nervios inhabilitantes de un aficionado y la tensión controlada, propia de un profesional.

Se acercó a la puerta de la pequeña terraza de la habitación y la dejó entreabierta. No tenía persiana, como ocurría en otros muchos hoteles. Para evitar la luz del sol, disponía de una cortina opaca. La cerró hasta que la estancia quedó en penumbra. Solo dejó un hueco mínimo, de unos centímetros, por el cual se filtrarían el cañón del fusil y la mira telescópica.

Con un cuidado extremo, ajustó el silenciador a la punta del cañón, apoyó el arma en el suelo y se tumbó al lado. Situó su ojo derecho en la mira y pudo comprobar el difícil reto al que se tendría que enfrentar una hora después: el puente estaba lleno de gente y así seguiría todo el día. Acertar en el blanco en esas condiciones era muy difícil. «Va a ser un infierno», pensó.

Quienes caminaban hacia el norte o hacia el sur por el Boulevard de Las Vegas, tenían necesariamente que atravesar la Flamingo Road por un puente peatonal bautizado por el ayuntamiento de la ciudad como el «East Flamingo Road Overpass». Y quienes se dirigían hacia el este o el oeste por Flamingo Road, tenían necesariamente que atravesar el puente peatonal conocido como «Las Vegas Boulevard Overpass». Ese era el lugar en el que tendría que abatir a su objetivo.

Aún disponía de unos minutos antes de cumplir la misión. Los aprovechó para confirmar que todo estaba en orden en la mochila con la que iba a huir. Abrió y cerró los armarios y los cajones de los muebles para asegurarse de que no quedaba nada. Todo lo hizo con guantes de látex en sus manos, para no dejar huellas dactilares. Aun así, era consciente de que las cámaras del hotel habían captado su imagen y también lo harían después, cuando saliera de la habitación una vez terminado el trabajo. Pero ayudaría al enemigo lo menos posible.

A las dos menos diez, se situó de nuevo tumbada en el suelo junto al fusil. Afinó la vista a través de la mira y comprobó que, como suponía, el puente seguía repleto de peatones. El primer desafío sería reconocer al objetivo entre tanta gente, a pesar de que solo había visto su rostro en algunas fotos. Pero estaba segura de conseguirlo. Además, iría acompañado de guardaespaldas y eso sería de ayuda para identificarlo.

«Aquí estoy más protegida que Thomas Crook, cuando atentó contra Donald Trump en Pensilvania», dijo Nadia para sus adentros, recordando el mitin de la campaña electoral y al joven tirador situado en el techo de un edificio de poca altura, a ciento cincuenta metros de su objetivo, a la vista de todo el mundo y sin protección alguna. Disparó con la línea de tiro limpia, porque no tenía obstáculos. Aunque había gradas con público, nada se interponía en el recorrido de la bala que salió de su fusil AK-15, con el que podía realizar dos o tres disparos por segundo, en modo semiautomático. Y el blanco no estaba en movimiento, era estático: un hombre en un estrado —el candidato Trump—, hablando ante un micrófono. Y, sin embargo, falló y fue abatido de inmediato. Su disparo rozó la oreja de Trump y alguna bala perdida mató a un espectador.

«Sí, aquí estoy más protegida que Crook —los acelerados pensamientos de Nadia no cesaban—, y la distancia de tiro no es muy distinta de aquella». Pese a ello, era consciente de que no tendría una línea de tiro tan limpia como el fracasado francotirador de Pensilvania. El puente peatonal sobre el Boulevard de Las Vegas estaría lleno de personas caminando en las dos direcciones y el propio objetivo estaría en movimiento.

«Tampoco será más fácil que Oswald con Kennedy», pensó. Recordaba cómo el hombre a quien se responsabiliza del asesinato del presidente tenía a su víctima a una distancia parecida. Era cierto que Kennedy iba en coche, lo que añadía dificultad al disparar a un blanco que se desplazaba a cierta velocidad. El conseguidor de Las Vegas avanzaría más despacio al ir a pie, pero tampoco estaba parado. Y lo peor era que habría gente alrededor. El coche de Kennedy también circuló por calles repletas de público, pero no era así en el lugar exacto en el que recibió los disparos: en la plaza Dealey de Dallas solo había unos pocos espectadores dispersos. El riesgo de que Oswald matara a la persona equivocada era reducido. Por el contrario, el paso elevado que Nadia tenía en la óptica de su mira telescópica estaba abarrotado.

A las dos en punto, las pulsaciones cardíacas se aceleraron: el hombre que debía morir pasaría en cualquier momento por ese puente. Nadia parpadeaba lo menos posible, mientras notaba que la tensión iba en aumento. El ruido de una sirena provocó en ella un sobresalto que descolocó su fusil. Necesitó unos segundos para resituarlo en la posición adecuada. Lo hizo y volvió a fijar la mirada en el puente.

Eran la dos y media, y allí no ocurría lo que tenía que ocurrir. La intranquilidad iba en aumento. El sudor frío se acumulaba en el cuerpo de Nadia, en su frente y en las palmas de las manos, cubiertas por los guantes.

A las tres, empezaba a pensar que se trataba de una falsa alarma. Pero, en ese momento, un hombre mayor, elegantemente vestido y parecido al de la foto, se hizo presente de pronto en el extremo occidental del paso elevado, seguido por dos hombres jóvenes, altos y fuertes, que emergieron desde la nada. La francotiradora fijó la mirada: sí, tenía que ser él.

Cuando llegó a esa conclusión, el conseguidor de Las Vegas ya se acercaba a la mitad del puente. No quedaba mucho tiempo. Nadia apoyó con suavidad su dedo índice derecho en el gatillo, apuntó a la frente y se concedió a sí misma dos segundos para disparar. Fue un error, porque un grupo de niños se cruzó en el camino del objetivo, provocando que se desviase.

Cuando el hombre recuperó su posición y Nadia pudo apuntar de nuevo a la cabeza, el conseguidor estaba a pocos metros de llegar al final de la pasarela y ahí lo perdería. Tenía que disparar ya. Lo hizo.

La bala recorrió la distancia en un suspiro, pero un leve movimiento de cabeza del blanco hizo que el impacto se produjese en la barandilla del puente.

El silenciador ensordeció el ruido del disparo al salir por el cañón del fusil, pero no evitó que el balazo en el material de construcción de esa barandilla provocara un estruendo y la alarma de varias personas que, de inmediato, lanzaron gritos de terror al darse cuenta de lo que sucedía. El conseguidor se agachó por un acto reflejo, en el intento de protegerse de no sabía bien qué.

La gente corría despavorida y aterrada. Nadia no disponía de más tiempo: cargó de nuevo su fusil, volvió a apuntar y vio a su objetivo recuperar la verticalidad, mientras sus guardaespaldas se echaban encima de él para protegerlo. No quedaba otro remedio: primero tendría que matar al guardaespaldas que cubría el cuerpo de su jefe y después dispararía contra el conseguidor. Así lo hizo. Apretó el gatillo y destrozó el cráneo de uno de los hombres que protegía al blanco. Era la segunda bala. Volvió a cargar y a apuntar, y la tercera bala atravesó la frente del hombre al que tenía que eliminar. «No sé si Oswald hubiese podido hacer esto; Crook no fue capaz», se dijo, mientras recogía el arma y la depositaba sobre la cama. Ahí quedaría, a la espera de que el empleado del hotel se la llevara.

Nadia dio un último bocado a la hamburguesa, que ya estaba fría, y se colgó la mochila a la espalda. Abrió la puerta y, antes de salir al pasillo, se quitó los guantes de látex. Los guardó en un bolsillo del pantalón. Los tiraría después, en algún contenedor de la calle. Buscó el acceso a las escaleras, donde se sentiría más segura que en el ascensor. Al salir a la calle, pudo comprobar el revuelo de personas aterrorizadas, que corrían en todas las direcciones sin saber hacia dónde huir, y de coches de policía que llegaban al lugar de los hechos. Según las instrucciones recibidas, debía dirigirse al Flamingo Parking, un aparcamiento en superficie, donde le estaría esperando su agente de contacto. Y así ocurrió. El coche se puso en marcha de inmediato.

En el puente peatonal por encima del Boulevard, media docena de agentes de los servicios de seguridad de Las Vegas trataban de acordonar la zona, mientras dos cuerpos sin vida yacían en el suelo. El tráfico del Boulevard y de Flamingo Road quedó paralizado ante la llegada de una docena de coches patrulla.

Cuando el automóvil de los dos agentes rusos salía del aparcamiento, un joven cambiaba su uniforme de camarero por ropa de calle en un cuarto que se utilizaba para almacenar los enseres de limpieza del The Cromwell. Sacó un estuche alargado de su carrito, lo metió en una maleta y salió del hotel arrastrando su equipaje como si fuese un turista más. Dos minutos después, abría un coche en el mismo Flamingo Parking, guardaba sus cosas en el maletero y abandonaba el lugar. En ese momento, varios policías entraban a la carrera en el The Cromwell: sospechaban que los disparos se podían haber hecho desde alguna de sus habitaciones.

Los agentes rusos tendrían que actuar con rapidez. Siguiendo el plan previsto, enfilaron Koval Lane en dirección sur, hasta la avenida de Reno y la calle Giles, para desembocar de nuevo en el Boulevard, pero ya en una zona alejada del lugar del crimen. Allí no esperaban encontrar movimiento policial, porque estaría concentrado junto al The Cromwell, casi cuatro kilómetros al norte. Tardaron los doce minutos que estaban previstos en realizar ese recorrido. El conductor entregó a Nadia un mapa en el que se señalaba el lugar concreto al que debía huir; un teléfono móvil con un único número de contacto en su memoria, al que solo llamaría en caso de emergencia; y ese móvil también tenía grabado en su navegador la localización del mismo punto marcado en el mapa, donde Nadia encontraría un coche para continuar su fuga. Se trataba de un Chevrolet verde. Las llaves estaban ocultas en el suelo, debajo del propio vehículo, junto a la rueda trasera derecha.

—¿Y después?

—Volverás a Nueva York. Primero te refugiarás uno o dos días en un piso franco en Flagstaff. Antes, en una estación de servicio de Seligman, habrá otro Chevrolet de color azul, para que cambies de coche. A partir de ahí, los cambios de coche los tendrás que hacer por tu cuenta.

—¡¿Tendré que robarlos?!

El agente no respondió, porque la respuesta era obvia.

—El lunes de la semana que viene, atracará en el puerto de Jersey, frente a Nueva York, un buque de carga con bandera panameña. Se llama Sándalo. Estará dos días en el puerto. Si llegas a tiempo...

—¡¿Si llego a tiempo?! —Nadia se indignaba más cuantos más detalles conocía.

—Si llegas a tiempo, te llevarán a Cuba. Ese buque pasará cerca de la isla. En aguas internacionales, te recogerá un pesquero cubano para desembarcarte en La Habana. Y allí te subirán a un avión con destino a Moscú.

—¡Estáis locos!

—Aquí hay una pistola —dijo el agente, ignorando la indignación de Nadia, entregándole una bolsa opaca y provocando en ella un gesto de incredulidad—. Es falsa, aunque está tan bien hecha que parece de verdad. Es de un material plástico que no se detecta en los escáneres. Además, si aprietas el gatillo emitirá un ruido que sonará como un disparo real.

—¿Y así pretendéis que me defienda?

—Ya has matado a ese hombre, pero era ruso. Lo que no podemos permitir es que mates a un americano o a un turista occidental. Pero utiliza la pistola. Te permitirá asustar a la gente si haces como que disparas al aire. Eso te hará ganar tiempo para escapar. Es muy realista.

Nadia sintió la tentación de matar a otro ruso en ese mismo momento, pero guardó la falsa pistola en la mochila con un evidente desprecio y se marchó sin despedirse. Entró, tratando de aparentar calma, en las oficinas de la compañía de helicópteros Maverick, en el helipuerto Claude I. Howard, situado en una esquina del aeropuerto internacional Harry

Reid de Las Vegas. El siguiente vuelo turístico hacia el Gran Cañón del Colorado despegaría en veinte minutos.

Al entrar, Nadia realizó un reconocimiento panorámico del lugar. En efecto, el escáner estaba situado junto a la puerta que daba acceso a la pista donde el helicóptero se preparaba para despegar, pero vio que era solo para revisar los bolsos y las mochilas, porque los pasajeros no tenían que pasar por un arco como los que hay en los aeropuertos. Por seguridad, fue al baño, sacó la falsa pistola de la mochila y la guardó en un bolsillo lateral de su pantalón. Por suerte para la francotiradora, de momento, no parecía haber llegado hasta allí la noticia del tiroteo en el centro de la ciudad, y las operaciones de los helicópteros se seguían desarrollando con normalidad.

Poco después, Nadia mostró su ticket a una empleada, pasó la mochila por el escáner y accedió a la pista. Con ella, otros cuatro turistas estaban a punto de abordar el helicóptero. Como Nadia iba sola, el piloto —que, al mismo tiempo, hacía las veces de guía— la situó junto a él, en el asiento delantero. Los demás iban detrás.

—¿Listos? —preguntó el piloto que, ante la respuesta positiva de todos, inició el tour—. ¡Pues nos vamos al Gran Cañón!

Era la hora señalada. El aparato tomó altura e inició su recorrido, sobrevolando el centro de la ciudad. Visto desde el aire, en la confluencia del Boulevard con Flamingo parecía haber un intenso movimiento de vehículos con sirenas, pero al piloto no le extrañó, porque era habitual que pasasen esas cosas en Las Vegas. Cada pasajero llevaba puestos sus auriculares, para contener el ruido del motor y escuchar las indicaciones del guía que manejaba el aparato.

—Parece que hoy tenemos mucha actividad ahí abajo —comentó, refiriéndose a los coches de policía y a las ambulancias que acababan de ver—. Pero no se preocupen, porque nosotros vamos a un hermoso lugar, donde lo que sobra es tranquilidad.

Eso hubiera querido Nadia, tranquilidad.

El helicóptero sobrevoló pueblecitos minúsculos, riscos, pequeños embalses y mucho desierto, hasta que en el horizonte se dibujó la silueta escarpada del Gran Cañón, una de las maravillas naturales del planeta. Se acercaba el momento.

Llegados a destino, el piloto hizo descender al aparato por debajo del nivel de la meseta, sobrevolando el cauce del Colorado y ofreciendo a sus clientes un espectáculo inigualable. Las fieras aguas del río discurrían con su bravura característica y con ese color que justificaba su nombre: una palabra española cuyo significado desconoce la mayoría de los americanos y que es sinónimo de rojo.

Ese río de color rojizo ofrecía una vista sin igual desde una pequeña meseta, a unos cien metros de altura sobre el nivel del agua, donde los helicópteros se posaban para que los turistas pudieran poner pie en tierra, fotografiar el paisaje, hacerse cientos de selfis con la familia o los amigos, y tener la experiencia de estar en un lugar al que era muy difícil llegar de otra forma que no fuese por aire.

El piloto facilitó la salida de sus pasajeros y, en una mesa habilitada al efecto, empezó a colocar unos *snacks* y bebidas refrescantes, incluido champán para que todos brindaran por las incomparables vistas. Cinco minutos después se desencadenaron los acontecimientos.

—¡Eh! ¡Señorita! ¿Necesita algo?

El guía sintió extrañeza y preocupación a partes iguales cuando vio a una de sus pasajeras acercarse al helicóptero. Nadia no respondió. Ya estaba junto a la puerta de acceso a los mandos del aparato, cuando el piloto empezó a correr hacia ella elevando cada vez más el tono de su voz. En ese momento, Nadia sacó su falsa pistola del bolsillo del pantalón.

—¡Quieto! ¡Atrás!

El piloto frenó en seco, atemorizado por el arma, y empezó a recular ante la amenaza. Los turistas se quedaron paralizados por el miedo, y emitieron un grito de terror al unísono, como coreografiado, mientras Nadia se subía al helicóptero y ponía el motor en marcha. Las hélices empezaron a girar. Primero, a un ritmo lento. Después, más rápido. El piloto parecía dispuesto a reanudar su carrera hacia el aparato, para evitar que Nadia se lo llevara. Pero la respuesta fue concluyente: sacó la pistola por la ventanilla y apuntó a los turistas. Dos segundos después, giró el arma hacia un lado donde no había nadie y apretó el gatillo. Era una advertencia y ocurrió lo que le había dicho el agente ruso en Las Vegas: sonó igual que un disparo. El guía y los demás turistas se arrojaron al suelo, emitiendo nuevos alaridos de pánico, mientras el helicóptero se elevaba hacia el cielo del Gran Cañón.

Lo primero que hizo Nadia fue desactivar el transpondedor que permitía a los controladores aéreos monitorizar a las aeronaves. Sabía, también, que ese tipo de aparatos turísticos formaban parte de una flota y que sus empresas solían colocar un localizador suplementario, que les permitía saber dónde estaba en cada momento cada uno de los helicópteros de la compañía. Suponía que podría apagar ese aparato quitando el fusible que lo activaba, según las enseñanzas recibidas durante su formación. Mientras seguía ganando altura en su vuelo, vio con satisfacción que los fusibles estaban en el lugar habitual en muchas aeronaves de ese tipo: encima de su cabeza. Tardó medio minuto en encontrar el que buscaba y lo retiró.

Aun así, era consciente de que, antes o después, lo localizarían, porque el piloto ya estaría llamando a su base con el teléfono móvil y se iniciaría un operativo de búsqueda inmediato. Pero, con los aparatos desconectados, les costaría más trabajo encontrarlo y eso le concedería un tiempo precioso para escapar. Su idea inicial era forzar al guía y a los demás turistas a entregarle sus teléfonos, pero se lo pensó dos veces: hacer eso alargaría el proceso de fuga y no se podía descartar que alguno de ellos, en actitud más temeraria que valiente, se pusiese violento. Sería incontrolable. Lo mejor, concluyó, era salir de allí lo antes posible y ya se le ocurriría la manera de que no la descubrieran. De momento, sabía que el siguiente helicóptero turístico no llegaría a ese mismo lugar hasta pasados unos quince minutos. Disponía del tiempo que necesitaba para alejarse.

Cuando la aeronave ganó velocidad, Nadia pensó que era el momento de demostrarse a sí misma lo que había aprendido en la escuela del GRU. Ya era evidente su destreza como francotiradora. Ahora debía ser capaz de pilotar esa nave. Y lo hizo, a pesar de sentirse sometida a una enorme tensión. Notaba las pulsaciones de su corazón en las sienes, los dedos estaban agarrotados y por momentos parecía como si se le nublara la vista. Pero se esforzaba en concentrar los cinco sentidos en la difícil tarea que tenía por delante: escapar.

Desplegó el mapa sobre sus rodillas. El destino estaba a unos ochenta kilómetros de distancia en dirección sur: se trataba de una zona desértica conocida como Hackberry, al oeste de la reserva india Hualapai, en medio de ningún sitio.

Con los sistemas de localización desactivados, ahora solo sería detectable por los radares. Para esquivarlos, el helicóptero voló a poca altura —baja cota, según la jerga de los pilotos—, sorteando las irregularidades del agreste terreno de la zona como si fuese una montaña rusa: subidas y bajadas continuas. Era peligroso: había que cuidarse de los cables de tendido eléctrico, de las copas de los árboles, de aves de cierto tamaño o de cualquier sorpresa imaginable o inimaginable.

Nadia navegaba como si ese aparato volador fuese, en realidad, el pincel de Dios dibujando las ondulaciones del paisaje. Y Dios la estaba ayudando, porque la sinuosa y serpenteante orografía del Gran Cañón, aunque difícil de esquivar, era perfecta para que un piloto bien adiestrado pudiese encubrir su helicóptero o su avioneta.

A mitad de recorrido, vio otras aeronaves en la distancia. Ninguna parecía de la policía, pero estaba convencida de que habrían dado parte de su posición, al comprobar que el aparato de Nadia no emitía señal alguna. No le quedaba mucho tiempo.

Después de veinte minutos, divisó el lugar indicado: allí abajo, en la nada, junto a un camino de tierra, estaba el Chevrolet verde esperándola.

El helicóptero descendió hasta tomar tierra, provocando una nube de polvo. El rotor empezó a frenar su giro, mientras Nadia salía precipitadamente del aparato con su mochila. Miró al cielo, temerosa de que llegara la policía por el aire. De momento todo parecía tranquilo. Buscó las llaves junto a la rueda trasera derecha, las encontró, se puso al volante, arrancó el motor y enfiló el camino, dejando atrás su aeronave salvadora. En menos de un kilómetro, se incorporó a una estrecha vía mal asfaltada, en dirección a Antares, un pueblecito de película del Oeste, con apenas un puñado de habitantes, aunque no se veía a ninguno por las calles. Ahí tomó la ruta 66 en dirección este. Siguiendo las instrucciones, intentaría cambiar de coche en una estación de servicio en Seligman, en su camino hacia Flagstaff.

En un recodo de la carretera, Nadia abrió la ventanilla y arrojó la falsa pistola que le había ayudado a huir en el helicóptero. Se quedó con su navaja suiza, porque se podía justificar su uso como herramienta ante la policía. Una pistola, aunque fuese falsa, no.

Cuando llegó, en el aparcamiento, junto a media docena de camiones, esperaba un Chevrolet de color azul. De nuevo, las llaves estaban junto a la rueda trasera derecha. Nadia sintió la tentación de no perder ni un minuto en ir al baño. Pero pensó que alguien podría extrañarse de ver a una mujer bajar de un coche y subirse a otro de inmediato. A pesar del temor a hacer una pausa en su precipitada fuga, entró en la pequeña tienda de la gasolinera, en la que había un bar y varias mesas ocupadas por camioneros. Buscó el servicio de mujeres y se encerró durante un minuto.

Después, cuando iba a salir al aparcamiento, vio que llegaban dos policías en moto.

—¿Qué desea? —preguntó la empleada de la tienda.

Nadia dudó, pero se dio cuenta de que en ese momento no podía volver al coche.

—Algo de comer.

—¿Un sándwich? ¿Una hamburguesa?

—Una hamburguesa, por favor. Y una Coca-Cola zero.

—Tardará cinco minutos. Siéntese, si quiere.

Quedaba una mesa libre junto a la ventana, desde la que podría ver a los policías en el *parking*. La situación empeoraba. Los agentes parecían inspeccionar los camiones y los coches. «Me buscan», pensó, dando por seguro que a esa hora los servicios policiales tendrían noticia de su huida en, como poco, trescientos kilómetros a la redonda.

—Aquí están su hamburguesa y su Coca-Cola.

Nadia pagó con dinero en efectivo. Cuando iba a dar el primer bocado, uno de los camioneros terminó el refrigerio y salió del bar hacia su vehículo, que estaba en la zona más alejada de la estación de servicio, a unos doscientos metros. Antes de acceder a la cabina, los policías lo abordaron. Mantuvieron una breve charla de no más de un minuto, se despidieron y el chófer subió al camión.

La mente de Nadia empezó a girar sin pausa. Necesitaba encontrar la forma de salir de allí. Vio que los policías revisaban la matrícula de otro camión y caminaban a su alrededor, tratando de encontrar algo extraño. Pero lo peor era que ya estaban al lado de los dos Chevrolet de su fuga. Era evidente: ya no podría utilizarlos y tampoco podía quedarse en la gasolinera.

En medio de esas cavilaciones, el chófer que había hablado con los policías arrancó su camión y se dirigió lentamente hacia el acceso a la carretera. Pasaría necesariamente por delante de la tienda. Tenía que intentarlo.

Nadia se puso la mochila a la espalda, enfundó su hamburguesa con una servilleta para comérsela después, cogió la lata de Coca-Cola en una mano y se apresuró a salir a la puerta. Cuando el camión se acercaba, movió sus brazos para llamar la atención del conductor y consiguió su objetivo: el camión se detuvo.

—Voy a Flagstaff. ¿Pasará por allí? —preguntó Nadia, después de abrir la puerta del acompañante.

—Sí. Sube.

La agente rusa se encaramó a la cabina y el camión se incorporó a la carretera, dejando atrás la gasolinera y a los policías, que en ese momento daban vueltas alrededor de un Chevrolet verde aparcado junto a un Chevrolet azul.

—No eres de aquí, ¿verdad? —El camionero se había percatado del extraño acento de la joven.

—Soy alemana.

—¿Vives en Flagstaff?

—No. Estoy de vacaciones.

—¿Solo con una mochila? —La duda del camionero era razonable.

—No necesito mucho más. Lavo la ropa cada día. —La respuesta era menos razonable que la pregunta, pero el camionero tuvo que reconocerse a sí mismo que su rutina laboral diaria no era muy distinta.

—Haces bien. Yo tampoco suelo llevar mucho equipaje. Solo lo imprescindible para dos o tres días.

Nadia restringió lo más posible aquella conversación. Su único pensamiento se focalizaba en llegar cuanto antes a Flagstaff y encerrarse en el piso franco. Pero el camionero, acostumbrado a interminables jornadas de soledad al volante, no quería desaprovechar la oportunidad de socializar con esa atractiva joven. Aún quedaba más de una hora de camino, y una hora podía ser muy larga cuando se tenía la necesidad de que acabase pronto.

Muchas preguntas después, todas ellas respondidas con una mezcla de evasión y escapismo, el camión llegó a su destino. Nadia dio las gracias al conductor y puso pie en tierra en el *parking* de un centro comercial, a la entrada de la ciudad.

Caminó durante diez minutos en busca de la dirección indicada por la jefatura. La encontró. Se trataba de un edificio de apartamentos con tres alturas. Comprobó, aliviada, que no había portero. Un obstáculo menos. Pero necesitaba la llave. Según las instrucciones, estaría en un callejón colindante, adosada con cinta americana negra a la parte oculta de una tubería exterior, también de color negro. Debería estar a unos dos metros de altura, para que pudiera alcanzarla con solo estirar los brazos.

En efecto, allí estaba.

Tres minutos después, con sigilo y evitando a los vecinos del inmueble, Nadia entró en su refugio; otro más, en la larga lista de lugares en los que ya se había escondido desde que llegó a Estados Unidos. Era un apartamento pequeño, con una sola habitación, un baño y un saloncito con cocina americana. La nevera estaba llena de comida y de agua mineral. También disponía de latas de conserva en uno de los cajones. Nadia calculó que con todo eso podría aguantar una semana o diez días sin necesidad de salir a comprar. Pero no pensaba estar allí tanto tiempo. Cada minuto podía ser letal: la policía le pisaba los talones; al encender el televisor, comprobó que su imagen, captada por las cámaras de seguridad del hotel y del helipuerto, estaba en las noticias de las cadenas informativas; y suponía que, en algún momento, el camionero escucharía las noticias y hablaría con la policía para comunicar que la joven que se había quedado en Flagstaff podría ser la mujer a la que perseguían.

Nadia era consciente de que todo eso iba a ocurrir. Ahora tenía que gestionarlo con la debida serenidad para no cometer errores, pero con la debida celeridad para que no la encontraran allí.

Por un momento, recordó a Gorki en aquella casa franca cerca de Nueva York. Tenía un contradictorio sentimiento de rencor y añoranza. Se preguntaba si había llegado a sentir un amor incipiente por él en aquellos días. No estaba segura de cuál era la respuesta. Sí sabía que después, cuando la droga hizo su terrible tarea de destrucción de un ser humano, solo sintió desprecio. Pretendió —inútilmente— redimirlo y rescatarlo de sí mismo. Y, al final, se vio obligada a matarlo. Ahora estaba sola contra el mundo, en un lugar perdido del oeste americano, mientras cientos de policías trataban de encontrarla.

Esa noche, de madrugada, oyó ruidos en la calle. Con extrema precaución, se levantó de la cama y abrió ligeramente la cortina de la ventana. Estaban allí. Una docena de agentes revisaba palmo a palmo cada recoveco del vecindario: los setos del jardín, los contenedores de basura, las esquinas escondidas, los portales de los edificios…

Igual que en refugios anteriores, tenía siempre a su lado un instrumento contundente para defenderse si lo necesitaba: en este caso, un cuchillo de cocina de tamaño notable. No se dejaría arrestar. O escapaba o se suicidaría seccionándose la vena yugular con el filo del cuchillo. Pero no sería necesario. Media hora después, los policías abandonaron la zona. Se habían limitado a registrar la calle. No entraron en ningún edificio, aunque podrían volver.

Durante la noche apenas durmió, rumiando en su cabeza cómo escapar de Flagstaff. Ya no disponía de coche, al haberlo abandonado en la gasolinera. Tendría que robar uno. A las cuatro de la mañana, se vistió y escondió su rostro bajo la visera de una gorra. Con el necesario sigilo, bajó al garaje del edificio. Comprobó con alivio que no había cámaras de seguridad. Estaban aparcados unos cincuenta coches. Localizó dos vehículos que consideró los más adecuados: parecían veloces y no eran nuevos. Al tener una tecnología más antigua, sería más fácil abrirlos y hacerlos arrancar sin disponer de la llave. Lo haría como le habían enseñado en la academia de los espías rusos.

De vuelta a la cama, tomó su decisión: a la una de la madrugada del día siguiente, cuando los vecinos durmieran, bajaría de nuevo al garaje, robaría un coche y se marcharía de allí.

Hotel Marina Sands, Singapur

—¡¿Qué haces aquí?! —Teresa, sorprendida, se encontró con Pablo al abrir la puerta. Pensaba que era el servicio de habitaciones, porque esperaba un pedido. Acababa de salir de la ducha, tenía el pelo suelto y mojado, y se cubría con un albornoz—. ¡No deben vernos juntos! —insistió, en un susurro apenas audible, mientras Pablo daba con decisión dos pasos al frente, entraba en la habitación y cerraba la puerta a su espalda.

—¿Por qué me esquivas? —preguntó, arrebatado por el desconsuelo. Teresa, sin responder, dio la espalda a Pablo y se alejó hacia la ventana de la habitación. Abrió la cortina y miró a un lugar indeterminado del horizonte. Él prosiguió—: Parece que para ti he dejado de ser Pablo y ahora soy el agente Perkins de la CIA. —La acusación no encontró respuesta de la dama que miraba por la ventana—. ¿Has roto conmigo sin comunicármelo? Al menos, tendré el derecho de saberlo.

—No me preguntes a mí. Eres tú el que montó en cólera porque no te hablé de Blázquez antes de decírselo a Beth. Me gritaste. Tu comportamiento fue intolerable.

Pablo reconoció para sus adentros que Teresa tenía razón, y optó por reducir los decibelios.

—Lo siento. Sé que tener una relación no es la mejor circunstancia en nuestro trabajo —trató de justificarse—. Pero romper esa relación sin motivo y seguir trabajando juntos es aún peor.

Teresa, incrédula, se dio la vuelta con los brazos cruzados. Era la tercera vez que escuchaba el mismo argumento. Primero, Blázquez. Después, Beth. Y ahora, Pablo.

—¿Tú también? ¿Os habéis puesto todos de acuerdo? ¡Esto es una conspiración!

—¿Cómo?

Pablo no entendía lo que Teresa pretendía decirle, pero tampoco le extrañó, porque ocurría un día sí y otro también. Ella no hizo intento alguno por resolver esa duda, pero sí aclaró la principal, aunque con un jeroglífico.

—No he roto contigo, porque las ganas de hacerlo se me pasaron justo después de que me dieran ganas de triturarte. —Pablo encogió los hombros en pose interrogativa—. Sí, no pongas cara de no entender nada, porque sabes a la perfección de qué hablo —insistió Teresa—. Ya sé que es difícil mantener una relación cuando trabajamos juntos en esta cosa rara a la que nos dedicamos. Pero no soporto que tomes decisiones por mí sin consultarme, como cuando me dejaste fuera del operativo de Nueva York. Y tampoco soporto que me griten.

—Tú también me gritas a menudo, pero dejemos eso a un lado. La decisión de dejarte fuera del operativo de Nueva York no la tomé yo —respondió Pablo, con una firmeza inhabitual—. Pero te digo una cosa: si hubiera dependido de mí, también te habría dejado fuera. Era peligroso, como quedó demostrado, porque acabé en el hospital. Y aunque trabajes en operaciones conjuntas con la CIA, no eres agente de la CIA. La agencia te quiere proteger hasta donde sea posible proteger a alguien en este oficio, que nunca es seguro.

Teresa era consciente de que todo lo que decía Pablo estaba cargado de sentido común. Reconocer que él habría tomado la misma decisión era una demostración de amor, más que de profesionalidad. Aun así, necesitó unos segundos para asimilarlo y modificar su estado de ánimo. Finalmente, en un gesto pausado, descruzó los brazos, dio unos pasos hacia Pablo, agarró suavemente su cabeza con ambas manos, se elevó sobre las puntas de los pies, besó su boca casi en un roce de labios, se apartó de él y caminó hacia la cama deshaciendo el nudo del albornoz, que cayó al suelo semejando el vuelo libre de un pañuelo de seda.

Unos segundos después, sobre las sábanas blancas de aquella habitación del Hotel Marina Sands, la pasión se desbordó sin control ni medida.

—No vuelvas a gritarme. Y no vuelvas a ocultarme nada —exigió Teresa, después de minutos de ardor amoroso, y todavía con los brazos y piernas de ambos entrelazados—. Si me dejáis fuera o si estoy dentro, quiero saberlo de inmediato. Y quiero que me expliquen el motivo.

—Y tú no volverás a gritarme ni a ocultarme datos como el de Blázquez.

Teresa pareció asentir con la cabeza, pero fue un movimiento tan ligero que Pablo no llegó a saber si era real o fruto de su imaginación. Aun así, prefirió dar por bueno lo que parecía, porque tenía que empezar a cumplir su propia promesa: informar de todo a Teresa.

—Esta noche, mi padre se reunirá con Xen Jiang en unos jardines que hay aquí cerca.

—¿Blázquez sabe que lo dejan fuera?

—Ha sido una exigencia de Xen.

—¿Y nosotros?

—Estaremos al acecho, por precaución.

—¿Te das cuenta de que ya hemos vuelto a mezclar la relación con el trabajo?

—Has empezado tú.

—¡Te odio!

—No es verdad.

—No, no es verdad.

Se besaron. Otra vez.

Jardines de la Bahía, Singapur

—Me alegra conocerlo personalmente, señor Perkins.

—Me han dicho que tiene algo para mí.

Matthew no tuvo interés en ofrecer gesto alguno de cortesía, lo que molestó a Xen Jiang, aunque evitó evidenciarlo. Ni siquiera se estrecharon las manos. El alto funcionario chino llevaba una carpeta con tres folios.

Estaban en el aparcamiento de autocares, lugar de la cita. No muy lejos, y con contacto visual permanente, Pablo y Teresa se mantenían a la expectativa. No sabían si los guardaespaldas chinos estaban cerca, pero suponían que sí y se preparaban para evitar sorpresas.

Xen y Perkins iniciaron un lento paseo, rodeados de oscuridad, y de la flora exuberante de los extraordinariamente bien cuidados Jardines de la Bahía de Singapur.

—Doy por seguro que la señora Kramer está al corriente de nuestro encuentro y que está autorizado por ella.

—Si no fuese así, yo no estaría aquí. ¿Y usted?

La pregunta de Perkins no solo suponía devolver un golpe bajo, mostrando una duda razonable sobre la representatividad de Xen. También situaba la conversación en el lugar adecuado. Porque sí, Matthew representaba a la CIA y, por tanto, a su país. Pero tenía la duda de si Xen Jiang actuaba por su cuenta.

—Por supuesto —respondió el jefe del espionaje chino, que esperaba esa pregunta—. Es usted perspicaz, señor Perkins. Les hubiera ido bien esa misma perspicacia en Irak, por ejemplo. Creo que usted y la señora Kramer tuvieron algunos… ¿Cómo diría? ¿Problemas? ¿Errores? Pero ¿quién no se ha equivocado alguna vez? Por eso, le animo a que tenga en cuenta lo que le ofrezco hoy y que no se equivoque. Hay mucho en juego. —Xen Jiang detuvo su premiosa marcha junto a un árbol de gran tamaño. Bajo sus ramas, ni siquiera la vaporosa luz de la Luna ayudaba a ver a más de dos metros—. Esto que he traído es para usted —dijo Xen, blandiendo en su mano la carpeta con los tres folios—. Sería bueno que hicieran un buen uso de este material.

—¿De dónde procede?

—Entenderá que no le dé demasiados datos. Solo puedo decirle que se trata de un documento oficial.

—¿Por qué debería creer lo que me dice?

—Porque es su única opción. Cualquier otra tendría efectos terribles.

Perkins mantuvo sus ojos en los de Xen, tratando de acceder a su cerebro, para escarbar en él hasta averiguar si le decía la verdad.

—Sigamos paseando —dijo, incómodo, el jefe de los agentes chinos, sintiéndose atravesado por un láser—. Antes de despedirnos tenemos que hablar del precio.

—¿Cómo?

—Este es un documento muy valioso y nada es gratis en nuestro negocio. Usted lo sabe igual que yo.

—¿Qué quiere?

—Que Estados Unidos deje de presionar a China.

—Será más fácil que eso ocurra si China deja de amenazar a Estados Unidos y a Occidente.

—Nuestra única amenaza es que China está muy cerca de convertirse en la primera potencia económica mundial, superando a Estados Unidos. Pero así funciona el mercado: competencia, señor Perkins. Esto no lo hemos inventado los comunistas; lo inventaron ustedes, los capitalistas. Competimos y ganamos.

—En lo que son una potencia mundial es en ciberataques y en enviar globos espía a sobrevolar mi país. Intentan controlar a nuestros jóvenes con las redes sociales que crean en China y con la desinformación de sus falsos medios en internet, que fabrican contenidos antiamericanos con inteligencia artificial, tratando de influir en nuestros procesos electorales. Eso lo han aprendido de Rusia, ¿verdad? Y son una potencia en espionaje industrial, en robar a Estados Unidos y a Europa sus patentes tecnológicas, y en subvencionar a sus empresas para que compitan bajando los precios, frente a las americanas y europeas, a las que China pone aranceles.

—Les cuesta aceptar nuestro predominio. Pensaron que China sería siempre un país subdesarrollado. Pero cada día nos acercamos más a ser una nación de clases medias. Nuestra gente prospera. Y los chinos ya no solo se van al extranjero a trabajar y crear negocios. Ahora les enviamos a millones de turistas, y eso es bueno para ustedes, porque gastamos nuestro dinero en sus comercios.

—Nos envían más espías que turistas. Cada día detectamos más actividades de espionaje de estudiantes chinos en Estados Unidos y en Europa, de los empleados de los restaurantes chinos, de las tiendas chinas... Su país es el mayor exportador de espías del mundo.

—Me resulta extraño que nos acuse de espiar, porque seguro que recuerda cuando descubrimos todo el operativo de espionaje de la CIA en China. Nos costó trabajo, porque empezamos en 2010 y tardamos tres años en desmontarlo. Tenían muchos agentes infiltrados. Lo hicieron ustedes muy bien, pero nosotros también somos buenos en nuestro trabajo.

—Los ejecutaron.

Perkins pronunció esas dos palabras con una mueca de desprecio que Xen prefirió ignorar, convencido de su superioridad en este duelo dialéctico.

—Eran ciudadanos chinos que trabajaban para la CIA. Eran traidores y es asunto nuestro lo que hacemos con ellos.

—Son ustedes insaciables.

—Somos profesionales.

—También lo son en facilitar el mercado negro de fentanilo... Decenas de miles de americanos mueren cada año por culpa de esa droga.

Xen Jiang, irritado por la acusación, detuvo su marcha y se giró hacia Perkins.

—Hace años que China frenó el flujo de fentanilo hacia Estados Unidos. Debería saberlo.

—Ahora lo hacen indirectamente. —Matthew mantuvo firme la mirada inquisitorial de Xen—. No lo envían a Estados Unidos, pero venden los precursores químicos a los cárteles de la droga de México, para que allí los sinteticen en fentanilo y luego lo lleven a Estados Unidos.

—China no puede controlar lo que otros países hacen con nuestros productos.

—¿Por eso ayudan a Rusia, para que pueda mantener su esfuerzo económico y militar con la invasión de Ucrania, sin asumir ninguna responsabilidad por lo que los rusos hagan con esas ayudas?

—No nos entusiasmó que Rusia invadiera Ucrania, por el mismo motivo por el que China no ha invadido Taiwán, todavía: porque creemos que este no es el momento.

—Si es así, ¿por qué apoyan a Rusia?

—Porque China nunca dejará caer a Rusia, y menos aún frente a Occidente. Ustedes, los occidentales, pretenden seguir controlando el orden mundial hablándonos de libertades y democracia. Pero eso ha terminado. Necesitamos a Rusia para equilibrar el expansionismo de Estados Unidos y Europa. Si Rusia cae, la OTAN querría llegar hasta las fronteras de China y no podemos permitir que eso ocurra.

—Y, como respuesta, permiten que Rusia viole las fronteras de sus vecinos…

—Señor Perkins, usted y yo somos altos funcionarios y eso nos obliga a mantener la cabeza fría. Seamos sinceros: con el paso del tiempo, el mundo ha normalizado la guerra de Ucrania. No es bueno que se normalicen las guerras, pero es una realidad que no se puede ignorar. Cuando empezó la invasión en febrero de 2022 parecía que nos encaminábamos sin remedio a una nueva guerra mundial, cientos de miles de ucranianos huyeron de su país, se paralizó la cadena de suministros, subió el precio del gas y del petróleo, la inflación se disparó al alza… Han pasado casi tres años, y no hay guerra mundial, muchos de los ucranianos que huyeron han vuelto a sus hogares, funciona la cadena de suministros y el precio de los combustibles ya no desboca la inflación.

—Y por eso a China no le incomoda que la guerra de Ucrania continúe. ¿Me equivoco? Así Estados Unidos estará ocupado con Rusia, y no pondrá toda su atención en China.

La ausencia de una respuesta inmediata de Xen Jiang no pudo ser más explícita: suponía el reconocimiento de que Perkins estaba en lo cierto. Aun así, después de una pausa valorativa, trató de reconducir la conversación.

—Trataremos de que la guerra no vaya a más, porque para nosotros no es beneficioso este ambiente de conflicto.

—¿Ambiente de conflicto? ¡Esto es una guerra en la que muere gente, y amenaza con seguir escalando!

—No trate de entrar en controversia conmigo, sería inútil. Cuando eche un vistazo a este documento que le he traído, entenderá que la voluntad de China es, precisamente, poner límites al conflicto con Occidente. Tratamos de ayudar, no de engañar.

—Enséñeme el documento.

Matthew decidió terminar con un debate que avanzaba por vía muerta. Estaba impaciente por entrar en materia.

—Acerquémonos a esa farola. Allí lo verá mejor.

Xen, con simulada amabilidad, puso su mano en la espalda de Perkins, como si el americano necesitase un ligero empujón para arrancar. Bajo la luz, el veterano agente chino abrió la carpeta y expuso su contenido a los ojos de Matthew

—¿Entiende el idioma de Dostoievski, señor Perkins? —Xen Jiang quiso relajar la tensión con un comentario amablemente socarrón.

—Preferí leer *Crimen y castigo* traducido al inglés, pero tengo algunas nociones de ruso —respondió Matthew, sin evitar la ironía.

—Le ayudaré.

En los siguientes minutos, Xen describió con precisión los secretos de aquel papel que le hizo llegar su amigo de Moscú, y Matthew sintió un acceso de temor que le costó encubrir. Pero, al tiempo, notó un alivio, ante la opción de alcanzar un pacto que se insinuaba en ese documento.

—¿Qué seguridad tengo de que esto sea cierto? —Perkins quería una confirmación más contundente.

—¿No pretenderá que le diga cómo he conseguido estos papeles?

Perkins se mantuvo en silencio, confiando en que Xen dijese algo, a pesar de su negativa inicial.

—Sé que en nuestra profesión siempre hay que desconfiar —dijo finalmente el espía chino—. Pero un buen agente también sabe cuándo debe permitirse a sí mismo un mínimo de fe en la información que le dan. Tenga en cuenta una cosa: lo último que China quiere es que ocurra lo que ese documento sugiere que puede ocurrir, y lo que sí nos gustaría es que se produjese ese acuerdo que este documento insinúa que se puede conseguir.

—¿Y por qué no actúan ante Rusia? ¿No son sus aliados?

—Somos aliados y nuestro líder ha hecho advertencias sutiles al presidente ruso, sin desvelar a Moscú que hemos accedido a ese documento que le acabo de entregar. Pero no podemos ir más allá. Rusia no es un país que acepte subordinarse a nadie. Pretenden ser tratados de igual a igual, como una superpotencia equiparable a Estados Unidos y a China. No admitirán que les digamos lo que tienen que hacer. Según la información que manejamos, si lo hiciéramos, Karlov podría acelerar la decisión para reforzar su poder interno, y demostrar al mundo su determinación. Sería como decirnos a todos que no solo dispone de armas nucleares, sino que debemos respetar a Rusia porque no dudará en utilizarlas.

—Tenemos que impedirlo.

—Por eso estamos usted y yo aquí. Pero necesito su compromiso.

Perkins desconfió. Sabía que no disponía de dos opciones entre las que elegir una, pero creyó encontrar la manera de dar un sí diplomático; un sí, pero…

—Si la CIA confirma que este documento es lo que parece ser, Estados Unidos mostrará su voluntad de llegar a acuerdos con China, en línea con lo que usted me ha pedido.

Xen escuchó estas palabras con sus pupilas clavadas en las de Perkins. En un primer análisis instantáneo, le pareció insuficiente el acuerdo que le proponía el espía americano. Pero en su larga vida como agente, y por su experiencia política en el cargo que ocupaba, sabía que nunca se gana por goleada un partido entre diplomáticos, y aún menos entre espías. En ese breve instante recordó un proverbio chino según el cual «El que busca un amigo sin defectos, se queda sin amigos», y lo tradujo para adaptarlo a esa situación: «El que busca un acuerdo perfecto, se queda sin acuerdo». Y si conseguía ese acuerdo, quizá podría mejorar la difícil situación en la que sospechaba encontrarse, ante el líder de su país.

—En realidad, no se compromete a nada tangible —dijo Xen, finalizada su breve reflexión introspectiva—. Yo le ofrezco un documento y, a cambio, usted me ofrece su buena voluntad. ¿Ha leído las memorias de Henry Kissinger, señor Perkins? —El repentino cambio de registro sorprendió a Matthew, que temió encontrarse con otra trampa—. Fue un gran hombre, que supo entender las relaciones con China. Deberían aprender de él.

Matthew prefirió no responder, a la espera de saber por dónde vendría el golpe. Y el golpe consistía en relatar la historia de dos hombres que, durante meses a principios de los años setenta se sentaron frente a frente en París para poner fin a la carnicería que supuso la guerra de Vietnam.

Xen relató a Perkins cómo el negociador vietnamita, Le Duc Tho, un fanático y astuto dirigente comunista, repetía todas las mañanas a Kissinger la misma letanía: «Ustedes hagan un gran esfuerzo y nosotros haremos un gran esfuerzo». Sin embargo, un día modificó leve pero sustancialmente su discurso: «Si Estados Unidos hace un gran esfuerzo, Vietnam del Norte hará un esfuerzo». Kissinger le hizo ver a Le Duc Tho que esta vez pedía un gran esfuerzo a cambio solo de un esfuerzo. Y el vietnamita le respondió con su perspicaz malicia habitual: «Me alegro de que lo haya notado, porque ayer nosotros hicimos un gran esfuerzo y ustedes solo hicieron un esfuerzo; hoy invertiremos el procedimiento: ustedes tienen que hacer un gran esfuerzo y nosotros solo haremos un esfuerzo».

—Señor Perkins —añadió Xen, después de terminar esta referencia histórica—, yo acabo de hacer un gran esfuerzo entregándole este documento, y usted solo ha hecho un esfuerzo ofreciéndome su buena voluntad. Pero aceptaré el trato desigual que me propone. Sí le pido que lo cumpla, porque China no aceptará la ofensa de ser engañada. —Perkins quiso responder, pero Xen se adelantó—: Olviden su arrogancia occidental y déjennos hacer. Estados Unidos tiene más de doscientos años; pero muchos historiadores consideran que la cultura china nació hace más de cinco mil. Sabemos cómo manejarnos en el mundo. Taiwán es asunto nuestro. Ejerceremos el derecho sobre ese territorio cuando lo consideremos conveniente, sin injerencias de nadie. De momento, no lo hemos ejercido, de manera que mantengan la calma. Olvídense de nuestros submarinos y de sus problemas. Si la Armada de Estados Unidos no se acerca, todo irá bien. Tampoco se empeñen en establecer sanciones económicas a nuestros productos. Y no se inmiscuyan en nuestra forma de gestionar la relación con Rusia, porque lo hacemos de un modo muy inteligente: ayudamos a los rusos, y eso hace que confíen en nosotros. Así podemos influir en sus decisiones. Es la mejor manera de mantenerlos bajo control. Y, si en algún momento hay riesgo de que el Kremlin haga una locura, como ocurre ahora, tenemos la capacidad de acceder a sus planes y hacérselos llegar a ustedes para que eviten un desastre. Piénselo, señor Perkins: China es la mejor herramienta que tiene Occidente para controlar a Rusia. —Matthew estaba impresionado, sin perder detalle de cada palabra que escuchaba. Y aún quedaba algo más—: Si todo funciona bien, pronto pondremos fin al tráfico de fentanilo. Y, sobre todo, estaremos en paz con ustedes. Ese día, les enviaremos de vuelta a los osos panda.

Al llegar a la cita, Matthew no había saludado a Xen Jiang. Ahora, antes de marcharse, estiró el brazo hacia su colega y adversario chino.

—Tiene mi palabra —dijo Perkins.

Xen respondió al ofrecimiento y ambos estrecharon sus manos.

—¿Sabe una cosa, señor Perkins? —Matthew guardó un silencio expectante, temeroso de que el pacto de caballeros que acababan de sellar durara apenas un segundo, pero no fue así—. Los occidentales deberían ser más prudentes cuando lanzan alegatos sobre las posiciones que defienden en el ámbito internacional.

—No sé a qué se refiere.

—Se lo explico. En este rato de agradable charla que hemos mantenido, me ha hablado usted del apoyo de Estados Unidos a Taiwán, o de la ayuda de la OTAN a Ucrania para frenar a Rusia, o de las sanciones económicas y los aranceles, o de la colaboración entre Estados Unidos y la Unión Europea. ¿No se da cuenta de que todo eso está en cuestión?

—Nada de eso está en cuestión. —Perkins trató de mantener su postura, sin mostrarse convencido de poder hacerlo.

—Claro que lo está, porque depende de esa cosa que en Occidente tanto protegen, pero que tantos disgustos les da: la democracia.

—La democracia es intocable.

—Esa es su debilidad y nuestra fuerza. Entienda, señor Perkins, que se lo digo sin acritud. Yo defiendo el criterio de mi Gobierno, que es estable y que no va a cambiar a medio plazo, mientras que usted defiende la opinión de su Gobierno actual. Pero han tenido elecciones y pronto llegará otro Gobierno con criterios distintos. Quizá sus nuevos dirigentes consideren que Estados Unidos no tiene la obligación de defender a Taiwán de una intervención china; quizá se quejen de que Taiwán se haya quedado con la industria americana de los chips, mientras Estados Unidos paga la defensa de la isla; y quizá se pregunten si Estados Unidos recibe algo a cambio. Quizá ese nuevo Gobierno no sea partidario de que Estados Unidos mantenga una permanente tensión con Corea del Norte, ni que tenga que defender a Corea del Sur; que no le gusten las sanciones a Rusia y que proponga un acuerdo para parar la guerra; quizá, incluso, prepare un plan para cambiar los criterios de la OTAN, porque acuse a Europa de no implicarse lo suficiente en su propia defensa, y se queje de que buena parte del dinero lo ponga el contribuyente americano. ¿Verdad que eso puede ocurrir?

Perkins, incapaz de negarlo, optó por callar, lo que animó a Xen a continuar su alegato.

—Sin embargo, China nunca modifica sus criterios, porque tenemos un liderazgo fuerte, que no se cuestiona. Nuestra doctrina sobre Taiwán siempre es la misma. Nuestra relación con Rusia no se ha modificado en los últimos veinte años, ni siquiera con la anexión de Crimea en 2014, ni con la invasión de Ucrania en 2022. Nuestra actitud en el comercio internacional no varía. Y esa consistencia en el poder nos hace más fuertes, porque tenemos planes a muy largo plazo, mientras que ustedes solo pueden hacerlos para cuatro años, porque luego hay elecciones otra vez. —Xen, embelesado consigo mismo ante lo que consideraba una victoria incuestionable de sus argumentos autocráticos (una victoria de las dictaduras frente a las democracias liberales), quiso rematar a su agonizante contrincante—: Somos poderosos, señor Perkins. Tenemos ojos y oídos en todas partes. Hasta los descendientes de chinos que han nacido fuera del país saben que son chinos. Y son conscientes de que su misión en la vida es engrandecer a China allá donde estén.

—¿Me habla del DTFU *? —Matthew no se iba a conceder a sí mismo estar a la defensiva en esa conversación.

—Veo que está al corriente de nuestros movimientos. Lo celebro, porque eso hace que sea más fácil entendernos. Sí, entre otras herramientas, tenemos el Departamento de Trabajo del Frente Unido, al servicio siempre del Partido Comunista de China. Mao fue un visionario cuando lo creó. Y, aún hoy, nos permite extender por el mundo nuestra doctrina entre los chinos de la diáspora. No sabe usted lo útil que resulta para los servicios de inteligencia… En realidad, sí lo sabe, ¿verdad?

---

* UFWD (siglas en inglés de *United Front Work Department*). Es un organismo dependiente del Comité Central del Partido Comunista Chino (PCCh). Realiza labores de inteligencia, tanto en China como en el exterior, buscando influir en personas y organizaciones relevantes, para extender la doctrina de China y favorecer los intereses del país en el mundo.

—Sé cómo coaccionan a su gente, y cómo tratan de neutralizar a quien aspire a salirse del redil.

—Ustedes, los demócratas, son débiles, a pesar de su aire de superioridad. No han conseguido resolver su gran problema, que es el manejo del tiempo. Tienen prisa, porque llegan las siguientes elecciones. Nosotros trabajamos con calma. El DTFU nunca se apresura. Podemos estar décadas realizando una misión. ¿Recuerda a Jean-Claude Juncker?

—¿A qué viene eso? —Perkins ya no ocultaba su creciente irritación.

—Seguro que lo recuerda. Fue un inteligente líder de la Unión Europea, que un día admitió su triste realidad. Dijo que sabían lo que había que hacer, pero reconoció que no sabían cómo ganar las elecciones después de hacerlo. Nosotros no tenemos ese problema. No lo olvide cuando vuelva a Washington, porque sus próximos dirigentes podrían modificar la doctrina de Estados Unidos. La nuestra seguirá siendo la misma.

—Nunca una dictadura será mejor que una democracia —reaccionó Matthew—, por muchos defectos que tenga. Le animo a que practique un ejercicio que le cambiará la vida: actúe con libertad, y nunca más querrá dejar de hacerlo. Aunque para eso tendrá que irse de su país.

—Quizá tenga usted razón. Pero nuestro sistema tiene una virtud que es una gran ventaja: podemos llamarla paciencia estratégica. Aunque China crece muy rápido, sabemos que todavía son ustedes más poderosos que nosotros. Pero vuelvo a citar a su compatriota, el señor Kissinger: dijo que, en un conflicto asimétrico, el ejército convencional pierde si no gana, mientras que la guerrilla gana si no pierde. Ustedes son todavía muy poderosos y están perdiendo porque no nos ganan. —Xen Jiang concedió a Perkins un segundo para asimilar la lección, y luego continuó—: Pero será bueno que dejemos de filosofar, señor Perkins. Hablemos de lo más inmediato y de lo más práctico. Las cosas van a cambiar en Estados Unidos en apenas un mes, cuando tome posesión su nuevo presidente. Podemos estar a punto de asistir a una fuerte sacudida del orden internacional liberal impuesto desde que terminó la Segunda Guerra Mundial. No descarte que veamos novedades que no se han vivido en décadas. Por eso le estoy haciendo esta oferta ahora: porque todavía disponemos de unos días para arreglar algunas cosas antes de que lleguen esos cambios. Y, si desperdiciamos esta ocasión, quizá después ni usted ni yo podamos hacer nada. Ahora que llega la Navidad, esa fiesta que ustedes celebran tanto, hagamos esto con espíritu navideño.

Perkins no asintió, pero tampoco se sentía con la autoridad moral para desmentir a Xen Jiang, porque podía estar en lo cierto. Optó por dar media vuelta e iniciar su camino. A cien metros se unieron a él Teresa y Pablo, que emergieron como una aparición entre las tinieblas. Ambos se miraron extrañados: Matthew no les dijo una palabra y caminaba como un autómata. Sentía sobre sus hombros el peso de la responsabilidad por el dato que acababa de conocer, y que podía provocar una calamidad irreparable, o bien un pacto que frenara un acto de locura.

En dirección contraria, Xen reanudó su paseo, con una indisimulada sonrisa en los labios.

Flagstaff, Arizona, Estados Unidos

Encerrada en el apartamento franco, Nadia volvió a ver durante el día a varios policías merodear por la zona. Paraban a los vecinos para hacerles preguntas sobre la joven que aparecía en una fotografía que les mostraban, pero todos negaban con la cabeza: ninguno creía haberla visto.

Llegada la una de la madrugada, Nadia guardó sus cosas en la mochila, incluidas varias latas de conservas y botellas de agua mineral. Eran provisiones para, al menos, dos o tres días. Previamente, limpió el apartamento con esmero, para borrar las huellas que hubiera podido dejar.

En el garaje, apenas necesitó unos minutos para abrir el coche que ya había elegido y poner en marcha el motor. Pan comido. En la bandeja, junto a la palanca de marchas automáticas, encontró el mando a distancia para abrir el portón de entrada y salida al aparcamiento subterráneo. Ese portón se activó, y el coche blanco con una joven al volante se alejó del lugar en mitad de la noche.

Nadia activó por primera vez el Smartphone que le entregó su agente ruso de contacto en Las Vegas, antes de subir al helicóptero turístico que la llevaría al Gran Cañón del Colorado. El móvil solo tenía las aplicaciones básicas que venían de fábrica. Pero necesitaba otra: se descargó Waze, el navegador GPS que se alimenta de la información sobre el estado del tráfico que ofrecen sus propios usuarios en tiempo real. Nadia confiaba en que los conductores nocturnos conectados a Waze facilitaran un dato determinante: si había policías en la carretera. Disponer de ese aviso con antelación le permitiría esquivar a los agentes y continuar su viaje hacia Nueva York por un camino o por otro. Tardaría entre tres y cuatro días, dependiendo de las dificultades que pudiera encontrar. De momento, la ruta parecía despejada. Dormiría en el coche, en algún lugar oculto. No podía hospedarse en hoteles, donde ya tendrían el aviso policial de que una mujer estaba a la fuga. Y cambiaría de vehículo cada poco tiempo, porque sus dueños interpondrían la correspondiente denuncia por el robo, y los datos del modelo y la matrícula se repartirían de inmediato a los agentes que patrullan las carreteras.

Revisado el navegador, no aparecía ningún aviso de control a lo largo de los cerca de cien kilómetros que aspiraba a recorrer hasta un lugar cercano a la localidad de Winslow, en dirección este, a mitad de camino hacia el límite entre los estados de Arizona y Nuevo México. Poco después de pasar por esa ciudad, encontró el cauce del río Pequeño Colorado, un afluente del Colorado, en las estribaciones del Gran Cañón. No había árboles, porque era una zona desértica. Mala noticia. La buena: según el mapa de la zona, a unos trescientos metros del río, y ya en las afueras de Winslow, llegaría a un amplio aparcamiento en superficie para el descanso de los camioneros, que disponía de una oficina de alquiler de coches. Por supuesto, a esa hora —las tres de la madrugada—, los conductores dormirían en la cabina de sus camiones, la oficina estaría cerrada, y los coches de alquiler se encontrarían estacionados para algún cliente que llegara por la mañana. Si, como suponía, no encontraba a nadie a su alrededor, robaría uno de los vehículos y continuaría el viaje. Era su oportunidad.

Nadia llegó sin novedad a Winslow, dejó atrás la ciudad y salió de la ruta 66 por un camino de tierra que conducía a un meandro del Pequeño Colorado, junto a una zona con vegetación dispersa conocida por los lugareños como Cottonwood Wash. Un lugar perfecto. La agente rusa acercó el coche hasta el margen de un terraplén que llegaba a la orilla del río, salió del coche sin poner el freno de mano, lo empujó por detrás, el vehículo rodó hacia abajo por el desnivel y cayó al agua. Un minuto después, reposaba hundido en el fondo del río. Una pista menos.

En medio de la oscuridad, apenas matizada por la media luna que lucía en el cielo, Nadia caminó con su mochila hacia la oficina de alquiler de coches. Atravesó una zona pedregosa y árida, tratando de no ser vista. Todo iba según el plan. Pero, al llegar al aparcamiento, comprobó en la distancia que dos camioneros desvelados charlaban animadamente, junto al aparcamiento en el que estaban los coches de alquiler. Si trataba de robar alguno, la descubrirían. Era momento de esconderse y esperar. Lo hizo en una zona especialmente oscura del lateral de la oficina.

Media hora después, los camioneros continuaban con su charla, pero se añadió un problema mayor: dos policías llegaron con sus motos, desmontaron, caminaron hasta una máquina de *vending*, compraron un par de bebidas y se acercaron a los camioneros. Nadia vio que la conversación entre los cuatro se animó cuando uno de los agentes sacó algo de un bolsillo. Podía ser un papel, pero también era posible que se tratara de una fotografía. Los camioneros observaron el documento con interés durante unos segundos y negaron con la cabeza. Los policías se despidieron y abandonaron el lugar. Los conductores subieron a sus camiones y reanudaron la marcha.

Nadia se dirigió a los coches de alquiler aparcados. Forzó la puerta de uno y entró. Consiguió arrancarlo, pero comprobó que le quedaba poca gasolina. Buscó otro, hizo la misma operación y, esta vez sí, disponía de combustible para unos trescientos kilómetros. Era suficiente, porque antes de recorrer esa distancia tendría que robar otro automóvil.

Nueva York, Estados Unidos

Después de muchas horas al volante, Nadia llegó a Manhattan y estacionó su último coche robado a unos dos kilómetros de su destino. Protegida por una gorra y con gafas de sol, se mezcló entre los miles de viandantes de la ciudad, para dirigirse al consulado ruso, en la calle 91, a solo un minuto a pie de Central Park. Era la hora a la que esperaba ver al jefe del espionaje ruso en Estados Unidos salir a dar su paseo diario por el parque, suponiendo que fuera cierto lo que le había dicho la última vez que se vieron. Tuvo que esperar con mucha paciencia, pero ocurrió.

Salió de la legación diplomática y caminó en dirección este. Nadia sospechaba que alguien como él estaría sometido a la discreta vigilancia del servicio de contraespionaje americano y, quizá, a la protección de uno o dos guardaespaldas del consulado. Eso obligaría a tomar precauciones suplementarias. Al llegar a la esquina, en la Quinta Avenida, giró a la izquierda. Una manzana más al sur, a la altura de la calle 90, cruzó hacia el parque y entró por uno de sus accesos. Nadia, a cierta distancia, vio que su objetivo paseaba en el límite de una zona frondosa. Era su oportunidad. Aceleró la marcha, se acercó a él por detrás, miró a su alrededor para comprobar que nadie los veía y lo empujó, con un impulso brutal, contra un matorral agreste.

El hombre se desplomó sin control y se golpeó la cabeza con el tronco de un árbol, junto al que quedó tumbado boca abajo y conmocionado. Ambos estaban rodeados de maleza y fuera de la zona habilitada para pasear. Nadia era consciente de que disponía de poco tiempo, porque sus guardaespaldas, o el FBI, o la policía de Nueva York, o todos a la vez tardarían poco en aparecer. Se subió a horcajadas encima de la espalda de quien había sido su agresor, y sacó algo del bolsillo derecho: su navaja suiza. Abrió la hoja y situó la punta tocando el cuello. Estaba inmovilizado.

—He vuelto, Álex —dijo con tono amenazante, mientras el hombre empezaba a darse cuenta de que su situación era compleja.

—¿Qué quieres? Nos han llegado órdenes para ti de Moscú. Te vamos a ayudar...

Nadia respondió agarrándolo por el pelo, elevando su cabeza hacia atrás y, después, empujándola con extrema violencia hacia delante para golpearla contra el suelo, lo que provocó una intensa hemorragia nasal, heridas en toda la cara y un fuerte dolor en la frente, que sufrió una contusión tan intensa que lo dejó mareado, al borde del desmayo. Nadia se agachó para acercar la boca al oído derecho de su infortunada víctima.

—Ya nunca me volverás a tocar, hijo de puta.

Fueron las últimas palabras que Álex escuchó, antes de notar cómo el filo de la navaja seccionaba su vena yugular. El responsable del espionaje ruso en Estados Unidos dio una última y agónica bocanada de aire. Fue como un leve resoplido ronco, mientras se desangraba.

Al instante, Nadia oyó gritos a su espalda. Parecían lejanos. Segundos después, quienes gritaban estaban más cerca y pudo identificar lo que decían: eran hombres que hablaban en ruso.

—¡No veo al jefe! ¡Iba por allí, pero ya no está!

De inmediato, a quienes hablaban en ruso se unieron otros en inglés, que debían de ser policías.

Nadia guardó la navaja en el bolsillo derecho del pantalón y después sacó de su chaqueta un papel y un bolígrafo y, precipitadamente, escribió una fórmula matemática, acompañada de un nombre:

$$B>1/n \sum_{i=1}^{n} xi \text{ Brooklyn}$$

Metió el papel en el bolsillo interior de la chaqueta de su víctima y huyó a través de la arboleda y los frondosos arbustos que bordean el lago de Central Park. Los rusos llegaron a la carrera a la zona en la que su jefe yacía muerto, pero no lo veían, oculto como estaba entre los matorrales. Segundos después, varios policías de Nueva York se sumaron a la búsqueda. Dos agentes de contrainteligencia del FBI, siempre atentos a cada movimiento del personal del consulado de Rusia, observaban desde la distancia para pasar inadvertidos, extrañados por haber perdido de vista a su objetivo.

—¡Aquí! ¡Aquí!

Uno de los policías lanzó un grito de aviso a sus compañeros. Había encontrado el cuerpo sin vida del jefe de la *rezidentura.* Nadia ya estaba lejos.

Georgetown, Washington

Sin apenas dormir, después de una jornada completa en el aire desde Singapur, Teresa, Pablo, Matthew y Blázquez entraban, con paso torpe por el *jet lag*, en una casa de estilo victoriano en el hermoso barrio de Georgetown, no muy alejado del centro de Washington. Era una propiedad de la CIA, sometida a especial vigilancia y utilizada para hospedar temporalmente a personas a las que hubiese que proteger, o para reuniones en las que se necesitase mantener el anonimato de sus participantes, sin el control de la sede de la agencia en Langley.

—Os iba a preguntar qué tal estáis, pero es innecesario.

Irónica, Beth Kramer trató de distender el ambiente antes de recibir la información que su equipo traía desde Singapur. Todos tomaron asiento en sillas y butacones que circundaban un tresillo, en uno de cuyos lados se sentó ella.

Durante los siguientes treinta minutos, Matthew dio detalles del operativo organizado por los cuatro en Singapur, y de su conversación con Xen Jiang. Y, finalmente, explicó el contenido del documento que el jefe del espionaje chino le entregó. Para entonces, ya había hecho una traducción del ruso al inglés. Beth lo leyó y mostró un evidente gesto de duda y preocupación, mientras los demás esperaban a que dijera algo.

—¿Qué ocurre? —preguntó Teresa, preocupada por la posibilidad de que aquello que ya iba mal tendiera a empeorar.

—Hace algunas semanas, me llegó la información de que la OTAN prepara unas maniobras militares sin precedentes en el este de Europa. Y tuve la sensación de que los rusos entrarían en pánico, pensando que los estamos engañando y que, en realidad, no son maniobras, sino que preparamos un ataque definitivo contra ellos.

—Able Archer —dijo Blázquez, sin apartar su mirada de un cuadro que presidía la sala, cuya pintura escudriñaba desde que empezó la reunión, como si el contenido que allí se trataba no fuera con él, y mientras jugueteaba entre sus manos con un paquete de cigarrillos.

—¿Cómo? —preguntó Beth.

—Able Archer, 1983 —añadió Teresa.

—Ya, la crisis nuclear de 1983… —Esta vez, Kramer captó el mensaje.

—Es muy similar. —El coronel resituó su mirada para hacerse copartícipe de la reunión, al tiempo que extraía un cigarrillo del paquete y se lo colocaba en la comisura de los labios sin encenderlo, solo para dar esquinazo temporal a su ansiedad de fumador—. Able Archer eran solo unas maniobras de la OTAN en Europa, pero en Moscú estaban convencidos de que la alianza se preparaba para lanzar un ataque nuclear contra la Unión Soviética.

—Y ellos estuvieron a punto de realizar un ataque preventivo —añadió Matthew—. Querían disparar primero, para evitar que lo hiciéramos nosotros. Estuvimos al borde de la catástrofe.

—Mi duda es si este documento es real —apuntó Beth, deseosa de encontrar un motivo para el optimismo, y sin desvelar que su amigo Andrew Rice, del MI6 británico, ya le había hablado de unos planes rusos semanas atrás; Kramer no quiso condicionar la respuesta de su equipo, si hubieran conocido ese dato—. Puede tratarse, simplemente, de uno más de los muchos ejercicios teóricos que tienen que hacer los estrategas militares. Los nuestros también los hacen.

—Eso lo sabremos si averiguamos a quiénes corresponden los acrónimos que firman ese documento. —Pablo no tenía dudas—. Un plan, por muy descabellado que parezca, debemos tomarlo en serio si quienes lo firman son los que mandan.

—Pablo tiene razón —dijo Teresa, provocando una cariñosa mirada de complicidad del joven Perkins, que no pasó inadvertida para los presentes—. Es normal que se pueda dudar del documento, porque todo el mundo trata de engañar a todo el mundo. Pero el Kremlin es una burocracia rígida. Por eso, lo importante es que hagamos el análisis de tráfico, la trazabilidad: cuáles son las manos por las que ha pasado este documento; quién ha tenido acceso a él. Esos detalles nos darán datos sobre la veracidad de estos papeles.

—Matthew, en la sala de al lado hay un teléfono con línea segura. Habla con Langley. Dales los acrónimos. Creo que nuestros especialistas los tendrán controlados y podrán identificarlos.

Matthew se ausentó para dar cumplimiento a la orden de Beth y apenas tardó cinco minutos en volver con el dato que buscaban.

—Los acrónimos corresponden a los ministros de Defensa e Interior, al de Asuntos Exteriores, al jefe del Consejo de Seguridad, a los responsables de los servicios de inteligencia, creemos que a dos asesores del presidente y al propio presidente de Rusia.

—Lébedev es nuestro Gordievski. —Blázquez se dio el gusto, una vez más, de atraer la atención y provocar la sorpresa general.

—Todos aquí conocemos la historia de Oleg Gordievski. ¿Qué sospecha, coronel? —Kramer quería alguna precisión más.

—En 1983, Gordievski estaba destinado por el KGB en Londres, pero ya trabajaba como agente doble al servicio del MI6 británico. Gordievski recibía las órdenes que llegaban de Moscú, y se dio cuenta del nivel de paranoia que tenía el régimen soviético, porque sus líderes estaban convencidos de que Occidente preparaba un ataque nuclear contra la URSS. Entonces, advirtió de ese peligro al MI6, y la primera ministra Margaret Thatcher habló con el presidente Ronald Reagan para que rebajara el nivel de agresividad antisoviética de sus discursos.

—Y, tan importante como eso —añadió Kramer—, la OTAN cambió de forma drástica los preparativos de las maniobras militares para que los soviéticos se dieran cuenta de que eran solo maniobras.

—Lébedev es la fuente de Xen Jiang —concluyó Blázquez—. Solo Lébedev tiene ese nivel de confianza y colaboración con los chinos. Es el *Dragon bear*, pero del revés. —Nadie preguntó a qué se refería el coronel, pero todos los ojos inquisitivos se posaron en Blázquez, como a él le gustaba—. El dragón chino y el *bear* * ruso... Después de la invasión de Ucrania —continuó—, los presidentes de China y de Rusia se reunieron para anunciar que la suya era una amistad sin límites.

—Es cierto lo que dice el coronel —intervino Kramer—. China y Rusia empezaron a colaborar frente a Occidente, hasta el punto de que agentes chinos trabajaban en Europa para pasar información a la inteligencia rusa, porque los espías rusos habían sido expulsados de las embajadas en países de la Unión Europea.

—Y algún ilegal también. Seguro que recuerdan el caso de un agente del GRU, que tenía nacionalidad española y espiaba bajo la falsa cobertura de trabajar como periodista.

Todos lo recordaban.

—A ese lo tenía controlado el CNI —presumió Teresa—. Lo detuvieron en Polonia, poco después de la invasión de Ucrania. Yo misma hice seguimientos cuando estaba en España para controlar sus contactos.

—Ese era el problema del Kremlin en los primeros meses después de la invasión —dijo Blázquez—: que los países occidentales desmontaron, en buena medida, el operativo de espionaje ruso en Europa. Y entonces llegó China al rescate. Ese es el *Dragon bear*: el dragón chino, trabajando conjuntamente con el oso ruso. Pero ahora parece que un dragón chino y un oso ruso se han puesto de nuestro lado, y eso nos ayuda.

—Es evidente que Lébedev ha querido que sepamos lo que está ocurriendo —remató Matthew—: que la paranoia ha vuelto a Moscú.

---

* *Bear*: oso, en inglés.

—Hay que actuar rápido —dijo Pablo mirando a Beth, que ya buscaba su móvil en el bolso para contactar con alguien; pero, antes de tenerlo en sus manos, el teléfono empezó a sonar; Kramer se levantó y salió de la sala para atender la llamada.

Un minuto después, ya de vuelta, Kramer informó al grupo.

—Ha aparecido muerto un alto funcionario ruso en Nueva York. Figura como responsable de la seguridad de sus sedes en Estados Unidos, pero sabemos que es el jefe de inteligencia, el *rezident*.

—¿Se sabe quién ha sido? —Teresa buscaba respuestas.

—Todavía no. Ha ocurrido en Central Park, cerca del consulado ruso. Pero el asesino escapó. Lo están buscando.

—¿Cómo ha muerto? —preguntó Pablo.

—Le han seccionado la yugular.

—Ese método no parece propio de un delincuente común —aventuró Teresa.

—No, no lo parece. Además, han encontrado en su chaqueta una extraña nota escrita a mano, con una fórmula matemática.

Beth buscó en su móvil la fotografía de esa nota, que le acababan de enviar, y se la mostró a los demás:

$$B>1/n \sum_{i=1}^{n} x_i \text{ Brooklyn}$$

Teresa se quedó paralizada. Apenas necesitó un segundo para darse cuenta de lo que ocurría: el asesino del *rezident* era, en realidad, una asesina. Tenía que ser la agente rusa que le perdonó la vida en la discoteca de Long Island, cuando el ejecutor estaba a punto de matarla. Y ahora pedía ayuda. Esa fórmula matemática, traducida a palabras, era lo que esa mujer le dijo antes de desaparecer: *Be greater than average* («Sé mejor que la media»). Y añadía el nombre del barrio neoyorkino de Brooklyn, donde aquel día la rusa se bajó del coche y se esfumó. Sí, dedujo Teresa, me está pidiendo ayuda. Pero la agente española no compartió el dato con los demás.

—Esa fórmula significa *Be greater than average* —informó Pablo—. Es una gracieta de la NASA. Yo tengo un *magnet* con ese lema pegado en la nevera de mi casa. Lo compré en Cabo Cañaveral.

—Informaré a los investigadores, para que lo tengan en cuenta —dijo Beth, antes de cerrar la reunión—. Ahora debo hablar con la Casa Blanca. Hay que anunciar con urgencia que se rebaja el nivel de las maniobras militares de la OTAN. Espero convencer al presidente y a los generales. Estad localizables. Nos volveremos a reunir para planificar qué hacemos con Lébedev.

Se despidieron, sin que Teresa expusiese sus sospechas sobre la espía rusa.

—¿No me ibas a invitar a cenar?

La pregunta de Teresa era una treta para que Matthew y Blázquez la dejaran a solas con Pablo. Sorprendido, porque no habían hablado de cenar juntos, pero sin ganas de negarse, asintió. Pocos pasos más adelante, Teresa se detuvo bruscamente.

—Olvida la cena.

—¿Cómo?

—Nos vamos a Nueva York ahora mismo.

—¿Estás loca?

Teresa explicó a Pablo que tenían que ir a la calle de Brooklyn en la que la agente rusa detuvo el coche, después de eliminar al ejecutor. Y le contó la relación que la fórmula matemática tenía con eso.

—¿Y supones que esa mujer te está esperando allí?

—No lo supongo, estoy segura —respondió Teresa, mientras hacía señas a un taxi para que se detuviera—. Vamos al aeropuerto Reagan National.

El taxista cumplió la orden con diligencia y veinte minutos después estaban en la terminal. Por el camino, Pablo utilizó su móvil para reservar dos asientos en el primer vuelo al aeropuerto neoyorkino de La Guardia.

En una sala ya vacía, Beth Kramer permanecía pensativa: el documento que el jefe del espionaje chino había entregado a Matthew Perkins en Singapur incluía una amenaza rusa matizada con respecto al informe que le mostró semanas atrás Andrew Rice en la sede del MI6 en Londres. Pero en el de Rice no figuraba la parte en la que se ofrecía una salida para evitar el conflicto.

¿Por qué el documento de Rice solo era una amenaza, mientras el documento de Xen Jiang proponía un pacto? ¿Por qué les habían llegado dos informes distintos sobre el mismo tema? ¿Sería la fuente rusa de esos documentos una única persona o serían dos? ¿Qué intención habría detrás de esa paradoja? ¿Pretendía esa fuente engañar a Occidente, o sería un mensaje de socorro y una llamada de atención para encontrar una salida y evitar un mal mucho mayor?

Nueva York

El taxi tardó menos de media hora en recorrer la distancia entre el aeropuerto de La Guardia y las cercanías de la esquina de Brooklyn en la que Teresa vio por última vez a la agente rusa que le había perdonado la vida. Pablo pidió al chófer que se detuviera a tres manzanas del lugar. Allí se bajaron. Ya era de noche. Las timoratas luces de las farolas alumbraban la zona con dificultad, como acomplejadas, lo que era bueno y malo al mismo tiempo: pasarían más inadvertidos, pero les dificultaría apreciar un peligro si se presentaba.

Las calles estaban vacías, casi huecas. Las naves industriales permanecían inactivas a esa hora y los vecinos de las casas circundantes se preparaban para dormir. Apenas circulaban coches.

El taxi se alejó y solo entonces empezaron a caminar hacia el lugar en el que confiaban encontrar a quien buscaban. Teresa, obsesionada, tenía las pupilas de sus ojos clavadas en el cruce de calles que se encontraba a unos trescientos metros y hacia el que se dirigían. Pablo, precavido y circunspecto, se acercó a un árbol de la calle y rompió una rama. La aferró con fuerza con su mano derecha. No disponía de más armas para protegerse y proteger a Teresa. Volteaba la cabeza para todos los lados posibles, tratando de adelantarse a cualquier riesgo que pudiera sorprenderlos.

Cuando solo estaban a cincuenta metros del lugar al que iban, oyeron un susurro a su espalda.

—Si os dais la vuelta, os mato.

Era una voz de mujer, con evidente acento extranjero, firme y sin un mínimo rapto de cordialidad. «Es ella», confirmó Teresa.

—Deja el palo en el suelo, caminad despacio hacia la siguiente calle y doblad a la derecha.

Pablo y Teresa cumplieron las órdenes. Al girar entraron en un pequeño y oscuro callejón, situado entre dos almacenes de maquinaria.

—Poneos de rodillas, con las manos en la nuca.

Despacio, obedecieron.

—Soy Teresa. He entendido tu mensaje. Por eso estamos aquí.

—Lo sé. Por eso os tengo así. No soy tan estúpida.

—¿Por qué querías que viniéramos? —preguntó Pablo, impaciente por acabar con esa situación: o esa mujer se dejaba ayudar, o se lanzaría a por ella en menos de un minuto.

—El mensaje no era para ti. Era solo para ella.

—Eso ya no tiene remedio —intercedió Teresa, tratando de que la tensión no se disparase—. Lo que tengas que decirnos, lo puedes tratar con los dos.

—Me busca todo el mundo: la policía de Nueva York, el FBI, la CIA y los agentes rusos del consulado. —Nadia abandonó la batalla dialéctica sobre la inquietante presencia de Pablo y decidió centrarse en lo importante—: Necesito ayuda.

—¿Por qué tenemos que ayudarte? —preguntó Pablo, mientras, con su temeridad acostumbrada, se ponía en pie en un movimiento ágil y fulminante, dándose la vuelta, saltándose todas las precauciones y plantando cara a Nadia; no podía saberlo, pero estaba convencido de que la agente rusa no disponía de un arma de fuego; o, si la tenía, no la iba a utilizar, porque él y Teresa eran su única salvación.

—Tengo información para vosotros.

A Pablo le funcionó bien su intuición: Nadia estaba desarmada. Si había matado al jefe de la *rezidentura* cortándole la yugular, posiblemente tuviese una navaja, pero se creía en condiciones de ganar un combate físico, en el caso de que la situación se tornara violenta.

Nadia ofrecía el aspecto de alguien que acabara de disputar una pelea en el barro. En realidad, eso era exactamente lo que había ocurrido, al tirar al suelo al jefe del espionaje ruso en Nueva York y matarlo de una puñalada certera. Sus pantalones estaban sucios y rasgados. La cara mostraba lo que parecía un hematoma en el pómulo derecho, con restos de sangre.

Teresa también se levantó y dio media vuelta para situarse frente a frente con Nadia.

—¿Qué información es esa? —preguntó la española, sin que su voz aparentara conmiseración ni benevolencia.

—Os la daré si me lleváis a un lugar seguro. Necesito que me protejáis durante veinticuatro horas. Después, me iré.

—¿Por qué deberíamos protegerte? —Pablo quiso mostrarse pretendidamente agresivo—. ¿Y por qué vamos a dejar que te vayas? Nuestra obligación es entregarte a la policía.

—Me lo debéis. Tu amiga —Nadia señaló a Teresa con la mirada— está viva gracias a mí. Eliminé al hombre al que buscabais. Y también he eliminado al jefe de los espías rusos en Nueva York. He hecho vuestro trabajo. Ahora me tenéis que ayudar.

—Y si te protegemos durante veinticuatro horas, ¿qué harás después? —intervino Teresa, tratando de evitar que el exceso de brío de Pablo resultara contraproducente.

—Mañana a esta hora tengo que estar en el puerto de carga de Newark. Si me entregáis a la policía, os cobraréis un trofeo inútil. No os servirá de nada. Pero si me escondéis hasta mañana y me lleváis a Newark, allí os contaré algo muy importante.

—Lo haremos de otra manera —advirtió Pablo, con tono rudo y destemplado, tratando de dejar claro que la situación no estaba bajo el control de la agente rusa—: vamos a llevarte a un lugar seguro y allí nos contarás eso que sabes. Si es tan importante como dices, te ayudaremos a llegar al puerto de Newark. Pero si no lo es, te entregaré personalmente en el consulado ruso, porque allí te van a tratar mucho peor que en los calabozos del FBI.

Profirió esas advertencias mientras se acercaba a Nadia con actitud amenazante y la registró de arriba abajo, sin contemplaciones. En efecto, como sospechaba, llevaba encima la navaja suiza con la que había seccionado el cuello del espía ruso del consulado. Se la quitó y la guardó en su chaqueta.

—Déjame ver esa herida.

Teresa —ejerciendo de policía buena frente al policía malo que era Pablo— terció, acercándose con cautela, mientras sacaba del bolsillo unos pañuelos de papel, para limpiar la sangre del rostro de Nadia. Pablo, desconfiado y sin retirar la vista de la escena, se alejó unos metros y buscó un número en su teléfono móvil.

—Papá, necesito tu apartamento de Nueva York hasta mañana. Creo que tenemos algo importante. ¿La clave de la puerta sigue siendo la misma?

Matthew se mostró extrañado de que Pablo estuviera en Nueva York, cuando se habían despedido esa misma tarde en Washington, y creía que él y Teresa iban a cenar en el barrio de Georgetown. Pero evitó hacer preguntas por teléfono: sabía que Pablo nunca le hablaría gratuitamente en términos tan serios. Se limitó a indicarle que, en efecto, la clave numérica para abrir el portal del edificio y la puerta del apartamento seguían siendo las que ambos conocían. Hacía tiempo que Matthew había decidido quitar la cerradura con llave, considerando que era más seguro así.

—En cuanto puedas, cuéntame lo que pasa.

Padre e hijo se despidieron, y Pablo abrió en el móvil la aplicación de Uber. Pidió un coche. Tardaría cuatro minutos en llegar. Teresa se quitó su chaqueta para ponérsela a Nadia, porque así podría cubrirse la cabeza con la capucha. Al llegar el coche, Teresa ocupó el asiento delantero del acompañante, mientras Pablo se sentó detrás junto a Nadia. Seguía sin fiarse.

—¿Se encuentra mal? —preguntó el chófer señalando a Nadia y con más indiscreción de la debida.

—No —respondió Teresa, antes de que Pablo abriera la boca, con su tendencia a gestionar esas situaciones sin la prudencia exigible—. Es que ha bebido demasiado —susurró, acercándose al oído derecho del conductor, que se limitó a asentir y a conducir.

Se dirigieron a un edificio de apartamentos de la calle 35, cerca del cruce con la Quinta Avenida. Era una zona muy transitada, lo que en Manhattan solía ser la mejor opción si el objetivo era no llamar la atención: cuanta más gente había, más fácil era que nadie se fijase en ti. Pasaban unos minutos de la medianoche. A esa hora ya no trabajaba el portero, que se incorporaría a las seis de la mañana.

Pablo marcó la clave para acceder al portal, subieron a la undécima planta y utilizó otra serie de números para entrar en el apartamento. Aunque hacía varias semanas que Matthew no pasaba por allí, no encontraron demasiado polvo en los muebles. Todo estaba en orden y en la nevera disponían de lo básico para engañar al hambre durante unas horas. Aun así, después de instalarse, Teresa bajó a un 7 Eleven cercano para comprar zumo de naranja, algunos refrescos, *pizzas* y sándwiches: avituallamiento de supervivencia para una jornada.

El apartamento tenía un salón con cocina y dos habitaciones, cada una con su propio baño. Teresa propuso dormir con Nadia en una de las estancias, pero Pablo, tan descreído como desconfiado, se negó: Nadia dormiría sola en la cama de la habitación más pequeña, mientras Pablo renunciaría a dormir y pasaría la noche sentado en un sofá sin quitarle un ojo a la espía rusa. Teresa miró a Pablo con una mezcla de extrañeza e ironía: «Tú sabrás lo que haces». Pero Pablo dejó claro que nadie dormiría en ese apartamento hasta que Nadia contase su historia.

Metidos de lleno en la madrugada, con las luces apagadas, los reflejos del neón en las calles atravesaban con determinación las tupidas cortinas del salón, que apenas eran capaces de frenar su intensidad. Pablo apartó una silla de la mesa del comedor e indicó a Nadia que se sentara. Después, colocó otras dos sillas apenas a un metro, enfrentadas a la de la espía rusa, en las que se sentaron él y Teresa.

—¿Por qué has matado al *rezident*? —preguntó Pablo.

—Me torturó y luego abusó de mí.

La espía española sintió un acceso de cólera. No soportaba imaginar la escena. Pero siguió adelante con las preguntas.

—¿Qué nos tienes que contar?

Teresa, con una inflexión benigna, tomó la delantera tratando de iniciar el interrogatorio, temiendo que a Pablo se le dispararan los impulsos virulentos desde la primera pregunta. De hecho, el joven Perkins giró la cabeza hacia Teresa para entregarle una hostil mirada de reprobación. Nadia apreció el gesto sin dificultad, porque no tenía intención ni de ocultar la realidad que estaba dispuesta a contar, ni de retrasarla.

—¿Sabéis quién es Andrew Rice? —preguntó Nadia, retóricamente.

—El jefe del MI6 —respondió Pablo sin esperar a que Nadia terminará de pronunciar el apellido del máximo responsable del espionaje británico.

—Rice trabaja para Moscú. Es un agente doble.

Teresa y Pablo, demudados, miraron a Nadia con desconfianza, incapaces de asumir que alguien del nivel de Rice fuese, en realidad, un espía al servicio de Rusia.

—¿Qué pruebas tienes? —Teresa se adelantó, una vez más, a la ansiedad de Pablo.

—¿Recordáis al diplomático ruso que cayó desde una ventana de la embajada en Berlín?

Nadia insistía con las preguntas retóricas que tanto irritaban a Pablo, quien, esta vez sí, tomó la delantera antes que Teresa y elevó el tono de voz con evidente intención de intimidar.

—¿Qué pasa con ese diplomático?

—Igor Belov, se llamaba. Unas horas antes de morir…

—De ser asesinado por vosotros —interrumpió Perkins, con evidente aspereza verbal.

—… Belov entregó unos documentos a su enlace alemán. —Nadia ignoró la invectiva de Pablo y continuó su explicación sin detenerse—: Mi compañero Gorki los interceptó. En esos papeles estaba el dato sobre Rice. Creemos que Belov lo sabía porque se lo dijo su padre, que es alto cargo del espionaje ruso.

Pablo y Teresa intercambiaron una mirada que mezclaba la preocupación con un cierto sentimiento de oportunidad. Que Rice fuese un espía doble era gravísimo, porque el servicio ruso habría dispuesto durante años de información de primera mano sobre las intenciones de Occidente. Pero ahora, si fuera verdad que trabajaba para Moscú, las agencias occidentales podrían aprovechar ese dato, actuando con la astucia debida.

—¿Desde cuándo trabaja Rice para vosotros? —Teresa quería más datos.

—Os he contado todo lo que sé. Es lo único que pude ver en los papeles de Belov. Gorki no me los quiso enseñar. Aproveché un minuto que fue al baño para hojearlos rápidamente. No tuve tiempo para más.

Pablo, menos condescendiente que Teresa, se puso en pie, dio un paso hacia Nadia, se inclinó sobre ella con evidente pretensión amenazante y pronunció sus palabras martilleando cada una de sus sílabas.

—¿Qué más había en esos papeles?

Nadia se sabía sin opciones: o contaba todo lo que había visto en los documentos o acabaría en una cárcel de Estados Unidos. Pero solo conocía un dato más. Era parcial, aunque los servicios occidentales podrían tirar de ese hilo hasta conocerlo por completo. Ya se sentía una traidora, al haber desvelado quién era realmente Andrew Rice. Si ahora compartía otras informaciones, podría poner en riesgo operaciones militares rusas que ella desconocía, pero que quizá fueran importantes. Sin embargo, pensó, si no satisfacía las exigencias de Perkins, pronto estaría en un calabozo de la CIA siendo sometida a tormentos que no quería imaginar, después de los sufridos en el consulado ruso, y terminaría por hablar. Si lo contaba ahora, tenía más posibilidades de estar a bordo de un barco y fuera del país en menos de veinticuatro horas.

—Ya os he dicho que apenas pude ver nada, porque Gorki no me dejó. Solo tuve un minuto cuando se fue al baño. Vi lo de Rice y también vi un mapa. Creo que era de alguna región de Europa. Había unas líneas con flechas dibujadas sobre ese mapa.

Nadia mintió. Recordaba con precisión que el mapa era de Kaliningrado y de la región polaca de Suwalki, y las líneas señalaban las vías de ataque. Pero no quiso dar tantas facilidades al enemigo. Pablo, descreído y convencido de que la espía rusa no les contaba todo lo que sabía, apretó los puños y mostró su rostro más agresivo para intimidarla.

—No sé nada más —se apresuró a decir, mirando fijamente a los ojos de Perkins en actitud desafiante, antes de que el agente de la CIA, en un previsible arranque pendenciero, bramara o incluso tuviese la tentación de golpearla.

Pero no ocurrió. Pablo, conocedor de sus propios impulsos, dio media vuelta y se marchó aceleradamente de la habitación dando un sonoro portazo, que hizo temblar las paredes, aunque volvió al instante. No dejaría de vigilar a Nadia. La agente rusa, hierática y fría como un témpano, no se inmutó por el acceso violento de Pablo.

Teresa, sometiéndose a sí misma a terapia para mantener el necesario sosiego, aguardó unos segundos, antes de lanzar un dardo certero. Porque, de repente, recordó su conversación con el coronel Blázquez, en la que le habló, entre otras mil cosas, de Kaliningrado y Suwalki. Y recordó también el contenido del informe que el jefe del espionaje chino entregó a Matthew Perkins en Singapur.

—Sé que para un espía dar información al enemigo es una traición. Pero eres consciente de que en estas circunstancias no puedes elegir. —Teresa hizo una pausa, para reforzar el mensaje, antes de llegar allí donde pretendía—. Dime, Nadia, ¿ese mapa del que hablas era de Kaliningrado y del corredor de Suwalki?

Nadia, entrenada para encubrir sus estados de ánimo en situaciones extremas como esta, fue incapaz, en cambio, de evitar un mínimo gesto de asombro ante la pregunta de Teresa. «¿Cómo lo ha sabido?», preguntó a su propio cerebro. Su desconcierto apenas era perceptible, pero resultó suficiente para que la agente española, formada en esa tarea, entendiera que Nadia había respondido afirmativamente, aunque no lo hubiese verbalizado.

Teresa y Pablo se miraron. ¡Eureka!

—Llama.

Pablo no necesitó decir nada más. Se quedó en el salón vigilando a Nadia, mientras Teresa se retiraba a una habitación para telefonear a Beth Kramer. Trató de explicar en pocas palabras qué demonios hacían ella y Pablo en Nueva York con una espía rusa. Y, sin haber conseguido que lo entendiera por completo, se centró en lo que importaba.

—¡Dios mío, no!

En medio de la madrugada, Kramer recibió con espanto la noticia de que Andrew Rice, jefe del MI6 británico, era un espía doble al servicio de Rusia. Sintió que su corazón se detenía cuando, por el contrario, se estaba acelerando hasta latir a una velocidad inaudita y los pulmones se le encogían, dejándola sin oxígeno circulante. Apenas se había incorporado para coger el teléfono que vibraba como un saltimbanqui en su mesilla de noche. Pero al conocer la información de Teresa, Beth desplomó de nuevo su cabeza sobre la cama. Era la segunda vez en poco tiempo que era traicionada por un amigo. Primero, Charlie McKenzie. Ahora, Andrew Rice.

De inmediato fue consciente de que el servicio de espionaje ruso había sido capaz de controlar a colaboradores de su círculo más cercano, y eso le hizo sentirse insegura y débil. ¿Tenía que sospechar de todos los demás? ¿Incluso de Matthew, Pablo y Teresa? ¿También sería Blázquez un agente doble? ¿Y su secretario? ¿Y su número dos?

Kramer se esforzó por aquietar su repentino impulso paranoico: si recelaba de todo el mundo, sus enemigos rusos habrían conseguido una gran victoria, porque dejarían inoperativo el servicio de inteligencia occidental. Debía guardar la calma y sosegarse.

—Dame un minuto.

—Pero hay más… —Teresa tenía otras novedades importantes.

—Ahora te llamo.

Beth cortó la comunicación y dejó a Teresa demudada, cuando se disponía a contarle sus deducciones sobre el mapa al que se refirió Nadia. Pero, en ese momento, Kramer estaba ansiosa por concederse una pausa. En la oscuridad de la habitación, dio media vuelta sobre la cama y hundió su cara en el colchón. Necesitaba reflexionar. Y, para ayudarse en esa tarea, elaboró un silogismo: «Primera premisa: Andrew Rice es un traidor que trabaja para Rusia —se dijo a sí misma—; segunda premisa: Rice me mostró un documento ruso sobre un inminente ataque contra Occidente; conclusión: el documento es tan falso como Rice».

Kramer dedujo que, si el silogismo fuese correcto, lo que Rusia habría pretendido hacer a través de Rice es engañarla, que ella trasladara el engaño hacia sus superiores, que Estados Unidos y sus aliados de la OTAN reaccionaran impulsivamente ante ese engaño y, como consecuencia, organizaran un alocado operativo militar, regalando así a Moscú la excusa que buscaba para proteger Kaliningrado, lanzando al ejército ruso sobre el corredor de Suwalki.

—Hola —respondió Teresa a Beth en el micrófono del móvil, cuando notó la vibración de la llamada en su mano.

—¿Os ha dicho algo más?

Vio un mapa que tenía dibujadas unas líneas con flechas. Le he preguntado si era un mapa de Kaliningrado y Suwalki y no me ha respondido, pero su silencio y su gesto me han parecido evidentes.

—Bingo —dijo Kramer no con tono festivo, sino funerario, al comprobar que era peligrosamente correcto el análisis que acababa de hacer con un silogismo y con la cara en el colchón—. Odio tener razón.

—¿Cómo?

—Debe de ser el mismo mapa que el jefe de los espías chinos le dio a Matthew en Singapur. Los rusos nos han tendido una trampa y hemos caído en ella —reconoció, melancólica y doliente—. Nos han atrapado y no sé cómo vamos a escapar. Estamos al borde de una catástrofe.

—Pues hay más, Beth.

Teresa informó a Kramer de que Nadia era la asesina del espía ruso de Central Park y que ahora pretendía que la ayudaran a huir, después de haberles dado esa información.

—¡¿Os habéis comprometido a llevarla al puerto de Newark?! —preguntó Beth, encolerizada con la sucesión de malas noticias que se le acumulaban.

—En sentido estricto, no. Le dijimos que dependía de la relevancia de la información que nos diera. Pero es evidente que la información es importante.

—Teresa, sabes que ese no es motivo suficiente para que permitamos huir a una espía rusa que ha cometido asesinatos en suelo de Estados Unidos y en otros países.

Kramer endureció la inflexión de su voz, en lo que a Teresa le pareció un reproche por no haberla avisado antes de llevar a Nadia al apartamento de Manhattan.

—Haremos lo que tú decidas —dijo Teresa, con voz casi inaudible, ante la reprimenda que acababa de recibir; en sentido estricto, Beth Kramer no era su jefa, pero era algo más importante: su amiga.

Beth se mantuvo en silencio durante unos segundos, sin que Teresa interrumpiera lo que suponía que era una meditación que requería de un respetuoso mutismo.

—Te sientes moralmente obligada a dejarla ir, ¿verdad? —preguntó Kramer en un instante de benevolencia y hasta compasión, recordando que Nadia había permitido vivir a Teresa, cuando pudo haberla matado o dejar que la matara Gorki. —Teresa no respondió, pero evitar una respuesta era tanto como responder que sí—. Lo que vamos a hacer incumple varias leyes federales y algunas del estado de Nueva York. Espero que no acabemos todos en la cárcel. Llevadla al puerto de Newark, pero, como os descubran, iré yo personalmente a mataros a ti y a Pablo con mis propias manos.

—Descuida.

Teresa quiso entender que la referencia a matarlos con sus propias manos era una figura literaria, pero comprendió el mensaje. Interrumpió la llamada precipitadamente, como si no quisiera dar tiempo a Beth para que cambiara de criterio. Ahora tenía que preparar con Pablo la fuga de Nadia.

Kramer, en la habitación de su casa en Washington, con las luces apagadas, en medio de la madrugada, agarró la almohada con las manos, la empujó contra su boca y gritó con una rabia desmedida. No era la primera vez. La furia del chillido quedó acallada, casi amordazada, pero era furia, al fin. Se sentía derrotada por sus enemigos, que habían sido capaces de captar a quienes ella consideraba sus amigos. «He fracasado», se dijo, vencida y entregada..., pero viva. Aún hay tiempo, pensó, y ya no durmió en toda la noche. Necesitaba elaborar una estrategia, mientras en Nueva York, Teresa y Pablo gestionaban otro problema.

—¿Quién ha organizado el plan para sacarte de Estados Unidos?

Quedaban veinte horas para que Nadia abordara el barco que se la llevaría de allí, y Pablo no quería desperdiciarlas. La agente rusa sintió el impulso inicial, propio de su profesión, de no responder o de hacerlo con una mentira que le permitiera ganar tiempo. Pero en dos segundos concluyó que no tenía sentido, porque solo podía poner en riesgo sus opciones de volver a Rusia y, además, la información de la que disponía era fácil de deducir por sus interrogadores.

—El general Lébedev —respondió serena y firme.

—¿El jefe del GRU? —preguntó Teresa.

—Sí.

—¿Es él ante quien reportas? ¿Es tu jefe directo?

—Sí.

—¿Y el *rezident* al que has eliminado?

—Él solo me transmitió algunas órdenes del propio Lébedev, pero no sabía que yo estaba en contacto directo con el general.

—¿Eres tan ingenua de pensar que cuando te torturaron en el consulado ruso fue por decisión del *rezident* y no de tu general? —Pablo pretendía encontrar una contradicción que descolocara el relato de Nadia, pero no lo conseguía.

—Por supuesto que no soy tan ingenua. El *rezident* nunca me hubiera puesto una mano encima sin una orden del general.

—¿Los espías del consulado conocen este plan para sacarte del país?

—Creo que no, pero no se puede descartar que alguno lo sepa.

—¡Y entonces nos estarán esperando en Newark, para capturarte, antes de que subas al barco! ¿O crees que van a dejar que huyas, después de eliminar a su jefe?

Nadia guardó silencio, porque la otra opción era darle la razón a Pablo.

—Y si consigues subir al barco, ¿cómo sabes que no vas a terminar en un camarote, recibiendo otra paliza? ¿O, quizá, con un grupo de marineros arrojándote por la borda en mar abierto? —Teresa ya no ocultaba sus muchas dudas.

—Tengo la orden de volver, y yo siempre cumplo las órdenes.

—¿Cuál es el destino del barco?

—Creo que será Cuba.

Teresa y Pablo tenían el nombre que buscaban: Lébedev. No les sorprendió. Al contrario, confirmó sus sospechas. Ahora tenían que hacer algo que iba en contra de sus principios profesionales, aprendidos durante años de formación y oficio: ayudar a que una espía del enemigo pudiera escapar, en lugar de entregarla a la justicia. Pero en el espionaje, como en la vida, existían la contradicción y el intercambio de favores, aunque costara hacerlos.

—Mañana es Nochebuena —constató Pablo.

—No habrá tráfico para ir a Newark —advirtió Teresa.

—Eso es bueno y es malo. Nos podremos mover sin riesgo de quedar atrapados en un atasco o por un accidente. Pero llamaremos la atención: nadie se mueve en Nochebuena; la gente está cenando en casa. Una patrulla de la policía podría tener la curiosidad de ver quién va en un coche en plena Nochebuena, y al puerto de Newark.

—En Newark sí habrá actividad —apuntó Teresa—. Un puerto tan importante como ese no se detiene ni en Nochebuena.

—Y los rusos del consulado tampoco se quedarán quietos. La Navidad les importa poco.

Puerto de Newark, Nueva Jersey

El recorrido desde el centro de Manhattan hasta el puerto de Newark se realizaba en menos de cuarenta minutos si, como ocurría a última hora de la noche, el tráfico era fluido. Más aún, en Nochebuena. Por la mañana, Pablo alquiló un coche utilizando documentación falsa. No irían en un automóvil propio, ni pedirían un taxi, cuyo chófer podría acabar sabiendo demasiado.

Nadia les había contado el plan de Moscú para exfiltrarla. Junto a la valla de un aparcamiento en superficie, cada día y cada noche estacionaba una pequeña cocina móvil, instalada en una camioneta. En Estados Unidos las hay por miles en todas las ciudades. Hacen su negocio en los centros de trabajo, donde sirven comida rápida para desayunos, almuerzos y cenas. Nadia subiría a esa camioneta, se escondería en su interior y el cocinero —generosamente sobornado para realizar esa tarea, a cambio de no hacer preguntas y guardar silencio— la llevaría hasta el muelle, gracias a que disponía de los permisos necesarios para entrar en el recinto del puerto, donde iba cada noche para dar servicio a los estibadores y a los centenares de camioneros que trabajaban allí de madrugada cargando o descargando sus camiones. El barco, de bandera de conveniencia panameña, estaba atracado en el muelle norte del conocido como Elisabeth Channel.

Pero este operativo era anterior a que el jefe de los espías del consulado apareciese con la yugular seccionada en Central Park. Quienes debían facilitar su huida en el barco —sus colegas rusos— ahora podrían estar en las inmediaciones para impedirlo y capturarla; mientras que Pablo y Teresa, que tenían el deber de detenerla para llevarla ante la justicia, ahora intentaban facilitar su fuga. «¡Qué paradoja!», pensó Nadia.

Veinticuatro horas antes, y cuando Pablo ya había explicado los detalles a su padre, apagó su teléfono móvil y el de Teresa para evitar que alguien pudiera monitorizarlos.

Pablo fue el primero en abandonar el apartamento, para llevar el coche hasta la puerta del edificio, pero antes amarró las muñecas de Nadia con bridas. Seguía sin fiarse de la espía rusa. Eran las diez de la noche.

Teresa y Nadia salieron por la puerta del edificio vestidas con ropa deportiva de colores oscuros y gorras de béisbol. No encontraron peatones en las aceras, ni coches en esa calle. Manhattan, en plena Nochebuena, parecía el escenario de una película apocalíptica.

Pablo arrancó con suavidad e inició el itinerario previsto: llevarían a la agente rusa hasta la calle Tyler, una de las vías de acceso a la zona de carga del puerto. Allí debería estar la camioneta. Callejeó con la cautela debida, aunque no existía riesgo de colisión con ningún otro coche, ante la ausencia de tráfico. Pero no todo era tan sencillo. Aún no habían llegado al túnel para cruzar al otro lado del río Hudson, cuando divisó en la distancia el reflejo de las luces de un coche policial.

—¿Qué hago? ¿Sigo o me desvío? —Pablo planteó sus dudas en alto.

—Desvíate —respondió Teresa—. Si nos cruzamos con ellos, es posible que nos paren. Somos los únicos que nos movemos a esta hora, y eso levantará sus sospechas.

Pablo dobló a la derecha en la primera calle disponible. Avanzó tres manzanas y, pocos segundos después, el coche de la policía apareció en su retrovisor.

—Viene detrás.

—Pero no ha puesto las sirenas.

—No.

—Entonces no te pares.

Pero el coche de la policía aceleró, hasta colocarse pocos metros por detrás.

—Lo tenemos pegado al culo.

—Ahora no podemos parar. Sería más sospechoso todavía. Sigue como si no pasara nada.

Así lo hizo Pablo, hasta que el coche policial se colocó en el carril izquierdo de los dos que tenía la calle, aceleró y se puso en paralelo con ellos. En ese momento, se activó la sirena. Teresa no quiso esperar más y cortó las bridas que maniataban a Nadia. Si el policía las veía, estarían perdidos, porque no podría dar una explicación creíble.

Desde su posición al volante, el agente bajó la ventanilla del acompañante y ordenó a Pablo que parase. Ambos coches se detuvieron, el policía salió del suyo y caminó hacia Pablo, con la mano apoyada en la pistola que llevaba al cinto. Pablo también bajó la ventanilla.

—Buenas noches —saludó el agente, sin mostrar amabilidad en su tono de voz; más parecía una acusación preventiva—. ¿Adónde van a estas horas? Es Nochebuena. ¿Tienen algún problema?

—Buenas noches. —Pablo escenificó su mejor sonrisa—. Venimos del hospital. Mi mujer y yo hemos tenido que llevar a mi hermana. La cena le ha sentado mal y tenía muchos dolores intestinales. Le han dado una medicación y ahora está sedada.

El policía miró a través de la ventanilla bajada, y vio a una mujer apoyada en la puerta del coche, con los ojos cerrados, y a otra que la acompañaba. El gesto del agente era difícil de interpretar, y eso aumentaba la tensión. El policía se tomó unos segundos para resolver sus dudas y, como no lo hizo, decidió actuar.

—Salga del coche, por favor —ordenó a Pablo, con más firmeza que cortesía.

Pablo tardaba en reaccionar, a lo que Teresa tuvo que tomar la iniciativa, susurrando desde el asiento de atrás.

—Haz lo que dice.

Pablo abrió la puerta con cuidado, para no realizar ningún movimiento brusco. No quería provocar una reacción del policía, que no apartaba su mano derecha de la pistola.

—Dese la vuelta y ponga las manos sobre el coche, donde yo las pueda ver.

Pablo atendió la exigencia, mientras en su ánimo crecía la intranquilidad ante la evidencia de que la situación se tornaba peligrosa. El policía procedió a un registro minucioso, en busca de algún arma. Empezó por los hombros, siguió por los brazos y terminó por el pantalón. Y fue allí, en el bolsillo derecho, donde notó algo.

—¿Qué es eso?

—Una navaja suiza.

Era el arma con la que Nadia había seccionado la yugular del jefe de los espías rusos en Nueva York. Sin que Pablo hubiera terminado de pronunciar la palabra «navaja», el policía ya había desenfundado la pistola y apuntaba a su detenido a la cabeza.

—¡No se mueva! —gritó el policía.

—¡Es una navaja suiza! ¡La utilizo solo como herramienta! —trató de justificarse Pablo.

—¡Oficial! —bramó Teresa desde el interior del coche, intentando dispersar la atención del policía.

—¡Cállese y no se mueva de ahí! —ordenó el agente, fuera de sí, y metiendo la mano en el bolsillo de Pablo para sacar la navaja.

De inmediato, esposó a Pablo y lo siguió cacheando, hasta encontrar la cartera en la que tenía la documentación. La observó, mientras buscaba la radio que tenía en el hombro, para comunicarse con la central. Dio el nombre que figuraba en la tarjeta del seguro social. Comprobó que era el mismo que aparecía en el permiso de conducir. Ambos documentos eran falsos, pero se trataba de una falsificación realizada por la CIA con materiales oficiales. En efecto, el nombre del detenido aparecía en los registros, pero no existía ninguna orden de búsqueda, ni en su expediente había antecedentes judiciales o policiales. Tampoco tenía pendiente de pago ni siquiera una multa por aparcar donde no debía.

Pablo respiró aliviado, al comprobar el buen trabajo realizado por sus compañeros de Langley, aunque al agente le parecía demasiado perfecto para ser cierto. Era consciente de que ya no tenía justificación para mantener retenido a ese hombre al que había esposado, pero todavía guardaba una última trampa.

—¿De qué hospital vienen? —El policía buscaba alguna contradicción, como último recurso.

Pablo, aún con las muñecas atrapadas en las esposas y con los nervios erizados, tuvo un sospechoso momento de duda muy poco conveniente, dadas las circunstancias: no conseguía recordar el nombre de ningún hospital de Manhattan, hasta que le asaltó a la memoria el centro médico en el que fue atendido de las lesiones provocadas por Gorki, «el puto Jason Bourne».

—Del Presbyterian Downtown —dijo precipitadamente, como quien se presenta a un concurso y se da cuenta, en el último segundo disponible, de que conoce la respuesta a la pregunta que le concederá el premio final.

—Espero que mejore la señora —dijo el policía, después de un corto silencio que pareció muy largo; liberó a Pablo de las esposas y se retiró—. Buenas noches y feliz Navidad.

—¿Y mi navaja suiza?

El policía asimiló la pregunta de Pablo como si fuese un último desafío de ese individuo del que seguía sospechando. Si antes desconfiaba de él, ahora el recelo se engrandecía. Aun así, no teniendo un motivo legal para confiscar la navaja, se la devolvió.

—Feliz Navidad —dijo Pablo, aliviado y con la navaja de vuelta en su mano; no podía permitir que el policía se quedara con el arma de un crimen, que podía inculparlo de algo que no había hecho.

Subió al coche, reanudó la marcha con dificultades para contener el nerviosismo y enfiló hacia el túnel. El policía, suspicaz y aún en pie junto a su coche patrulla, se comunicó de nuevo con la central.

—Quiero que estés atento a las cámaras de tráfico de túnel Holland. Comprueba si en los próximos minutos pasa por allí un Honda CR-V de color blanco, matrícula KXN5325.

Tres minutos después, la central se lo confirmó. El coche con el hombre de la navaja suiza y las dos mujeres estaba atravesando el Hudson y, cuando saliera del túnel, ya se encontraría en el estado de Nueva Jersey, donde él ya no tenía jurisdicción. Pero sí la tenía su viejo amigo Richard, policía de Jersey City, justo al otro lado del río. Esa tarde habían hablado para desearse una feliz Navidad, y constataron que a ambos les correspondía trabajar en Nochebuena.

Richard tomó nota de los datos del coche y de las sospechas de su colega neoyorkino.

—Estoy muy cerca de la salida del túnel. Esperaré aquí y te diré hacia dónde van.

Pablo se alegró al salir a la superficie sin haber sufrido ningún incidente más, después de recorrer el Hudson de este a oeste por el subsuelo. Apenas coincidieron en el trayecto con unos pocos coches. Ya estaban cerca.

—Los tengo a la vista —dijo el agente Richard en su teléfono móvil—. Van hacia el sur, en dirección al puerto de Newark. Los seguiré a distancia, si puedo.

Pablo comprobó cómo, conforme se acercaban a las instalaciones portuarias, la intensidad del tráfico era mayor. Ahora se cruzaban con camiones que iban y venían, como si en ese lugar no se celebrara la Nochebuena. Y también se percató de que, más allá de los dos enormes tráileres que llevaba detrás, había un coche de policía con las luces de la sirena apagadas.

—Hay otra patrulla.

—El poli de Nueva York ha debido de avisar a los de Nueva Jersey —dedujo Teresa, asustada.

—Tengo que esquivarlo o no podremos terminar la operación.

Y, en ese momento, apareció el golpe de suerte que necesitaban: empezó a llover con fuerza. En un par de minutos, la calzada ya acumulaba una cantidad de agua suficiente para que a Pablo se le ocurriera una maldad: provocar un accidente.

—¡Agarraos con fuerza ahí atrás! ¡Voy a dar un frenazo, después giraré bruscamente hacia la izquierda para atravesar el coche en la carretera, y luego enderezaré otra vez para seguir de frente! ¡¿Entendido?! ¡¿Preparadas?!

La respuesta unánime de Nadia y Teresa fue un sí atemorizado.

Pablo inicio el proceso al reducir ligeramente la velocidad del coche para ganar distancia con respecto a una furgoneta que tenía delante, y para que el camión que iba detrás se acercase. Cuando la furgoneta estaba a más cien metros y el camión a menos de veinte, Pablo frenó en seco y dio un volantazo hacia la izquierda, para taponar la carretera con el coche, lo que provocó que las dos mujeres que llevaba en los asientos traseros sufrieran un violento zarandeo hacia delante y hacia atrás, y de lado a lado, hasta golpearse la cabeza y los hombros con las puertas a izquierda y derecha.

El camionero que lo seguía tardó un segundo en percatarse de la maniobra suicida del automóvil que tenía enfrente, debido a la poca visibilidad provocada por la intensidad de la lluvia en el parabrisas. Pero, al darse cuenta, pisó el freno con fuerza y también dio un volantazo para evitar la colisión. Como resultado, el tráiler quedó atravesado en la carretera, y el camión que llegaba más atrás también tuvo que dar un frenado agónico pero inútil, porque las ruedas patinaron y no pudo evitar el choque. El morro de un camión quedó incrustado en el remolque del otro.

A continuación, el coche de la policía escapó del impacto, pero se salió de la vía, hasta caer en una zona de arbustos y barro, que inmovilizaron el vehículo en medio del temporal. Saltaron los airbags y el agente quedó conmocionado durante unos minutos.

Para ese momento, Pablo ya había recuperado la dirección y escapaba del lugar a toda velocidad, mirando por el retrovisor para comprobar que la maniobra había resultado ser un éxito. El incidente mantendría ocupado al policía durante un largo rato.

—¡¿Estáis bien?! —gritó, volviendo la vista hacia los asientos traseros, donde Teresa y Nadia trataban de recuperarse.

La respuesta fue positiva, sin hacer comentarios sobre los muchos golpes que habían sufrido.

—Ahora hay que tener cuidado con mis colegas del consulado —advirtió Nadia—. Pueden estar esperándonos a la entrada del puerto. Seguro que me siguen buscando.

Pablo y Teresa lo sabían.

—Allí está la camioneta —dijo Teresa.

La lluvia caía ahora con más fuerza, y el limpiaparabrisas no era capaz de aliviar el agua al ritmo necesario para facilitar la visibilidad. A unos cien metros de la camioneta, Pablo detuvo el coche en el arcén. No quería ir más lejos, de momento. La compuerta lateral, a través de la cual servían sus productos a los clientes, estaba cerrada.

Pablo reanudó la marcha, después de que tanto él como Teresa confirmaran que nadie vigilaba la escena, aunque no podían estar seguros. Y tampoco estaban seguros de si al abrir la camioneta se encontrarían con un amigo —el cocinero sobornado para ayudar a Nadia— o con un enemigo —los espías rusos del consulado, dispuestos a enviar a Nadia al infierno—.

A unos veinte metros había un camino empedrado que se alejaba de la carretera principal hacia una zona arbolada. Pablo tomó esa vía y metió el coche entre la vegetación. Ahí no podría verlo nadie en medio de la noche y con la lluvia pertinaz que caía. Abandonaron el automóvil. No habría problema: lo había alquilado con un nombre falso.

—Iremos a pie y con mucho cuidado —dijo Pablo, sacando la navaja suiza del bolsillo—. Poneos detrás de mí.

Caminaron en silencio, agachados y rozándose con los arbustos, mientras el chaparrón arreciaba. Eran tres figuras vestidas de negro, apenas visibles en la oscuridad. A solo cuatro metros de la camioneta, Pablo hizo un gesto para que Teresa y Nadia se detuvieran, mientras él daba unos pasos hacia la puerta que, repentinamente y por sorpresa, se abrió.

—¡Papá!

Matthew Perkins se presentó, como una aparición, ante los ojos asombrados de su hijo, que dio un salto hacia atrás, aún sobresaltado por el susto.

—¡Subid! ¡Rápido! —ordenó el padre, con la premura del momento.

—¡¿Qué haces aquí?! —Pablo seguía en *shock*.

—¡Os he llamado a los móviles desde esta mañana y están apagados!

Ante la falta de comunicación, esa tarde Matthew había recorrido en coche la distancia entre Washington y el puerto de Newark, temeroso de que algo hubiera ocurrido, consciente de que su hijo y Teresa necesitarían ayuda, y persuadido de que no se la podían pedir a nadie más.

Los tres subieron a la camioneta y comprobaron con asombro que había dos hombres tumbados y amordazados en la parte de atrás. Parecían inconscientes.

—¿Y estos? —preguntó Pablo.

—Son los amigos de Nadia —ironizó Matthew, en referencia a los espías del consulado—. Os estaban esperando. No llevan documentación, pero hablan con acento ruso.

Una hora antes, el mayor de los Perkins había golpeado la puerta de la camioneta, pidiendo que le atendieran, porque quería comer algo. Lo hizo de forma tan exagerada y repetida que, cuando abrieron la puerta, fue para decirle que se marchara y dejara de molestar. Pero, en ese momento, el mayor de los Perkins lanzó botes de gas lacrimógeno al interior del vehículo, cerró la puerta y la bloqueó, para que no pudieran salir. Los dos individuos, atrapados en el interior, empezaron a toser, sufrieron amagos de convulsión y una fuerte opresión en el pecho. Segundos después, ante el efecto del gas en sus víctimas, Matthew abrió de nuevo, esperó unos segundos para que se ventilara el habitáculo, entró en el vehículo, vio que los agentes rusos apenas podían moverse, golpeó sus cabezas con una piedra para dejarlos semiinconscientes y doloridos, los amordazó con cinta americana para que no pudieran gritar, y amarró sus manos y sus pies con unas bridas. Ahora, recuperada la consciencia, pero inmovilizados, veían a Nadia en la camioneta, sin capacidad para cumplir la misión que les habían encomendado: atraparla y llevarla de vuelta al consulado, donde se procedería a hacerla desaparecer. Pero eso no ocurriría.

—Poneos esto.

Pablo, Teresa y Nadia se colocaron en la parte de atrás, tratando de que los guardias que custodiaban la entrada del puerto no los vieran. El mayor de los Perkins se puso al volante. Su rostro estaba semioculto por un gorro de lana, una bufanda y unas enormes gafas de pasta. Ahora el problema podía surgir en la entrada al recinto portuario, si los guardias del acceso tenían demasiado interés en trabajar esa noche. Sin embargo, la suerte acudió en su ayuda.

Cuando se acercaba, frenó la camioneta casi hasta detenerla, creyendo que alguno de los guardias acudiría a pedir documentos o preguntar adónde iban. Pero, para su sorpresa, la barrera se abrió. Matthew no lo sabía, pero el ordenador del servicio de vigilancia del puerto tenía registradas las matrículas de los vehículos que entraban y salían todos los días. A su paso, el sistema informático los detectaba y la barrera se levantaba automáticamente. Y la camioneta de desayunos, comidas y cenas era uno de esos vehículos.

—No lo vais a creer, pero estamos dentro —confirmó Matthew, con la alegría contenida de Pablo, Teresa y Nadia.

La camioneta avanzó con cautela, a través de calles encharcadas por la lluvia torrencial que no cesaba. Al girar a la derecha, el barco que buscaban apareció ante sus ojos. Los datos de Nadia eran correctos: estaba atracado a unos trescientos metros, en el muelle norte del Elisabeth Channel. Vieron la pasarela de acceso al carguero, pero no parecía haber nadie a bordo ni en el pantalán. Matthew detuvo el vehículo a cien metros. No se acercaría más.

—Bájate aquí —ordenó el mayor de los Perkins—. Irás tú sola hasta el barco.

Nadia no dijo nada. Sí miró hacia atrás, con evidente desprecio, para ver por última vez a sus colegas rusos, amarrados en el suelo de la camioneta. Después, levantó la vista hacia los ojos de Teresa. No hablaron, pero ambas sintieron que se estaban dando las gracias mutuamente, por haberse salvado la una a la otra. Era un agradecimiento entre enemigas; una especie de «Hemos hecho un armisticio, pero aquí termina; si volvemos a encontrarnos, trataré de acabar contigo».

Nadia pretendió ignorar a Pablo, pero el joven Perkins tenía algo para ella.

—Toma —dijo, sacando del bolsillo de su pantalón la navaja suiza con la que había matado al jefe de los espías rusos en Nueva York—. Quizá la necesites en el barco, porque no sabes lo que te vas a encontrar. Y no vuelvas. Si lo haces, no te dejaremos ir.

Nadia no respondió. Tomó la navaja en su mano derecha, abrió la puerta de la camioneta y empezó a caminar hacia el barco, empapada por la lluvia y mirando en todas las direcciones posibles. Estaba aterrorizada: como le había dicho Pablo, no sabía si el barco sería su salvación o su final.

—Mejor no le contemos a nadie que hemos ayudado a escapar a una espía rusa —sentenció Matthew con sarcasmo; solo encontró como respuesta el silencio.

En la distancia, condicionados por la oscuridad de la noche y la incesante lluvia, Pablo, Teresa y Matthew vieron a Nadia subir a bordo del barco por la pasarela, hasta que desapareció de la vista. Se perdió entre los cientos de contenedores instalados en la cubierta. El carguero zarparía poco después. Su destino oficial, Bahamas.

Fue entonces cuando Matthew giró el volante y dio la vuelta. Confiaba en salir del puerto de inmediato y sin incidentes. Pero, al llegar al control, se sorprendió al comprobar que la barrera no se levantaba automáticamente, como había ocurrido al entrar. Y uno de los guardias de seguridad salía de la garita, enfundado en un chubasquero y con una carpeta, para acercarse a la ventanilla y pedir al conductor que la bajara. Matthew advirtió a Teresa y a Pablo, y les hizo un gesto con la mano para que se escondieran.

—Buenas noches. ¿Ocurre algo? ¿Por qué se van tan pronto, si acaban de entrar?

—Es que no hay casi nadie. Como llueve mucho y es Nochebuena, la gente debe estar cenando dentro de los barcos. Y los estibadores tampoco salen.

—Sí, seguramente. ¿Está usted sustituyendo a Joe?

—¿Cómo? —Matthew había oído perfectamente lo que le decían, pero necesitaba un segundo para encontrar una respuesta.

—Joe, el conductor que viene siempre con esta camioneta.

—¡Ah, sí, Joe! Hoy se ha quedado en casa para celebrar la Nochebuena con su familia.

Ellos no lo sabían, pero el dueño de la camioneta estaba atado a un árbol, amordazado, empapado por la lluvia caída y aterido de frío a un par de kilómetros de allí, donde lo habían amarrado los agentes rusos para quedarse con su vehículo y esperar la llegada de Nadia. Sin embargo, Matthew llegó primero. El hombre atado a un árbol fue encontrado al día siguiente, en muy mal estado, por un vecino que tenía como costumbre sacar de paseo a su perro por el campo.

—Me alegro por él. Usted y yo tenemos que trabajar, ja, ja, ja.

—Sí, bueno. ¡Feliz Navidad! —Matthew trataba de que la charla terminara ya.

—¡Feliz Navidad!

La barrera se abrió y la camioneta avanzó hacia la carretera. Pero aún quedada un susto más. Al iniciar la marcha, el guardia volvió a gritar a Matthew y a pedirle que se detuviera de nuevo. «Esto se complica», pensó.

—Le recomiendo que no vaya en esa dirección —dijo amablemente el responsable de seguridad, señalando el sentido norte de la carretera—. Me han informado de que ha habido un accidente y el tráfico está detenido.

Aliviado, Matthew agradeció la información y dobló hacia el sentido contrario.

—Ya me he ocupado yo de que colapsara el tráfico —dijo Pablo, desde el fondo del vehículo, sin que su padre prestara demasiada atención; de hecho, no sabía de qué hablaba.

Una vez en la carretera, Teresa planteó la siguiente duda que debían resolver de inmediato.

—¿Qué hacemos con estos? —preguntó, en referencia a los dos agentes rusos que seguían amordazados y maniatados en el fondo de la camioneta.

—Los vamos a llevar a su casa —respondió Matthew.

—¿Cómo? —Pablo tenía problemas para entender la lógica de esa decisión.

—Si a estos dos los hacemos desaparecer, tendremos un problema diplomático añadido a los que ya hemos acumulado. Lo mejor es dejarlos en el consulado. Allí se ocuparán de ellos por fracasar en la operación. Os lo puedo asegurar.

—Pero se comunicarán con el barco y podrían ordenar que maten a Nadia. —Teresa aún mantenía cierto sentimiento de deuda pendiente con la agente rusa que la había dejado vivir.

—Si la orden de acabar con ella es de Moscú, nada la salvará —aclaró Matthew—: la arrojarán por la borda del barco, cuando estén en alta mar. Pero si se trata de una venganza de los agentes del consulado sin conocimiento de Moscú, ya no podrán hacer nada, porque los agentes del barco no atenderán otras órdenes que no sean las de sus jefes en Rusia. Nosotros hemos hecho por ella más de lo que sería prudente.

No habían pasado cuarenta y cinco minutos, cuando la camioneta accedía a la calle que llevaba hasta el consulado ruso en Manhattan. En plena madrugada de Nochebuena y sin parar de llover, nadie paseaba por las aceras y apenas circulaban coches por la calzada. Matthew llevó el vehículo hasta la entrada del edificio consular y lo detuvo, después de comprobar que en ese momento estaban solos. Pablo cortó las bridas que atenazaban los pies de uno de los espías rusos. Le permitiría caminar, pero solo eso, porque lo mantuvo con la cinta americana en la boca y con las manos amarradas. Luego, abrió la puerta lateral, lo agarró por las solapas y lo arrojó fuera de la furgoneta, hasta caer al asfalto con cierto estrépito. Sin pausa, repitió la misma operación con el segundo, y Matthew arrancó con un acelerón. La camioneta desapareció de la vista en lo que dura un suspiro. Tomó la Quinta Avenida en dirección sur y, veinte manzanas después, giró a la izquierda buscando un lugar donde estacionar. Lo encontró. Matthew, Pablo y Teresa abandonaron el vehículo y caminaron dos manzanas más. Allí pararon un taxi, que los llevó hasta un *parking* de la calle 75, donde Matthew había aparcado su coche. En pocos minutos, los tres viajaban de vuelta hacia Washington. Los tres se desearon una feliz Navidad.

La Habana, Cuba

El buque de carga de bandera panameña con destino a Bahamas bordeó la costa este de Estados Unidos en dirección sur, dejó Miami a estribor y navegó a mar abierto. Pero fondeó antes de poner su proa hacia la ciudad de Nasáu, ya cerca de la isla. Horas después, de madrugada, un pesquero cubano se acercó al buque, del que descendió una mujer que pasó la travesía encerrada en un camarote, evitando las miradas curiosas de la tripulación. Todos sabían que llevaban a alguien importante, pero nadie se atrevió a preguntar de quién se trataba.

El pesquero navegó por el canal de entrada del puerto de La Habana, entre el faro del castillo del Morro y el castillo de San Salvador de la Punta. Se dirigió hacia la ensenada de Guanabacoa y atracó. Faltaba poco para el amanecer.

Minutos después, ya con el sol iluminando la bella decadencia habanera, la joven descendió por la pasarela hasta el muelle, donde esperaba un coche negro con los cristales tintados. La ventanilla trasera izquierda se abrió y el rostro de una mujer de mediana edad se apareció ante Nadia. Se presentó como Anna.

—Sube.

Nadia atendió la invitación, que en realidad era una orden. No tenía alternativa. El coche se puso en movimiento con cierto ceremonial, salió del recinto portuario, recorrió las calles de la ciudad hacia el oeste, bordeó el Malecón hasta la Quinta Avenida y el barrio de Miramar, y llegó a la embajada de Rusia: un enorme complejo de edificios, que ocupaba cuatro hectáreas de terreno a pocos metros del mar y junto al Acuario Nacional de Cuba.

Llamó su atención una de las construcciones de la delegación diplomática, especialmente inquietante. Vista desde cierta distancia, se asemejaba a la torre de control de un aeropuerto, conformada por una mole de cemento con apenas unos ventanucos, que se elevaba hasta una zona de tres plantas acristaladas, y se coronaba con un remate estrecho en lo más alto, que apuntaba hacia el cielo. Se terminó de construir en 1987, con diseño de Aleksandr Rochegov, un celebrado arquitecto de la época soviética. La altura y la anchura de su cuerpo principal habían convertido el edificio en motivo de chanza para el ingenio sarcástico de los cubanos, que hicieron circular la especie de que pudiera ser el silo de un misil nuclear que apuntaba a Estados Unidos. Y la aparente aguja gótica catedralicia de su techo, en forma de tosco bloque pétreo de estilo estalinista, no hacía más que alimentar la sospecha, que, en su momento, la CIA no dejó de investigar, por las dudas.

El coche negro accedió al recinto diplomático desde la Quinta Avenida habanera, recorrió un camino empedrado y amparado por un cuidado jardín de hierba y palmeras, esquivó el acceso al edificio principal y se dirigió a una puerta lateral, más discreta, para evitar los ojos de los funcionarios. Nadia fue conminada a salir del vehículo y conducida hasta una sala sin ventanas, situada en el primer sótano. Estaría sometida a la estricta vigilancia de cuatro hombres y de la mujer que la había recogido unos minutos antes en el puerto. Los seis se encerraron bajo llave, con una luz blanca y cenital, que caía a plomo sobre una mesa gris y metálica.

—Quítate la ropa —ordenó la mujer.

Nadia se sintió cohibida, y no estaba acostumbrada a sentirse así. Pero cumplió la orden, a pesar de la incomodidad que le provocaba la presencia de cuatro hombres y el recuerdo de lo que, en circunstancias parecidas, le habían hecho en el consulado de Nueva York. Después de todo lo ocurrido, ya se abandonaba a su suerte. De momento, seguía viva. Anna quiso confirmar que Nadia no llevaba nada oculto en ningún lugar de su cuerpo. Estaba agotada y le invadía el sueño.

—Ponte esto. Luego podrás ducharte y descansar.

La mujer entregó a Nadia un pantalón y una camisa. Ahora la interrogaría, antes de llevarla a una habitación. Se sentaron frente a frente, con la mesa de por medio y la luz sobre sus cabezas.

—¿Por qué mataste al *rezident* en Nueva York?

Nadia era consciente de que no le serviría de nada mentir.

—Porque me metió en un lugar como este y me torturó. Me siguió torturando cuando ya tenía toda la información que necesitaba, y después abusó de mí.

Anna recibió el mensaje como si fuese una advertencia, a pesar de que Nadia no tendría la posibilidad de enfrentarse con éxito a los cuatro hombres que la rodeaban en ese sótano. Pero eso no iba a pasar. La orden de Moscú era terminante: recoger a la mujer en el barco, llevarla a la embajada, facilitarle el descanso durante unas horas y subirla a bordo de un avión de Aeroflot, de vuelta a casa, sana y salva.

Las preguntas se sucedieron durante un largo rato en aquella sala fría y húmeda de la embajada rusa en La Habana. Después, sin que nadie hubiese amagado con utilizar la violencia, Nadia fue conducida a una habitación situada en la planta superior. Aún faltaban un par de horas para que amaneciera. Cuando el sol apareciese en el horizonte sí podría disfrutar de la luz natural que entraría por una ventana. El sol cubano se mostraría generoso.

Al despertar, descansada y aseada, quiso dar un paseo por el recinto, pero no se le permitió. Anna le llevó comida, una bolsa con ropa limpia y algunos productos de primera necesidad. Cuando oscureció, la condujeron al mismo coche que el día anterior, recorrieron la ciudad en dirección sur, hasta el aeropuerto José Martí. Entraron directamente hasta la pista, a través de un acceso restringido, y pararon al pie de la escalerilla del avión. Anna le dio a Nadia unos documentos y se despidió.

—Las personas que se sentarán a tu lado durante el vuelo están ahí para protegerte. Suerte en Moscú.

Nadia bajó del coche y subió las escalerillas, sin mirar atrás y con la incertidumbre de qué futuro le esperaba en casa.

Despacho Oval de la Casa Blanca, Washington

—¡Hola, Beth! ¿Cómo estás, amiga mía?

—Bien, señor presidente, aunque siento mucho lo ocurrido en las elecciones, y temo por el futuro.

—Todos tenemos ese temor. Pero los americanos han hablado, y hay que respetar su decisión. A ti y a mí ya no nos corresponde gestionar ese futuro, porque dejaremos nuestros cargos dentro de poco. Pero sí estamos obligados a ocuparnos del presente. Y me han dicho que tienes algo importante que contarme.

El presidente de Estados Unidos, con los premiosos movimientos articulares propios de su ancianidad, había invitado a la jefa del espionaje a sentarse en una de las sillas junto a la mesa del despacho más famoso del mundo, conocida como Resolute Desk: un regalo de la reina Victoria de Inglaterra en 1880, fabricada con la madera del HSM Resolute, un barco británico de exploración ártica.

En esos días, el Despacho Oval lucía un aspecto extraordinario gracias a la decoración navideña. Presidente y subordinada intercambiaron parabienes sobre sus respectivas familias y deseos de buenaventura para el inquietante nuevo año que estaba a punto de empezar. Pero, cumplimentadas las obligadas muestras de cortesía a las que invitaban las fiestas, entraron en materia.

—Seguro que recordará lo que ocurrió en la crisis de los misiles de Cuba, en 1962 —empezó Beth Kramer. El presidente asintió con un leve movimiento de cabeza—. Como usted sabe, Kennedy recibió dos mensajes del líder soviético

Jruschev. El primero era conciliador: se comprometía a retirar sus misiles de Cuba si, a cambio, Kennedy se comprometía a no invadir la isla. Pero el segundo era más amenazante. Parecía escrito por otra persona, porque imponía una exigencia más: que Estados Unidos retirara sus misiles de Turquía.

—Y Kennedy decidió responder al mensaje conciliador, ignorando el más amenazante —añadió el presidente.

—Exacto.

—¿Qué más debo saber al respecto?

—Hemos recibido dos mensajes desde Moscú. Uno, a través de un contacto británico, y el otro a través de un contacto chino. El primero es un supuesto plan de Rusia para atacar a Occidente, si Occidente provoca a Rusia, por ejemplo, con unas maniobras militares exageradas. —Y explicó con detalle la posibilidad de que el presidente ruso lanzara una ofensiva si sentía amenazado su territorio de Kaliningrado—. El segundo mensaje —continuó Beth— también es expeditivo en su planteamiento, pero insinúa la posibilidad de que Rusia dé marcha atrás en sus planes si Occidente evita una provocación.

—Y quieres que haga como Kennedy en la crisis nuclear del sesenta y dos: que ignore el mensaje más agresivo, y responda al más conciliador.

—Exacto.

—Y me estás pidiendo que haga como Reagan en la crisis nuclear del ochenta y tres: que frene las maniobras de la OTAN en el este de Europa.

—Eso es. No sé si funcionará, pero debemos intentarlo, señor presidente. El tiempo se agota.

Palacio del Kremlin, Moscú

—Querido Valery, tienes trabajo que hacer.

El presidente Iván Karlov ni siquiera estrechó la mano de su ministro de Defensa, cuando entró en el despacho del Kremlin. Tampoco lo miró, porque estaba en pie, con las manos agarradas en la espalda y frente al ventanal, disfrutando del bonito aspecto que ofrecían los jardines del palacio después de las últimas nevadas.

—Lo que usted ordene, presidente —dijo el ministro, vestido de uniforme y con la actitud marcial que le era propia.

—¿Recuerdas la crisis de los misiles de Cuba, en el año sesenta y dos? —La pregunta era retórica y, como consecuencia, Karlov no esperaba una respuesta, de manera que continuó con su relato—: Un año antes, los americanos intentaron derrocar a Fidel Castro con la invasión de bahía de Cochinos. Fracasaron, pero volverían a intentarlo si no lo evitábamos. Además, tenían armas nucleares en Turquía apuntando hacia la Unión Soviética. Nosotros quisimos que la situación fuese pareja y situamos nuestros misiles en Cuba, dirigidos a Estados Unidos. Si los americanos nos amenazaban desde un país vecino de Rusia, nosotros amenazaríamos a los americanos desde un país vecino de Estados Unidos. Aquella fue una medida arriesgada. Pero ¿en qué decisión política no se asumen riesgos?

Karlov dio media vuelta y entró, por fin, en contacto visual con el ministro, que seguía con atención las palabras de su jefe en posición de firmes.

—Algunos pensaron que habíamos perdido, porque retiramos nuestros misiles de Cuba. Se equivocaban, Valery

—dijo, bajando la voz, como si estuviera desvelando un secreto—. A decir verdad, ganamos, porque antes de la crisis, los americanos tenían misiles en Turquía y nosotros no los teníamos en Cuba; al terminar la crisis, nosotros seguíamos sin tener misiles en Cuba porque los retiramos, pero los americanos ya no tenían misiles en Turquía. Ellos también los tuvieron que retirar. Pero la consecuencia principal es que Estados Unidos se asustó cuando instalamos nuestros misiles en la isla, y ya nunca intentó invadirla. De hecho, hoy, tantas décadas después, Cuba sigue siendo lo mismo que era en 1962: un aliado de Rusia a solo ciento cincuenta kilómetros de Florida. ¿Lo ves, Valery? ¡Fue una victoria rotunda!

Karlov hizo un leve gesto con la cabeza para invitar al ministro a sentarse junto a la mesa de reuniones situada a dos metros del escritorio principal del despacho, y el presidente ocupó la silla más cercana. Nada se interponía entre ellos.

—En 1962, Jruschev y Kennedy resolvieron el conflicto intercambiando mensajes con los métodos de comunicación de la época. Y hoy me ha llamado el presidente de Estados Unidos —musitó el líder ruso, inclinándose hacia su ministro y dándose importancia—. También él quiere un acuerdo, como Kennedy. Es su última decisión antes de abandonar el cargo. Ha utilizado eso que los occidentales, en sus películas, llaman «teléfono rojo». Son muy simples. Los americanos se comprometen a que la OTAN retire progresivamente sus tropas de esas maniobras cerca de Kaliningrado, si nosotros hacemos lo mismo con nuestros planes sobre Suwalki. Su retirada será escalonada y no se anunciará públicamente, para que no parezca una rendición. Es lo mismo que hicieron en 1962 con los misiles de Turquía: retirarlos disimuladamente meses después, porque decían que ya no estaban operativos. Pero sí es su rendición, porque, gracias a la trampa que les hemos tendido amenazando Suwalki, Occidente se ha asustado, igual que con los misiles soviéticos en Cuba. Y no solo aliviamos la situación de Kaliningrado, sino que reforzamos nuestra posición sobre Ucrania.

—¡Es un gran éxito, señor! —se mostró entusiasmado el ministro.

—Fíjate, Valery, ahora tenemos soldados de Corea del Norte luchando a nuestro lado en Ucrania, disponemos del dinero y la tecnología de China y utilizamos drones fabricados en Irán. Estamos más unidos que Occidente, y mucho más cerca de que acepten que el este de Ucrania es, en realidad, el oeste de Rusia. Ya nunca perderemos el territorio que hemos ocupado.

—¡Enhorabuena, señor presidente! Ahora tenemos que controlar la retirada de la OTAN, para confirmar que se está produciendo.

—Por supuesto. Te corresponde entrar en contacto con el ejército americano a través de la línea de desconflicto *. Organízalo y tenme informado.

—Lo haré, señor.

—Una cosa más, Valery: Lébedev nos ha traicionado.

Tal afirmación provocó un escalofrío en el ministro de Defensa, que ya estaba en pie dispuesto a abandonar el despacho.

—Sabemos que ha entregado información al enemigo —sentenció Karlov.

El presidente de Rusia explicó a su ministro que eso había impedido que se ejecutara su plan para ocupar el corredor de Suwalki, defender Kaliningrado y aislar a los bálticos. Pero estaba convencido de que solo se trataba de un aplazamiento ventajoso. Porque, a cambio de ese retraso, habían conseguido que Occidente se acobardara, y ahora tenían una posición de fuerza para alcanzar sus objetivos en Ucrania.

—Lo conseguiremos, señor presidente —dijo el ministro, simulando un estusiasmo que no tenía.

Karlov se puso en pie y, cara a cara, a un palmo de su ministro, le dio una orden final:

---

* *Deconfliction line*: línea telefónica segura y de contacto directo entre el Alto Mando militar de Estados Unidos en Europa (con sede en la localidad alemana de Wiesbaden) y el Ministerio de Defensa de Rusia, establecida después de la invasión rusa de Ucrania, para evitar errores y malas interpretaciones que pudieran provocar un conflicto mayor entre ambas potencias.

—No desmontes el operativo de Suwalki. Debe estar preparado, porque llegará el momento de ponerlo en marcha. Es solo cuestión de tiempo. Las cosas van a cambiar en la Casa Blanca dentro de unos días y nada será igual con el nuevo presidente. El futuro es nuestro, Valery. Pronto, Estados Unidos reconocerá que el territorio que controlamos en Ucrania ya es ruso. Eso significará, por la vía de los hechos, que las grandes potencias nos reconocemos mutuamente nuestras zonas de influencia y el derecho de conquista; dominio sobre nuestros vecinos y tratamiento de igual a igual con los americanos y los chinos. Volverán a respetarnos como lo que somos: la Gran Madre Rusia.

—El plan está listo y no se desactivará, señor —respondió el ministro, ahora sí, con fervor bélico.

—Valery, ¿sabes lo que decía nuestro campeón de ajedrez, Anatoly Karpov? Que la amenaza de la derrota es más terrible que la derrota misma. Así lo han sentido en Washington. Por eso hemos ganado.

—Por supuesto —respondió el ministro, sin tener muy claro qué había querido decir Karlov, y antes de ofrecerse para un servicio suplementario—: Presidente, ¿quiere que nos ocupemos de Lébedev?

—De Lébedev me ocuparé personalmente.

Dubái

—Bienvenida, señora Kramer.

Un hermano del emir de Dubái, alto cargo del Gobierno para asuntos relacionados con la seguridad, recibió a la responsable de la inteligencia americana al bajar de un helicóptero que la trasladaba desde el aeropuerto internacional del emirato. El helipuerto disponía de espacio para acoger hasta cuatro aparatos, y se encontraba en una esquina del amplio jardín que daba acceso a un palacete de hermosas paredes blancas. A su espalda, el arenal coralino conducía hasta la orilla de un mar en aparente reposo, en el golfo Pérsico.

—Jeque Ahmed, le agradezco mucho su cortesía y que sea nuestro anfitrión.

El jeque, de no más de cuarenta años de edad, llevaba un elegante *thawb*, la túnica de un blanco inmaculado, vestimenta tradicional de los hombres en los países de la zona. Una kufiya cubría su cabello, con un *agal*, el cordón negro que la sostenía. Todo ello —unido a su barba de pocos días, recortada con esmero y al milímetro, como si fuera el *green* de un campo de golf— permitía al jerarca del régimen ofrecer un aspecto pulcro y distinguido. Kramer también eligió para la ocasión un vestido largo de tonos claros.

—Pase, por favor. —El jeque abrió la puerta y cedió el paso a su invitada—. Como verá, no tenemos sirvientes, porque queremos que su reunión sea discreta. Pero dispondrán de todo lo necesario: agua, refrescos, zumos, frutas y otros alimentos.

—Jeque Ahmed, es usted muy amable y ha hecho lo correcto.

Ambos atravesaron el palacete de lado a lado. Al fondo, una enorme cristalera dejaba a la vista la playa y el mar.

—Yo me quedo aquí, señora. Cuando terminen, les estaré esperando para organizar su regreso.

Kramer asintió y dio unos pasos a través del amplio salón de la casa, decorado con motivos tradicionales árabes, hasta la puerta acristalada que daba acceso al porche y a la playa. Detrás esperaba, junto a una mesa de jardín, un hombre con traje oscuro y corbata de vivos colores, que se puso de pie al percatarse de la novedad.

—Señora Kramer, he esperado mucho tiempo este momento.

—General Lébedev, me alegra conocerlo personalmente.

Estrecharon sus manos con cordial desconfianza mutua y se sentaron.

—¿Le importa si me quito la chaqueta y la corbata? Para alguien habituado a Moscú, esta temperatura resulta sofocante. —Kramer asintió—. En un lugar desértico como Dubái —continuó el general ruso—, debe de resultar carísimo mantener bien cuidado el césped. ¿Se ha fijado en la hierba junto al helipuerto?

—Sí, parece un jardín inglés. —Kramer decidió no romper la amabilidad de este inicio de la charla.

—Si fuera verano, sería imposible que estuviéramos aquí, al aire libre.

—Y si no hubiéramos frenado la locura que se avecinaba, tampoco estaríamos aquí ahora.

Beth consideró que los cumplidos iniciales ya habían sido suficientes. Tenía prisa por entrar en materia y marcharse.

—Por suerte, aquí estamos.

—¿Por qué me ha citado, general?

—¿Le importa si damos un paseo, señora Kramer?

Beth aceptó la invitación. Ambos dejaron sus objetos personales sobre la mesa, incluidos los teléfonos móviles, y se dirigieron, a ritmo pausado, hacia la orilla del mar. Antes de llegar, el general se quitó los zapatos, los calcetines y dobló la pernera del pantalón para pisar la arena con más comodidad. Kramer imitó el gesto. Los dos espías pasearon lentamente, mojando sus pies en las aguas del Golfo, en una escena de apariencia inverosímil, tratándose de los responsables del espionaje de dos naciones enemigas.

—Rusia es el país más extenso del mundo, pero en ninguna de nuestras esquinas tenemos aguas tan cálidas como estas. Y ese es uno de nuestros problemas.

—¿Por qué? Tienen el Pacífico, el Ártico, el mar Negro y el Báltico, si no me olvido de alguno. Ningún otro país del mundo dispone de tantas opciones.

—Nunca es suficiente. Sobre todo, señora Kramer, cuando te sientes acosado. Y Rusia se siente acosada.

—Esa es una actitud paranoica, general.

—Comparto su opinión.

—¿Entonces? —Kramer no esperaba escuchar algo así en boca de un alto oficial ruso.

—Kaliningrado.

—¿Qué ocurre con Kaliningrado?

Kramer quiso saber si lo que Andrew Rice le había contado sobre Kaliningrado en la sede londinense del MI6 sería lo mismo que le iba a revelar ahora el general ruso.

—¿Sabe que Kaliningrado es el único puerto de Rusia en el Báltico donde pocas veces se congelan las aguas en invierno? Salvo en los inviernos más fríos, Kaliningrado es nuestra única salida permanente al Báltico. Si no fuera así, la flota rusa quedaría paralizada durante varios meses cada año. Y la situación ha empeorado desde que Suecia y Finlandia han ingresado en la OTAN. ¿Recuerda el mapa de la zona? Ahora el mar Báltico es casi una propiedad privada de la Alianza: está controlado por Dinamarca, Alemania, Polonia, Suecia, las repúblicas bálticas y Finlandia. ¿Lo entiende? Nos sentimos rodeados, porque, en realidad, la OTAN nos ha rodeado. Y Kaliningrado es estratégico para Rusia, es un punto muy sensible para nosotros.

«Confirmado —se dijo Beth sin pronunciar palabra—; es lo mismo que me contó Rice».

—Eso lo entiendo —ahora sí lo verbalizó—. Pero la culpa de que Suecia y Finlandia hayan ingresado en la OTAN ha sido de Rusia. Suecia y Finlandia son parte de la Alianza porque ustedes invadieron Ucrania.

—Rusia lanzó esa invasión porque suponía que Ucrania se iba a unir a la OTAN. Y la OTAN iba a aceptar, porque Occidente suponía que Rusia amenazaba a Ucrania. ¿Se da cuenta, señora Kramer, de que nos hemos vuelto todos locos?

Esta vez, Kramer prefirió no asentir ante su interlocutor ruso, aunque compartía ese mismo sentimiento de desazón.

—Cuénteme, ¿qué ha sido de su amigo Andy Rice? —Lébedev cambió drásticamente de asunto cuando parecía que su intención era hablar de Kaliningrado.

—Lo sabrá usted mejor que yo, porque era su topo en el MI6.

—Reconocerá que lo hacemos bien. —Lébedev quiso que se notara su tono moderadamente irónico, que hizo pensar a Kramer que algo se ocultaba detrás de esas palabras—. Desde Kim Philby y sus amigos de Cambridge, no se había visto nada igual: el jefe del MI6 al servicio de Moscú...

—Pero todo se acaba. Lo descubrimos, y hoy está en una prisión de alta seguridad.

—Si eso lo hubiera hecho un ruso, moriría. Sé de lo que hablo. Pero me alegra mucho que ustedes tengan otras tradiciones. Porque he de decirle, señora Kramer, que el pobre señor Rice merece ser libre.

—¿A qué se refiere? —Beth vio confirmada su sospecha: en efecto, el general ruso ocultaba un dato importante, y estaba a punto de desvelarlo.

—Se lo explicaré. Estamos aquí porque quiero que sepa algo antes de que llegue mi turno. Yo no tendré la suerte de ir a la cárcel. —Al terminar de pronunciar esas palabras, Lébedev se agachó y agarró un puñado de arena en sus manos, mientras Kramer se sentía incapaz de resolver las muchas dudas que se le acumulaban en el cerebro—. ¿Sabe qué es lo último que hizo Mijaíl Serkin poco antes de ser eliminado en Maldivas? Lo que estoy haciendo yo. —El general se incorporó de nuevo, dejando que las piedrecitas resbalaran por los huecos entre sus dedos—. Me lo contaron los agentes que teníamos allí. Por supuesto, los enviamos para controlarlo antes de que llegara el ejecutor, y para vigilar la posible presencia de agentes de la CIA que pretendieran entorpecer nuestra misión. —El general ruso, pensativo y embelesado con la finísima arena de la playa, se tomó un instante de pausa antes de continuar—: Me queda poco tiempo, señora Kramer, y mi deseo ha sido hacer lo correcto para evitar que ocurra lo que parecía inevitable. Antes o después, me eliminarán.

—¿Qué es lo correcto? —preguntó Kramer, procurando no mostrar el espanto que le provocaba la normalidad con la que el general asumía su destino fatal.

—Que sepa la verdad de lo que ha pasado, para que lo evite de cara al futuro, porque los míos difícilmente lo evitarán.

—¿Qué pasa con Rice?

—Su amigo Andy le hizo llegar un plan ruso para atacar el corredor de Suwalki, ¿verdad? —Kramer lo confirmó con un tímido movimiento afirmativo de la cabeza—. Era una trampa —admitió el general.

Beth cambió el gesto de forma repentina, haciéndose la sorprendida, y fijó sus ojos en el general ruso como si pudiera taladrarlo con la mirada. Se confirmaba su sospecha: cuando Nadia les contó a Teresa y a Pablo que Rice era un topo de Rusia, Kramer entendió de inmediato que, siendo Rice una trampa, el plan que le contó podría ser otra trampa, y todo lo que ocurrió después fue una absurda, pero muy peligrosa parodia.

—No lo parecía. —Kramer quiso embaucar a Lébedev, en un intento de sonsacarle más datos—. El plan era extraordinariamente detallado.

—Eso es lo que convierte una trampa en creíble: la apariencia de veracidad que ofrecen los detalles. El diablo está en los detalles, señora Kramer.

—Eso mismo dicen de Dios.

—¿Le parece que nos sentemos en esas hamacas? Estaremos mejor si nos refugiamos del sol bajo una sombrilla.

Así lo hicieron. El calor del mediodía en el golfo Pérsico empezaba a resultar poco soportable, aunque estuviesen en pleno invierno.

—Ya sabe que el presidente Karlov nunca ha aceptado de buen grado que se disolviera la Unión Soviética en 1991

—continuó el general ruso—, y siempre ha tenido en su alma la obsesión de reconstruirla. Pero él es consciente de que eso no se hace en poco tiempo, y que la futura unión tendrá que ser distinta de la anterior. Hay que avanzar paso a paso.

—Es una locura.

—Todo en este mundo es una locura, señora Kramer. ¿No lo fue la invasión americana de Irak o la de Afganistán? Usted lo sabe mejor que nadie, porque lo vivió sobre el terreno.

—Una locura no explica otra.

—Pero esas locuras son, precisamente, las que justifican nuestro trabajo. Los espías existimos para que las locuras de este mundo estén bajo control. ¿No le parece? —Kramer no quiso satisfacer el ego del general ruso dándole la razón, aunque la tenía. Él prosiguió con su discurso—: Por eso he venido: para contarle que Karlov lleva años buscando excusas con el objetivo de poner en marcha cada punto de su plan. El primero consistió en controlar desde Moscú a los Gobiernos de las antiguas repúblicas soviéticas. Y lo ha conseguido con muchas de ellas, que son títeres de Rusia. En especial, con Bielorrusia. El siguiente objetivo era anexionarse la península de Crimea, y eso lo hizo en 2014 sin que ustedes, los occidentales, reaccionaran, salvo algunas sanciones económicas menores y vergonzantes, y la expulsión de Rusia del G8. Ese mismo año, envió fuerzas paramilitares al este de Ucrania y allí se mantuvieron hasta 2022, cuando ya lanzó al ejército, sin más pantomimas.

Kramer mantuvo un silencio que no confirmaba, pero que tampoco negaba, porque nada de eso se podía negar.

—Karlov utilizó la excusa de que la OTAN se expandía hacia el este y Ucrania ingresaría en la Alianza. Como pretexto no es muy bueno —reconoció Lébedev—. Pero eso ¿a quién le importa? En estos tiempos de posiciones extremas y polarización, es suficiente con tener un relato que contar a tus partidarios para justificar lo que haces. Y eso es lo que Karlov también buscaba esta vez: una coartada para cumplir el siguiente capítulo de su plan. Pretendía unir por tierra a Kaliningrado con Bielorrusia y, como consecuencia, aislaría a las repúblicas bálticas, que ya no tendrían conexión terrestre con los demás países de la OTAN. —El general ruso pausó su alocución durante un segundo, con el fin de enfatizar su aportación final—. Y eso se conseguiría tomando el control del corredor de Suwalki —remató Lébedev, liberando todo el oxígeno que acumulaban sus pulmones, como en un largo suspiro.

—Hace un momento me ha dicho que el plan del que me informó Andy Rice era una trampa. Pero esto que me acaba de contar es lo mismo: sí existe un plan para atacar y tomar el corredor de Suwalki.

—En efecto —respondió Lébedev, ante el desconcierto de Kramer—. Un mismo plan puede empezar siendo una trampa y después convertirse en real. Pero para que ese plan pasara a ser real, Karlov necesitaba que Occidente cayera en el engaño. Y lo hizo.

—Y Serkin me iba a contar todo esto cuando llegara a Estados Unidos. Por eso lo mataron...

—Exacto. Y también le iba a contar que Andrew Rice era un topo. Lo sabía él, lo sabía el agente que cayó desde una ventana de la embajada en Berlín, y lo sabía el otro ruso que fue eliminado en un hotel de Washington. Tenían que morir antes de que pudieran darles esa información sobre Rice, y sobre los planes de Karlov para Kaliningrado y Suwalki.

—Dios mío...

El general ruso se giró hacia Kramer y fijó sus ojos en los de su colega y adversaria americana, que se esforzaba, sin éxito, en ordenar sus atropellados pensamientos.

—Serkin, el diplomático de Berlín y el hombre del hotel de Washington creían que Rice era un topo del GRU, y que yo era su interlocutor en Moscú —continuó Lébedev—. Y es cierto que yo era su contacto, pero Rice no era mi topo. —Lébedev puso sus ojos en el horizonte y confesó—: Yo era el topo de Rice.

Una repentina bofetada hubiese resultado menos sorprendente para la jefa del espionaje americano.

—¿Usted, un agente doble? —Kramer empezaba a poner cada pieza en su lugar.

—Supongo que Rice le hablaría de la eliminación de Serkin. Y seguro que le dijo que tenía una fuente bien situada en Moscú.

—Sí.

—Rice le dijo la verdad: esa fuente era yo. Pero el desventurado Andrew estaba equivocado conmigo. Durante unos años le pasé información cierta para ganarme su confianza y hacerle creer que yo era su topo en el GRU. Por eso dio crédito a los planes que le hice llegar sobre un posible ataque en el corredor de Suwalki.

—Entonces, Andy no es un topo… —Kramer fue incapaz de impedir que esa sensación que atenazaba su mente se convirtiera en palabras.

—Karlov necesitaba que Occidente reaccionara ante esa amenaza de Rusia. ¿Y sabe por qué, Beth? —Lébedev utilizó, por primera vez, el nombre de pila de Kramer en el intento de convertir ese diálogo en algo más emotivo y cercano que un frío intercambio de datos entre espías—. Porque si Occidente reaccionaba, Karlov tendría la excusa necesaria para poner en marcha ese plan: ordenaría atacar el corredor de Suwalki, se haría con él, uniría a Kaliningrado con Rusia a través de Bielorrusia y amenazaría a las capitales europeas de la OTAN con la destrucción nuclear si se producía un contraataque. Porque con los misiles nucleares que hay en Kaliningrado, Rusia puede alcanzar Varsovia, Lisboa, Madrid, Londres, París, Bruselas, Roma o Berlín.

—Y si tomaran el corredor de Suwalki, las tres repúblicas bálticas quedarían aisladas por tierra del resto de la OTAN…

—En efecto. Y ese sería el paso previo para lo que vendría después. Porque Karlov sueña con devolver Lituania, Letonia y Estonia al imperio ruso.

—Si esa era la idea del presidente Karlov, ¿por qué me dice que el plan que me entregó Andrew Rice es falso?

—No le he dicho que fuese un plan falso, sino una trampa en la que Occidente tenía que caer para que Karlov tuviera la excusa necesaria que justificara la puesta en marcha de su proyecto. La trampa consistía en que la reacción occidental fuese desmesurada. Por eso retoqué el documento que envié a Rice borrando las amenazas rusas más evidentes y proponiendo un acuerdo. Pero, aun así, Occidente tuvo una reacción exagerada, al movilizar a sus tropas para unas maniobras en la zona, y Karlov consiguió los argumentos que buscaba para justificar su respuesta.

Kramer acumulaba más dudas conforme avanzaba la conversación, porque, al contrario de lo que decía Lébedev, el documento que Rice le hizo ver en la sede del MI6 en Londres no ofrecía ninguna opción de acuerdo, y sí era casi una declaración de guerra por parte de Rusia, que podía justificar la fuerte reacción occidental, aunque ella intentó frenarla. Por suerte —pensó Beth a toda velocidad y sobre la marcha—, el segundo documento, entregado en Singapur por el jefe del espionaje chino, sí ofrecía un pacto y permitió ralentizar la escalada militar.

—Recuerde lo que ocurrió con Ucrania —insistió Lébedev—. Karlov estaba deseoso de que la OTAN insinuara que los ucranianos podrían entrar en la Alianza, porque eso le daba una excusa para lanzar la invasión. Ahora, Karlov necesitaba que la OTAN sobrerreaccionara a su trampa, y lo hizo. Enviaron el lanzador de misiles Typhon a Dinamarca. Y después, seguro que lo recuerda, anunciaron el despliegue de armas de largo alcance en Alemania, con misiles de crucero Tomahawk SM-6 y armas hipersónicas. Se mostraron ustedes muy explícitos con esas amenazas, porque las hizo públicas la propia Casa Blanca, dando el detalle añadido de que el alcance de esas armas llegaba a buena parte del territorio de Rusia.

—General, usted sabe que esos son anuncios que se hacen con la voluntad de no ejecutarlos nunca —respondió Kramer con el desdén de quien se ve obligada a solemnizar una obviedad—. Son amenazas en vacío para forzar a la otra parte a negociar.

—Por supuesto, Beth. Pero los occidentales no consiguen entender la mentalidad de Karlov. Fueron ustedes ingenuos, porque esa amenaza le permitió tener la excusa para comprometerse a actuar como un espejo: por cada arma de la OTAN, Rusia desplegaría una similar, como en la Guerra

Fría. Y Karlov lo anunció en un discurso ante las Armadas rusa y china. ¡¿Se da cuenta, señora Kramer?! ¡También estaban allí los chinos! Karlov advirtió de algo evidente: que esos misiles americanos se podrían equipar con ojivas nucleares, que tardarían apenas diez minutos en alcanzar objetivos en Rusia. ¡Solo diez minutos, Beth! Fue entonces cuando Karlov prometió responder de la misma manera. ¿Y qué pasó después?

Kramer hubiera preferido no poner voz a sus pensamientos, pero fue incapaz de reprimir un rapto de sinceridad.

—Que la OTAN anunció unas maniobras militares desproporcionadas al norte de Polonia, cerca de Kaliningrado.

—Y Karlov tuvo la excusa que buscaba para ocupar el corredor de Suwalki, alegando que ese ataque preventivo ruso estaría justificado para evitar que la OTAN atacara primero y nos robara Kaliningrado. ¿Lo entiende ahora?

—Están locos.

—Las tensiones internacionales dependen de dos cosas, Beth: mapas y excusas. —El general ruso hizo una breve pausa para que Kramer digiriera sus palabras—. Mapas y excusas —repitió Lébedev—. El mundo se mueve situando a cada país en el mapa, y poniendo las excusas necesarias para arrebatar territorio al enemigo. Y ese mapa nos muestra que la OTAN rodea Kaliningrado. Pero nos muestra también que las repúblicas bálticas pueden quedar cercadas y atrapadas por Rusia. Si Rusia tomara Suwalki, protegería Kaliningrado y recuperaría las repúblicas bálticas: dos pájaros de un tiro. Solo se necesitaba una excusa para hacerlo. Mapas y excusas, Beth. Mapas y excusas.

—No olvide el artículo 5 del tratado de la OTAN: un ataque armado contra uno de los países miembros, será considerado como un ataque contra todos, y todos ayudaremos al atacado.

—Ese artículo es deliberadamente ambiguo, y usted lo sabe. ¿Recuerda el texto? Dice que cada país adoptará las medidas que juzgue necesarias, de forma individual. Las que juzgue necesarias. Eso no obliga a nada. Permite, pero no obliga. ¿Imagina usted a los líderes de Alemania o de Francia o de Italia o de España, tratando de convencer a sus ciudadanos de que es necesario mandar a sus jóvenes soldados a morir por el corredor de Suwalki? ¡Ni siquiera saben dónde está, ni han oído ese nombre, ni les importa!

—La OTAN solo preparaba unas maniobras, general. ¡Es absurdo!

—Nadie dijo que una excusa deba fundamentarse sobre hechos reales. ¿Recuerda Able Archer, en 1983? ¿Recuerda la decisión de la OTAN de desplegar el sistema de misiles Pershing II? ¿Recuerda que el líder soviético Yuri Andrópov acusó a la Alianza de haber elaborado un plan para arrasar la Unión Soviética con una oleada de bombas atómicas? ¿Recuerda que Andrópov estuvo a punto de ordenar un ataque preventivo, para adelantarse a la OTAN?

Kramer se percató de que Lébedev utilizaba la misma referencia histórica a la que Blázquez había aludido unos días antes.

—Claro que sí. Aquello fue otra excusa que nos llevó al borde de una guerra nuclear, como ahora.

—Creo que ya lo ha entendido. Esta vez le han concedido a Karlov la misma excusa que a Andrópov. En el Kremlin se llegó a la conclusión de que era necesario escalar el conflicto, y que Rusia tenía que golpear primero.

—Y usted pretende ser el nuevo Oleg Gordievski, que quiso evitarlo.

—En absoluto. Gordievski fue un traidor. Yo no lo soy. Es cierto que, con la información que pasó al Reino Unido sobre Andrópov, Gordievski ayudó a evitar una guerra nuclear. Pero huyó de Rusia y se entregó al enemigo, como iba a hacer Serkin. Yo no huiré de mi patria. Lo único que pretendo es que mis hijos y mis nietos sigan vivos. He querido impedir una guerra que acabe con todos: ustedes y nosotros.

—Creo que ya he escuchado suficiente.

—Yo no estaba de acuerdo con el plan de ocupar el corredor de Suwalki. —Lébedev decidió sincerarse por completo—. Es cierto que Rusia no puede permitir el aislamiento de una parte de su territorio, como es Kaliningrado, pero eso no justifica el riesgo de una guerra nuclear. Por eso intenté utilizar a Andrew Rice. Desobedecí las órdenes. Por eso no le envié el documento de Karlov, porque era extremadamente agresivo y estaba seguro de que provocaría una excesiva reacción de Occidente. Lo retoqué a la baja, para hacerles pensar a sus líderes en la OTAN, en Londres y en Estados Unidos que eran solo juegos de guerra teóricos, sin riesgo alguno de convertirse en realidad. Pero ustedes se volvieron locos y respondieron con esas maniobras disparatadas. En Moscú no conseguí frenar los impulsos de Karlov, y nadie quiso secundarme. No encontré apoyos. Lo que sí sé es que ahora estoy en el punto de mira del Kremlin. Mi último recurso para evitar el desastre fue mi amigo chino, confiando en que a él le dieran ustedes más credibilidad que a la fuente rusa de la que les hablaría Rice.

Lébedev contó a Kramer cómo entregó a Rice la historia del submarino chino que se hundió cerca de Taiwán, con la intención de que Rice filtrara el dato a sus socios americanos, como así ocurrió. Tenía que ser un dato cierto como ese, porque en Moscú sabían que los servicios occidentales tratarían de confirmarlo antes de tomar cualquier decisión. Y suponían que cuando lo corroboraran, querrían utilizarlo para presionar a China; para que el Gobierno de Pekín fuese consciente de que Occidente era capaz de conseguir información de alto secreto sobre las actividades que realizaban los ejércitos chinos en su amenaza contra Taiwán.

—Por supuesto —continuó el general ruso—, tuve la colaboración de Xen Jiang. Le pedí que hiciese de intermediario con ustedes y diseñamos un plan. Primero, teníamos que atraerlos hasta Xen y decidimos que Singapur era un buen lugar. Lo hicimos de varias maneras. Sabíamos que Xen está sometido a la vigilancia de la CIA y del MI6, y teatralizamos varias citas con su hija en ese famoso hotel, para que pareciera lo que no es y ustedes creyeran que podían chantajearlo. Pero éramos conscientes de que eso no sería suficiente, y pensamos que la historia del submarino, unida al riesgo de ataque a Taiwán y a la locura que hay en Estados Unidos con los chinos, atraería la atención de los americanos. Y así fue.

—¿No cree que ha tenido suerte? Podríamos haber ignorado cualquiera de las dos trampas o incluso las dos, y no haber ido nunca a Singapur.

—Por supuesto, pero es que ese no fue nuestro primer intento. Con anterioridad, pusimos en marcha otros dos planes que fracasaron, porque ustedes no atendieron a nuestros mensajes cifrados, por llamarlos así. Como bien sabe, en nuestro oficio hay que ser obstinados y, si no se consigue por un camino, hay que ir por otro. Por fin, lo logramos después de varios intentos, y usted pudo comprobar que el plan de Karlov se pondría en marcha si Occidente no hacía algún gesto para rebajar la tensión. Por suerte, lo hicieron.

—Todo esto es demencial.

—De momento, se ha evitado el desastre. Pero en su país se avecinan cambios.

—La política exterior de Estados Unidos es estable, aunque haya una nueva Administración.

—Esta vez no, señora Kramer. Créame, sé de lo que hablo.

—¿Por qué lo dice?

—Lo descubrirá pronto por sí sola, aunque usted sabe, igual que yo, que su nuevo presidente nada tiene que ver con el actual. En algún momento quedará claro que Rusia ha ganado la guerra en Ucrania, aunque solo haya conseguido ocupar una zona del este del país. Para declarar la victoria será suficiente con que se acepte el hecho consumado de que Rusia nunca devolverá los territorios en los que hay soldados rusos. Eso envalentonará aún más a Karlov, que se sentirá invencible. Si el futuro Gobierno americano no pone límites, ningún país fronterizo con Rusia estará a salvo. Y me temo que ese nuevo presidente de su país no tiene intención de poner límites a Karlov, porque tampoco querrá aplicárselos a sí mismo. Ya le ha oído usted hablar de anexionarse Canadá y Groenlandia... Pero ese no será asunto mío, porque estoy en mi último servicio. He intentado ayudar para que evitáramos una guerra nuclear y, de momento, lo hemos conseguido. Lo que pase a partir de ahora, seguramente, ya no lo veré. Y también he querido reunirme con usted porque no quiero irme de este mundo sin haber salvado a Andrew Rice.

Su condena es injusta. Rice no es un espía doble. Sencillamente, cayó en mi trampa. Es inocente.

—Espero que tenga suerte, general.

Kramer pronunció esas palabras, mientras daba media vuelta y se dirigía hacia el palacete para marcharse lo antes posible. Era consciente de que el cambio de Gobierno en Estados Unidos no resultaría inocuo, porque nunca lo era. Sin embargo, la advertencia del general sobre un posible giro drástico en la Casa Blanca agrandaba su inquietud: «¿Y si todos estos esfuerzos que hemos hecho, y los riesgos que hemos asumido, han sido inútiles?», se preguntó.

Lébedev miró al horizonte, sin apenas separar los párpados, ante la fuerza con la que brillaba el sol. Era consciente de que no vería muchos horizontes más.

Palacio del Kremlin, Moscú

—Señor presidente, ha llegado su visita.

Iván Karlov, de espaldas a la puerta, se limitó a responder con un ligero movimiento de su mano derecha, mientras mantenía la vista en una pantalla de gran tamaño, situada en la pared frontal de la sala de crisis del palacio presidencial: se emitían imágenes de un bombardeo ruso contra varias plantas eléctricas en Ucrania.

—Adelante —dijo, sin volverse hacia la joven que acababa de atravesar la puerta, cerrándola a su espalda—. Siéntate aquí, conmigo.

Nadia, sin abrir la boca, atendió la indicación y, atemorizada, ocupó la silla contigua a Karlov en aquella estancia insonorizada y protegida contra cualquier intromisión del exterior. La aprensión con la que entró al Kremlin se transformó en ansiedad y turbación al percatarse de que la persona con la que se iba a reunir era el presidente de Rusia en persona, y no uno de sus colaboradores. Nadie le había dado ese dato.

—¿Has visto con qué eficacia atacamos a nuestros enemigos? Estamos ganando esta guerra, y Rusia será aún más grande de lo que ya es. —Karlov aún no establecía contacto visual con su visitante. Mantenía sus ojos en la pantalla—. ¿Conoces el nuevo misil Oreshnik? —preguntó, sin volver la cabeza ni esperar respuesta—. La tecnología militar rusa es imbatible. Se desplaza a una velocidad de casi tres kilómetros por segundo. ¿Te lo imaginas? ¡Es imposible de interceptar!

Después de esta muestra de pasión bélica, el presidente decidió ocuparse de otro asunto que le mantenía atareado esos días. Y tenía un encargo que hacer a la persona que estaba a su lado.

—Te llamas Karinna Guseva —afirmó el presidente, después de buscar y leer un papel que estaba sobre la mesa.

—Sí, señor.

—Pero en el servicio te conocen como Nadia.

—Sí, señor.

—Muy bien, Karinna. —El presidente, ahora sí, puso los ojos en su invitada—. Me han informado de que eliminaste a nuestro *rezident* en Nueva York. Eso es muy grave. —Nadia, atenazada por la angustia, temió lo peor y no respondió—. También eliminaste al agente Gorki, ¿verdad? —Tampoco esta vez hubo respuesta—. Pero me han dicho que esa fue una decisión correcta —continuó el presidente—, porque ese tal Gorki se había convertido en un peligro. —Karlov hizo una pausa para provocar aún más tensión en su interlocutora—. Supongo que también habría algún motivo para que hicieras lo que hiciste con el *rezident*. Y, desde luego, demuestra que eres una mujer fuerte y decidida. Pero se trata de un delito de alta traición que se castiga con la muerte.

La invitada del presidente ya imaginaba que volver a Moscú suponía acercarse a un posible castigo por sus actos. Aun así, no era capaz de asumir que su corta vida estaba a punto de terminar y procuraría defenderse con algún argumento convincente. Pero, cuando estaba a punto de explicarse, Karlov retomó su discurso.

—Sin embargo, voy a darte una oportunidad.

El presidente de Rusia acercó su boca a la oreja derecha de Nadia. En susurros, le dio algunas instrucciones. La explicación se alargó durante varios minutos. La joven espía trató de no mostrar reacción alguna, pero no pudo evitar que se le humedecieran los ojos ante lo que escuchaba. Mientras Karlov seguía hablando con voz queda, Nadia multiplicó los parpadeos para evitar que las lágrimas escaparan hacia sus mejillas. No quería dar muestra alguna de debilidad: haría lo que el presidente ordenara, aunque estuviese muy por encima del horror que fuese capaz de soportar.

—Sé cuándo un espía miente y cuándo dice la verdad, porque yo también soy espía. Y sé cuándo un espía es leal o no lo es. Si realizas esta misión con la debida eficacia y discreción, entenderé que quizá lo de Nueva York estaba justificado, y sabré que mantienes tu fidelidad a Rusia y a tu presidente. Mañana por la noche.

—Sí, señor.

—Puedes irte.

Nadia dio media vuelta y abandonó la sala con un nudo en la garganta. Karlov se volvió hacia la pantalla y vio cómo otro misil destruía un puente en algún lugar de Ucrania.

Moscú

El avión procedente de Estambul aterrizó en el aeropuerto moscovita de Sheremétievo cuando ya había anochecido y en medio de una nevada. El general Lébedev realizó una escala durante dos días en la ciudad turca, de vuelta de Dubái, para reunirse con el responsable del espionaje ruso en Turquía y con sus colegas de ese país que, a pesar de ser miembro de la OTAN, siempre había querido servir de puente entre Occidente y Rusia.

—Bienvenido, señor. —El chófer que esperaba en el aeropuerto abrió la puerta de su jefe con el debido ceremonial y protegiendo al general con un paraguas—. ¿Le llevo a casa?

—Sí, por favor.

El coche inició el camino en dirección sur hacia el centro de Moscú. No fue fácil llegar al destino, porque la nieve provocaba atascos imponentes en los accesos a la ciudad. Casi una hora después, por fin se completó el trayecto. Lébedev dio las gracias al conductor cuando le abrió paso hacia el portal del elegante edificio de apartamentos. Aunque el manto blanco sobre el suelo ya era de cinco centímetros, aún se podía caminar. Pero algo llamó la atención del general: ningún escolta custodiaba el acceso al inmueble, como era habitual. Y sus sospechas se acrecentaron al comprobar que su chófer arrancaba el coche y se marchaba de allí apresuradamente, cuando siempre esperaba hasta ver que su jefe estaba dentro del portal.

El instinto de viejo espía le hizo acelerar el paso para ponerse a cubierto dentro del edificio. Pero antes de entrar, y a pesar de la oscuridad de la noche y de la creciente intensidad del temporal, percibió a pocos metros una sombra que se acercaba. Volvió la cabeza y no necesitó ver nada más para entender lo que ocurría. No era una sorpresa, a pesar de que nadie podía sentirse preparado para algo así. Sin embargo, en ese momento notó que su estado de ánimo se serenaba, como si una armonía interior pretendiera redimir su alma de los excesos e inconveniencias que habían recorrido su vida. No sentía miedo y le invadía un inesperado sosiego. Estaba en paz consigo mismo.

—Ha llegado la hora, ¿verdad? —dijo Lébedev, dirigiéndose a la sombra—. Aunque no esperaba que fueras tú.

El general insinuó una sonrisa de afecto hacia una mujer joven, enfundada en una gabardina oscura, que cubría su cabello de la nieve con un pañuelo estampado en tonos rojizos y ocres, que protegía sus ojos y parcialmente su rostro con unas amplias gafas de sol a pesar de ser de noche, y que lo apuntaba con un arma férreamente agarrada con ambas manos.

—Me lo ha ordenado el presidente. Dice que es usted un traidor.

—Puedo haber traicionado al presidente, pero no a mi país. He elegido entre Karlov y Rusia, entre Karlov y la humanidad. Esa es toda la verdad, Karinna. —Lébedev evitó llamarla por su apodo profesional y eligió el nombre real, para aportar a aquella conversación, quizá la última de su vida, un mínimo barniz humano—. Si no actuamos, lo destruirán todo —insistió el general, ante el silencio de su discípula—. Y he decidido actuar.

Nadia, superada por la situación, quería terminar cuanto antes y cumplir la orden de Karlov. Pero su corazón se imponía a su cerebro y el dedo no apretaba el gatillo.

—¡Hazlo ya! —dijo el general, con una firmeza impropia de alguien que se sabe a punto de morir—. ¡Si no me matas tú, mañana me matará otro y te matarán a ti también! ¡Y no sirve de nada que estemos muertos los dos!

La joven agente seguía apuntando a la cabeza de Lébedev, pero no se decidía a ejecutar la orden del presidente. Por un instante, se recordó a sí misma la determinación con la que había disparado a Gorki en Estados Unidos, sin que le asaltara una mínima vacilación. Pero ahora era distinto.

—¡Dispara, Karinna, y después haz algo para evitar esta locura!

La última palabra del general quedó acallada por un fugaz soplo, apenas perceptible: el sonido sordo de una bala que salía a través del silenciador de la pistola, antes de recorrer unos pocos metros y atravesar el cráneo del jefe del GRU. Lébedev, inerte, se desplomó. Los restos de sangre y masa encefálica dibujaron un cuadro abstracto sobre la nevada que cubría el asfalto. Las lágrimas y los copos de nieve se mezclaron en los ojos y el rostro de Nadia, cuando dejó de apuntar al frente y colocó el cañón humeante de su arma mirando al suelo. La orden del presidente Karlov se había cumplido.

—Hice lo que pude por evitar la locura, general —dijo Nadia ante el cadáver de su víctima—. En Washington ya saben lo de Kaliningrado, Suwalki y la amenaza nuclear. Yo se lo conté.

En medio de la noche y de la tormenta de nieve, Karinna Guseva se perdió por las calles de Moscú.

Días después, el Kremlin informó de la repentina muerte del general Lébedev, sin explicar las causas, y se elogiaba su «excelente trayectoria al frente del GRU». Un patriota.

WASHINGTON

La tenue y vaporosa luz de una farola entraba desde el exterior a través de la ventana salpicada por los copos de nieve adosados al cristal a prueba de balas que protegía el lugar de una eventual e improbable agresión. El cielo llevaba unos minutos descargando una suave y poco copiosa nevada, aunque suficiente para crear el correspondiente caos circulatorio en la capital de Estados Unidos, sumida ya en la oscuridad de una noche invernal. Solo un foco con luz indirecta desafiaba la penumbra reinante en el despacho de Elisabeth Kramer.

La estancia ofrecía un aspecto desangelado, después de retirar de la pared la raída bandera de Estados Unidos que se trajo de Irak hacía tantos años y que resguardó dentro de un marco y un cristal. Con esa bandera siempre presente, quería evitar la tentación de olvidar los horrores de la guerra.

El mueble ya no acogía ninguno de los pocos libros que Beth había colocado en sus estanterías durante los años en los que fue la máxima responsable de los servicios de espionaje de Estados Unidos. Ahora, esa media docena de tomos ocupaba el fondo de una caja de cartón: la recogida de objetos para la mudanza estaba a punto de terminar. Solo quedaban dos fotografías que seguían sobre el escritorio. Kramer cumplía, una vez más, con su criterio: nunca llenaba sus espacios de trabajo, para poder irse rápido y sin apenas equipaje cuando llegara la hora. Y había llegado.

Mientras recogía sus últimos enseres, un periodista de la CNN daba su crónica desde el televisor situado al fondo del despacho:

—El Capitolio ya está preparado para acoger mañana, 20 de enero, el juramento del presidente electo —decía el reportero, desde las puertas del Congreso de Estados Unidos—. El mundo está a la espera de comprobar si, como promete el presidente electo, la nueva autoridad de Washington cambiará la doctrina que rige desde el final de la Segunda Guerra Mundial: la doctrina de que las fronteras son inviolables. La duda que se plantean los aliados de la OTAN es si la Administración que mañana iniciará su mandato aceptará que Rusia se apropie del territorio que ha ocupado en Ucrania para, a cambio, tener la excusa que permita añadir al mapa de Estados Unidos Groenlandia y quién sabe si hasta Canadá.

Al escuchar esas palabras, Beth levantó la mirada hacia el televisor y recordó su reunión en Dubái: «Mapas y excusas, como me dijo el general Lébedev», murmuró, melancólica, para sus adentros. Después, situó sus dos fotos antiguas en el único hueco que aún quedaba en la caja, hasta que otro detalle llamó su atención. La CNN conectaba con su corresponsal en Londres, para informar sobre la liberación de alguien importante que estaba en prisión:

—El exjefe del MI6, Andrew Rice, ha sido puesto en libertad hace unos minutos —narraba la periodista—. Acaba de salir por la puerta de esta prisión londinense de alta seguridad de Belmarsh. Las autoridades han reconocido que se produjo un error en la investigación judicial, y que Rice no es culpable del delito de traición por el que fue condenado.

Beth se acercó al monitor de televisión para ver la imagen con más claridad. En ese momento, Rice se situaba frente a las cámaras y los micrófonos para hacer unas declaraciones: «Por fin, se ha demostrado mi inocencia, y ahora podré ayudar de nuevo a mi país», dijo, antes de repetir ese gesto casi imperceptible, que parecía una leve sonrisa con la comisura izquierda de sus labios, y que Beth conocía muy bien desde hacía años. De repente, afloró la espía Elisabeth Kramer, experta en psicología, en gestualidad humana y en interrogatorios complejos.

—¡Dios mío, Andrew está mintiendo!

Palacio del Kremlin, varias semanas atrás

—Pase. No se quede ahí. Póngase cómodo.

Aún no se habían celebrado las elecciones en Estados Unidos, ni Mijaíl Serkin había sido tiroteado en Maldivas, ni Igor Belov había caído desde una ventana de la embajada rusa en Berlín, ni Pavel Egorov había sido asfixiado en Washington, cuando el presidente de Rusia invitó a entrar en su despacho a un hombre de unos treinta años, de estatura mediana, aspecto atlético y gesto de sorpresa: el agente del GRU, capitán Leonid Zobnin, destinado en la embajada en Suiza como falso funcionario diplomático. Dos días antes, había sido llamado de urgencia a Moscú, sin detallar el motivo. El aviso le llegó por el conducto habitual, utilizado por el general Lébedev. Al menos, eso parecía. Pero, extrañamente, en el mensaje se daba orden de no comentar nada ni con el propio Lébedev ni con otros jefes del GRU ni con sus compañeros de la sede central de la agencia. Tampoco se lo podía decir a su familia en la capital rusa: no los vería, ni debían saber que iba a viajar a Moscú. Y en Berna se limitaría a comunicar al responsable de los agentes rusos en Suiza que se le había encargado una misión. Tendría que estar fuera de Suiza durante unos días, pero sin desvelar el destino. Secreto absoluto.

Al aterrizar en la capital rusa, tres hombres poco dados a la conversación lo esperaban a la salida del avión para conducirlo al palacio del Kremlin, en un coche oficial con los cristales tintados. Ni siquiera las camisas que vestían evitaban el color negro en su indumentaria. Ya era de noche cuando el automóvil accedió al recinto por una discreta entrada lateral y llegó hasta un edificio auxiliar. Sin decir una palabra, se le señaló el camino a través de un largo pasillo. En un ascensor subieron tres plantas, y le indicaron que esperara en una sala cuya puerta estaba abierta.

—Pasará la noche aquí —dijo uno de los tres hombres con tendencia a economizar palabras, al tiempo que le entregaba la pequeña maleta con la que había viajado—. Mañana esté listo a las nueve.

Aunque se trataba de una sala en un edificio del Kremlin, estaba amueblada y decorada como la habitación de un hotel de lujo. Encima de una hermosa mesa de salón de maderas nobles, una bandeja dorada alojaba un plato con alimentos recién cocinados para la cena, acompañados de agua, refrescos y una moderna máquina de café para servirse a su gusto. El baño, con una grifería impecable, disponía de todos los productos de higiene imaginables. Desde la ventana se veía el palacio, expuesto a los ojos con una iluminación nocturna diseñada con maestría para realzar su belleza y magnificencia.

Zobnin se sentía protagonista de una novela de misterio: «¿Qué hago aquí?», se preguntaba. Pero no pidió respuestas. Si debía saber algo, se lo dirían cuando correspondiera. Si no se lo decían, era porque no debía saber nada más. Así se lo habían enseñado en la academia.

A la mañana siguiente, ignorante de su cometido, fue llevado a través de los impresionantes pasadizos y recovecos del Kremlin hasta una sala, donde lo recibió un hombre de unos cincuenta años que no se presentó —era el secretario del presidente, aunque el invitado solo podía suponerlo—, y que le ofreció sentarse en un sofá para esperar unos minutos, pasados los cuales se encontró, sin aviso previo, delante del presidente de Rusia, que le invitaba a pasar y ponerse cómodo.

—Leonid, ¿verdad?

—Sí, señor —respondió el joven capitán, en posición de firmes, sin atender, por respeto marcial, la invitación del presidente a tomar asiento, y con voz trémula por la inesperada aparición.

—Siéntese, por favor —insistió Iván Karlov, mientras estrechaba la mano de Zobnin y señalaba un sofá junto a un mueble lleno de libros; el propio presidente optó por tomar asiento delante, porque consideraba que así podría acercarse más a su invitado con afán intimidatorio, como era su especialidad.

—¿Qué tal en Suiza, capitán?

—Bien, señor.

—Me dicen que lleva dos años en Berna.

—Sí, señor, aunque en Berna estoy poco, porque viajo a menudo.

—Siguiendo a Andrew Rice, ¿verdad?

El agente Zobnin se sintió amedrentado: suponía que su misión como contacto del jefe del MI6 solo la conocía el general Lébedev. Pero de inmediato concluyó que quizá fuera normal que de un operativo de ese tipo también pudiera estar enterado el presidente de Rusia, pensamiento que lo tranquilizó.

—Señor...

—No se preocupe, Leonid. Yo también he sido espía, y un espía no debe hablar de las misiones que realiza. Ni siquiera con su presidente. Pero no le he invitado para que me cuente esas misiones, sino para encargarle una.

El capitán, entrenado para no evidenciar sus estados de ánimo, se sintió superado por la situación, y no pudo evitar un mínimo gesto de desconcierto: no entendía cómo era posible que a él le encargara un trabajo el mismísimo presidente de Rusia.

—En realidad, le voy a pedir que haga lo que ya ha hecho otras veces. —Karlov acercó su cara a la del joven agente, para reforzar la intensidad de su mensaje y apocar a su invitado—. Entregar a Andrew Rice una memoria informática. Pero con una diferencia respecto a su tarea habitual: esta vez no hará el trabajo con la supervisión del general Lébedev; solo cumplirá mis órdenes. De hecho, el general no sabe nada, ni debe saberlo. Esta será una misión entre el capitán Zobnin y el presidente de Rusia. ¿Entendido?

Karlov no dijo «entre usted y yo», sino «entre el capitán Zobnin y el presidente de Rusia», para enfatizar la importancia del encargo y el alto grado de secreto que debería envolverlo.

Zobnin, cada vez más confuso, no acertaba ni a asentir.

—¿Entendido, capitán? —insistió Karlov, ante el silencio del joven agente.

—Sí, señor —respondió, por fin, con un nerviosismo incontrolado.

El presidente se levantó de la silla, dio unos pasos hacia su mesa, cogió un *pendrive* con los dedos índice y pulgar de su mano derecha, volvió hacia el agente Zobnin y extendió el brazo para entregárselo.

—Aquí hay un informe encriptado. Es importante. Por eso le estoy encargando este trabajo a usted, porque sé de su valía, capitán.

—A sus órdenes, señor. —A Leonid apenas le salía la voz del cuerpo.

—El próximo lunes, Rice estará en Bruselas —dijo Karlov, aunque ese dato ya lo conocía Zobnin, que monitorizaba cada paso que daba el jefe del MI6—. Acompañará al ministro de Defensa británico a una reunión en la sede de la OTAN. Algunos responsables de servicios de inteligencia occidentales aprovecharán para mantener contactos bilaterales. Viaje desde Berna por carretera, así evitará sacar billetes de avión o de tren. No facilitemos la labor a nuestros enemigos. Haga su trabajo. Sabe usted hacerlo muy bien. Y, repito: no hable de esto con nadie, ni siquiera con el general Lébedev.

El capitán no necesitaba más información, y Karlov evitó dar a Zobnin otros detalles muy importantes.

No le contó que el 19 de diciembre de 1989, un mes después de la caída del Muro de Berlín, un muchacho alto, de apenas veinte años, se presentó en la entrada del número 4 de Angelikastrasse, en Dresde, cuando la Alemania comunista aún existía. Era un edificio de tres plantas, rodeado por una gruesa tapia de casi tres metros de altura, que acogía las oficinas del KGB en esa ciudad. Ya había anochecido, y ninguna farola hacía frente a la oscuridad reinante, como era común en la Europa oriental en esa época. El muchacho hizo sonar un timbre. Nadie respondió, pero se percató de que una persona, en el ático, apartó ligeramente una cortina para ver quién llamaba. El individuo del ático no reconoció al merodeador y optó por no responder. Eran días difíciles para los espías soviéticos en la RDA. Sus sedes en el país, incluida la de Dresde, sufrían ataques continuos de personas que querían destruir los archivos en los que el KGB guardaba fichas con fotos y datos personales de disidentes. Esas masas exaltadas exigían democracia y la salida del país de todos los agentes de la Unión Soviética.

El chico, aunque tímido y asustado, pulsó de nuevo el botón del timbre. El hombre del ático volvió a mirar, concluyó que no había peligro y bajó a abrir la puerta. Desde una cierta distancia, y separados por la pared que protegía el recinto, se dirigió al intruso:

—¿Qué quieres? —preguntó en alemán, con acento ruso.

—Hablar con ustedes —respondió, también en alemán, pero con un evidente acento inglés.

—¿De qué?

—Quiero colaborar.

Aquel fue el primer contacto entre un jovencísimo Andrew Rice y el espía soviético Iván Karlov. Ese 19 de diciembre, horas antes, Rice había asistido —indignado— al discurso histórico que el canciller alemán occidental, Helmut Kohl, dio en la plaza Altmarkt de Dresde para promover la unidad de la nación alemana, troceada después de su derrota en la Segunda Guerra Mundial. Rice contó a Karlov que su padre era un espía británico, pero se reconoció como un joven apasionado por el comunismo, y aterrorizado ante la posibilidad de que la caída del Muro de Berlín supusiera el colapso de los regímenes controlados por la Unión Soviética y de la propia Unión Soviética.

Rice explicó a Karlov que su padre —ignorante de las verdaderas inquietudes políticas de su hijo— le había enviado un año antes a ampliar estudios a Berlín Occidental y, de paso, a conocer la realidad del mundo en plena Guerra Fría. Pero el joven Rice guardaba para sí el secreto de su ideología. Cruzó la frontera desde el lado oeste al lado este de la ciudad una semana después del 9 de noviembre, día en que la caída del Muro marcó el principio del fin. Volvió a hacerlo el 19 de diciembre, para asistir al discurso de Kohl. La furia que sintió al ver que podría desaparecer la RDA le hizo tomar la iniciativa que rondaba en su cabeza desde tiempo atrás: ayudar a los países comunistas, como su padre ayudaba a los países occidentales.

Karlov —precavido— optó por someter a Rice a diversas pruebas que demostraran su fiabilidad. Eso ocurrió hasta que el agente soviético recibió la orden de volver a Moscú. Para entonces, la colaboración ya estaba sellada entre ambos.

—Nuestra clave será 19891219DRESDE —estableció Karlov: 1989, por el año; 12, por el mes; 19, por el día, y el nombre de la ciudad; lugar y fecha en la que se conocieron; en aquel tiempo, la utilizarían para confirmar su identidad y comunicarse a través de las emisoras de onda corta que emitían desde Moscú hacia Occidente.

Tantos años después, cuando el jefe del servicio de inteligencia británico Andrew Rice recibiera en Bruselas el *pendrive* encriptado de manos del agente Leonid Zobnin, lo desencriptaría utilizando esa misma clave, que solo ellos dos conocían.

Zobnin viajaría a la capital belga en la fecha establecida. Rice almorzaría ese día, a la una de la tarde, en el restaurante Chez Léon, donde solía hacerlo siempre que estaba en Bruselas, para degustar los tradicionales mejillones con patatas fritas. Había otros restaurantes de más ringorrango y postín, pero ese era su favorito, y el más apropiado para realizar los intercambios con su contacto ruso. Previamente, los agentes que custodiaban al jefe del MI6 realizarían la revisión habitual, para asegurar el lugar. Pero Zobnin —disfrazado con barba y gafas de pasta, para no ser identificado por la imagen de las cámaras de seguridad— entraría al baño después, mientras Rice tomaba su postre. Allí dejaría un *pendrive* en la parte trasera del inodoro, en el retrete más alejado de la puerta.

Al terminar de consumir su pieza de fruta diaria, Rice acudiría al baño y recogería el material. En ese *pendrive* encriptado encontraría el informe con los planes de Rusia para atacar el corredor de Suwalki: el informe real. Cuando lo abriera e introdujera la clave, el primer mensaje que aparecería en la pantalla de su ordenador —por supuesto, desconectado de internet— sería este: «El documento que te entregó Lébedev es falso. Ignóralo. Este es el original, y el que debes mostrar a tu colega de Estados Unidos».

Cayo Vizcaíno, Miami

—Te sienta bien la jubilación —galanteó Matthew Perkins.

—Mi buen aspecto no es coyuntural —bromeó Beth Kramer, mirándose a sí misma—. No puede ser por la jubilación, porque solo llevo un mes alejada del mundo. Siempre he estado así de estupenda.

Ambos rieron, mientras se daban un abrazo fraternal. Se conocían desde hacía cuarenta años. Eran compañeros de armas, y se habían jugado la vida juntos muchas veces.

Lucía un sol espléndido en el cálido mediodía invernal del sur de Florida. Los más de veinte grados de temperatura invitaban a cumplir el plan diseñado por Beth para tener una charla discreta con su viejo amigo, a salvo de ojos y oídos entrometidos. La casa, lujosa como casi todas en esa zona de Miami, tenía una entrada señorial por delante, y una enorme cristalera por detrás, que daba acceso a un embarcadero individual en el que estaba atracado un pequeño yate, perfecto para navegar por la zona, e incluso para recorrer la distancia hasta las Bahamas, como hacían muchos vecinos aficionados al mar.

Beth se puso a los mandos del yate, y lo hizo circular por los canales en cuyas riberas se asentaban algunas de las propiedades más caras de la ciudad. Pasada media hora de lenta travesía, en una zona de aguas más espaciosas, y a suficiente distancia de un lado y de otro, Beth detuvo el barco y lo ancló. Entre ambos colocaron un mantel en la mesa dispuesta en la cubierta, sacaron algunos refrescos y sándwiches, y se dispusieron a disfrutar de un agradable pícnic marítimo.

—¿Qué me tienes que contar? —preguntó Perkins, cuando ya estuvieron cómodamente instalados en el sillón corrido semicircular junto a la mesa.

—¿Por qué supones que te voy a contar algo?

—Porque nos conocemos, y sé que llevas tiempo dando vueltas a la cabeza para resolver los cabos sueltos. Solo tú puedes desenredar la madeja, porque eres quien más datos tiene.

—No dejo de pensar en Lébedev. Los periódicos rusos lo han despedido como si fuera un héroe, cuando todos sabemos que lo han eliminado.

—Siempre funcionan así.

—Lo sé, pero es más difícil de asimilar cuando conoces en persona a la víctima de la purga, y sabes con antelación que lo van a purgar.

—¿Has resuelto algún enigma?

—En estas semanas he reflexionado sobre lo que ha ocurrido, y tengo alguna conclusión, aunque nunca sabremos si las cosas fueron exactamente así.

—¿Y a qué conclusión has llegado?

—Estoy convencida de que Andy Rice es un topo de Karlov.

—¿De Karlov? —Matthew se incorporó sobre la mesa, sorprendido—. ¿Pero no te dijo Lébedev que él era el topo de Rice en Moscú?

—Sí, pero estaba equivocado. Lébedev murió sin saber que Andrew Rice era un topo del presidente Karlov.

—No sé cómo puedes estar tan segura...

—He pensado mucho en lo que me dijo Lébedev en Dubái. Insistió en que no entendía por qué Occidente había reaccionado de forma tan desaforada, cuando el documento que él filtró a Rice era moderado y ofrecía un acuerdo. Pero el documento que Rice me enseñó a mí era amenazante y no ofrecía ningún pacto.

—Y crees, entonces, que quizá Karlov hizo llegar a Rice el documento real, porque ambos sabían que Lébedev lo había retocado a la baja.

—Estoy convencida. Lébedev murió sin saber que Andrew Rice era un topo de Karlov; sin saber que Rice comunicó a

Karlov, y Karlov a Rice, las pequeñas o grandes traiciones de Lébedev; sin saber que Rice informó a Karlov del dosier retocado a la baja que le envió Lébedev; sin saber que Karlov envió a Rice el informe real; y sin saber que el informe que Rice me mostró a mí en la sede del MI6 en Londres era el amenazador informe de Karlov, y no el suavizado por Lébedev. Ese informe amenazador fue el que Rice entregó al primer ministro británico, y el mismo que el primer ministro entregó al presidente de Estados Unidos.

—Y, por tanto, fue ese informe el que provocó la exagerada reacción de Occidente, como pretendía Karlov.

—... La exagerada reacción que Lébedev no llegó a entender antes de morir, ignorante de que su documento retocado para evitar una guerra fue interceptado por Rice, y sustituido por otro de Karlov, que pretendía, precisamente, provocar una guerra.

—Entonces Lébedev pensó que nos habíamos vuelto locos en Occidente, y por eso buscó una segunda manera de convencernos, a través de su amigo chino.

—Y hemos tardado demasiado en darnos cuenta de esto, Matthew.

—Por suerte, sí pudimos evitar la guerra.

—No cantes victoria.

Apartamento de Teresa Fuentes, Madrid

—*Nakupenda.*

Un acobardado rayo de sol encontró hueco entre las láminas entreabiertas de la persiana, para crear una leve fisura de luz en la oscuridad de la habitación. Y Pablo consideró que era el momento de poner fin al descanso nocturno, aunque ese descanso hubiera sido breve: la noche resultó ser apasionada, ardorosa y larga, y el sueño quedó reducido a lo que dura una breve siesta.

—Ummmm. —Teresa se sentía incapaz de abrir los ojos y, menos aún, de entender lo que escuchaban sus oídos.

—*Nakupenda* —susurró Pablo, de nuevo, envolviendo con su cuerpo desnudo el cuerpo desnudo de Teresa.

—¿Qué? —Teresa pudo, por fin, pronunciar una palabra monosilábica y solo parcialmente comprensible, pero con los ojos cerrados, todavía.

—Cuando era pequeño, mis padres me llevaron de viaje a Tanzania. —Pablo inició la narración de su historia, apenas en un murmullo y con sus labios rozando el lóbulo de la oreja de Teresa, como quien cuenta un secreto—. Allí disfrutamos del espectáculo de ver a los animales en libertad. Y estuvimos en Zanzíbar…

—Donde nació Freddie Mercury. —Las neuronas de Teresa empezaban a funcionar, aunque seguía sin poder, ni querer, abrir los ojos y apenas era capaz de balbucear las palabras.

—Exacto. Un día hicimos una excursión en barco a una islita de arena blanca, que se llama Nakupenda…

—... Que significa «te amo», en suajili. —Teresa, una vez más, demostró su capacidad para sorprender a Pablo.

—¡¿Cómo lo sabes?!

—Sé cosas que ni te imaginas.

—Ya veo...

—Y también sé que esa islita del amor se hunde en las aguas del mar y desaparece todas las tardes, cuando sube la marea. Es una isla un poco efímera. Y no me gusta que los amores sean efímeros.

—Me quieres decir algo...

—Si esto va a seguir adelante, no debería ser efímero. Sé que habrá mareas altas y bajas, pero tenemos que seguir a flote en las dos situaciones.

—Por mí no será efímero.

—Dentro de unos días volverás a Washington y yo me quedaré en Madrid. Otra vez estaremos semanas o meses sin vernos...

—... Y será difícil. Pero ya ha pasado más veces, y aquí seguimos.

—No me gusta que sea así.

—Tampoco a mí. Piénsalo de esta manera: ¿prefieres la otra alternativa? ¿Prefieres que nos rindamos a las dificultades y a la distancia, y acabemos con esto ahora mismo?

Teresa dio media vuelta sobre sí misma para encararse con Pablo, antes de dictar sentencia.

—*Nakupenda*.

—*Nakupenda*.

Se besaron, y no se trató de un beso superficial ni efímero, como la isla.

—Para demostrarte mi amor, esta noche te invito a una cita romántica —propuso Pablo, con una sonrisa pícara—. Iremos al estadio Metropolitano a ver al Atleti y, después, a cenar.

—¿Ir al fútbol es lo que entiendes por una velada romántica? —preguntó Teresa, melosa y azucarada.

—Por supuesto: no hay nada más romántico que compartir mis pasiones con la persona a la que amo.

Teresa miró a los ojos de Pablo con un gesto entre socarrón y tierno, y aceptó.

—Al menos, espero que tu equipo juegue bien.

—Partido a partido.

Al instante, el teléfono de Pablo empezó a vibrar en la mesilla de noche, como si quisiera echar a correr.

—Papá —respondió al ver el nombre en la pantalla del móvil—. ¿Ocurre algo? Son las cuatro de la mañana en Washington…

—Me acaba de llamar Beth: nombran jefa de los servicios de inteligencia a Stephanie Smith.

—¡¿La congresista?!

—Sí.

—¡Pero si es prorrusa!

—Exacto.

—En el Kremlin estarán felices.

—Esto se nos va de las manos.

Apartamento del coronel Blázquez, Madrid

—Creo que Moscú ha ganado la partida, coronel.

—No se importune tanto, señorita Fuentes. Pocas veces una batalla entre agencias de espionaje tiene un ganador por goleada. Incluso quien parece que gana suele sufrir sus propias derrotas, aunque sean parciales.

Teresa no parecía muy convencida, mientras se sumergía en la atmósfera oscura de aquel salón, aderezada con el humo impenitente del tabaco que consumía Blázquez. El coronel, ataviado con su bata perpetua, se parapetaba detrás del potente foco concentrado sobre los papeles que se acumulaban en el escritorio.

—Entiendo que les preocupe el nombramiento de esa congresista a la que le gusta hablar bien del Kremlin. Pero tenga en cuenta que la CIA o la NSA tienen mecanismos internos muy firmes desde hace décadas. Es eso que llaman el Estado profundo: aunque esa tal señora Smith pretendiera traicionar a su país, los espías americanos intentarán impedirlo.

—Es usted muy optimista.

—Me atengo a los hechos. Mírelo de esta forma: han evitado ustedes una guerra, y esa es una buena noticia.

—Pero el precio ha sido muy alto, y Karlov sale fortalecido.

—Eso cree el propio Karlov. Pero tenga en cuenta la importancia del contacto que hicimos en Singapur con el jefe del espionaje chino, aunque fuéramos allí atraídos por una trampa. Se ha establecido una vía de comunicación alternativa. Eso permitirá que fluya la información. A los chinos también les interesa. No son nuestros amigos, pero tampoco quieren estar en conflicto permanente con nosotros. ¿Sabe lo que cuenta la prensa americana? Que agentes chinos *hackean* a los servicios rusos desde que empezó la invasión de Ucrania. China gestiona a Karlov y le pone límites en la distancia y, a la vez, trata de mantener sus relaciones con Occidente bajo control. Son muy listos.

—Quiero fiarme de usted, coronel.

—No pretendo engañarla, Teresa. —Blázquez volvió a su estrategia de utilizar el nombre de pila cuando pretendía que sus palabras sonaran sinceras—. Es verdad que esto no termina aquí. En realidad, no ha hecho más que empezar. Ni la CIA, ni el MI6, ni el CNI, ni ningún servicio occidental debe dejar de vigilar al nuevo eje de las dictaduras: China, Rusia, Irán y Corea del Norte… Pretenden frenar el avance de las democracias y le dan la vuelta a nuestro propio argumento. ¿Sabe lo que ha dicho el ministro ruso de Asuntos Exteriores? Que el mundo libre emerge frente a la decadencia de Estados Unidos. —A Blázquez se le encendieron los ojos—. ¡Ahora las dictaduras son el mundo libre! —ironizó a voz en grito.

El coronel se puso en pie y avanzó unos pasos hacia la ventana, mientras absorbía, casi con furia y ensañamiento, el poco humo que le quedaba a su cigarrillo.

—Ese nuevo eje de las dictaduras puede quebrar el orden mundial que hasta ahora dominaban las potencias democráticas —prosiguió—. Lo hacen con guerras clásicas como la de Ucrania, pero también mediante una guerra subterránea de graves efectos económicos, con ciberataques y sabotajes. Cada día vemos cómo los extremistas islámicos tratan de extender sus ideas medievales por el mundo. Y mientras, ¿qué hacemos en Occidente? Idiotizarnos en las redes sociales, bajo el control de los oligarcas tecnológicos. —El coronel dio media vuelta, abstraído en su amargura, apagó la colilla en un cenicero en el que ya no cabían más, y se acercó a Teresa—. Las dictaduras están más unidas que las democracias, y en Occidente crece el apoyo a los partidos que admiran a los autócratas. Esa es la peor noticia. Señorita Fuentes, quizá haya empezado ya la Tercera Guerra Mundial y no queramos darnos cuenta, porque es distinta de las dos primeras. Ahora, las batallas de una guerra son, además de con soldados y tanques, los asesinatos selectivos, los atentados indiscriminados, los sabotajes, los ataques cibernéticos continuos...

Teresa se sentía obligada a decir algo, pero las palabras no afloraban. Y Blázquez aún tenía cosas que contar. Siempre las tenía.

—Lo que hemos hecho, quizá no se podría hacer ahora —dijo el coronel, con tono melancólico—. Con el nuevo presidente, todo es distinto. Se ha resentido la confianza entre los servicios de inteligencia europeos y el americano. De hecho, no sé si usted podrá seguir colaborando con la CIA. Y si Estados Unidos desatiende la defensa nuclear de sus aliados, Europa se quedará sin muros para plantar cara al expansionismo ruso.

—Pero Europa ya amplía su presupuesto militar, coronel.

—Aunque aumentemos el gasto militar y mejoren nuestros ejércitos convencionales, Rusia tiene más de cinco mil ojivas nucleares. En comparación, las de Francia y el Reino Unido son casi un juguete. Durante décadas, la paz se ha asentado sobre la amenaza de una destrucción mutua asegurada, porque había misiles suficientes a ambos lados para acabar con todo, y eso resultaba disuasorio para las dos partes. Pero ahora hay más de dos partes: China es una potencia nuclear, igual que Corea del Norte, India o Pakistán. También lo es Israel, e Irán ha intentado serlo, aunque Israel y Estados Unidos intenten impedirlo por la fuerza. Los posibles enemigos se han multiplicado y, si Europa se queda sin el paraguas nuclear americano, lo que ahora hemos podido evitar con sus amigos de la CIA, no sé si podremos evitarlo en el futuro. Es un nuevo orden mundial, y no será fácil de manejar. Fíjese en los aranceles: ya no es necesaria una amenaza militar para provocar una crisis que afecte al comercio mundial, que suponga un peligro de recesión, de inflación disparada y de colapso en la cadena de suministros. Basta con que un presidente poderoso firme una orden ejecutiva en el Despacho Oval para que se desate un conflicto de escala global. —A pesar de su crudo realismo, el coronel no quiso que la conversación con su joven discípula terminara sumida en un pesimismo tan profundo—. Pero conviene disfrutar del momento. —Blázquez casi sonrió esta vez, pero sin conseguirlo del todo—. Mantengamos la esperanza. ¿Recuerda que le hablé de la diplomacia del panda?

Teresa asintió, pero la prudencia evitó que se dejara llevar por el entusiasmo, a la espera de más información.

—China acaba de enviar dos osos panda a Estados Unidos, al zoo de San Diego, en California. Es una buena señal.

—Algo es algo —dijo Teresa, con más escepticismo que desahogo.

—Pero hable con sus amigos de la CIA: no deben fiarse de China.

El coronel dedicó un último minuto a desplegar sus conocimientos de historia para convertir un episodio ocurrido casi un siglo atrás en una enseñanza para el presente.

—El 23 de agosto de 1939 —Blázquez tenía una memoria computerizada para recordar las fechas exactas— hubo una importante reunión en el edificio del Comisariado del Pueblo para Asuntos Exteriores de la Unión Soviética, en Moscú…

—… Para firmar el Pacto Ribbentrop-Mólotov. —Teresa no dejó que Blázquez terminara la frase, demostrando que en el salón de ese apartamento en Madrid no solo había un sabio.

—Así es, señorita Fuentes —respondió el coronel, más complacido con la perspicacia de su pupila que molesto con la interrupción. Blázquez se levantó para deambular sin destino por la sala, como cada vez que pretendía dar una lección de historia. Encendió otro cigarrillo y continuó—: Joachim von Ribbentrop no era un estratega, sino más bien un simple ejecutor de órdenes. Además, era un tipo arrogante, al que le gustaba presumir de sofisticación diplomática, cuando la realidad demostró su ineficacia. Vyacheslav Mólotov era muy distinto: calculador, disciplinado, imperturbable, frío, implacable, amoral y no había presión que lo afectara. Era partidario de la represión y de las purgas de Stalin, en las que participaba con entusiasmo. Nunca improvisaba, apenas preguntaba, jamás asentía y siempre advertía de que la última palabra sería de Stalin. Hitler —continuó el coronel, sin darse pausa— no disponía del potencial militar necesario para ocuparse de dos frentes. Debía concentrar sus recursos militares en uno solo para invadir Polonia, y que Stalin se lo permitiera. Pero a Stalin también le convenía ganar tiempo para reforzar al Ejército Rojo, porque en 1939 la Unión Soviética no hubiera podido frenar una invasión nazi. De paso, ampliaría su influencia en la Europa oriental. Y así, las dos dictaduras acordaron que no se atacarían mutuamente.

—Pero ese pacto no duró ni dos años —replicó Teresa.

—Exacto. Hitler lo rompió sin previo aviso el 22 de junio de 1941 —volvió a presumir Blázquez de su memoria con las fechas—. El Führer estaba ensoberbecido por la rapidez y la facilidad con la que sus soldados habían ocupado París, y pensaba que sería igual de fácil ocupar Moscú. Pero nunca pudo llegar al Kremlin, igual que nunca tomó posesión del palacio de Buckingham.

Blázquez pronunció estas últimas frases mirando por la ventana hacia ningún sitio reconocible, y dando la espalda a Teresa, que aún no perdía la esperanza de saber cuál era la conclusión a esta larga referencia histórica. Pero llegó el momento: el coronel dio media vuelta y miró fijamente a su invitada.

—Cuando se firmó el pacto Ribbentrop-Mólotov, los aliados se temieron lo peor, y tenían razón. Fue entonces cuando sir Winston Churchill —Blázquez se puso solemne y ostentoso— dio un discurso a la nación, emitido por la BBC desde Londres.

El coronel, devoto de sí mismo, se concedió el lujo de recordar la cita de Churchill en inglés: «*I cannot forecast to you the action of Russia. It is a riddle, wrapped in a mystery, inside an enigma; but perhaps there is a key. That key is Russian national interest*».

Teresa no necesitaba traducción: hablaba un perfecto inglés y, además, conocía la cita. Blázquez lo sabía, pero no se ahorró el gusto de presumir de sabiduría idiomática.

—«No puedo predecirles la acción de Rusia. Es un acertijo, envuelto en un misterio, dentro de un enigma». Esta fue la frase ingeniosa que todo el mundo recuerda. Pero se comenta menos cómo termina la cita. Churchill dijo textualmente: «Quizá haya una clave; esa clave es el interés nacional ruso».

El coronel hizo una larga pausa, mientras agotaba su segundo cigarrillo consecutivo y lo apagaba en el cenicero, en un suntuoso y superfluo ceremonial.

—¿Y ahora qué país es como la Rusia de Stalin, y qué país es como la Alemania de Hitler? —preguntó Teresa, con su lucidez natural.

—Nadie lo sabe, señorita Fuentes. Rusia sigue siendo un acertijo, envuelto en un misterio, dentro de un enigma. El problema es que China también lo es. Y más importante que eso: nunca hay que olvidar la clave que señaló Churchill: que Rusia siempre actuará en función de lo que considere su interés nacional, China hará exactamente lo mismo, y ambos son impredecibles. Dígaselo a sus amigos de la CIA: igual que jamás se fiaron de Rusia, tampoco deben fiarse de China, porque es otro arcano.

—Se lo diré. Gracias, coronel.

Teresa se levantó y dio unos pasos hacia la puerta para marcharse.

—Perdone si me excedo, Teresa. —Blázquez volvió con la táctica de utilizar el nombre pila cuando se trataba de algo más personal—. ¿Cómo van las cosas con el joven Perkins?

Teresa se sintió contrariada por la pregunta, pero suponía que el coronel solo pretendía ser amable, al interesarse por su bienestar emocional.

—Anoche me llevó a un partido de fútbol —respondió con cortante timidez y un toque de inteligente ironía autocrítica, que el viejo espía apreció de inmediato.

—Si el muchacho comparte sus pasiones con usted —esta vez Blázquez sí consiguió fabricar una leve sonrisa—, eso significa que las cosas van bien. Me alegra saberlo. Cuídense.

«¡Será posible! —pensó Teresa, mientras salía por la puerta—. ¡Es lo mismo que me dijo Pablo!».

Pekín, China

El avión presidencial ruso aterrizó en el aeropuerto internacional de Pekín-Capital a primera hora de la mañana. En el fuselaje del Ilyushin II-96-300PU destacaba el nombre del país, Rossíya, y los colores de la bandera rusa, desde los bajos de la cabina hasta la cola de la aeronave, y también en el estabilizador vertical trasero.

El presidente Iván Karlov fue recibido al pie de la escalerilla por el ministro de Asuntos Exteriores chino, antes de que el coche oficial los trasladara a ambos hasta el Gran Palacio del Pueblo, en el lado oeste de la plaza de Tiananmén, junto a la hermosa Ciudad Prohibida de los emperadores.

La Guardia de Honor recibió al invitado, mientras sonaban los himnos nacionales de los dos países, y antes de pasar revista a las tropas del Ejército Popular de Liberación. Minutos más tarde, ambos presidentes se fotografiaron para la posteridad estrechando sus manos, delante de una larga fila de banderas rusas y chinas, y después entraron en una sala con elegante ornamento oriental, alfombras rojas, techos altos y jarrones del país.

El presidente chino invitó a su colega ruso a tomar asiento en un sofá, e hizo lo propio en otro situado a pocos centímetros. Los intérpretes se disponían a ocupar su lugar detrás de los líderes, y los ministros de los dos países se apresuraban a instalarse en otros sillones preparados al efecto. Pero el líder chino hizo un leve gesto con la mano para que nadie se acercase, de momento. Todos se quedaron paralizados a la espera de novedades, y vieron con perplejidad cómo el presidente chino alargaba el cuello hacia el ruso, que replicó el movimiento, hasta que sus caras quedaron a poco más de un palmo de distancia.

—El asunto se va a resolver de inmediato, en cuestión de pocos días —murmuró el presidente de China.

—Muchas gracias, amigo mío —respondió el ruso.

—Aplicaremos el protocolo habitual. Ya lo hicimos en otra ocasión con un miembro del Politburó del Partido, que pretendía sucederme en el cargo. Se le acusó de mantener relaciones inapropiadas con mujeres jóvenes. Ahora cumple una pena de cadena perpetua, igual que lo hará Xen Jiang. A los incautos les decía que la jovencita con la que se veía en Singapur era su hija. En realidad, era su amante. Ya no tendrá ese comportamiento inmoral nunca más, ni traicionará a China ni volverá a entregar a Occidente la información que conseguía de ese general…

—Lébedev. —Karlov ayudó a su colega chino a recordar el nombre—. Rusia está en deuda con China.

El líder chino no dijo que no, e invitó a los demás asistentes a tomar asiento para iniciar la reunión.

Base de la fuerza aérea Elmendorf-Richardson, Anchorage (Alaska, Estados Unidos)

—Mi querido Iván, bienvenido a Alaska.

El presidente de Estados Unidos Richard Banks estrechaba la mano de su homólogo ruso en la pista de la base aérea de Anchorage, en una jornada de cielos nublados y temperatura fresca, propia de un agosto cualquiera en Alaska. Ambos sonrieron, intercambiando algunas palabras de cortesía en inglés, y caminaron por una alfombra roja, preparada al efecto por soldados del ejército americano. Alguien inmortalizó la imagen de esos uniformados, de rodillas ante el avión oficial llegado de Moscú, con el nombre de Rusia y la bandera en su fuselaje, mientras colocaban la moqueta. Una fotografía icónica, que fue tan celebrada en el Kremlin como deplorada por las cancillerías occidentales, en las que nadie olvidaba que contra Iván Karlov existía una orden de detención emitida por la Corte Penal Internacional, acusado de cometer crímenes de guerra.

Nueve meses antes, recién ganadas las elecciones y a pocas semanas de su toma de posesión, Banks había comprometido su palabra a que acabaría con la guerra de Ucrania veinticuatro horas después de jurar su cargo como presidente. Pero ya habían pasado treinta semanas, y Karlov seguía ordenando bombardeos sistemáticos sobre objetivos civiles y militares, y sus tropas avanzaban lenta pero decididamente, ganando territorio ucraniano en el este del país.

Días antes de la cumbre, mostrando un pretendido hartazgo público por la pérdida de vidas, Banks anunció con aparente firmeza un ultimátum de cincuenta días a su colega ruso para que parara la guerra. Lejos de eso, los bombardeos se recrudecieron. Entonces, el presidente americano, como gesto de firmeza, redujo el plazo a un indeterminado «entre diez y doce días», que se cumplió igual que el anterior.

Ahora, finalizados los plazos, y en plena ofensiva militar rusa en Ucrania, Banks se avenía a reunirse con Karlov.

—Cuando el presidente americano ha estrechado la mano del ruso, se ha demostrado el fracaso de Occidente en su intento de convertir a Rusia en un paria internacional —analizaba, soberbio y jactancioso, un comentarista televisivo en Moscú, cuando la reunión de los mandatarios estaba en marcha.

Minutos después —en una brevísima comparecencia ante los periodistas, en la que, rompiendo la tradición, no aceptaron preguntas—, el propio Karlov se vanagloriaba de su indiscutible victoria:

—Querido Richard, tu antecesor en el cargo y sus socios europeos me quisieron aislar cuando se inició el conflicto en Ucrania, pero aquí sigo —dijo Karlov, ufano, ante los medios de comunicación, que emitían el acto a todo el mundo—. Ahora, tú pones fin a ese inútil intento de aislamiento.

—Siempre he tenido una fantástica relación con Iván —señaló el americano, llamando a Karlov por su nombre de pila, y en una frase difícilmente compatible con alguien que había planteado hasta tres ultimátums fallidos a su «amigo»—. Ha sido culpa de esos que lanzan las *fake news* de que Rusia es responsable de todo, y me ayudó a ganar las elecciones del 2016.

La prensa occidental publicaría en los días siguientes comentarios sobre el aroma que la reunión de Alaska había dejado a la de Múnich entre el primer ministro británico Chamberlain y Hitler en 1938, cuando se permitió a los nazis anexionarse los Sudetes checoslovacos, queriendo creer que así apaciguarían al *Führer* y se evitaría una segunda guerra mundial. Se pretendía que funcionase un mecanismo de paz a cambio de territorios. Pero no funcionó. Periódicos de medio mundo recordaron a Banks las premonitorias palabras de Churchill ante la Cámara de los Comunes, después de aquella cita de Múnich: «Se les dio a elegir entre la guerra y el deshonor. Eligieron el deshonor y ahora tendrán la guerra». Esta vez, el presidente de Estados Unidos invitaba a su país al líder ruso, que ofrecía paz a cambio de territorios en Ucrania.

Reunidos a puerta cerrada en una sala adornada con banderas de los dos países, Karlov se acercó a Banks para hablarle en voz baja:

—Te supongo enterado de que tu antecesor ordenó boicotearme utilizando a vuestros servicios de inteligencia.

—Mi antecesor era un corrupto que permitió actuar sin control al Estado profundo —respondió Banks, con teatralizada firmeza–. Eso no volverá a ocurrir.

—Mi querido Richard: la guerra de Ucrania no terminará cuando quiera el presidente de Estados Unidos. Terminará cuando quiera el presidente de Rusia. Y será el presidente de Rusia quien decida cómo termina.

Horas después, continuaban los bombardeos.

Palacio del Kremlin, Moscú

—Ha hecho un gran trabajo, capitán.

El presidente de Rusia recibía en su despacho al joven agente Leonid Zobnin, una vez cumplida la misión encomendada semanas atrás.

—Gracias, señor.

—Por agentes como usted, Rusia está ganando la batalla ideológica en el mundo —dijo el presidente, mientras daba paseos por el despacho—. Cada vez más gente en Occidente participa de nuestros valores. En Europa ya hay partidos políticos y hasta Gobiernos muy cercanos a nosotros. Admiran nuestro sistema. ¿Y qué decir de Estados Unidos? Su presidente envidia lo que somos. Le gustaría hacer lo que hice yo: cambiar la Constitución para eliminar la limitación de mandatos, y asegurarse un largo periodo de poder y estabilidad política.

El capitán se limitaba a escuchar, a la espera de recibir órdenes, si es que las había. Por fin, Karlov tomó asiento junto a Zobnin.

—Como ya sabrá, el general Lébedev ha tenido un lamentable final. A partir de ahora, usted solo atenderá a mis órdenes. Trabajará directamente para el presidente de Rusia.

Zobnin mantuvo el sosiego necesario, a pesar de ser consciente de que la suya era una situación inusitada para un agente de los servicios de inteligencia.

—Andrew Rice está en libertad —continuó Karlov—. Aún no podemos saber si volverá al servicio activo en el MI6, pero no hará falta que esperemos. Tenemos más amigos como Rice en Occidente.

El presidente se puso en pie, llenó dos vasos con agua, ofreció uno a su invitado y bebió un sorbo del otro.

—Hace algún tiempo —añadió—, me reuní con un agente. ¿Ha oído hablar de Gorki?

—Sí, señor.

—Realizó algunas operaciones con brillantez, eliminando traidores, pero cometió un error imperdonable, y ocurrió lo que debe ocurrir en situaciones como esa.

Zobnin prefirió guardar silencio hasta ver cómo remataba su intervención el presidente.

—Capitán Leonid Zobnin, aprenda esa lección y cuídese de cometer errores.

—No los cometeré, señor.

—Estoy seguro. Pronto conocerá a la agente Nadia. En ocasiones, trabajarán juntos por Rusia.

—Estoy a sus órdenes, señor.

Karlov se despidió de Zobnin en la puerta del despacho estrechando su mano, mientras el capitán hacía chocar sus tacones en primer tiempo de saludo. Después, el presidente volvió hacia su mesa y encendió el televisor. La cadena nacional rusa emitía el discurso que el propio Karlov había pronunciado horas antes en el Foro Económico Internacional de San Petersburgo: «Considero que los pueblos ruso y ucraniano son el mismo pueblo. En ese sentido, toda Ucrania es nuestra. En Rusia existe no un dicho ni una parábola, sino una regla antigua: allí donde pisa la bota de un soldado ruso, ese territorio es Rusia».

Karlov sonrió mientras pensaba en el corredor de Suwalki, en las repúblicas bálticas, en Moldavia... Se levantó, caminó hasta el ventanal, miró hacia los jardines del Kremlin y se dijo a sí mismo: «Las botas de los soldados rusos pisarán más allá de nuestras actuales fronteras; solo es cuestión de tiempo».

Agradecimientos

Una novela es el fruto, entre otras cosas, de las ayudas que recibe el autor de muchas personas.

Pilar Bernat me asistió para entender y, por tanto, para explicar mejor determinadas cuestiones tecnológicas. El doctor Alfonso Morán fue determinante para incluir en el relato imaginativos remedios que los médicos de emergencias utilizan cuando no disponen de fármacos para tratar a un herido. Juan José Andréu, de la Armada Española, me ayudó a conocer determinadas situaciones que se viven a bordo de un submarino. El piloto Luis Gómez Gandullo me dio detalles básicos sobre el funcionamiento de los helicópteros. Zarrabeitia me guio por determinados vericuetos (solo algunos) de los servicios de inteligencia, para que evitara cometer errores muy comunes entre quienes, desde fuera, hablamos o escribimos sobre el mundo del espionaje. Un grupo de francotiradores (que es necesario mantener en el anonimato) me ilustró sobre los secretos de su actividad. Miryam Galaz, con su entusiasmo contagioso, me acompañó a lo largo de todo el proceso creativo, junto a David Cebrián, que ve una oportunidad en cada obstáculo que aparece en el camino. Laura Fernández y Sergio García siguen corriendo cuando los demás estamos agotados y queremos creer que la carrera ya ha terminado.

Mi familia soportó cientos de horas de su escaso tiempo libre viendo a uno de sus miembros con la cabeza metida en la pantalla del ordenador, escribiendo otra novela de espías que, a ratos, se volvió obsesiva.

Y, mientras estábamos en esa travesía, Pablo Riquelme, Borja Moreno, Larry Robinson y Bruce Vinokour me acercaban a la orilla de un milagro, a bordo de un sueño que se niegan a dejar morir, y que, gracias a ellos, sigue vivo. Solo falta llevarlo a tierra firme. Y, si eso llegara a ocurrir, será, también, por el soplo de pasión que nos aporta Lynnette, aunque tenga que ser desde allá arriba, porque se nos fue demasiado pronto.

California Dreamin'

www.ingramcontent.com/pod-product-compliance
Lightning Source LLC
Jackson TN
JSHW070742270925
91561JS00004B/4
* 9 7 8 6 0 7 3 9 3 5 1 7 3 *